U0002033

# 戰地鐘聲

For Whom the Bell Tolls

陳榮彬／譯

Ernest Hemingway

將這本書獻給瑪莎·葛宏[1]

1 瑪莎·葛宏（Martha Gellhorn）：美國女記者，與海明威在西班牙內戰期間發展出戀情，她後來成為海明威的第三任妻子，堪稱促成海明威寫出這本小說的繆斯女神。

沒有人是一座孤島，
能自立於外；
每個人都是大陸的一部分，
整體的一部分；
任何土塊若被沖入大海，
歐洲都會變小。
無論是海岬，
是汝友抑或汝之莊園亦然，
任何人的死都會帶走我的一小部分，
因為我就是全人類的一小部分，
所以切莫打聽那喪鐘為誰而鳴；
只因喪鐘為汝而鳴。

——約翰・鄧恩[2]

2 約翰・鄧恩（John Donne）：十六、七世紀英國形上學派詩人。

# 第一章

他趴在森林中布滿松針的棕色林地上，下巴靠著交叉的雙臂，風一陣陣吹拂著高處的松樹樹梢。他趴的地方是一片平緩山坡；但是再往下就是陡坡了，而且他可以看見黑壓壓的柏油路蜿蜒穿越山隘。路邊有一條小河，他看見山隘下方遠處有一間鋸木廠，水壩的水瀝瀝而下，在夏日的陽光下一片潔白。

「是那一間鋸木廠嗎？」

「沒錯。」

「我不記得了。」

「是你來過以後才蓋好的。舊的鋸木廠在更遠處，在山隘下方很遠的地方。」

他把影印的軍事地圖攤開在林地上，仔細看圖。老傢伙也在他身後看著。那老傢伙短小精幹，身穿黑色農夫罩衫與一條硬邦邦的灰色長褲，腳上那雙布鞋的鞋底是麻繩做的。他們帶著兩個沉重的包包，因為攀爬山坡而氣喘吁吁的他把一隻手擺在其中一個包包上。

「所以說，從這裡看不到那一座橋囉。」

「看不到，」老傢伙說。「這山隘四周的地勢平緩，河水流得很慢。到了下面，道路隱沒在樹林裡，地勢突然變陡，出現了一個險峻的峽谷——」

「我想起來了。」

「那一座橋橫跨峽谷兩端。」

「他們的哨站設在哪裡？」

「其中一個就設在你看見的鋸木廠。」

正在研究地形的年輕人身穿一件褪色的法蘭絨卡其襯衫，他從襯衫口袋裡拿出望遠鏡，用手帕擦一擦鏡頭，扭了幾下，直到鋸木廠的那些木板突然清晰了起來，他看見門邊的木凳；接著他又看見敞開的棚屋裡擺著一支圓鋸，後面有一個高高的木屑堆，還有一段往小河對岸山坡延伸的滑道，是用來把原木運到下面的。在望遠鏡中，小河看來是如此清澈順暢，河水流下水壩變成瀑布，水花在風中飛舞著。

「沒看到哨兵。」

「廠房裡有煙冒出來，」老傢伙說。「還有衣服吊在曬衣繩上。」

「那些東西我也看到了，但看不到哨兵。」

「也許他躲在陰涼處，」老傢伙跟他解釋。「那裡很熱。他應該是在我們看不到的另一頭，躲在陰影裡。」

「可能吧。那一個哨站在哪？」

「橋下。就設在修路工的小屋，山隘頂端往下五公里處。」

「那裡有多少人？」他指著鋸木廠。

「也許有四個士兵，還有一個下士。」

「下面呢？」

「人更多。我會搞清楚。」

「那橋上呢？」

「總是有兩個。兩頭各一個人。」

「我們還需要一些人手，」他說。「你能弄到多少人？」

「你要多少就給你多少，」老傢伙說。「現在山上有很多人。」

「多少個？」

「一百多人。但是他們分成許多小隊。你需要多少人？」

「勘查過橋樑後，我就跟你說。」

「現在就要勘查了嗎？」

「不用。現在我希望能找到一個藏炸藥的地方，可以藏到要用的時候。我想把炸藥藏在一個最安全的地方，而且如果可能的話，與橋樑相距不超過半小時路程。」

「很簡單，」老傢伙說。「我們接下來要去的那個地方，與橋樑之間是下坡路段。不過，現在我們要往上爬才能到那兒，有點辛苦。你餓嗎？」

「嗯，」年輕人說。「但是我們等一下再吃。你叫什麼？我忘了。」他居然忘了，真是個壞兆頭。

「安瑟莫，」老傢伙說。「我叫做安瑟莫，是阿維拉省巴爾可鎮的人。我幫你背背包吧。」

那年輕人又高又瘦，一頭金髮因為曬傷而變成黃白相間，臉龐飽經風颳日曬，法蘭絨襯衫也被曬得褪色了，身穿一條農夫褲，腳上也是麻繩底的布鞋，身子向前傾，一隻手臂穿過皮革背包的背帶，把沉重的背包往後甩，扛在肩上。他把另一隻手臂也穿進背帶，用背部撐起整個背包的重量。襯衫上剛剛被背包壓住的地方還是濕的。

「我背好了，」他說。「該怎麼走？」

「往上爬，」安瑟莫說。

沉重的背包讓他們彎著腰，汗流浹背，穩穩地爬上布滿松林的山坡。年輕人根本看不到山徑，但他們持續往上爬，在山的一面繞來繞去，此刻越過一條小河，老傢伙還是沿著布滿岩石的河床邊緣，穩穩地走在前頭。坡面變得更陡更難爬，到最後小河似乎越過了平滑而高聳的花崗岩岩壁，突然往下流，老傢伙在岩壁下方等待年輕人趕上他。

「感覺怎樣？」

「還好，」年輕人說。他大汗淋漓，攀爬陡坡讓他的大腿肌肉一陣陣抽痛起來。

「在這邊等我一下。我先到前頭去跟他們說一聲。背著那東西，你應該不希望還被開槍射中吧？」

「那可不是開玩笑的，」年輕人說。「還很遠嗎？」

「很近。你叫做什麼？」

「羅貝托[3]，」年輕人答道。他已經先讓背包往下滑，輕輕地把它擺在河床旁兩顆巨石之間。

「那在這裡等一下吧，羅貝托，我會回來找你。」

「好，」年輕人說。「不過，你打算從這條路下山去那座橋嗎？」

「不是。會從另一條路下去。路程較短，也比較好走。」

「我不希望藏這東西的地方與橋樑相距太遠，」年輕人說。

「你再看看吧。如果你不滿意，我們可以改個地方。」

「到時候再說，」年輕人說。

他坐在兩個背包旁，看著老傢伙爬上岩壁。岩壁不難攀爬，而且年輕人看得出他曾經爬過許多次，因為他找都沒找就能摸到手可以扶著的地方。但是，所有爬過的人都很小心，並未留下任何行跡。

這年輕人名叫羅伯．喬丹，他已經飢腸轆轆，而且很憂心。他常挨餓，但不常擔憂，因為他並不在意自己的任何遭遇，而且根據經驗他也知道，在這一帶如果想要繞到敵軍後方去活動，實在太容易了。不管是繞到敵後，或是穿越他們的陣地，都很容易，只要有個很會帶路的人就行。唯一值得在意的遭遇是被俘虜，那就真的令人為難了，除此之外的另一個難處，就是要決定該相信誰。如果不能完全信任自己的同袍，那他們就一點也不值得信任，而任誰都必須針對這信任問題做出決定。那些都不是他擔憂的。但還有別的事。

安瑟莫這老傢伙很會帶路，在這山區可說來去自如。羅伯．喬丹自己也挺會走的，但是自從黎明前開始跟在後面走路以來，羅伯知道自己有可能被老傢伙給操死。到目前為止，羅伯．喬丹都很信任老傢伙，唯一不信任的是他的判斷力。羅伯還沒有機會可以測驗他的判斷力，而且無論如何，進行判斷都是羅伯自己的責任。不，他不擔心安瑟莫，而且橋樑的問題並沒有比其他許多問題更為困難。不管是哪一種橋樑，只要你說得出來的，他都知道該怎麼炸掉，而且他已經炸毀過用各種工法蓋成的許多橋樑，大大小小都有。一九三三年，安瑟莫在徒步前往拉葛蘭哈的路上曾經走過那一條橋，而且除了他的印象之外，前天晚上還待在埃斯科里亞鎮郊區房屋時，葛爾茲也在樓上房間跟他描述過，不過就算那一座橋是他們所說的兩倍大，那兩個背包裡的炸藥與設備還是足以把它炸掉。

燈光照射在葛爾茲那一顆滿是傷疤，頭髮已經剃光的頭上，他一邊用鉛筆指著那一張大地圖，一邊說：「把橋炸掉沒什麼了不起的，你懂吧？」

「是，我懂。」

「那根本就算不了什麼。如果只是把橋炸掉，你就算失敗了。」

「是的，將軍同志。」

3 羅伯（Robert）在西語裡會變成羅貝托（Roberto）。

「你應該做到的是，根據攻擊計畫，在指定的時間把橋炸掉。我想你一定了解。炸橋是你的權力，而且你該依計行事。」

葛爾茲看著鉛筆，然後用鉛筆輕輕敲打牙齒。羅伯．喬丹不發一語。

「你知道那是你的權力，而且你該依計行事，」葛爾茲看著羅伯，點點頭，此刻他用鉛筆輕輕敲打地圖，接著說，「那是我該做的事。但是我們卻做不到。」

「為什麼，將軍同志？」

「為什麼？」葛爾茲怒道，「你都已經看過我們發動幾次攻擊了，卻還問我為什麼？有什麼能夠確保我的命令不會被改變？有什麼能夠確保這次攻擊行動不會被取消？有什麼能夠確保攻擊行動不會被延後？有什麼能夠確保攻擊行動能夠在預定時間過後的六個小時內開始？有哪一次攻擊行動按照計畫進行的嗎？」

「如果這是你主導的行動，就會準時開始，」羅伯．喬丹說。

「沒有一次是我主導的，」葛爾茲說。「計畫是我擬的。但我不能主導。砲兵不歸我管。我得提出申請。就算他們真的派兵給我，也沒有一次滿足我的需求。這都只是一些小事而已。還有更糟的。你知道那些人的德性。我沒有必要一一詳述。總是會出問題。總是有人干涉。所以，現在你一定要確定自己搞懂了。」

「那麼我該在什麼時候炸橋呢？」羅伯．喬丹問道。

「在攻擊行動開始後。一開始你就炸橋，但可不能提前。如此一來，他們的援軍就不能從那條路過來了，」他用鉛筆指著地圖，「我一定要援軍無法走那條路，一兵一卒都不行。」

「攻擊行動什麼時候開始？」

「我會跟你說。但是你只能把具體的日期和時間當作一種可能性，僅供參考。你必須為那一刻做好準備。攻擊行動一開始，你就要把橋炸掉。懂嗎？」他用鉛筆指著地圖，「他們的援軍只能走那條路。在我開始攻擊山隘之後，無論他們想要派坦克、大砲甚或卡車去支援那裡，都只有那條路可以走。我一定要確定橋被炸毀了。不能夠提前炸，否則我們的攻擊行動若是延後了，他們就有時間修橋。不行。必須要在開始攻擊後才能炸橋，而且一定要炸毀。橋上只有兩個哨兵。要跟你一起行動的人剛剛才從那裡過來，他們說他是個很可靠的傢伙。你馬上就能看得出來。山裡有他的人手。需要多少人都可以找他。盡量讓少一點人參加，但是人手必須足夠。這些事不需要我來提醒你。」

「還有，我要怎樣才能確定攻擊行動已經開始？」

「我們會投入一整個師的兵力。事先會進行空襲。你不是聾子吧？」

「所以，等到飛機一投彈，就等於攻擊行動開始了？」

「你不能永遠都這麼論斷，」葛爾茲搖頭說。「不過就這一次而言，你說的沒錯。這次是我發動的攻擊。」

「我懂，」羅伯．喬丹說。「不過我不是很喜歡這樣。」

「我也不太喜歡。如果你不想幹，現在就說清楚。如果你覺得做不到，也是現在就說。」

「我會做，」羅伯．喬丹說。「我會完成任務。」

「我就是要這一句話，」葛爾茲說。「總之不能讓一兵一卒通過那座橋。絕對不能。」

「我明白。」

「我不喜歡叫人做這種事，尤其又是這種做法，」葛爾茲接著說。「我不能命令你去做。我知道我提出的條件很嚴苛，也許你會被迫做一些不想做的事。我特別仔細解釋，讓你搞清楚狀況，也明白任務的所有難處與重要性。」

「可是，橋如果炸毀了，你的部隊要怎麼挺進拉葛蘭哈？」

「我們已經準備好了，奪下山隘後就把橋修好。這是一次非常複雜而且漂亮的任務。跟以前那些任務一樣。計畫是在馬德里擬定的。這又是那一位失意教授文森特・洛霍[4]的傑作。這次攻擊行動由我主導，而且跟以前一樣，我還是沒有充足的兵力。儘管如此，這還是一次勝算很高的任務。這次我比平常都還要樂觀。如果把橋樑炸毀了，就能成功。我可以奪下塞哥維亞[5]。聽好了，我要跟你說我們會怎麼做。懂嗎？我們要攻擊的不是山隘頂端。我們守在那裡。在更遠的那一頭。你看——這裡——像這樣——」

「我還是不要知道比較好。」羅伯・喬丹說。

「也好，」葛爾茲說。「如此一來，你的心理負擔也就少一點，對吧？」

「我總是希望不要知道比較好。那麼，無論發生了什麼事，洩密的就肯定不是我啦。」

「不知道的確是比較好，」葛爾茲用鉛筆輕敲額頭。「我自己也是，有好幾次希望我不知道一些事。但你的確知道關於橋樑的事吧？那是你必須知道的。」

「嗯。那我知道。」

「我相信你，」葛爾茲說。「我用不著對你訓話。來喝一杯吧。說了那麼多話，口好渴，霍丹同志。你的名字用西班牙文念起來好怪，霍頓同志[6]。」

「那葛爾茲用西班牙文怎麼念，將軍同志？」

「霍澤，」葛爾茲咧著嘴說，用喉嚨的深處發音，聽起來好像重感冒時在咳嗽。「霍澤，」他用低沉沙啞的聲音說。「『霍澤將軍同志』。早知道葛爾茲的西班牙文發音是那樣，來這裡參戰之前我就會挑一個更好的名字。我來這裡當師長，可以隨便挑個名字，可是我偏偏挑了霍澤。霍澤將軍。現在想要改也太晚了。你喜歡*partizan*的工作嗎？」*partizan*是個俄文詞彙，意思是在敵後從事游擊隊的工作。

「很喜歡，」羅伯．喬丹咧嘴笑說，「在戶外活動有益健康。」

「年輕時我也很喜歡，」葛爾茲說。「他們說你是炸毀橋樑的專家。手法很科學化。不過那都是聽來的。我沒有親眼見過你下手。也許傳聞都不是真的。你真的炸了那些橋？」此刻他開起了玩笑，「把這杯喝掉，」他把一杯西班牙白蘭地遞給了羅伯．喬丹。「真的嗎？」

「有時候啦。」

「如果是那一座橋，我不想聽『有時候啦』那種廢話。算了，別再談那一座橋。你對它的了解已經夠多了。我們都是很嚴肅的人，所以可以開那種過分的玩笑。嘿，到了那邊，也有很多女人在等你嗎？」

「沒有，沒時間把妹。」

「才怪。幹的差事越不規律，人的生活也會越不規律。你幹的差事就很不規律啊。還有，你該剪頭髮了。」

「需要時我就會剪，」就算殺了羅伯．喬丹，他也不會像葛爾茲那樣剃個大光頭，他繃著臉說。「我不需要女人，要擔心的事已經夠多了。」

「我該穿哪一種制服？」羅伯．喬丹問道。

「不用穿，」葛爾茲說，「你的頭髮也沒問題，我是鬧著你玩的。你跟我真的很不一樣，」葛爾茲說完

---

4 文森特．洛霍（Vincente Rojo）：西班牙共和政府的將領。

5 塞哥維亞（Segovia）：西班牙的歷史古城，位於馬德里西北方九十公里處。

6 葛爾茲先是將喬登（Jordan）念作霍登（Hordan），後又唸作霍頓（Hordown）。

後又把酒杯斟滿。

「你從來不會只是想要把妹。我則是壓根都不會去想的。為什麼我該想？我是個蘇聯將軍。我從來不想的。別試著騙我去想那種事。」

他有個參謀坐在椅子上，原來一直在研究製圖板上的一張地圖，此刻突然用羅伯．喬丹聽不懂的語言對葛爾茲大叫了起來。

「閉嘴！」葛爾茲用英語說，「我想開玩笑就開。我很嚴肅，所以我可以開玩笑。喝完這一杯就走吧。明白嗎？」

「明白，」羅伯．喬丹說。「我懂。」

他們握手告別，敬完禮後他走到屋外，坐上一輛參謀車，那老傢伙在裡面等他等到睡著了。車子載著他們經過瓜達拉馬[7]，老傢伙還在睡，接著車子沿著納瓦塞拉達公路往上開，來到了阿爾卑斯山登山社的小屋，羅伯．喬丹在那裡睡了三個小時，他們才繼續上路。

那就是他最後一次看到葛爾茲那張怎麼曬也曬不黑的奇怪白臉，還有他的鷹眼、大鼻與薄唇，以及那布滿了皺紋與傷疤的大光頭。明晚他們就會來到埃斯科里亞鎮郊區的黑暗公路上，一整列軍用卡車在黑暗中集結，全副武裝的步兵登上卡車，機槍隊把機關槍搬上卡車，坦克車也會沿著墊木開上那種車身很長的坦克專用卡車，整個師在夜裡全員出動，準備要攻擊山隘。他不會想那麼多。那不干他的事。那是葛爾茲該管的。他只需要做一件事，那才是他該想的，而且他必須想清楚，考慮每個環節，無須擔憂。擔憂就跟害怕一樣糟糕。只會把情況變得更糟。

此刻他坐在小河邊，看著清澈的河水流經河裡的石頭，他發現對岸居然生長著一片濃密的水芹。他越過小河，採了兩把，用河水把沾滿泥土的根部洗乾淨，又坐回背包邊，開始吃了起來，水芹的綠葉是如此乾淨清涼，青脆的莖部吃起來則有辣味。他跪在河邊，把腰帶上的自動手槍挪到背後，以免弄濕，雙手各撐著一塊大圓石，俯著身子喝起水來。河水是如此冰涼冷冽。

他把雙手一推，起身後轉頭看見老傢伙正從岩壁上下來。他身邊跟著另一個男人，同樣身穿那種在這一省幾乎是制服的農夫罩衫與深灰色長褲，還有麻繩底布鞋，身後背著一支卡賓槍。這個人沒戴帽子。他們倆從巨岩上爬下來，動作像山羊一樣俐落。

他們朝羅伯·喬丹走過去，他這才站了起來。

*Salud, Camarada,*[8] 他對背著卡賓槍的男人微笑問好。

那個人也不情願地說了一聲*Salud*。羅伯·喬丹看著他那一張長滿鬍碴的大臉。他的臉和頭都很圓，頭的下緣與雙肩貼得很近。他那一雙小眼睛長得很開，耳朵很小，緊貼著頭部。他是個身高大約五呎十吋的壯漢，手大腳大。他的鼻樑曾經斷過，一邊嘴角割傷過，割痕從上嘴唇往下顎延伸，儘管一臉鬍子也掩飾不住。

老傢伙對那男人點點頭，笑了出來。

「他是這裡帶頭的，」他咧嘴笑道，然後向上彎曲雙臂，做出一個展現臂上肌肉的動作，看著那個背著卡賓槍的男人，流露出帶著嘲弄的敬佩眼神。「他是個猛男。」

「我看得出來，」羅伯·喬丹說完又笑了出來。他不喜歡那個男人的外表，他的心裡也壓根不想笑。

「你有什麼可以證明自己的身分？」那個背槍的男人問他。

7 瓜達拉馬：介於馬德里與塞哥維亞之間的城鎮，鄰近本書最主要的場景——瓜達拉馬山脈（Sierra de Guadarrama）。

8 Salud, Camarada：西班牙語，意即「你好，同志」。

羅伯．喬丹把法蘭絨襯衫左胸口袋蓋上的安全別針解開，拿出一張折起來的紙，交給那個男人，他打開後用滿是狐疑的眼神看一看，把那張紙在手裡轉來轉去。

所以說，他不識字啊，羅伯．喬丹心想。「看看上面蓋的印章，」羅伯說。

老傢伙指著印章，背槍的男人仔細端詳，用手指把紙張翻來翻去。

「那是什麼章？」

「你沒見過嗎？」

「沒有。」

「章有兩個，」羅伯．喬丹說。「一個是S. I. M.，也就是軍情局。另一個是參謀總部蓋的。」

「嗯，我有看過那種章。但是，在這裡只有我能發號施令，」那個男人繃著臉說，「背包裡裝著什麼？」

「炸藥，」老傢伙得意地說，「昨晚我們摸黑穿越敵軍陣地，今天整天都帶著炸藥翻山越嶺。」

「我會用炸藥，」背槍的男人說。他把紙還給羅伯．喬丹，上下打量他。「嗯，這炸藥我用得著。你帶了多少給我？」

「我沒有幫你帶，」羅伯．喬丹心平氣和地說。「那炸藥另有用途。你叫什麼名字？」

「跟你有什麼關係？」

「他叫做帕布羅，」老傢伙說。背槍的男人繃著臉看他們倆。

「很好。久仰大名了，」羅伯．喬丹說。

「你聽過哪些關於我的話？」帕布羅問他。

「我聽說你是個很厲害的游擊隊領袖，還聽說你效忠共和政府，也用行動證明你的忠心，還有人說你嚴肅又勇敢。參謀總部的人問候你。」

「這些話你都是從哪裡聽來的？」帕布羅問道。羅伯・喬丹記住了，他是個不喜歡被拍馬屁的人。他說：「從布伊特拉戈到埃斯科里亞，大家都這麼說，」他列出了戰線另一頭的許多地名。

「我不認識布伊特拉戈的人，埃斯科里亞也是，」帕布羅跟他說。

「山的另一頭有很多人以前都不是住那裡的。你是哪裡人？

「阿維拉。那炸藥你打算怎麼用？」

「拿來炸橋？」

「什麼橋？」

「那是我的事。」

「如果橋在這一帶，就是我的事。任誰也不會在自己的住家附近炸橋啊。要炸也要炸其他地方的橋。我很清楚自己在幹什麼。能夠在這一行存活一年以上，就會知道自己在幹什麼。」

「那是我的事。」羅伯・喬丹說，「我們可以一起討論。你願意幫我們拿背包嗎？」

「不願意，」帕布羅搖頭說。

老傢伙突然轉身走向他，用一種羅伯・喬丹勉強聽得懂的方言怒斥帕布羅，講得又快又急。感覺起來就像在朗讀戈維多[9]的詩歌。安瑟莫講的是一種古老的卡斯提亞方言，意思大概是：「你是野獸嗎？對。你是畜牲嗎？對。你有大腦嗎？沒有。我們可是要來幹一件大事的，你卻只希望自己的住處別被破壞，只顧自己的狐狸洞，不管人類的死活。不管同胞的死活。我圈圈叉叉你老爸啦。我圈圈叉叉你家祖宗十八代。你給我把背包拿起來。」

9 戈維多（Francisco de Quevedo）：十六世紀西班牙最傑出的詩人之一。

帕布羅把頭低下去。

「任誰都只能做能力範圍內的事，而且要考量現實狀況，」他說。「我住在這裡，但是打游擊的地點在塞哥維亞以北。如果你來這裡搗亂，我們就會被趕出山區。只有安分守己，我們才能夠住在這個山區。這是狐狸的原則。」

「是啊，」安瑟莫用很酸的口氣說。「我們需要的是狼，可是你卻要堅持什麼狐狸的原則。」

帕布羅說：「我比你們還要像狼。」但羅伯．喬丹已經知道他會拿起背包。

「嘿。呵……，」安瑟莫看著他說。「說什麼你比我像狼，我今年可是已經六十八歲啦。」

他在地上吐口水，搖搖頭。

「你的歲數有那麼大了？」羅伯．喬丹看得出暫時應該沒問題了，所以用這句話來緩和氣氛。

「到七月就六十八啦。」

「如果我們能活到七月再說吧，」帕布羅說。「我幫你拿那個背包吧，」他對羅伯．喬丹說。「把另一個留給那個老傢伙。」此刻他說話時不再繃著臉，但幾乎悲傷了起來。「老歸老，他還是很猛。」

「我自己會背，」羅伯．喬丹說。

「不用了，」老傢伙說。「讓另一個猛男背吧。」

「我會背，」帕布羅說，他那種陰沉中帶著悲傷的神情讓羅伯．喬丹感到不安。他了解那種悲傷的神情，而在這裡看到那種神情則是讓他感到擔憂。

他說：「那把槍給我。」帕布羅把槍交給他之後，他把槍背在背上，由他們倆走在前面，他們的腳步沉重，在那一片花崗岩岩架上攀爬，翻過頂端後，走向一片綠色的林中空地。

一行三人繞過那一小片草原的邊緣，羅伯．喬丹身上沒有背包，輕快地邁開步伐，與先前令人汗流浹背的沉重背包相較，卡賓槍壓在肩頭那種硬邦邦的觸感令他快活多了，他還注意到草地上有幾個地方的草已經被牲口吃掉，地面也有被拴馬樁釘過的痕跡。他看得出草地上那一道痕跡是馬匹被帶到河邊喝水時留下來的，還有幾坨剛剛拉出來的馬糞。他心想：他們一定是晚上時把馬拴在這裡吃草，白天藏在樹林裡以免被看到。真不知道這帕布羅有幾匹馬？

剛剛他其實注意到一件事，只是沒想太多，此刻他才又想到：帕布羅身上長褲的膝蓋與大腿處已經被磨得非常光滑。他心想，帕布羅是不是有一雙靴子，還是騎馬時也穿著麻繩底布鞋。他肯定有一整套騎馬的設備。但他並不喜歡那種悲傷的神情。那不是什麼好徵兆。只有打算要放棄，或打算變節的人才會露出那種神情。那是一種要出賣別人的表情。

他們前方樹林裡傳來馬的低鳴聲，接下來，儘管只有些許陽光從濃密樹梢灑下，他還是看見了綁在一棵棵棕色松樹樹幹上，用來充當圍欄的繩子。他們走過去時，馬兒都探頭過來朝向他們，圍欄外的一棵樹下堆著許多馬鞍，上面蓋著一條油布。

走過去時，兩個身上有背包的人停下腳步，羅伯．喬丹知道他們是要讓他有機會誇獎那些馬。

「是啊，」他說，「他們都很漂亮。」他轉身面對帕布羅。「你居然還有一支騎兵隊啊。」

圍欄裡有五匹馬：三匹棗紅色的、一匹栗色的，還有一匹鹿皮色的。一開始羅伯．喬丹先大體看了一下，接著再一匹匹看，用雙眼仔細分類。帕布羅與安瑟莫很清楚那些都是駿馬，此刻帕布羅正得意地站在那裡，顯得比較沒那麼悲傷了，正深情款款地看著那些馬，至於那老傢伙的表情，則好像這是他自己為羅伯帶來的一大驚喜。

「你看他們怎樣？」他問道。

「這些都是我弄來的。」帕布羅的語氣很得意，羅伯．喬丹樂於聽到他這樣。

「那一匹，」羅伯．喬丹指著某一匹棗紅色的高大種馬，額頭有一塊白斑，有一隻前腳是白色的，「是好馬。」

那是一匹駿馬，簡直像是從維拉斯奎茲[10]的畫作中走出來似的。

「他們都很棒，」帕布羅說。「你懂馬？」

「懂。」

「不賴嘛，」帕布羅說。「看得出哪一匹有缺陷嗎？」

羅伯．喬丹心知肚明：這個不識字的傢伙要考驗他。

馬兒還是都抬頭看著他。羅伯．喬丹從圍欄的兩條繩索之間鑽過去，拍了一下鹿皮色馬兒的屁股。他往後靠在圍欄的繩子上，看著馬兒在裡面繞圈圈，等到他們站定，他又站著多看了一會兒，這才俯身鑽出圍欄。

「栗色那一匹的後腳是跛的，」他沒轉頭就對帕布羅說，「因為蹄子裂開了。不過，如果蹄鐵打得好，可能不會有大礙，但若是在堅硬的路面上走太久，就撐不住了。」

「我們弄到手的時候，牠的馬蹄就是那樣了。」帕布羅說。

「最棒的是那一匹白額棗紅色種馬，牠的砲骨[11]上方有一個腫塊，我覺得不太好。」

「那沒什麼，」帕布羅說。「牠三天前曾經撞到。如果是什麼問題，應該早就有狀況了。」

他把油布拉開，那些馬鞍露了出來。其中兩副是看來普普通通的牧人馬鞍，跟美國常見的那一種很像，還有一副牧人馬鞍比較華麗，是手工皮革材質，兩邊的馬鐙沉甸甸的，帶有護片，還有兩副黑色的軍用皮革馬鞍。

他說：「我們殺了兩個*guardia civil*[12]，」意思是要解釋軍用馬鞍的來源。

「那可是一件大事啊。」

「他們在塞哥維亞與聖瑪利亞德爾雷爾之間的公路下馬。他們下馬是為了檢查一個馬車駕駛的證件。所以才能把他們殺了，卻又不傷及馬匹。」

「你們殺過許多憲兵嗎？」羅伯・喬丹問道。

「殺了幾個，」帕布羅說，「但只有殺這兩個時沒有傷到馬。」

「阿雷瓦洛的火車爆炸案就是帕布羅幹的，」安瑟莫說。「就是他。」

「有個外國人跟我們一起炸火車，」帕布羅說。「你認識他嗎？」

「他叫什麼名字？」

「我不記得了。那名字很少見。」

「他的長相呢？」

「跟你一樣是金髮的，但沒你那麼高，有一雙大手，鼻樑斷了。」

「卡胥金，」羅伯・喬丹說。「那應該是卡胥金。」

「沒錯，」帕布羅說。「那名字很少見。差不多就是那樣。他後來怎樣了？」

「四月就死了。」

「大家都會死，」帕布羅的語氣悲戚。「我們所有人的下場都會是那樣。」

---

10 維拉斯奎茲（Velasquez）：文藝復興後期的西班牙畫家，畫風走寫實主義風格，對後世影響巨大。

11 砲骨（cannon bone），馬小腿處的骨骼。

12 guardia civil：憲兵（civil guards）的西語。

「只要是人都會死，」安瑟莫說。「從古至今都是那樣。你這傢伙是怎麼了？吃錯東西了嗎？」

「他們很強，」帕布羅說。他彷彿在自言自語。他悲戚地看著馬兒。「你們不知道他們有多強。我看得出他們越來越強，武器越來越厲害。物資也越來越多。我卻只有這幾匹馬。我還能有什麼指望嗎？不過就是被追捕，被殺掉。只有那樣。」

「你被追捕，但你也追捕別人啊。」安瑟莫說。

「沒有，」帕布羅說。「再也不是那樣了。而且，如果我們離開這山區，我們還能去哪裡？回答我啊？現在能去哪裡？」

「西班牙還有很多山區。如果離開這裡，你還有格雷多斯山[13]可以去。」

「我可不幹，」帕布羅說。「我已經厭倦被追捕了。我們在這裡待得好好的。可是如果你在這裡炸橋，我們就會被追捕。如果他們知道我們在這裡，就會派飛機來搜索，我們就會被發現。如果他們派摩爾人出馬，我們就會被發現，不得不離開。這一切讓我感到厭倦。你聽到了嗎？」他轉身面對羅伯・喬丹。

「你這外國人有什麼權力跑來我這裡，跟我說我該做些什麼？」

「我沒有說你該做些什麼，」羅伯・喬丹對他說。

「你只是還沒說而已，」帕布羅說。「那裡。禍源就在那裡。」

他指著剛剛他們為了看馬而放下的兩個沉重背包。看到那些馬似乎讓他心頭湧現了這一切想法，看到羅伯・喬丹則是似乎讓他變得不吐不快。此刻他們三人站在繩索圍欄旁，斑駁的陽光灑在棗紅色種馬身上。帕布羅看著他，然後用腳踢一踢那沉重背包。「這就是禍源。」

「我只是為了任務而來的，」羅伯・喬丹跟他說。「我是奉命而來的，命令來自軍方高層。如果我請你幫我，你可以拒絕，我還是可以找別人幫我。我甚至還沒有開口請你幫忙。我必須奉命行事，而且我可以跟你保證，這任務事關重大。至於我是外國人這件事，並非我的錯。我也寧可在這裡出生。」

「對我來講，目前最重要的就是別打擾我們，」帕布羅說。「對我來講，目前我的任務就是要顧好我的手下和我自己。」

「對啦，你自己，」安瑟莫說。「你早就只顧你自己了。你自己和你的馬。還沒有這些馬的時候，你是跟我們站在一起的。現在有了馬，你就變成有錢人，就跩了起來。」

「你這些話真不公平，」帕布羅說。「為了這場戰爭，我總是把馬貢獻出去。」

「你的貢獻很少，」安瑟莫不屑地說。「我覺得很少。你利用馬偷東西，沒錯。馬讓你能吃好一點，沒錯。你利用馬去殺人，這也沒錯。但你可沒有用馬來幫我們打仗。」

「你這老傢伙，當心禍從口出。」

「我這老傢伙誰也不怕，」安瑟莫跟他說。「而且我這老傢伙也沒有馬。」

「你這老傢伙可能沒剩多少日子可以活了。」

「我這老傢伙會活到我死掉那一天，」安瑟莫說。「而且我也不怕狐狸。」

帕布羅不發一語，只是把背包拿起來。

「也不怕狼，」安瑟莫邊說邊拿起另一個背包。「如果你真的是狼。」

「你給我閉嘴，」帕布羅對他說。「你這老傢伙總是話太多。」

「而且我言出必行，」背起了背包的安瑟莫彎著腰說。「還有我又餓又渴。走吧，苦瓜臉的游擊隊頭子。帶我們去吃東西吧。」

---

13 格雷多斯山（Sierra de Gredos）：西班牙中部的山脈，位於塞哥維亞西南方一百三十公里處。

這種開頭可真是糟透了，羅伯・喬丹心想。但安瑟莫是個漢子。他心想，他們這種人好的時候真是棒透了。他們好起來，比誰都還要好，他們開始使壞，沒人比他們壞。安瑟莫會帶我來這裡，一定是知道自己在做什麼。但我不喜歡這樣。一點也不喜歡。

唯一的好兆頭，是帕布羅幫忙背東西，還把卡賓槍交給他。也許他就是那個樣子，羅伯・喬丹心想。也許他就是那種喜歡耍憂鬱的傢伙。

不，他對自己說，別騙自己了。你不知道他以前是什麼樣子，但是你的確知道他正在變壞，速度很快，而且不加掩飾。等到他開始掩飾，就是已經做好決定了。他要自己別忘記這一點。如果他開始釋出善意，那也是表示他做好決定了。他心想，不過那些駿馬還真是漂亮啊。那些馬讓帕布羅感到得意，真不知道有什麼東西也能給我那種感覺。老傢伙說對了。那些馬讓他變有錢人，一有錢他就想要享受人生。我猜，不久後他就會覺得很糟，因為他不能加入騎師俱樂部。*Pauvre Pablo. Il a manqué son Jockey.*[14]

這念頭讓他感覺好多了。看著前面兩個人彎腰背著背包穿越樹林，他咧嘴一笑。他今天都還沒有跟自己開玩笑，想出這笑話後，他心情好多了。你快要跟他們一樣了，他告訴自己。你也越來越憂鬱。他跟葛爾茲在一起時，肯定是嚴肅又憂鬱的。這個任務讓他有點承受不了。只是有一點點而已，他心想。或者非常受不了。葛爾茲是個快活的傢伙，在他離開前也叫他要快活一點，但他辦不到。

只要想一想就會發現，最出色的那些人都是快活的。如果能夠快活得起來，的確好多了，而且那也是某種象徵。就好像人還活著，可是卻已經永垂不朽了。這很複雜。不過，這種人已經不多了。真的，這種快活的人已經剩下沒幾個。真他媽所剩無幾。天啊，如果你像這樣繼續想下去，你大概也沒辦法活了。老傢伙，老同志，別再想啦！你現在是要炸橋的人。不是思想家。他心想：天啊，我餓了。希望帕布羅的伙食很好。

# 第二章

他們穿越密林，來到小小谷地的杯口狀頂端，在那裡他看得出營地應該就在眼前：越過樹林後，就在那一片高聳懸崖的下方。

那裡果然有個營地，而且還不錯。那是個一直要走到前面才能看見的營地，羅伯．喬丹知道從空中是無法偵察到它的。從上面看不到任何東西，根本就像熊的窩一樣隱密。但是營地的戒護工作似乎沒有比熊窩好到哪裡。走過去時他仔細盯著那營地。

懸崖的石壁上有個大洞穴，洞穴開口旁邊有一個男人倚著石壁坐著，兩腿往地上伸展，他的卡賓槍靠著石壁。他正在用刀削一根木棍，他們走過去時他盯了他們一下，接著又回頭去削木棍了。

「哈囉，」坐著的男人說，「來的是誰？」

「老傢伙跟炸藥專家，」帕布羅跟他說，把背包放下，擺在山洞入口的內側。安瑟莫也放下背包，羅伯．喬丹則是把槍拿下來，靠在岩壁上。

那個削木棍的男人有一張看來黝黑、俊俏而且慵懶的吉普賽臉龐，臉的顏色像煙燻過的皮革，眼睛很藍，他說：「別把背包擺在靠近洞穴的地方，裡面有火。」

「你自己站起來搬走，」帕布羅說。「擺在樹旁邊。」

---

14 Pauvre Pablo. Il a manqué son Jockey.：法語，意思是：可憐的帕布羅。他當不成騎師了。

吉普賽人不肯動，罵了一句不雅的話，接著便慵懶地說：「擺在那裡好了。炸死你自己吧！炸死就把百病都治好囉！」

「你在削什麼？」羅伯．喬丹坐在吉普賽人身邊。吉普賽人拿給他看。那是一個「4」字型的捕獸器，他正在削橫閂的部分。

「用來抓狐狸的，」他說。「上面裝了一根木頭，砸下來可以打斷狐狸的背。」他對著喬丹咧嘴一笑。「像這樣，懂嗎？」他做出一個陷阱支架癱倒，木頭砸下來的動作，然後搖搖頭，把一隻手收回來，接著伸開雙臂，擺出狐狸的背斷掉的模樣。「很管用的。」他說。

「他抓的是兔子，」安瑟莫說。「他是個吉普賽佬。如果他抓的是兔子，會說是狐狸。如果他抓的是狐狸，會說是大象。」

「如果我抓的是大象呢？」吉普賽人問道，然後再度露出一口白牙，對著羅伯．喬丹眨眨眼。

「那你會說是坦克，」安瑟莫跟他說。

「我會弄到一部坦克，」吉普賽跟他說。「我一定會。到時候你想說那是什麼都可以。」

「吉普賽人說的話多，殺的人少。」安瑟莫跟他說。

吉普賽人對著羅伯．喬丹眨眨眼，接著削木頭。

帕布羅已經進了洞裡，不見蹤影。羅伯．喬丹希望他是去弄吃的。

他在吉普賽人的身邊坐下來，下午的陽光從樹梢篩落，暖暖地灑在他往外張開的雙腿上。此刻他可以聞到洞穴裡傳出來的食物味道，有油、洋蔥與煎肉的香味，他已經餓得飢腸轆轆。

「我們可以弄到一部坦克，」他對吉普賽人說。「不會太難。」

「用這個？」吉普賽人指著那兩個背包說。

「嗯，」羅伯．喬丹跟他說。「我會教你。你只要設陷阱就好。並不太難。」

「就你和我？」

「當然，」羅伯．喬丹說。「為什麼不行呢？」

「嘿！」吉普賽人對安瑟莫說。「把背包拿到安全的地方，好嗎？」

安瑟莫哼了一聲。「我要去倒葡萄酒。」他跟羅伯．喬丹說。羅伯起身把背包從洞穴入口拿走，把它們擺在一根樹幹的兩側。他知道那裡面裝了什麼，壓根兒不想讓兩者靠在一起。

「幫我拿一杯。」吉普賽人跟他說。

羅伯．喬丹問道：「有葡萄酒嗎？」接著又在吉普賽人身邊坐下。

「葡萄酒？為什麼沒有？有一整個酒囊。最少還有一半啦。」

「那有什麼吃的？」

「什麼都有，老弟，」吉普賽人說。「我們有將軍級的伙食。」

「吉普賽人在戰爭裡都做些什麼？」羅伯．喬丹問他。

「繼續當吉普賽人啊。」

「真是一份好差事。」

「最棒的，」吉普賽人說。「他們都叫你什麼？」

「羅貝托。你呢？」

「拉斐爾。你說要弄台坦克是當真嗎？」

「當然。有什麼不可以？」

安瑟莫從洞口出來，手裡端著一個很深的石盆，裡面裝滿了紅酒，還用手指穿過杯把，勾著三個酒杯。「你們看，」他說。「他們不只有酒杯，什麼都有。」跟在後面的帕布羅也走了出來。

「很快就有吃的了，」他說。「有菸嗎？」

羅伯．喬丹走到背包旁，打開其中一個，在背包內袋摸來摸去，拿出一包扁扁的蘇聯香菸，裡面還有好幾包，都是從葛爾茲的總部弄來的。他的拇指指甲劃過菸盒邊緣，把菸盒蓋打開，拿給帕布羅，帕布羅拿走了六根。六根菸在他的大手裡，被他拿起一根，在陽光底下看著。這種香菸細細長長的，長筒狀菸嘴是厚紙板材質。

「空隙多，菸絲少，」他說。「這我看過。那名字很罕見的傢伙也抽這種。」

「卡胥金，」羅伯．喬丹說，他也把菸遞給吉普賽人與安瑟莫，他們各拿了一根。

「多拿點，」他說，於是他們又各自多拿了一根。他又各給了四根，他們倆手裡拿菸，連連點頭致謝，菸的尾端也隨之上下擺動，像拿劍的人向他敬禮。

「沒錯，」帕布羅說。「那是個罕見的名字。」

「酒在這裡，」安瑟莫從石盆裡舀起一杯酒，遞給羅伯．喬丹，接著也為自己和吉普賽人各舀了一杯。

「我沒有喔？」帕布羅問道。他們都在洞穴入口旁並肩席地而坐。

安瑟莫把他那一杯遞出去，自己又到洞穴裡去拿杯子。出來後，他彎腰站在石盆旁，把杯子舀滿，接著他們四個人都碰杯敬酒。

紅酒很好喝，因為裝在皮革酒囊裡而有些微的樹脂味，但是酒味香醇，舌頭感覺起來清爽純淨。羅伯．喬丹喝得很慢，感受到一股暖意在他疲累的體內散開。

「稍後食物就來了，」帕布羅說。「名字很怪的那個外國人是怎麼死的？」

「被抓之後自殺了。」

的語氣很怪。」

「怎麼可能會那樣？」

「他受了傷，不想當俘虜。」

「詳細經過呢？」

「我不知道，」他說了謊。他對詳細經過可說一清二楚，但他知道此刻那並非恰當的話題。

「他逼我們發誓，萬一在炸火車時他受了傷，無法撤退，我們一定要槍殺他，」帕布羅說。「他說話的語氣很怪。」

想必當時他就已經開始提心吊膽了，羅伯・喬丹心想。可憐的卡胥金。

「他厭惡自殺，」帕布羅說。「他跟我說的。而且他也害怕被嚴刑拷打。」

「他也是那樣跟你說的嗎？」羅伯・喬丹問吉普賽人。

「嗯，」他說。「他跟我們都說過類似的話。」

「你也在火車上？」

「嗯，我們都在。」

「他說話的語氣很怪，」帕布羅說。「但他很勇敢。」

卡胥金，你這可憐的老傢伙，羅伯・喬丹心想。他對這些人而言肯定是弊多於利。真希望當時我就知道他已經神經兮兮的。他們應該把他調走才對。幹這種工作的人說話卻像那樣，這是絕對行不通的。絕對不能說那種話。說那種話的人就算把任務完成了，對於大家而言還是弊多於利。

「他有點怪，」羅伯・喬丹說。「我想他腦袋有點短路了。」

「但還是個爆破專家，」吉普賽人說。「而且他很勇敢。」

「但還是秀逗，」羅伯・喬丹說。「幹這一行的人要很聰明冷靜。不能像那樣講話。」

「你呢？」帕布羅說。「如果你在炸橋時受傷，你寧願我們把你丟著不管嗎？」

「你聽好了，」羅伯．喬丹說，接著他把身子向前傾，又舀了一杯紅酒。「聽我把話說清楚。如果哪天我真的要請你們幫個小忙，我一定會在那個當下開口的。」

「很好，」吉普賽人語帶讚許。「說這種話才是好樣的。啊！來了。」

「你吃過了，」帕布羅說。

「我還可以吃得下兩份，」吉普賽人跟他說。「看看這次是誰拿來的。」

從洞口走出來的時候，因為端著一個大鐵盤，那女孩彎著腰，羅伯．喬丹看到她的臉往某個角度轉過去，同時也看出她有點怪怪的。她微笑對他說：「哈囉，同志。」羅伯．喬丹則說：「妳好。」而且他謹慎以對，既不盯著她，也沒有把臉別開。她把鐵盤擺在他前面，他注意到她那一雙棕褐色的手很漂亮。此刻她直視他的臉，露出微笑。她的臉蛋是棕褐色的，讓一口牙齒更顯白淨，她的眼睛跟皮膚一樣，都是那種帶著金黃的棕褐色。她的顴骨很高，生就一雙燦爛笑眼，嘴型端正而且有一對豐唇。她的頭髮髮色看來就像艷陽下被曬乾的麥田，金黃中帶著棕色，頭髮被剪短了，短到只比海狸皮上的毛髮稍長。她正對著羅伯．喬丹微笑，抬起棕褐色的手順一順頭髮，但手抹過去後頭髮還是又翹了起來。她的臉蛋真漂亮啊，羅伯．喬丹心想。要不是他們把她的頭髮給剪短了，她還真是漂亮啊。

「我都是這樣梳頭的，」她對羅伯．喬丹笑說。「吃吧。別光是盯著我。我的頭髮是在瓦拉多利被剪成這副德性。現在幾乎都長回來了。」

她在對面坐下來，看著他。他也看著她，看得她露出微笑，把雙手交疊，擺在膝蓋上。她把手擺膝蓋上，一雙長腿斜斜地伸出去，從褲管開口處露出光潔的皮膚，儘管她身穿灰色襯衫，他看得出她的嬌乳俏挺。每次羅伯．喬丹看她，都覺得自己的喉嚨好像哽住一樣。

「沒有盤子，」安瑟莫說。「用你自己的刀。」女孩已經在大鐵盤邊擺了四把叉子，叉齒向下。

他們就這樣用鐵盤吃了起來，遵守西班牙人吃飯時不講話的習俗。他們吃的是兔肉佐洋蔥與青椒，紅酒醬裡面有鷹嘴豆。菜煮得很好，兔骨一碰就與兔肉分離，醬汁鮮美。吃肉時羅伯．喬丹又喝了一杯紅酒。吃飯時女孩一直看著他。其他人則是都看自己的食物，專心用餐。羅伯．喬丹用一小塊麵包把眼前僅剩的醬汁抹掉，把兔骨堆在一旁，再把沾到醬汁的地方擦一擦，也用麵包把刀叉抹乾淨，收好刀子，把麵包吃掉。他把身子往前傾，舀了一杯酒，女孩還是在看他。羅伯．喬丹喝了半杯酒，但跟女孩講話時仍然有一種喉嚨哽住的感覺。

「妳叫什麼名字？」他問道。帕布羅聽到他的聲調，趕快看他一眼。然後就起身走開了。

「瑪莉亞。你呢？」

「羅貝托。在山區待很久了嗎？」

「三個月了。」

「三個月？」他看著她的濃密短髮，她尷尬了起來，還是用手去梳一下，頭髮像山坡上的麥田那樣舞動了起來。「本來被剃光的，」她說。「那是瓦拉多利監獄裡的規矩。三個月後才長成這樣。我在火車上。他們用火車要把我載往南邊。火車爆炸後，許多囚犯都被捕了，但我沒有。我跟這些人一起過來。」

「我發現她躲在岩石堆裡，」吉普賽人說。「當時我們正要離開。天啊，當時這女人可真醜。我們帶著她，但有好幾次我都覺得我們該丟下她。」

「跟他們一起炸火車的那個人呢？」瑪莉亞問道。「那個金髮的傢伙。他是外國人。人在哪裡？」

「死了，」羅伯．喬丹說。「四月的事。」

「四月？他們就是在四月炸火車的。」

「嗯，」羅伯．喬丹說。「炸完火車，十天後他就死了。」

「可憐的傢伙，」她說。「他很勇敢。你的差事跟他一樣？」

「嗯。」

「你也炸過火車？」

「嗯。三列火車。」

「在這裡嗎？」

「在艾斯特雷馬都拉，」他說。「來這裡之前，我待在艾斯特雷馬都拉。我們在艾斯特雷馬都拉幹了很多大事。我們之中還有許多人正在那裡活動。」

「那你為什麼要來這山區呢？」

「我來頂替那個金髮的傢伙。而且在反抗運動開始前，我對這一帶就有所了解了。」

「你對這裡很熟？」

「應該不能說熟。但我學得很快。我有一張準確的地圖，還有個好嚮導。」

「那個老傢伙，」她點點頭。「他很厲害。」

「謝啦，」安瑟莫對她說，羅伯．喬丹這才突然想起他並非和女孩獨處，也意識到他不能再看著她，因為這會讓他的聲音變得很不一樣。想要跟講西班牙語的人打成一片，有兩條規則：請男人抽菸，別招惹女人，但是他違反了第二條規則。他也突然發現自己並不在乎。既然已有那麼多事情是他不在乎的，為什麼他應該在乎這件事？

「妳的臉蛋真美，」他對瑪莉亞說。「真希望我有幸在妳的頭髮被剃掉前看過妳。」

「會再長出來的，」她說。「六個月內就會變長髮了。」

「你真該看看她剛被我們帶來時的德性。醜到讓人想吐。」

「妳的男人是誰？」羅伯・喬丹試探性地問問她。「帕布羅嗎？」

她看著他，大聲笑出來，然後拍拍他的膝蓋。「我是帕布羅的女人？你見過帕布羅？」

「好吧，那就是拉斐爾。我見過拉斐爾。」

「也不是拉斐爾。」

「她沒有男人，」吉普賽人說。「她是個奇怪的女人。她沒有男人，但很會煮菜。」

「真的沒有男人？」羅伯・喬丹問她。

「沒有。沒有半個。沒有打情罵俏的，也沒有認真交往的。你也不是我的男人。」

「不是？」羅伯・喬丹感覺得到自己的喉嚨又哽住了。「很好。反正我也沒有時間跟女人在一起。我是說真的。」

「連十五分鐘都沒有？」吉普賽人語帶嘲諷。「連一刻鐘都沒有？」羅伯・喬丹沒有答腔。他看著叫做瑪莉亞的女孩，覺得喉嚨實在是哽到不敢開口，只怕出糗。

瑪莉亞看著他，大聲笑出來，然後臉紅了起來，但還是看著他。

「妳臉紅啦，」羅伯・喬丹對她說。「妳常常臉紅嗎？」

「從來沒有過。」

「現在妳臉紅了。」

「那我想我到洞穴裡去好了。」

「待著吧，瑪莉亞。」

「不了，」她對他說，並未微笑。「現在我要進去了。」她拿起鐵盤與四根叉子。她走路時像小馬那樣不自然，但是帶著動物小時候特有的優雅姿態。

「你們還要用杯子嗎？」她問道。

羅伯．喬丹還是看著她，害她又臉紅了。「不要害我臉紅啦，」她說。「我不喜歡那樣。」

「留著吧，」吉普賽人對她說。「就留在這裡，」他從石盆裡舀了滿滿一杯給羅伯．喬丹，羅伯看著女孩拿著沉重的鐵盤，低頭走進洞穴裡。

「謝啦，」羅伯．喬丹說。既然她已經走掉，他的聲音又恢復正常了。「這是最後一杯。我們已經喝得夠多了。」

「我們就把這石盆喝完，」吉普賽人說。「酒囊裡還有超過一半的酒。我們是用馬把酒囊運過來的。」

「那是帕布羅最後一次發動突擊，」安瑟莫說。「後來他什麼也沒幹。」

「你們有多少人？」羅伯．喬丹問道。

「七男兩女。」

「兩女？」

「嗯。還有帕布羅的 *mujer*[1]。」

「她在哪？」

「在山洞裡。那女孩不太會煮菜。我是為了讓她高興才說她煮菜好吃。不過，她主要只是帕布羅太太的二廚。」

「那帕布羅的老婆呢，她人怎麼樣？」

「野蠻的女人啊，」吉普賽人咧嘴笑道。「很野蠻。如果你以為帕布羅很醜，那你該看看他的女人。但很勇敢。比帕布羅勇敢一百倍。只是太野蠻了。」

「剛開始帕布羅很勇敢的，」安瑟莫說。「剛開始他是來真的。」

「他殺掉的人比霍亂還多，」吉普賽人說。「在反抗運動開始時，帕布羅殺的人多過傷寒。」

「但是從好久以前他就變得 *muy flojo*[2]，」安瑟莫。「他很軟弱。很怕死。」

「可能是因為他剛開始殺了太多人，」吉普賽人的話充滿哲學意味。「帕布羅殺掉的人比鼠疫還多。」

「除了殺太多人之外，就是他太有錢了，」安瑟莫。「還有他喝很多酒。現在他想要像個 *matador de toros*[3]，像個鬥牛士那樣，洗手不幹了。但是他沒辦法洗手不幹。」

「如果他投效敵營，他們會沒收他的馬，逼他加入部隊，」吉普賽人。「我也一樣，打從心裡不喜歡待在部隊。」

「部隊裡也沒有其他吉普賽人啊。」安瑟莫說。

「為什麼會有？」吉普賽人問道。「誰想要待在部隊？我們是為了待在部隊才發動革命嗎？我願意打仗，但叫我待部隊我是不幹的。」

「其他人在哪裡？」羅伯・喬丹問道。酒足飯飽後，他舒服得想睡了，於是躺在森林地面上，隔著樹梢望去，西班牙的天空是如此清爽，山區午後的朵朵碎雲正慢慢飄動著。

「有兩個在洞穴裡睡覺，」吉普賽人說。「兩個在我們架槍的高處戒護著。有一個守在下面。他們可能都在睡覺。」

---

1 mujer：西班牙文，意思是「女人」或「妻子」。
2 muy flojo：西班牙文，意思是「太懶散了」。
3 matador de toros：西班牙文，意思就是「鬥牛士」。

羅伯・喬丹翻了一下，變成側躺。

「哪一種槍？」

「一個非常罕見的牌子，」吉普賽人。「一時之間忘記了。總之是機關槍。」

肯定是一支自動步槍，羅伯・喬丹心想。

「槍有多重？」他問道。

「一個人就能拿得動，但是很重。有一個三隻腳的支架，可以收起來。那槍是我們在上一次發動猛烈襲擊時弄來的。就是弄到紅酒之前的那一次。」

「那槍有多少子彈？」

「多到數不完，」吉普賽人說。「有一整箱，你很難想像那有多沉重。」

聽起來像是有五百發，羅伯・喬丹心想。

「子彈用的是彈盤還是彈帶？」

「子彈在一個圓形鐵盒裡，裝在槍的頂部。」

見鬼了，那是路易士機槍，羅伯・喬丹心想。

「你了解機關槍嗎？」他問老傢伙。

「*Nada*[4]，」安瑟莫說。「一點都不懂。」

「那你呢？」他問吉普賽人。

「機關槍的擊發速度快得很，所以槍管很熱，手如果碰到就會燒傷，」吉普賽人得意地說。

「那誰不知道？」安瑟莫語帶不屑。

「也許吧，」吉普賽人說。「但既然他問了，我就把知道的說出來。」然後他又補充了一句：「還有，跟一般的步槍不一樣，只要持續扣著扳機，子彈就會不斷射出去。」

「除非是卡彈，子彈射完了，或者槍管熱到變軟，」羅伯．喬丹用英語說。

「你說什麼？」安瑟莫問他。

「沒什麼，」羅伯．喬丹說。「我只是用英語預測一下未來。」

「真怪啊，」吉普賽人說。「用英語預測未來。你會看手相嗎？」

「不會，」羅伯．喬丹說，接著他又舀了一杯酒。「但如果你會看，我還真想讓你看看我的手，告訴我接下來三天會發生什麼事。」

「帕布羅的老婆會看手相，」吉普賽人說。「但是她脾氣既暴躁又野蠻，我不知道她會不會幫你看。」

此刻羅伯．喬丹站起來，吞了一口酒。

「現在就帶我去見帕布羅的老婆，」他說。「如果她真有那麼厲害，就讓我見識一下。」

「我不想去惹她，」拉斐爾說。「她非常討厭我。」

「為什麼？」

「她覺得我只會浪費時間。」

「這真是偏見，」安瑟莫罵道。

「她不喜歡吉普賽人。」

「真是大錯特錯，」安瑟莫說。

「她有吉普賽人的血統，」拉斐爾說。「她是個有話直說的人，」他咧嘴一笑。「但是她的毒舌像鞭子

---

4 nada：西班牙文，意思是「一點也不」。

一樣厲害。任誰都有可能被她那毒舌扒皮。被她一條條撕下來。你無法想像她有多野蠻。」

「她跟那叫做瑪莉亞的女孩相處得怎麼樣？」羅伯・喬丹問道。

「很好。她喜歡那女孩。但只要有人想要接近她——」他搖搖頭，嘴裡嘖嘖作響。

「她對那女孩很好，」安瑟莫說。「非常照顧她。」

「炸掉火車後，我們收留了那女孩，那時候她很奇怪，」拉斐爾說。「她都不說話，只是一直哭，如果有人碰她，她就像一條溼答答的狗，渾身抖了起來。直到最近才變好一點。今天她很好。剛剛跟你講話的時候，她很好。炸完火車後我們本來打算丟下她。為了一個悲慘的醜八怪而被耽誤，實在是太不值得了，而且她顯然沒有任何價值。但是那老女人用繩子把她們倆綁在一起，當那女孩覺得自己再也不能前進，老女人就用繩子尾端抽她，逼她繼續走。後來她真的走不下去了，老女人就把她扛在肩頭。等到她扛不了了，就換我扛。我們登上那一座金雀花與石楠叢生，長到胸口的山丘。等到我扛不了了，就再換帕布羅。但是，那老女人說的一番話讓我們不得不帶著她！」想起了那些話，他就搖搖頭。「那女孩的腿的確很長，但並不重。她的骨頭輕，體重不重。但是因為我們得扛著她，又要停下來開火，然後再把她扛起來，當然覺得她很重，而且那老女人一直用繩子抽打帕布羅，幫他拿槍，等到他把女孩放下，她就把槍塞回他手裡，然後逼他再把女孩扛起來，一邊幫他裝子彈，一邊罵他。從彈袋裡面拿子彈，一邊裝進彈匣裡，一邊罵他。當時暮色已沉，等到入夜後就完全沒問題了。所幸那一次他們並未派出騎兵。」

「那一次炸火車的任務想必非常艱難，」安瑟莫說。「我不在場，」他向羅伯・喬丹解釋。「參與任務的有帕布羅的小隊，有聾子那一隊，今天晚上我們會跟他見面，還有來自這山區的其他兩個小隊。當時我待在敵區。」

「還有那個名字很罕見的金髮男人——」吉普賽人說，「卡胥金。」

「對啊。我老是記不住那名字。我們還有兩個人負責一挺機關槍。他們也是共和軍派來的。撤退時他們沒能帶著機關槍，就把它給丟了。如果當時那老女人也盯著他們，他們一定會帶著槍撤退。難道槍會比那女孩重嗎？」想到這裡，他搖搖頭，接著繼續說。「我這輩子還沒看過火車爆炸時的那種場面。火車穩穩地從遠處開過來。我到現在還沒辦法描述當時那種緊張的心情。我們看見火車冒著蒸氣，接著又傳來一陣陣汽笛聲。然後火車欽鏘欽鏘欽鏘欽鏘……不斷逼近，車身變得越來越大，爆炸時火車頭的前輪都被炸飛了，在黑色的滾滾煙塵中，整個地面好像被掀了起來，轟隆一聲火車頭飛到煙塵裡，還有許許多多枕木亂飛，像在作夢一樣，然後火車頭就倒在旁邊，好像一隻受傷的巨獸，爆炸掀起來的泥土還不斷落在我們身上，四周開始被白色蒸氣籠罩，緊接著機關槍也開始噠噠噠噠響個不停！」吉普賽人的雙手假裝緊握著機槍，兩個拳頭在身前上上下下震動，大拇指都豎了起來，「噠噠噠噠噠！」他好興奮。「我這輩子還沒看過那種情景，一個個士兵從火車上衝下來，機關槍掃射過去，他們紛紛倒下。就在那興奮的當下我把手擺在機槍槍管上，才發現槍管好燙，這時候那老女人甩了我一巴掌，跟我說：『開槍啊，你這笨蛋！快開槍，不然我把你一腳踹死！』然後我繼續開槍，但是很難把槍拿穩，而且部隊都往遠方的山丘奔逃了。後來，我們跑下去，到火車邊去看看有什麼可以拿的，有個軍官拿槍逼著一些士兵衝向我們。他不斷揮舞手槍，對他們大吼大叫，於是我們全都朝他開槍，但是沒有人打中他。接著有些士兵趴了下來，開始開槍反擊，軍官拿著槍在他們後面來回走動，而我們還是沒辦法打中他，那機關槍也打不到他，因為剛好被火車擋住。軍官槍殺了兩個趴在地上的士兵，他們還是不起來，他不斷咒罵，他們終於三三兩兩地起來了，朝我們與火車衝過來。然後他們又趴下來開火。接著我們就離開了，機關槍在高處不斷掃射，掩護我們。就在這時候我發現那從火車上衝下來，躲進岩堆裡的女孩，她就跟我們一起逃了。那些士兵持續追捕我們，直到夜裡才罷手。」

「那肯定是很艱難的一件事，」安瑟莫。「讓人激動啊。」

「我們就只幹過那一件大事而已，」有個低沉的聲音說。「你在幹嘛？你這狗娘養的好色懶惰吉普賽酒鬼，到底在幹嘛？」

羅伯．喬丹看到一個年約五十的女人，幾乎跟帕布羅一樣壯碩，身體的寬度直逼高度，穿著農婦的裙子背心，粗重的大腿上穿著厚重的羊毛襪，腳底是一雙黑色麻繩底布鞋，棕色的臉龐讓她看起來像花崗岩紀念碑上的人物。她那雙手雖然很大，但很好看，濃密的黑色捲髮被她打成一個結，擺在脖子旁。

「回答我啊，」她不理會其他人，只顧著對吉普賽人說。

「我在跟這兩位同志說話。這一位是炸彈專家。」

「你說的我都知道，」帕布羅太太說。「滾吧你，去跟山頂的安德烈換哨。」

「*Me voy*[5]，」吉普賽人說。「我去。」他轉身對羅伯．喬丹說：「吃飯時再見啦！」

「你在開玩笑喔，」那女人對他說。「我算過了，你今天已經吃了三頓飯。滾吧，把安德烈叫下來。」

「哈囉，」她對羅伯．喬丹說，伸出一隻手，面帶微笑。「你好嗎？共和國現在怎樣了？」

「很好，」他說，也用力握握她的手。「我跟共和國都很好。」

「我很高興，」她對他說。她微笑著凝視他的臉，他注意到她有一雙灰色眼睛。「你來找我們是為了炸另一列火車嗎？」

「不是，」羅伯．喬丹立刻就信任她了，對她有話直說。「這次要炸橋。」

「*No es nada*[6]，」她說。「炸橋不成問題。既然我們現在有馬匹了，什麼時候可以再去炸火車？」

「再說吧。這一座橋很重要。」

「那女孩說，你的同志跟我們一起炸火車，之後就死了。」

「嗯。」

「可惜啊。我從來沒見過那種爆炸場面。他是個天才。我很喜歡他。現在不能夠再去炸一列火車嗎？目前山區有許多人。太多了。食物也已經很難弄得到。最好能夠離開。而且我們現在還有馬。」

「我們一定要先炸橋。」

「橋在哪裡？」

「很近。」

「那更好，」帕布羅太太說。「我們把這附近的所有橋樑都炸掉，然後離開這裡。這地方讓我受夠了。這裡的人太過密集。不會有什麼好處。像這樣停滯不前，實在令人討厭。」

她看到帕布羅在樹林裡。

「*Borracho*[7]！」她對著他大叫。「酒鬼。爛酒鬼！」然後她轉身對羅伯．喬丹興高采烈地說，「他拿著一個酒囊到樹林裡去獨飲。他老是在喝酒。這種生活毀了他。年輕人，有你來我就心滿意足了。」她拍拍他的背。「嘿，」她說。「你看起來不怎麼樣，實際上挺壯的嘛！」她的手滑過他的肩頭，隔著法蘭絨襯衫摸摸他的肌肉。「很好。有你來我就心滿意足了。」

「我也是。」

「我們會了解彼此的，」她說。「喝杯酒。」

---

5 me voy：西班牙文，意思是「我去」。

6 No es nada：西班牙文，意思是「那沒什麼」。

7 borracho：西班牙文，意思是「酒鬼」。

「我們已經喝了一些，」羅伯．喬丹說。「倒是妳要不要喝呢？」

「晚餐時再喝，」她說。「我喝了會胃酸逆流。」接著她又看見帕布羅。「*Borracho!*」她對著他大叫。「酒鬼！」她轉身對著羅伯．喬丹搖搖頭。「他原本挺不錯的，」她跟他說。「現在算是完了。現在，你仔細聽我說另一件事。善待那個女孩，對她細心點。我是說瑪莉亞。她有過不幸的遭遇。你懂嗎？」

「嗯。妳為什麼要說這個。」

「她走進洞穴時，我看到她見了你之後的表情。我也看到她出來之前一直在看你。」

「我跟她開了一點玩笑。」

「本來她的狀況很糟，」帕布羅的女人說。「現在她好一點了，她應該要離開這裡才對。」

「顯然，安瑟莫可以帶著她穿越敵區。」

「這件事了結後，你跟安瑟莫可以帶她一起走。」

羅伯．喬丹感覺到他的喉嚨痛了一下，嗓音也凝重了起來。「也許可以。」他說。

帕布羅的老婆看看他，搖搖頭。「哎呀，哎呀，」她說。「難道天底下的男人都一樣？」

「我又沒說什麼。她很漂亮，妳也知道。」

「不，她現在不漂亮。但她開始要變漂亮了，你應該是這個意思，」帕布羅的老婆說。「男人。我們女人生出了你們男人，真是一大恥辱啊！算了，說正經的，共和國那裡有沒有地方可以收留她這種女孩？」

「有，」羅伯．喬丹說。「有些好地方。在靠近瓦倫西亞的海岸地區。其他地區也有。他們會好好治療她，她可以跟孩子們一起工作。有一些孩子來自撤離地區的鄉村。他們會教她工作。」

「這就是我希望的，」帕布羅的女人說。「帕布羅已經開始肖想她。這是另外一件毀了他的事情。每當看見她，那個念頭就像心病一樣纏著他。最好她現在就可以離開。」

「這件事了結後，我們可以帶她走。」

「如果我能信得過你，你可不可以細心照顧她？跟你講話時我有一種與你認識很久的感覺。」

「如果人們能彼此了解，」羅伯．喬丹說，「就會有那種感覺。」

「坐下吧，」帕布羅的女人說。「我不會要求你承諾什麼，因為你如果會帶她走，自然就會帶。如果你不帶她走，我才會要你承諾。」

「為什麼我不帶她走妳反而要求我承諾呢？」

「因為我不希望你走了之後她才開始發瘋。我已經領教過她那個模樣了，況且我已經夠忙了，如果她又發起瘋來，我不知道該怎麼辦。」

「炸掉那座橋之後，我會帶她走，」羅伯．喬丹說。「如果炸橋之後我們還活著的話，我們就會帶她走。」

「我不喜歡你這樣講話。不太吉利啊。」

「我只有在承諾別人時才會這樣講話，」羅伯．喬丹。「我不是那種會說喪氣話的人。」

「讓我看看你的手，」那女人說。羅伯．喬丹伸出一隻手，女人把他的手掌攤開，放在她自己的大手裡，用大拇指來回摩擦他的手掌，仔細端詳，然後放掉。她站了起來。她看著也站起來的他，並未微笑。

「妳看到什麼？」羅伯．喬丹問她。「我不信手相。妳嚇不倒我的。」

「沒什麼，」她跟他說。「我沒看到什麼。」

「妳看到了。我只是好奇而已。我不相信那種事。」

「那你相信什麼？」

「我相信很多東西，只是不相信手相。」
「什麼東西？」
「相信我的工作。」
「嗯，這我看到了。」
「跟我說妳還看到了什麼。」
「我沒看到別的，」她苦澀地說。「你說炸橋的任務很難？」
「不。我說那很重要。」
「但有可能很難？」
「嗯。現在我要下去勘查一下。妳這裡有多少人手？」
「有五個派得上用場。那吉普賽人是個好人，但沒有用。他的心腸好。我不再信任帕布羅了。」
「聾子那裡有幾個可以派上用場的？」
「也許有八個。我們今晚就知道了。他會過來這裡。他是個很實際的人。他那裡也有一些炸藥。不過不多。你可以跟他談一談。」
「妳已經派人去找他過來嗎？」
「他每晚都會來。他是鄰居，也是朋友兼戰友。」
「妳覺得他怎樣？」
「很不錯的一個人。也很實際。炸火車那件事他的功勞很大。」
「那其他小隊呢？」
「如果來得及通知他們，應該可以弄到挺可靠的五十個步槍手。」

「多可靠？」

「如果情勢還不算太過嚴峻的話，應該算是可靠的。」

「每個槍手有多少子彈？」

「也許有二十發。看他們為了這次任務帶多少子彈。如果他們願意來的話。別忘了，炸橋這件事是沒有錢可拿，也沒有戰利品可以瓜分的。而且你沒有把話說清楚，其實這件事也很危險，事後我們還要撤離這山區。一定會有許多人反對炸橋。」

「當然。」

「如果是這樣，除非必要，否則就別說了。」

「我同意。」

「你去勘查橋樑之後，我們今晚再跟聾子談一談。」

「我這就跟安瑟莫下去。」

「那就叫醒他，」她說。「你需要一支卡賓槍嗎？」

「謝了，」他跟她說。「帶著也好，但我不會拿來用。我只是去看看，不會惹事。謝謝妳跟我講這些。我很喜歡妳說話的方式。」

「我只是盡量坦白而已。」

「那就跟我說妳看到什麼手相。」

「沒有，」她搖頭說。「我沒看到什麼。去勘查橋樑吧。我會好好看守你的裝備。」

「蓋起來，別讓人去碰。擺在那裡比擺在洞穴裡好。」

「我會把裝備蓋起來，不讓人去碰，」帕布羅的女人說。「去勘查橋樑吧。」

老傢伙用雙臂枕著頭，躺在那裡睡覺，羅伯．喬丹把手擺在他的肩膀上，對他說：「安瑟莫。」

老傢伙抬頭看一看。「嗯，」他說。「我知道。走吧。」

# 第三章

下山時，他們的最後兩百碼路都是在一棵棵樹之間小心移動，躲在樹蔭裡，此刻只要穿越陡峭山坡上的最後一片松林，那座橋就只剩五十碼之遙了。夕陽仍然映照著棕色山肩，在一片空盪盪深谷的映襯之下，那橋看起來黑漆漆的。它是一座單跨鐵橋，兩端各有一個哨亭。橋的寬度足夠讓兩輛車通行，堅固而優雅的鋼骨結構橫越深谷，遠遠的下方谷底有一條小溪的白浪洶洶，溪水在大大小小的岩石之間翻騰跳躍，往下匯入山隘那頭的大河裡。

羅伯·喬丹的雙眼正對著夕陽，橋樑只顯露出輪廓。等到陽光變小消失後，他抬頭仰望，看著太陽在棕色圓頂山峰的樹林後方消沒，此刻因為不再直視著強光，他發現山坡上是一片嬌嫩的新綠，山巔下方還有一塊塊積雪。

然後他再看一遍在餘暉中乍現真面目的那座橋，他有短暫的時間可以仔細研究橋樑結構。要破壞它並不難。他一邊看著，一邊從胸口口袋拿出筆記本，迅速地畫出幾張草圖。畫圖時他並未細想炸藥的用量。那稍後再想即可。此刻他只是把放置炸藥的地方記下來，以便將橋墩炸斷，讓整段橋面掉入深谷裡。只要在六個地方把炸藥放好紮穩，同時引爆，就能夠從容地以科學而準確的方式完成炸橋的差事。或者用兩大包炸藥隨便炸一炸，也可以。他們需要非常大包的炸藥，橋體兩側各擺一個，而且要同時引爆。他畫圖時動作迅速，心情愉快，樂於面對這個問題，也很高興終於真的開始解決問題。接著他把筆記本闔起來，將鉛筆插回口袋蓋子邊緣的皮革鉛筆套裡，筆記本擺回口袋，把口袋扣好。

他在畫圖時，安瑟莫一直監看著道路、橋樑與哨亭。他覺得他們離橋太近，太不安全，等到草圖畫完後他才鬆了一口氣。

羅伯．喬丹扣上口袋蓋，在松樹樹幹後面躺下，從後面往遠處眺望，安瑟莫碰碰他的手肘，手指著前方。

道路這一頭面對他們的哨亭裡坐著一名哨兵，兩膝之間夾了一把上刺刀的步槍。頭戴針織帽的他正在抽菸，身上披著像毛毯的披風。因為相隔五十碼，他的臉是看不清楚的。羅伯．喬丹拿起雙筒望遠鏡，儘管此刻沒有太陽，不會反射陽光，他仍然小心翼翼地用手遮住鏡片上方，橋樑欄杆在望遠鏡裡顯得一清二楚，好像伸手出去就能摸到，他還看見哨兵的雙頰凹陷，菸灰飄揚，刺刀油亮亮的。那是一張農夫的臉，高高的顴骨下雙頰凹陷，滿臉鬍碴，兩抹濃眉遮住雙眼，一雙大大的手握住步槍，皺皺的披風下方露出沉重的靴子。哨亭牆邊擺著一個又舊又黑的皮革酒囊，還有一些報紙，沒有電話。在他看不到的另一邊當然應該有一具電話，但在視線中卻不見電話線從哨亭裡延伸出來。不過路邊的確有一條電話線，線路通過橋樑上方。哨亭外面擺著一個炭火盆，是用舊汽油桶做的，把頂端切掉，在上面打洞，擺在兩塊石頭上，但是桶裡並未生火。火盆底的灰燼裡有幾個被燒黑的空罐頭。

羅伯．喬丹把望遠鏡拿給趴在一旁的安瑟莫。那老傢伙咧嘴搖頭。他用一根手指點一點眼角旁邊。

「*Ya lo veo*[1]，」他用西班牙語說，「我看到他了。」說話時只是動動嘴巴前端，幾乎沒有動到嘴唇，聲音比耳語還小。當羅伯．喬丹對他微笑時，他看著哨兵，手指向哨兵，另一手劃過自己喉嚨。羅伯．喬丹點點頭，但收起笑容。

橋樑另一頭的哨亭並未面對著他們，是面對著路的另一個方向，他們看不到裡面的情形。那一條路很寬闊，鋪著柏油，路面平整，在橋樑另一頭轉向左邊，再往右拐個彎之後就在視野裡消失了。拓寬舊路時，峽谷另一端的堅固岩壁被挖掉一大塊，路面才變成現在的模樣。從山隘與那座橋往下看，路的左側，或者說西側，則是非常明顯地被一排切面筆直的大石塊擋住，石塊另一邊就是山谷了。這一帶的山谷幾乎可以說是個大峽谷，從橋樑下方流過的小溪就是在此處匯入山隘的大河。

「那另一個哨站呢？」羅伯・喬丹問安瑟莫。

「在那個拐彎處下面五百公尺的地方。就是蓋在岩壁邊的那一間修路工小屋。」

「有幾個人？」羅伯・喬丹問道。

他再用望遠鏡看看哨兵。哨兵用哨亭的木板牆面把捲菸弄熄，從口袋裡拿出皮革菸袋，打開熄掉捲菸的菸紙，把剩餘的菸草都倒進菸袋裡。哨兵站了起來，把步槍靠在牆壁上，伸伸懶腰，又拿起步槍，背在肩上，從哨亭走到橋面上。

安瑟莫趕快貼地趴好，羅伯・喬丹也把望遠鏡塞進襯衫口袋，把頭縮回來，躲在松樹後面。

「有七個士兵與一個下士，」安瑟莫在他的耳邊說。「從吉普賽人那裡打聽來的。」

「他一靜下來，我們就走。」羅伯・喬丹說。「我們靠太近了。」

「該看的都看到了嗎？」

「嗯。都看到了。」

太陽下山後，天氣很快變冷，他們身後山頭僅存的陽光消散後，天色也暗了起來。

「你看這情況怎樣？」安瑟莫低聲問道，此刻只見哨兵越過橋面，走向另一個哨亭，他的刺刀在僅存的餘暉中閃閃發亮，裹在披風裡的他身形臃腫。

---

1 Ya lo veo：西班牙語，「我看見了」。

「非常好，」羅伯．喬丹說。「非常非常好。」

「那我也很高興，」安瑟莫說。「可以走了嗎？現在他不可能看得到我們了。」

哨兵在橋的另一頭站著，背對他們。河水衝撞河中巨大礫石的嘩嘩聲響從山谷裡傳來。在這嘩嘩聲響之中，又出現了一種持續喧嚷的嗡嗡聲，他們看著哨兵抬頭仰望，他的針織帽往後滑，他們也把頭往上抬，看見三架單翼飛機以V字隊形在傍晚的空中高飛，在那仍然有太陽的高空中看來如此微小銀亮，以令人難以置信的速度劃過天際而去，馬達聲還是轟隆隆地響個不停。

「我們的？」安瑟莫問道。

「似乎是，」羅伯．喬丹雖然這麼說，但也知道飛機飛太高了，任誰也不能確定。可能是敵方或我方派出來進行夜間巡邏任務。但大家總會說這種戰鬥機是「我們的」，因為感覺上會安心一點。如果是轟炸機，那又另當別論了。

安瑟莫的感覺顯然跟他一樣。「是我們的，」他說。「我認得。是*Moscas*[2]。」

「很好，」羅伯．喬丹說。「我也覺得是*Moscas*。」

「是*Moscas*。」安瑟莫說。

羅伯．喬丹大可以用望遠鏡看一看，立刻就能確認，但他不願意。今天晚上，不管那是敵機或友機，對他來講都無所謂，而且如果說它們是友機就能讓老傢伙高興一點，他也不想掃興。此刻，飛機已經朝塞哥維亞飛過去，在它們消失無蹤之前，看起來並不像那種綠色機身、紅色翼端、低機翼，西班牙佬稱之為*Moscas*的蘇聯改裝波音P32飛機。就算看不出顏色，但機身形狀就是不對。不是。那是一架正要返航的法西斯巡邏機。

哨兵仍然背對著他們，站在較遠的那個哨亭旁邊。

「走吧，」羅伯．喬丹說。他開始往山丘上走，移動時小心翼翼，盡量找東西掩護自己，直到他們離開哨兵的視線。安瑟莫跟在他身後一百碼處。等到從橋樑那邊無法看見他們了，他就停了下來，老傢伙趕了上來，換他在前頭帶路，他們倆在陡坡上持續摸黑攀爬，越過山隘。

「我們的空軍陣容堅強，」老傢伙高興地說。

「嗯。」

「而且我們會贏。」

「我們非贏不可。」

「是啊。勝利後，你一定要來打獵。」

「獵什麼？」

「野豬、熊、野狼，還有野山羊——」

「你喜歡打獵？」

「是啊，老弟。我最愛打獵了。我們那個村子裡大家都會打獵。你不喜歡打獵？」

「不喜歡，」羅伯．喬丹說。「我不喜歡殘殺動物。」

「我跟你相反，」老傢伙說。「我不喜歡殺人。」

「沒有人喜歡，除非是腦子壞掉了，」羅伯．喬丹說。「但如果必要時，我不反對殺人。如果是為了理想。」

---

2 Moscas：即蘇聯製I-16戰鬥機，共和軍幫它們取了「Moscas」（蒼蠅）的綽號。外型與美國波音P26等系列戰機相似，原文雖描述「改裝波音P32飛機」，但實為蘇聯獨立生產之機型。

「那就另當別論了。」安瑟莫說。「過去還沒失去房屋的時候，我在屋子裡擺了一些野豬的獠牙，野豬都是我在山下森林裡用獵槍打來的。還有幾張狼皮，狼也是我打來的。我在冰天雪地裡獵到他們。有一隻非常大，是十一月某晚薄暮中，返家時我在村子外頭獵到的。我家的地板上鋪著四張狼皮。因為踩來踩去，都變舊了，但的確是狼皮。我在高山上獵到野山羊，家裡擺著羊角，還有一具阿維拉的鳥類標本師製作的老鷹標本，呈現展翅的姿態，黃色眼睛栩栩如生。那標本好美，欣賞這些東西是我人生的一大樂趣。」

「是啊。」羅伯．喬丹說。

「我們村子裡教堂的門板上釘著一隻熊掌，是春天獵到的，我在山坡上的雪地裡發現他時，他正在用那隻熊掌翻動一根原木。」

「什麼時候的事？」

「六年前。那熊掌很像人的手，只是熊爪長長的，整隻乾掉了，被釘在教堂門板上，每次看到都能為我帶來樂趣。」

「因為得意？」

「回想起在初春的山坡上與熊相遇，就會感到得意。但若是想起殺了一個跟我們一樣的人，心裡可是一點都不痛快。」

「你可不能把人的手釘在教堂門板上。」羅伯．喬丹說。

「不可以。那種野蠻行徑令人難以想像。不過，熊掌跟人手很像。」

「人和熊的胸膛也很相像，」羅伯．喬丹說。「只要把熊皮剝了，就會發現肌肉很像。」

「嗯，」安瑟莫說。「吉普賽人相信，熊是人類的兄弟。」

「美洲印第安人也是，」羅伯．喬丹說。「每當他們殺了一隻熊，總會向他致歉，請求原諒後才離開。」

「吉普賽人之所以相信熊是人類的兄弟，是因為熊的表皮下有著跟人類一樣的身體，因為他們也喝啤酒，因為他們愛好音樂、喜歡跳舞。」

「印第安人也是這麼想的。」

「所以印第安人是吉普賽人囉？」

「不是。只是他們對於熊有一致的看法。」

「這很明顯。吉普賽人相信熊是人類的兄弟還有一個原因。熊喜歡偷東西。」

「你有吉普賽血統嗎？」

「沒有。但我看過他們的許多作為，很了解他們，自從抵抗運動以來又更了解了。山區住了很多吉普賽人。對他們而言，殺死外族的人不算是罪過。他們不承認，但這說法是真的。」

「就像摩爾人一樣。」

「嗯。但是吉普賽人有很多他們不願承認的戒律。戰後有許多吉普賽人又變成跟以前一樣的惡人。」

「他們不了解為什麼會有戰爭。他們不了解我們為何而戰。」

「嗯，」安瑟莫。「他們只知道有戰爭，大家可以像以前那樣殺人，不一定會被懲罰。」

「你殺過人嗎？」因為在黑暗中覺得兩個人很親近，而且又相處了一整天，羅伯．喬丹問道。

「嗯。殺了幾個。但我不以殺人為樂。我覺得殺人是一種罪過。就連殺了那些我們一定要殺的法西斯也一樣。對我來講，熊與人畢竟截然不同，而且我也不相信那種動物與人類是兄弟的吉普賽傳說。我不信。我反對殺人。」

「但你還是殺了人。」

「沒錯。而且還會繼續殺。但是，如果戰後我能倖存，我一定不會再傷害任何人，只求獲得寬恕。」

「誰的寬恕？」

「誰知道？因為我們這裡已經沒有了上帝，也沒有聖嬰、聖靈，誰來寬恕我呢？我不知道。」

「你們這裡沒有上帝了？」

「老弟啊，沒有了。當然沒有。如果還有上帝，祂會容許我看到的一切發生嗎？要信讓他們去信吧。」

「他們說祂站在他們那邊。」[3]

「我從小就信教，的確很想祂。但現在任誰都該為自己負責。」

「所以說，殺人者就需要自己的寬恕。」

「我相信如此，」安瑟莫說。「既然你把話說得那麼透徹，我相信一定是那樣沒錯。但無論上帝是否存在，我都覺得殺人是一種罪孽。在我看來，奪走別人的性命是很嚴重的事。有必要我會做，但我不是帕布羅那種人。」

「殺掉敵人，我們才能贏得戰爭。這是不變的真理。」

「沒錯。戰時我們就是必須殺人。但我的想法跟大部分的人不一樣。」

他們摸黑行走，與彼此很近，他講話輕聲細語，有時候一邊攀爬，一邊回頭。「我連個主教都不會殺。我不會殺任何有錢人。我只要逼他們跟我們一樣，下半輩子的每一天都下田工作，上山伐木。他們才能體認人生在世該做什麼。體認到他們該睡我們睡的地方。該吃我們吃的東西。但最重要的是他們應該工作。如此一來就能學到不少教訓。」

「如果沒死，他們會再奴役你們。」

「殺了他們，就沒辦法教訓他們，」安瑟莫說。「不能對他們趕盡殺絕，因為他們的子孫東山再起後，心裡的恨意只會更加強烈。監獄沒有意義。只會製造仇恨。應該要好好教訓我們所有的敵人。」

「但殺人還是難免的。」

「嗯，」安瑟莫說。「我殺過很多人，也會再殺。但我不以殺人為樂，也認為殺人是一種罪孽。」

「還有那哨兵。你剛剛開玩笑說要殺他。」

「剛剛那是開玩笑。不過我真的會殺他。沒錯。那是肯定的，而且為了我們的任務，我問心無愧。但我不以殺他為樂。」

「把他們留給喜歡殺人的傢伙吧，」羅伯・喬丹說。「八加五。一共十三個，都留給喜歡殺人的傢伙。」

「喜歡殺人的傢伙可多著呢，」安瑟莫在黑暗中說道。「我們這邊有很多那種人。多過只是想要在戰場上效力的人。」

「你上過戰場嗎？」

「沒有，」老傢伙說。「抵抗運動開始時，我們在塞哥維亞打過一仗，但是戰敗後就逃了。我跟其他人一起逃了。我們搞不清楚自己在做什麼，也不知道該怎麼做。而且我只有一把霰彈槍，幾顆大顆的鹿彈，但憲兵用的卻是毛瑟槍。只要相隔一百碼，我的霰彈槍就打不到他們了，可是他們在三百碼之外還是可以把我們當兔子一樣亂打。他們的火力又猛又準，在他們面前我們簡直像一群綿羊。」他沉默了一會，接著問道：「你覺得炸橋的時候會打起來？」

「有可能。」

3 西班牙的天主教會於內戰時，支持與共和軍敵對的國民軍。

「每次打起來，我都只有逃走的份，」安瑟莫說。「我不知道自己該怎麼做。我是個老傢伙了，總是迷迷糊糊。」

「我會交代你怎麼做。」羅伯・喬丹說。

「你參加過很多戰役嗎？」

「參加過幾次。」

「那你覺得這次炸橋的戰役會怎樣？」

「首先我要考慮的是那橋樑。那是我的第一要務。炸掉那座橋並不難。然後再安排其他的部署及準備工作。這些全都會寫下來。」

「這些人識字的不多，」安瑟莫說。

「寫的時候，我會考慮每個人的理解能力，讓大家都看得懂，而且也會解釋清楚。」

「我會把指派給我的工作做好，」安瑟莫說。「但是，別忘了我在塞哥維亞的作戰經驗，如果有一場戰役要打，或是雙方交火猛烈，我希望自己能夠搞清楚在各種不同情況之下該怎麼做，否則我又要逃走了。在塞哥維亞時，我就是一直想逃走。」

「我會跟你在一起，」羅伯・喬丹跟他說。「不管什麼時候該做什麼，我都會告訴你。」

「那就沒問題了，」安瑟莫說。「無論如何我都可以聽命行事。」

「我們的任務就是炸橋，如果有仗要打，那也只能打了，」羅伯・喬丹在黑暗中這麼說，他覺得自己有點像在演戲，但這句話用西班牙語說起來很動聽。

安瑟莫說：「這對我們來講應該是最重要的。」他的語氣聽來誠摯無比，清楚而完全沒有裝腔作勢，不像講英語的人總是語帶保留，也不像拉丁人那樣虛張聲勢，羅伯・喬丹心想，能有這個老傢伙在身邊真是幸運，而且既然已經看過橋樑，找出解決問題的簡單方式，也就是奇襲哨站，用普通的方式炸橋，他開始痛恨起葛爾茲的命令，也痛恨自己不得不遵守命令。痛恨命令，是因為他和那老傢伙可能會遭遇不測。對於必須聽命行事的人而言，那真是差勁的命令。

他告訴自己，不該再那樣想了，而且他對自己說，無論是你或任何人都可能會遭遇不測。你自己跟這老傢伙都沒什麼了不起的。你只是完成任務的工具。這世上本來就有種種必要的命令，不能怪你，至於那座橋，則有可能是改變人類未來命運的轉捩點。就像這場戰爭中的任何事都可能影響人類那樣。你該做的就只有一件事，而且你一定要做到。他心想，該死的，就只有一件事。如果只有一件事，那就簡單了。別再擔心啦，你這只會說大話的混球，他對自己說。想一想其他東西。

所以他想起了那個叫做瑪莉亞的女孩，想著她的皮膚、頭髮與眼睛，全都是帶著金黃的棕褐色，髮色稍微深一點，但若是她的皮膚被曬得更黑，髮色就會顯得比較淡，至於她那光滑而黝黑的皮膚，表面則是散發著淡淡的金黃光澤。如此光滑，她全身都很光滑，至於她走路的樣子則是不太自然，好像身上有什麼東西怕被人看見，因此顯得扭扭捏捏，但實際上沒有人看得見，那只是她腦子裡的想法。她被他看得臉紅，還有她雙手抱膝坐著，襯衫領口敞開的模樣，還有她那頂著襯衫的杯狀嬌乳，想著想著他的喉嚨就哽住了，連走路都有點困難，接著他跟安瑟莫沒再講話，直到那老傢伙說：「只要往下走，穿越那一片石堆，就到營地了。」

他們摸黑穿越石堆，有個男人對他們說：「站住。是誰？」他們聽見來福槍槍栓往後拉，向前推回，敲擊木製槍身的上膛聲。

「同志們。」安瑟莫說。

「什麼同志們？」

「帕布羅的同志，」老傢伙對他說。「你不認識我們嗎？」

「認識，」那個男人說。「但我是奉命行事。你們有口令嗎？」

「沒有。我們從山下上來的。」

「我知道，」那個男人在黑暗中說。「你們剛剛去過那座橋。那我都知道。命令不是我下的。你們必須告訴我口令的下半段。」

「那上半段是什麼？」羅伯．喬丹說。

「我忘了，」那個男人在黑暗中笑說。「那就帶著你們該死的炸藥到營火邊去吧。」

「這就是所謂的游擊隊規矩，」安瑟莫說。「把你的槍解除擊發。」

「解除了，」在暗處的男子說。「我用我的大拇指跟食指解除擊發了。」[4]

「如果你老是用食指拇指去解除擊發，總有一次會碰到槍機拉柄上沒有防滑紋的毛瑟槍，到時候就會走火。」[5]

「我這一把就是毛瑟槍，」那個男人說。「但是我的大拇指和食指很有力。我都是這樣把槍機拉柄放下來的。」

「你的槍指著誰？」安瑟莫在黑暗中對那男人說。

「指著你們，」那男人說，「我把槍栓放下後，就一直指著你們。等你們到了營地，趕快叫人來跟我換班，因為我他媽好餓，餓到我忘記口令了。」

「你叫做什麼？」羅伯．喬丹問道。

「奧古斯丁，」那男人說，「我叫做奧古斯丁，而且我在這裡快要厭煩死了。」

「我們會幫你轉達口信，」羅伯．喬丹說，而此刻他心裡想的是，在全世界的農民裡面，只有西班牙農民會使用「厭煩」這種字眼，也就是西班牙文裡的*aburmiento*。但不管是哪一個階層的西班牙人，卻常常使用這個字。

「你聽著，」奧古斯丁說。他走過去把手搭在羅伯．喬丹肩上，然後用打火石摩擦鐵環，拿起來點燃一根軟木，看著被火光照亮的那張年輕臉龐。

「你跟另一個傢伙很像，」他說。「但是有點不一樣。聽仔細了，」他把軟木放下來，持槍站著。「你說，關於那一座橋的事，是真的嗎？」

「什麼事？」

「就是我們得炸掉那一座他媽的臭橋，然後還得他媽的從這個山區滾蛋？」

「我不知道。」

「你不知道，」奧古斯丁說。「聽你在鬼扯！那你說，炸彈是誰的？」

「我的。」

「難道你不知道炸彈的用途？別耍我了。」

「我知道，時候到了你也會知道，」羅伯．喬丹說。「不過我們現在要去營地。」

「去你媽的吧，」奧古斯丁說。「去你媽的王八蛋。但是你想聽我說一些有用的建議嗎？」

「想，」羅伯．喬丹說，「只是你不要開口閉口都是他媽的。」那些話他已經聽得夠多了。那個叫做奧

---

4「解除擊發」這個動作是用食拇指握槍機拉柄，緩緩送回槍機，如果手滑，造成槍機快速撞擊底火，就會走火，所以才會有喬丹的下一句話。

5 根據譯者考證，這個時期的毛瑟槍應該沒有保險裝置。

古斯丁的傢伙滿口髒話，簡直是把他媽的當作形容詞和動詞來使用，羅伯·喬丹心想他是不是不講他媽的就說不出話了。奧古斯丁聽到那句話後在黑暗中大聲笑說：「我講話就是這個樣子。也許不太好聽。誰知道呢？每個人講話的習慣都不一樣。你聽我說。我根本不在乎那座橋。別的東西也一樣。而且我在這山區快要厭煩死了。如果有必要的話，該走就走。這山區對我而言沒有意義。我們是該離開。但我只想提醒你一件事。要顧好你的炸藥。」

「謝了，」羅伯·喬丹說。「提防你？」

「不是，」奧古斯丁說。「提防那些裝備比我還他媽的差的人。」

「所以呢？」羅伯·喬丹問道。

「你聽得懂西班牙語，」奧古斯丁的語氣嚴肅了起來。「總之顧好你那些他媽的炸藥。」

「謝了。」

「不用。別謝我。看好你的東西就好。」

「我的東西怎樣了嗎？」

「沒怎樣，否則我也不會浪費時間跟你說那麼多了。」

「還是謝了。現在我們要去營地了。」

「嗯，」奧古斯丁說。「叫他們派個記得口令的人過來。」

「營地見？」

「嗯，老弟。馬上來。」

「走吧。」羅伯·喬丹對安瑟莫說。

此刻他們沿著草地邊緣往下走，四周被一片灰濛濛的霧氣籠罩著。走過布滿松針的林地之後，他們來到茂盛的草地，草上的露水沾濕了他們的麻繩底布鞋。透過樹林往前看，羅伯．喬丹看見一個亮亮的地方，他知道那一定是洞穴的入口處。

「你跟他很熟？」

「奧古斯丁是個大好人，」安瑟莫說。「他那張嘴很髒，總是在開玩笑，不過他是個認真的傢伙。」

「嗯。認識很久了。我對他很有信心。」

「也相信他說的？」

「嗯，老弟。你也看得出來，這個帕布羅現在變壞了。」

「那該怎麼做最好？」

「無時無刻都要把炸藥顧好。」

「誰顧？」

「你，我，那個女人，還有奧古斯丁。因為他看得出有危險。」

「先前你有沒有想過這裡的情況會這麼糟？」

「沒有，」安瑟莫說。「情況惡化得很快。但我們有必要來這裡。這裡是帕布羅和聾子的地盤。在他們的地盤，我們就必須和他們打交道，除非是我們能夠自己做到的事。」

「那聾子呢？」

「很好，」安瑟莫說。「帕布羅有多壞，他就有多好。」

「現在你深信他真的變壞了？」

「我整個下午都在想這件事，而且從我們聽到的那些話看來，現在我想他的確變壞了。是真的。」

「如果我們現在提出要炸的是另一座橋，趁機離開，跟其他小隊借調人手，難道不會比較好嗎？」

「不會，」安瑟莫說。「這是他的地盤。如果我們有動作，他不可能不知道。但無論如何，我們都該小心行事。」

# 第四章

他們往下走，到了洞穴入口，入口上方掛著一條毛毯，有一道光從毛毯邊緣透出來。那兩個背包擺放在樹下，上面用一塊帆布蓋著，羅伯・喬丹跪在地上摸一摸，覺得帆布又濕又硬。他在黑暗中把手伸進帆布裡面，在其中一個背包的外側口袋裡翻找，拿出一個外面包覆著皮革的小酒瓶，放進身上口袋裡。兩個背包開口處的金屬扣眼各被一個長柄掛鎖穿過去鎖著，他打開掛鎖，也解開背包口的拉繩，把手伸進去摸摸看，確認裡面的東西都還在。在一個背包深處他摸到包在睡袍裡的一包包袋裝炸藥，於是他綁好拉繩，重新把掛鎖鎖上，將手伸進另一個背包裡，摸到一個有稜有角的木箱，那就是他的老舊引爆器，也摸到了那個裝雷管的雪茄盒，每一根圓柱形小雷管上都纏繞著兩條銅線（他把雷管擺得整整齊齊，就像他小時候收藏野鳥鳥蛋那樣整齊），他還摸到他那一把槍托與槍管已經拆開來，包在皮夾克裡的輕機槍，在大背包的內袋裡摸到兩個彈盤與五個彈匣，另一個內袋裡則是裝著一些小捲的銅線和一大捲絕緣電線。在那裝電線的內袋裡他還摸到老虎鉗，還有專門用來在炸藥包底部鑽洞的兩把木柄錐子，接著他從最後一個內袋裡拿出一大盒從葛爾茲的總部弄來的俄國香菸，最後把背包口封起來，鎖好掛鎖，扣好背包蓋，重新把帆布蓋回背包上面。安瑟莫已經先一步往洞裡走了。

羅伯・喬丹起身跟在後面，想了想又把帆布掀開，兩隻手各拿起一個背包，很吃力地往洞口走，差點走不動。他放下一個背包，撩起洞口毛毯，拉著背包的皮革肩帶，低頭走進洞穴裡。

溫暖的洞穴裡煙霧瀰漫。一面牆壁邊的桌上有一根插在瓶子裡的牛油蠟燭，桌邊坐著帕布羅、三個他不認識的男人，還有吉普賽人拉斐爾。燭光把他們的身影投射在後面牆壁上，安瑟莫則是進來後就一直站在桌子的右邊。帕布羅的老婆站在洞穴一角，她身旁是一個燒著炭火的開放式壁爐。那女孩跪在她身邊，正在攪拌鐵鍋。她拿起木頭湯勺，看著站在洞穴口的羅伯．喬丹，此時帕布羅的老婆正在用風箱搧火，藉著火光他看見女孩的臉，她的手臂，也看見湯汁從木勺上流下，滴進鐵鍋裡。

「你拿著什麼？」帕布羅說。

「我的東西，」羅伯．喬丹說，他把背包放在洞裡側邊寬敞處，兩者相隔一點距離，也遠離桌邊。

「東西擺在外面不好嗎？」帕布羅問道。

「黑暗中可能有人會被背包絆倒，」羅伯．喬丹說，他走過去，把那一盒香菸擺在桌上。

「我不喜歡在這洞裡擺炸藥。」帕布羅說。

「離火堆很遠，」羅伯．喬丹說。「拿幾根菸吧。」那菸盒的蓋子上印有大大的彩色戰艦圖案，他用拇指指甲劃過菸盒邊緣，把菸推向帕布羅。

安瑟莫拿一張覆蓋著生皮的凳子給他，他在桌邊坐下來。帕布羅看著他，一副欲言又止的模樣，但還是只有伸手去拿香菸。

羅伯．喬丹把菸推給其他人。他還沒有仔細看他們。但他注意到有個男人拿了菸，另外兩個沒拿。他把注意力都擺在帕布羅身上。

「你還好吧，吉普賽佬？」他對拉斐爾說。

「好啊，」吉普賽人說。羅伯．喬丹看得出來，他走進來的時候他們剛好在談論他。就連吉普賽人也不太自在。

「她還會讓你再吃一頓飯嗎？」羅伯．喬丹問吉普賽人。

「會啊。為什麼不會？」吉普賽人說。此刻的氣氛跟他們下午有說有笑的時候截然不同。

帕布羅的老婆不發一語，還是在搧火。

「有個叫做奧古斯丁的傢伙說他在上面快厭煩死了。」羅伯．喬丹說。

「死不了的，」帕布羅說。「讓他厭煩一下也不會少塊肉。」

「有紅酒嗎？」羅伯．喬丹問大家，他把身子往前傾，一雙手擺在桌上。

「還剩一點，」帕布羅繃著臉說。羅伯．喬丹決定看看其他三個人的臉色，試著搞清楚現在是什麼狀況。

「那就給我一杯水吧。妳啊，」他對著女孩大聲說。「弄一杯水給我。」

女孩看看那女人，女人不發一語，好像沒聽到一樣，接著女孩走到水瓶旁邊，倒了一杯滿滿的水。她拿著水杯走到桌邊，擺在他面前。羅伯．喬丹對她微笑。在此同時他吸氣收腹，在凳子上把身體稍稍向左傾，讓腰帶上的手槍朝他想要的位置滑過去。他把手伸向屁股邊的口袋，帕布羅盯著他。他知道其他人也都盯著他，但他只盯著帕布羅。他從口袋裡掏出皮革小酒瓶，旋開蓋子，舉杯喝掉半杯水，然後慢慢地把酒倒進杯子裡。

「要不是這酒太烈了，我就給妳喝一點，」他對女孩說，再次露出微笑。「剩不多了，否則我就會請你喝一點。」他對帕布羅說。

「我不喜歡茴香酒。」帕布羅說。

一股辛辣的酒味傳遍全桌，他立刻就聞出其中一種他熟悉的成分。

「很好，」羅伯．喬丹說。「因為我也剩不多了。」

「那是什麼酒？」吉普賽人問道。

「一種藥酒，」羅伯．喬丹說。「你想嚐嚐味道嗎？」

「治什麼病的？」

「能治百病，」羅伯．喬丹說。「什麼都能治。不管你生了什麼病，喝這酒就會好。」

「讓我嚐一嚐，」吉普賽人說。

羅伯．喬丹把杯子推過去。混入水之後，酒變成乳黃色的，他希望吉普賽人只是嚐一口就好。酒已經剩不多了，而且這杯酒實在太珍貴了——只要他喝下這一杯能讓舌頭發麻，讓腦袋與肚子發熱，讓人改變想法的混濁苦澀瓊漿玉液——無論是晚報，過去泡在酒館裡的那些夜晚，已經在這個月開花的栗樹，那些在城市邊緣大道上緩緩前進的駿馬，書店，書報攤，畫廊，蒙蘇里公園，布法洛運動場，肖蒙山丘，抵押信貸公司，西堤島，歷史悠久的法約飯店[1]，那些能夠讀書放鬆的夜晚，還有所有他享受過但已遺忘的事物，全都能夠回到他的腦海裡。

吉普賽人做了個鬼臉，把杯子放回去。「聞起來有茴香味，但卻跟膽汁一樣苦，」他說。「我寧願生病也不喝這藥酒。」

「那是艾草味道，」羅伯．喬丹告訴他。「這是貨真價實的苦艾酒，裡面有艾草的成分。據說喝這種酒會把腦子喝壞掉，但我可不信。只是會讓觀念變新而已。喝的時候應該慢慢摻水，一次滴幾滴。但我都是把酒往水裡倒。」

帕布羅覺得那些話有嘲弄的味道，對喬丹怒道：「你在胡說些什麼？」

「解釋該怎麼喝這種藥酒啊，」羅伯．喬丹對他說，咧嘴微笑。「我在馬德里買的。我買到的是最後一瓶，讓我喝了三個禮拜。」他吞了一大口酒，感覺到酒沿著舌頭往下滑，舌頭覺得有點麻麻的。他看著帕布羅，又咧嘴笑了笑。

「現在的情況怎樣？」他問道。

帕布羅沒答腔，羅伯・喬丹小心翼翼地看著桌邊三個男人。其中一個長了一張大大的扁臉，像一塊又扁又黑的塞拉諾火腿，只是上面有個鼻樑斷掉的扁鼻子，嘴邊斜斜地叼著一根俄國香菸，讓他的臉看起來更扁了。這個人的短髮灰白，臉上的鬍碴也是灰白的，他身穿一件普通的黑色罩衫，扣子扣到領口。羅伯・喬丹看著他的時候，他低頭看桌子，但是眼神沉著，沒有眨眼。其他兩人顯然是兄弟。他們倆看起來很像，都長得又矮又壯，一頭黑髮，額頭很低，眼珠子是黑色的，皮膚黝黑。其中一人額頭上左眼上方有一道傷疤，喬丹看著他們，他們倆也用沉穩的眼神看回去。其中一人看起來大約二十六或二十八歲，另一個可能大個兩歲。

「你在看什麼？」兄弟中有疤的那個問道。

「看你。」羅伯・喬丹說。

「有看到什麼古怪的地方嗎？」

「沒有，」羅伯・喬丹說。「來根菸？」

「為什麼不？」那個兄弟說。他剛剛沒有拿到菸。「你的菸跟另一個人一樣。炸火車的那個人。」

「炸火車時你也在場？」

「我們都在場，」那個兄弟靜靜地說。「那個老傢伙除外。」

「我們現在就該幹那件事，」帕布羅說。「再炸一列火車。」

「可以啊，」羅伯・喬丹說。「先炸橋再幹。」

---

1 蒙蘇里公園、布法洛運動場、肖蒙山丘、西堤島與法約飯店皆位於巴黎。

他看到帕布羅的老婆已經從火堆邊轉過身來，正在聽他們講話。

「橋」這個字一脫口，大家都靜了下來。

「先炸橋，」他刻意又說了一遍，啜了一口苦艾酒。我最好把話挑明講，他心想。反正早晚都要講開的。

「我不贊成炸橋，」帕布羅低頭看著桌子說。「我跟我的人都不贊成。」

羅伯・喬丹不發一語。他看著安瑟莫，舉起酒杯。「那我們就得自己幹了，老傢伙。」他微笑說。

「不用靠這膽小鬼。」安瑟莫說。

「你說什麼？」帕布羅對那老傢伙說。

「不是對你說的，我沒對你說話。」安瑟莫跟他說。

此刻，羅伯・喬丹往桌子後面看，看著火堆邊帕布羅的老婆站著的地方。她都還沒講話，也沒有做任何手勢。但這時候她跟那女孩耳語，喬丹聽不到，只見那女孩從煮東西的火堆邊站起來，沿著牆壁悄悄走到洞口，掀開毛毯，走了出去。我想該攤牌了，羅伯・喬丹心想。我想是時候了。我不希望演變成這樣，但看來也只能這樣了。

「那我們就自己來，不用你們幫忙。」羅伯・喬丹對帕布羅說。

「不可以，」帕布羅說，羅伯・喬丹看到他的臉在出汗。「你們不可以在這裡炸橋。」

「不可以？」

「你們不可以炸橋。」帕布羅用很重的語氣說。

「妳說呢？」羅伯・喬丹對著帕布羅的老婆說，她站在火堆邊沒有動靜，看來如此高大。她轉身對著他們說：「我贊成炸橋。」她的臉被火照得紅通通，在火光中顯得如此溫暖、暗沉而迷人。

「妳說什麼？」帕布羅對她說，羅伯・喬丹看到他把頭轉過去，臉上出現那種覺得被背叛的表情，額頭上有汗。

「我只是說，」帕布羅的老婆說，「我贊成炸橋，不贊成你。」

「我也贊成炸橋。」那個鼻樑斷掉的扁臉傢伙一邊說，一邊把香菸按熄在桌面上。

「對我來講，那座橋不重要，」兩兄弟中的一個說。「我贊成帕布羅的*mujer*。」

「一樣。」另一個兄弟說。

「一樣。」吉普賽人說。

羅伯・喬丹看著帕布羅，一邊看一邊把右手放得越來越低，準備在必要時出手，心裡倒有一半希望就這樣辦（他覺得，也許這就是最單純與簡單的解決方案，只是他並不想打壞跟這些人建立起來的好關係；同時他也知道在吵架時，情勢有可能很快逆轉，整個家族、整個部族或一整隊人馬聯合起來，與一個陌生人作對，但他也想到，如果真是那樣，動手倒是最簡單也最好的解決方案，而且能像動外科手術一樣，一了百了），他也看到帕布羅的老婆站在那裡，因為眾人的表態效忠，紅潤的臉上流露出自豪、沉穩與堅強的神情。

「我支持共和國，」帕布羅的老婆欣然表示。「炸橋是為共和國炸的。事後我們還有時間幹其他大事。」

「妳這女人的腦袋跟種牛一樣笨，心思像個妓女，」帕布羅激動地說。「妳以為炸了橋之後還有『以後』可言嗎？妳知道會發生什麼事嗎？」

「該來的就來，」帕布羅的老婆說。「該來的就來，我們可以撐得過去。」

「這件事我們不但沒有好處，而且事後還會像獵物一樣被追殺，妳都不在乎嗎？」

「不在乎，」帕布羅的老婆說。「而且你不要嚇唬我，你這膽小鬼。」

「膽小鬼？」帕布羅激動地說。「懂策略的人卻被妳當成膽小鬼。就因為我能事先看出做蠢事的後果。我只是知道什麼叫做愚蠢，不是膽小鬼。」

「我只是知道什麼叫做膽小，不是蠢蛋，」安瑟莫忍不住頂了回去。

「你想找死嗎？」帕布羅用認真的語氣對安瑟莫說，羅伯．喬丹看得出來他不只是說說而已。

「不想。」

「那就管好你的嘴。你講了太多自己不懂的事。你看不出這件事很嚴重嗎？」他用可憐兮兮的語氣說。「只有我一個人看得出這件事的嚴重性嗎？」

我同意，羅伯．喬丹心想。帕布羅你這老傢伙，我同意你說的。但只有我例外。你看得出來，我也看得出來，你老婆在看我的手相時也看到了，只是她現在還沒領悟。目前她還沒看出來。

「難道我這頭頭是白幹的？」帕布羅問道。「我知道自己在說什麼。你們其他人都不知道。這老傢伙只會胡說八道。他只不過是個幫外國人送信帶路的傢伙。這個外國人來這裡只想幹一件對外國人有利的事。為了他的利益，我們就得犧牲。我是為了大家的利益與安全著想。」

「安全，」帕布羅的老婆說。「這世界上沒有安全這回事。如今，來這裡求安全的人實在太多了，多到讓我們這裡變得很危險。現在，想要求安全的人，只會失去一切。」

此刻她拿著一根大湯匙站在桌邊。

「安全還是存在的，」帕布羅說。「在危險中懂得該冒什麼險，就能保持安全。就像鬥牛士，如果知道自己在幹嘛，從不冒險，那就很安全。」

「但他們還是會被牛角頂到，」他老婆用激烈的口吻說。「我常常聽到鬥牛士說這種話，結果他們還不是被牛角給頂到了。我常常聽到菲尼多說，關鍵是要了解鬥牛的技巧，如此一來就不會被牛角頂到，如果有人被頂到，都是自找的。他們在被頂到之前講話就是這麼臭屁。事後我們都會去診療所[2]探視他們。」說到這裡，她開始假裝在病床邊與人對話，用低沉的聲音大聲說：「嗨，老兄。嗨。」然後裝成受傷鬥牛士的虛弱聲音：「*Buenas, Compadre.*[3]最近怎樣啊，琵拉？」她又用自己的聲音大聲說：「這是怎麼一回事，我可愛的菲尼多[4]？這種倒楣事怎麼會發生在你身上？」然後她又虛弱地小聲說：「沒什麼啦，琵拉。妳這娘們。真的沒什麼。這不該發生的。妳知道，我殺牛的技術棒透了。沒有人比得過我。當時我表現正常，那隻牛已經被我殺得奄奄一息，四隻腳搖搖晃晃，隨時會重重跌倒，結果我太臭屁，優雅地走開，沒想到被牛捅到了我兩邊屁股的正中央，牛角穿透我的肝臟。」她不再用菲尼多那種幾近娘娘腔的聲音講話，又大聲了起來。「你還說什麼安全咧！我跟這世界上薪水最低的三個鬥牛士一起住了九年，難道還不懂恐懼與安全是怎麼一回事？跟我說什麼都好，可別提到安全。還有你。過去我對你存有幻想，結果呢？內戰爆發一年後，你就變成懶鬼、酒鬼兼膽小鬼了。」

「妳沒有權力那樣跟我講話，」帕布羅說。「更何況是在別人和一個陌生人面前。妳不配。」

「我就是要這樣講話，」帕布羅的老婆接著說。「剛剛你沒聽清楚嗎？你還以為自己是這裡的指揮官嗎？」

「是，」帕布羅說。「這裡是我指揮的。」

「別開玩笑了，」那女人說。「是我指揮的才對！你沒聽到*la gente*[5]剛剛都說些什麼？如果你想留下

---

2 原文為clinic，是鬥牛場裡的醫療單位。

3 Buenas, Compadre：西班牙文，意思為「妳好啊，老朋友」。

4 我可愛的菲尼多（Finito, Chico）：chico是西班牙文裡「小傢伙、小夥子」的意思。

5 la gente：西班牙文，「大夥」的意思。

來，這裡有東西給你吃喝，不過可別吃喝太多了。如果你願意，也可以分攤這裡的工作。但指揮官就是我。」

「我應該開槍把妳跟外國佬都打死。」帕布羅怒道。

「你試試看啊，」那女人說。「看會怎樣。」

「給我一點水吧，」羅伯．喬丹說話時眼睛還是盯著眼前這一對男女，男的憤怒不已，腦袋似乎很沉重，女的站在那裡，看來如此驕傲而有自信，手持大湯匙的姿勢充滿權威，好像那就是她的權杖。

「瑪莉亞，」帕布羅的老婆大聲說，等那女孩進來後，她接著說，「給這位同志來一點水。」

羅伯．喬丹伸手去拿他的小酒瓶，把酒瓶從皮套裡抽出來，也順手解開手槍的皮套，把皮套調整到大腿頂端旁邊。他又倒了第二杯苦艾酒，接過那女孩拿給他的那一杯水，開始慢慢把水滴進去，一次滴一點點。女孩站在他的身旁，看著他。

「到外面去，」帕布羅的老婆說，用湯匙對她比一比外面。

「外面冷啊，」女孩說，她和羅伯．喬丹兩人緊貼著臉頰，她正仔細盯著苦艾酒漸漸變混濁的樣子。

「也許吧，」帕布羅的老婆說。「但這裡面太熱了，」接著她很溫和地說，「要不了多久的。」

女孩搖搖頭，走了出去。

我覺得他應該快忍不住了，羅伯．喬丹心想。此刻，他一隻手拿著酒杯，另一隻手明目張膽地擺在手槍上。他已經把手槍的保險打開，手裡感覺到槍把上的格紋幾乎已經都被磨光了，握起來光滑舒適，他的手指擺在那熟悉無比而冷冰冰的扳機護環上。帕布羅已經不再看著他，只看著那女人。她接著說：「你這酒鬼，給我聽清楚了。現在你知道這裡是誰在指揮吧？」

「是我。」

「才不是。聽清楚了。把你那毛茸茸耳朵裡的耳屎挖乾淨。聽好了。是我在指揮的。」

帕布羅看著她，從他臉上的表情任誰也看不出他的心思。他從容不迫地看著她，然後又看看桌子另一頭的羅伯．喬丹。

「好吧。由妳指揮，」他說。「妳要讓他指揮也可以。還有，你們兩個可以一起去死吧。」他瞪著那女人的臉，既沒有認輸，看來情緒也沒有受到太大影響。「可能我真的是個懶鬼，也喝太多久了。也許妳認為我是膽小鬼，但妳錯了。而且我也不是笨蛋。」他頓了一下。「可能妳本來就該指揮，也喜歡指揮。既然妳是指揮官又是女人，那就該弄點東西給我們吃吧。」

「瑪莉亞，」帕布羅的老婆大聲說。

女孩從洞口的毛毯邊緣探頭進來。「進來準備晚餐吧。」

女孩進來後走到火爐邊的矮桌旁，拿起幾個琺瑯碗，擺到桌上。

「紅酒夠所有人喝，」帕布羅的老婆對羅伯．喬丹說。「別管那酒鬼說什麼。這些喝完我們再拿一些來喝。趕快把你那古怪的酒喝掉，倒一杯紅酒吧。」

羅伯．喬丹把最後一點苦艾酒吞下去，因為喝得太猛，感覺到體內浮現一種因為化學變化而產生的熱氣，有點暖暖濕濕的，覺得體內有水氣升上來，然後他把杯子拿出去倒紅酒。女孩幫他斟滿，對他微笑。

「怎樣，你看過橋了嗎？」吉普賽人問道。其他人自從換了效忠對象之後都還沒開口，此刻他們全都把身體往前傾，認真傾聽。

「嗯，」羅伯．喬丹說。「要炸橋很簡單。要我講解給你聽嗎？」

「要，兄弟。我很感興趣。」

羅伯．喬丹從襯衫口袋拿出筆記本，把草圖拿給他們看。

「畫得真像，」那個叫做普里米提佛的扁臉男人說。「看起來就是那一座橋。」

羅伯．喬丹用鉛筆筆尖比來比去，解釋該怎麼炸橋，還有為什麼要把炸藥擺在那些地方。

「多簡單啊，」兄弟中疤臉的那一個叫做安德烈斯，他說。「那你打算怎樣引爆呢？」

羅伯．喬丹也跟他解釋這一點，過程中他感覺到女孩一邊看，一邊把一隻手臂擺在他的肩膀上。帕布羅也在看著。只有帕布羅一點興趣也沒有，他獨自坐著喝剛剛又從大碗裡面舀出來的紅酒，那些酒都來自於掛在洞穴入口處左側的酒囊，是瑪莉亞倒進大碗裡的。

「你常常幹這種事嗎？」女孩輕聲問羅伯．喬丹。

「嗯。」

「可以讓我們看到炸橋的經過嗎？」

「可以啊。為什麼不？」

「妳會看到的，」帕布羅從桌邊對她說。「我相信妳會看到的。」

「閉嘴，」帕布羅的老婆對他說，她突然想起了下午幫喬丹看手相時看到的預兆，突然感到一股無名的怒火中燒。「閉嘴，膽小鬼。閉嘴，倒楣鬼。閉嘴，你這殺人魔。」

「好啦，」帕布羅說。「我閉嘴。現在指揮的人是你，妳該繼續欣賞那些漂亮的草圖。但可別忘了，我不是笨蛋。」

帕布羅的老婆感覺到她的一股怒火變成哀傷，變成失望與絕望。她從小就很清楚那種感覺，也很清楚這輩子是因為哪些事情才會出現那種感覺。那種感覺突然浮現，但被她努力壓了下去，她不容許自己與共合國受其影響，接著她說：「現在該吃飯了。瑪莉亞，把鍋裡的東西裝進碗裡吧。」

# 第五章

羅伯・喬丹把洞口的毯子推開走出去，用力吸了一口夜裡的冷空氣。薄霧已經散去，只見滿天星星。羅伯・喬丹深呼吸之際，只覺得夜裡山上的空氣如此清冽，四處瀰漫著松樹的氣味，還有小河邊牧草上的露水味，此刻他已經擺脫洞穴裡的暖空氣，擺脫濃濃的菸草與木炭味，還有米飯與肉、番紅花、甜椒、食用油的香味，以及那來自洞口巨大酒囊，好像瀝青與紅酒混在一起的氣味[1]，那獸皮酒囊的脖子處被拴起來吊在洞口，四隻腿伸展開來，其中一隻腿上裝了塞子，酒可以從那裡流出來，灑了一些在地上，土味被壓了下去。他也擺脫了洞裡的各種藥草味，那些藥草跟一串串大蒜都吊在洞穴裡的頂端，他壓根不知道它們叫做什麼，此外他已經聞不到的，還包括銅幣、紅酒、大蒜的味道，以及馬的汗味，人的汗水在衣服上乾掉的味道（人的汗味刺鼻而悶臭，馬流汗時會冒出泡沫，擦乾後有一種噁心的甜味）。他還擺脫了桌邊的那些人。因為風已經停了，露水很重，但當他站在那裡，他感覺得到清晨將會有寒霜。

他站在那裡深呼吸，傾聽夜裡的各種聲音，一開始聽見遠處傳來一陣陣槍聲，接著是下方那片裡面有馬匹圍欄的樹林，傳來貓頭鷹的叫聲。然後他可以聽見洞穴裡傳出吉普賽人開始唱歌的聲音，以及輕柔的吉他伴奏聲。

「我從父親那裡繼承了遺產，」他用硬裝出來的陽剛嗓音高聲唱了起來，聲音刺耳，停了一會兒接著

1 盛裝酒的皮囊為防止滲漏，會在內壁灌上樹脂，儲存較久後，樹脂會滲進酒中，發出類似瀝青的氣味。

又繼續唱：

「我繼承了月亮和太陽，

儘管我浪跡天涯，

那遺產怎樣也揮霍不完。」

吉他聲中大家為歌手鼓掌。「好啊！」羅伯·喬丹聽見有人說。「吉普賽佬，唱那一首加泰隆尼亞歌給我們聽。」

「不要。」

「好啦，好啦。唱給我們聽。」

「那好吧，」吉普賽人說，隨即悲傷地唱了起來：

「我的鼻子扁，我的臉黝黑。

但我還是個人。」

「好啊！」有人幫他叫好。「唱下去啊，吉普賽佬！」

吉普賽人把音調提高，像是在泣訴，也像在嘲諷。

「感謝上帝，我是黑人。

不是加泰隆尼亞人。」

「吵死啦！」帕布羅的聲音傳出來。「閉嘴，吉普賽佬！」

「是啊，」他聽見那個女人說。「真的是太吵了。你那噪音會招來憲兵的，而且實在太難聽了。」

「我還會唱另一首，」說著說著，吉普賽人又彈起了吉他。

「算了吧。」那女人對他說。

吉他聲停了下來。

「我今晚的音色不佳。所以不唱也沒什麼損失。」吉普賽人說完後推開毯子，走進一片黑暗裡。

羅伯．喬丹看他走到一棵樹邊，於是向他走過去。

「羅貝托。」吉普賽人低聲叫他。

「是我，拉斐爾，」他說。他知道吉普賽人是因為喝了紅酒，影響了音色。他自己喝了兩杯苦艾酒，還有一點紅酒，但是因為剛剛跟帕布羅激烈爭論了一番，他的頭腦仍是清醒而冷靜。

「你為什麼不幹掉帕布羅？」吉普賽人輕聲問道。

「為什麼要幹掉他？」

「你遲早都得幹掉他。為什麼不趁機動手？」

「你是說真的嗎？」

「你以為大家在等什麼？你以為那個女人為什麼把女孩給支開？你以為說了那麼多醜話之後，還能夠跟他共事？」

「那你們應該一起動手。」

「*Qué va*[2]！」吉普賽人輕聲說。「那是你的事。我們等你動手已經等了三、四次。沒有人是帕布羅的朋友。」

「我有想過，」羅伯．喬丹說。「但又打消了念頭。」

「這大家當然都看出來了。每個人都注意到你準備好了。你為什麼不動手呢？」

2 Qué va：西班牙文語氣詞，相當於英文的 come on 或 of course not。在此句可以理解為「拜託！」

「我以為會惹火你們幾個，或是他老婆。」

「*Qué va*！那個女人等你殺他，就像妓女等嫖客上門那樣焦急。從外表看不出你那麼嫩啊！」

「這有可能。」

「現在就幹掉他。」吉普賽人勸他。

「那等於是暗殺。」

「暗殺更好，」吉普賽人輕聲說。「風險比較低。動手啊！現在就幹掉他。」

「我不能那樣下手。我厭惡那種手段，更何況，為理念獻身的人也不應該那樣幹。」

「那就故意激怒他，」吉普賽人說。「總之你得殺他。沒有其他辦法。」

言談間，那一隻貓頭鷹靜悄悄地輕輕飛過樹林，在他們身後降落，然後又振翅高飛，尋覓獵物之際，完全沒有發出任何拍動羽毛的聲響。

「看看牠，」吉普賽人在黑暗中說。「人的行動就該像那樣。」

「難道也要像牠那樣，白天像瞎子似的，跟烏鴉一起躲在樹上。」羅伯·喬丹說。

「那狀況畢竟少見，」吉普賽人說。「如果有的話，也是偶然。殺了他吧，」他接著說。「別讓情況變得更艱困。」

「可是已經錯過機會了。」

「激怒他，」吉普賽人說。「不然就趁四下一片寧靜時。」

洞口的毯子又被打開，洞裡的火光流瀉出來。有人朝他們站的地方走過來。

「這夜色真美，」那個男人用厚重沉悶的聲音說。「明天天氣會很好。」

是帕布羅。

他正在抽俄國香菸，他一邊抽菸，他的圓臉在微光中浮現。星光下，他們看得到他那沉重軀體與兩條長長的手臂。

「別理那個女人，」他對羅伯．喬丹說。暗夜中，香菸的菸頭如此明亮，然後火光跟著他放下的手往下方移動。「有時候她很難搞。她是個好女人。對共和國非常忠心。」他講話之際，菸頭火光也輕輕抖動著。他一定是把香菸叼在嘴角講話，羅伯．喬丹心想。「我們不應該爭論。我們的立場是一致的。我很高興你能來。」菸頭火光閃亮著。「不要在意爭論，」他說。「我們都很歡迎你來。」

「失陪了，」他說。「我得去看看他們有沒有把馬圍好。」

離開後，他穿越樹林，到了草地邊緣，他們聽到下面傳來一隻馬兒的嘶鳴聲。

「你懂吧？」吉普賽人說。「你現在懂了吧？大好的機會就這樣溜走了。」

羅伯．喬丹不發一語。

「我要下去了。」吉普賽人怒道。

「去幹什麼？」

「*Qué va*！還能幹什麼？至少要提防他逃跑。」

「他有可能從下面騎馬離開嗎？」

「不可能。」

「那就去你可以攔下他的地方。」

「奧古斯丁在那裡。」

「那就去跟奧古斯丁報個信。跟他說剛剛發生什麼事。」

「奧古斯丁會很樂於幹掉他。」

「這樣倒還不錯，」羅伯．喬丹說。「那就去上面把事發經過都告訴他。」

「然後呢？」

「我到下面的草地去看著。」

「很好，老兄。很好。」黑暗中他看不見拉斐爾的臉，但可以感覺到他在微笑。「現在你總算上緊發條啦。」吉普賽人用讚許的口吻說。

「去找奧古斯丁吧。」羅伯．喬丹對他說。

「好啊，羅貝托，我這就去，」吉普賽人說。

羅伯．喬丹穿越松林，於黑暗中在一棵棵樹之間慢慢摸索，走到了草地邊緣。他在黑暗中往遠處看，星光下這空曠的地方顯得比較亮，因此他能看到圍欄內馬群的黑影。他數著他與小河之間散布著幾匹馬。有五隻。羅伯．喬丹坐在一棵松樹下，往草地的另一邊看過去。

我累了，他心想，也許我的判斷力出了問題。但炸橋是我的責任，而且為了善盡職責，在完成任務以前我都不能讓自己承擔無謂的風險。當然，如果不冒該冒的險，有時候風險更大，但到目前為止我都只是採取「船到橋頭自然直」的做法。如果真是這樣，就像那吉普賽人說的，若是他們希望我殺了帕布羅，那我就該動手。但顯然我一直沒看出他們希望我那樣做。殺人之後還要跟其他人合作，對於一個陌生人而言是很不利的。在戰鬥中可以這麼幹，如果有充分的軍紀做後盾也可以，但我想那種情況應該會很不利，儘管我很想殺他，因為殺了他似乎就可以快速而單純地解決問題。但我可不相信這國家還有那麼快速而單純的事，而且，儘管我絕對相信那個女人，但她對於此等大事會有何反應？這是我還無法確定的。任誰在這種地方死掉，死法都會很醜陋、悲慘，令人感到噁心。沒有人知道她會有何反應。如果沒有那個女人，這個地方就沒有組織與紀律，有她的話情況就會很好。如果由她來下手，是最理想的，或者吉普賽人（但他不會願意），還是哨兵奧古斯丁也都可以。儘管安瑟莫反對殺人，但如果我要求，他應該會答應。我相信他討厭帕布羅，而且他已經信任我了，也相信我就是他的信仰的化身。在我看來，只有他和那女人是真正效忠共和國的。不過，是否真是那樣，現在還言之過早。

他的眼睛適應了星光之後，他看到帕布羅站在一匹馬旁邊。馬本來在吃草，頭抬起來之後又很不耐煩地垂下。帕布羅站緊靠著那一匹馬，馬兒在繩索所及的範圍內走來走去，他也跟著一起走，輕拍馬脖子。馬在吃草，對這溫柔的輕拍感到很不耐煩。羅伯．喬丹看不到帕布羅在看什麼，也聽不見他在跟馬兒說些什麼，但看得出他並未拔掉拴馬樁，也沒有幫馬套上馬鞍。他坐著看帕布羅，試著把他的問題給想清楚。

「你是我高壯漂亮的小馬，」在黑暗中帕布羅對馬說，是那一匹棗紅色的種馬。「你這可愛的白臉駿馬。你的脖子又粗又彎，形狀好像我們鄉下的那一座橋，」他頓了一下。「但是更彎一點，也更漂亮。」馬兒正搖頭晃腦地吃草，但是卻被他拉著講個不停，覺得很煩。「你不像女人，也不是個笨蛋，」帕布羅對棗紅色馬兒說。「你啊，你啊，你是我高壯的小馬。我的女人就像滾燙的岩石，你不會。那個頭髮被剃光的小姑娘就像剛剛出生的小馬，動作扭扭捏捏，你也不會。你不會汙辱人，不會說謊，你善解人意。你啊，你啊，喔，我高壯漂亮的小馬。」

如果羅伯．喬丹聽到帕布羅對棗紅馬兒講的話，他一定會覺得很有趣，但是他沒有聽到，因為此刻他已經相信帕布羅只是下來查看他的馬，而且他也拿定了主意，這時候殺他並不可行，所以他逕自走回洞穴。帕布羅留在草地上，跟馬兒講話講了好久。那匹馬根本聽不懂人話，只是從語調中感受到親暱，而且他被關在圍欄裡一整天，真的餓了，在他能走到的範圍內狼吞虎嚥，只覺得那個人很煩。帕布羅最後把拴馬木樁換了個位置，站在馬兒身邊，不再講話。那匹馬繼續吃草，因為那傢伙不再騷擾他，也自在多了。

# 第六章

洞穴裡角落的火堆旁有許多包裹著生皮的凳子，羅伯．喬丹坐在其中一個上，聆聽那個女人講話。她正在洗盤子，那女孩瑪莉亞負責把盤子擦乾歸位，跪下來把盤子都擺在牆上一個被挖來當作置物架的洞裡。

「怪了，」她說。「聾子還沒到。一小時前就該到了。」

「妳叫他來的嗎？」

「沒有。他每天晚上都會來。」

「也許他有事在忙。要幹活。」

「有可能，」她說。「如果他沒來，明天我們得去瞧瞧他。」

「嗯。他那裡很遠嗎？」

「不遠。正好可以活動一下。我缺乏運動。」

「我可以去嗎？」瑪莉亞問道。「琵拉，能不能讓我一起去？」

「可以啊，小美人，」那女人說，然後把臉轉過去問羅伯．喬丹，「她很漂亮吧？你覺得她怎樣？有點太瘦了？」

「我覺得很好啊，」羅伯．喬丹說。瑪莉亞用葡萄酒斟滿他的杯子。「喝吧，」她說。「喝完你會覺得我更漂亮。多喝點才會覺得我漂亮。」

「那我最好別喝了，」羅伯．喬丹說。「妳看起來已經不只是很漂亮而已。」

「這麼說就對啦，」那女人說，「可真會講話。除了漂亮，她還怎樣啊？」

「還很聰明。」羅伯．喬丹說得有點沒說服力。瑪莉亞咯咯嬌笑，那女人失望地搖搖頭。「羅貝托先生，起頭起得那麼好，怎麼結尾那麼差勁。」

「別叫我羅貝托先生。」

「跟你開開玩笑。就像我說帕布羅先生時，也是跟他開玩笑。還有瑪莉亞小姐，意思一樣。」

「我不會拿稱呼開玩笑，」羅伯．喬丹說。「在這場戰爭中，我們都應該尊稱彼此為同志。開玩笑會讓人墮落。」

「敢情你把政治當成宗教啦？」那女人嘲笑他說。「你都不開玩笑的？」

「開啊。我很愛開玩笑，但不會拿稱呼說笑。稱呼就像國旗。」

「我可以用國旗講很多笑話。任何旗幟都可以，」那女人笑道。「對我來講，沒什麼玩笑是開不得的。以前的國旗用黃色與金色，我們說那是膿與血。共和國的國旗又加上了紫色，我們就說那是膿與血還有高錳酸鉀。只是開開玩笑而已。」

「他是個共產黨人，」瑪莉亞說。「他們那種人都很嚴肅的。」

「你是共產黨人嗎？」

「不是，我只是反法西斯而已。」

「很久了嗎？」

「自從我了解法西斯之後。」

「你了解多久了？」

「將近十年。」

「那也不算太久，」那女人說。「我成為共和主義者已經二十年了。」

「我爸一輩子都是共和主義者，」瑪莉亞說。「所以他才會被槍斃。」

「我爸也是當了一輩子的共和主義者，還有我爺爺也是，」羅伯・喬丹說。

「在哪個國家？」

「美國。」

「那他也被槍斃了嗎？」那女人問道。

「*Qué va*！」瑪莉亞說。「美國是個共和國。沒有人會因為是共和主義者而被槍斃。」

「不過，能夠有個爺爺是共和主義者，也是好事，」那女人說。「可以證明血統優良。」

「我爺爺曾是共和黨全國委員會的成員。」羅伯・喬丹說。這下就連瑪莉亞也覺得很了不起了。

「那你爸如今還在共和國裡活躍嗎？」琵拉問道。

「沒有。他死了。」

「可以問一下他是怎麼死的嗎？」

「開槍自殺。」

「為了避免被折磨？」那女人問。

「對，」羅伯・喬丹說。「為了避免被折磨。」

瑪莉亞用淚眼看著他說：「我爸弄不到武器。喔，我真為你爸感到慶幸，他運氣好，弄得到手槍。」

「是啊。運氣真好，」羅伯・喬丹說。「我們能不能聊點別的？」

「那你和我可真是同病相憐。」瑪莉亞說。她把手搭在他的手臂上，看著他的臉。他看著她的褐色臉蛋，還有她那雙眼睛，自從他們相識後，她年輕的臉上那對始終滄桑的眼睛，此刻卻突然變得充滿渴望，變得如此年輕而充滿企盼。

「你們看起來可真像兄妹，」那女人說。「不過你們不是，我想這真是太好了。」

「現在我知道我為什麼會有那種感覺了，」瑪莉亞說。「這下我明白了。」

「*Qué va*！」羅伯・喬丹說，他把手伸出去，摸摸她的頭頂。今天他一直想做這件事，如今他做了，頓時感到喉嚨裡一陣發脹。她的頭也在他的手底下動一動，接著對他抬頭一笑，他感覺到那剛長出來的短髮濃密粗糙，但一種絲巾般的觸感在手指之間流動著。接著他把手擺在她的脖子上，然後就放掉了。

「再摸一摸，」她說。「我想要你做這件事已經想一整天了。」

「待會吧。」羅伯・喬丹說，他的聲音厚重。

「把我當空氣喔？」帕布羅的女人用她的大嗓門說。「要我眼睜睜看你們這樣？難道我會無動於衷？誰受得了啊。只怪我自己沒找到更好的對象。話說帕布羅也該回來了。」

瑪莉亞不理她，也不管在桌邊藉著燭光玩牌的那幾個人。

「想再來一杯酒嗎，羅貝托？」她問道。

「好，」他說。「有何不可？」

「妳會跟我一樣，也和酒鬼在一起，」帕布羅的女人說。「都已經喝了那怪怪的東西，還喝那麼多酒。聽我說，*Inglés*[1]。」

「不是*Inglés*。是美國佬。」

---

1 Inglés：西班牙文，意為「英國佬」，之後這群西班牙人接以此稱呼喬丹。

「好，聽清楚了，美國佬。你打算睡在哪裡？」

「外面。我有一個睡袋。」

「好吧，」她說。「晚上是晴天吧？」

「嗯，但是會很冷。」

「那就睡外面吧，」她說。「你睡外面。你那些裝備可以擺在我身邊。」

「好吧。」羅伯．喬丹說。

「妳可以離開一下嗎？」羅伯．喬丹對那女孩說，手搭在她的肩上。

「為什麼？」

「我想跟琵拉說幾句話。」

「一定得走嗎？」

「嗯。」

於是那女孩走到洞口，站在巨大酒囊旁邊看人打牌。帕布羅的女人說：「有什麼事？」

「吉普賽佬說我早該——」他開口說。

「不行，」那女人打斷他。「他錯了。」

「如果有必要的話，我還是——」羅伯．喬丹平靜但猶豫地說。

「還是得下手，」那女人說。「沒有，沒必要。我盯著他呢。但你的判斷是正確的。」

「但如果需要的話——」

「沒有，」那女人說。「我說沒有需要。吉普賽佬的腦子壞了。」

「但是，人在懦弱時，可能會帶來很大的危險。」

「不。你不懂。那傢伙再也不會帶來危險了。」

「我不懂。」

「你還很年輕，」她說。「以後你就懂，」接著她對那女孩說，「來吧，瑪莉亞。我們已經談完了。」

那女孩走過去，羅伯·喬丹伸手輕拍她的頭。她像小貓似的，用頭磨蹭他的手心。本來他以為她要哭了，結果她只是再把嘴唇翹起來，對他微笑。

「不如你現在就去睡覺吧，」那女人對羅伯·喬丹說。「今天你可是走了一大段遠路呢。」

「好啊，」羅伯·喬丹說。「我去拿我的東西。」

# 第七章

他在睡袍裡，心想自己應該睡很久了。睡袍鋪在洞口外的森林地面上，那是岩石堆下方的背風處。睡前他先用一條短繩把手槍跟手腕繫在一起，放在睡袋裡，睡覺時他翻來覆去，屢屢壓到手槍，因為肩背痠痛，腿腳疲累，渾身肌肉累得緊繃著，所以反而覺得地面很軟，光是在法蘭絨襯裡的睡袋中伸懶腰，雖然還是累透了，但已感到一陣通體舒暢。醒來後他心裡想著自己身在何方，想通後便把壓在側邊的手槍挪開，高高興興地伸個懶腰，一隻手擺在他拿來充當枕頭，外面用衣服整整齊齊地包住的麻繩底布鞋上，就要繼續睡了。他用一隻手摟著那個克難枕頭。

此刻他感覺到她的手搭上了他的肩頭，立刻轉身，右手握住睡袋裡的手槍。

「喔，是妳啊！」他一邊說一邊放掉手槍，伸出雙臂，把她拉到身邊，可以感覺到她在自己的懷裡發抖。

「進來吧，」他輕聲說。「外面會冷。」

「不行。我不可以。」

「進來吧，」他說。「有什麼話等會再說。」

她在發抖，他用一隻手握住她的手腕，另一手輕輕摟著她。她已經把頭轉了過去。

他說：「進來吧，小兔子。」接著親親她的後頸。

「我害怕。」

「不。不用害怕。進來吧。」

「怎麼進去？」

「鑽進來就可以了。裡面的空間很大。要我幫妳嗎？」

她說：「不用。」接著立刻就進了睡袋，被他緊緊抱住，想要親她的嘴，她把臉緊貼著那克難枕頭，不過雙臂仍然環抱著他的脖子。接著他感覺她的雙臂鬆了開來，在他懷裡顫抖著。

「沒關係，」他笑著說。「別害怕。那是手槍。」

他把槍拿了起來，輕輕放到身後。

「多難為情啊。」說完她把臉別開。

「不要這樣。別難為情。來嘛，把頭轉過來。」

「不，我不要。真丟臉，而且我好害怕。」

「拜託別這樣，我的小兔子。」

「如果你不愛我的話，我辦不到。」

「我愛妳啊。」

「我愛你。喔，我愛你。摸摸我的頭，」她還是沒看著他，臉依舊埋在枕頭裡。他摸一摸她的頭，突然間她的臉不再緊貼著枕頭，轉了過來，投入他懷裡，緊貼著他，他們的臉貼在一起，她哭了起來。

他一動也不動地緊抱著她，感受到她修長的年輕軀體如此有力，只是輕撫她的頭，親吻她那又濕又鹹的眼睛，在她哭泣抖動時，儘管隔著她穿的襯衫，他可以感覺到她那渾圓堅挺的乳房。

「我不會親嘴，」她說。「不懂怎麼親。」

「沒必要親嘴。」

「要。我一定要。我什麼都要做。」

「我們不需要做任何事。像這樣就很好。只是妳穿太多衣服了。」

「我該怎樣？」

「我可以幫妳脫。」

「好一點了嗎？」

「嗯。好多了。妳不覺得比較舒服嗎？」

「是啊。舒服多了。我可以跟你走嗎？像琵拉說的那樣？」

「可以。」

「但我不想去收容所。我要跟你在一起。」

「不行，妳得去收容所。」

「不要，不要，我不要。我要跟著你，當你的女人。」

此刻他們倆躺在那裡，除去了原先遮住身體的一切東西。不再有布料的粗糙觸感，取而代之的是那種堅挺渾圓的滑順膚觸，溫熱的修長身體還帶著一絲絲涼意，睡袋外如此冰涼，裡面則是如此溫暖。兩人的修長身體彼此輕輕地親密地擁抱在一起，寂寞空虛，兩人的身體輪廓分明，如此快樂，如此年輕而相愛，如今全都化成一股滑順的暖意，其中夾雜著一種令人胸口隱隱作痛，擺脫不掉的空虛寂寞，讓羅伯·喬丹覺得無法承受，於是他說：「妳愛過別人嗎？」

「沒有。」接著她整個人突然僵在他懷裡，「但有人對我做過壞事。」

「誰？」

「好幾個。」

此刻她靜靜躺著，彷彿身體已經死掉，把頭轉了過去。

「現在你不會愛我了。」

「我愛妳。」他說。

但是他有點異樣，她也查覺到了。

她用那種已經變得死氣沉沉而平淡的聲音說：「不。你不會愛我了。不過，也許你會帶我去收容所。我會去收容所，永遠當不成你的女人，什麼也當不成了。」

「我愛妳，瑪莉亞。」

「不。你沒說真話。」她說。接著，她好像要做出最後努力似的，用可憐兮兮而帶有一線希望的語氣說：「但我沒有親過任何男人。」

「那就親我吧，現在。」

「我想親，」她說。「但我不知道怎麼親。他們在做壞事時，我一直反抗，直到什麼都看不見。我一直反抗，直到……直到有人坐在我的頭上，結果我咬了他，接著他們把我的嘴巴綁起來，把我的雙手往後扭，緊緊抓著，讓其他人對我做壞事。」

「我愛妳，瑪莉亞，」他說。「沒有人對妳做任何事。他們碰不了妳。沒有人碰得了妳，小兔子。」

「你信嗎？」

「我了解這種事。」

「那你能愛我嗎？」她又用溫熱的身子貼著他。

「我可以更加愛妳。」

「我會試著好好吻你。」

「現在就親一下。」

「我不會。」

「親就是了。」

她親親他的臉頰。

「不對。」

「要怎樣鼻子才不會碰在一起？我總是感到很納悶。」

「像這樣，把頭轉過來，」然後他們的嘴巴就緊貼在一起，她往他的身上貼過去，她的嘴巴逐漸微微張開，突然間他緊緊抱住她，覺得自己未曾如此快活，如此輕快、甜蜜、欣喜，內心愉悅，心無旁騖，一點也不累，不用擔憂，只覺得好快樂，接著他說：「我的小兔子。親愛的甜心。我的高個兒美人。」

「你在說些什麼？」她的聲音恍恍惚惚，像遠遠傳過來似的。

「我的美人。」他說。

他們躺在那裡，他感覺到她的心臟怦怦跳，他用一隻腳的側邊輕輕磨蹭她的腳邊。

「妳是打赤腳過來的？」他問道。

「嗯。」

「所以妳事先就打算要來和我上床？」

「嗯。」

「而且妳不害怕。」

「怕。很怕。但如果來這裡才脫鞋，我會更害怕。」

「現在幾點了？*lo sabes*[1]？」

「不知道。你沒錶？」

「有。但是在妳背後。」

「拿過來啊。」

「不要。」

「那就往我背後的方向看過去。」

睡袋裡黑壓壓的，指針看起來很亮。

「你的下巴把我的肩膀刮疼了。」

「抱歉。我沒有工具可以刮鬍子。」

「我喜歡。你的鬍子也是金黃色的？」

「嗯。」

「會很長嗎？」

「在炸橋之前還不會。瑪莉亞，聽我說。妳——」

「我怎樣？」

「妳想嗎？」

「嗯。每一件事我都想。來吧。如果我們把一件事都做遍了，也許那件事就會像沒有發生過一樣。」

「這是妳自己想出來的嗎？」

「不算是。我曾暗自想過，但琵拉說出了我的想法。」

---

1 lo sabes：西班牙文，「妳知道嗎？」

「她很有智慧。」

「還有另一件事，」瑪莉亞輕聲說。「她要我跟你說我沒病。她了解這種事，她還說要我這樣跟你說。」

「她要妳跟我說的？」

「嗯。我都跟她說了，我說我愛你。我今天看到你就愛上你了，就像我一直愛著你似的，儘管我不曾見過你。我跟琵拉說，她說如果我打算跟你說些什麼，就要說我沒有病。另一件事是她老早就跟我說的。炸火車之後不久她就說了。」

「她說了什麼？」

「她說，如果有我們不接受的事發生在我們身上，就不算發生過。還有如果我能愛上某人，也能讓那件事過去。當時我真想死，你一定懂的。」

「她說的沒錯。」

「現在我很慶幸自己當時沒死。我好開心。你可以愛我嗎？」

「嗯。我現在就愛著妳啊。」

「那我可以當你的女人嗎？」

「幹我這一行的，不能有女人。但現在妳是我的女人。」

「如果我成為你的女人，就一直都是了。現在我是你的女人了嗎？」

「妳是，瑪莉亞。妳是，我的小兔子。」

她緊緊抱住他，一雙朱唇探尋著他的嘴唇，找到後就貼了過去，他則是感受著她那鮮嫩、光滑、年輕又可愛，內在滾燙而外面冰涼的身體，令他難以置信的是那睡袍裡的身體，就跟他的衣鞋，跟他的任務一樣如此熟悉，接著她驚恐地說：「那我們就趕快做我們要做的事情，讓其他的事徹底消失吧。」

「妳想做？」

「我想，」她用一種幾近急切的聲音說。「想。我想，我真的想。」

# 第八章

冷冷的夜裡，羅伯．喬丹睡得很沉。他曾醒來過一次，伸伸懶腰，發現那女孩還在睡袋裡，在睡袋深處蜷縮著睡覺，呼吸輕微均勻，外面一片漆黑寒冷，夜空中星光燦爛，鼻孔裡充滿冷空氣，他把頭縮進暖暖的睡袋裡，親親她的滑順肩膀。她沒有醒來，於是他又往他那一側滾過去，與她分開，又把頭伸到睡袋外的冷空氣中，躺著沒睡，好好享受一下那種渾身疲憊的舒暢感覺，還有兩個人肌膚相親時那種滑順快活的觸感，接著他把雙腿往睡袋的最底部伸過去，滑進睡袋裡，沉沉睡去。

曙光乍現時他就醒了，發現那女孩已經離開。他一醒來就知道了，還是伸出手臂摸摸她睡的位置，感覺一下餘溫。他看著洞口，掛在那裡的毛毯已經在邊緣處結霜，發現岩石之間的裂縫冒出淡淡的灰白色炊煙，那表示有人在做飯了。

有個男人從樹林中走出來，頭頂披著一件毯子，就像披風似的，羅伯．喬丹看出那是帕布羅，他邊走邊抽著菸。帕布羅應該是下去把馬趕進圍欄裡，他心想。

帕布羅拉開毛毯走進洞穴裡，並未朝羅伯．喬丹看過去。

那是個已經用了五年的羽絨睡袋，外層的絲質袋口上印著綠色氣球圖案，看來已經老舊不堪，羅伯．喬丹伸手摸摸袋口上一層薄霜，然後又縮回裡面。*Bueno*[1]，他對自己說，一邊把雙腿張開，感受著法蘭絨襯裡的熟悉觸感，接著把雙腿併攏，翻過身去，刻意避開陽光。*Qué más da*[2]，我不妨再睡一下。

他一直睡到被飛機引擎的轟隆聲響吵醒。

他躺著看法西斯陣營派出來巡邏的三架飛雅特飛機，就像快速掠過山頂天際的三個小小亮點，其目的地是昨天安瑟莫和他出發的地方。三架飛過後又來了九架，飛得遠比剛剛那三架還高，每三架一隊，每個機隊都有一架領頭。

帕布羅與吉普賽佬站在洞口的陰影裡，看著天際，羅伯．喬丹則是躺著不動，此刻高空到處都是轟隆隆的飛機引擎聲，又有一陣不同的嗡嗡聲響傳來，三架飛機飛了過來，飛行高度在空地上方不到一千英尺的地方。這三架是亨克爾111型雙引擎轟炸機。

羅伯．喬丹的頭在石堆的陰影裡，他知道飛機上的人看不到他，就算看得到也無所謂。他也知道，如果他們的任務是偵察山上的動靜，他們可能看得見圍欄裡的那些馬。如果不是，那些馬還是有可能被看見，只是會被當成他們的騎兵坐騎。接下來出現更大的嗡嗡聲響，又有三架亨克爾111以筆直整齊的隊形堅定地飛過來，高度更低，那轟隆聲響越來越大，最後變成震耳欲聾的噪音，通過空地上方後漸漸減弱。

羅伯．喬丹把克難枕頭外層的衣服攤開，穿上襯衫。當衣服套過頭部，正要拉下來的時候，他聽見下一批飛機飛來的聲音，接著他在睡袋裡把長褲穿上，躺著不動，又有三架亨克爾雙引擎轟炸機飛過。在它們還沒掠過山肩，消失無蹤前，他就已經把手槍放進槍套扣好，將睡袋捲起來放在岩堆旁，靠坐著岩堆，把繩底鞋[3]穿上綁好，此時又有一陣比先前更劇烈的聲響逼近——九架亨克爾輕型轟炸機以編隊的方式轟隆飛過，彷彿要將天空敲裂。

---

1 bueno：西班牙語的「好啊」，在此的意思是真舒服。
2 Qué más da：西班牙語，「管他的」。
3 繩底鞋（rope-soled shoes）：鞋底為麻繩編織製成的鞋子。

羅伯．喬丹在岩堆裡快步行走，來到洞口，只見那兩兄弟裡的其中一人、帕布羅、吉普賽佬、安瑟莫、奧古斯丁與琵拉都站在洞口往外看。

「以前有見過這種飛機經過嗎？」

「沒有，」帕布羅說。「進來吧。他們會看見你的。」

陽光還沒照到洞口，此刻才灑在小河邊的草地上而已，羅伯．喬丹知道現在時間還早，他們置身於樹林與岩堆形成的黑暗陰影裡，不會被看到，但為了不讓他們緊張，他還是進了洞穴裡。

「好多飛機啊。」那女人說。

「還會有更多架經過，」羅伯．喬丹說。

「你怎麼知道？」帕布羅用狐疑的口吻問道。

「在剛剛那些飛機後面會有戰鬥機跟隨著。」

話才說完，他們就聽見飛機的颼颼聲響從空中更高處，大約五千英尺的高空傳來，羅伯．喬丹算一算，總計有十五架飛雅特戰鬥機，也是每三架一組，一個個小隊組成了類似雁群飛行時的V字隊形。

洞口每個人的臉色看起來都很嚴肅，羅伯．喬丹說：「你們從來沒見過那麼多飛機？」

「從來沒有。」帕布羅說。

「塞哥維亞那裡也沒有這麼多飛機？」

「從來沒有，我們看到的通常都是只有三架。有時候是六架戰鬥機。有可能是三架容克斯飛機[4]，就是那種三引擎的大飛機，後面跟著戰鬥機。從來沒有看過這種飛機。」

不妙啊，羅伯．喬丹心想。真是不妙。這一帶集中了那麼多飛機，表示情況相當不妙。我必須仔細聽聽它們投彈的聲音。但是，不對啊，應該還沒有到派部隊發動攻擊的時候。肯定不會是在今晚或明晚以前，時候還沒到。他們應該不會在這個時候採取任何行動。

他還是聽得到那漸漸變小的嗡嗡聲響。他看看手錶，此刻飛機應該已經越過了戰線，至少領頭的那幾架應該越過了。他按下錶上的計時按鈕，讓秒針發出滴答聲響，看著它動了起來。沒有，也許還沒到。嗯，就是現在。現在應該已經早就超過了。亨克爾111的時速至少有兩百五十英里。五分鐘就可以飛到那裡。如今它們應該早就飛過那一道山隘，抵達卡斯提爾地區[5]，在晨間的這個時刻，飛機下方全都是一片黃色與黃褐色，黃色的部分有許多白色道路穿越其間，並且散布著許多小小村落，亨克爾飛機的陰影在土地上移動著，就像鯊魚的影子掠過海底沙地一樣。

他沒聽見砰砰砰的轟炸聲。他的錶繼續滴答滴答響著。

他心想，它們應該是要飛往科爾梅納爾鎮，埃斯科里亞鎮，抑或是曼薩納雷斯埃爾雷亞爾鎮的機場[6]，那裡的高聳古堡旁有個群鴨在蘆葦裡戲水的湖泊，真的機場後方有個假機場，上面停放著一架架沒有遮掩的假飛機，假飛機的螺旋槳在風中轉動著。它們肯定就是要去那裡。他們應該不可能知道這次進攻的事啊，他這樣告訴自己，但他心裡又有另一個聲音說，他們怎麼會不知道？有哪一次行動是他們不知道的？

「你覺得他們看見那些馬了嗎？」帕布羅問道。

「他們不是來找馬的，」羅伯．喬丹說。

「但他們看到了嗎？」

---

4 德國支援的容克斯飛機、亨克爾轟炸機，以及義大利支援的飛雅特飛機，令法西斯陣營（國民軍）在內戰期間掌握了空中優勢。

5 卡斯提爾（Castile）：西班牙西北部的地區。

6 科爾梅納爾、埃斯科里亞、曼薩納雷斯埃爾雷亞爾皆是位於馬德里西北方的城鎮。

「除非他們是奉命來找馬的，否則就不會看到。」

「但他們看得到嗎？」

「可能看不到，」羅伯・喬丹說。「除非陽光已經照射到樹林了。」

「陽光早就照到樹林了。」帕布羅慘兮兮地說。

「我想，除了你的馬之外，他們還有更重要的東西要去注意的。」羅伯・喬丹說。

他按下秒針按鈕已經有八分鐘了，還是沒有轟炸的砰砰聲響傳來。

「你為什麼要使用手錶？」那女人問道。

「我用錶來估算飛機往哪裡飛。」

「喔，」她說。十分鐘到了，他不再看錶，因為他知道此刻飛機已經離得太遠，聽不到聲音，就算有任何動靜，聲音也要一分鐘才會傳過來，於是他對安瑟莫說：「我有話對你說。」

安瑟莫從洞口走出來，他們走到一棵松樹旁站著，那裡離洞口有一小段距離。

「*Qué tal*[7]？」羅伯・喬丹問他。「情況怎麼樣？」

「還好。」

「吃過飯了嗎？」

「還沒。大家都還沒吃。」

「先去吃飯，然後把午飯帶著。我要你去監視那一條路。把來來往往的人車都記錄下來。」

「我不會寫字。」

「沒必要寫字。」羅伯・喬丹從筆記本上撕下兩張紙，用刀子切了一小段鉛筆。「拿著紙筆，看到坦克就這樣做記號，」他畫了一輛歪歪斜斜的坦克，「每看到一輛就畫一槓，畫了四槓之後畫一條穿越四條槓的線，代表第五輛。」

「我們也是用這方法來數東西的。」

「很好。卡車用另一種記號代表，兩個車輪加一個盒子。如果是空的，就畫一個圈圈。如果坐滿了士兵，就畫一條直線。火砲也要做記號。大口徑的像這樣。小口徑的像這樣。小車要做記號。救護車要做記號。像這樣，兩個車輪加一個盒子，上面畫個十字。步兵部隊要做記號，以連為單位，像這樣，懂嗎？一個小方框，然後在旁邊做記號。騎兵要做記號，像這樣，懂嗎？一個盒子加上四隻腿，像馬那樣。代表有二十隻馬的騎兵隊。懂嗎？每一隊都做一個記號。」

「好啊，這可真妙。」

「還有，」他畫了兩個大輪子，旁邊加上圈圈，一條短線代表砲管。「這是反坦克大砲。這種大砲有橡膠輪胎。這是地對空大砲，」兩個輪子加上一根斜斜的砲管。「這也要記下來。懂嗎？你見過這種大砲嗎？」

「嗯，」安瑟莫說。「當然見過。這很清楚。」

「帶吉普賽佬跟你一起去，這樣他就知道你在哪裡監視，也許可以去跟你換班。挑個安全的地方，別太靠近，但是必須能夠看得清楚，但又不太費力。待在那裡，直到有人去跟你換班。」

「我明白。」

「很好。等到你回來時，我就知道那條路上面有什麼動靜了。一張紙記錄往上走的人車。另一張記錄往下走的。」

---

7 Qué tal：西班牙語，「你好嗎？」。

他們往洞穴走過去。

「叫拉斐爾過來找我，」羅伯．喬丹說，然後他就到樹邊去等了。他看著安瑟莫走進洞裡，毛毯在那老傢伙身後落下。吉普賽佬慢慢走出來，一邊用手擦嘴巴。

「*Qué tal*？」吉普賽佬說。「昨晚玩得開心嗎？」

「昨晚我在睡覺。」

「不賴嘛，」吉普賽佬說完咧嘴一笑。「有菸嗎？」

「聽我說，」羅伯．喬丹一邊說一邊摸摸口袋找菸。「我要你跟安瑟莫去一個他可以監視路面上活動的地方。你去過後就回來，把地方記清楚，稍後才能帶我或別人去跟他換班。接著你可以去監視那一間鋸木廠，注意哨站有沒有有動靜。」

「什麼動靜？」

「現在那裡有多少人？」

「八個。據我最後的了解是這樣。」

「去看看現在有幾個。還有橋上衛兵換班的間隔是多久。」

「間隔？」

「就是衛兵會待多久，還有會在幾點換班。」

「我沒錶。」

「拿我的去。」他把錶拿下來。

「多棒的一隻錶啊！」拉斐爾用欣羨的口氣說。「看看這錶有多複雜。這種錶應該會讀書寫字吧。看看上面的數字有多複雜。有這種錶存在，我看其他的錶都可以丟掉了。」

「別玩手錶，」羅伯．喬丹說。「你會看時間嗎？」

「那還不簡單？中午就是十二點。肚子餓了。半夜十二點。該睡覺了。早上六點，肚子又餓了。晚上六點，喝醉了。如果運氣好的話，晚上十點——」

「閉嘴，」羅伯．喬丹說。「你沒必要扮小丑。我要你去監視大橋的警衛，還有下面那一條路上的哨站，鋸木廠與小橋的哨站和警衛也要監視。」

「工作還真多，」吉普賽佬笑道。「你確定非得我去，不能別人去？」

「是啊，拉斐爾。這件事很重要。你得謹慎一點，可別被人看到。」

「我相信我會躲好的，」吉普賽佬說。「你幹嘛提醒我別被看到？你以為我喜歡挨子彈嗎？」

「別那麼不正經，」羅伯．喬丹說。「這可是大事。」

「你要我正經一點？也不想想自己昨晚幹了什麼。我叫你殺人，結果你幹了什麼？你應該殺人，而不是去造人！我們剛剛看到滿天的飛機多到可以把我們的祖宗十八代，把我們未出世的孫子、家貓、山羊和臭蟲都炸翻。飛機多到像烏雲蔽日，聲音像獅吼虎嘯可怕，可以把你媽嚇到胸部的奶水都凝固，你居然還要我正經一點？告訴你，我已經太過正經了。」

「好啦！」羅伯．喬丹笑著說，把一隻手搭在吉普賽佬的肩頭。「那就別太正經了。吃完早餐就出發吧。」

「那你呢？」吉普賽佬問道。「你要幹什麼？」

「我得去會一會聾子。」

「因為那些飛機，你很可能在整個山區裡都看不到人影，」吉普賽佬說。「飛機今天早上飛過時，一定有很多人被嚇到冷汗直流。」

「他們有別的任務，不是來追殺游擊隊的。」

「是沒錯，」吉普賽佬說。「但也許他們不介意順便追殺游擊隊。」

「*Qué va*！」羅伯．喬丹說。「那些都是最棒的德國輕型轟炸機。他們不會用那種武器殺吉普賽人啦！」

「我被嚇到了，」拉斐爾說。「我真的被那件事嚇到了。」

「它們是去炸機場的，」他們走進洞穴時，羅伯．喬丹告訴他。「我幾乎可以確定那是它們的任務。」

「你說什麼？」帕布羅的老婆問道。她幫他倒了一碗咖啡，也把一罐煉乳遞給他。

「有牛奶喔？可真豪華！」

「這裡什麼都有，」她說。「而且自從飛機經過後，恐懼也變多了。你說它們要去哪裡？」

罐子被割出一個小缺口，羅伯．喬丹從裡面倒出一點濃稠的煉乳，拿罐子在杯口抹一下，將咖啡攪拌成淡棕色。

「我相信它們是要去轟炸飛機場。也許是埃斯科里亞跟舊科爾梅納爾。或許去機場，也去另外兩個地方。」

「那它們就該飛得遠遠的，不會到這裡來啊。」帕布羅說。

「為什麼它們現在會來這裡？」那女人問道。「是什麼把它們引來的？我們沒見過那種飛機。也沒見過那麼多架飛機。準備要發動攻擊嗎？」

「昨晚那一條路上有什麼動靜嗎？」羅伯．喬丹說。那女孩瑪莉亞靠他很近，但喬丹並沒有看她。

「欸，費南多，」那女人說。「你昨晚在拉葛蘭哈。那裡有什麼動靜？」

「沒什麼，」答話的人羅伯．喬丹先前沒有見過，是個臉色寬厚的矮子，大概三十五歲，一隻眼睛是斜視。「跟往常一樣，只有幾輛軍用卡車。我在的時候部隊都沒有動靜。」

「你每天晚上都會去拉葛蘭哈？」羅伯・喬丹問他。

「不是我就是別人，」費南多說。「總之一定有人會去。」

「他們去打探消息。買菸草，或一些小東西，」那女人說。

「我們在那裡有內應？」

「有啊。怎麼沒有？電廠的幾個員工。還有其他人。」

「有什麼消息？」

「*Pues nada*[8]。什麼消息也沒有。北方的戰況還是很糟。但那可不是什麼新消息。從內戰開始，北方的戰況就一直很糟了。」

「塞哥維亞那裡有什麼消息嗎？」

「沒有，*hombre*[9]。我沒打聽。」

「你有去塞哥維亞嗎？」

「有時候，」費南多說。「但挺危險的。他們會管制進出，要求出示證件。」

「你了解那個機場嗎？」

「沒有，*hombre*。我知道機場在哪裡，但不曾靠近過。那也是個有人會嚴格盤查，要求出示證件的地方。」

---

8 Pues nada：西班牙語，「沒什麼」。

9 hombre：西班牙語，「男人」或「傢伙」。

「昨晚有人聊起那些飛機嗎？」

「你說拉葛蘭哈的人？沒有。但今晚他們肯定會聊起來。昨晚他們只聊起了蓋波・德亞諾將軍[10]的廣播內容。就這樣而已。喔，還有一件事。他們聊到共和國似乎正在準備發動一波攻擊。」

「什麼？」

「共和國正在準備攻擊。」

「在哪裡？」

「不確定。也許在這裡。也許在瓜達拉馬山的另一個山區。你聽說過嗎？」

「這是人們在拉葛蘭哈說的嗎？」

「是啊，*hombre*。先前我忘記了。但是一直有很多關於要發動攻擊的謠言。」

「這謠言哪裡來的？」

「哪裡來的？那還用問，當然是從各種各樣的人嘴裡。塞哥維亞和阿維拉的咖啡館裡都有軍官在講，服務生們都注意到了。許多謠言四起。他們說共和國要在這一帶發動攻擊，已經有一段時間了。」

「是共和國，還是法西斯政府？」

「共和國。如果是法西斯政府，那所有人都會知道。這一波攻勢還不小，有人說會有兩次攻擊。一次在這裡，另一次在雷昂山隘[11]另一頭，埃斯科里亞附近某處。你聽說過嗎？」

「你還聽到了什麼？」

「*Nada*[12]，*hombre*。沒有。喔，有了。有人說，如果要發動攻擊的話，共和國會派人炸橋。但橋樑都是有人看守的。」

「你在開玩笑嗎？」羅伯・喬丹一邊小口喝咖啡一邊說。

「沒有啊，*hombre*。」費南多說。

「這傢伙不會開玩笑的，」那女人說。「糟糕的是，他不會開玩笑。」

「好吧，」羅伯．喬丹說。「感謝你提供這些消息。還有別的嗎？」

「沒有。但有一件事是他們已經說了好久的。會有部隊被派上山肅清山區。有人說部隊已經上路了。說是部隊已經從瓦拉多利出發了。但這件事已經謠傳好久了。不必當真。」

「你看你，」那女人用一種幾近惡毒的口吻對帕布羅說，「還說什麼山區很安全。」

帕布羅若有所思似地看著她，抓抓下巴。「妳啊，」他說。「還有妳的橋。」

「什麼橋？」費南多高興地問道。

「蠢喔，」那女人對他說。「遲鈍的傢伙。*Tonto*[13]。再喝杯咖啡吧，想一想還有沒有別的消息。」

「別生氣，琵拉，」費南多平靜而愉悅地說道。「也不要被謠言給嚇到了。我只是把記得的告訴妳跟這位同志。」

「你不記得別的消息了？」羅伯．喬丹問道。

「不記得了，」費南多一本正經地說道。「那些本來就只是謠言，我根本沒放在心上，所以我能記得已經算運氣很好了。」

「所以說，可能還有更多消息，只是你不記得了？」

---

10 蓋波．德亞諾（Quiepo de Llano）：國民軍的將領。

11 雷昂山隘（Alto del Leon）：瓜達拉馬山的一個山隘。

12 Nada：西班牙語，「沒有」。

13 Tonto：西班牙語，「愚蠢」。

「嗯。有可能。但我沒放在心上。過去一年來，我所聽見的消息都只是謠言。」

羅伯．喬丹聽見站在他身後的瑪莉亞噗哧一聲，忍不住笑出來。

「再說一個謠言給我們聽嘛，費南迪多[14]，」說完她的肩膀又笑到晃了起來。

「就算我記得，我也不說了，」費南多說。「男人不該聽信謠言。」

「但你的消息可以解救共和國，」那女人說。

「不對。妳把橋炸了才能解救共和國。」帕布羅跟她說。

「去吧，」羅伯．喬丹對安瑟莫與拉斐爾說。「如果你們已經吃過的話。」

「那我們就走了，」老傢伙說完後，他們倆都站了起來。羅伯．喬丹感覺到有人用手搭他的肩膀。結果是瑪莉亞。「你也該吃東西，」她說話時手就擺在那裡。「好好吃飯，你的胃才能承受更多謠言。」

「謠言已經把我搞到沒胃口啦。」

「不。別這樣。在更多謠言出現前，把這吃掉。」她把碗擺在他前面。

「別取笑我，」費南多跟她說。「我可是妳的好朋友啊，瑪莉亞。」

「我沒有取笑你，費南多。我只是跟他開玩笑。他該吃東西，不然就會餓肚子。」

「我們都該吃東西，」費南多說。「琵拉，怎麼啦，還不上菜？」

「沒怎樣，兄弟，」帕布羅的老婆說，把他的碗裝滿燉肉。「吃吧。對啦，你就是會吃。趕快吃吧。」

「這很好吃啊，琵拉，」費南多說，還是一本正經的樣子。

「謝啦，」那女人說。「謝你一次，還要謝你第二次。」

「妳在生我的氣嗎？」費南多說。

「沒有。吃吧。就吃你的吧。」

「我會吃，」費南多說。「謝謝妳。」

羅伯・喬丹看著瑪莉亞，她的肩膀又開始晃動，把臉別開。費南多吃個不停，臉上一副驕傲又正經的神情，就算他使用的湯匙太大支，就算有一點燉肉的湯汁從他的兩邊嘴角流了出來，他還是那麼正經。

「你喜歡這燉菜嗎？」帕布羅的老婆問他。

「喜歡啊，琵拉，」他用裝滿食物的嘴巴說。「跟往常一樣。」

羅伯・喬丹感覺到瑪莉亞的手搭在他的手臂上，也感覺到她因為很開心而把手指緊縮了起來。

「所以你才覺得好吃？」那女人問費南多。

「喔，」她說。「我懂了。燉肉，跟往常一樣。*Como siempre*[15]。北方的戰況很糟，跟往常一樣。在這裡發動攻擊，跟往常一樣。派部隊來追殺我們，跟往常一樣。我看你乾脆把『跟往常一樣』寫在臉上好了。」

「但最後兩個消息只是謠言，琵拉。」

「唉，西班牙，」帕布羅的老婆用苦澀的口氣說，然後轉頭問羅伯・喬丹：「其他國家有他這種人嗎？」

「西班牙是獨一無二的，」羅伯・喬丹客氣地說。

「你說對了，」費南多說。「這世界上沒有任何國家像西班牙一樣。」

「你去過其他國家嗎？」那女人問他。

---

14 費南迪多（Fernandito）：費南多（Fernando）的暱稱。

15 Como siempre：西班牙語，「跟往常一樣」。

「沒有，」費南多說。「我也不想去。」

「你看到沒有？」帕布羅的老婆對羅伯・喬丹說。

「費南迪多，」瑪莉亞對他說。「跟我們說說你去瓦倫西亞[16]的事。」

「我不喜歡瓦倫西亞。」

「為什麼？」瑪莉亞問他，並且手指又握一握羅伯・喬丹的手臂。「你為什麼不喜歡？」

「那裡的人好沒禮貌，我沒辦法了解他們。他們只會對彼此大叫 *ché*[17]。」

「那他們了解你嗎？」瑪莉亞問道。

「他們假裝不了解，」費南多說。

「你去那裡都做了些什麼事？」

「我連大海都還沒看到就離開了，」費南多說。「我不喜歡那裡的人。」

「喔，滾吧，你是個老處女嗎？」帕布羅的老婆說。「趁你還沒讓我吐出來，滾吧。我在瓦倫西亞度過人生的黃金歲月。*Vamos*[18]！什麼瓦倫西亞。別在我面前提瓦倫西亞。」

「妳在那裡做什麼？」瑪莉亞問她。帕布羅的老婆拿了一碗咖啡、一塊麵包跟一碗燉肉，在桌邊坐下。

「*Qué*[19]？應該說我們在那裡做了什麼。我去那裡的時候，菲尼多跟人簽了約，要在過節時鬥三場牛。我沒見過那麼多人，也沒見過咖啡廳那麼擁擠。好幾個小時都等不到一個座位，有軌電車上的人也多到搭不上去。瓦倫西亞每天從早到晚都是人來人往的。」

「但妳到底都做了些什麼？」瑪莉亞問道。

「什麼都做過，」那女人說。「我們到海灘去，躺在海水裡，躺在被牛群拖到海上的帆船上。牛群被趕到水裡，直到牠們必須游泳。牛群被套上用來拖船的挽具，等到牠們可以站起來了，牠們就掙扎地走上沙灘。一整排細小海浪打在清晨的海灘上，十隻套著牛軛的牛一起把一艘帆船拖出海。這就是瓦倫西亞。」

「但除了看牛之外，你們還做了什麼？」

「我們在沙灘的涼亭裡吃東西。我們吃的酥餅裡面包著煮熟的魚肉碎末，還有紅椒、青椒，以及像米粒一樣的小小堅果。那些精緻的酥餅層次分明，魚肉鮮美得令人難以置信。剛從海裡撈出來的大蝦淋上了萊姆汁。蝦肉粉紅鮮甜，一隻大蝦要四口才能吃完。我們吃了好多。然後我們享用海鮮烹製的大鍋飯，裡面有連殼的蛤蜊、淡菜、螯蝦和小鰻魚。然後我們吃一種更小的鰻魚，光用油炸就可以了，像豆芽一樣細小，被炸得歪七扭八，肉嫩得入口即化。我們還喝了很多冰涼爽口的香醇白酒，一瓶只要三十分。最後用甜瓜畫上完美句點。那裡盛產甜瓜。」

「卡斯提爾的甜瓜更棒，」費南多說。

「*Qué va*！」帕布羅的老婆說。「卡斯提爾的甜瓜只配被人拿來自慰。瓦倫西亞的甜瓜才是用來吃的。我好懷念那些甜瓜，跟手臂一樣長，像海一樣碧綠，切起來清脆多汁，比夏天的清晨還要甜美。唉呀，那些最小的鰻魚則是細小美味，一堆堆裝在盤子裡。還有，整個下午有喝不完的啤酒，都裝在跟水壺一樣大的啤酒壺裡，啤酒冷到酒壺外面冒著水珠。」

「那你們除了吃喝之外，都在做什麼？」

---

16 瓦倫西亞（Valencia）：西班牙第三大城，東鄰地中海，在內戰時位於大後方。

17 ché：西班牙語，「是的」、「明白」。

18 vamos：西班牙語的語氣詞，相當於英文的let’s go，在這脈絡裡是指琵拉叫費南多說些好聽的話。

19 qué：西班牙語，「什麼」。

「我們都在房間裡做愛，房外陽台上掛著細木片百葉窗，微風從房門頂端的開口吹進去，房門是藉由門樞轉動的那一種。因為掛著百葉窗，我們做愛的房間在白天也是黑漆漆的，但是街上的各種味道一陣陣傳進來，有花市的香味與爆竹的火藥味，因為節慶期間，每天中午街頭都有人在放一串串的*traca*[20]。煙火在整個城裡串連了起來，爆竹也都連在一起，沿著電車軌道的電線杆與電線暴開，發出爆炸巨響，尖銳的爆炸聲在電線杆之間傳來傳去，任誰都難以想像那種劈哩啪啦響個不停的聲音。」

「我們一直做愛，又叫了另一壺啤酒，玻璃壺一樣冷到冒著水珠，等到女服務生送來時，我從門邊拿走酒壺。菲尼多趴著睡覺，連酒送來了也吵不醒他，我就把冷冷的酒壺擺在他的背上，他對我說，『別鬧了，琵拉。妳這個娘們，讓我睡覺吧，』我說，『不要睡，起來喝酒，看這啤酒有多冰。』他喝的時候連眼睛都沒打開，接著又睡著了，而我則是頭靠在床腳的枕頭上，躺著看他睡覺，睡覺時皮膚黝黑，一頭黑髮的他看來如此年輕而安靜，接著我把整壺啤酒喝掉，聆聽著路過的樂團奏樂。你啊，」她對帕布羅說，「你知道這一切嗎？」

「我們也一起做過很多事，」帕布羅說。

「是啊，」那女人說。「怎麼沒有？想當年，你可是比菲尼多更有男人味啊。但是我們沒有一起去過瓦倫西亞。我們沒有在瓦倫西亞同床共枕，也沒聆聽路過的樂隊奏樂。」

「不可能，」帕布羅跟她說。「我們沒有機會去瓦倫西亞。如果妳還算明理，應該就了解。但話說回來，妳也沒跟菲尼多一起炸過火車啊。」

「沒有，」那女人說。「我們的確還有那件事可以做。炸火車。沒錯，總是在炸火車。這一點倒是沒人能批評。除了炸火車之外，就只有懶惰、散漫跟挫敗。就只有這一刻的膽小。先前也有許多其他事。我待人向來公道。但瓦倫西亞的事，也沒有人能批評。你聽見了嗎？」

「我不喜歡，」費南多悄聲說。「我不喜歡瓦倫西亞。」

「所以才會有人說驢子脾氣嘛，就是你這種固執的人，」那女人說。「收拾一下，瑪莉亞。我們可以走了。」

她說這句話時，大夥兒都聽見了第一批飛機返航的聲音。

---

20 traca：加泰隆尼亞語的「爆竹」或「煙火」。瓦倫西亞與巴塞隆納都是使用加泰隆尼亞語。

# 第九章

他們站在洞口看飛機。這次轟炸機快速高飛空中，排成了一個醜陋的箭頭，引擎的轟隆巨響簡直像要把天空震裂。羅伯．喬丹心想，它們長得可真像墨西哥灣流的鯊魚——寬闊的魚鰭、尖尖的鼻子。但天空的銀鰭呼嘯而過，螺旋槳在太陽底下化作光暈，移動的方式並不像鯊魚。它們的動作像是前所未有的生物；它們的動作像是機械化的死神。

你真的該寫作的，他告訴自己。也許未來真的有機會再寫作。他感覺到瑪莉亞緊緊挽著他的手臂。他對看著天空的她問道：「妳覺得飛機看起來像什麼，*guapa*[1]？」

「我不知道耶，」她說。「死神吧，我想。」

「我覺得它們看起來就像飛機，」帕布羅的老婆說。「比較小的那些飛機哪兒去了？」

「也許它們正從另一個地方飛越戰線，」羅伯．喬丹說。「這些轟炸機飛得太快，沒辦法等那些小飛機，所以就自己先返航了。我們的飛機不曾跨越戰線作戰。飛機不夠，不能冒這個風險。」

就在此刻，三架排成V字隊形的亨克爾戰鬥機從空地上方的低空朝他們飛過來，掠過樹梢上方，像是鏗鏘作響，機翼歪斜，鼻子扁扁的醜陋玩具，突然變大成為令人驚恐的實際尺寸，轟隆隆呼嘯而過。因為機身很低，洞口的他們皆可看見戴著頭盔與護目鏡的飛行員，以及機隊隊長往後飄動的圍巾。

「他們肯定看得到我的馬，」帕布羅說。

「他們恐怕連菸屁股都看得到，」那女人說。「把毛毯放下來。」

接下來再無飛機飛過。其他飛機應該是飛越更北邊的山脊了，等到飛機的嗡嗡聲消失，他們才從洞裡走到外面的曠野裡。

此刻的天空清澈遼闊，蔚藍無雲。

「剛剛的景象好像夢境，」瑪莉亞對羅伯．喬丹說。飛機的聲響幾乎消失時，本來還有一小陣極其輕微的嗡嗡鳴響，就像一根手指輕觸某個東西後移開，然後再次輕觸的那種聲音，此刻就連那種聲音也完全不見了。

「那不是夢，妳趕快進去收拾一下，」琵拉對她說。「怎樣？」她轉身問羅伯．喬丹。「我們該騎馬還是走路？」

帕布羅看著她，嘴裡念念有詞。

「讓妳決定，」羅伯．喬丹說。

「那我們就走路吧，」她說。「我想走一走，對肝臟有益。」

「騎馬才對肝臟有益。」

「沒錯，但就是會屁股痛。我們還是走路吧，你啊，」她轉身對帕布羅說，「到下面去看看你的牲口有沒有少，確認牠們沒有跟著飛機飛走。」

「你想騎馬嗎？」帕布羅問羅伯．喬丹。

「不用。非常感謝。要讓那女孩騎馬嗎？」

「走路對她比較好，」琵拉說。「否則她身上會有太多地方變僵硬，以後就沒辦法伺候別人了。」

---

1 guapa：西班牙語，「小美人」。

羅伯・喬丹覺得自己臉紅了起來。

「你睡得好嗎？」琵拉問他。接著又說，「她的確沒有病。本來可能會有的。我也不知道為什麼她沒生病。可能上帝畢竟存在，儘管我們早已遺棄祂。你走吧，」她對帕布羅說。「這件事與你無關。是年輕人之間的事。他們跟你是不一樣的人。你走吧。」然後她對羅伯・喬丹說：「奧古斯丁正在看守你的東西。等他來我們就可以走了。」

這一天晴朗燦爛，此刻陽光溫暖。羅伯・喬丹看著那女人的黝黑大臉——一雙和藹的大眼睛，嚴肅的方臉，滿臉皺紋，醜陋但不討人厭，眼神愉悅，但如果嘴巴不動的話，臉色看來是悲傷的。他看看她，再看看她的男人穿越樹林前往馬的圍欄，一副遲鈍笨重而麻木不仁的模樣。那女人也望著他的背影。

「你們做愛了嗎？」那女人說。

「她怎麼說？」

「她不肯告訴我。」

「那我也不說。」

「那你們就是做愛了，」那女人說。「但是對待她要盡可能小心一點。」

「如果她懷孕了該怎麼辦？」

「那也沒有壞處，」那女人說。「反而利大於弊。」

「這裡不適合懷孕生子。」

「她不會待在這裡。她會跟你走。」

「帶著她，我去得了哪裡？我不能帶著女人。」

「誰知道？搞不好你去哪裡都帶著兩個女人。」

「妳這樣講像話嗎？」

「聽我說，」那女人說。「我不是膽小鬼，但今天早上的事我可是看得很透徹，而且我也知道，我們這些現在還活著的人，可能有很多活不到下個禮拜天。」

「今天禮拜幾？」

「禮拜天。」

「*Qué va*！」羅伯．喬丹說。「下禮拜天還很久咧。如果我們能活到禮拜三，那應該就不會有問題了。不過，我不喜歡聽妳說這種話。」

「每個人都需要說話的對象，」那女人說。「如果是在以前，我們還有宗教跟其他荒謬的東西可以寄託。如今，每個人都應該有個可以說坦白話的對象，理由是就算再勇敢，任誰都有非常孤獨的時候。」

「我們不會孤獨。我們有彼此。」

「任誰看到那些飛機都會大受影響，」那女人說。「跟那些飛機相比，我們算哪根蔥啊。」

「但我們可以擊敗它們。」

「你聽我說，」那女人說。「我只是向你述說憂愁，但別認為我沒有決心。我的決心沒有受到影響。」

「太陽升起後，妳的憂愁就會散去。就像薄霧一樣。」

「這是明擺的事，」那女人說。「你要這樣比喻也可以。也許是因為我說了那麼多關於瓦倫西亞的蠢話。再加上去看馬的那個男人又是個窩囊廢。我的往事傷了他。要我殺他，沒問題。罵他，也可以。但我不該傷害他。」

「你怎麼會跟他在一起的？」

「誰跟誰在一起這種事有什麼道理？戰爭剛開始時，甚至更早以前，他都算是一號人物。現在他算是完蛋了。就像被拔了塞子的酒囊，酒都流光了。」

「我不喜歡他。」

「他也不喜歡你，而且有充分理由。昨晚我跟他睡了。」說到這她搖頭苦笑。「*Vamos a ver*[2]，」她說。「我對他說：『帕布羅，你為什麼不殺了那個外國佬？』」

「他是個好樣的小子，琵拉。」他說，「他是個好樣的小子。」

所以我說：「你知道這裡是我指揮的吧？」

他說：「是啊，琵拉。是啊。」到夜深時，我聽見他醒了，在那裡哭。他哭得抽抽噎噎，樣子醜陋極了，好像體內裝了一隻動物似的，哭到渾身抖動。

我對他說：「你怎麼啦？」我將他拉過來，好好抱著他。

「沒事，琵拉。沒事。」

「有事，你一定有心事。」

他說：「那些人居然拋棄我。那些*gente*[3]。」

我說：「是沒錯，但他們追隨我，而我是你的老婆啊。」

他說：「琵拉，別忘了火車。願上帝保佑妳，琵拉。」

我對他說：「你提上帝做什麼？那有什麼用？」

他說：「有用。上帝跟聖母瑪莉亞。」

我對他說：「*Qué va*！上帝跟聖母瑪莉亞，說那有什麼用？」

他說：「我怕死，琵拉。*Tengo miedo de morir*[4]。妳懂嗎？」

我跟他說：「那你就給我滾下床吧。我這床只容得下你我，容不下你的恐懼。」

「然後他覺得丟臉就閉嘴了，後來我也睡著了。不過，天啊，他真的是毀了。」

羅伯・喬丹不發一語。

「我這輩子每隔一陣子就會這樣憂愁，」那女人說。「但我的憂愁跟帕布羅的不一樣。不會影響我的決心。」

「也許那就像女人的月經一樣，周而復始，」她說。「也許那根本就沒什麼，」她頓了一下，接著繼續說，「我對共和國充滿憧憬。我堅信共和國，信仰堅定。我對它有狂熱的信仰，跟那些相信宗教奇蹟的人一樣狂熱。」

「這我相信。」

「你也有相同的信仰嗎？」

「信仰共和國？」

「嗯。」

他說：「沒錯。」並且希望自己說的是真話。

「聽你這麼說我很高興，」那女人說。「你不害怕嗎？」

他說：「至少不怕死。」而且此話不假。

「但怕其他事情？」

2 Vamos a ver：西班牙語，「你瞧瞧」。

3 gente：西班牙語，「人」。

4 Tengo miedo de morir：西班牙語，「我怕死」。

「只怕沒能盡責。」

「不像別人那樣怕被俘虜？」

「不怕，」這句話也是真的。「如果怕被抓，任誰都會分心，變成沒用的人。」

「你是個很冷靜的小子。」

「不是，」他說。「我不這麼認為。」

「真的。我是說你的頭腦很冷靜。」

「我只是專注在任務上。」

「但你不喜歡人生的其他享受？」

「喜歡。我很喜歡。但不會因此讓任務受到影響。」

「你喜歡喝酒，這我知道。我看過。」

「是啊。我很喜歡。但不會讓酒影響任務。」

「那女人呢？」

「我也很喜歡，但不會太看重她們。」

「你不喜歡女人？」

「喜歡啊。但沒有喜歡到所謂動情的地步。」

「我覺得你在說謊。」

「也許有點吧。」

「但是你喜歡瑪莉亞。」

「喜歡。突然喜歡上的，而且很喜歡。」

「我也喜歡。我很喜歡她。真的，很喜歡她。」

「我也是，」羅伯．喬丹說，而且他感覺到自己的嗓音變得有點嘶啞。「我也是。」他很高興能說出這句話，而且他用正式的西班牙語把話再說一遍：「我非常喜歡她。」

「等我們見過聾子之後，我就讓你和她獨處。」

羅伯．喬丹先是不發一語，接著他說：「沒必要。」

「有必要，小兄弟。真的有必要。時間不多了。」

「那是妳看手相看出來的嗎？」

「不是。別把手相那種荒謬的事放在心上。」

她早已把所有對共和國也許有害的東西都拋諸腦後了。

羅伯．喬丹不發一語。他看著在洞穴裡收拾碗盤的瑪莉亞。她擦擦雙手，轉身對他微笑。她不可能聽得見琵拉說什麼，但是當她對羅伯．喬丹微笑時，她臉上的黃褐皮膚泛紅了起來，接著又對他微微一笑。

「還有白天啊，」那女人說。「你們晚上可以在一起，但白天也可以。當然不可能像我當年在瓦倫西亞那樣逍遙奢侈。但是你們可以去採野生草莓之類的。」她大笑了起來。

羅伯．喬丹把手臂搭在她的寬闊肩膀上。「我也喜歡妳，」他說。「我很喜歡妳。」

「你還真是個大情聖啊，」那女人說，這親熱的舉動讓她也有點尷尬。「開始要見一個愛一個了嗎？奧古斯丁來了。」

羅伯．喬丹走進洞穴裡，瑪莉亞站在裡面。她看著他朝她走過去，她的眼睛炯炯有神，臉頰跟喉嚨又泛紅了起來。

「嗨，小兔子，」說完他親親她的嘴。她緊緊抱住他，看著他的臉說：「哈囉。喔，哈囉，哈囉。」

仍然坐在桌邊抽菸的費南多站起來搖搖頭，走了出去，拿起他那一把靠在牆邊的卡賓槍。

「真不像話，」他對琵拉說。「我看不慣這種事。妳應該好好照顧那女孩。」

「我有啊，」琵拉說。「那位同志是她的*novio*[5]啊。」

「喔，」費南多說。「好吧，既然他們已經訂婚，我想算是我大驚小怪了。」

「我很開心呢，」那女人說。

「我也是，」費南多一本正經地說。「*Salud*[6]，琵拉。」

「你要去哪裡？」

「到上面的崗哨去接替普里米提佛。」

走上來的時候，奧古斯丁對那嚴肅的矮子問道：「你要死去哪裡？」

「去執勤啦，」費南多嚴肅地說。

「執勤，」奧古斯丁用嘲笑的口吻說。「你還有什麼狗屁勤務。」然後他轉身對那女人說，「妳他媽要我看守什麼破爛玩意兒？在哪？」

「在洞穴裡，」琵拉說。「有兩袋。我快受不了你的髒嘴了。」

「我才不管妳他媽受不了我哩，」奧古斯丁說。

「那就去你媽的吧，」琵拉冷冷地對他說。

「我也去妳媽，」奧古斯丁也回敬一句。

「你是個沒媽的傢伙，」琵拉說，這些汙辱人的話在西班牙的正式用語裡已經算是登峰造極，到底罵些什麼都沒有明說，只能靠意會。

「他們在這裡幹嘛？」此時奧古斯丁偷偷摸摸地問道。

「沒什麼，」琵拉說。「*Nada*[7]。畢竟現在可是春天啊，你這畜生。」

「畜生，」奧古斯丁饒富趣味地說著這個字，「畜生！還有妳，妳媽是婊子中的婊子。我操他媽的春天。」

琵拉用力拍一下他的肩膀。

「你喔，」她說完後大笑了起來，「你罵人的詞彙還真有限啊，不過可都罵得挺用力的。你有看到飛機嗎？」

「我操它們的引擎，」奧古斯丁點頭說，並且咬咬他的上唇。

「不是蓋的，」琵拉說。「真是厲害。但你要操它們恐怕很難。」

「因為他們飛很高啊，」奧古斯丁咧嘴笑道。「*Desde luego*[8]。不過這種事開開玩笑就算了。」

「是啊，」帕布羅的老婆說。「開開玩笑就算了。你是個好樣的，開玩笑都特別用力。」

「聽我說，琵拉，」奧古斯丁認真的地說。「有行動正在醞釀著。沒錯吧？」

「你覺得呢？」

「真他媽的糟到不能再糟。飛機很多啊，這位大嬸。真的很多。」

「你跟別人一樣被嚇到了？」

「*Qué va*！」奧古斯丁說。「妳覺得他們在準備什麼？」

---

5 novio：西班牙語，「男友」或「未婚夫」。

6 salud：西班牙語，「再見」。

7 nada：西班牙語，「沒事」。

8 Desde luego：西班牙語，「那當然」。

「聽我說，」琵拉說。「從那小子要來炸橋看來，共和國顯然打算要發動攻擊。從那些飛機看來，那些法西斯份子顯然也正準備著要迎戰。但為什麼要把飛機都亮出來呢？」

「這場戰爭裡有太多蠢事了，」奧古斯丁說。「大家的愚蠢實在沒有極限啊。」

「的確，」琵拉說。「否則我們也不會在這裡了。」

「沒錯，」奧古斯丁說。「我們幹蠢事已經幹了一年。但帕布羅是個判斷力很強的人。帕布羅很機靈。」

「你為何要這樣說？」

「我就是要說。」

「但你要搞清楚，」琵拉向他解釋道。「現在要靠機靈來解救我們，已經太遲了，更何況他已經失去了判斷力。」

「我懂，」奧古斯丁說。「我知道我們一定得撤退。而且，既然我們得打贏這場戰爭，最後才能存活下來，那炸橋也是有必要的。但是，儘管帕布羅現在變成了膽小鬼，他還是很機靈的。」

「我也很機靈啊。」

「不，琵拉，」奧古斯丁說。「妳不機靈。妳是勇敢。妳很忠心，妳懂得決斷，妳的直覺很準。妳的決斷跟熱情都沒話說。但妳不機靈。」

「你覺得這樣？」那女人若有所思地問道。

「是的，琵拉。」

「那小子也很機靈，」那女人說。「機靈又冷靜。腦袋很冷靜。」

「沒錯，」奧古斯丁說。「他一定很擅長自己要做的事，否則不會被派來執行任務。不過我看不出他很機靈。但我知道帕布羅很機靈。」

「不過，心懷恐懼再加上不願行動，他變成廢物了。」

「但還是機靈。」

「那你想說什麼？」

「沒什麼。我只是想要好好思考一下。在這當下，我們的行動必須聰明一點。炸橋之後，我們必須立刻離開。必須做好萬全準備。我們必須先想清楚撤退後要去哪裡，還有怎麼去。」

「那當然。」

「這件事，可以交給帕布羅。因為他夠機靈。」

「我對帕布羅沒有信心。」

「就這件事來講，妳要有信心。」

「不行。你不懂，他已經完全毀了。」

「*Pero es muy vivo*[9]。他還是很機靈。而且這件事我們如果不做得機靈一點，就會他媽的毀了。」

「我會想一想，」琵拉說。「我還有一整天可以考慮。」

「炸橋的事交給那小子，」奧古斯丁說。「他肯定很了解那件事。別忘了，另一個外國佬炸火車時也是很厲害。」

「嗯，」琵拉說。「那的確都是他籌畫的。」

「妳可以貢獻妳的精力和決心，」奧古斯丁說。「但是把移動的事交給帕布羅。由他計畫怎麼撤退。現在就逼他研究。」

---

9 Pero es muy vivo：西班牙語，「但是他非常機靈」。

「你是個聰明人。」

「的確聰明，」奧古斯丁說。「但*sin picardia*[10]。還是帕布羅機靈。」

「就算他被嚇破膽，而且也毀了？」

「沒錯。」

「那你覺得炸橋的事怎樣？」

「那是必要的。據我所知。有兩件事是我們必須做的。離開這裡，還有打贏這場戰爭。如果要贏，就必須炸橋。」

「如果帕布羅真的那麼機靈，他怎麼看不出這一點？」

「因為懦弱，他只想維持現狀。懦弱像漩渦一樣包圍了他。但如果河水上漲了，他就被迫必須改變，而且會展現出機靈的一面。*Es muy vivo*[11]。」

「幸好那小子沒殺他。」

「*Qué va*！昨晚吉普賽佬也要我殺掉他。那傢伙是個畜生。」

「你也是個畜生，」她說。「但是個聰明的畜生。」

「我們都很聰明，」奧古斯丁說。「但真正有天份的是帕布羅！」

「不過他實在讓人受不了。你不了解，他真的是完全毀了。」

「嗯。但還是有天份。聽清楚了，琵拉。發動戰爭只要聰明人就辦得到。但如果要打贏，就必須兼具天份和真材實料。」

「我會好好考慮，」她說。「該出發了。我們已經遲到了。」接著她扯開嗓門大叫：「英國佬！*Inglés*！走吧！我們走吧！」

# 第十章

「休息一下吧，」琵拉對羅伯·喬丹說。「瑪莉亞，坐這裡，我們休息一下。」

「我們應該繼續走，」羅伯·喬丹說。「等我們到了再休息。我一定得跟那傢伙見面。」

「你會見到他的，」那女人告訴他。「不用趕路。瑪莉亞，坐這裡。」

「拜託，」羅伯·喬丹說。「到了山頂再休息。」

「我現在就要休息，」那女人說完就坐在溪流邊。女孩坐在那女人身邊的石楠叢裡，陽光灑在她的頭髮上。只有羅伯·喬丹站著遠眺高山，一條鱒魚小溪蜿蜒穿越山上草原。他站的地方也生長著石楠叢。一直到草原低處，石楠叢被黃色的蕨叢取代，那裡矗立著一顆顆灰色巨石，再下去是一整排黑壓壓的松林。

「這裡距離聾子那裡，還有多遠？」他問道。

「不遠，」那女人說。「越過這一片荒野，進入下一個山谷後，就在溪流盡頭那一片樹林的上方。你就坐下吧，別那麼嚴肅。」

「我想見他一面，了卻一樁心事。」

「我想洗洗腳，」那女人說完後把繩底鞋脫掉，除去一雙厚重的羊毛長襪，把右腳浸入溪流中。「天

10 sin picardia：西班牙語，「不機靈」。

11 Es muy vivo：西班牙語，「他很機靈」。

啊，好冰。」

「我們該騎馬來的，」羅伯．喬丹跟她說。

「走路對我有好處，」那女人說。「我一直都在想念沿路風光。你怎麼啦？」

「沒事，只不過急著趕路。」

「那就冷靜一下。時間多著呢。今天天氣那麼好，而且我可不想待在松林裡。你無法想像那些松樹有多無聊。妳會不會也對松樹感到厭煩呢，*guapa*[1]？」

「我喜歡松樹，」那女孩說。

「松樹有什麼好喜歡的？」

「我喜歡松樹的香味，還有腳踩松針的觸感。我喜歡風吹樹梢，一棵棵松樹互撞發出的吱嘎聲響。」

「妳沒什麼不喜歡的，」琵拉說。「如果妳的廚藝稍微好一點，任何男人都會把妳當寶。但就是因為松樹，森林才會那麼無聊。妳從來沒見識過山毛櫸、橡樹或是栗樹的森林。那些才是真正的森林。在那種森林裡，每一棵樹都長得不一樣，有個性而且優美。松林就是無聊。你說呢，*Inglés*[2]？」

「我也喜歡松樹。」

「*Pero, venga*[3]，」琵拉說。「你們倆真是夠了。我也喜歡松樹，只是我們在松林裡已經待太久了。我對山區也感到厭煩。在山裡只有兩種方向，往上或下，而往下走就通往公路，通往法西斯主義者掌控的城鎮。」

「妳去過塞哥維亞嗎？」

「*Qué va*！就憑我這張臉？我這張臉很多人都認得。小美人，難道妳想當醜八怪嗎？」她對瑪莉亞說。

「妳不醜啊。」

「*Vamos*，我不醜。我生來就很醜。我已經醜一輩子了。*Inglés*，你真是不懂女人。你了解一個醜女人的感受嗎？我醜了一輩子，但內心卻覺得自己漂亮，你知道那是什麼感受嗎？這種情況很少見，」她把另一隻腳浸到溪流裡，然後又伸出來。「天啊，真冷。看看那一隻水鶺鴒，」她指著溪流上游一隻鳥，像灰球似的在一塊石頭上蹦蹦跳跳。「這鳥一點用處也沒有。不會唱歌，肉也不好吃。只會上下搖動尾巴。給我一根菸，*Inglés*，」說完她拿了菸，從裙子口袋取出打火石點菸。她一邊抽菸一邊看著瑪莉亞和羅伯·喬丹。

「人生真是奇妙啊，」她說完從鼻孔吐煙。「如果我是男人，就是好漢一條，但當女人卻是個醜八怪。不過，很多男人都愛過我，我也愛過很多男人。真是奇妙。聽我說，*Inglés*，這真是有趣。看看我有多醜。仔細看，*Inglés*。」

「妳不醜啊。」

「*Qué no*[4]？別騙我。還是……」她大笑了起來。「你也開始對我動心了？不可能。真是笑話。不可能。看我有多醜。但人是有感情的，當一個男人愛上女人的時候，就會盲目到分不出美醜。女人一有感情，不只讓男人盲目，也會讓自己盲目。然後到了某一天，男人就會突然看出女人實際上有多醜，沒有任何理由，他們就再也不盲目了，而且女人也看到自己在他們眼中是那麼醜，不但失去了男人，心裡那種感覺也不見了。妳懂嗎，*guapa*？」她拍拍女孩的肩膀。

1 guapa：西班牙語，「小美人」。
2 Inglés：西班牙語，「英國人」。
3 Pero, venga：西班牙語的語氣詞，相當於英語的come on，中文「拜託」的意思。
4 Qué no：西班牙語，「怎麼不」。

「不懂，」瑪莉亞說。「因為妳不醜啊。」

「試著用頭腦想一想，不要感情用事，仔細聽我說，」琵拉說。「這件事很有趣的。你不覺得有趣嗎，*Inglés*？」

「有趣。但我們該走了。」

「*Qué va*，走什麼走？我在這裡好得很。然後呢，」她接著說，這次是說給羅伯·喬丹聽的，就像對著一整個教室講話，幾乎像在講課那樣。「過了一陣子，等女人變成像我一樣醜，如我所說，那種覺得自己很漂亮的愚蠢感會在心中慢慢滋長。像甘藍菜一樣生長著。接下來，等到那感覺成熟了，又會有男人覺得她們很美，然後同樣的事又重演一遍。現在我認為自己已經過了那個階段，但那種感覺還是有可能再回來。妳很幸運，*guapa*，因為妳不醜。」

「誰說我不醜，」瑪莉亞堅稱。

「問他啊，」琵拉說。「還有，可別把妳的腳放進水裡，以免被凍壞了。」

「如果羅貝托說我們該走了，我想我們就是該走了，」瑪莉亞說。

「妳說的是什麼話，」琵拉說。「不要以為這件事只有對妳的羅貝托而言很要緊，對我也一樣。我說，我們該在這溪流邊好好休息，而且時間也還很多。除此之外，我喜歡聊天。我們就只剩這件文明的事可以做了。不然還有什麼其他消遣？我說的話讓你覺得無趣嗎，*Inglés*？」

「妳說得很好。但是除了討論美醜之外，我覺得還有其他更有趣的事可以聊。」

「那我們就聊一聊你覺得有趣的事。」

「反抗運動開始時，妳在哪裡？」

「在我住的地方。」

「阿維拉？」

「*Qué va*！當然是阿維拉。」

「帕布羅說他是阿維拉人。」

「他瞎掰的。他只是想要別人以為他的家鄉是大城市。他的家鄉是——」接著她說出一個小鎮的名字。

「當時出了什麼事？」

「很多事，」那女人說。「很多事。而且都是一些骯髒事。就算那些能讓我們感到驕傲的事，也一樣。」

「說給我聽吧，」羅伯・喬丹說。

「殘忍啊，」那女人說。「我不想在這女孩面前說。」

「說吧，」羅伯・喬丹說。「如果不適合她聽，她不要聽就好。」

「我可以聽，」瑪莉亞說。她把手放在羅伯・喬丹的手上。「沒什麼是我不可以聽的。」

「重點不是妳可不可以聽，」琵拉說。「重點是如果我對妳說了，害妳做惡夢。這應該嗎？」

「我不會因為故事做惡夢，」瑪莉亞對她說。「在經歷了這一切之後，妳還以為我會因為聽了一個故事就做惡夢？」

「也許會害*Inglés*做惡夢。」

「妳可以試試看。」

「不要，*Inglés*。我可不是在開玩笑。反抗運動開始時，你曾經待過任何一個小鎮嗎？」

「沒有，」羅伯・喬丹說。

「那你可真的是什麼都沒見識過。你只看過帕布羅現在這種窩囊廢的模樣，但你真的該看看那一天的帕布羅。」

「說來聽聽。」

「不。我不想說。」

「說吧。」

「好，那我就說吧。我說的句句屬實。但是，*guapa*，如果妳聽不下去了，就跟我說一聲。」

「如果聽不下去我就不聽，」瑪莉亞對她說。「我想應該有很多事跟妳的故事一樣可怕。」

「我想有可能，」那女人說。「*Inglés*，再給我一根菸，*vamonos*[5]。」

女孩把背靠在溪畔的石楠叢上，羅伯．喬丹伸伸懶腰，把肩膀靠在地上，頭枕著一簇石楠。他把手伸出去，握住瑪莉亞的手，兩人握住的手在石楠叢上磨蹭了一會兒，直到她把手打開，攤平擺在他的手上，兩人就開始傾聽了起來。

「事發時在清晨，營區那些憲兵都已經投降了，」琵拉開始說。

「你們對營區發動攻擊？」羅伯．喬丹問道。

「帕布羅帶著人馬摸黑包圍營區，切斷電話線，在一堵牆下方埋了炸藥，要求憲兵隊投降。他們不肯。黎明時他把牆壁炸開。雙方打了起來。有兩個憲兵被殺掉。四個負傷，四個投降。」

「我們都趴在屋頂、地上，趴在牆角，或利用建築物掩護自己，在清晨微光下，爆炸的煙塵仍然沒有散去，因為沒有風可以把那飛到半空中的煙塵吹散，我們對著營區被炸塌的那個角落持續開火，射完又裝子彈，往煙霧裡射去，也看到營區裡不斷有步槍還擊時冒出的火花，接著有人在煙霧中大喊不要開槍，從裡面走出四個高舉雙手的憲兵。屋頂已經有一大片掉下來，營區那一面牆也已塌陷，他們是出來投降的。」

「裡面還有人嗎？」帕布羅大聲說。

「有受傷的人。」

「把這幾個看好，」有四個人從我們射擊的地方走過去，帕布羅對他們下令。「對著牆壁，站好。」帕布羅對那幾個憲兵說。那四個憲兵渾身髒兮兮，沾滿塵粉煙硝，站在牆邊，看守他們的四個人拿槍指著他們，帕布羅跟其他人走進去把那些傷兵幹掉。

「完事後，傷兵呻吟哭喊的聲音消失了，營區裡也不再傳來槍聲，帕布羅與其他人走了出來，帕布羅把霰彈槍背在背上，手裡拿著毛瑟手槍。

「『妳看，琵拉，』他說。『這是從自殺的軍官手裡拿來的。我還沒有用過手槍咧。你啊——』他對其中一個憲兵說，『開槍給我看。不。別開槍給我看。用說的就好。』」

「營區裡傷兵被射殺時，那四個憲兵一直都靠牆站著，滿身大汗，不發一語。他們四個都很高大，都長了一副憲兵臉，臉型跟我一樣。只不過他們都是滿臉鬍碴，因為在這輩子的最後一個早晨裡，四個人都沒有刮鬍子，站在那裡不發一語。」

「『就是你，』帕布羅對著離他最近的憲兵說。『跟我解釋這手槍要怎麼用。』」

「『把那一根小拉桿往下扳，』那個人用很平淡的聲音說。『再把槍機機匣往後拉，讓機匣往前彈。』」

「『什麼是槍機機匣？』帕布羅問道，然後看著那四個憲兵。『什麼是槍機機匣？』」

「『就是槍機上面那個部位。』」

「帕布羅把機匣往後拉，但是卡住了。『那現在該怎樣？』他說。『卡住了。你騙我。』」

---

5 vamonos：西班牙語，在此意思是「開始吧」。

「『那就再往後拉一點，讓機匣輕輕往前彈，』那個憲兵說。我從來沒有聽過有人用那種音調講話。聽起來簡直比沒有日出的清晨還要陰沉。」

「帕布羅把機匣往後拉，像那個男人教他的那樣放開，機匣喀噠一聲往前彈回原位，擊錘已往後拉好，手槍就這樣上了膛。那手槍還真醜，槍把小小圓圓的，槍管又大又扁，用起來不太順手。那幾個憲兵都只是一直看著他，不發一語。」

「『你要怎麼處置我們？』其中一人問他。」

「『把你們都斃了。』帕布羅說。」

「『什麼時候？』那個人依舊用同樣陰沉的語調問道。」

「『現在。』帕布羅說。」

「『在哪裡？』那個人問道。」

「『這裡。』帕布羅說。『這裡。現在。現在當場就要斃了你們。還有什麼話要說嗎？』」

「『*Nada*[6]。』那個憲兵說。『沒有要說的。但你這做法真卑鄙。』」

「『你是個卑鄙的傢伙。』帕布羅說。『你殘殺農民。要你槍殺自己的親娘大概都沒問題吧。』」

「『我沒殺過任何人。』那個憲兵說。『還有，別把我媽扯進來。』」

「『示範一下該怎麼死吧。就是你，你這殺人魔王。』」

「『沒必要汙辱我們，』另一個憲兵說。『我們知道該怎麼死。』」

「『在牆邊跪下來，頭朝向牆面。』帕布羅對他們說。那幾個憲兵面面相覷。」

「『我說跪下，』帕布羅說。『蹲下來，跪著。』」

「『你覺得怎樣，帕可？』某個憲兵對長得最高的憲兵說，就是剛剛教帕布羅使用手槍的高個兒。從雙手袖子上的條紋看來，他是個下士，儘管那天清晨仍然涼爽，他還是滿身大汗。」

「『要跪就跪，』他答道。『沒什麼了不起的。』」

「『這樣在倒下前就可以先貼近土地囉，』第一個開口說話的人想要開玩笑，但是大家都心情沉重，開不起玩笑，沒有人笑出來。」

「『那就讓我們跪下吧，』第一個憲兵說完後，四個憲兵都跪了下來，頭朝向牆壁，雙手垂在身旁，看來狼狽極了，帕布羅走到他們後面，用手槍朝他們的後腦勺一個個開槍，每個人都被他用槍抵住後腦勺，他每開一次槍就有一個倒下。到現在我還能聽到那刺耳但是沉悶的槍聲，槍管一次次往後退開，人頭往前栽下去的情景依舊歷歷在目。有一個人被槍管抵住時頭還是硬撐著。有一個則是把額頭用力貼在石牆上。還有一個渾身顫抖，頭也抖個不停。最後一個用雙手摀住眼睛，等到他倒下去時四具屍體就這樣堆在牆邊，帕布羅轉身離開，朝我們走過來，槍仍在手裡。」

「『幫我拿一下，琵拉，』他說。『我還沒學會怎樣把手槍擊錘放下來，』說完他把手槍拿給我，站在那裡看著那四具躺在營區牆邊的憲兵死屍。跟我們一起攻下營區的人也都站在那裡看著，所有人都不發一語。」

「我們攻下了那個城鎮，當時仍是清晨，大家還沒吃東西或喝咖啡，而我們都因為剛剛炸了營區而滿身塵土，一個個都像打穀場上的工人，而我站在那裡拿著手槍，感覺沉甸甸的，看著牆邊的那些死屍則是讓我感到胃在翻攪。他們跟我們一樣渾身灰撲撲，布滿塵土，只不過他們身上的乾土已經被自己的鮮血沾濕了。此刻太陽已經從遠山的後面升起，陽光灑在我們站的那一條路上，還有營區的白色牆面，空中的塵

6 nada：沒有。

土因為第一道陽光而閃耀著金黃色光輝，站我身邊那個農民看著營區的牆壁與牆邊死屍，看看我們，又看看太陽，說了一句：『*Vaya*[7]，一天就這樣開始了。』我就說，『現在，我們去弄一點咖啡來喝吧。』」

「『很好，琵拉，很好，』他說。接著我們就到鎮上的廣場去了，那四個憲兵是村子裡被槍斃的最後一批人。」

「那其他人呢？」羅伯・喬丹問道。「難道村子裡沒有其他法西斯份子？」

「*Qué va*，怎麼沒有其他法西斯份子？還有二十幾個。但沒有任何一個被槍斃。」

「那怎麼處置他們呢？」

「帕布羅下令，用打穀用的農具把他們都打死，從懸崖頂端丟進河裡。」

「二十幾個都這樣？」

「沒那麼簡單，且聽我說給你聽。我這輩子再也不想看到那種場景，居然有那麼多人在河邊懸崖上的廣場裡被人活活打死。那個小鎮矗立在河流旁高高的河岸上，鎮上有個噴泉廣場，廣場上有板凳，板凳旁還有可以遮蔭的大樹。許多人家的陽台都可以眺望廣場。有六條街道可以通往廣場，有一道拱廊連接著廣場四周的樓房，太陽太大時可以行走在拱廊的遮蔭處。拱廊連接著廣場的三面，第四面是一條有樹蔭的人行步道，樹的旁邊就是懸崖邊緣，下方遠處就是河流。懸崖頂端位於河流上方三百英尺處。」

「就像攻擊營區的行動一樣，這件事也是帕布羅籌畫的。首先他用貨車把街道都堵起來，看來就像要利用廣場舉辦*capea*，也就是業餘鬥牛賽。所有法西斯份子都被關在*Ayuntamiento*，也就是鎮公所，那是廣場某一側的最大建築物。大鐘就裝設在鎮公所的某個牆面上，至於拱廊下的那幾間房子，就是那些法西斯份子的俱樂部。拱廊下俱樂部前人行道上擺的一些桌椅，是專供俱樂部成員使用的。在反抗運動之前，他們常常坐在那些桌邊小酌。那些桌椅都是柳枝編成的。看起來就像個咖啡廳，但是更為雅致。」

「抓他們的時候沒有遇到抵抗嗎？」

「攻擊營區的前一晚，帕布羅就把他們都抓起來了。不過，在抓人之前，他就已經把軍營給包圍了。等到他們都在家裡被抓起來後，在同一個小時裡，營區也被我們攻擊。這真是高招。帕布羅是個組織力很強的人。如果不這麼做，等我們攻擊憲兵營區時，就會被法西斯份子襲擊，形成腹背受敵的狀態。帕布羅很聰明，但也很殘忍。村民打的這一仗被他安排得計畫周詳，井井有條。聽我說。攻下營區，最後四個憲兵投降，並且在牆邊遭到槍斃後，我們也去喝了咖啡，那咖啡廳每天晨間總是最早開門，旁邊就是早班公車出發的地方，接著他就著手安排廣場上的事。我們先用貨車把廣場堵起來，跟要舉辦*capea*的時候完全一樣，唯一的差別是面對河流那一面並未封起來。故意沒有圍住。然後，帕布羅命令神父叫那些法西斯份子告解，為他們舉行必要的聖禮。」

「在哪裡進行？」

「在*Ayuntamiento*裡，如我所說。外面聚著一大群人，神父在裡面舉行聖禮時，外面的人騷動了起來，開始罵髒話，但大多數的人都很莊嚴肅穆。開玩笑的那些人都是為了慶祝奪下營區而喝醉的，而且本來就是一些隨時會喝醉的廢物。神父舉行聖禮時，帕布羅要廣場上那些人排成兩排。看起來像是為了進行拔河比賽那樣，把人群分成兩邊，或是在某個城裡自行車賽的終點站，大家分成兩邊，中間留下讓車子可以通行的空間，又或者像宗教遊行，中間留下了讓聖像可以通過的地方。兩排人群之間相距兩公尺，從*Ayuntamiento*的門口一直到懸崖邊緣，整個廣場上都有人站著。如此一來，從*Ayuntamiento*走出門的人只要往廣場另一頭眺望過去，就會看到有兩排密密麻麻的人龍在等待著。」

7 vaya：西班牙語的發語詞，相當於英文的well，意思是「嗯」或「哎呀」。

「人群拿著那種用來打穀的工具，叫做連枷，而兩排人之間的距離剛好也足夠用來揮舞連枷。不過並不是每個人手上都有，因為連枷的數量不夠。但大部分人手上的連枷都來自吉耶摩・馬丁老爺[8]的店裡，他是個開農具店的法西斯份子。手裡沒有連枷的，拿的都是牧人使用的沉重手杖，或是帶刺的趕牛棒，也有人手持木製乾草耙子，就是那種打完穀之後用來叉穀殼與麥稈的大木叉。也有些人是手持鐮刀，不過帕布羅安排他們站在隊伍的尾端，也就是懸崖邊。」

「大家都不發一語，那一天就跟今天一樣晴朗，也跟現在一樣，高空中有雲，廣場還沒沾染塵土，因為前一晚的露水很重，樹蔭遮掩著人群，聽得見獅子雕像嘴裡銅質水管流出來，落入噴泉大盆裡的水聲，那裡是許多婦女拿罐子去取水的地方。」

「神父在幫法西斯份子舉行聖禮時，只有*Ayuntamiento*附近才有人在叫囂，就是那些我剛剛提到的廢物，喝醉的他們聚在公所窗前，隔著窗外鐵欄杆對裡面罵髒話，說一些不三不四的笑話。對伍裡的人大多只是靜靜地等待，我聽見有個人問另一個人：『會有女人嗎？』」

「另一個人說，『天啊，希望沒有。』」

「接著有人說，『帕布羅的老婆在這裡。喂，琵拉。會有女人嗎？』」

「我看著那傢伙，他是個農民，身穿做禮拜時才會穿的外套，渾身大汗淋漓，我對他說：『華金，不會。沒有女人。我們不殺女人。為什麼我們要殺他們的女人？』」

「接著他說：『感謝上帝，幸好沒有女人。什麼時候開始呢？』我說：『神父一完成聖禮就開始。』」

「『那神父會怎樣呢？』」

「『我也不知道，』我跟他說，看著他的臉抽動了一下，汗水從額頭往下流。『我沒殺過人耶，』他說。」

「『那你就該學著點，』他身邊那個農民說。『但我覺得用這個東西應該打不死人，』接著他滿臉懷疑地看著用雙手拿著的連枷。」

「『這就是最美妙的部分啦，』另一個農民說。『可以不停抽打，打死為止。』」

「『他們已經拿下了瓦拉多利。還有阿維拉，』某人說。『到鎮上之前我聽人說的。』」

「『他們絕對拿不下這個城鎮。這個城鎮是我們的。我們先下手為強，』我說。『帕布羅不會讓他們有機會先出手的。』」

「『帕布羅真能幹啊，』另一個人說。『但是在處決那些憲兵時，他只想到自己。妳沒有這種感覺嗎，琵拉？』」

「『有，』我說。『但是這件事他讓大家都能參與。』」

「『嗯，』他說。『這件事安排得很好。但我們怎麼都還沒聽見反抗運動的新消息？』」

「『攻擊營區前，帕布羅切斷了電話線。還沒有修好。』」

「『喔，』他說。『所以我們才會聽不到任何新消息。我的消息是今天早上從公路養護站那裡聽來的。』」

「『為什麼要這樣做呢，琵拉？』他對我問道。」

「『為了省子彈，』我說。『而且要讓大家一起承擔責任。』」

「他說：『那就應該趕快開始。趕快開始。』我看著他，發現他在哭。」

「『你在哭什麼啊，華金？這有什麼好哭的？』我問他。『我情不自禁啊，琵拉，』他說。『我沒殺過

8 此句的「老爺」原文為Don，是西語對男人的尊稱，但現代西語已較少使用。後文會根據不同脈絡，翻譯成「老爺」或「少爺」。

人。』」

「我們就是來自那種所有居民都彼此相識了一輩子的小鎮，而如果你沒有在我們起義當天看到那種小鎮的情況，那你可真是什麼都還沒見識過。在這一天，廣場上那兩排隊伍裡的人大多身穿農田裡的工作服，因為他們都是在匆忙之間來到鎮上的，但還有些人因為不知道該在反抗運動的第一天穿什麼衣服，於是就把做禮拜或度假時穿的衣服給穿來了，他們看到就連那些攻擊營區的人也都穿著最老舊的衣服，無不為自己穿錯衣服感到丟臉。但他們不想脫下外套，唯恐弄丟了，或是被那些廢物給偷走，所以他們只能站在大太陽底下流汗，等著開始動手。」

「後來，起風了，因為廣場上有那麼多人走來走去，站在那裡或是拖著腳步走路，原本沾了露水的塵土不但乾了，而且還散開，開始四處飄揚，於是有個身穿深藍色外套的人高聲大喊：『*Agua! Agua!*[9]』每天早上負責用水管幫廣場灑水的工友走了過來，打開水龍頭，開始在廣場邊緣灑水，慢慢往裡面灑過去。兩排隊伍也都讓開，讓他可以幫廣場中央灑水，水管射出的水畫出一道道寬闊弧線，水在陽光下閃閃發亮，大家都倚靠著手裡的連枷、木杖或是白色木耙，站在那裡凝視不斷噴灑出來的水。等到廣場地面已經夠濕，不再塵土飛揚，隊伍又重新排好，有個農夫高聲大喊：『什麼時候可以把第一個法西斯份子抓出來？什麼時候第一個可以從牛欄裡出來？』」

「『快了！』帕布羅從*Ayuntamiento*門邊大聲高喊。『第一個馬上就要出來了。』因為攻擊營區時大吼大叫，在加上被煙硝給嗆到，他的聲音非常沙啞。」

「『怎麼耽擱那麼久？』有人問道。」

「『他們還在告解自己的罪啊！』帕布羅大聲高喊。『當然囉，有二十個人耶！』有個男人說。『不止喔！』另一個人說。」

「『那二十個人犯了很多需要告解的罪孽啊！』」

「『沒錯，但我想那只是拖時間的詭計。大難當前，任誰也想不起自己犯過哪些罪孽，除非是最嚴重的那些。』」

「『那就耐心等待吧。既然有二十幾個人，他們的罪孽加起來肯定不少。』」

「『耐心我是有，』另一個人說。『但最好還是趕快了結這件事。對他們，對我們都好。現在是七月，還有好多活要幹哩。我們已經收割了，但還沒有打穀。接下來還有許多市集跟節慶呢。』」

「『但今天就跟市集跟節慶一樣熱鬧啊，』另一個人說。『今天可以說是慶祝自由的市集，而且等到這些人都掛了之後，小鎮跟土地就都是我們的了。』」

「『今天也算是打穀日，』有人說，『把法西斯的壞穀殼都打掉後，人民就會獲得自由啦！』」

「『那我們可要好好管理才對，』另一個人說。『琵拉，』他對我說，『什麼時候我們也來開個會，把所有的事情安排一下？』」

「『這件事結束後立刻召開，』我跟他說。『開會地點就在*Ayuntamiento*。』」

「當時我為了開玩笑，頭上戴著一頂憲兵的漆皮三角帽，先把手槍的擊錘歸位[10]，將長長的手槍槍管插在腰際的繩子上，手指扣著扳機，大拇指壓在擊錘上，看來很威風的樣子。戴上帽子時，連我自己都覺得這玩笑開得很棒，不過事後回起來，我覺得應該拿手槍槍套，而不是帽子。但是隊伍中有個男人對我說，『琵拉，我的小姑娘。既然我們已經擺脫了包括憲兵在內的那些爛東西，妳戴那帽子似乎不太恰

9 agua：西班牙語，「水」。意思是要求灑水。

10 剛剛帕布羅把手槍交給她時曾說，「我還沒學會怎樣把手槍擊錘放下來」，所以琵拉必須先把擊錘放下來。

當。』」

「『好吧，』我說。『我會把帽子脫下來。』於是我就照做了。」

「『給我吧，』他說。『應該毀了這帽子。』」

「當時我們站在隊伍尾端，已經到了河邊懸崖旁的那一條人行步道上，只見他拿過去後就把帽子往懸崖外面丟出去，手勢就像牧人趕牛時用由下往上拋的方式對牛投擲石頭一樣。帽子飛得好遠，眼看著那帽子越變越小，漆皮在晴空中閃閃發亮，掉入河中往下流。我轉身往廣場的方向眺望，只見樓房的窗戶前與陽台上都擠滿了人，還有一直排到*Ayuntamiento*門口的兩排隊伍，還有擠在窗外的人群，鼎沸的人聲中我聽見喊叫聲，有人說：『第一個出來了！』結果是鎮長班尼多．賈西亞老爺，他從門口走出來的時候沒戴帽子，緩緩經過門廊，沒有人動手。接著他穿越兩排手執連枷的隊伍之間，還是沒有人動手。他經過了兩個人、四個人、八個人，十個人，結果還是沒有人動手，他抬起頭看著前方，一張肥臉灰撲撲的，然後左搖右晃，接著又平穩地走著。沒有人動手。」

「有人從某個陽台大聲高呼『*Qué pasa, cobardes?*』意思是『怎麼回事，都是膽小鬼嗎？』結果班尼多老爺還是在兩排隊伍之間往前走，沒有人動手。接著我看到跟我相距三個人的位置，有個人的臉抽動了一下，緊咬嘴唇，雙手因為緊握著連枷而變白。我看到他凝視著班尼多老爺，看著他走過去。還是沒有人動手。接著，就在班尼多老爺走到那個人面前時，那個人高高舉起手上的連枷，先打到旁邊的人，接著用力砸在班尼多老爺的太陽穴上，老爺看一看他，他又打了一下，接著大聲高喊，『打死你，*Cabron*[11]，』這一下打到班尼多老爺的臉，他舉起雙手摀住臉，接著大家一起把他打到跌倒，最先下手那個人要大家出手幫忙，並且扯住班尼多老爺的襯衫衣領，其他人抓住他的雙臂，讓他的臉貼著布滿塵土的廣場地面，把他拖往懸崖邊的人行步道上，丟進河裡。最先出手的那個人跪在懸崖邊，看著他往下掉，嘴裡念念有詞，

『*Cabron! Cabron! Cabron!*』他是班尼多老爺的佃農，向來都彼此看不順眼。先前班尼多老爺曾經從那個人手中奪走一片河邊的土地，租給了別人，這爭議過後那個人心裡就有了積怨。那個人並未回到隊伍裡，而是坐在懸崖邊看著班尼多老爺落河的地方。」

「班尼多老爺之後，沒有人願意出來。此刻廣場上鴉雀無聲，因為大家都等著看下一個出來的是誰。然後有個醉漢大聲高喊『*Qué salga el toro!*』意思是放牛出來。」

「接著，*Ayuntamiento*前面有人大叫：『他們不肯出來！他們都在禱告！』」

「另一個醉漢大聲高喊：『把他們拖出來！快啊，拖他們出來！禱告的時間結束了。』」

「但是沒有人出來，接著我看到有個人從門口走了出來。」

「結果是磨坊和飼料店的老闆費德列可．岡薩雷斯老爺，他是個死硬派法西斯份子。他長得又高又瘦，為了掩飾自己的禿頭，他把剩餘的頭髮往另外一邊梳過去，身穿睡衣，下襬紮進褲頭。費德列可老爺在家裡被捉走時是打赤腳的，他走在帕布羅前面，雙手抱頭，帕布羅在後面用霰彈槍槍管抵住他的背部，直到他走進兩排隊伍之間。但是等到帕布羅走回*Ayuntamiento*的門邊，費德列可老爺沒辦法往前走，只是站在那裡仰望天際，雙手往上伸出去，好像要抓住天空似的。」

「『他沒有腳可以走路，』有人說。」

「『怎麼啦，費德列可老爺？不會走路嗎？』有人對他咆哮。但費德列可老爺只是站在那裡高舉雙手，嘴唇動來動去。」

「『繼續啊！』帕布羅從階梯上對他大叫。『走啊！』」

11 Cabron：西班牙語，「混球」或「王八蛋」。

「費德列可老爺站在那裡，無法動彈。有個醉漢用連枷的把手戳他的屁股，費德列可老爺突然跳起來，就像一隻駐足不前的馬，但還是站在原位，高舉雙手，仰望天際。」

「接著，站我身邊的農民說：『這真是太丟臉了。我跟他沒有仇，但實在不能讓人繼續這樣看笑話了。』所以他往隊伍的前端走過去，穿越人群，到了費德列可老爺站的地方就說了一句，『得罪了，』接著就高舉木杖，往老爺的頭部側邊用力砸下去。」

「費德列可老爺把手放下，擺在頭頂禿掉的地方，用手護著往下垂的頭，稀疏的長髮從手指之間跑了出來，他快步跑過那兩排隊伍之間，一根根連枷不斷往他的背部與肩膀招呼，直到他被打趴，隊伍尾端的人才將他扶起來，往懸崖下方丟。從他被帕布羅的霰彈槍逼著走出來之後，他始終沒有開口說話。唯一讓他為難的是，他沒辦法往前走。好像他的兩腿不聽使喚似的。」

「費德列可老爺之後，我看到那些最狠的傢伙都聚集在隊伍尾端的懸崖邊，接著我離開那裡，走到*Ayuntamiento*的拱廊，把兩個醉漢推開，從窗外往裡面看。他們都在大廳裡跪成一個半圓形，神父也跪著跟他們一起禱告。手持霰彈槍站在一旁的，包括一個綽號叫做*Cuatro Dedos*，也就是『四指』的鞋匠，當時他跟帕布羅常在一起混，還有帕布羅跟另外兩個人，只見帕布羅對著神父說：『現在要換誰？』神父只顧著禱告，沒有搭腔。」

「『喂，跟你講話呢！』帕布羅用沙啞的聲音對神父說，『現在要換誰？誰準備好了？』」

「神父不願跟帕布羅講話，好像把他當成空氣，我看得出帕布羅憤怒不已。」

「『讓我們一起走吧，』地主里卡多．孟塔佛老爺不再禱告，抬頭對帕布羅說。」

「『*Qué va*！』帕布羅說。『等你們準備好後，就一個個出去。』」

「『那現在就讓我出去吧，』里卡多老爺說。『我已經完全準備好了。』他講話時神父為他賜福，起身時又為他賜福了一次，沒有打斷他的禱告，接著舉起一個十字架讓里卡多老爺親吻，親完後老爺轉身對帕布羅說：『而且再也沒有什麼好準備的。*Cabron*，你這個王八蛋。我們走吧。』」

「頭髮灰白的里卡多老爺是個矮子，脖子很粗，當時他身穿一件無領襯衫。因為常常騎馬，他的雙腿已經變成了O型腿。『再見了，』他對所有跪著禱告的人說。『別難過了。死沒什麼大不了的。唯一差勁的是，死在這個*canalla*[12]的手裡。別碰我，』他對著帕布羅說。『別用你的霰彈槍碰我。』」

「頭髮灰白的他走到*Ayuntamiento*前面，一雙小小的灰眼看來燃燒著怒火，粗粗的脖子看來好短。他看著眼前兩排農民，對地上啐了一口。在那種情況下，他還真的吐了一口口水，*Inglés*，你應該知道那是很罕見的，接著他大聲說：『*Arriba Espana*[13]！打倒虛假的共和國，我操你們祖宗十八代！』」

「因為出言侮辱大家，他很快就被亂杖打死，一走到隊伍前端就有許多人卯起來打他，儘管他想要昂首闊步走下去，還是很快就被打趴，被人用鐮刀亂戳，大夥兒把他拖到懸崖邊丟下去，雙手與衣服上都沾滿鮮血，此刻才開始感覺到，從門口走出來的都是敵人，應該殺掉。」

「我敢說，直到氣燄囂張的里卡多老爺出言侮辱大家以前，應該很多人都不太情願站在隊伍裡。如果隊伍裡有人大聲高喊：『好啦，就饒過其他人吧。既然他們都已經學到教訓了。』肯定大多數人也都會同意。」

「但里卡多老爺偏偏要逞英雄，反而害慘了其他人。因為他激起了隊伍裡那些人的怒火，在那之前他們認為自己只是做份內的事，沒有好惡，此刻他們真的生氣了，差別很明顯。」

---

12 canalla：西班牙語，「豬」或「下流胚子」。

13 Arriba Espana：西班牙語，「奮起吧，西班牙！」

「『叫神父出來吧，這樣速度會快一點，』有人大聲高喊。『叫神父出來。』」

「我們已經解決了三個賊，現在換神父了。」

「『是兩個賊，』一個矮個子農民對大聲喊叫的那個人說。『是兩個賊跟我們的主[14]。』」

「『誰的主？』那個男人怒道，滿臉通紅。」

「『我們向來都稱祂為我們的主。』」

「『祂可不是我的主，別開玩笑了，』另一個人說。『還有，如果你不想嘗試走到兩排隊伍中間的那種滋味，嘴巴最好小心點。』」

「『我跟你一樣是崇尚自由的共和主義者，』矮個子農民說。『我打到里卡多老爺的嘴巴。也打了費德列可老爺的背。我沒打到班尼多老爺。但我還是要說，對於祂的正式稱呼就是我們的主，而祂身邊有兩個賊。』」

「『我去你媽的狗屁共和主義。你幹嘛開口老爺，閉口老爺。』」

「『這是他們在這裡的稱呼。』」

「『我才不甩他們，他們都是*cabron*。還有你的主——嘿！又有一個出來了！』」

「接下來我們看到的景象可真是不光彩，因為從*Ayuntamiento*門口走出來的，是地主塞勒斯提諾．里維羅老爺的長子，佛斯提諾．里維羅少爺。他長得很高，黃色的頭髮剛剛才從額頭往後梳，因為他口袋裡總是帶著一把梳子，他在走出來以前又先梳了頭髮。他總是喜歡招惹女孩子，明明是個膽小鬼，卻總是想當個業餘鬥牛士。他常常跟吉普賽佬、鬥牛士與鬥牛飼主一起混，特別喜歡穿安達魯西亞服裝，但他沒膽量，被當成笑話。某次他已經被安排到阿維拉一家老人院去進行慈善的業餘鬥牛表演，還花很多時間練習安達魯西亞的鬥牛技巧，也就是騎馬殺牛，只是等到要上場了，他卻發現要殺的不是自己挑的那一隻四腳沒力的小牛，而是被換成了大牛，他就聲稱自己病了，據說還用三根手指去戳喉嚨，讓自己吐出來。」

「大伙兒見到他時，開始大喊，『哈囉，佛斯提諾少爺。小心點，可別又吐了。』」

「『聽我說，懸崖下有漂亮姑娘喔！』」

「佛斯提諾少爺。請等一下，我們會派一隻比較大的公牛出來。」

「另一個人高喊：『聽我說，佛斯提諾少爺。你知道死是怎麼一回事嗎？』」

「佛斯提諾少爺站在那裡，還在逞英雄。剛剛他在衝動之下，對別人宣稱他要出去了，那一股衝動還影響著他。同樣的衝動也曾讓他宣布自己要去鬥牛。也讓他相信並且希望自己可以當一個業餘鬥牛士。此刻他受到里卡多老爺的典範之感召，站在那裡，看來又瀟灑又勇敢，一臉不屑的表情。但他說不出話。」

「『來吧，佛斯提諾少爺，』隊伍裡有人對他說。『來吧，佛斯提諾少爺，這裡有最大隻的公牛。』」

「佛斯提諾少爺站著往外眺望，我想那時候兩排隊伍裡都沒有任何同情他的人。他看來還是那麼瀟灑出色，但那最後的時刻越來越近，他只有一個方向可以走。」

「『佛斯提諾少爺，』有人高喊。『你在等什麼，佛斯提諾少爺？』」

「『他準備要吐了，』有人說，兩邊的人都大笑了起來。」

「『佛斯提諾少爺，』有個農民高喊。『如果你喜歡吐就吐吧。對我來講都一樣。』」

「接下來，就在我們的注目之下，佛斯提諾少爺沿著兩排隊伍往前看，看著廣場另一頭的懸崖，等到他看見懸崖外是空蕩蕩的一片，他很快就轉身往回走，躲進*Ayuntamiento*的入口裡。」

「外面的群眾鼓譟了起來，有人高聲大喊：『你要去哪裡，佛斯提諾少爺？你要去哪裡？』」

---

14 典故出自《聖經．馬太福音》。據說耶穌被釘死在十字架上時，祂身邊有兩個賊。

「『他去吐了，』另外一個人大聲說，所有人又都轟笑了起來。」

「然後我們看到佛斯提諾少爺又走了出來，後面跟著用霰彈槍抵住他的帕布羅。」

「此刻佛斯提諾少爺的風采已經消失無蹤。一看到那麼多人，他的架勢與風采就不見了，等到再出來時，帕布羅在他身後宛如清道夫，他則是被帕布羅推著走的垃圾。這次出來時佛斯提諾少爺在胸前畫十字架禱告，用雙手遮住眼睛，下了階梯，朝兩排隊伍走過去。」

「『別管他，』有人說。『別碰他。』」

「大家都了解他的意思，沒有人去打佛斯提諾少爺，他就這樣把顫抖的雙手擺在眼前，嘴巴念念有詞，在兩排人龍之間往前走。」

「沒有人說任何話，也沒人碰他，等他走到隊伍的一半時，他再也走不下去，跪了下來。」

「沒有人打他。我沿著隊伍跟著他一起走，想看看他的遭遇，有個農夫彎腰扶起他，對他說：『起來，佛斯提諾少爺，繼續走吧。公牛還沒出來呢。』」

「佛斯提諾少爺沒辦法自己走，於是那穿著黑色罩衫的農民在一旁扶著他，在另一邊扶他的農民也是穿黑罩衫，腳穿牧人的靴子，他們倆抓住他的雙臂，從兩旁叉住他，他走路時雙手始終擺在眼前，嘴巴一直念念有詞，往後梳好的黃色頭髮在陽光下閃閃發光，當他經過時有些農民對他說：『佛斯提諾少爺，*buen provecho*，』意思是祝他有好胃口，也有人說：『佛斯提諾少爺，*a sus ordenes*，』意思是在此聽候他的差遣，其中有一個也曾在鬥牛時失敗的人說：『佛斯提諾少爺，*Matador*[15]，*a sus ordenes*。』另一個人說：『佛斯提諾少爺，天堂裡有漂亮姑娘喔，佛斯提諾少爺。』他們在兩排隊伍之間跟著佛斯提諾少爺一起走，在兩旁緊緊扶著他，撐著他，讓他能走下去，而他的手始終擺在眼前。但他一定從手指之間看到自己走到哪裡了，因為等到他們走到了懸崖邊緣，他就又跪了下來，撲倒在地，雙手緊抓著地上的草，打算賴在那裡，嘴裡說著：『不要。不要。不要。拜託。不要。拜託。拜託。不要。不要。』」

「然後，除了跟他一起走的農民，還有那些隊伍尾端的狠角色，在他跪著時全都很快蹲下來，突然間用力一推，連打都沒有打就把他推到懸崖下，只聽見他掉下去時的嘈雜尖叫聲。」

「到此刻我才體認到大家都殺紅了眼，一開始是因為被里卡多老爺出言侮辱，接著則是被佛斯提諾少爺的孬樣給激怒的。」

「『換下一個吧！』有個農民大喊，另一個農民拍拍他的背，對他說：『佛斯提諾少爺！什麼東西！佛斯提諾少爺！』」

「『他現在可是遇上了一隻大公牛，』另一個說。『就算嘔吐也救不了他了。』」

「『我這輩子，』另一個農民說，『我這輩子還真的沒有見過佛斯提諾少爺這種孬貨。』」

「『還有其他人咧，』又有另一個農民說。『耐心等待吧。搞不好等一下有更孬的。』」

「『管他是巨人或侏儒，』最開始喊話那個農民說。『還是非洲來的黑人或異獸。但是對我來講，絕絕對對不可能再看到佛斯提諾少爺那種貨色啦！但現在該換下一個了！來吧！該換下一個了！』」

「那幾個醉漢聚在法西斯俱樂部的酒吧，一邊叫好，一邊把幾瓶茴香酒跟干邑白蘭地傳來傳去，像喝葡萄酒那樣輪流喝了起來，而且隊伍裡的許多人也開始有點微醺，因為在料理了班尼多、費德列可、里卡多幾位老爺，特別是佛斯提諾少爺之後情緒激動，便喝起了酒來。不過他們喝的並非瓶裝烈酒，而是裝在酒囊裡的葡萄酒，大家把酒囊傳來傳去，有人拿給我，我喝了一大口，讓那冰涼的酒從酒囊裡流出，順著喉嚨往下滑，因為我也很渴。『殺人容易口渴啊，』帶酒囊的那個傢伙對我說。『*Qué va!*』我說。『你殺

15 matador：西班牙語，「鬥牛士」。

過人？』」

「『我們殺了四個了，』他得意地說。『還不包括那四個憲兵。琵拉，妳真的殺了其中一個憲兵？』」

「『我沒殺任何一個，』我說。『我只是跟別人一樣，牆壁塌下來之後開始卯起來朝煙霧裡面開槍。』」

「『妳這手槍哪來的，琵拉？』」

「『帕布羅給的。帕布羅殺了幾個憲兵後，把手槍拿給我。』」

「『他用這一把手槍殺了他們？』」

「『就是這一把，』我說。『然後他把手槍拿給我當武器。』」

「『能給我看看嗎，琵拉？我可以拿拿看嗎？』」

「『兄弟，有什麼不行的？』我說，接著我把插在腰際繩子裡的手槍抽出來，拿給他。但是當我正納悶著為什麼沒有人出來時，就有人出來了，而且偏偏是吉耶摩．馬丁老爺，大伙兒手裡的連枷、牧人手杖還有木耙都是從他的店裡面拿的。吉耶摩老爺是個法西斯份子，但除此之外大家都跟他沒有任何恩怨。」

「跟工匠收購連枷時，吉耶摩老爺付的工錢的確很少，但是他在出售時價格也不高，而且如果有人不想跟他買，也可以自己製做，只要買木頭與皮料就好，不需要花其他錢。他講話的口氣的確霸道，而且也是個貨真價實的法西斯份子，是他們那個俱樂部的成員，每逢中午與晚上他都坐在俱樂部裡的藤椅上閱讀《辯論報》[16]，或讓人幫他擦鞋，喝威末酒[17]加蘇打水，吃烤杏仁、蝦酥與鯷魚。但任誰都不會為這種事而殺人的，而且我非常肯定，要不是里卡多．孟塔佛老爺出言侮辱大家，因為佛斯提諾少爺死前表現出的孬樣，再加上喝酒之後大家情緒激動，應該會有人大聲高喊，『就放過吉耶摩老爺吧。我們手上的連枷都是他的。讓他走吧。』」

「因為這個小鎮的居民平日和善，但殘忍起來也很可怕，而且他們有一種天生的正義感，都想要做對的事。但是隊伍裡的人群都沾染上殘忍的氣息，他們也醉了，或開始有點微醺，總之與剛剛班尼多老爺出來的時候相較，他們已大不相同。我不知道其他國家的狀況，雖然我喜歡飲酒作樂，但是在西班牙，假如人們是因為喝了葡萄酒之外的酒而醉了，後果通常都很糟糕，會做出本來不會做的事情來。在你的祖國，情況也是這樣嗎，*Inglés*？」

「的確是這樣，」羅伯・喬丹說。「七歲時，我曾隨同母親到俄亥俄州去參加婚禮，跟某個小女孩一起當花童——」

「你真的當過花童？」瑪莉亞問道。「真可愛！」

「在那小鎮裡，有個黑人先是被人吊在燈柱上，後來又被燒死。那是一盞弧光燈。那種燈是可以從燈柱上往下降到人行道上的。一開始他們利用燈柱上那種可以上升下降的機械裝置把黑人吊起來，但那裝置壞了——」

「黑人？」瑪莉亞說。「真殘忍！」

「那些人喝醉了嗎？」琵拉問道。「他們是因為喝醉才會燒死那個黑人嗎？」

「我不知道，」羅伯・喬丹說。「因為我在街角那一根弧光燈燈柱旁的屋裡，一切都是隔著百葉窗看到的。街上好多人，等到他們再度把那黑人吊起來的時候——」

「如果你只有七歲大，又待在屋裡，你應該沒辦法分辨他們到底是不是喝醉了。」琵拉說。

「就像我說的，他們再度把那黑人吊起來，但我媽把我從窗邊拉開，所以我沒再看下去，」羅伯・喬

---

16 辯論報（El Debate）：隸屬於天主教會的報紙，後來被共和國政府查禁。

17 Vermouth：一種含有苦艾成分的葡萄酒。

丹說。「但是，後來我的確在國內見識過許多酒後亂性的例子。那真的很糟糕，很殘暴。」

「七歲的你年紀還太小，」瑪莉亞。「小到不該讓你看到那種事。除了馬戲團之外，我還沒看過黑人。除非摩爾人也算黑人。」

「有些摩爾人是黑人，有些不是，」琵拉說。「我可以說一些摩爾人的事給妳聽。」

「我聽不下去，」瑪莉亞說。「不，我聽不下去。」

「別再說那種事了，」琵拉說。「讓人聽了不舒服。剛剛我們說到哪裡了？」

「說到隊伍裡的人都醉了，」羅伯．喬丹說。「繼續吧。」

「說他們醉了，其實並不公平，因為他們那種程度距離真正爛醉還遠著呢。但是，他們已經有所改變，等到吉耶摩老爺出來時，中等身材的他站得直挺挺的，他有近視眼，頭髮灰白，身穿一件領口有鈕扣，但沒有衣領的襯衫，他站著在胸前畫了一個十字架，眼睛往前看，因為沒戴眼鏡，什麼都看不太清楚，但是他走得很穩，很平靜，他的外表很容易贏得同情心。但是隊伍裡有人大喊：『這裡啊，吉耶摩老爺。在上面這裡，吉耶摩老爺。在這個方向。我們都拿著你店裡賣的東西。』

「因為剛剛恥笑佛斯提諾少爺的效果很好，所以他們現在已經沒有了分寸，不知道吉耶摩老爺截然不同，不知道如果要殺他的話，就該快快了結，留點面子給他。」

「『吉耶摩老爺，』另一個人高喊。『我們該派人去你的宅子幫你拿眼鏡嗎？』」

「吉耶摩老爺根本沒有宅子，因為他不是有錢人，他經營的木器店利潤微薄，成為法西斯份子只是為了擺架子，是自我安慰的一種方式。他成為法西斯份子的另一個原因，是因為他愛老婆，所以也接受老婆的宗教信仰。吉耶摩老爺站在那裡，近視的他看著隊伍裡的人，知道自己非從中間走過去不可，此時從他家陽台傳來一陣尖叫聲，那是一棟與廣場相隔三間宅子的公寓。是他老婆，她可以從陽台看到他。」

「『吉耶摩，』她哭叫著。『吉耶摩。你等等，我馬上去找你。』」

「吉耶摩老爺把頭轉向叫喊聲傳來的那個方向。他看不見她。他試著說些什麼，但說不出口。然後他朝那個女人的方向揮揮手，開始走進隊伍之間。『吉耶摩！喔，吉耶摩！』她哭喊著，雙手緊緊抓住陽台欄杆，身子往前後搖晃。『吉耶摩！』」

「吉耶摩老爺又朝喊叫聲傳來的方向揮揮手，昂首走進隊伍之間，沒有人知道此刻他有何感覺，除非從他臉部的顏色去猜想。」

「接著隊伍裡有個醉漢大叫，『吉耶摩！』模仿著他老婆的沙啞哭喊聲，吉耶摩老爺雖然看不見，還是往那傢伙衝過去，臉頰落下兩行熱淚，那個醉漢拿起連枷，往他臉上用力砸下，他因為這猛烈一擊而跌坐在地上，哭了起來，但並非因為害怕，就在眾多醉漢圍毆他的時候，另一個醉漢跳到他身上，騎上他的肩膀，拿酒瓶砸他。這件事之後有許多人都離開了隊伍，他們的位置被一個個醉漢取代，他們就是剛剛在 *Ayuntamiento* 窗前說說笑笑，講一些下流話的傢伙。」

「先前帕布羅槍殺那幾個憲兵時，我自己就已經感到很激動了，」琵拉說。「那實在是一件不怎麼光彩的事，但我當時心想，如果事情非這樣幹不可，那就幹吧，至少那並不殘忍，只是奪人性命而已，而多年來我們已經學會的是，儘管殺人並不光彩，但為了獲勝與保住共和國，殺人是絕對必要的。」

「後來，等到廣場被封了起來，大家排好隊伍，我曾經欣賞也能了解帕布羅的想法，不過還是覺得這種做法有點荒謬，而且如果不希望引人反感的話，我們做那件事的手法就要乾淨俐落才可以。當然，如果要處決那些法西斯份子的話，這件事最好應該讓大家都參與，而且我也想分擔一點殺人的罪孽，就像我想分享一些奪下小鎮之後的好處。但是在吉耶摩老爺的事情過後，我感到丟臉而且反感，再加上那些醉漢與廢物都排進了隊伍，以及許多人離開隊伍，不再動手，藉此抗議吉耶摩老爺的遭遇，我也開始希望能夠離開隊伍，所以我就走開了，走到廣場的另一頭，在一張有大樹遮蔭的板凳上坐下來。」

「隊伍裡的兩個農民一邊交談，一邊朝我走過來，其中一人對我大聲說，『妳怎麼啦，琵拉？』」

「『沒事啦，兄弟。』我對他說。」

「『妳有事，』他說。『說吧。妳到底怎麼了？』」

「『我覺得我慪了一肚子氣，』我對他說。」

「『我們也是，』他說完後他們倆就坐在凳子上。其中一人把手裡的酒囊遞給我。」

「『用酒漱漱口吧，』他說，另一個人則是接續他們倆的話題，『最糟的是，這會帶來霉運。用那種方式殺掉吉耶摩老爺會帶來霉運，我想沒有人能反駁這種說法。』」

「然後另一個人說：『儘管我不認為有必要，但就算真的有必要殺他好了，動手時也應該為他保留尊嚴，不能嘲笑他。』」

「『嘲笑佛斯提諾少爺還有點道理，』另一個說。『因為他總是做一些好笑的事，從來不是個嚴肅的人。但是，嘲笑吉耶摩老爺那種嚴肅的人實在是怎樣都說不過去。』」

「『我真是慪了一肚子氣，』我跟他說，而且我是說真的，因為我覺得渾身不對勁，感到盜汗噁心，就好像吃了壞掉的海鮮。」

「『那也沒什麼，』其中一個農民說。『反正我們不要再參加就好。但我還真想知道其他城鎮現在的情況。』」

「『他們還沒把電話線給修好，』我說。『這個問題應該馬上補救才對。』」

「『當然，』他說。『與其像這樣慢慢地殘殺一堆人，我們還不如把整個城鎮的防衛工作做好，但這又有誰明白呢。』」

「『我去跟帕布羅談一談，』我跟他們說，接著就從板凳上站了起來，開始走向拱廊，要從拱廊前往廣場上兩排隊伍的起點，也就是*Ayuntamiento*的門口。隊伍排得歪七扭八，一點秩序也沒有，裡面很多人都醉得非常厲害。有兩個人已經醉倒，躺在廣場的正中央，卻還喝個不停，有一瓶酒在他們之間傳來傳去。其中一個傢伙每喝一口酒就躺在那裡高喊：『*Viva la Anarquia!*[18]』喊叫的模樣簡直像個瘋子。他把一條紅黑相間的手帕綁在脖子上。另一個則是高喊：『*Viva la Libertad!*[19]』把兩條腿朝空中虛踹兩下，然後又大喊了一遍：『*Viva la Libertad!*』他也有一條紅黑相間的手帕，一手拿著手帕在揮舞著，另一手高舉酒瓶亂晃。」

「有個農民站在拱廊的遮蔭下，是剛剛脫隊的，他用不屑的神情看著他們說：『其實他們應該高喊酒醉萬歲！那是他們唯一的信仰。』」

「『我看他們連那一點信仰都沒有，』另一個農民說。『他們什麼也不懂，什麼也不信。』」

「就在此刻，其中一個醉漢站了起來，振臂握拳，把拳頭高舉過頭，大聲喊叫：『無政府與自由萬歲，我操你媽的共和國！』」

「另一個醉漢仍然躺著，抓住大叫那個酒鬼的腳踝，滾了一下，讓他跌倒在自己身邊，他們倆一起打滾，坐起來之後，扯人腳踝那傢伙用手臂勒著大叫那個傢伙的脖子，拿一瓶酒給他，親親他脖子上的紅黑手帕，接著兩人又一起喝酒。」

「接下來，隊伍中傳出一陣喊叫聲，我抬頭往拱廊看過去，看不到是誰要出來，因為他的頭部被淹沒

---

18 Viva la Anarquia：西班牙語，「無政府萬歲」。

19 Viva la Libertad：西班牙語，「自由萬歲」。

在*Ayuntamiento*門口那些群眾的一顆顆頭之間。我只看得到那傢伙背後被帕布羅跟四指的霰彈槍抵著，為了看個究竟，我朝著隊伍前頭走過去，很多人都擠在門口，想看看是誰。」

「此刻大家擠來擠去，法西斯俱樂部裡的桌椅全都被撞翻了，只有一張桌子除外，因為有個醉漢躺在上面，嘴巴開開，頭往下垂，我撿起一把椅子，擺在一根柱子旁邊，站上椅子，想要往群眾的另一邊眺望過去。」

「『被帕布羅和四指推出來的，是阿納斯塔修．里瓦斯老爺，他是個不折不扣的法西斯份子，整個鎮上最胖的傢伙。他是個穀物商，也是數家保險公司的代理人，同時還是個放高利貸的。我站在椅子上看著他從階梯走下來，走向那兩排隊伍，襯衫的後領包不住他那肥肥的脖子，他的禿頭在陽光下閃閃發亮，但是他沒有走進隊伍之間，因為現場的叫聲眾口一致，不像許多人在喊叫，而是所有人都在怒吼。那叫聲如此嘈雜，像是隊伍裡所有人都在發酒瘋，一起咆哮，隊伍裡許多人都往阿納斯塔修老爺衝過去，我看見他抱著頭趴下去，再來就看不見他了，因為他已經被壓上去的給淹沒。等到所有人都站起來的時候，阿納斯塔修老爺已經死了，因為被圍毆時他的頭不斷撞擊著拱廊地面的石板，此刻已經沒有隊伍可言，所有人變成一群暴民。』」

「『我們衝進去吧！』他們開始大喊。『衝進去找他們！』」

「阿納斯塔修老爺的屍體趴在地上，被人踢了一腳，那個人說：『這傢伙胖到抬不動。就讓他趴在這裡好了。』」

「『我們幹嘛把這肥豬拖到懸崖邊？讓他趴在這裡就好了。』」

「『我們衝進去幹掉裡面的傢伙吧！』有個人高喊。『衝啊！』」

「『幹嘛在大太陽底下等一整天？』另一個人大叫。『走啊！我們衝！』」

「一群暴民湧進拱廊。他們大吼大叫，彼此推擠，發出野獸般的怒吼，一起大聲高喊著：『開門！開門！』因為隊伍散開時，守衛已經把*Ayuntamiento*的門關了起來。」

「我因為站在椅子上，隔著裝有欄杆的窗戶，我可以看見*Ayuntamiento*大廳裡的情景跟剛剛一樣。神父站著，剩下那些人在他身邊跪成一個半圈，全都在禱告。帕布羅坐在鎮長的椅子前面那一張大桌上，背著霰彈槍。他的雙腿垂在桌邊，正在捲菸。四指則是坐在鎮長的椅子，兩腳翹在桌上，正在抽菸。所有的守衛都坐在不同官員的椅子，手握槍枝。鎮公所大門的鑰匙擺在那個大桌上，就在帕布羅身邊。」

「所有暴民在外面高喊著：『開門！開門！開門！』好像在唱歌，帕布羅只是坐在那裡，好像沒聽見似的。我聽不見他對神父說了什麼話，因為那些暴民實在太吵了。」

「跟先前一樣，神父還是沒有答腔，只是一直禱告著。因為被後面一堆人推擠。我把椅子移到牆邊，往前面硬擠著椅子，就像我後面那些人硬擠著我一樣。我站在椅子上，臉也貼著，手也抓著窗前欄杆。有個傢伙爬上了我的椅子，雙臂從我兩側往前伸出去，抓著兩邊更遠處的欄杆。」

「『椅子會垮掉啦，』我對他說。」

「『有差嗎？』他說。『看看他們。看看他們禱告的樣子。』」

「他呼吸時的氣息往我脖子噴過來，聞起來就是暴民的味道，是酸臭的，像人行道石板上的嘔吐物，也是酒醉的味道，接著他的頭越過我的肩膀往前伸出去，對著欄杆之間的空隙大叫：『開門！開門！』那種感覺就好像所有暴民都爬到我的背上，與做惡夢時被魔鬼從後面纏住沒兩樣。」

「此刻所有暴民用力擠壓著大門，最前面的人都快被那些在後面用力推擠的人壓扁了，廣場上有個身穿黑色罩衫，脖子上綁著紅黑手帕的高大醉漢往前衝，撞上了那一群往前擠壓的暴民，倒在他們身上，之後他又站起來退回去，然後再度往前衝，往那些正在推擠的人的背後撞上去，大聲喊叫：『我自己萬歲！

無政府萬歲！』」

「我就這樣看著那個傢伙，他轉身離開群眾，坐了下來，拿起一瓶酒來喝，然後就在他坐著時，看到了阿納斯塔修老爺的屍體仍然趴在石板地面上，只是此刻被踐踏得更不成人形了，於是這醉漢站了起來，走到屍體旁邊，靠過去把酒倒在阿納斯塔修的頭上與衣服上，從口袋裡拿出一盒火柴，點了好幾根，想要火燒屍體。但是風實在太大，火柴都被吹熄了，試了一會兒之後那高大醉漢就在阿納斯塔修旁邊坐下，一邊搖頭晃腦，一邊喝酒，偶爾靠過去拍一拍屍體的肩膀。」

「暴民們一直大吼大叫開門，跟我一樣站在椅子上，緊抓窗前欄杆的那傢伙也一樣，他的咆哮聲幾乎讓我耳聾，呼吸的氣息讓我覺得噁心不已，接下來我沒有繼續看著那個試著用火燃燒阿納斯塔修的醉漢，而是再度往*Ayuntamiento*的大廳裡面看，情況還是沒變。大家還是跪著禱告，襯衫全都敞開著，有些人低著頭，也有人昂首看著神父與他手裡那一個十字架，神父禱告的速度很快，使勁念著禱詞，沒有看著身邊的人，而是眺望著前方，帕布羅待在他們身後，他的菸已經點著了，他坐在桌上，兩條腿晃來晃去，背著霰彈槍，手裡把玩著鑰匙。」

「我看著帕布羅又跟神父說話，他的身體往前傾，因為群眾的喊叫聲，我聽不見他說了些什麼。但神父不理他，只顧著禱告。接下來，那半圈跪著的人裡面有一個站了起來，我看見他想走出來。是馬商荷西·卡斯楚老爺，大家都叫他裴裴[20]老爺，是個死硬派法西斯份子，身材矮小的他身穿一件睡衣，下襬紮進一件灰條紋長褲的褲頭，儘管沒有刮鬍子，看起來還是儀容整齊。他親一親十字架，神父為他賜福，他站起來後看一看帕布羅，頭朝著大門口動了兩下。」

「帕布羅搖搖頭，繼續抽菸。我看得出來裴裴老爺對著帕布羅說了一兩句話，但聽不見說些甚麼。帕布羅沒回答，只是又搖搖頭，對著門口點點頭。」

「接著我看見裴裴老爺盯著門口，我才體會到先前他並不知道門是鎖著的。帕布羅把鑰匙拿給他看，他看了一會兒，又轉身回去跪下。我看見神父轉身看著帕布羅，帕布羅對他咧嘴一笑，把鑰匙拿給他看，他似乎到此刻才發現門是鎖著的，片刻間他看起來好像要搖頭的，但卻只是點點頭，接著又繼續禱告了。」

「我實在不懂他們為什麼不知道門是鎖著的，除非大家都太專心禱告，想著心事，否則不可能這樣。但是，如今他們肯定都已經知道了，也知道外面的人在咆哮著，所以絕對也知道情勢已經改變。但他們還是跟先前一樣。」

「到此刻，咆哮聲已經掩蓋住其他所有聲音，跟我一起站在椅子上的醉漢緊抓欄杆，用手用力搖晃，大喊著：『開門！開門！』直到聲音嘶啞。」

「我看著帕布羅又對神父說話，神父再度沒有回答。然後我看見帕布羅取下背上霰彈槍，把手伸出去，用槍拍一拍神父的肩膀。神父不理他，我看到帕布羅搖搖頭。然後他側著頭對後面的四指說話，四指對其他守衛講了幾句話後他們全都站起來，走回大廳的另一頭，手持霰彈槍站在那裡。」

「我看見帕布羅對四指說了些什麼，四指把兩張桌子和幾張凳子搬過去，守衛們都拿著霰彈槍站在桌椅後面。桌椅在大廳的角落形成了一個小小的堡壘。帕布羅把身體靠過去，再用霰彈槍拍一拍神父的肩膀，神父不理他，但我看見裴裴老爺看著帕布羅，而其他人完全沒有理會這一切，只顧著禱告。帕布羅搖搖頭，看到裴裴老爺正看著他，於是對老爺搖搖頭，把手裡的鑰匙高高舉起來給老爺看。裴裴老爺明白了，於是他把頭低下，開始迅速禱告。」

---

20 Pepe：是西班牙文名字荷西（José）的暱稱。

「帕布羅晃晃雙腿，跳下桌子，繞過桌子，走到鎮長的大椅子旁，那椅子擺在長長會議桌後面的一個高台上。他坐在椅子上，幫自己捲了一根菸，始終盯著跟神父一起禱告的眾多法西斯份子。誰也看不出他臉上有任何表情。鑰匙擺在他身前的桌上。那是一把大大的鐵鑰匙，長度超過一尺。然後帕布羅對守衛們大聲下令，我看見其中一人走到門邊。我看得出來所有在禱告的人都在用最快的速度禱告著，所以我知道他們都懂了。」

「帕布羅對神父說了一兩句話，但神父沒有回應。接著帕布羅把身體往前靠，拿起鑰匙，用由下往上的手勢拋給門邊的守衛。守衛接到後，帕布羅對他微笑了一下。然後守衛把鑰匙插進鑰匙孔，開鎖後把門往裡面朝自己拉，當暴民衝進來時，他已經趕緊躲到門後了。」

「我看見他們衝進去，此刻跟我站在同一張椅子上的醉漢開始大喊：『哎呀！哎呀！哎呀！』接著他把頭往前擠，我的視線就被他擋住了，然後他又咆哮著：『幹掉他們！幹掉他們！打死他們！幹掉他們！』後來他用兩隻手臂把我往旁邊推，我就什麼也看不見了。」

「我用手肘去撞他的肚子，對他說：『死酒鬼，這椅子是誰的？讓我看看。』」

「但他還是持續緊抓著欄杆，搖來晃去，高喊著：『幹掉他們！打死他們！打死他們！就是這樣。打死他們！幹掉他們！*Cabron! Cabron! Cabron!*』」

「我用手肘猛力頂了他一下，對他說：『*Cabron*！酒鬼！讓我看看！』」

「然後他用兩隻手把我的頭壓下去，如此一來他的視線變得更好，也可以把身上所有重量都施加在我的頭部，接著繼續大喊，『打死他們！就是這樣。打死他們！』」

「『打死你自己吧！』說完我朝他的弱點用力打下去，他痛到雙手不再壓著我的頭，抓著自己的弱點對我說：『*No hay derecho, mujer.*』意思是妳這女人怎麼可以做這種事。在那片刻間，我從欄杆之間的空隙看見大廳裡棍棒齊飛，又戳又刺，擠來擠去，許多人手裡的白色木耙都被血給染紅，耙齒斷裂，整個大廳裡陷入一片混戰，帕布羅則是一直坐在大椅子上旁觀著，霰彈槍擺在膝蓋上，所有人都在咆哮大叫，用手上東西亂打亂刺，許多人發出尖叫聲，宛如火場中馬兒的嘶鳴聲。我看見神父把袍子的下襬撩起來，想要爬上一張凳子，後面一堆人拿著鐮刀追砍他，其中一個抓住他的袍子，兩聲尖叫過後，我看見兩個人的鐮刀叉進他的背部，另一個人抓著他的袍子下襬，他高舉雙臂，手抓著一張椅子的椅背，接著我站的那一張椅子就垮了，那醉漢和我都跌到地板上，聞到地上傳來葡萄酒與嘔吐物的味道，醉漢伸出一根手指在我面前晃一晃，對我說：『*No hay derecho, mujer, no hay derecho.*』意思是妳差點害我受傷。許多人為了湧進*Ayuntamiento*的大廳，從我們身上踩過去，我只看得見門廊上四處腿腳雜沓，那醉漢坐在那裡看著我，手裡仍然抓著我打他的地方。」

「我們鎮上的法西斯份子就這樣被趕盡殺絕了，我很高興我沒有看到後來的狀況，但如果是要殺那個醉漢，我一定會全程看完。因為目睹發生在*Ayuntamiento*的事實在太令人難過了，至少他可以彌補一點。」

「但是另一個醉漢就更絕了。我們因為椅子垮掉而倒下，站起來後大家還是持續湧入*Ayuntamiento*，我看到那個脖子戴著紅黑手帕的醉漢又在阿納斯塔修老爺身上倒酒。他的頭左搖右晃，他連站都站不太起來，但他還是持續倒酒點火柴，於是我朝他走過去，對他說：『你在幹嘛，不要臉的傢伙？』」

「『*Nada, mujer, nada.*[21]』他說。『別煩我。』」

「也許是因為我站在那裡擋風，火柴居然點著了，一片藍色火焰從阿納斯塔修老爺的外套肩膀上開始

21 Nada, mujer, nada.：西班牙語，「沒事，女人，沒事」。

燒了起來，往他的脖子後面延燒，那醉漢抬起頭來大聲高喊：『他們在燒死人啦！他們在燒死人啦！』」

「『誰？』有人說。」

「『在哪裡？』另一個人大聲問道。」

「『這裡，』那醉漢大喊。『就在這裡！』」

「接著有人拿起一把連枷，往醉漢的太陽穴用力砸下去，把他打到往後倒下，躺在地上，他往上看了一下打他的那個傢伙，隨即閉上雙眼，兩手交叉擺在胸前，躺在阿納斯塔修老爺的屍體旁，好像在睡覺。那傢伙沒有繼續打他，一直到人們來幫阿納斯塔修老爺收屍，他還躺在那裡，而老爺的屍體在*Ayuntamiento*經過一番清理後，跟其他人的屍體一起被用車子載走，運到懸崖邊往下丟。如果連那二、三十個酒鬼，尤其是那幾個脖子上戴著紅黑手帕的傢伙也順便被丟下去，對我們的城鎮來講應該是好事一樁，而且我想如果我們要再度發動革命，首先該幹掉的就是那些人。只是當時我們並不了解這一切。不過到了接下來的幾天內，我們就懂了。」

「但是，那一晚我們不知道接下來該怎麼辦。*Ayuntamiento*的大屠殺過後，我們沒再殺人，但當夜也開不了會，因為有太多人喝醉了。根本不可能對他們下達命令，所以會議只好順延到隔天。」

「那天晚上，我跟帕布羅睡在一起。小美人，我不該對妳說這些話，但話說回來，讓妳知道這一切對妳也有好處，而且至少我所說的句句屬實。*Inglés*，仔細聽我說說這一件怪事。」

「如我所說，那天晚上我們吃飯時，氣氛很怪。我們就像歷經了一次暴風雨或洪水，抑或一場戰役，大家都累到不太說話。我自己也覺得心裡好像空空的，不太舒服，感到很羞恥，好像做錯事，也有很強烈的預感，看到我們即將會被鎮壓，厄運即將降臨，就像今天早上看到飛機之後一樣。果然，三天後就有壞事找上門了。」

「我們吃飯時，帕布羅的話不太多，最後他終於開口了，用塞滿了小山羊肉的嘴巴說：『妳喜歡這樣嗎？』當時我們正在同時也是公車站的客棧吃飯，餐廳裡好擠，有些人在唱歌，連上菜都很難上。」

「『不喜歡，』我說。『除了佛斯提諾少爺之外，我都不喜歡。』」

「『我喜歡，』他說。」

「『從頭到尾嗎？』我問他。」

「『從頭到尾，』他說，然後用刀子幫自己切了一大塊麵包，拿麵包去沾肉汁。『從頭到尾，除了神父的部分。』」

「因為我知道他討厭神父更勝於討厭法西斯份子，於是我問他：『你不喜歡神父的部分？』」

「『他讓我幻滅了，』帕布羅悲傷地說。」

「因為好多人在唱歌，我們幾乎要用喊叫的才能聽見對方說些什麼。」

「『為什麼？』」

「『他死得太悲哀了，』帕布羅說。『他死得沒什麼尊嚴。』」

「『在被一群暴民追殺的情況之下，你怎能期望他能夠有尊嚴地死去？』我說。『我想，他向來是個很有尊嚴的人。他是那種最有尊嚴的人。』」

「『嗯，』帕布羅說。『但他在最後一刻害怕了。』」

「『誰不會怕？』我說。『你有看到他們拿什麼追殺他嗎？』」

「『我怎麼會沒看到？』帕布羅說。『但我就是覺得他死得很悲慘。』」

「『在那種情況下，任誰都會死得很悲慘，』我對他說。『不然你覺得他可以怎樣？*Ayuntamiento* 裡面發生的一切都是慘絕人寰的。』」

「『嗯，』帕布羅說。『的確是沒什麼秩序可言。但身為神父，他必須以身作則。』」

「『我還以為你痛恨神父。』」

「『我是討厭，』帕布羅說完又切了一點麵包。『但他可是西班牙神父。西班牙神父應該死得體面一點。』」

「『在被剝奪了所有的禮數下，我想他死得已經夠體面了。』我說。」

「『不對，』帕布羅說。『對我來講，他的表現讓我幻滅了。一整天下來我都在等待神父的死。我曾以為他會是最後一個走入兩列隊伍中間的。對此我充滿期待。就像期待高潮一樣。我從來沒看過神父臨死的模樣。』」

「『你還有機會，』我用嘲諷的口吻對他說。『反抗運動今天才開始呢。』」

「『不，』他說，『我已經幻滅了。』」

「『唉，』我說，『我覺得你會失去你的信念。』」

「『妳不懂，琵拉，』他說，『他是個西班牙神父。』」

「『西班牙人是個了不起的民族啊，』我對他說。而且是個很驕傲的民族，對吧，*Inglés*？」

「我們得繼續走了，」羅伯．喬丹說。他看著太陽。「接近中午了。」

「是啊，」琵拉說。「我們可以走了，但還是讓我說一說帕布羅的事。那天晚上他對我說：『琵拉，今晚我們什麼事都別幹了。』」

「『很好啊，』我對他說。『那正合我意。』」

「『我想，在殺了那麼多人之後又幹那件事，那實在是太差勁了。』」

「『*Qué va*！』我對他說。『你把自己當成聖人啊！你以為我跟那麼多鬥牛士在一起混了那麼多年，不知道他們在鬥牛之後會變成什麼德性？』」

「『是真的嗎，琵拉？』他問我。」

「『我什麼時候騙過你？』我跟他說。」

「『是真的，琵拉，我今天晚上完全不來勁呢。妳會怪我嗎？』」

「『不會啦，*hombre*[22]，』我對他說。『但可別每天都殺人喔，帕布羅。』」

「那天晚上他睡得跟嬰兒一樣沉，到了清晨天亮我才把他叫醒，但我自己那一晚卻失眠了，於是我離開床鋪，坐在一張椅子上，眺望窗外，看見月光灑在先前隊伍橫越廣場的地方，樹木在月光下閃閃發光，樹影一片漆黑，那些凳子也被月光照亮，散落四處的酒瓶閃耀著光芒，懸崖邊緣再過去，就是那些人被丟下去的地方。四下無聲，只有噴泉的潺潺水聲，我坐在那裡，心想這實在是個不好的開始。」

「窗戶是開著的，在客棧我可以聽見從廣場另一頭傳來的女性哭聲。我走到陽台，赤腳站在陽台的鐵板上，月光照射著廣場四周所有樓房的正面，哭聲來自吉耶摩老爺他家的陽台。是他老婆跪在陽台上哭泣。」

「接著我走回房間，坐在那裡，不願意再想任何事情，因為我覺得那是我此生最糟糕的一天，直到後來又有更糟糕的一天出現。」

「另一天是哪一天？」瑪莉亞問道。

「法西斯份子奪下小鎮的那一天，就在三天後。」

「那件事就不用跟我說了，」瑪莉亞說。「我可不想聽。這樣就夠了。這樣就太多了。」

---

22 hombre：老兄。

「我早就說妳不該聽的，」琵拉說。「看吧。我剛剛就叫妳別聽。我看妳要做惡夢了。」

「不會，」瑪莉亞說。「只是我不想再聽了。」

「我倒是希望有一天可以聽妳說說那件事，」羅伯．喬丹說。

「我會的，」琵拉說。「但那件事對瑪莉亞不太好。」

「我不想聽，」瑪莉亞可憐兮兮地說。「拜託了，琵拉。而且，如果我也在場就請妳別說了，因為儘管我不想聽，但也許還是會情不自禁。」

她的嘴唇抖動著，羅伯．喬丹還以為她會哭了起來。「拜託，琵拉，妳就別說了。」

「別擔心，短髮小美人，」琵拉說。「別擔心。但我會找時間告訴*Inglés*。」

「但是我想一直跟他在一起呢，」瑪莉亞說。「喔，琵拉，無論如何都別說了吧。」

「我等妳在做事的時候再告訴他。」

「不要。不要。拜託。妳就都別說了吧，」瑪莉亞說。

「既然已經講了我們幹的那些事，也該講一講他們幹的事情才公平，」琵拉說。「但我絕對不會讓妳聽到就是了。」

「難道沒有快樂的事可以講？」瑪莉亞說。「我們總是要說一些可怕的事嗎？」

「今天下午，」琵拉說，「妳跟*Inglés*。你們倆想說什麼就儘管說吧。」

「那我希望下午趕快來，」瑪莉亞說。「真希望下午能夠來得飛快啊。」

「會來的，」琵拉對她說，「下午會來匆匆，去匆匆，明天也一樣。」

「今天下午，」瑪莉亞說。「今天下午。希望今天下午趕快來。」

# 第十一章

他們從那一片高山草原往下走，進入鬱鬱蔥蔥的山谷，沿著與溪流平行的陡峭羊腸小徑往山谷上方爬，一路上仍然被籠罩在松林陰影中，等爬到山谷頂端的絕壁時，有個拿卡賓槍的男人從樹後面走出來。

「站住，」他說。接著他說，「*Hola*[1]，琵拉。跟妳在一起的是誰？」

「一個*Inglés*，」琵拉說。「但他有個教名，叫做羅貝托。這個地方還真他媽的陡啊。」

「*Salud, Camarada*[2]，」那守衛對羅伯・喬丹說，並且伸出他的手。「你好嗎？」

「我很好，」羅伯・喬丹說。「你呢？」

「我也很好，」那守衛說。他很年輕，身形輕薄瘦削，長了一個鷹勾鼻，顴骨很高，眼睛是灰色的。他沒戴帽子，一頭黑髮亂亂的，握手時很有力、和善。他的眼神也很友善。

「哈囉，瑪莉亞，」他對女孩說。「這一路沒把妳給累壞了吧？」

「*Qué va*，華金，」女孩說。「我們坐著聊天的時間可比走路的時間還多呢。」

「你就是那個爆破專家吧？」華金問道。「我們聽說你來了。」

「我們在帕布羅那裡過夜，」羅伯・喬丹說。「沒錯，我就是那個搞爆破的。」

---

1 hola：西班牙語，「你好」的意思。

2 Salud, Camarada：西班牙語，意即「你好，同志」。

「我們很高興能見到你啊，」華金說。「你是為了炸火車來的嗎？」
「你也參加了上一次炸火車的行動嗎？」羅伯．喬丹微笑問道。
「怎麼可能沒參加，」華金說。「這姑娘就是我們上次救回來的，」他對瑪莉亞咧嘴一笑。「妳現在又變漂亮了，」他對瑪莉亞說，「他們有說妳很漂亮嗎？」
「閉嘴，華金，不過也很感謝你，」瑪莉亞說。「你如果剪個頭髮，也會很帥。」
「我背過妳呢，」華金對那女孩說。「當時我把妳扛在肩上。」
「我們很多人也一樣，」琵拉用低沉的聲音說。「誰沒背過她呢？那老傢伙在哪裡？」
「在營地裡。」
「他昨晚在哪裡？」
「在塞哥維亞。」
「他有帶什麼消息回來嗎？」
「有，」華金說。「有消息。」
「好消息還是壞消息？」
「我想是壞消息。」
「你們有看到飛機嗎？」
「唉，」華金說完後搖搖頭。「別提了。爆破專家同志，那些是什麼飛機啊？」
「亨克爾111轟炸機。亨克爾和飛雅特的戰鬥機，」羅伯．喬丹對他說。
「那種翅膀很低的大型飛機是什麼？」
「亨克爾111。」

「不管叫做什麼，總之很可怕，」華金說。「不耽擱你們了。我帶你們去找指揮官吧。」

「指揮官？」琵拉問道。

華金嚴肅地點點頭。「指揮官這個稱呼比『首領』好，」他說。「比較像個軍職。」

「你們把自己變成軍隊啦，」琵拉說完後把他嘲笑了一番。

「沒那回事，」華金說。「不過我喜歡軍用術語，因為可以讓命令更清楚，也更有紀律。」

「這傢伙應該跟你很對味喔，*Inglés*，」琵拉說。「真是個嚴肅的小子。」

「我該背妳嗎？」華金問那女孩，把手搭在她的肩膀上，對著她的臉微笑了一下。

「背一次就夠啦，」瑪莉亞說。「不過還是要謝謝你。」

「妳記得嗎？」華金問她。

「我記得有人背我，」瑪莉亞說。「不過不記得你。我記得吉普賽佬，因為他害我跌下去好幾次。不過還是要感謝你，華金。改天換我背你吧。」

「我可是記得清清楚楚呢，」華金說。「我記得用手緊緊按著妳的兩條腿，妳的肚子壓在我的肩膀上，妳的頭和手臂都垂在我的背後。」

「你的記性可真好，」瑪莉亞笑著對他說。「那些我可是全都不記得了。不記得你的手臂、肩膀，也不記得你的背。」

「跟妳說一件事好不好？」華金問她。

「什麼事？」

「當子彈從後面射過來的時候，我還挺高興有妳在背後幫我擋呢。」

「你這個混蛋，」瑪莉亞說。「所以吉普賽人才會背我背了那麼久？」

「也為了能夠抱妳的腿。」

「虧我把你們當成英雄，」瑪莉亞說。「還有救命恩人。」

「聽我說，*guapa*[3]，」琵拉對她說。「這小子也背妳背了很久，而且在那緊要關頭，誰還顧得了妳的美腿啊？在那一刻，我們只顧著躲子彈。而且如果他把妳丟掉的話，早就跑到射程外了。」

「所以我才說要感謝他，」瑪莉亞說。「而且我改天會背他。讓我們開開玩笑嘛！難道妳要我因為他背過我而大哭嗎？」

「要不是我害怕琵拉開槍打我，」華金接著嘲笑她，「我早就把妳丟掉了。」

「我可沒開槍打任何人。」琵拉說。

「*No hace falta*[4]，」華金對她說。「妳沒必要開槍。光是妳那一張嘴就把大家嚇個半死了。」

「瞧你說的鬼話，」琵拉對他說。「你曾經是個有禮貌的小子。反抗運動開始之前，你是做哪一行的，小子？」

「沒做什麼，」華金說。「當時我只有十六歲。」

「說吧，當時你到底是幹什麼的？」

「就偶爾做一些跟鞋子有關的事。」

「製鞋嗎？」

「不是。擦鞋。」

「*Qué va*！」琵拉說。「不只是擦鞋吧？」她看看他黝黑的臉，柔韌的身形，蓬亂的頭髮，還有走路時的矯健模樣。「你為什麼退出那一行呢？」

「哪一行？」

「哪一行？你自己心裡有數。現在你又留起了小辮子[5]。」

「我猜是因為害怕，」那小子說。

「你的體型不錯，」琵拉對他說。「只是臉不好看。你說是因為害怕？但是炸火車那一次你的表現挺好的。」

「現在我不害怕了，」那男孩說。「一點也不害怕。而且我們已經見識過許多比鬥牛還可怕，還危險的事。任誰都知道，鬥牛再怎麼危險也比不過機關槍。只是，如果現在叫我再去鬥牛，我也不知道這雙腿是否會聽我使喚。」

「他曾想當鬥牛士，」琵拉向羅伯·喬丹解釋道。「但是他害怕。」

「爆破專家同志，你喜歡鬥牛嗎？」華金咧嘴笑著說，露出一口白牙。

「很喜歡，」羅伯·喬丹說。「非常，非常喜歡。」

「你曾經在瓦拉多利看過鬥牛嗎？」華金問道。

「看過。某一年九月過節時看過。」

「那是我的故鄉，」華金說。「是個很棒的城市，城裡的居民都很善良，但卻因為這場戰爭受苦受難。」接著他的神情變嚴肅了起來，「我爸，我媽都是在那裡被槍斃的。還有我姐夫，現在輪到我姐了。」

「真是一群畜生，」羅伯·喬丹說。

---

3 guapa：小美人。

4 No hace falta：西班牙語，「沒必要」。

5 琵拉從華金的身形與小髮辮看出他本來是個鬥牛士。鬥牛士都會在後腦勺留一小截馬尾辮，退休時把辮子剪掉。

這種事他已經聽過幾回了？多少人曾在他眼前強忍著悲痛才能把話說出口？多少人曾熱淚盈眶，用哽咽的聲音說出自家父母、兄弟或姐妹的遭遇？他已經記不清曾有多少人這樣提起死去的親人。他們說話的神情幾乎總是跟現在這小子一樣。只要提起自己的家鄉，人們的情緒就會突然變激動，而他總是會說：「真是一群畜生。」

你只會聽人述說痛失親人，但你不會目睹父親的死亡，即使琵拉在溪流邊把那些法西斯份子的死法講得宛如歷歷在目。你知道那父親死在某個庭院裡，倒臥在某片牆壁旁，或是在田裡，在果園裡，在夜裡，在卡車大燈的強光下，或是在路邊死去。你從山上看見車燈，聽到槍聲，事後下山就在路上發現了屍體。你並未目睹那母親、姐妹與兄弟是怎麼死的，一切都是聽來的；你聽到槍聲，然後見到屍體。

因為琵拉，他才知道小鎮裡那些人是怎麼死的。

如果那個女人會寫作就好了。他也會試著去寫，而且如果運氣好他還記得的話，也許他可以照她所說的，一五一十寫下來。天啊，她可真是個說故事高手。他心想，她比戈維多[6]還要厲害。她把佛斯提諾少爺的死說得生動無比，他可不曾把誰的死法寫得那麼精彩。他心想，真希望我的文筆夠好，好到可以把那故事寫下來。

他心想，只有她說出我們做了些什麼。而不是敵方對我們做了什麼。他已經夠了解敵方的所作所為了。他早已知道很多發生在敵區的事情。但是，想要了解受害者的遭遇，一定要在他們死前就認識他們。一定要知道他們在村子裡是哪一種人。

他心想，像我這種人因為行蹤不定，事後不會留下來接受懲罰，所以向來不清楚受害者的真正下場。像他這種人，只是會借住在某個農民家裡。在晚上現身，跟農民與家人一起吃飯。白天躲起來，隔天晚上離開。你完成任務，然後一走了之。下次再來時，才聽說他們都被槍斃了。事情就是如此簡單。

但是出事時你總是不在場。完成破壞任務後，*partizans*[7]就撤離了。農民留下來然後遭受處罰。他心想，一直以來我都了解事情的另一面。一直以來我都知道並且痛恨我們對他們肇下的事端，但當我聽人提及這檔事時，有的人大言不慚，有的感到丟臉，或是誇大其詞，自吹自擂，其他則是滿嘴辯解之詞，甚至極力否認。但那可惡的女人實在太會說，讓我好像身歷其境。

他心想，好吧，這是人一生中遲早得學會的事情。等到戰爭結束時，這件事可說是很重要的教誨啊。假如你注意傾聽，就能夠獲得此一收穫，幾乎不會有例外。很幸運的是，戰前他曾在西班牙斷斷續續地住了十年。西班牙人之所以信任他，主要是因為他會說他們的話。任誰只要對他們的語言瞭若指掌，可以隨口說出他們的成語，也熟悉西班牙的各個地方，就能獲得他們的信任。說到底，西班牙人真正效忠的對象，就是自己的村里。當然，獲得信任的第一步是要熟悉他們的語言，接著依序是他們的自己的部族、他們所隸屬的省、他們的村里、家庭，最後則是行業。你只要懂西班牙語，他們就會偏袒你，如果你了解他們所隸屬的省，那就更好了，但如果你連他的村里與行業都能搞得一清二楚，那就不會有任何外國人比你更能融入他們之間。大致而言，他們不會讓你覺得自己只是個會說西班牙語的外國人，他們也不會用對待外國人的方式對待你，除非是你被他們背棄的時候。

他們當然會背棄你。他們常會背棄你，不過他們本來就總是會背棄任何人。他們甚至會背棄自己。如果有三人在一起，其中兩個會聯合起來排擠另一個，接著兩人就會開始背叛彼此。這種事並非一成不變，但屢見不鮮，案例多到足以讓我們得出結論。

6 戈維多（Francisco Gómez de Quevedo）：十七世紀西班牙作家兼詩人。
7 partizans：俄語，即「游擊隊」。

他不該這麼想，但是誰能阻止他這麼想？除了他自己之外，沒有任何人。他不會沉浸在這種充滿失敗主義的想法中。當務之急是要先打贏這場戰爭。他心想，如果我們不打贏這場戰爭，那一切都完了。但他眼觀四面，耳聽八方，把一切見聞都記了起來。他投入這場戰爭，付出耿耿忠心，只要戰爭還持續著，他都會拿出自己最好的表現。但是沒有人能看穿他的心思，也沒有人能管得了他看到與聽到什麼，而且如果他想要針對他的見聞下判斷，他可以等戰後再說。可以下判斷的東西太多了。這時候就已經很多。有時候就連他都覺得有點太多了。

他心想，看看這個叫做琵拉的女人。無論接下來會怎樣，只要有時間，我一定要逼她把那個故事的剩餘部分全盤托出。看看她跟那一對年輕男女走路的樣子。最好看的三個西班牙人就是他們了。她像是一座山，那小子與小姑娘就像是樹。老樹都已經被砍掉了，小樹就像他們這樣，正在逐漸茁壯。儘管都曾有不幸遭遇，他們看來還是如此清新、潔淨、新穎，甚至沒受過任何損傷，好像他們連不幸的事都沒聽過似的。但根據琵拉所說，瑪莉亞才剛剛復原而已。先前她的狀況一定很糟。

他記得十一旅有個比利時小子，與同一個村子的五個年輕人一起從軍。那是個只有大概兩百人的小村莊，那小子未曾離開村莊。他初次遇見那個小子，是在漢斯旅的旅參謀部裡[8]，先前其他五個同村的年輕人都已經陣亡了，那小子的狀況很差，於是被派去當勤務兵，負責在餐桌旁供人使喚。他的臉具備了佛拉芒人[9]的典型特徵：又大又白，臉色紅潤，一雙手跟農夫似的又大又笨，當他拿著盤子走路時，就像馱馬一樣有力而不靈巧。但他總是哭個不停。大家在用餐時，他一直哭，只是都沒哭出聲音。

只要一抬頭，就能看見他在哭。如果要他拿一瓶葡萄酒過來，他就哭。把盤子拿給他裝燉菜，他也把頭轉過去哭。哭完他就停了下來，但如果有人抬頭看他，他就又開始流眼淚。上完一道菜，回廚房拿下一道菜時，他還是哭。大家都對他很和善。但情況沒有改善。他必須好好思考接下來該怎麼辦，想一想他是否可以復原，而且是否適合繼續從軍。

此刻瑪莉亞的狀況不錯。看起來沒問題。但他可不是精神病醫師。琵拉才有那種能耐。昨晚能夠共度春宵，對他們倆來講也許是好事。是啊，除非他們的關係不再繼續。這種關係對他當然有好處。他今天覺得很棒：神清氣爽，無憂無慮，而且快樂。他們在一起的樣子看起來挺狼狽的，但他的運氣也很好。過去他也曾有一些男女關係起頭起得很糟。用「起頭」來描述男女關係的展開，這是西班牙語的思考方式。瑪莉亞很可愛。

看看她，他對自己說。看看她。

他看著她在太陽底下邁開步伐的快樂模樣，卡其襯衫的領口是打開的。她走路的模樣像一匹小馬，他心想。你不曾遇到這樣的事。這種事是不會發生的。也許根本就不曾發生，他心想。也許你只是在作夢或胡思亂想，根本就沒有這一回事。也許就像是你白天看了電影，晚上就作了個夢，電影人物走近你的床榻，看來如此和善可愛。他睡覺時曾經跟許多電影人物共遊夢鄉。至今他仍記得嘉寶的模樣，還有哈露[10]。是啊，他夢過哈露好幾次。也許這就像那些夢一樣。

他還記得攻擊波索布蘭科[11]的前一晚，嘉寶曾經與他同床共枕。當時她身穿一件像絲質布料一樣柔軟的羊毛衣，被他用一隻手環抱著。當她俯身向前，秀髮掠過他的臉，她說她一直愛著他，為什麼他就是不曾向她告白呢？她既不害羞，不冷漠，也不疏遠。懷裡的她是如此可愛和善，就像當年與傑克·吉爾伯特[12]演

8 漢斯旅：共和軍第十一國際旅的別稱。
9 佛拉芒人（Flemish）：居於法蘭德斯地區（荷蘭、比利時、法國北部）的民族，占比利時人口的百分之六十。
10 葛麗泰·嘉寶（Greta Garbo）與珍·哈露（Jean Harlow），皆為好萊塢知名女星。
11 波索布蘭科（Pozoblanco）：位於西班牙安達魯西亞地區的一個小鎮。

戲的時候一樣，而且那感覺如此真實，他愛嘉寶的程度更勝於哈露，儘管嘉寶只現身過一次，哈露卻屢屢入夢——也許這就像那種夢。

也許這並不是夢，他對自己說。也許現在我可以伸出手去摸一摸瑪莉亞，他對自己說。他對自己說，也許你只是害怕。你怕也許你會發現這整件事並未發生過，不是真的，就像女明星現身的那些夢一樣，是你自己虛構的，或是像那些前女友們重現的夢，她們都在夜裡身穿同一件袍子現身，有時睡在什麼也沒有的地面上，在乾草棚的麥稈堆，在馬廄，在 *corrales*[13] 與 *cortijos*[14]，在樹林，在車庫，在卡車裡，或是在西班牙的各個山上。他們都是趁他睡覺時，穿著同一件袍子來的，而且都比以往她們在真實生活中更為和善。也許這就像那種夢。他心想，也許你害怕她不是真的，所以就不敢碰她。也許你碰得到，但也有可能她只是你虛構或夢想出來的。

他跨步穿越小徑，把手搭在那女孩身上。隔著一層破舊的卡其襯衫，他的手指感覺得到她的手臂的滑順肌膚。她看著他，露出微笑。

「哈囉，瑪莉亞，」他說。

「哈囉，*Inglés*，」她答道，他看著她那張棕黃色的臉龐，黃灰色的眼睛與微笑著的豐滿嘴唇，被太陽曬傷的短髮，她把頭抬起來，一張笑臉與他四目相交。這的確是真的。

他們走到了松林的盡頭，聾子的營地如今就在眼前，營地位於一個圓圓的峽谷，形狀就像個開口向上的臉盆。他心想，這些石灰岩盆地的上半端應該到處都是洞穴。前頭就有兩個洞穴。一片從岩石地面生長出來的矮小松樹叢把洞穴完全遮掩起來。這個地方不比帕布羅那裡差，甚至可能更好。

「你的家人為什麼會被槍斃？」琵拉對華金說。

「別提了，女士，」華金說。「他們跟當地許多居民一樣都是左派的。法西斯份子肅清瓦拉多利城時，我爸先被槍斃。因為他投票給社會主義工人黨[15]。然後我媽又被槍斃。因為她也投給同一個黨。那是她一輩子第一次投票。接著我的某個姐夫也被槍斃。他是電車司機的工會會員。他如果沒有加入工會的話，顯然就不能當電車司機。但是他沒有政治立場。我很了解他。他那個人甚至有點不要臉。我不認為他是個盡責的同志。後來，我另一個也是電車司機的姐夫跟我一樣跑到山區打游擊。他們覺得我姐知道他的下落。但她不知道。所以她就被槍斃了，理由是她不肯透露我姐夫的行蹤。」

「真是一群畜生，」琵拉說。「聾子呢，我怎麼沒看到他？」

「他在這裡。可能在洞裡吧，」華金答道，說完他停下腳步，把卡賓槍槍托擺在地上，接著說，「琵拉，聽我說。還有妳，瑪莉亞。如果我家人的事讓你們聽了不好受，還請多多包涵。我知道大家都有一樣的不幸遭遇，還是別提起比較好。」

「你應該說出來，」琵拉說。「如果我們不能相互幫助，活著還有什麼意思？而且，光聽你講，什麼都不說，也算不上是幫助。」

「但是瑪莉亞聽了可能會難過。她自己就已經有過許多不幸遭遇了。」

「*Qué va*！」瑪莉亞說。「我的苦難就像是個大水桶，就算你向我吐再多的苦水也裝不滿。華金，我為你的遭遇感到難過，而且也希望你另一個姐姐能平安無事。」

「目前她過得還好，」華金說。「她被關在牢裡，似乎沒有過分虐待她。」

---

12 傑克・吉爾伯特（Jack Gilbert）：好萊塢明星，常與葛麗泰・嘉寶扮演情侶。

13 corrales：西班牙語：圍欄。

14 cortijos：西班牙語：農場。

15 社會主義工人黨（Partido Socialista Obrero Español）：原文簡略為Socialist，是西班牙共和國執政聯盟的政黨之一。

「你還有其他家人嗎？」羅伯．喬丹問道。

「沒有，」那小子說。「就我而已。沒別人了。除了我那個到山裡打游擊的姐夫，不過我想他應該死了。」

「也許他沒事，」瑪莉亞說。「也許他加入了另一個山區的游擊隊。」

「我覺得他死了，」華金說。「他本來就不是那種適應力很強的人，而且他只是個電車司機，對山區的生活也不夠了解。我很懷疑他能夠撐過一年。而且他的胸腔也有點毛病。」

「但他也許不會有事，」瑪莉亞把手臂搭在他的肩膀上。

「有可能，姑娘。當然有可能。」華金說。

那小子站在那裡，瑪莉亞把雙臂伸出去，環抱他的脖子，親親他。華金把頭轉過去，因為他在哭。

「這是獻給兄弟的吻，」瑪莉亞對他說。「我把你當成兄弟。」

那小子搖搖頭，沒有哭出任何聲音。

「我是你的姐妹，」瑪莉亞說。「我愛你，你還是有家人的。我們都是你的家人。」

「包括*Inglés*，」琵拉大聲說。「你說是吧，*Inglés*？」

「是啊，」羅伯．喬丹對那小子說。「我們都是你的家人，華金。」

「他就像你哥哥，」琵拉說。「嘿，*Inglés*，別光是站著。」

羅伯．喬丹用一隻手臂勾住華金的脖子，對他說：「我們都是兄弟呢。」那小子搖搖頭。

「說那種事實在太丟臉了，」他說。「只會讓大家不好受。真丟臉。」

「丟臉個屁啦，」琵拉用她那種低沉可愛的聲音說。「如果瑪莉亞再親你一遍，我也要開始親你了。我有好多年沒有向鬥牛士獻吻了。雖然你是個蹩腳的鬥牛士，但我就是要親一親你這個變成共產黨員的蹩腳鬥牛士。*Inglés*，把他抓住，讓我好好吻他。」

「*Deja*[16]，」那小子突然轉身。「別管我。我沒事，只是覺得丟臉。」

他站在那裡，努力控制自己的表情。瑪莉亞牽著羅伯．喬丹的手。此時琵拉站著，兩隻手都擺在屁股上，用戲弄的神情看著那個小子。

「如果我要親你的話，」她對那小子說。「我就不會當自己是你姐姐。我不來姐姐親弟弟那一套的。」

「不要捉弄我啦，」那小子說。「我都說我沒事了，我很難過自己說了那些話。」

「好啦，那我們就去看那個老傢伙吧，」琵拉說。「像這樣濫情可真累人。」

那小子看著他。從他的眼神看得出他突然間很難過。

「我不是說你濫情，」琵拉對他說。「是我自己。你這麼敏感，難怪當不成鬥牛士。」

「我是個失敗的鬥牛士，」華金說。「但妳也沒必要說個不停。」

「可是你又留起了髮辮。」

「是啊，我幹嘛不留？鬥牛是經濟效益最高的行業。創造出許多就業機會，國家也會好好管理。也許現在我已經不害怕了。」

「也許不怕了，」琵拉說。「也許吧。」

「琵拉，妳幹嘛動不動就損人？」瑪莉亞對她說。「我很愛妳，不過妳這樣太過分了。」

「也許我真的太過分了，」琵拉說。「嘿，*Inglés*。你知道你要跟聾子說些什麼嗎？」

「知道。」

---

16 Deja：西班牙語，意思是「放開我」。

「這樣最好，因為他的話很少，跟你我還有這個多愁善感的小子不一樣。」

「妳幹嘛說這種話？」瑪莉亞生氣了，再度要她別這樣。

「我也不知道，」琵拉一邊跨步一邊說。「妳覺得呢？」

「我不知道。」

「有時候，很多事都讓我覺得好累，」琵拉怒道。「妳懂嗎？其中一件事，就是我已經四十八歲了。妳聽到了嗎？四十八歲了，還有這一張醜臉。另外一件事，是這個信奉共產主義的窩囊廢鬥牛士聽到我說要親他，即使只是開玩笑，他卻露出了驚慌失措的表情。」

「沒那回事，琵拉，」那小子說。「我沒那樣啊。」

「*Qué va*！你還敢說沒那回事。去你媽的。嘿，他可來了。哈囉，桑提亞哥！*Qué tal*[17]？」

琵拉打招呼的男人長得又矮又壯，臉色黝黑，顴骨很寬，頭髮灰白，黃棕色的雙眼長得很開，鼻子像印第安人的鷹勾鼻，鼻樑很細，嘴闊唇薄，上唇特別寬。把鬍子刮得很乾淨的他從洞口朝他們走過去，走路時O型腿很明顯，跟他身上的牧牛人馬褲、馬靴非常搭。這一天很熱，他還是穿著一件羊毛襯裡的短皮夾克，扣子扣到領口。他向琵拉伸出一隻膚色黝黑的大手。「哈囉，妳這婆娘，」他說，接著又對羅伯．喬丹說：「哈囉。」然後與他握握手，用銳利的目光打量他的臉。在羅伯．喬丹看來，這傢伙的眼睛就跟貓眼一樣黃黃的，跟爬蟲類的眼睛一樣細細小小。「*Guapa*，」他對瑪莉亞說，然後拍拍她的肩膀。

「吃過了？」他問琵拉。她搖搖頭。

「那就來吃飯吧，」說完他看著羅伯．喬丹問道：「喝酒嗎？」同時用大拇指往下比了一個倒酒的手勢。

「喝啊，謝謝。」

「很好，」聾子說。「威士忌？」

「你有威士忌？」

聾子點點頭。「*Inglés?*」他問道。「不是*Ruso*[18]*?*」

「*Americano*[19]。」

「這裡沒幾個美洲人[20]，」他說。

「現在比較多了。」

「還不錯。北美或南美？」

「北美。」

「那就跟*Inglés*一樣了[21]。什麼時候炸橋？」

「你知道炸橋的事？」

聾子點點頭。

「後天早上。」

「好，」聾子說。「帕布羅呢？」他問琵拉。

她搖搖頭。聾子咧嘴一笑。

17 Qué tal：西班牙語，「你好嗎？」。

18 Ruso：西班牙語，「俄國人」。

19 Americano：西班牙語，「美國人」。

20 西班牙語中，Americano有「美國人」與「美洲人」的意思。聾子顯然把喬丹的話當成後者。

21 北美洲過去大半為英國殖民地，南美洲大半為西班牙殖民地。因此來自南美洲或北美洲，對於西班牙人而言有著親疏之分。

「妳先離開一下，」他對瑪莉亞說，然後又咧嘴一笑。「等一下再回來，」說完他從夾克裡面掏出一個繫著皮帶的大懷錶。「半個小時後。」

他做做手勢，要大家坐在一段被削平拿來當作板凳的原木，然後看一看華金，用大拇指比一比他們剛剛走過的那一條小徑。

「我跟華金去走一走，一會回來。」瑪莉亞說。

聾子走進洞裡，出來時拿著一個瓶身有幾處凹陷的蘇格蘭威士忌酒瓶，和三個酒杯。他用手臂夾著酒瓶，那隻手的三根手指各自插在一個酒杯裡，另一隻手則是拿著一個陶製水瓶的瓶頸。他把酒杯和酒瓶擺在原木凳上，水瓶放在地下。

「沒有冰，」聾子對羅伯・喬丹說，然後把酒瓶遞給他。

「我不喝，」琵拉說完後用手把酒杯蓋著。

「昨晚地上還有冰，」聾子咧嘴笑道。「都融化了。那上面有冰，」聾子比一比光禿禿的山頂上的積雪。「太遠了。」

羅伯・喬丹開始往聾子的酒杯裡倒酒，但那傢伙搖搖頭，比了個手勢，要他幫自己倒就好。

羅伯・喬丹幫自己倒了一大杯蘇格蘭威士忌，聾子緊盯著他，等他倒完了，把水瓶遞過去，他拿起來，瓶中的冰涼溪水從瓶口流出來，把酒杯給裝滿了。

聾子也幫自己倒了一杯威士忌，用水把酒杯裝滿。「葡萄酒？」他問琵拉。

「不用。水就好。」

「水瓶拿過去，」他說。「不好喝，」他對羅伯・喬丹說，然後咧嘴一笑。「認識很多英國人。每個都愛喝威士忌。」

「哪裡認識的？」

「農場上，」聾子說。「老闆的朋友們。」

「這威士忌哪裡弄來的？」

「什麼？」他聽不見。

「對他說話要用喊的，」琵拉說，「對著另一隻耳朵大聲喊。」聾子指著他那一邊聽力稍好的耳朵，咧嘴一笑。

「這威士忌哪裡弄來的？」羅伯．喬丹大喊。

「自己做的，」聾子的話說出口後，看著羅伯．喬丹原本要把酒杯送往嘴邊，此刻手卻停了下來。

「不是啦，」聾子說。「跟你開個玩笑。從拉葛蘭哈弄來的。昨晚聽說爆破專家英國佬來了。真棒。很高興。所以幫你弄來威士忌。喜歡嗎？」

「很喜歡，」羅伯．喬丹說。「好酒。」

「那我就滿意了，」聾子咧嘴笑說。「今晚有情報。」

「什麼情報？」

「有大量軍隊調動的跡象。」

「哪裡？」

「塞哥維亞。你也看到那些飛機了。」

「嗯。」

「很糟吧？」

「不妙。」

「那部隊調動呢？」

「維亞卡斯汀與塞哥維亞之間有很多。還有瓦拉多利的路上。維亞卡斯汀與聖拉斐爾之間。很多。很多。」

「你覺得呢？」

「我方在做準備？」

「有可能。」

「他們知道了。也在做準備。」

「這也有可能。」

「為什麼不今晚就炸橋？」

「命令。」

「誰的命令？」

「參謀總部。」

「難怪。」

「炸橋的時間點很重要嗎？」琵拉問道。

「比什麼都重要。」

「但如果他們把大批部隊往山上調動呢？」

「我會派安瑟莫把部隊調動與集中情形的報告送出去。他現在正在監視路面。」

「路上有你安排的人？」

羅伯・喬丹不知道他聽見的多少。他從來沒有跟耳聾的人來往過。

「嗯，」他說。

「我也有安排。為什麼不現在就炸橋？」

「我要服從命令。」

「我不喜歡這樣，」聾子說。「我不喜歡這情況。」

「我也不喜歡，」羅伯・喬丹說。

聾子搖搖頭，啜了一口威士忌。「你要跟我借人？」

「你有多少人？」

「八個。」

「負責切斷電話線，攻擊那個設在修路工小屋的哨站，把小屋奪下來，然後再往橋樑移動。」

「這容易。」

「我會把要做的事都寫下來。」

「別麻煩了。那帕布羅呢？」

「我會叫他切斷下面的電話線，攻擊鋸木廠的哨站，奪下鋸木廠後一樣往橋樑移動。」

「事後要怎麼撤退？」琵拉問道。「我們這裡有七男兩女，五匹馬。你呢？」她對著聾子的耳朵大聲說。

「八男四馬。*Faltan caballos*[22]，」他說。「馬匹不夠。」

「總共十七個人，九匹馬，」琵拉說。「連人騎的馬都不夠了，載貨用的馬就更不用說了。」

---

22 Faltan caballos：西班牙語，「缺少馬匹」。

聾子不發一語。

「弄得到馬嗎？」羅伯．喬丹對著聾子聽得見的耳朵說。

「打仗打了一年，」聾子說。「才弄到四匹。」他伸出四根手指頭。「現在你要我在明天之前弄到八匹馬。」

「沒錯，」羅伯．喬丹說。「我知道你要離開這山區了，沒必要再像以前在這一帶活動時那樣小心了，不必再戒慎恐懼。難道你不能安排一下，偷個八匹馬嗎？」

「也許，」聾子說。「也許偷不到。也許可以偷更多。」

「你有自動步槍嗎？」羅伯．喬丹問道。聾子點點頭。

「在哪裡？」

「在山上。」

「哪一種？」

「不知道型號。有彈盤的。」

「有幾發子彈？」

「五個彈盤。」

「有人知道怎麼使用嗎？」

「我懂一點。以前不常用那種槍。不想在這裡引起騷動。也不想浪費子彈。」

「等一下我再去看那把槍，」羅伯．喬丹說。「你有手榴彈嗎？」

「很多。」

「每一把步槍有多少子彈？」

「很多。」

「有多少？」

「一百五十。也許更多。」

「那其他小隊呢？」

「要做什麼？」

「我炸橋時要有足夠兵力幫我奪下哨站，並且掩護我。我們必須湊到比現在多一倍的兵力。」

「別擔心奪下哨站的事。什麼時候行動？」

「天亮時。」

「別擔心。」

「確切來說，我還需要二十個人。」羅伯·喬丹說。

「沒那麼多好手。不可靠的你要嗎？」

「不要。有幾個好手？」

「也許有四個。」

「為什麼這麼少？」

「都不可靠。」

「你是指有馬的人？」

「要很靠得住才能夠分配到馬匹。」

「如果可以的話，我還需要十個好手。」

「只有四個。」

「安瑟莫跟我說過，這一帶山區裡有一百多個好手。」

「不是好手。」

「妳也說過有三十個，」羅伯．喬丹對琵拉說。「三十個都還滿可靠的人。」

「艾里亞斯的人怎樣？」琵拉對著聾子大聲說。他搖搖頭。

「不好。」

「你弄不到十個人？」羅伯．喬丹問道。聾子用那一雙小小的黃色眼睛看著他，搖搖頭。

「就四個，」他比出四根手指說。

「你的人厲害嗎？」羅伯．喬丹問道，但話一說出口就後悔了。

聾子點點頭。「*Dentro de la gravedad*[23]，」他用西班牙語說。「只要不太危險，都還可以。」他咧嘴一笑。「情況會很糟吧？」

「有可能。」

「我沒差，」聾子用坦率而不自誇的語氣說。「四個好手強過一堆不可靠的傢伙。在這場戰爭裡總是不可靠的多，身手好的少。好手每天都在減少。那帕布羅呢？」他看著琵拉。

「你也知道，」琵拉說。「一天比一天差勁。」

聾子聳聳肩。

「喝吧，」聾子對羅伯．喬丹說。「我會帶我的人過去，再加上另外四個。總共十二個。今天晚上我們把所有事討論一下。我這裡有六十根炸藥。你要用嗎？」

「什麼成分？」

「不知道。一般炸藥。我會帶去。」

「那我就拿來炸掉上方的那一座小橋，」羅伯・喬丹說。「很好。你今晚會下山？請你帶著好嗎？上頭並沒有命令我炸掉小橋，但那是應該炸掉的。」

「我今晚過去。然後把馬弄到手。」

「機會有多大？」

「也許吧。現在來吃東西吧。」

他跟每個人都這樣講話嗎？羅伯・喬丹心想。還是他覺得這樣講話比較能讓外國人聽得懂？

「事成之後，我們要去哪裡？」琵拉對著聾子的耳朵大喊。他聳聳肩。

「應該做好各種安排，」那女人說。

「那當然，」聾子說。「為什麼不呢？」

「情況已經夠糟了，」琵拉說。「我們必須做好計畫。」

「是啊，」聾子說。「妳這婆娘在擔心什麼？」

「什麼都擔心，」琵拉大聲說。

聾子對她咧嘴一笑。

「一直以來妳都是跟著帕布羅到處跑，」他說。

喔，原來他只有跟外國人才會說那種彆扭的西班牙語，羅伯・喬丹心想。很好。很高興看到他用原來的方式講話。

「你覺得我們該去哪裡？」琵拉問道。

---

23 Dentro de la gravedad：西班牙語，「在一定程度的危險性內」，聾子的意思是他的人還算可靠。

「哪裡？」

「對，哪裡？」

「有很多地方，」聾子說。「很多地方。妳知道格雷多斯山嗎？」

「那裡有很多人。只要他們一有時間，就會把那些地方都肅清掉。」

「的確。不過那個山區很大，而且很荒涼。」

「要去那裡挺難的，」琵拉說。

「無論要到哪裡去都很難，」聾子說。「我們可以去格雷多斯山，也可以去其他任何地方。在夜間行動。如今這裡已經變得很危險了。我們能在這裡待那麼久，根本就是個奇蹟。格雷多斯山可比這裡安全多了。」

「你知道我想去哪裡嗎？」琵拉問他。

「哪裡？帕拉麥拉山？那裡不好。」

「不是，」琵拉說。「不是帕拉麥拉山。我想去共和國。」

「那也有可能。」

「你的人願意去嗎？」

「會的。如果我要他們去的話。」

「至於我的人，我就不知道了，」琵拉說。「說真的，帕布羅也許會認為共和國比這裡安全，但他還是不會想去。他已經超過必須當兵的年紀，除非政府擴大徵兵範圍。吉普賽佬也不會想去。至於其他人，我就不知道了。」

「因為這裡已經好久都沒出事了，他們察覺不到危機的存在，」聾子說。

「自從那些飛機在今天出現後，他們應該會比較有危機意識了，」羅伯．喬丹說。「但是，我想就算你去格雷多斯山還是會很有搞頭。」

「什麼？」聾子對他說，並且用那一雙很小的眼睛看著他。從語氣聽來，這問題顯然不怎麼友善。

「你在那裡發動突擊的成效會比較好，」羅伯·喬丹說。

「所以，」聾子說，「你很熟悉格雷多斯山？」

「嗯。你可以從那裡阻擾主要火車路線的運作。你可以不斷破壞鐵軌，游擊隊在更南邊的艾斯特雷馬都拉都是這麼幹的。在那裡打游擊會比回到共和國有搞頭，」羅伯·喬丹說。「你在那裡更加派得上用場。」

他說話時，他們倆都繃起了臉。

聾子看著琵拉，接著她回頭看他。

「你熟悉格雷多斯山？」聾子問道。「真的？」

「那當然，」羅伯·喬丹說。

「如果是你，你會去哪裡？」

「去阿維拉省巴爾可鎮的山區。那裡有很多地方比這裡好。然後襲擊貝哈爾與普拉森西亞之間的主要公路與鐵路幹線。」

「很難，」聾子說。

「在艾斯特雷馬都拉時，我們曾經選擇更危險的地方襲擊鐵路，」羅伯·喬丹說。

「我們是指誰？」

「艾斯特雷馬都拉的一群 *guerrilleros*[24]。」

「你們有很多人？」

「大約四十個。」

「那個神經兮兮，名字很怪的傢伙就是打那裡來的嗎？」琵拉問道。

「沒錯。」

「他現在在哪？」

「死了，這我跟妳說過了。」

「你也是打那裡來的？」

「沒錯。」

「那你懂我的意思了吧？」琵拉對他說。

唉，我居然犯了一個錯，羅伯．喬丹心想。明明在西班牙佬面前絕對不能提起自己的英勇事蹟或能力，但我卻說我們比他們還厲害。本來我該拍他們馬屁，但我卻對他們下了指導棋，現在可把他們給惹毛了。好吧，也許他們會吞下這口氣，也許不會。如果能去格雷多斯山，他們當然會比待在這裡還要更有搞頭。這是明擺的事實，因為自從卡胥金策畫的那一次火車爆炸案之後，他們就一事無成。那也不是什麼大案子。只不過毀了法西斯政府的一個火車頭，殺了一些軍人，但在他們嘴裡卻被說成了這場戰爭的高潮。也許他們覺得逃往格雷多斯山區是一件丟臉的事。還有，我也的確有可能被他們趕出這個地區。總之，無論結果如何，情況看起來都不太妙。

「聽我說，*Inglés*，」琵拉對他說。「你的精神狀況怎樣？」

「好得很，」羅伯．喬丹說。「沒問題。」

「因為上一個被派來跟我們一起出任務的爆破專家，儘管是個厲害的技師，但卻神經兮兮的。」

「我們部隊裡的確有一些技師神經兮兮的，」羅伯．喬丹說。

「我沒有說他是個膽小鬼，因為他的表現很好。」琵拉接著說。「只是他講話的方式很怪，喜歡說一些空話。」她提高音亮，對聾子說，「桑提亞哥，你說上一個跟我們一起炸火車的爆破專家，是不是有點怪？」

「*Algo raro*[25]，」聾子點頭說，他的眼睛掃過羅伯・喬丹的臉，這動作讓喬丹聯想到，吸塵器軟管尾端的圓形吸頭也是這樣動來動去的。「*Si, algo raro, pero bueno*[26]。」

「*Murió*[27]，」羅伯・喬丹對著聾子的耳朵說。「他死啦。」

「怎麼死的？」聾子問道，同時把他的目光從羅伯・喬丹的眼睛移往嘴唇。

「被我開槍打死的，」羅伯・喬丹說。「他傷得太重，沒辦法行動，所以我開槍打死他。」

「他總是把那種事的必要性掛在嘴邊，」琵拉說。「那是他很執著的事情。」

「嗯，」羅伯・喬丹說。「他總是把那種事的必要性掛在嘴邊，那是他很執著的事情。」

「*Como fué*？[28]」聾子問道。「是去炸火車的時候嗎？」

「我們已經炸完火車，要回去了，」羅伯・喬丹說。「任務很成功。回程路上我們在一片漆黑中遇上法西斯巡邏隊，逃命時他的上背部中槍，除了肩胛骨之外沒有傷到其他骨頭。他走了一大段路，但是因為受傷而沒辦法繼續走下去。他不願意被獨留在那裡，所以我就開槍殺了他。」

---

24 guerrilleros：西班牙語，即「游擊隊隊員」。
25 Algo raro：西班牙語，「有點怪」。
26 Si, algo raro, pero bueno：西班牙語，「是啊，有點怪。但表現很好。」
27 Murió：西班牙語，「他死了」。
28 Como fué：西班牙語，「怎麼一回事」。

「*Menos mal*[29]，」聾子說。「這樣也好。」

「你確定你沒有神經兮兮的嗎？」琵拉對羅伯．喬丹說。

「我確定，」他對她說。「我確定我沒有神經兮兮的，而且我認為，等我們把橋炸掉後，如果你們遷移到格雷多斯山區，會很有搞頭。」

他的話一說出口，那女人的髒話也朝他不斷罵過去，簡直像突然噴發的白色溫泉泉水一樣源源不絕。聾子對著羅伯．喬丹搖搖頭，樂得咧嘴一笑。他持續對著琵拉搖頭，開心的很，琵拉則是罵個不停，羅伯．喬丹知道這樣就是沒事了。最後她站起來咒罵，伸手去拿水瓶，拿起來喝了一口，接著語氣平靜地說：「*Inglés*，你可以閉嘴，別管我們事後要怎麼辦，好嗎？你就帶著你的心肝寶貝回共和國，別管我們這些人，讓我們自己決定要在哪一個山區死掉。」

「是過活，不是死掉，」聾子說。「冷靜一下，琵拉。」

「先活後死，」琵拉說。「我已經把我們的下場看得清清楚楚啦。我喜歡你，*Inglés*，但等到你的任務完成後，你就閉嘴，別管我們要去哪裡。」

「那是你們的事，」羅伯．喬丹說。「我並沒有插手。」

「但你剛剛不就插手了？」琵拉說。「帶著你的短髮小賤貨離開，回到共和國去吧，不過千萬不要因為我們不是外國人就排斥我們。想當年我們熱愛共和國時，恐怕你還在擦掉嘴邊的母奶呢？」

他們在講話時瑪莉亞已經從小徑走上來，她聽見這最後一句話，聽見琵拉對羅伯．喬丹大聲咆哮。瑪莉亞對著羅伯．喬丹猛搖頭，搖晃著手指向他示警。琵拉看到羅伯．喬丹正微笑著凝視那女孩，於是轉頭又說，「賤貨就是賤貨。我想你們會一起去瓦倫西亞，留我們在格雷多斯吃羊糞。」

「妳要叫我賤貨我沒意見，琵拉，」瑪莉亞說。「妳說是，我想我就是吧。不過請妳冷靜一下。妳是怎麼啦？」

「沒事，」琵拉說完後坐在木凳上，此刻聲音已經平靜下來，不再像剛剛那樣火爆了。「我沒有說妳是賤貨。只是我好想去共和國啊。」

「我們都可以去，」瑪莉亞說。

「為什麼不能？」羅伯．喬丹說。「如果妳不喜歡格雷多斯山區的話。」

聾子對他咧嘴一笑。

「再看看吧，」琵拉說，講話已經沒有怒氣了。「幫我倒一杯你那稀罕的酒。我氣到喉嚨都快啞掉了。再看看吧。到時候看情況再說。」

「我說啊，同志，」聾子解釋道。「如果是在早上行動，實在很困難。」此刻他已經沒用那種蹩腳的西班牙語講話，而且用平靜的眼神與羅伯．喬丹四目相交，向他說明問題，話中不再帶著試探或存疑的口氣，也沒有老戰士特有的那種優越感。「我能了解你的需求，也知道應該把哨站的人消滅掉，你在炸橋的時候必須幫忙掩護你。這些我都懂。如果能夠摸黑或是在黎明時分做這些事，就簡單了。」

「嗯，」羅伯．喬丹說。「妳離開一下，好嗎？」話是對瑪莉亞講的，但他沒有看著她。

那女孩走到聽不見他們說話的距離就坐下，用雙手緊抓腳踝。

「你懂吧，」聾子說。「做那些事都沒問題。但是事後要在白天離開，撤出這個山區，問題就大了。」

「那當然，」羅伯．喬丹說。「我已經想過這一點了。我還是覺得該在黎明動手。」

「但是你只有一個人，」聾子說。「我們有很多人。」

29 Menos mal：西班牙語，「這樣也好」。

「有可能炸完後先回營區，然後天黑後離開嗎？」琵拉說，已經拿到嘴邊的杯子又放了下來。

「那一樣很危險，」聾子解釋道。「搞不好更危險。」

「這我能夠了解，」羅伯．喬丹說。

「如果是晚上炸橋就容易了，」聾子說。「你把炸橋時間設定在黎明時，所以後果不堪設想。」

「我知道。」

「你有可能在晚上動手嗎？」

「那樣我會被槍斃的。」

「如果你在黎明時動手，我們所有人很可能都會死在槍下。」

「對我自己來講，那比較不重要，只要能把橋炸掉就好，」羅伯．喬丹說。「但我知道你的顧慮。你就想不出一個在白天時撤退的計畫？」

「當然可以，」聾子說。「我們會想出怎麼撤退。但我想跟你說的是，像你這樣只顧著炸橋，難怪會把人惹毛了。你說可以我們可以撤往格雷多斯山區，口氣好像那只是一次可以輕易辦到的軍事演練。如果到得了格雷多斯，那才是奇蹟啊。」

羅伯．喬丹不發一語。

「聽我說，」聾子說。「我的話太多了。但就是要這樣我們才能夠了解彼此。我們能夠待在這裡實在是奇蹟。只是因為那些法西斯份子又懶又笨，但那都是時候一到就會痊癒的毛病。當然，我們也的確很小心，沒有在這山區造成任何騷亂。」

「我知道。」

「但是現在因為幹了這件事，我們非走不可。我們必須仔細考慮該怎麼撤退。」

「那當然。」

「我們來吃東西吧，」聾子說。「我話太多了。」

「我還真沒聽你說過那麼多話，」琵拉說。「是因為這酒嗎？」她把杯子高高舉起。

「不是，」聾子搖頭說。「不是因為威士忌。只是因為我從來沒有那麼多話要說。」

「我很感激你誠心幫助我，」羅伯．喬丹說。「我也知道炸橋的時間點讓你很為難。」

「哪兒的話，」聾子說。「既然來了，我們都會盡力而為。只是這件事很複雜。」

「紙上談兵倒是很容易，」羅伯．喬丹咧嘴笑說。「寫在紙上的計畫是，他們一發動攻擊，橋就得被炸掉，以免有援軍過橋上路。就那麼簡單。」

「那改天他們也該讓我們做一些在紙上就可以辦到的事，」聾子說。「我們可以在紙上想出計畫，在紙上執行。」

「紙是不太會流血的[30]，」羅伯．喬丹引述了一句諺語。

「但是紙很有用，」琵拉說。「*Es muy util*[31]。如果那紙命令真的那麼厲害，我倒是想拿來用用看。」

「我也是，」羅伯．喬丹說。「但是，沒有人能夠那樣打贏一場戰爭」

「是沒有，」那壯碩的女人說。「我想應該沒有。但你知道我想怎樣嗎？」

「想去共和國，」聾子說。她講話時他已經先把聽得見的耳朵靠過去。「*Ya irás, mujer*[32]。讓我們打贏

30 Paper bleeds little：意思就是，東西用寫的很容易，要做比較困難。

31 Es muy util：西班牙語，「很有用的」。

32 Ya irás, mujer：西班牙語，「很快就可以去了，妳這婆娘。」

這場戰爭，把這裡變成共和國的領土，」

「說得好啊，」琵拉說。「現在，看在上帝的份上，我們來吃東西吧！」

# 第十二章

飯後他們離開聾子的營地，開始順著那條羊腸小徑下山。聾子一直把他們送到比較下面的崗哨。

「*Salud*，」他說。「今晚見。」

「*Salud*，*Camarada*。」羅伯．喬丹與他道別後，一行三人就走下山去，聾子站著目送他們。瑪莉亞轉身向他揮揮手，聾子以西班牙人特有的方式行禮，前臂突然輕蔑地往上一揮，好像在丟東西似的，一點也不像是正經場合的禮節。吃飯時，聾子一直沒有解開羊皮夾克的鈕扣，他十分注意禮貌，小心翼翼地把耳朵靠過去聽人說話，又用他那種蹩腳的西班牙語來回答，彬彬有禮地詢問羅伯．喬丹關於共和國的情況，但顯然他也很想趕快擺脫他們。

當他們離開他時，琵拉對他說：「怎麼啦，桑提亞哥？」

「喔，沒事啦，婆娘，」聾子說。「沒事。只不過我正在想事情。」

「我也是，」琵拉那時說。此刻，他們沿著陡峭小徑往下走，不再像上山時那樣舉步維艱，而是踏著輕鬆舒適的腳步穿越松林，琵拉不發一語。羅伯．喬丹和瑪莉亞也不開口，他們三人走得很快，直到走出樹木叢生的山谷後，因為山路變陡而放慢腳步，往上穿越一片樹林，又回到那一片　山草原。

那是五月底某天的炎熱下午，他們來到最後一段陡坡，走了一半那女人就停了下來。羅伯．喬丹駐足回頭，只見她前額冒出一顆顆汗珠。他發現她原本棕褐色的臉色看來如此蒼白，皮膚灰黃，眼睛下面有黑圈。

「我們歇一會吧，」他說。「走得太快了。」

「不，」她說。「繼續走吧。」

「歇一會吧，琵拉，」瑪莉亞說。「妳的臉色不好。」

「閉嘴，」那女人說。「不用妳多嘴。」

她又開始沿著小徑往上爬，但是到了頂端就上氣不接下氣，臉上全是汗，任誰都看得出她的確是臉色蒼白。

「坐下吧，琵拉，」瑪莉亞說。「拜託妳，拜託妳坐下吧。」

琵拉說，「好吧。」於是他們三人坐在一棵松樹下，往高山草原的另一邊眺望，只見一座座高峰似乎是從層層山巒之間竄起，峰頂積雪在中午剛過不久的陽光下閃爍著光芒。

「雪這種東西真討厭，但雪景可真美呀。」琵拉說。「雪真是一種讓人摸不透的東西。」她轉身對瑪莉亞說，「剛才我對妳很粗魯，對不起啦，*guapa*。不知道我今天怎麼搞的，脾氣很差。」

「我從來不在意妳的氣話，」瑪莉亞對她說。「而且，妳也實在太常生氣了。」

「不，比生氣更糟，」琵拉眺望著對面的山峰說。

「妳身體不舒服，」瑪莉亞說。

「也不是那樣，」那女人說。「過來，*guapa*，把我的腿當枕頭。」

瑪莉亞靠過去，像人們睡覺沒有枕頭時那樣，伸出雙臂，交疊起來，用頭枕著雙臂躺下來。她把臉轉過去，仰望著琵拉，對她微笑，但那高大的女人卻只顧著凝望草原另一頭的群山。她並不低頭看那女孩，只是輕撫女孩的頭，一根粗大的手指從女孩的前額掠過去，然後沿著耳邊往下摸，一直摸到她脖子長出頭髮的地方。

「再過一會兒她就是你的了，*Inglés*，」她說。羅伯・喬丹正坐在她背後。

「別說那種話，」瑪莉亞說。

「是呀，他可以擁有妳了。」琵拉說話時沒有看著他們倆。「我從來不想擁有妳。不過我真忌妒。」

「琵拉，」瑪莉亞說。「別說那種話。」

「他可以擁有妳，」琵拉說，指頭輕撫著那女孩的耳垂四周。「不過我非常忌妒。」

「可是琵拉，」瑪莉亞說，「是妳自己跟我說過的，妳我之間不會有那種情況。」

「那種情形總是有的，」那女人說。「照理說不該有那種情況，但終究難免會出現。但我沒有那樣。真的沒有。我只要妳幸福就好了。」

瑪莉亞不發一語，只是躺在那裡，試著把頭輕輕地靠在她腿上。

「聽我說，*guapa*，」琵拉一邊說，一邊心不在焉地用指頭撫摸著她的腮幫子。「聽我說，*guapa*，我愛妳，可是只有他才能擁有妳。我可不是*tortillera*[1]，我是個為男人而生的真女人。這是真話。但此刻我能在光天化日之下把我愛妳這種話說出來，我覺得好開心。」

「我也愛妳。」

「*Qué va*！別胡說八道了。妳根本不懂我在說什麼。」

「我懂。」

「妳懂什麼。妳就該是*Inglés*的。任誰都看得出來，也該那樣。如果我是妳，我也願意。不那樣的話，我還會不高興。我不會做一些違背人之常情的事。我只是說出真心話。沒幾個人會對妳說真心話，任

---

1 tortillera：西班牙語，「女同性戀」。

何一個女人都不會。只是我覺得忌妒，就說了出來，那感覺的確存在。我說了出來。」

「別說了，」瑪莉亞說。「別說了，琵拉。」

「*Por qué*[2]？為什麼別說？」那女人說話時還是沒看著他們倆。「我要說，說到不想說為止。還有，」說到這裡她才低頭看著那女孩，「妳的好日子已經來啦。我就點到為止，妳懂嗎？」

「琵拉，」瑪莉亞說。「別這麼說。」

「妳這小兔子真是討人喜歡，」琵拉說。「把頭抬起來吧，因為說傻話的時間結束了。」

「不是傻話，」瑪莉亞說。「而且我的頭擱在這裡舒服得很。」

「別這樣。抬起頭來，」琵拉對她說，用一雙大手托著那女孩的後腦勺，把她的頭抬起來。「那你呢，*Inglés*？」說話時她仍然托著那女孩的頭，雙眼眺望遠處群山。「難道你的舌頭被貓吃掉了嗎？」

「不是貓，」羅伯．喬丹說。

「那是被什麼野獸吃了？」她把那女孩的頭放在地上。

「不是野獸，」羅伯．喬丹對她說。

「那是被你自己吞了嗎？」

「我看是吧，」羅伯．喬丹說。

「那味道怎麼樣？」此刻琵拉才轉身對他咧嘴一笑。

「不太好。」

「我想也是，」琵拉說。「我想也是。不過，我這就把你的小兔子還給你吧。我也從來沒想過要搶你的小兔子。你幫她取的這個名字可真好。今天早上我聽到你叫她小兔子。」

羅伯．喬丹覺得自己的臉紅了。

「妳是個很難搞的女人，」他對她說。

「不難搞，」琵拉說。「但我是既單純又複雜。你這個人很複雜嗎，*Inglés*？」

「不複雜。不過也沒那麼單純。」

「你這個人可真逗，*Inglés*，」琵拉說。她隨即露出笑臉，身體往前傾，又笑著搖搖頭。「要是我現在可以把小兔子從你身邊搶走，或者把你從小兔子身邊搶走就好了。」

「妳辦不到。」

「這我知道，」琵拉說著又露出微笑。「我也不想橫刀奪愛。不過，我年輕時就辦得到。」

「這話我信。」

「你相信我？」

「當然，」羅伯．喬丹說。「但這只是廢話。」

「這不像妳會說的話，」瑪莉亞說。

「今天的我不像我自己，」琵拉說。「真的很不像。*Inglés*，你的橋讓我頭痛。」

「那就叫它頭痛橋吧，」羅伯．喬丹說。「可是我要讓它像破掉的鳥籠似的，掉進峽谷裡。」

「好，」琵拉說。「多說兩句這種話來聽聽。」

「我要把橋炸成二半，就像妳把香蕉先剝皮後折斷那樣。」

「現在如果能吃根香蕉還挺不錯的，」琵拉說。「繼續說，*Inglés*。儘管鬼扯吧。」

「不必啦，」羅伯．喬丹說。「我們回營地吧。」

---

2 Por qué：西班牙語，「為什麼」。

「你就要出任務了，」琵拉說，「我說過要讓你們倆獨處。」

「不。我有不少重要的事該做。」

「這件事也重要呀，花不了多久時間的。」

「閉上妳的嘴，琵拉，」瑪莉亞說。「妳這話說得太下流了。」

「我的確下流，」琵拉說。「但我也很體貼。*Soy muy delicada*[3]。我要讓你們倆獨處了。說我忌妒只是鬼扯。我痛恨華金，因為我從他的神情看出我有多醜。我只是忌妒妳年僅十九歲。這種忌妒不會持續太久。妳不會老是十九歲的。我要走了。」

她站起來，一手插在腰上，望著羅伯．喬丹，而他也站起來了。瑪莉亞坐在樹下，她的頭低垂著。

「我們一起回營地去吧，」羅伯．喬丹說。「這樣比較好，更何況我們還有很多事要處理。」

琵拉對著瑪莉亞點點頭，瑪莉亞只是坐著，不發一語，把頭別過去。

琵拉微笑聳肩，那動作幾乎讓人察覺不到，她說：「你們認得路嗎？」

瑪莉亞說：「我認得。」她的頭還是低垂著。

「*Pues me voy*[4]，」琵拉說。「那我走了。我們會多給你準備一些好吃的，*Inglés*。」

她開始走入草原上的那一片石楠樹叢，朝著通往營地的溪流走過去。

「等一下，」羅伯．喬丹想叫住她。「我們還是一起走好。」

瑪莉亞坐在那裡不發一語。

琵拉沒有轉身。

「*Qué va*！幹嘛要一起走？」她說。「咱們營地見了。」

羅伯．喬丹佇立在那裡。

「她的身體沒問題吧？」他問瑪莉亞。「剛剛她看起來一臉病容。」

「讓她走吧，」瑪莉亞說，頭還是低垂著。

「我想我應該跟她一起走。」

「讓她走，」瑪莉亞說。「就讓她走吧！」

3 Soy muy delicada：西班牙語，「我很體貼」。

4 Pues me voy：西班牙語，「那我走了」。

# 第十三章

他們步行穿越山上草原的石楠樹叢，羅伯·喬丹感受到石楠枝葉摩擦著他的腿，感受到槍套裡沉甸甸的手槍緊貼著自己的大腿，感受到陽光曬在頭上，感受到積雪山峰上吹來的風讓背部涼颼颼的，也感到那女孩的手結實而有力，與他十指緊扣。由於他們倆的掌心相貼，手指相扣，由於兩人的手腕交疊，一種奇異的感覺從她的整隻手，從她的手指和手腕傳到了他手上的相應部位，那種感覺就像海上飄來的第一陣微風，如此清新，幾乎沒有在平靜如鏡的海面上留下水波，又像羽毛掠過嘴唇，或是完全無風時飄下落葉那樣輕柔，只手指相互接觸的他們倆才能感受到，但也因為手指相互緊扣，手掌、手腕緊貼，那感覺卻又是如此強烈、激烈、急迫、痛苦，而且有力，彷彿一股電流從手臂灌進他的全身，讓他體內充斥著因慾望引起的痛苦空虛感。陽光灑在她那小麥般的黃褐色頭髮上，灑在她那一張潤滑可愛的金褐色的臉上，也灑在她那因為被他擁吻而往後仰，呈現出優美線條的頸子上。他吻著她，感到她的身體微顫，把她的全身緊緊擁在懷裡，儘管隔著兩人的卡其襯衫，他的胸膛還是可以感覺到她的堅挺嬌乳，他伸手解開她襯衫的扣子，彎腰親她，她站著顫抖，頭向後仰，任由他的一隻手臂從後面抱著她。接著她把下巴擱在他頭上，他感受到自己的頭被她雙手抱著，把頭放在她的身前來回搖晃。他挺直身子，雙臂抱著她的力道大得讓她全身緊貼在他身上，離開了地面，他感到她在顫抖，她的雙唇貼在他的脖子上，接著他將她放下來，對她說：「瑪莉亞，喔，我的瑪莉亞。」

接著他說：「我們該去哪裡？」

她不發一語，只是把手伸進他的襯衫裡，他感到她在幫他解襯衫鈕扣。她說：「我也要吻你。我也要吻。」

「不行，小兔子。」

「我要。我要。我要做你做的每一件事。」

「不。那怎麼可能。」

「嗯，好吧……哦，好吧……哦，好吧……哦。」

接著他們聞到身子底下被壓爛的石楠樹的氣味，她的後腦勺也感受到被壓彎莖枝的粗糙感，明亮的陽光照射著她緊閉的雙眼，事後讓他畢生難忘的包括她那脖子，因為她的頭往後倒在石楠樹叢中而出現優美的曲線，還有她那不由自主微微顫動的雙唇，她那雙眼睛儘管對著太陽、對著一切緊閉，但睫毛還是顫動著。因為陽光直射眼皮，對她來講，一切都是紅色、橙紅與金紅色，一切都化為那些顏色，一切的一切，所有的充塞、占有與擁有，都成為那些顏色，令她眼裡只有那些顏色，有如眼盲。對他而言，那是一條不知通往何處的黑暗通道，一次又一次不知通往何處，永永遠遠不知通往何處，他的雙手手肘撐在地上，如此沉重，不知通往何處，一片黑壓壓，永無盡頭的不知通往何處，始終堅持著不知道通往何處，一次又一次地永遠不知通往何處，此刻再也承受不住，一而再，再而三不知通往何處，突然間一陣灼熱與緊緊擁抱過後，這不知何處消失了，時間戛然而止，他們倆一起躺在那裡，時間停了下來，他感受到地面在移動，從他們倆身體的下面移開。

接著他側躺著，腦袋深埋在石楠樹叢裡，石楠根的氣味撲鼻而來，泥土與陽光的味道也越過石楠樹叢而來，他赤裸的肩膀和側腹被石楠搔得發癢，女孩側躺在他對面，雙眼仍然閉著，此刻她睜開眼睛，對他微笑，他用十分疲乏的語氣對她說話，聲音彷彿來自遠方，但又不失親密感：「哈囉，小兔子。」她微笑並親近地說：「哈囉，我的*Inglés*。」

「我不是*Inglés*。」他慵懶地說，

「喔，你是啊，」她說。「你是我的*Inglés*。」並且伸手抓住了他的兩隻耳朵，在他的前額吻了一下。

「嘿，」她說。「怎麼樣，我的吻功有進步吧？」

接著，他們倆沿著溪流步行，他說：「瑪莉亞，我愛妳，妳真可愛，美妙又美麗，跟妳在一起讓我覺得，在愛妳的時候有種彷彿要死掉的感覺。」

「喔，」她說。「我每次都死了過去。你沒有嗎？」

「沒有。但也差不多死了。不過，妳有感覺到地面在移動嗎？」

「有呀。在我死過去的當下。拜託用手臂摟著我。」

「不行。我已經握著妳的手了。握著妳的手就夠了。」

他看著她，又看著草地另一頭空中有隻老鷹在覓食，午後的許多大片雲朵此刻正在往山區逼近。

「你跟別人也是這樣嗎？」瑪莉亞問他，此刻他們倆正手拉手走著。

「不是。說真的。」

「你愛過不少女人吧。」

「有幾個。但都跟妳不一樣。」

「不像我們這個樣子？真的嗎？」

「也很快活，但不像我們這個樣子。」

「剛才地面移動了。以前沒動過嗎？」

「沒有。真的從來沒有。」

「耶，」她說。「像這樣，我們有過一天啦。」

他不發一語。

「但我們現在至少有過啦，」瑪莉亞說。「你也喜歡我嗎？我討你喜歡嗎？我以後會變漂亮的。」

「妳現在就很美了。」

「哪有啊，」她說。「你用手摸摸我的頭吧。」

他輕撫她的頭，覺得她那一頭短髮很柔軟，輕易就被壓平，然後又從他的指間翹起來。接著他用雙手捧著她的頭，讓她的臉仰起來面對他，然後他又吻了下去。

「我很喜歡親吻，」她說。「可是我吻功不好。」

「妳不用親吻。」

「不行，我要親。如果我要當你的女人，就該用各種方式取悅你。」

「妳已經讓我夠高興啦。我不能比現在更高興了。如果我真的能更高興，我還真不知道該怎麼辦。」

「你等著看吧，」她非常愉快地說。「現在你還覺得我的頭髮好笑，因為模樣很怪。不過，我的頭髮天天在長。長出一頭長髮後，我就不難看了，你可能會非常愛我。」

「妳的身體很可愛，」他說。「全世界最可愛的。」

「只是因為我年輕又苗條吧。」

「不。美妙的身體有一股魔力。我也搞不懂為什麼有人有，有人沒有。總之妳有。」

「那是給你的，」她說。

「不是。」

「就是。給你，永遠給你，也只給你一個人。可是我的身體也沒辦法為你帶來些什麼。我會學著好好照顧你。但你可要老實說。你以前從沒感覺到地面移動嗎？」

「從來沒有，」他老實地說。

「現在我高興了，」她說。「現在我真的高興了。」

「現在你在想別的事嗎？」她問他。

「是呀。我的任務。」

「我們有馬可以騎就好了，」瑪莉亞說。「一高興我就好想騎馬，有你在我身邊，一起騎馬飛奔，我們會越騎越快，馬兒像飛起來似的，我的高興就永遠沒有盡頭。」

「我們可以把妳的高興帶到飛機上，」他心不在焉地說。

「還要像那些小小的戰鬥機，一飛衝天，在陽光裡閃閃發亮，」她說。「在空中轉圈俯衝。*Qué bueno*[1]！」她大聲笑了出來，「我會高興得自己也沒注意到。」

「妳的高興沒有極限，」他說，但並沒有把她講的話完全聽進去。

因為此刻他分心了。雖然走在她身旁，心裡卻想著橋的問題，關於炸橋的一切都顯得如此清楚、確實而明晰，好像用對準焦距的照相機在看。那兩個哨站彷彿就在眼前，他看到安瑟莫和吉普賽佬在監視著。他看到那公路空蕩蕩的，他看到公路上的一切動靜。他看到該把那兩挺自動步槍擺在哪裡，才能發揮最大火力，可是要由誰來掌控呢？他心想，由我收尾斷後，但剛開始時要由誰負責呢？他看到自己放好炸藥，卡住後紮緊，把雷管插好，裝好引信，把一條條電線弄好，都接上接頭，回到他放置那一個老舊引爆器的地方，接著他開始盤算可能發生的種種狀況，以及也許會出差錯的地方。別想啦，他對自己說。跟這個女孩做過愛之後，你的頭腦已經完全清醒起來，但現在卻開始擔心發愁了。如果有一件事非幹不可，當然要好好考慮清楚，可是發愁有什麼用呢？別發愁。你不能發愁。到時候也許會有一些不得不做的事，還會有許多可能會發生的狀況，這些你都一清二楚。那些狀況當然是可能發生的。

他很清楚自己為何而戰，才會來做這件事。他現在要做的事，是他極力反對的，但為了爭取戰勝的機會，不得不去做。所以，如今他被迫要去利用他喜愛的這些人，就像有些人必須指揮派遣一支支自己完全沒有放感情在裡面的部隊一樣，都是為了求勝。帕布羅顯然是最機靈的。他立刻就意識到情況凶險無比。那女人全力支持這件事，到現在仍未變心，但是她把這件事給看清楚了，因此壓力越來越大，而且已經對她造成很大衝擊。聾子馬上就能掌握狀況，而且還願意出力，但是他跟羅伯·喬丹一樣，都不是心甘情願去做這件事的。

所以說，你的意思是你考慮的並非自己，而是那女人、那女孩以及別人會有什麼遭遇。好吧。如果你沒來，他們又會有怎樣的遭遇呢？在你來這裡之前，他們發生了哪些事，有哪些遭遇呢？你不能那樣想。除非是開始行動了，否則你並不用對他們的一切負責。下令的人可不是你啊。是葛爾茲。那葛爾茲是誰呢？他是個好將軍。是你到目前為止最好的長官。然而，一個人明知命令不可行，會帶來不好的後果，還是應該聽命行事嗎？即使是兼管黨權與軍權的葛爾茲下的命令？對。還是該聽命行事，因為只有真正去執行命令，才能證明命令行不通。如果沒有嘗試，哪知道行不通呢？要是接到命令時每個人都說命令行不通，那麼你這個人會怎樣？要是命令下來時你就只會說行不通，那麼我們所有人又會怎樣呢？

有些指揮官總覺得所有的命令都行不通，那種人他見多了。過去他在艾斯特雷馬都拉的時候，那個叫做哥梅茲的畜生就是這樣。他屢屢見識到打仗時不肯發動攻勢的側翼部隊，理由都是認為命令行不通。不，他非得執行那些命令不可，倒楣的是，他不得不和這些他很喜歡的人一起行動。

---

1 Qué bueno：西班牙語，意思是「多棒啊！」

他們這些partizans[2]不管做什麼事，終究會導致那些掩護他們，和他們一起幹活的人遭逢意外的危險和厄運。為的是什麼呢？為的是把所有危險都消滅掉，讓這個國家成為可以安居樂業的好地方。這聽來像是陳腔濫調，但卻是真話。

如果共和國輸了，那些以共和國理念為信仰的人就不能繼續在西班牙生活下去了。不過，會輸嗎？是呀，從那些已經被法西斯份子占領的地區所發生的情形看來，他知道是會輸的。

除了帕布羅這個畜生之外，其他都是一些好人，那麼叫他們去炸橋豈不是把他們都給出賣了？也許是。然而，就算他們不幹這件事，一個禮拜之內就會有兩支騎兵大隊被派來這個山區，把他們全都趕走。

不對。就算不找他們來做這件事，對任何人也不會帶來任何好處。真要那樣，乾脆什麼事都不要找別人一起做好了，不要去打擾任何人。他相信應該找他們才對，他真的這樣想嗎？對，他是這樣想的。那麼，在戰後打造出一個計畫周詳的社會，還有其他所有的事呢？就交給別人做吧。他還有別的事要幹。他投入這次戰爭，是因為戰爭發生在這個他熱愛的國家裡，因為他信仰共和國，要是它被毀滅了，對於所有信仰共和國的人的生活將不堪忍受。整個戰爭期間他都服膺共產黨的紀律。在西班牙，共產黨的紀律是最好的，他們能用最完善與合理的方式來作戰。戰爭期間他服從共黨紀律，因為只有這個黨的作戰計畫和紀律是讓他尊敬的。

那麼他的政治立場又是什麼呢？他對自己說，他目前沒什麼政治立場。可是他心想，這件事可不能告訴別人啊。永遠別透露這件事。那麼你以後打算幹什麼呢？我會回去，像以前那樣教西班牙語為生，並且要寫出一本真正的書。我敢打包票，他說。我敢打包票，那肯定不是什麼難事。

他得和帕布羅談一談政治才對。如果能了解一下帕布羅的政治立場是怎樣發展出來的，肯定很有趣。可能是由左派轉向右派的典型蛻變，就像勒羅克斯[3]那個老傢伙吧。帕布羅很像老勒羅克斯。普列托[4]也一樣糟糕。帕布羅和普列托一樣，他們都不相信自己最後會獲勝。他們的政治立場無異於偷馬賊。在他們眼裡，共和國不過就是一種政府形式而已，但是共和國必須把這些偷馬賊都清理掉，當初叛亂開始時就是他們這幫人害慘了共和國。像這種所有領導人都與人民為敵的國家，歷史上曾經出現過嗎？

與人民為敵。這是那種也許會被他刪除的詞彙。像這種有如口號的詞彙，都會被他省略。這就是跟瑪莉亞睡過之後的影響。他在政治立場上變得頑固保守，活像個死硬派浸信會教徒，因此像「與人民為敵」這一類的詞彙就浮上心頭，他完全沒有想到要加以批判。任何帶有革命色彩或愛國精神的陳腔濫調也一樣，他會完全沒有加以批評就拿來使用。那些當然不是假話，但卻也很容易被濫用。自從昨夜和今天下午以來，對於這種事情，他的頭腦變得越來越清醒，內心雪亮明白。頑固是一件怪事。頑固的人必需絕對相信自己是正確的，而唯有克制，才能持續深信自己正確無誤。克制是異端邪說的敵人。

如果他仔細檢討的話，上述的前提能否站得住腳？共產主義份子之所以總是嚴厲批判放蕩不羈的波希米亞主義，也許就是為了這個理由吧。儘管黨的路線很容易改變，但是卻獲得了耶穌使徒教條般的神聖地位，而且你會發現自己很容易違背黨的路線，因為無論是酗酒、與人交媾或通姦，都是黨所不容的。打倒波西米亞主義，打倒馬雅科夫斯基[5]過去犯下的那種荒唐惡事。

但馬雅科夫斯基又重新獲得了聖徒的地位。那是因為他已蓋棺論定。有一天你也會蓋棺論定，他對自

2 partizan：俄語，即「游擊隊」。

3 指西班牙共和派政治人物亞歷山大・勒羅克斯（Alejandro Lerroux）。勒羅克斯原本屬於左派，但內戰爆發後卻避居葡萄牙，所以被海明威歸類為「由左轉右」的政治人物。

4 指普列托（Indalecio Prieto），共和國的國防部部長。

5 馬雅科夫斯基（Vladimir Mayakovsky）：蘇聯革命詩人，曾經檢討過自己年輕時在巴黎度過的波希米亞歲月。

己說。現在別去想那種事吧。想想瑪莉亞。

瑪莉亞挑戰了他的頑固。到目前為止，儘管她沒有動搖他的決心，然而他已經沒有視死如歸的心態了。他會樂於拋棄英雄或烈士的悲慘下場。他不想當溫泉關的勇士[6]，也不想成為毀橋阻敵的霍拉提烏斯[7]，或是那個用手指堵住堤防的洞的荷蘭男孩。他想和瑪莉亞一起過日子。簡單來講就是那樣。他想和她攜手走過一段漫長的人生旅途。

他不再相信真有天長地久的愛情存在，不過如果真有那麼一回事的話，他很希望談戀愛的對象是她。他心想，我們去住飯店的時候，可以用李文斯頓醫生[8]伉儷的名字來填寫房客登記表。

怎麼不娶她呢？當然囉，他想。我會娶她的。這樣我們就成為住在愛達荷州太陽谷的羅伯．喬丹夫婦，還是想要住在德州聖體市，或蒙大拿州比尤特鎮也可以。

西班牙女孩都會成為賢慧的妻子。我沒結過婚，所以很相信這一點。等我回大學復職，她就可以成為講師夫人。那些修高級西班牙語的大學生晚上來我們家一邊抽菸斗，一邊與我閒聊戈維多、維加[9]、加爾多斯[10]和其他總是受人尊敬的已故作家時，瑪莉亞就可以向他們訴說自己的不幸遭遇，描述那些自認為了正統信仰而戰的藍衫十字軍[11]是如何騎在她的頭上，抓住她的雙臂，把她的裙子撩起來，拿裙襬堵住她的嘴巴。

蒙大拿州米蘇拉市的人會怎樣看待瑪莉亞呢？我也不知道，但前提是我可以回米蘇拉找到差事的話，我才需要去考慮這個問題。看來我在那裡會永遠被貼上共黨份子的標籤，列在黑名單上了。不過，這種事是誰也說不準的。沒有人搞得懂是怎麼一回事。他們沒辦法證明你以前幹過什麼事，事實上即使你告訴了他們，他們也不會相信你。還好在他們頒發限制出境的命令之前，我的護照仍是有效的，所以能來西班牙。

我可以待到一九三七年的秋天才回去。我是在一九三六年夏天離開的，雖然只請了一年的假，但我可以在隔年秋季開學時回去，不會有問題。從現在到秋季開學還有一大段時間。就算是從現在到後天，也有一段不短的時間。沒必要。我看我沒必要擔心回大學的事情吧。只要在秋天回校就可以了。只要設法在那個時候現身於校園裡就沒問題。

但自從這種奇怪的生活開始後，也已經很久了。真他媽的久啊。西班牙就是你的使命與工作，因此待在西班牙是自然而合理的。內戰爆發前，許多年的暑假你來這裡參與工程計畫，為林務局築路，在公園裡幹活，又學會了使用炸藥，所以爆破工作對你也是合理而正常的。儘管爆破工作做得總是有點倉促，但表現不錯。

一旦你把爆破當做問題來看待，那它就只僅僅是一個問題罷了。但隨之而來的許多事就不是那麼好解決了，儘管天知道你並沒有把那些事看得很嚴重。在什麼樣的狀況下可以利用爆破來殺人？這個問題總是縈繞心頭。冠冕堂皇的話語就能讓事情變得理直氣壯嗎？殺人會變得比較有樂趣嗎？你把它看得太簡單了，他對自己說。他心想，等到不用再為共和國而戰，你將會變成什麼模樣？你究竟適合做什麼工作？連

---

6 溫泉關（Thermopylae）：在波希戰爭中，以斯巴達的三百壯士為核心的希臘聯軍，在溫泉關用少數的兵力抵抗數量龐大的波斯軍隊，最後壯烈犧牲。

7 即Publius Horatius Cocles，西元前六世紀的古羅馬英雄。

8 即David Livingstone，十九世紀英國探險家兼醫生。

9 維加（Lope de Vega）：十六、七世紀西班牙劇作家兼詩人。

10 加爾多斯（Benito Pérez Galdós），十九、二十世紀西班牙小說家。

11 藍衫軍（Blueshirts）：隸屬於西班牙法西斯陣營的民兵團體。

這些問題他都不知道該怎樣回答。他對自己說，我猜只要我能把那些事都寫出來，就能把一切都放下。如果寫得出來，那將會是一本好書。比另一本好多了。

他心想，在這個節骨眼上，他的人生就只剩下今天、今晚、明天，今天、今晚、明天，持續這樣重複下去該有多好，不過他最好還是緊緊把握住現有的時間，心存感激。如果炸橋出了差錯，他也只能這樣。從現在的情況看來，前景的確不太妙。

然而，瑪莉亞一直都是如此美好。喔，可不是嗎？他心想。也許現在我能夠從人生中獲得的，只有她了。也許這就是我的人生，我沒辦法再活七十年，而是只剩四十八小時，或者說得確切些，是七十或者七十二小時。一天二十四小時，整整三天就等於七十二小時。

我想，就算只剩七十個小時，還是可以像剩下七十年那樣充分享受人生，前提是在那七十個小時開始以前你就已經能夠充分享受人生，而且也到達了某個適當的年齡。

真是胡思亂想，他心想。你一個人在想些什麼鬼東西。這真是胡思亂想。也許不是胡思亂想。算了吧，我們走著瞧。我上一次跟女人睡覺是在馬德里。不，不對。應該是在埃斯科里亞，只是那天晚上醒來時我本來以為身邊是某個女人，一直很興奮，直到後來發現其實是另一個人，不過就是跟人上床嘛，但我還是挺快活的。再之前一次是在馬德里，但在辦事時我對自己撒了一點謊，假裝我的伴侶是另一個女人，除此之外情況也差不多，或者稍為糟糕一點。所以，我不是個過份美化西班牙女人的浪漫男子，而且不管是到了哪個國家，對我來講一夜情就是一夜情，沒有優劣之分。可是我和瑪莉亞在一起時，我深愛著她，愛到覺得自己確實像要死掉似的，但先前我從來不相信、也不認為會發生這種事。

所以，假如人生只剩七十小時而非七十年，現在我也覺得值得了，而且我很幸運能體認到這一點。假使已經沒有所謂天長地久，沒有「下半輩子」或「從今以後」，而是只有現在，那麼我就該歌頌現在，為擁有現在而感到非常愉快。喔，現在就是*ahora*，是*maintenant*，也是*heute*[12]。喔，「現在」這個詞的發音很好笑，但卻等於你的全世界與一生。喔，「今晚」則是*esta noche*，是*ce soir*，也是*heute abend*[13]。人生與妻子，*vie*[14]與*mari*。不對，這行不通。在法語裡面*mari*是丈夫才對。我還可以說*now*與*frau*[15]，可是這也說明不了什麼。還有「死亡」，*mort*，*muerto*，還有*todt*[16]。其中*todt*聽起來最有死亡的味道。戰爭，*guerre*，*guerra*，還有*krieg*[17]。其中*krieg*聽起來最有戰爭的味道。是嗎？還是因為他最不懂的就是德語，才會這樣想？心肝寶貝，*chérie*，*prenda*，還有*schatz*[18]。他想把這些字眼都換成瑪莉亞。那個名字可真好聽啊。

算了，你們要一起行動了，時間就在眼前。情況看起來確實是越來越糟糕。想在早上完成那種任務根本不可能。在無可奈何的狀況下，你們必須撐到晚上才能逃走。你們可以試著在外面撐到晚上，然後再回到山區。如果可以在外面撐到天黑，再回到山區，也許就會沒事。但如果是從黎明就開始行動，一直待在外面呢？會怎樣？為了這個問題，那可憐又可惡的聾子刻意不講那種蹩腳的西班牙語，向你小心翼翼地解釋清楚。難道你不是從葛爾茲初次提起這個任務之後，每次出現特別負面的想法時，就會想起這件事？難

---

12 ahora、maintenant、heute：依序為西班牙語、法語、德語的「現在」。
13 esta noche、ce soir、heute abend：依序為西班牙語、法語、德語的「今晚」。
14 法語，vie的意思是「人生」。
15 德語，frau的意思是「妻子」。「vie and mari」與「now and frau」念起來分別都有押韻。
16 mort、muerto、todt：依序為法語、西班牙語、德語的「死亡」。
17 guerre、guerra、krieg：依序為法語、西班牙語、德語的「戰爭」。
18 chérie、prenda、schatz：依序為法語、西班牙語、德語的「心肝寶貝」。

道你不是從大前天夜裡就一直掛念著這件事，好像有一大塊沒有消化的麵團堵著你的胃？

這件事可真是不得了。你活了大半輩子，總覺得自己做的事似乎有點意義，但結果卻是毫無意義。你還以為你永遠也不會碰到這種事。接著，在這樣一場糟糕的戲碼中，藉由兩支蹩腳游擊隊的配合與幫助，你必須在棘手無比的情況之下執行炸橋任務，藉此阻止敵方也許早已開始的反攻攻勢，但在這時候卻遇見了瑪莉亞這個女孩。當然，這件事可說是如你所願。但你們倆卻是相見恨晚，如此而已。

幾乎等於是琵拉那婆娘把這女孩硬生生推進了你的睡袋，結果怎樣呢？是呀，結果怎樣呢？請你告訴我結果怎麼樣了吧。是呀，結果就變成這樣子，就是這副模樣。

別再自欺欺人說是琵拉把她推進了你的睡袋，也別假裝毫不在乎，或假裝這件事爛透了。你初次見到她就已經魂不守舍。當她一開口跟你說話，你就知道自己愛上了她。儘管你從不覺得自己會這樣陷入戀愛，既然情愫已生，你又何苦把它說得一文不值呢？你明明知道那是怎麼一回事，而且當你第一次見到她，看她拿著鐵盤，彎著身子從洞裡走出來時，你就知道是怎麼一回事了。

那時你就一見鍾情，這你也知道，那為什麼要自欺欺人呢？每當你望著她，每當她望著你，你的心裡就出現一種奇怪的感覺，所以你何苦不願承認呢？好吧，那我就承認了。至於琵拉把這女孩硬塞給你，她所做的一切都印證了她是個頭腦很好的女人。她非常關心那女孩，當女孩拿著鐵盤回到洞穴裡時，她一眼就看出了端倪。

是她讓你有機會下手。她給了你機會，所以才有昨晚和今天下午的韻事。她比你世故許多，也知道時間寶貴的道理。他對自己說，是呀，我們得承認她相當了解時間有多寶貴。她寧願忍受忌妒帶來的痛苦，因為她不希望別人失去她已經失去的東西，但要她承認自己的損失實在讓她痛苦到無法承受。因此剛才在山上她才會那麼難過，但我想我們也沒有設法好好安撫她。

這就是現在和先前的情況，所以你最好趕快承認，如今你已經沒有辦法與她共度兩個整夜。也沒辦法共度一生，沒辦法生活在一起，沒辦法擁有別人都能擁有的一切，什麼都沒辦法。那一夜春宵已成過往，下午那一次也是，或許只剩下一夜。這也沒辦法，先生。

沒有時間，沒有幸福，沒有樂趣，沒有子女，沒有房屋，沒有浴室，沒有乾淨的睡衣，沒有日報，沒有一起醒來，也沒有醒來時她陪伴一旁，你不是孤單一人。不，全部都沒有。唉，既然這就是你這輩子想要的一切，當你已經找到自己想要的，為什麼不在鋪有床單的床好好睡上一覺？哪怕只有一晚。

你這真是緣木求魚。根本是痴心妄想。所以，你對那女孩的愛如果真的像你所說的那麼多，你最好能夠使盡渾身解數愛她，用強度來彌補這段戀情所欠缺的持久與連續性。你聽到了嗎？以前的人把一生奉獻給愛情，現在的人找到摯愛時，只要能共度兩夜，就覺得幸福無比。兩夜。只有兩夜的時間可以相親相愛，彼此憐惜。有福同享，有難同當。無論生病或死亡。不，不是這麼說的。應該是，無論生病或健康。直到死亡讓我倆分離[19]。只有兩夜。非常可能是那樣。非常可能，不過可別再胡思亂想了。現在可以停下來啦。這對你沒有好處。別做任何對你沒好處的事。的確就是這樣。

葛爾茲曾說過這種事，和他相處愈久，就會覺得他越精明。難道這就是他當時所說的：非正規軍旅生涯的調劑？葛爾茲有沒有遇到這種情況？是不是由於情況緊急，缺少時間，再加上各種情況的配合才造成的？如果遇到類似的情況，是不是大家都會遇到這種事？難道只是因為他遇到了，他才認為這件事很特別？想當年葛爾茲在指揮蘇聯紅軍的非正規騎兵隊時，是不是也有過很多露水姻緣？是不是因為各種情況的配合，再加上其他條件，才會讓當時的他覺得那些女孩就像現在我眼中的瑪莉亞那樣？

---

19 這是基督教牧師在證婚時要求新人跟著一起複誦的誓詞。

葛爾茲可能理解這一切，也想讓你明白，你應該把那兩個晚上當成一輩子來享受。他想告訴你的是，既然我們現在過著這種生活，你就該把自己應該擁有的一切集中在你僅有的短暫時刻裡。

這套想法還不錯。但他並不相信自己眼中的瑪莉亞只是當下種種情勢造成的。除非她跟他一樣，也是因應當下的處境做出的反應。他心想，她的處境是不太好的。是啊，的確不太好。

如果事實正是如此，那麼就只能是如此。但並沒有法律規定他一定要喜歡這種事實。他心想，過去我還真的不知道自己竟然也會有如今的種種感受，也不知道我會有這種經歷。但願我一輩子都可以有這種感受。他心中的另一個聲音說，你可以的。現在你就有這種感受，而現在就等於是你的一輩子。現在是你僅有的。你既沒有昨天，當然更沒有明天可言。你要活到多大歲數才能明白這一點呢？你只有現在，而如果所謂的現在只有兩天的話，那麼兩天就是你的一輩子，而且你所有的一切都會被濃縮到這兩天裡。你就這樣在兩天之中把一輩子給過完。如果你不再抱怨，不再強求自己永遠不會獲得的東西，那你的一輩子就會變得如此美好。並不是非得活到《聖經》上所規定的歲數，才算是度過了美好的一生。[20]

所以現在就別發愁了，接受你現在擁有的一切，完成你的工作，那麼你就能夠度過漫長又快樂的一生。最近你不是很快樂嗎？還有什麼好抱怨的呢？他對自己說，這種工作的特性就是這樣，他很　興自己能這樣想，他還說，重點不是你學到了什麼，而是你與哪些人相遇。想到這裡，他就　興了起來，因為他在開玩笑了，於是他的思緒又回到了瑪莉亞身上。

「我愛妳，小兔子，」他對那女孩說。「妳剛剛在說什麼？」

她對他說：「我說，你千萬別擔心你的工作，因為我不會給你帶來麻煩，也不會來妨礙你。有什麼要我做的，儘管對我說。」

「沒有什麼要妳做的，」他說。「其實很簡單。」

「我會問問琵拉，該做些什麼才能把男人照顧好，然後我就照著做，」瑪莉亞說。「我就這樣邊學邊做，自己也會有一些發現，至於其他事情呢，你也可以告訴我。」

「沒什麼事要做的。」

「*Qué va*！你喔，別一直說什麼沒事！今天早上就該把你的睡袋拍一拍，掛在有陽光的地方曬一曬。然後在露水降下之前收好。」

「說下去，小兔子。」

「你的襪子得洗乾淨晾乾。我想讓你有兩雙可以替換。」

「還有呢？」

「要是你肯教我，我可以幫你擦手槍，上油。」

「吻我吧，」羅伯・喬丹說。

「不要，人家跟你說正經的。你肯教我保養手槍嗎？琵拉有擦布和油。山洞裡有一根清槍條。」

「當然啦。我一定教妳。」

「還有，」瑪莉亞說，「如果你教我開槍，萬一我或你受傷，為了避免被俘虜，必要時你可以一槍打死我，我也可以槍殺你，或是自殺。」

「真有意思，」羅伯・喬丹說。「妳有很多這樣的主意嗎？」

「不多。」瑪莉亞說。「不過這是個好主意。琵拉把這個給了我，還教我怎麼用，」她解開襯衫胸口的口袋，掏出一個能放置隨身梳子等類似物品的皮套，解開勒住皮套兩端的寬橡皮筋，抽出一片吉恩牌

---

20《舊約聖經》中〈創世記〉第五章列舉了許許多多人類祖先的歲數。

的單面刮鬍刀片。「我一直把這東西帶在身上，」她解釋道。「琵拉說，妳該在耳朵下面往這個方向劃一刀。」她用一根指頭比給他看。「她說，這裡有一根大動脈，用刀片朝這裡劃一刀，肯定不會失手。她還說，不會覺得痛苦，只要緊緊壓住耳朵下方，用刀片向下劃。她說，這非常簡單，只要一刀劃下去，就沒救了。」

「她說的沒錯，」羅伯．喬丹說。「那是頸動脈。」

他心想，原來她總是隨身帶著那種東西，堅定地接受它可能會派上用場，也做了恰當的安排。

「可是我寧願你一槍殺了我，」瑪莉亞說。「答應我，必要的時候你一定要槍殺我。」

「當然，」羅伯．喬丹說。「我答應妳。多謝妳啦，」瑪莉亞對他說：「我知道這做起來並不容易。」

「還好，」羅伯．喬丹說。

他心想，你真的把這種事給忘掉了。你太專注在自己的任務上，卻忘了內戰的種種奇妙之處。你把那種事給忘了。算了吧，你的確該忘掉的。卡胥金就是因為忘不掉，結果毀了他的工作。還是說，你認為那位老兄事先就有預感？奇怪的是，對於槍殺卡胥金那一件事他居然無動於衷。原先他還以為自己遲早會感到難過。但是到現在為止，他完全沒有那種感覺。

「不過，我還可以替你做別的事，」瑪莉亞對他說話時緊緊跟在他身邊走著，神態非常認真而且有女人味。

「除了槍殺我之外，還能幫我做別的事？」

「是呀。等你抽完那種帶著濾嘴的香菸，我可以幫你捲菸。琵拉教過我怎麼才能把菸給捲好，捲得扎實整齊，不會散開。」

「太棒了，」羅伯．喬丹說。「是妳自己把捲菸紙舔濕的嗎？」

「是呀，」女孩說。「萬一你受了傷，我可以照顧你，幫你包紮傷口和洗澡，餵你吃——」

「要是我沒受傷呢？」羅伯．喬丹說。

「要是你生病了，我可以照顧你，為你煮湯擦澡，幫你做所有的事情。我還要念書給你聽。」

「也許我不會生病。」

「那麼等你早上醒來時，我會端咖啡給你——」

「要是我不喜歡咖啡呢？」羅伯．喬丹對她說。

「不會啊，你明明愛喝的，」女孩愉快地說。「今天早上你就喝了兩杯。」

「如果我喝膩了咖啡，也沒必要槍殺我，而且我既沒受傷，也沒生病，戒了菸，只有一雙襪子，自己曬睡袋，那妳這小兔子該怎麼辦呢？」他輕拍她的背，「那該怎麼辦呢？」

「那我就向琵拉借一把剪刀，」瑪莉亞說「幫你剪頭髮。」

「我不喜歡剪頭髮。」

「我也不喜歡剪你的頭髮，」瑪莉亞說。「我喜歡你現在的髮型。那麼，要是不能幫你做任何事，我就坐在你身邊，看著你就好，晚上我們可以做愛。」

「好，」羅伯．喬丹說。「最後這個主意真有道理。」

「我有同感，」瑪莉亞笑道。「喔，*Inglés*，」她說。

「我叫做羅貝托。」

「不要嘛。我要跟琵拉一樣叫你*Inglés*。」

「不過我還是叫羅貝托啊。」

「不，」她對他說。「今天一整天我都要叫你*Inglés*。*Inglés*，我可以幫你做那一件差事嗎？」

「不行。那一件差事我向來都是獨自完成，而且頭腦要很冷靜才行。」

「好吧，」她說。「什麼時候可以完成？」

「運氣好的話，今晚。」

「好吧，」她說。

穿越他們下方那一片樹林，就是營地了。

「那是誰？」羅伯．喬丹問道，一隻手指過去。

「琵拉，」女孩望著他手臂指的方向說。「肯定是琵拉。」

高山草原的下緣是草原和樹林的交界處，那婦人就坐在那裡，頭伏在手臂上。從他們佇足的地方望過去，她看起只是一團黑黑的東西，在棕褐色樹幹的映襯之下，顯得特別黝黑。

「走吧，」羅伯．喬丹對她說，接著拔腳穿越高度齊膝的石楠樹叢，向琵拉跑過去。石楠長得很密，他跑不快，才一小段路就放慢腳步，改用走的。他看到見那女人的頭靠在交疊的雙臂上，在樹幹的對照之下，她顯得又寬又黑。他走到她身前，大叫一聲：「琵拉！」

那女人抬起頭來看著他說：「喔，你們完事啦？」

「妳不舒服嗎？」他俯身問道。

「*Qué va*！」她說。「剛剛我睡著了。」

「琵拉，」瑪莉亞走上前，在她身旁跪著說。「妳還好嗎？沒生病吧？」

「我好得很，」琵拉說，但她沒站起來，只是望著他們倆。「好啊，*Inglés*，」她說。「你又在耍男人的那一套把戲了？」

「妳的身體沒事吧？」羅伯．喬丹沒理會她的話。

「有什麼不好的？我睡著了，你也睡了嗎？」

「沒有。」

「嗯，」琵拉對女孩說。「看來挺合妳的胃口嘛。」

瑪莉亞的臉紅了起來，不發一語。

「別惹她，」羅伯・喬丹說。

「沒人跟你說話，」琵拉對他說。「瑪莉亞，」她用嚴厲的聲音說。女孩的頭沒抬起來。

「瑪莉亞，」女人又說。「我說，看來挺合妳的胃口嘛。」

「喔，別惹她啦，」羅伯・喬丹又說。

「你給我閉嘴，」琵拉說，根本就沒有看著他。「聽著，瑪莉亞，說說看妳有什麼感覺。」

「不，」瑪莉亞搖頭說。

「瑪莉亞，」琵拉說，她的聲音就像她的臉色一樣嚴厲，一點也不友善。「我要妳心甘情願地告訴我。」

女孩搖搖頭。

羅伯・喬丹心想，要不是我得靠這女人和她那酒鬼丈夫，還有她那支蹩腳游擊隊合作，我一定狠狠給她一巴掌，要她——

「說呀，告訴我，」琵拉對那女孩說。

「不，」瑪莉亞說。「不要。」

「別惹她，」羅伯・喬丹說，他的聲音聽起來好像不是他自己的。他心想，無論如何我都要給她一巴掌，去他媽的。

琵拉連話都不跟他說。這並不像蛇或貓在玩弄鳥兒的情況。感覺起來沒有恃強凌弱的味道。也沒有絲毫的反常。然而，他可以感受到那種盛氣凌人的感覺逐漸增強，就像眼鏡蛇的脖子越脹越大。他能感覺到。他能感到這種氣勢所帶來的威脅性。但那只是一種大欺小的感覺，只是在追問，一點也不惡毒。羅伯・喬丹心想，但願我沒有看到這景象就好了。不過，我可不能因為這種事就給她一巴掌啊。

「瑪莉亞，」琵拉說。「我不會碰妳。我要妳自願說出來。」

「*De tu propia voluntad*[21]，」她又用西班牙語說了一遍。

女孩搖搖頭。

「瑪莉亞，」琵拉說。「現在就說，而且妳要自願說出來。妳聽清楚了嗎？說什麼都好。」

「不，」女孩輕聲說。「不，我不要。」

「妳就說吧，」琵拉對她說。「說什麼都好。妳會明白的。現在我要妳告訴我。」

「剛才地面移動了，」瑪莉亞說，她沒有看著那女人。「真的。這種事我是不該告訴妳的。」

「原來如此，」琵拉的聲音變得熱情而友好，不帶有強迫的語氣。但羅伯・喬丹注意到她前額和嘴唇上冒出了細小的汗珠。「原來如此。原來是這樣啊。」

「是真的，」瑪莉亞咬著嘴唇說。

「當然是真的，」琵拉親切地說。「可別告訴妳身邊的人，因為他們絕不會相信妳的。你沒有吉普賽人[22]的血統吧，*Inglés*？」

琵拉站起來，羅伯・喬丹扶了她一把。

「沒有，」他說。「就我所知，並沒有。」

「就瑪莉亞所知，她也沒有，」琵拉說。「*Pues es muy raro.*[23]真的很奇怪。」

「可是真的動了，琵拉，」瑪莉亞說。

「*Cómo que no, hija?*[24]」琵拉說。「怎麼會沒有，女孩？我年輕時地面也移動過，好像什麼都在移動似的，害我擔心整個地面似乎要飛出去了。每個晚上都這樣。」

「妳騙人，」瑪莉亞說。

「不錯，」琵拉說。「我騙人。這種事一輩子不會超過三次。剛才妳真的感覺到地面移動了嗎？

「動了，」女孩說。「真的動了。」

「那麼你呢，*Inglés*？」琵拉望著羅伯．喬丹。「要說真話。」

「動了，」他說。「真動了。」

「好，」琵拉說。「好。那就對了。」

「妳說三次，那是什麼意思？」瑪莉亞問。「妳為什麼這麼說？」

「三次，」琵拉說。「你們現在有了一次。」

「只有三次嗎？」

「大多數人一次也沒有，」琵拉對她說。「妳確定真的動了？」

「感覺像要往下掉似的，」瑪莉亞說。

「那我想的確是動了，」琵拉說。「走，我們回營地去吧。」

「你說三次，那是什麼鬼話？」他們一起穿越松林，羅伯．喬丹對那個高大女人說。

---

21 De tu propia voluntad：西班牙語，意思是「出於自願」。
22 原文為cali。西班牙語的「吉普賽人」有許多別名，包括gitano、cali、calé或kale。
23 Pues es muy raro：西班牙語，意思是「但是真的很奇怪」。
24 Cómo que no, hija：西班牙語，意思是「怎麼會沒有，女孩？」。

「鬼話？」她用嘲諷的神情看著他。「別說我的話是鬼話，英國小子。」

「這又像手相那樣，也是一套騙人的把戲吧？」

「不，這是所有*Gitanos*[25]都知道，而且經過證實的常識。」

「我們可不是*Gitanos*。」

「的確不是。但你的運氣還不錯。不是吉普賽人，有時候運氣倒還不錯。」

「妳說三次，是真的嗎？」

她用古怪的神情望著他。「別問我了，*Inglés*，」她說。「別來煩我啦。你太年輕了，我說了你也不懂。」

「不過，琵拉，」瑪莉亞說。

「閉嘴，」琵拉對她說。「妳體驗過一次，這輩子還有兩次。」

「那妳呢？」羅伯．喬丹問她。

「兩次，」琵拉說，並且伸出兩根手指。「兩次。而且不會再有第三次了。」

「為什麼不會？」瑪莉亞問道。

「喔，閉嘴好嗎？」琵拉說。「閉嘴！妳這年紀的*Busnes*[26]讓我厭煩。」

「為什麼不會有第三次？」羅伯．喬丹問道。

「喔，閉嘴好嗎？」琵拉說。「閉嘴！」

好吧，羅伯．喬丹對自己說。問題在於，往後我也不會有那種體驗了。我認識很多吉普賽人，都是一些怪人。但我們自己還不是很怪。與吉普賽人不同的是，我們得老老實實地過活。誰也不知道我們的祖先是什麼種族，不知道我們的種族有何傳統，不知道祖先生活在叢林裡的時候有什麼神祕的事蹟。我們只知道自己什麼都不知道。我們不知道自己在夜裡碰到什麼事。至於在白天碰到的事，就比較明確了。不管發生了什麼，都是明確的事情，可是現在這個女人不但逼女孩說出她不想說的事情，而且還硬是把那件事說成是她自己的經驗。她非得把吉普賽人的傳說硬套在那件事上面。本來我以為她在山上大受打擊，可是回到這裡她又神氣了起來。這行徑要是有什麼惡意，還真該把她槍斃。但她沒有。她只不過想要藉此牢牢掌握人生。透過瑪莉亞來掌握她自己的人生。

他對自己說，等這次戰爭結束後，你可以開始研究女人了。可以從琵拉開始研究。在我看來，她真是把自己的這一天搞得好複雜。過去她不曾提過吉普賽人的東西。他心想，除了手相以外。對，當然是手相。我不認為手相那件事是她捏造出來的。她當然不會對我說她看到什麼。無論她看到什麼，她自己都深信不疑。但這也無法證明任何事。

「聽著，琵拉，」他對那女人說。

琵拉對他微笑問道：「什麼事？」

「別裝神祕了，」羅伯・喬丹說。「妳說的那些東西神神祕祕，搞得我好煩。」

「所以呢？」琵拉說。

「我不信妖怪、占卜師、算命仙，或者蹩腳的吉普賽巫術。」

「喔，」琵拉說。

「對。還有，妳就別去招惹瑪莉亞了。」

---

25 Gitanos：吉普賽人。

26 Busnes：西班牙語，意思是「非猶太人」。

「我不會去招惹那丫頭。」

「也別再裝神祕了，」羅伯．喬丹說。「我們有不少工作和事情要忙，要做好的話，就別拿那些狗皮倒灶的東西來讓情況變得更複雜。少裝神祕，多做點事吧。」

「我明白了，」琵拉說，同意地點點頭。「不過，你聽我說，*Inglés*，」她對他笑道。「地面真的動過嗎？」

「動過啦，妳這個該死的婆娘。動過啦！」

琵拉笑個不停，站著看羅伯．喬丹，他也在笑。

「喔，*Inglés*，*Inglés*，」她笑著說，「你這個人可真好笑。現在如果你想要裝出一本正經的模樣，那可要多費工夫了。」

去妳媽，羅伯．喬丹心想。但是他不發一語。他們剛才說話的時候，太陽已經被烏雲遮住了。他回頭仰望那些山頭，只見天色凝重灰暗。

琵拉望著天空，對他說：「肯定要下雪了。」

「現在嗎？幾乎要到六月了，還會下雪？」

「為什麼不會？山區是不分月份的。現在是陰曆五月。」

「不可能會下雪，」他說。「不可能會下雪的。」

「無論你怎麼說，*Inglés*，」她說。「雪還是會下。」

羅伯．喬丹仰望著灰撲撲的天空，太陽已經變成一團暗黃，接著他再仔細一看，太陽就完全消失了，整個天空陷入灰暗，陰沉的天色看來凝重無比，山巔籠罩在一片模糊之中。

「是啊，」他說。「我想妳說對了。」

# 第十四章

等他們走到營地時，已經在下雪了，片片雪花從松樹之間斜飄下來。雪花起先稀稀疏疏，斜斜地穿過樹林，打轉之後落到地面，接著因為寒風從山上颳下，大片大片的雪席捲而來，羅伯．喬丹站在洞口凝望著風雪，心裡一陣狂怒。

「這會是一場大雪啊，」帕布羅用沙啞的聲音說，通紅的眼睛看來矇矇矓矓的。

「吉普賽佬回來了嗎？」羅伯．喬丹問他。

「沒有，」帕布羅說。「他和那老傢伙都沒回來。」

「你陪我去公路一趟，到上面那一個哨站去找他們好嗎？」

「不，」帕布羅說。「我不想管這件事。」

「那我自己去找。」

「風雪那麼大，你會錯過他們的。」帕布羅說。「換成我，現在可不會去。」

「只要下山到了公路，沿著公路走就到了。」

「你能找到的。不過，因為下雪了，你那兩個偵察兵應該正在回來的路上，你可能會和他們錯過。」

「老傢伙正在等我。」

「不。因為下雪，他會回來的。」

帕布羅望著飛快掠過洞口的風雪說，「你討厭這場雪對吧，*Inglés*？」

羅伯·喬丹咒罵了一聲，帕布羅用他那矇矇矓矓的眼睛望著他大笑。

「下了這場雪，你的攻擊行動也就泡湯啦，*Inglés*，」他說。「趕快進來，你的人馬上就回來了。」

山洞裡，瑪莉亞在火堆旁忙著，琵拉也在收拾餐桌。火在冒煙，那女孩要把火燒得更旺，塞一根木頭進去，隨即用一張摺好的紙搧火，噗的一聲竄出火苗，木柴燒了起來，風從山洞頂端的一個小孔灌進來，火熊熊地燒了起來。

「依你看，」羅伯·喬丹說，「這會是一場大雪嗎？」

「會，」帕布羅得意地說。然後他對琵拉大聲喊道，「妳這婆娘也不喜歡這一場雪吧？現在換妳當家作主了，妳也不喜歡這一場雪吧？」

「*A mi qué?*[1]」琵拉轉過頭來說。「要下就下啊。」

「喝點紅酒吧，*Inglés*，」帕布羅說。「我喝了一整天酒就等著下雪。」

「給我來一杯。」羅伯·喬丹說。

「為這場雪乾杯，」帕布羅說，接著和他碰杯。羅伯·喬丹盯著他的眼睛，跟他喀的一聲碰了杯子。他心想，你這個醉眼惺忪的殺千刀的傢伙，我巴不得用這杯子打爛你的牙齒。別發火，他對自己說，別發火。

「這雪真美啊，」帕布羅說。「雪下得那麼大，沒有人會想在外面睡覺的。」

羅伯·喬丹心想，原來你也在想這個問題。帕布羅，讓你費心的事也不少，對吧？

「不會想要在外面睡覺？」他語氣溫和地說。

「不會。很冷，」帕布羅說。「很潮濕。」

羅伯·喬丹心想，那你就不知道那些老舊的羽絨睡袋為什麼價值六十五美金。我曾靠那種睡袋度過許許多多下雪的夜晚，如果每睡一次都能賺一塊錢，我就發啦。

「那麼我該睡在這山洞裡囉？」他語氣溫和地問道。

「沒錯。」

「謝啦，」羅伯．喬丹說。「但我還是睡在外面就好。」

「睡在雪地裡？」

「沒錯。（他心裡說，去你的，你那一雙通紅眼睛跟豬沒有兩樣，你的臉像長滿豬鬃的豬屁股。）睡在雪地裡。（就睡在這一場狗娘養的意外大雪裡，這雪根本像個臭婊子，把我給害慘了，注定要壞事。）」

瑪莉亞剛剛在火堆裡又添了一根松柴，他走到她身邊。

「這場雪多美啊，」他對那女孩說。

「不過對任務不利，對吧？」她問他。「你不擔心嗎？」

「*Qué va*！」他說。「擔心也沒有用。晚餐什麼時候能做好？」

「我早就知道今晚你的胃口一定很好，」琵拉說。「要不要現在吃一片起司？」

「謝謝，」他說。她伸手去拿起司，起司擺在從洞穴頂端垂吊下來的一個網袋裡，她拿刀在切過的那頭切下厚厚一大片，拿給他。他站著吃。羊騷味重了一點，並不好吃。

「瑪莉亞，」坐在桌子邊的帕布羅說。

「什麼事？」那女孩問道。

「把桌子擦乾淨，瑪莉亞，」帕布羅說，說完對羅伯．喬丹咧嘴一笑。

---

1 A mi qué：西班牙語，「跟我有什麼關係」。

「把你自己灑在桌上的酒擦掉吧，」琵拉對他說。「先擦擦你自己的下巴和襯衫，再擦桌子。」

「瑪莉亞，」帕布羅大聲說。

「別理他，他醉了，」琵拉說。

「瑪莉亞，」帕布羅大聲說。「雪還在下，這雪可真美呀。」

羅伯．喬丹心想，他哪裡知道那個睡袋有多珍貴。這個眼睛像豬的老傢伙不知道我為什麼要花六十五元向伍茲兄弟買下這個睡袋。可是，我真希望吉普賽佬能趕快回來。他一回來我就可以去找那老傢伙。我現在就該走了，不過很有可能在路上錯過他們。我不知道他監視路面的地點。

「想做雪球嗎？」他對帕布羅說。「想來一場雪球大戰嗎？」

「什麼？」帕布羅問道。「你說要幹什麼？」

「沒什麼，」羅伯．喬丹說。「你把所有馬鞍都蓋起來了嗎？」

「蓋了。」

接著羅伯．喬丹用英語說：「打算去餵馬嗎？還是要把牠們拴在外面，讓牠們挖開雪，啃草來吃嗎？」

「什麼？」

「沒什麼。那是該由你自己操心的事，老朋友。我到外面去走一走。」

「你幹嘛說英語？」帕布羅問道。

「我不知道。」羅伯．喬丹說。「如果我非常累的話，有時候會說英語。或者感到非常厭煩的時候。或是感到困惑時。我在極度困惑時就會說英語，只是為了聽聽說英語的聲音。那是一種令人安心的聲響。有機會你也該試試。」

「你說什麼，*Inglés*？」琵拉問道。「這種話聽起來很有趣，但我聽不懂。」

「沒什麼，」羅伯．喬丹說。「我用英語說『沒什麼』。」

「我看你還是說西班牙語吧，」琵拉說。「西班牙語比較簡短。」

「當然啦，」羅伯．喬丹說。喔天啊，他心想，喔帕布羅，喔琵拉，喔瑪莉亞，喔坐在角落裡，我該記住你們的名字但卻忘記的兩兄弟，這些事有時讓我厭煩。厭煩這些事，厭煩你們，厭煩我自己，厭煩戰爭，還有究竟為什麼現在非下雪不可？真他媽的讓人受不了。不，沒有。沒什麼讓人受不了的事。你只有接受現實，努力找到出路。現在，別再鬧情緒啦，應該像剛剛那樣接受正在下雪的事實，而下一件該做的事，就是跟你的吉普賽佬打聽情況，找到那老傢伙。居然下起雪啦！都已經幾月了！他對自己說，別再想了。別想了，接受現實吧。這就是人生的苦酒，你知道的。關於這杯苦酒有什麼說法？他必須改善自己的記憶力，否則就永遠別去想那些經典名句[2]，因為當他想不起來的時候，那些句子會像被忘掉的人名，心裡老是掛念著，怎樣也甩不開。關於苦酒有什麼說法呢？

「請給我一杯紅酒，」他用西班牙語說。「雪很大？是嗎？」接著他對帕布羅說。「*Mucha nieve*[3].」

那醉漢抬起頭來看他，咧嘴一笑。他點點頭，又咧嘴一笑。

「攻擊行動泡湯啦。不會有*aviones*[4]。也不用炸橋。只有雪，」帕布羅說。

「你覺得會下很久嗎？」羅伯．喬丹在他旁邊坐下。「你看整個夏天我們都會被雪困住嗎，帕布羅老兄？」

2《聖經》的〈馬太福音〉第二十六章中，耶穌將遭遇的劫難比喻為一杯苦酒，祂說：「我父啊，這杯若不能離開我，必要我喝，就願你的意旨成全。」（第四十二節。）

3 Mucha nieve：西班牙語，「很多雪」。

4 aviones：西班牙語，「飛機」。

「不會下一整個夏天，」帕布羅說。「但今晚和明天肯定都會下。」

「你這想法的根據是什麼？」

「風雪有兩種，」帕布羅用沉重、謹慎的語氣說。「一種是從庇里牛斯山[5]颳來的。這種風雪一來，天就會變得非常冷。現在都幾月了，不會是這一種。」

「沒錯，」羅伯．喬丹說。「有道理。」

「現在這場風雪是從坎塔布連海[6]颳來的，」帕布羅說。「是從海上來的。風如果從這個方向來，會帶來暴風以及大雪。」

「你這些是從哪裡學來的，老兄？」羅伯．喬丹問道。

此刻他的怒氣消失無蹤，這一場暴風雪只讓他感到激動，就像以往任何一場暴風那樣。無論是暴風雪、強風、突然形成的颮線、熱帶暴風雨，或者夏天山區的雷陣雨，各種暴風總能讓他激動不已，影響力遠勝於世間其他事物。就像戰鬥時的激動情緒一樣，只不過比那種情緒還要純粹。戰場上總是會颳起一陣風，不過那是一陣熱風，又熱又乾，就像嘴裡口乾舌燥的感覺一樣，颳得極為強勁，那風又熱又髒，風勢隨著當天的戰局變化而起落。他對那種風太了解了。

但暴風雪和那種風完全不同。在暴風雪中，野獸並不會因為你走近而感到害怕。牠們在荒野裡東奔西跑，不知自己身在何處，有時候會有鹿躲到小屋的背風處去躲風。在暴風雪中，騎馬的人偶遇麋鹿，牠會把馬誤認為另一頭麋鹿，因此小跑步走過去。在暴風雪中，一時之間任誰總會感覺好像所有仇敵都不見了。在暴風雪中，風強雪大，舉目所及變成一片雪白潔淨的世界，萬物面貌驟變，等到風停了下來，萬籟俱寂。此刻來了一場大風雪，他還是好好享受欣賞吧。這場風雪毀了一切，但你還是好好享受欣賞它吧。

「我當過很多年 *arroyero*[7]，」帕布羅說。「我們在山區用大車運貨，那時候還沒有卡車。幹那一行讓我學會了觀測氣象。」

「你是怎麼參加抵抗運動的？」

「我向來都是個左派，」帕布羅說。「我們常常和阿斯圖里亞斯人接觸，他們的政治立場很進步[8]。我一向是擁護共和國的。」

「那你在抵抗運動之前是幹什麼的？」

「我是薩拉戈薩市一個馬販的手下。他是鬥牛場和陸軍的馬匹供應商。我就是這樣認識琵拉的，就像她自己跟你講的，當時她和鬥牛士菲尼多．德．帕倫西亞在一起。」

他說這句話的時候顯然相當自豪。

琵拉站在爐灶前，桌邊兩兄弟中的一個望著她的背影說：「他這個鬥牛士沒什麼了不起的。」

「沒什麼了不起？」琵拉轉身衝著他說。「他這個鬥牛士沒什麼了不起的？」

此刻她站在山洞裡的爐灶前，那鬥牛士的模樣卻歷歷在目，他身材矮小，皮膚黝黑，神情溫和，眼睛憂鬱，雙頰凹陷，黑色捲髮因為流汗而緊貼著前額，前額因為被鬥牛帽緊緊勒著，出現一條旁人不會注意到的紅色勒痕。此刻她看見菲尼多站著，與眼前一頭五歲公牛對峙，那兩支牛角曾屢屢把馬頂到飛起來，他把長矛刺進牛的脖子，粗壯有力的牛脖子持續往上推擠他的馬，直到馬兒被砰一聲推倒，公牛的腿使勁

---

5 庇里牛斯山（Pyrénées）：在西班牙北部，是西班牙和法國之間的天然疆界。

6 坎塔布連海（Cantabrico）：位於西班牙北部與法國西南部的海域。

7 arroyero：此處應是拼字錯誤，推測海明威原意是指arriero，即西班牙語的「馬夫」。

8 阿斯圖里亞斯（Asturias）是西班牙北部的自治區。早在內戰前的一九三四年十月，當地的工人階級就曾發起革命，隨即被當時仍為右派執政的政府軍鎮壓。

往前蹬，持續把摔倒在木欄上的菲尼多往前推，粗脖子左搖右晃，一對牛角戳進馬的身上，要向牠索命。她看見菲尼多這個沒什麼了不起的鬥牛士這時站在牛的面前，側身對著牠。這時她看得清清楚楚，菲尼多把那一塊厚重的法蘭絨布收攏在長矛周圍，那塊布剛剛陸續掠過了牛頭與肩膀，還有閃耀著濕潤血光的肩胛，以及插滿短矛的牛背，所以因為沾滿鮮血而變得沉甸甸的，而牛背剛剛騰飛空中時，那一根根短矛則是不斷喀噠作響。她看到菲尼多側身站在離牛五步遠的地方，那頭牛笨重地站著不動，他慢慢地把短劍舉到與肩同高，往下傾斜的劍尖瞄準著他這時候還看不見的部位，因為牛高抬著頭，擋住了他的視線。為了引誘牛把頭放下，他必須用左臂揮動那塊又濕又重的絨布。但此刻他把腳跟抵在地上，身體微微往後仰，劍尖瞄準著牛，側身站在那一根碎裂的牛角前面。牛的胸口起起伏伏，雙眼死盯著那一塊布。

這時她很清楚地看見他的模樣，聽見他那尖細而清晰的聲音，只見他轉頭望著鬥牛場紅色柵欄上方的第一排觀眾，對大家說：「看我這一招能不能殺死牠。」

她能聽到他的聲音，只見他屈膝邁步，朝著牛角走過去，此刻牛角奇蹟似地低下來了，因為牛嘴跟著那一塊在低處擺動的絨布下垂了。他用細瘦的棕色手腕操弄著，讓牛角低低地從身邊擦過，同時把利劍刺進高高隆起而沾滿塵土的牛肩胛。

她看到雪亮的劍刺進去，動作又慢又穩，彷彿是牛的衝刺把鬥牛士手中的劍頂進了身體，她看到劍刃完全沒入，直到一個個黝黑的指關節抵住了繃緊的牛皮，這黝黑矮小鬥牛士的目光始終死盯著劍刺進去的地方，此刻他收起肚子，從牛角前面晃過去，俐落地擺脫了那畜生，左手拿起那一面帶桿的絨布，高舉右手，站著看那鬥牛死去。

她看到他站著，他的雙眼盯住那一頭想站穩身子的牛，看著牠搖搖晃晃，彷彿快要倒下的樹，看牠拚了命想要站穩，而這個矮小的鬥牛士舉起一隻手，按照規矩打出勝利的手勢。她看到他滿頭大汗站在那裡，一方面為這場鬥牛的結束而感到空虛與寬慰，也為那頭牛的垂死，為他與牛角擦身而過，沒被撞擊、戳刺而鬆了一口氣。接下來那頭牛再也站不穩了，砰一聲跌到四腳朝天，就此死去。她看到這個矮小黝黑的鬥牛士拖著疲憊的腳步朝場邊圍欄走去，臉上並未掛著微笑。

她知道此刻的他即使拚了命他也沒法跑著穿越鬥牛場，她望著他慢步走到圍欄邊，拿一塊毛巾擦嘴，抬頭看著她，搖搖頭之後又用毛巾擦臉，然後才開始以勝利者的姿態繞場走一圈。

她看到他拖著腳步慢慢地繞行鬥牛場，微笑，鞠躬，又微笑，助手們跟在他身後，俯身把觀眾扔下來的雪茄撿起來，將帽子扔回去。眼神憂鬱的他面帶笑容地繞場一周，最後來到她面前，結束巡禮。她從上面往下眺望，只見他坐在木頭圍欄的台階上，用毛巾摀著嘴。

琵拉站在爐灶邊看到了這一切，她說：「如果他是個沒什麼了不起的鬥牛士，那現在跟我在一起混的這些傢伙又是些什麼東西！」

「他是個鬥牛好手，」帕布羅說。「他吃虧的是身材矮小。」

「而且他顯然有肺結核，」普里米提佛說。

「肺結核？」琵拉說。「像他那樣受過苦的人，誰沒有肺結核？在這個國家，除非能變成胡安・馬卻[9]那樣的壞蛋，或當上鬥牛士，或者成為歌劇院的男高音，哪個窮人能夠賺到錢？他怎麼可能不染上肺結核？在這個國家，布爾喬亞階級吃到把胃撐壞，得服用小蘇打保命，而窮人打從出生到進棺材都吃不飽，他怎麼可能不得肺結核？他從小就躲在三等車廂的座位底下，忍受著那下面的塵土、垃圾、剛吐的痰和乾掉的痰，只為了可以不買車票，到各個市集去學鬥牛，而且胸部又被牛角頂過，可能不得肺結核嗎？」

9 胡安・馬卻（Juan March）：當時的西班牙首富，法西斯政權的支持者。

「這些都是明擺著的，」普里米提佛說。「我只是說他得了肺結核。」

「他當然得了肺結核。」琵拉手裡拿著一根攪拌用的大根木湯匙，站在那裡說。「他個子矮小，嗓子尖細，看到牛怕得要死。我從沒見過有誰在鬥牛前面比他更膽小的，也沒見過在鬥牛場裡比他更勇敢的人。你呀，」她對著帕布羅說，「你現在就是怕死。你以為死是非常大不了的事。菲尼多總是很膽小，但到了鬥牛場裡卻像一頭獅子。」

「當時他的勇猛是非常出名的，」兩兄弟中的另一個說。

「我從沒見過他那樣膽小的人，」琵拉說。「他甚至不敢把牛頭擺在家裡。某次在瓦拉多利過節時，他宰掉了帕布羅．羅梅洛牧牛場的一頭牛，幹得太漂亮了——」

「這我記得，」先開口的那個兄弟說。「當時我就在鬥牛場上。那條牛是皂色的，前額鬃毛捲捲的，一對角很長很大。那頭公牛的體重超過三十阿羅巴[10]。那是他在瓦拉多利宰掉的最後一頭牛。」

「一點也沒錯，」琵拉說。「當時他已經有一個以他的名字命名的鬥牛迷俱樂部，他們在柯隆咖啡館辦了一個小型餐會，還把那隻牛的頭製作成標本，在餐會獻給他。吃飯時，他們把牛頭掛在牆上，不過用布蓋了起來。當時在座的有我和一些別的人，像是長得比我還醜的帕絲托拉，還有貝納家的妮娜，以及其他吉普賽姑娘，再加上幾個名妓。那次餐會規模不大，但很熱鬧，因為帕絲托拉和其中一個最紅的妓女為了禮節的問題而吵翻天。我自己也是開心得不得了，當時我坐在菲尼多身邊，發現他不肯抬頭看那個牛頭。牛頭上蓋著一塊紫布，就像每逢我們過去信奉的主耶穌受難的那一周，教堂都會幫聖徒的聖像蓋上的那種紫布。菲尼多吃得不多，因為那年在薩拉戈薩鬥最後一隻牛的時候，他正要下手殺牛卻被牛角掃到，弄得他昏過去好一會兒，到了那一次餐會他的胃口還是不好，整晚都不時拿出手帕摀嘴吐血。我剛才講到哪兒啦？」

「牛頭，」普里米提佛說。「那個被製作成標本的牛頭。」

「對，」琵拉說。「沒錯。不過有些細節我必須說明一下，你們才能明白那是怎麼一回事。你們也知道，菲尼多看來總是一副不太開心的模樣。他天生就是嚴肅的傢伙，我跟他單處時從沒見他為任何事大笑過。即便是很好笑的事，他也不會笑。他看來總是一本正經。差不多像費南多那樣，但那次餐會的主辦單位是由他的鬥牛迷組成的菲尼多俱樂部，所以他必須看起來興高采烈，和氣歡愉。所以，餐會上他始終掛著微笑，說一些親熱的話，只有我一個人注意到他拿著手帕在吐血。他帶了三條手帕，結果都被他吐滿了血。接著他低聲對我說：『琵拉，我撐不住啦。我想我得走了。』

「那我們就走吧，」我說。因為我看他很痛苦的樣子。到此刻餐會的氣氛熱鬧極了，人聲鼎沸。

「不。我不能走，」菲尼多對我說。「畢竟這個俱樂部是為了我籌組起來的，我有責任待著。」

「既然你不舒服，我們還是走吧，」我說。

「不行，」他說。「我不走。給我一些曼查尼亞白酒[11]。」

「我覺得他不該喝酒，因為他一點東西也沒吃，而且胃又有毛病。但要是不吃不喝的話，顯然他也應付不了這種嬉鬧嘈雜的場面。就這樣，我看著他很快就喝下差不多一瓶曼查尼亞白酒。把手帕都弄髒之後，此刻他已經把餐巾拿來吐血了。」

「餐會最熱鬧的時刻來臨，有些體重最輕的妓女被幾個俱樂部成員扛上肩膀，繞著桌子走來走去。帕

10 阿羅巴（Arroba）：西班牙、葡萄牙與南美國家的舊制重量單位，但在各國的規定不太相同。在西班牙相當於二十五磅，所以那是一頭體重三百四十公斤左右的牛。

11 曼查尼亞白酒（Manzanilla）：manzanilla在西語中原指「洋甘菊」，據說這種白酒帶有洋甘菊味，所以叫做這個名字。

絲托拉被大家拱出來唱歌，一個叫做里卡多的小子用吉他伴唱，場面動人而盡興，大家在酣醉之餘親熱到了極點。我從不曾在任何一個宴會見到如此熱情的佛朗明哥表演，而且，當天餐會的最高潮，也就是替牛頭揭布的時刻根本就還沒來到，說到底，那才是當天餐會舉辦的目的。」

「我開心極了，跟著里卡多的弦音不停拍手，和幾個人一起幫貝納家的妮娜打拍子，居然沒發現菲尼多自己那一條餐巾上已經吐滿了血，連我那一條也被他拿去了。他那時又多喝了一些曼查尼亞白酒，眼睛變得炯炯有神，高高興興地對著大家點頭。他不能多說話，因為一開口可能隨時就得拿餐巾吐血，可是他裝出很高興很享受的模樣，畢竟他就是為了享樂而去的啊。」

「餐會繼續進行下去，坐在我身邊的男人曾幫鬥牛士公雞．拉斐爾[12]當過經紀人，他對我述說他的故事，故事的尾聲是，拉斐爾走到他身邊說：『您是我在這世界上最高尚的摯友。我對您情同手足，我要送您一件禮物。』拉斐爾送了一根漂亮的鑽石別針給他，還親了他的雙頰，他們倆都很感動。公雞．拉斐爾送鑽石別針給他後，就走出了咖啡館，接著他對坐在桌邊的蕾塔娜說：『那下流的吉普賽佬剛剛和另一個經紀人簽約了。』」

「『你這話是什麼意思？』蕾塔娜問道。『我替他當了十年的經紀人，他從來沒送過我禮物，』他說。『這次會送禮給我，一定有鬼。』果然『公雞』就這樣甩了他。」

「可是，此刻帕絲托拉插嘴了，也許不是為了替拉斐爾辯護，因為過去她就是罵拉斐爾罵得最兇的人。她之所以插嘴，只是為了那經紀人用『下流的吉普賽佬』來汙衊吉普賽人。她的嚴詞厲色讓那經紀人啞口無言。我打斷帕絲托拉，要她別吵，而另一個吉普賽女人叫我閉嘴，我們吵成一團，誰也聽不清楚講了哪些話，只有『臭婊子』這個詞講得最響亮。最後終於安靜下來時，我們三個插嘴的人都坐下低頭望著自己的酒杯，這時我才發現菲尼多用驚駭的表情瞪著那一顆仍然被紫布蓋著的牛頭。」

「此刻俱樂部的會長開始致詞，等他講完了就要把牛頭上的布掀開。致詞時從頭到尾只聽到大家不停鼓掌，頻頻大聲說『Olé![13]』，拍桌叫好聲不絕於耳，我看著菲尼多正拿起他的，喔不，拿起我的餐巾來吐血，整個人癱坐在椅子上，一面用驚駭而迷惘的神情瞪著他對面牆上蓋著布的牛頭。」

「致詞快結束時，菲尼多開始搖頭，身體在椅子裡越來越往下癱了。」

「『你怎麼啦，小不點？』我對他說，但他看我的神情卻好像認不得我了，只是搖著頭說，『不，不，不』。」

「俱樂部主席的致詞到此結束，在一陣喝彩聲中，他站上椅子，伸手解開牛頭上那一塊紫布的帶子，慢慢地把布拉開，布被一支牛角勾住了，他把布掀起來，從那尖尖的光滑牛角上拉掉，露出那一顆黃色大牛頭和那一對往兩旁冒出去，角尖朝前的黑色牛角，那白色的牛角尖銳利無比，像豪豬身上的尖刺，牛頭看來栩栩如生，前額的鬃毛像牠生前一樣捲，鼻孔是張開的，眼睛雪亮，彷彿正瞪著菲尼多。」

「每個人都歡呼、拍手，菲尼多卻更往椅子裡癱下去。頓時大家都靜下來看著他，他則是一邊說『不，不，不』，一邊望著牛頭，身子更往向下癱了，接著他大喊一聲：『不！』之後就吐出一大口血，他來不及拿起餐巾，血就順著他下巴流下來，他依舊望著那一顆牛頭說：『整個鬥牛季，好啊。賺錢，好啊。吃東西，好啊。可是我不能吃啦！聽見了嗎？我的胃壞掉了。現在連鬥牛季也過去了！不！不！不！』他看看桌子四周的人，望著牛頭，又說了一聲：『不！』接著低頭拿起餐巾捂在嘴上，就坐在那裡不發一語。那次餐會開頭很好，眼看著將會成為一場歡樂氣氛與賓客熱情都無與倫比的餐會，結果卻以掃

12 指Rafael Gómez Ortega，二十世紀的知名鬥牛士。
13 Olé：西班牙語的喝彩聲，最常用於鬥牛表演或是足球賽，接近於英文的bravo，可解釋做「好棒」或「加油」。

興收場。」

「餐會後他過了多久才死去呢？」普里米提佛問道。

「那年冬天，」琵拉說。「他在薩拉戈薩被牛角頂過受傷之後就始終沒有痊癒。那比被牛角刺傷還嚴重，因為是內傷，治不好的。每次他最後在把牛刺死時幾乎都會被頂一下，也就是因為這樣他並未成為最頂尖的鬥牛士。他的個子矮小，想要從牛角上方躲開並不容易。幾乎每次都會被牛角掃到。不過，好多次當然只是輕輕擦過去而已。」

「既然是個矮子，他就不該去當鬥牛士，」普里米提佛說。

琵拉看看羅伯．喬丹，對他搖搖頭。然後她低身望著那個大鐵鍋，依舊在搖頭。

她心想，這些傢伙到底還是不是人？西班牙人都是這種德性。「既然他個子矮小，就不該去當鬥牛士。」這句話讓我無言以對。我現在已經不為這種話發怒了。我已經跟他們解釋過了，現在無話可說。什麼都不懂的人講起話來多容易啊！*Qué sencillo*[14]！有個什麼都不懂的人說：「他是個沒什麼了不起的鬥牛士」，另外一個什麼都不懂的人說：「他得了肺結核，」等我這個知道內情的人解釋一番過後，又有人說：「既然是個矮子，他就不該去當鬥牛士」。

這時她俯身盯著爐火，浮現在眼前的，是他那躺在床上的黝黑裸體，兩條大腿上布滿了坑坑疤疤的傷痕，右胸肋骨下方有一個很深的收縮起來的圓形傷疤，身體側邊有一條白色疤痕一直延伸到腋窩。她看到那一雙緊閉的眼睛，黝黑的臉好嚴肅，前額上的黑色捲髮被撩到了後面。她挨著他坐在床上，幫他按摩雙腿，搓揉小腿肚上繃緊的肌肉，四處捏一捏，讓肌肉鬆開，接著她用握起來的雙手輕輕拍打，讓緊縮的肌肉放鬆。

「怎麼樣？」她對他說。「小不點，你的腿有好一點嗎？」

「很好，琵拉，」他閉著眼睛說。

「要我幫你揉揉胸口嗎？」

「不要，琵拉。拜託妳別碰胸口。」

「大腿呢？」

「也不要。太痛啦。」

「不過，要是讓我揉一揉，擦一點藥，讓肌肉發熱，你的大腿會舒服一點的。」

「不用了，琵拉。謝謝妳。還是別碰大腿比較好。」

「那我用酒精擦一擦。」

「好吧。要輕一點。」

「你上次鬥牛時可真了不起。」她對他說，而他答道：「是啊，我宰那頭牛宰得乾淨俐落。」

擦過酒精後，她幫他蓋上被子，然後上床躺在他身邊。他伸出黝黑的手來摸摸她，對她說：「妳真是個了不起的女人，琵拉。」這已經是他最接近笑話的一句話了。通常他在鬥過牛之後很快就會熟睡，她會躺在那兒，雙手握住他的一隻手，聽著他的呼吸聲。

他在睡夢中常常受到驚嚇，她會感覺到手被他的手緊緊握住，還看見他前額冒汗，要是他醒過來，她就會說：「沒事。」於是他又睡去。她就這樣和他在一起五年，從來沒有背著他偷吃，應該說幾乎從來沒有。葬禮之後，她就和帕布羅在一起了，當時他是在場上幫鬥牛士牽馬的，身體跟菲尼多畢生所宰的那些牛一樣精壯。但她現在知道了，牛的力氣與勇氣都是無法永遠保持下去的，那麼什麼能持久不變呢？她心

14 西班牙語，「多麼簡單啊！」

想，只有我。是呀，我是持久不變的。但這又是為了什麼？

「瑪莉亞，」她說。「注意妳手頭的工作。這爐火是用來煮吃的。不是用來燒掉整個城市的。」

此刻，滿身是雪的吉普賽佬從洞口走進來，手握卡賓槍站著，頻頻跺腳，要把雪抖掉。

羅伯．喬丹站起身來向洞口走過去。「情況怎麼樣？」他對吉普賽佬說。

「大橋上每個崗哨兩個人，每六小時換一次，」吉普賽佬說。「修路工小屋那邊有八個士兵和一個下士。手錶還你。」

「鋸木廠的哨站呢？」

「老傢伙在那裡，他可以同時監視哨站和公路。」

「那公路呢？」羅伯．喬丹問道。

「老樣子，」吉普賽佬說。「沒什麼異樣。有幾輛汽車。」

吉普賽佬看來渾身發冷，一張黑臉被凍到皮膚都繃緊著，兩手發紅。他站在洞口，脫下外套抖雪。

「我一直待到他們換班的時候，」他說。「換班的時間是中午十二點鐘和下午六點。每一班時間可真久。幸虧我不是他們的兵啊。」

「我們去找老傢伙，」羅伯．喬丹一邊穿上皮夾克一邊說。

「我可不幹，」吉普賽佬說。「現在我要烤烤火，喝點熱湯。我把他偵察的地方告訴這些傢伙裡的某一個，會有人給你帶路的。喂，你們這些懶鬼，」他對坐在桌邊的那些傢伙大聲說，「誰肯帶 *Inglés* 去老傢伙監視公路的地方？」

「我去，」費南多站起來說。「把地點告訴我。」

「聽仔細了，」吉普賽佬說。「那是在——」接著他就說出了老傢伙安瑟莫的放哨地點。

# 第十五章

安瑟莫蹲伏在一棵大樹的背風處，風雪從樹幹兩邊吹過。他緊靠著樹幹，左右手交疊，分別穿入另一手的袖管裡，腦袋盡可能往外套裡縮。他心想，我要是繼續待下去，就要凍僵了，實在是太不值得。這*Inglés*叫我一直待到有人來換班，可是當時他不知道會有這場暴風雪。公路上沒有異狀，而且對於公路另一頭鋸木廠哨站的人員部署和活動規律我也一清二楚了。我該回營地去了。凡是通情達理的人應該都會認為我回去了。他心想，我再等一會再回營地吧。都是命令出了錯，不該這樣死板板的。我無法隨機應變。他用兩隻腳相互摩擦，然後從袖口抽出手來，彎下去用手揉腿，再拍拍雙腳，讓血液流通。樹能幫他擋風，所以比較不冷，但再過一會他就必須起來走動走動了。

他蹲著搓腳時，聽見公路上有一輛汽車開過來。輪胎上綁著雪鏈，有一節鏈子啪啪作響，只見那輛車從積雪的公路上駛來，車身上胡亂漆了綠色與棕色的色塊，車窗也漆成藍色，所以看不見車內，每個窗上只留下一個半圓形沒有塗漆，讓乘客可以看到外面。那是一輛車齡兩年的勞斯萊斯禮車，塗上迷彩漆之後供參謀總部使用，但安瑟莫並不知道。他看不見車子裡坐著三個身上裹著披風的軍官。兩個坐在後座，一個坐在可以折疊的座椅上。車子經過的時候，坐在折疊椅上的軍官從藍色車窗上的缺口往外張望，但安瑟莫並不知道。他們倆都沒有發現對方。

車子就從他正下方越過風雪而去。安瑟莫看見那司機臉色紅潤，頭戴鋼盔，一張臉與鋼盔露在他身上的披肩外，他還看到司機旁邊勤務兵身上自動步槍槍管的前端。車子往上面駛去，安瑟莫把手伸進外套內襯衫口袋裡，掏出羅伯．喬丹從筆記本上撕下的兩張紙，在他畫的汽車後面做個記號。這是那天開上山的第十輛車。有六輛已經開下山來。四輛仍在山上。路過車輛的數量並沒有異常，只是安瑟莫分不清師參謀部與參謀總部的車輛有何不同：前者守著各個山隘與山區戰線，使用的車輛包括福特、飛雅特、歐寶、雷諾和雪鐵龍等品牌，後者使用的則是勞斯萊斯、蘭吉雅、賓士和伊索塔。如果是羅伯．喬丹，就分得清楚，如果待在那裡的是他而不是老傢伙，他應該可以判斷那些車輛上山有何含意。但他不在，而老傢伙只會在那張紙上做記號，記下往來車輛的數量。

此刻安瑟莫很冷，所以他決定，最好還是在天黑前回營地去。他不怕迷路，但他覺得再待下去也沒有用，而且颳來的風越來越冷，雪也沒變小。但他還是只有站起來跺腳，依舊凝望著下大雪的公路，並未動身沿著山腰往上走，還是緊靠著那棵擋風的松樹。

他心想，*Inglés* 叫我別走。也許他已經在來這裡的路上了，要是我走了，他可能會因為在雪地裡找我而迷路。這場戰爭打下來，我方老是因為欠缺紀律與不遵守命令而吃苦頭，我要再等一等 *Inglés*。不過，若是他還不趕快來，我就不管命令了，因為我還要做報告，這幾天有好多事要做，在這裡凍死也太過誇張，毫無用處。

路的另一頭，鋸木廠的煙囪正在冒煙，煙在雪中往安瑟莫飄過去，他聞得出味道。他心想，那些法西斯份子過得溫暖舒適，可是明晚就要被我們幹掉了。這真是怪事，我不想想那麼多。我監視他們一整天了，他們是跟我們一樣的人。要不是他們奉命盤查所有路過的人，還要檢查證件，我大可以走到鋸木廠去敲門，他們也會歡迎我。我們之所以有敵我的區別，只是因為命令。那些人不是法西斯份子。儘管我這麼叫他們，但他們不是。他們是跟我們一樣的窮人。他們根本就不該和我們打仗，我可是連想都不願意去想殺人的事。

哨站裡的守衛都是加列戈斯[1]人。今天下午我就從他們說話的口音聽出來了。他們不會當逃兵，因為人一逃，所有家人都會被槍斃。加列戈斯人要麼非常精明，不然就是傻傻的大老粗。我認識的人裡面這兩種都有。利斯特就是加列戈斯人，跟佛朗哥將軍是同鄉。這時節居然下起雪來，真不知道這些加列戈斯人會怎樣想。他們那裡沒有這麼高的山，而且老是下雨，一年到頭四處充滿綠意。

鋸木廠的窗戶裡燈光亮了起來，安瑟莫打了個哆嗦，他心想，那個*Inglés*真該死！這些待在我們地盤的加列戈斯人窩在暖暖的屋裡，我現在卻在樹幹後面快被凍僵，大夥兒則像野獸一樣住在岩洞裡。但是他心想，明天一到，野獸們就會從洞裡出擊，現在這些過得舒舒服服的傢伙都將會死在暖暖的毯子裡。他心想，就像我們在夜裡偷襲歐泰羅鎮時殺的那些人一樣。他不願回想在歐泰羅發生的事。

那天晚上在歐泰羅，他生平第一次殺人。他希望這次不用殺人就能奪下哨站。在歐泰羅，安瑟莫用毯子蓋住哨兵的頭，帕布羅用刀捅，安瑟莫的一隻腳被抓著不放，哨兵雖然被毯子蓋到透不過氣，還是在裡面喊叫，他只好在毯子裡摸索著，拿刀一直戳，直到哨兵放掉手，一動也不動了。當時為了讓毯子裡的哨兵不再出聲，安瑟莫用膝蓋抵住他的喉嚨，一邊用刀捅，在此同時，帕布羅從窗口把手榴彈丟進房間裡，哨站的士兵全在裡面睡覺。火光一亮，只見全世界好像被炸成了一片紅黃，又有兩顆手榴彈已經被扔進去。帕布羅拉開安全栓，趕快丟進去，那些沒死的人從床上一起身，就被第二顆爆開的手榴彈炸死了。當時是帕布羅正風頭的日子，他像兇神惡煞似的肆虐那一帶，每到夜裡，沒有一個法西斯哨站可以確保自己安全無虞。

安瑟莫心想，如今帕布羅算是完了，沒用了。就像閹過的公豬一樣，等手術一結束，尖叫聲停了下

1 加列戈斯人（Gallegos）：居住於西班牙西北部的加利西亞（Galicia）自治區的族群，其語言與葡萄牙語較為接近。

來，你把兩顆睪丸扔掉，那已經不是公豬的豬用鼻子嗅來嗅去，居然還把睪丸找出來吃掉。不，他還沒糟到那種地步，安瑟莫咧嘴一笑，就算是帕布羅，也不該被人這樣小看啊。不過他那樣子的確是很討人厭，改變太多了。

他心想，真是太冷了。但願*Inglés*趕快來，但願在這次襲擊哨站的行動中我不用殺人。這四個加列戈斯人和他們的下士就留給那些愛殺人的傢伙吧。*Inglés*也是這麼說的。假如把殺人的任務分派給我，我只能照做，但*Inglés*說過，要我跟他一起去炸橋，這裡交給別人就好。橋頭肯定會有一場惡戰，要是這次我能頂住，那麼我對這場戰爭就算盡到一個老頭能盡的最大責任了。現在我只希望*Inglés*趕快來，因為我快冷死了，而且看著鋸木廠裡的燈光，知道那些加列戈斯人就待在暖暖的室內，讓我覺得更冷。真希望我是待在自己的家裡，而且戰爭已經結束。他心想，可是你現在沒有家。如果要有家可回，我們就必須先打贏這場戰爭。

鋸木廠裡，有個士兵坐在床上擦靴子。另一個躺在床上睡覺。還有一個在煮東西，下士在看報。他們的鋼盔都掛在牆壁的釘子上，步槍靠在木板牆上。

「快到六月還下雪，這是什麼鬼地方？」坐床上的兵說。

「天氣就是這樣，」下士說。

「現在是陰曆五月，」煮東西的兵說。「陰曆五月還沒結束啊。」

「五月了還下雪，這是什麼鬼地方？」坐床上的兵堅持道。

「這一帶山區在五月下雪並不罕見，」下士說。「我過去在馬德里也遇過比任何一個月都更冷的五月。」

「也更熱，」煮東西的兵說。

「五月的溫差最大，」下士說。「在卡斯提爾這個地方，五月是很熱的月份，不過也可能很冷。」

「不然就是下雨，」坐床上的兵說。「這個剛過去的五月幾乎天天有雨。」

「哪有啊，」煮東西的兵說。「總之，這剛過去的五月其實是陰曆四月。」

「聽你講那什麼陰曆的，真的會讓人發瘋，」下士說。「別再鬼扯陰曆啦。」

「住海邊或鄉下的人都知道，看月份應該看陰曆的，不是陽曆的，」煮東西的兵說。「舉例說來，陽曆六月就快到了，可是算陰曆的話，五月才剛剛開始。」

「那我們為什麼不乾脆說現在是冬天呢？」下士說。「你的說法讓我頭痛。」

「你是城裡人，」煮東西的兵說。「你是盧戈[2]來的。你哪裡會了解大海和鄉下？」

「城裡人的見識可比你們這些海邊或鄉下的*analfabetos*[3]還要多。」

「第一批沙丁魚會出現在這個陰曆的月份，」煮東西的兵說。「沙丁魚船在這個陰曆的月份要準備出海了，而鯖魚則是會到北方去。」

「你既然來自諾亞[4]，怎麼沒有加入海軍？」下士問道。

「因為在名冊上我不是諾亞人，而是內格雷拉人，那裡是我的出生地。內格雷拉在坦布雷河上游，那裡的人都是被編入陸軍。」

「運氣更差，」下士說。

---

2 盧戈（Lugo）：位於加利西亞地區的中部小城。

3 analfabetos：西班牙語，意為「文盲」。

4 諾亞（Noya）：加利西亞地區的海港。

「別以為當海軍就不危險，」坐床上的士兵說。「即使不太可能打仗[5]，那一帶在冬天也是危險的海域。」

「當陸軍是最糟糕的，」下士說。

「虧你還是個下士，」煮東西的兵說。「這樣說像話嗎？」

「沒有啦，」下士說。「我是指危險性。再加上當陸軍會持續遭到炮轟，還得衝鋒陷陣，長時間躲在護牆後面。」

「我們這裡倒沒那樣，」坐床上的士兵說。

「天主保佑，」下士說。「可是誰知道那種苦日子會在什麼時候再度來臨？我們不可能永遠像現在這麼爽，這是肯定的！」

「你覺得我們這個任務還要執行多久？」

「誰知道？」下士說。「不過我這任務能夠持續到戰爭結束。」

「每次要站崗六小時，時間未免太長了，」煮東西的士兵說。

「在這暴風雪停下來以前，我們三小時輪一班就好，」下士說。「本來就該這樣。」

「參謀部那些車子，是怎麼回事？」坐床上的士兵問道。「這麼多參謀部的車子來來去去的，看起來不妙啊。」

「我也覺得，」下士說。「那些都不是好兆頭。」

「還有飛機，」煮東西的士兵說。「又是個不好的兆頭。」

「但是我們的飛機可厲害了，」下士說。「紅軍可沒有我們這樣的飛機。今天早上那些飛機，任誰看了都會高興的。」

「我見過紅軍的飛機，也挺厲害的，」坐床上的兵說。「我見過那些雙引擎轟炸機，一樣讓人覺得害怕。」

「沒錯。但還是沒我們的厲害，」下士說。「我們的飛機是所向無敵的。」

安瑟莫在雪中等待，盯著公路和鋸木廠窗子裡的燈光時，他們就是這樣聊著天。

此刻安瑟莫心裡正在想，但願我不用殺人。我想，等戰爭結束了，許多人必須為了殺人的罪行告解，請求赦罪[6]。戰後如果我們不再信教了，依我看，民間還是要舉辦某種告解與赦罪的活動，也許可以藉此洗清殺人的罪孽，否則我們的生活將會永遠欠缺真實的人性基礎。我知道我們有必要殺人，但那總是缺德的。我看，等戰爭結束，我們獲勝了，一定要舉辦告解與赦罪的活動，洗清大家的罪孽。

安瑟莫是個十分善良的人，他常常獨處，而且每當他獨處的時間拉長，心裡就會再度浮現關於殺人的問題。

他心想，這個*Inglés*實在很難懂。他曾對我說，他不在乎殺人。可是他看起來敏感又善良。也許是因為他年輕，所以無所謂。也許因為他是外國人，或者因為他沒有信奉我們的宗教，所以態度就不一樣。不過，我覺得任誰只要殺過人，最後都會變殘暴，而且在我看來，即便是基於必要，殺人仍舊是罪孽深重的，事後我們總得花費一番工夫才能贖罪。

此刻已天黑了，他看著公路另一頭的燈光，雙臂抱著胸口搖搖晃晃取暖。他心想，現在一定要回營地去，但不知道為什麼，他還是待在公路上方那棵樹旁。安瑟莫心想，這時雪下得更大了，要是能在今夜動

5 加利西亞地區位於國民軍所控制的地區的大後方，那一帶的海域發生戰事的機率較低。

6 原文是用penance，天主教儀式，內容包括confession（告解）與absolution（赦罪）。

手炸橋就好了。利用這樣的夜晚，無論是要奪取哨站或炸掉大橋，都是小事一樁，沒多久就能搞定。像這樣的夜晚，想幹什麼都行。

接下來他靠樹站著，輕輕跺腳，不再去想那座橋了。黑夜的來臨總是令他感到孤單，今晚尤其如此，他心裡有一種彷彿飢餓似的空虛感。往年他總是靠吟誦祈禱文來排解孤單，經常在打獵回家的路上屢屢複誦同一段祈禱文，這能讓他好受一點。但抵抗運動開始後，他就再也沒有禱告了。他懷念那些祈禱文，但卻認為如果再禱告他就是個不公正的虛偽小人，因為他不願祈求任何神恩，不願接受與眾不同的待遇。

他心想，算了吧，我就是孤單。但所有的軍人與他們的老婆，還有那些失去家人或爸媽的人也都一樣。我沒老婆了，但我很慶幸她在抵抗運動之前就死了。她是不會理解的，反正我本來就沒有兒女，這輩子也不會再有。白天沒事幹的時候我感到孤單，可是入夜後那種孤單的感覺更是強烈無比。不過，有一種東西是任何人或者天主都無法從我身上奪走的，那就是我對共和國的貢獻。我努力幹活，無非是為了讓我們大家以後都能過好日子。抵抗運動開始以來，我始終拚盡全力，而且做事從來問心無愧。

讓我感到遺憾的只有殺人這件事。不過往後一定有機會可以贖罪，因為那是一種許多人都背負的罪孽，到時候肯定有人會想出一個適當的贖罪之道。我想跟 *Inglés* 談一談這件事，不過年輕的他也許無法了解。他也提過殺人的問題。還是我提的呢？他一定殺過很多人，不過沒有跡象顯示他喜歡殺人。只有骨子裡就墮落的傢伙才會喜歡殺人。

他心想，殺人真是罪孽深重啊。理由是，我很清楚即便有必要，我們也無權殺人。可是在西班牙，到處都有人隨便被殺，而且常常並非出於必要，草菅人命的事太多了，事後無法補救。他心想，真希望我可以不用為這個問題多費心思。但願有一種現在就可以開始進行的贖罪方式，因為在我這輩子幹過的事情裡面，唯獨殺人這件事會讓我在獨處時感到難過。除了殺人以外，我們做的任何事都可以獲得寬恕，或者總有機會藉由做好事來補償，總之會有正當的補償之道。可是在我看來，只有殺人這件事肯定是罪孽深重，我希望能為此贖罪。也許往後我們可以為國家付出，或做些什麼工作，藉此洗去殺人的罪孽。也許像是在做禮拜時捐錢那樣，想到這裡他不禁微笑了。為了幫人贖罪，教會可安排得真好啊。這念頭讓他高興了起來，因此羅伯・喬丹朝他走過去時，他正在黑暗中微笑。羅伯・喬丹悄悄地走，到了身前老傢伙才看到他。

「*Hola, viejo,*[7]」羅伯・喬丹壓低了聲音說，還拍拍他的背。「老傢伙，你還好吧？」

「好冷啊，」安瑟莫說。費南多站得稍遠一點，背對著風雪。

「來吧，」，羅伯・喬丹低聲說。「上山到營地去取暖吧。讓你在這裡待這麼久，實在是罪過。」

「那是他們的燈火，」安瑟莫指著燈光說。

「哨兵在哪裡？」

「在這裡看不到。他在那個拐彎的地方。」

「叫他們去死吧，」羅伯・喬丹說。「回到營地再跟我說。來吧，我們走。」

「我帶你去看，」安瑟莫說。

「早上我會來看的，」羅伯・喬丹說。「來吧，喝一口。」

他把小酒瓶遞給老傢伙。安瑟莫拿起來喝了一口。

「哎呀，」說完他擦擦嘴。「像火一樣烈。」

「來吧，」羅伯・喬丹在黑暗中說。「咱們走。」

---

7 Hola, viejo：西班牙語，意為「哈囉，老傢伙」。

此時天色已經全黑，舉目只見雪片從空中颳過去，還有那一根根黑壓壓的松樹樹幹。費南多站在山坡上，離他們幾步之遙。羅伯．喬丹心想，他看來可真像菸草店門口的印第安人木雕像。我想也該請他喝一口。

「嗨，費南多，」他走上前去說，「來一口？」

「不，」費南多說。「謝了。」

羅伯．喬丹心想，是我要謝你呢，幸虧你這菸草店印第安人雕像不喝酒。酒也剩沒多少啦。羅伯．喬丹心想，天啊，見到這老傢伙可真開心。他看看安瑟莫，又拍拍他的背，然後就一起開始走上山。

「見到你可真高興啊，*viejo*，」他對安瑟莫說。「假如我鬱悶時，見到你就高興。來，我們上山吧。」

他們在大雪中往山上走。

「回帕布羅的宮殿去，」羅伯．喬丹對安瑟莫說。這句話用西班牙語說起來可真動聽。

「*El Palacio del Miedo*[8]，」安瑟莫說。「膽小鬼的宮殿。」

「*La cueva de los huevos perdidos*[9]，」羅伯．喬丹的語氣愉悅，說得比老傢伙更逗趣。「沒有蛋的山洞。」

「什麼蛋？」費南多問道。

「開玩笑的，」羅伯．喬丹說。「只是個笑話。不是雞蛋，你知道的。是另一種蛋。」

「可是為什麼沒有了？」費南多問。

「我不知道，」羅伯．喬丹說。「說來話長啊。去問琵拉吧，」說完他緊緊摟著安瑟莫的肩膀一起走，還搖搖他。「聽我說，」他說。「見到你可真高興，聽到了嗎？在這個國家把人留在某個地方，之後還能原地找回那個人，實在是太難得啦。」

他竟然敢說這國家的壞話，顯示他對老傢伙很信任，感覺很親近。

「見到你我也很高興，」安瑟莫說。「不過，本來我已經打算走了。」

「你才不會咧，」羅伯・喬丹高興地說。「你寧可先讓自己凍僵才會離開吧。」

「山上的情況怎樣？」安瑟莫問道。

「很好，」羅伯・喬丹說。「一切都好。」

一股突然而罕見的愉悅之情在他心裡油然而生，這是一種革命軍指揮官才會有的心情，如此快樂的理由是你發現了側翼的同伴仍然堅守陣地。他心想，要是兩翼都能堅守陣地，應該會產生無比的力量，讓任何敵人都覺得難以招架。這道理本來是適用於側翼部隊，應該說任何側翼部隊，但如果推到極致的話，單兵也適用。對啊，單兵。這並非他想面對的狀況。但這單兵很棒。是一個很棒的傢伙。他心想，到這一仗開打時，你一個人將會成為我們的左翼。現在我最好還不要告訴你。他心想，這一仗規模挺小的。不過也會是非常漂亮的一仗。喔，我一直想獨力指揮一場戰役。對於阿金庫爾戰役[10]以降的戰事，我向來有一套自己的看法，很清楚別人都出了什麼錯。我必須讓這次行動變成漂亮的一仗。規模雖小，但打得很精彩。如果我必須按照自己認為必要的方式去打的話，這一仗確實會非常精彩。

「聽著，」他對安瑟莫說。「見到你我真是高興。」

「我見到你也一樣高興，」老傢伙說。

---

8 El Palacio del Miedo：西班牙語，意為「膽小鬼的宮殿」。

9 La cueva de los huevos perdidos：西班牙語，意為「沒有蛋的山洞」。

10 阿金庫爾戰役（Battle of Agincourt）：發生於一四一五年，是英法百年戰爭的關鍵戰役。英國從原本的劣勢逆轉，大勝法國。

他們摸黑爬山時，風是從他們身後往前吹，風雪從他們身邊颼過去，安瑟莫不覺得孤單了。自從*Inglés*剛才拍拍他的背之後，他就不再覺得孤單了。*Inglés*愉快高興，他們倆一路說說笑笑。剛才*Inglés*說，一切都好，因此老傢伙也不擔心了。那口酒一下肚，他就暖了起來，此刻爬山時兩腿也是熱熱的。

「公路上沒什麼動靜，」他對*Inglés*說。

「好，」*Inglés*對他說。「到了營地你再把紀錄給我看。」

這時安瑟莫很高興，他很高興自己剛才堅守著偵察的崗位。

羅伯．喬丹心想，即使他自己先回營地，也不能怪他。在那樣的情況下，先回去才是明智與正確之舉。然而他還是遵照命令堅守下去了，羅伯．喬丹心想，這情形在西班牙實在是難得一件。能在暴風雪中堅守下去，從某種程度上來說，表示也能辦到其他很多事。德國人把攻擊稱為「風暴」[11]不是沒有道理的。如果還有兩三個能夠堅守的人，我當然可以讓他們派上用場。這是當然的。我不知道費南多會不會堅守下去。這是有可能的。畢竟，剛才是他自告奮勇跟我來的。你想他會堅守下去嗎？這難道不是好事嗎？他本來就生性頑強。我來試試他。不知道這個菸草店印第安人雕像現在正想些什麼。

「你在想什麼，費南多，」羅伯．喬丹問道。

「你問這幹嘛？」

「好奇啊，」羅伯．喬丹說。「我是個很好奇的人。」

「我在想晚餐，」費南多說。

「你是個吃貨？」

「是呀。大吃貨。」

「琵拉的廚藝怎樣？」

「普普通通，」費南多答道。

羅伯．喬丹心想，他的沉默寡言跟柯立芝[12]有得拚啊。不過，你知道，我就是有預感他也會堅守下去的。

在大雪中，他們三人踩著緩慢的腳步走上山。

---

11 德文sturm兼有「進攻」與「風暴」的意思。

12 柯立芝（Calvin Coolidge）：美國第三十任總統。很會演講，但私底下卻沉默寡言，因此被取了「沉默的卡爾」（Silent Cal）的外號。

# 第十六章

「聾子來過了，」琵拉對羅伯·喬丹說。他們從暴風雪中走進煙霧瀰漫的溫暖山洞裡。那女人點頭示意，要羅伯·喬丹到她身邊去。「他已經離開，去弄馬了。」

「好。他有留口信給我嗎？」

「他只說他要去弄馬。」

「我們呢？」

「*No sé*[1]，」她說。「你看他。」

羅伯·喬丹進山洞時就看見帕布羅，帕布羅對他咧嘴一笑。此刻他眺望著桌邊，帕布羅又對他咧嘴一笑，揮揮手。

「*Inglés*，」帕布羅大聲跟他打招呼。「還在下雪呢，*Inglés*。」

羅伯·喬丹對著他點點頭。

「我把你的鞋拿去烤乾，」瑪莉亞說。「我把鞋掛在火爐的煙火上。」

「當心，可別把鞋給燒了，」羅伯·喬丹對她說。「我不想在這裡光著腳丫走路。怎麼回事？」他轉身對琵拉說。「這是在開會嗎？你派人出去偵察了沒有？」

「在暴風雪中偵察？*Qué va*！」

坐桌邊的六個人全都背靠著牆。安瑟莫和費南多仍在洞口，甩甩外套，拍拍褲子，朝著牆壁跺腳，把身上的雪弄掉。

「你的外套給我，」瑪莉亞說。「別讓雪在上面融化。」

羅伯．喬丹把外套俐落地脫下，拍掉褲子上的雪，解開鞋帶。

「你會把這裡弄得到處濕濕的，」琵拉說。

「是妳叫我過來的。」

「你還是可以回到洞口再把雪弄掉啊，又沒人攔你。」

「對不起，」羅伯．喬丹光腳站在泥地上說。「拿一雙襪子給我，瑪莉亞。」

「主人吩咐婢女啦，」琵拉說完後把一根木柴放進火裡。

「*Hay que aprovechar el tiempo*[2]，」羅伯．喬丹對她說。「妳要抓緊時間。」

「背包是鎖著的，」瑪莉亞說。

「鑰匙在這裡，」他把鑰匙扔過去。

「這鑰匙不是這背包的。」

「開另一個背包。襪子就在上面，擺在旁邊。」

女孩找到襪子後，把背包關好上鎖，將襪子和鑰匙一起拿過來。

「坐下來穿上襪子，好好搓一下腳，」她說。

羅伯．喬丹朝她咧嘴一笑。

---

1 No sé：西班牙語，「不知道」。

2 Hay que aprovechar el tiempo：西班牙語，「妳要抓緊時間」。

「妳不能用頭髮幫我把腳擦乾嗎？」這話是他故意說給琵拉聽的。

「下流胚子，」她說。「剛開始像個莊園的老爺，現在更是當上我們以前信的天主啦。拿木頭打他，瑪莉亞。」

「不要啊，」羅伯．喬丹對她說。「我是開玩笑的，因為心裡高興。」

「你高興？」

「對，」他說。「我覺得一切都很順利。」

「羅貝托，」瑪莉亞說。「坐下，把腳弄乾，等一下我拿些喝的給你暖暖身子。」

「妳當這傢伙從沒弄濕過腳，」琵拉說。「身上也從沒沾過一片雪花。」

瑪莉亞替他拿了一張羊皮過來，鋪在山洞的泥地上。

「這給你，」她說。「腳踩在羊皮上，直到鞋乾了為止。」

羊皮是剛晾乾不久的，還沒浸泡過鞣酸，羅伯．喬丹穿著襪子的腳踩在上面，羊皮沙沙作響，像是一張羊皮紙。

爐火在冒煙，琵拉對瑪莉亞大聲說：「搧一搧爐火吧，沒用的丫頭。妳當我們在燻肉嗎？」

「妳自己搧吧，」瑪莉亞說。「我在找聾子留下的那一瓶酒。」

「在他的背包後面，」琵拉對她說。「妳非得把他當吃奶的小鬼來照顧嗎？」

「不，」瑪莉亞說。「我是把他當成一個身上又冷又濕的男人。一個剛回家的男人。找到啦。」她把酒瓶拿到羅伯．喬丹坐著的地方。「這就是你們中午喝的那瓶酒。瓶子可以拿來製做成一盞漂亮的燈。等電力恢復了，這酒瓶做的燈一定很好看。」她欣賞著那個瓶身有幾處凹陷的威士忌酒瓶。「你覺得好看嗎，羅貝托？」

「我不是叫做*Inglés*嗎？」羅伯．喬丹對她說。

「當著別人的面，我要叫你羅貝托。」她紅著臉低聲說。「你愛喝這酒嗎，羅貝托？」

「羅貝托，」帕布羅用沙啞的聲音說，對羅伯．喬丹點點頭。「你愛喝這酒嗎，羅貝托老爺？」

「你要喝點嗎？」羅伯．喬丹問道。

帕布羅搖搖頭，神氣地說：「我正在用紅酒把自己灌醉。」

「那你去找巴克斯[3]吧，」羅伯．喬丹用西班牙語說。

「巴克斯是誰？」帕布羅問道。

「你的同志，」羅伯．喬丹說。

「我可從沒聽說過他，」帕布羅沉悶地說。「在這山區裡從沒聽過。」

「幫安瑟莫倒一杯，」羅伯．喬丹對瑪莉亞說。「身子冷的是他。」他一邊說一邊穿上乾的襪子。杯裡兌水的威士忌喝來爽口，帶著微溫。他心想，這酒不像苦艾酒那樣會在全身亂竄。什麼酒都比不上苦艾酒啊。

誰想得到這山裡居然有威士忌，他心想。不過，仔細想想，要說全西班牙哪裡最可能弄得到威士忌，應該就是拉葛蘭哈了。想想看，聾子居然弄一瓶來請作客的爆破專家，而且還記得把酒帶下來，留在這裡。他所做的，並不只是一種待客之道。所謂待客之道，就是把酒拿出來，好好地請人喝一杯。法國人就是這樣，他們會把喝剩的留到下次有機會再喝。不，真正體貼的人會想到訪客喜歡酒，所以帶酒下山給訪客享用，即便他們有正事要幹，有充分的理由可以不理會任何人與任何事，只需要顧及自己與手頭的事就

3 巴克斯（Bacchus）：希臘神話中的酒神。

好——這是西班牙人的本色。某一種西班牙人，他心想。他們會記得帶威士忌，這是你該喜愛他們的理由之一。別把他們美化了，他心想。跟美國人一樣，西班牙人也是有千百種。儘管如此，把威士忌帶來這件事還是幹得很漂亮。

「你覺得這酒怎樣？」他問安瑟莫。

老傢伙微笑著坐在爐火邊，兩隻大手捧著酒杯。他搖搖頭。

「不喜歡？」羅伯．喬丹問他。

「那丫頭在裡頭兌了水，」安瑟莫說。

「羅貝托就是這樣喝的啊，」瑪莉亞說。「你跟人家不一樣嗎？」

「不，」安瑟莫對她說。「一點也沒有不一樣。只是我喜歡喝下去之後那種火辣的感覺。」

「杯子給我，」羅伯．喬丹對女孩說。「給他來一點火辣的。」

他把杯裡的酒倒在自己的酒杯裡，將空杯遞給瑪莉亞，她小心翼翼地把酒倒進酒杯裡。

「啊，」安瑟莫拿起酒杯，頭一仰，讓酒順著喉嚨往下流。他看著拿酒瓶站在那裡的瑪莉亞，對她眨眨眼睛，兩眼都湧出淚水。「這玩意兒，」他說。「這玩意兒。」然後他舔舔嘴唇。「這玩意兒才能殺掉在我們體內作怪的酒蟲啊。」

「羅貝托，」瑪莉亞走到他身邊說，酒瓶仍在她手裡。「你要吃東西嗎？」

「煮好了嗎？」

「你要吃就可以吃了。」

「別人吃過了？」

「只有你，安瑟莫和費南多還沒吃。」

「那我們就吃吧，」他對她說。「妳呢？」

「待會跟琵拉一起吃。」

「現在跟我們一起吃吧。」

「不。那不好。」

「來，一起吃吧。在我的祖國，女人不吃的話，男人就不會吃。」

「那是你的國家。這裡女人晚點吃比較合適。」

「跟他吃吧，」帕布羅從桌邊抬頭說。「跟他吃喝。跟他睡。跟他死。一切照他祖國的規矩來。」

「你醉了嗎？」羅伯・喬丹站在帕布羅面前說。那個骯髒而滿臉鬍碴的男人興味盎然地望著他。

「沒錯，」帕布羅說。「*Inglés*，你那個男女一起吃飯的國家在哪裡？」

「在*Estados Unidos*[4]，在蒙大拿州。」

「那裡就是男女都穿裙子的地方嗎？」

「不。那是蘇格蘭。」

「可是，你聽我說，」帕布羅說。「如果你穿上裙子，*Inglés* ——」

「我不穿裙子的，」羅伯・喬丹說。

「如果你穿上裙子的話，」帕布羅自顧自地說下去，「裙裡穿什麼？」

「我不懂蘇格蘭人的穿著，」羅伯・喬丹說。「我自己也納悶。」

「別管*Escoceses*[5]，」帕布羅說。「誰管*Escoceses*呀？誰管那種名稱怪裡怪氣的人？我不管。不干我

---

4 Estados Unidos：西班牙語，「合眾國」，即美國。

的事。我是說你，*Inglés*。你。在你的祖國，你們裙子裡面穿什麼？」

「我跟你說兩遍啦，我們不穿裙子，」羅伯．喬丹說。「說的既不是醉話，也不是笑話。」

「可是你們在裙子裡面穿什麼？」帕布羅不肯放過他。「因為大家知道你們穿裙子。連軍人也穿。我看過照片，也在普萊斯馬戲劇場[6]見過。你們在裙子裡面穿什麼，*Inglés*？」

「*Los cojones*[7]，」羅伯．喬丹說。

安瑟莫哈哈大笑，其他人聽到也笑了，只有費南多例外。他認為在女人面前講粗話是很失體的。

「哈哈，很合理啊，」帕布羅說。「不過依我看，你要是真有兩個蛋，就不會穿裙子啦。」

「別再讓他說那種話，*Inglés*，」臉很扁，鼻樑斷掉的普里米提佛說。「他醉了。你說說看，你們國家的人都種植什麼，養什麼牲口？」

「牛羊，」羅伯．喬丹說。「還種很多穀物和豆子。也有很多製糖用的甜菜。」

此刻有三個人坐在桌邊，其他人也緊挨在一旁坐著，只有帕布羅獨自坐在一邊，身前擺著一碗酒。他們吃的還是跟昨晚一樣的燉肉，羅伯．喬丹正在狼吞虎嚥地吃著。

「你們那裡有高山嗎？既然叫做蒙大拿[8]，想必有高山囉，」普里米提佛有禮地問道，想要聊一聊。帕布羅喝醉了，讓他覺得很難堪。

「有很多高山，都很高。」

「有好的放牧場嗎？」

「有很棒的。每年夏天，高山的森林裡都有放牧場，是政府在管的。到了秋天，就把牛羊趕到較低的山區放牧。」

「在那裡土地是農民自己的？」

「大多數土地都是種地的人自有。土地本來是國有的，不過，如果願意在那裡生活，並且表明要開墾的話，每個農民都可以取得一百五十公頃土地的所有權。」

「說說看這是怎麼一回事，」奧古斯丁問道。「這種土地改革挺有意思的。」

羅伯．喬丹向他們解釋如何取得農地的過程。他未曾想過這算是一種土地改革。

「真是了不起，」普里米提佛說。「這麼說你的國家實行共產主義囉？」

「不。那是在共和國體制下進行的。」

「依我看，」奧古斯丁說，「在共和國的體制之下，什麼事都可以辦得到。我想其他政府體制都沒必要存在了。」

「你們沒有大業主吧？」安德烈斯問道。

「有很多。」

「那就一定有弊端。」

「當然。有很多弊端。」

「不過，你們會想辦法消除弊端。」

「越來越多人嘗試除弊。不過還是弊病叢生。」

「有沒有應該加以限制的大地主？」

---

5 Escoceses：西班牙語，「蘇格蘭人」。

6 普萊斯馬戲劇場（Circus of Price）：英國人湯瑪斯．普萊斯（Thomas Price）於馬德里成立的馬戲劇場。

7 Los cojones：西班牙語，「那兩個蛋」。

8 蒙大拿（Montana）命名即源自西班牙語的「montaña」（山）。

「有。不過有人認為，光靠稅制就能限制他們的擴展。」

「怎麼說？」

羅伯．喬丹一邊用麵包把裝燉肉的碗抹乾淨，一邊解釋所得稅和遺產稅的作用。「此外也徵收土地稅，不過依舊有大地主。」他說。

「可是大業主和有錢人肯定會發動革命抗稅的。我看那些稅就是一種革命。他們看到自己受威脅，一定會發動叛變，就像這裡的法西斯份子幹的那樣。」

「有可能。」

「那麼在你的國家裡，也得像我們這裡一樣打仗。」

「是啊，時候到了我們也得打。」

「不過在你的國家裡，法西斯份子不多吧？」

「很多人不知道自己就是法西斯份子，時候到了就會知道的。」

「可是，除非他們造反，否則你們就不能滅掉他們吧？」

「嗯，」羅伯．喬丹說。「我們不能滅掉他們。不過我們可以透過教育讓人民有所警惕與認識，等法西斯主義一出現就知道起身抵抗。」

「你知道哪裡沒有法西斯份子嗎？」安德烈斯問道。

「什麼地方？」

「帕布羅的老家，」安德烈斯說完咧嘴一笑。

「你知道那鎮上發生什麼事吧？」普里米提佛問羅伯．喬丹。

「知道。我聽說了。」

「琵拉說的？」

「沒錯。」

「你從那女人嘴裡是聽不到全部經過的，」帕布羅用沉悶的語氣說。「因為她在窗外從椅子上摔下去了，所以沒看到結果。」

「那你把後來的事說給他聽吧，」琵拉說。「既然我不知道，就讓你說吧。」

「不說，」帕布羅說。「我從來沒對人說過。」

「沒錯，」琵拉說。「你以後也不會說。如今你希望那件事根本沒有發生過。」

「不，」帕布羅說。「不是那樣的。要是大家跟我一樣把法西斯份子都殺光光，我們就不會有這場戰爭了。不過，現在的我不會讓當時的事情發生。」

「你說這話是什麼意思？」普里米提佛問他。「你現在改變政治立場了嗎？」

「沒有。只不過當時我太狠了，」帕布羅說。「那一段時間我實在太狠了。」

「現在你真的醉了，」琵拉說。

「對，」帕布羅說。「請妳包涵。」

「我倒是比較喜歡你還有狠勁的時候，」那女人說。「所有的男人中最討人厭的就是酒鬼。小偷不偷東西時還像個人樣。敲詐勒索的人不會在家裡下手。殺人犯在家裡會洗手不幹。只有酒鬼臭死人，還在自己的床上嘔吐，喝到五臟六腑都爛掉。」

「妳是個女人，妳哪裡懂，」帕布羅平心靜氣地說。「我用紅酒把自己灌醉，而且如果我沒有殺過那些人，我就能快樂起來。那些人叫我滿腹哀愁。」他憂傷地搖搖頭。

「給他喝一點聾子拿來的酒，」琵拉說。「給他一點刺激。他太傷心，我看他漸漸撐不住了。」

「要是能讓他們復活，我什麼都幹，」帕布羅說。

「你去死吧，」奧古斯丁對他說。「你以為這是什麼地方？」

「我一定會讓他們都復活，」帕布羅傷心地說。「每個人。」

「去你媽的，」奧古斯丁朝他大聲說。「別再說這種話，不然就滾出去。你殺的都是法西斯份子啊。」

「你聽見我說的了，」帕布羅說。「我要讓他們都復活。」

「那你就能在海面上行走啦[9]，」琵拉說。「我這輩子沒見過你這樣的男人。到昨天為止你還有一點點男子氣概。到今天呢，你卻連一隻病貓都不如。你喝得爛醉，還這麼高興。」

「那時真該殺得一個不留，否則就都不殺，」帕布羅點著頭說。「一個不留，或都不殺。」

「聽我說，*Inglés*，」奧古斯丁說。「你怎麼會來西班牙啊？別理帕布羅。他醉了。」

「十二年前，我第一次來，是為了研究這個國家和西班牙語，」羅伯·喬丹說。「我在大學裡教西班牙語。」

「你不太像教授啊，」普里米提佛說。

「他沒有鬍子，」帕布羅說。「你們瞧，他沒鬍子。」

「你真的是教授嗎？」

「是講師。」

「總之你是教書的？」

「對。」

「可是幹嘛教西班牙語呢？」安德烈斯問道。「既然你是*Inglés*，教英語不是比較容易？」

「他的西班牙語說得跟我們一樣，」安瑟莫說。「幹嘛不教西班牙語？」

「對。不過，一個外國人要教西班牙語，多少有點自不量力啊，」費南多說。「我可沒有批評你的意思，羅貝托先生。」

「他是個冒牌教授，」帕布羅自得其樂地說。「他沒有鬍子。」

「你一定更懂英語，」費南多說。「教英語不是更好，更容易，更明白嗎？」

「他又不是教西班牙人——」琵拉開始來插嘴了。

「但願如此，」費南多說。

「讓我把話說完，你這頭蠢驢，」琵拉對他說。「他是給美洲人教西班牙語。北美人。」

「他們不會講西班牙語嗎？」費南多問道。「南美人就會。」

「蠢驢，」琵拉說。「他教的都是一些說英語的北美人。」

「總之，我覺得他既然是講英語，應該還是教英語比較容易，」費南多說。

「難道你沒聽到他說的西班牙話嗎？」琵拉對羅伯．喬丹搖搖頭，一臉無可奈何的模樣。

「聽到啦。不過有一點口音。」

「哪裡的口音？」羅伯．喬丹問道。

「艾斯特雷馬都拉的，」費南多一本正經地說。

「我的媽呀，」琵拉說。「你這什麼話。」

「有可能，」羅伯．喬丹說。「來這裡之前，我就是待在那裡。」

「他自己很清楚，」琵拉說。「講話別像個老媽子，」她轉頭對費南多說。「你是吃飽撐著啦？」

---

9 諷刺帕布羅若能讓人死而復生，那就跟耶穌一樣，想必也可以在海面上行走。典故出自《新約聖經》的〈馬可福音〉。

「東西足夠的話，我還吃得下，」費南多對她說。「別以為我有意批評你，羅貝托先生——」

「媽的，」奧古斯丁簡潔地說。「操你媽的。既然要搞革命，為什麼開口閉口先生，不叫他羅貝托同志？」

「依我看，革命就是為了讓大家以『先生』相稱，」費南多說。「在共和國體制之下就該這樣。」

「媽的，」奧古斯丁說。「他媽的。」

「而且，我還是認為羅貝托先生教英語比較容易而清楚。」

「羅貝托先生沒鬍子，」帕布羅說。「他是冒牌教授。」

「你說我沒鬍子是什麼意思？」羅伯．喬丹說。「這是什麼，他摸摸下巴和臉頰上已經長了三天的金黃色鬍碴。

「不是鬍子，」帕布羅說。他搖搖頭。「那不算鬍子。」此刻他簡直已經興高采烈了起來。「他是個冒牌教授。」

「我操你們所有人的媽，」奧古斯丁說。「這裡簡直像瘋人院。」

「你該喝酒了，」帕布羅對他說。「我看啊，除了羅貝托先生沒長鬍子之外，什麼都正常。」

瑪莉亞伸手摸摸羅伯．喬丹的臉頰。

「他有鬍子，」她對帕布羅說。

「你自己知道，」帕布羅說，而羅伯．喬丹則是望著他。

羅伯．喬丹心想，我看他不見得有那麼醉。不，他沒那麼醉。我看我最好還是要小心一點。

「你，」他對帕布羅說。「你看這場雪會下很久嗎？」

「你看呢？」

「我問你。」

「問別人吧，」帕布羅對他說。「我不是你的情報部。你有你們情報部的文件嘛。問那個女人。是她在指揮。」

「我問你。」

「去你媽的，」帕布羅對他說。「你和那女人和那丫頭，全都去死吧。」

「他醉了，」普里米提佛說。「別理他，*Inglés*。」

「我看他沒有真的醉成這樣，」羅伯・喬丹說。

瑪莉亞站在他背後，羅伯・喬丹看到帕布羅正隔著他的肩頭在看她。帕布羅滿臉鬍碴，腦袋圓圓的，上面那兩隻跟公豬一樣的小眼睛正在打量著她。羅伯・喬丹心想，這一場戰爭中我見過不少殺過人的傢伙，以前也見過一些，他們各不同。特徵與面貌都沒有共通之處。也沒有人天生就是一副罪犯的模樣，只不過帕布羅長得的確是不好看。

「我看你不會喝酒，」他對帕布羅說。「你也沒有喝醉。」

「我醉了，」帕布羅神氣地說。「喝酒沒什麼了不起的。重點是要喝醉。*Estoy muy borracho.*[10]」

「我不信，」羅伯・喬丹對他說。「說你是膽小鬼，那倒沒錯。」

山洞裡頓時鴉雀無聲，靜得讓他聽見琵拉燒飯的那口火爐裡，木柴被燒得嘶嘶作響。他也聽到羊皮被自己用力踩得發出沙沙聲響。他覺得自己簡直能聽到洞外的下雪聲。實際上他聽不到，但他能聽到外面正在落雪的空中一片寂寥。

10 Estoy muy borracho：西班牙語，「我醉得很厲害」。

羅伯．喬丹心裡正在想，我真想把他殺掉了事。我不知道他打算做什麼，但肯定不會是好事。後天就要炸橋，而這傢伙真是糟糕，他會危及整個任務，讓我們無法成事。好吧。就把這件事給了結了吧。

帕布羅對他咧嘴一笑，伸出一根手指，比了一個割喉的動作。他搖搖頭，可是粗短脖子上的腦袋只朝左右微微晃了一下。

「不行啊，*Inglés*，」他說。「別惹我發火。」他望著琵拉，對她說，「你們可不能這樣除掉我。」

「*Sinverguenza*[11]，」羅伯．喬丹對他說，內心已經動了殺機。「*Cobarde*[12]。」

「很可能是喔，」帕布羅說。「可是我才不會被你們激怒呢。喝點什麼吧，*Inglés*，然後給那個女人打個手勢，告訴她沒成功。」

「閉嘴，」羅伯．喬丹說。「是我自己要招惹你的。」

「別白費心機啦，」帕布羅對他說。「我才不會被激怒呢。」

羅伯．喬丹不願作罷，於是又說：「你真是個 *bicho raro*[13]。」他不希望這次再度失敗。他說話時就心知肚明，這種場景已經出現過一遍，他覺得自己正在扮演記憶中曾在書上看過或者夢過的角色，這一切讓他有一種重新來過的感覺。

「很奇怪，是啊，」帕布羅說。「很奇怪，而且喝得爛醉。祝你健康啊，*Inglés*，」他在酒缸裡舀了一杯酒，舉起杯子說，「*Salud y cojones.*[14]」

羅伯．喬丹心想，他很特別，是啊，而且很機靈，很複雜難懂。他只聽到自己的呼吸聲，聽不到火爐裡的聲音了。

羅伯．喬丹也舀了杯紅酒，對他說：「為你乾杯。」他心想，如若沒有這些誓言，背叛將顯得微不足道。乾杯吧。「乾杯，」他說。「乾杯，再乾杯，」他心想，你乾杯吧。乾杯，你乾杯吧。

「羅貝托先生，」帕布羅沉悶地說。

「帕布羅先生，」羅伯・喬丹說。

「你不是教授，」帕布羅說。「因為你沒有鬍子。還有啊，你要幹掉我，只能用暗殺的，但我看你可沒有那種*cojones*[15]。」

他看著羅伯・喬丹，嘴巴緊閉著，把嘴唇閉成一條線，因此羅伯・喬丹心想，可真像魚的嘴。再加上圓圓的腦袋，活像那種被捉住後會吸進空氣，把身體撐大的刺魨。

「乾杯，帕布羅，」羅伯・喬丹說完舉起杯子，喝了一口。「我從你那裡學到不少東西。」

「我當起了教授的老師啦，」帕布羅點點頭。「來吧，羅貝托先生，我們做個朋友吧。」

「我們已經是朋友了，」羅伯・喬丹說。

「但現在我們可以成為好朋友。」

「我們已經是好朋友了。」

「我要離開這裡，」奧古斯丁說。「一點都沒錯，有人說我們一輩子至少要吞進一噸的廢話，但是就剛才這一下子，我的兩個耳朵已經分別灌進二十五磅的廢話了。」

「你怎麼啦，*negro*[16]？」帕布羅對他說。「看到羅貝托先生跟我做朋友，你不爽嗎？」

---

11 sinverguenza：西班牙語，「無恥的傢伙」。
12 cobarde：西班牙語，「膽小鬼」。
13 bicho raro：西班牙語，「奇怪的可憐蟲」。
14 Salud y cojones：西班牙語，「祝你健康」。
15 ojones：西班牙語，「卵蛋」，引申為「膽量」。

「你說什麼*negro*，嘴巴放乾淨一點。」奧古斯丁走到帕布羅面前，停了下來，緊握的雙手低垂在身旁。

「別人就是這樣叫你的啊，」帕布羅說。

「不許你叫。」

「可以，那就叫你*blanco*[17]——」

「也不可以。」

「那要叫你什麼，紅人嗎？」

「對。紅人。*rojo*[18]。佩戴部隊的紅星[19]，擁護共和國。而且我的名叫做奧古斯丁。」

「是個愛國者啊，」帕布羅說。「你瞧，*Inglés*，是個愛國的表率啊。」

奧古斯丁的左手反手一揮，用力甩了他一巴掌。帕布羅坐在那兒，嘴角沾著酒，表情沒有改變，但羅伯·喬丹看到他的眼睛瞇了起來，就像貓的瞳孔在強光之下縮成一條垂直狹縫。

「這也行不通啦，」帕布羅說。「別指望這一招了，妳這婆娘。」他轉頭面對琵拉。「我不會被激怒的。」

奧古斯丁又揍了他一下。這次他握緊拳頭，打在他嘴上。羅伯·喬丹的右手擺在桌子下，握著手槍。他已經打開保險，用左手推開瑪莉亞。她的身子挪了一下，他又用左手在她的肋骨上使勁一推，讓她真的走開。她走開了，羅伯·喬丹從眼角瞥見她沿著洞穴內壁朝著火爐悄悄走過去，接著才注視著帕布羅的臉色。

這個腦袋圓滾滾的傢伙坐著，用眼神平淡的小眼睛瞪著奧古斯丁。此刻他的瞳孔竟然變得更小了。他舔舔嘴唇，舉起手用手背擦嘴巴，低頭一看，發現手上有血。他用舌頭舔舔嘴唇，吐了一口口水。

「這也行不通啊，」他說。「我不是笨蛋。我不會被激怒。」

「*Cabrón*，」奧古斯丁說。

「你應該知道的，」帕布羅說。「你了解那個女人。」

奧古斯丁又狠狠地在帕布羅嘴上補了一拳，帕布羅對著他哈哈大笑，染紅的嘴巴露出一口殘缺不全的黃板爛牙。

「你省省吧，」帕布羅說，又用杯子從缸裡舀了一些紅酒。「這裡誰也沒有殺我的 *cojones*，動手的更是笨蛋。」

「*Cobarde*，」奧古斯丁說。

「罵我也沒用，」帕布羅說，他用酒漱口，發出咕咕聲響，然後吐在地上。「想要用話激我，根本不管用。」

奧古斯丁站著低頭看他，開始咒罵，速度緩慢，一字一句清清楚楚，用詞激烈輕蔑，罵個不停，好像用糞耙不斷地從糞車裡挖出肥料，丟到田裡。

「再罵也沒有用，」帕布羅說。「算了吧，奧古斯丁。也別再揍我了。你會傷了自己的手。」

奧古斯丁轉身離開，朝洞口走去。

「別出去，」帕布羅說。「外面在下雪。待在裡面比較舒服。」

---

16 negro：西班牙語，「黑鬼」。
17 blanco：西班牙語，「白人」。
18 rojo：西班牙語，「紅色」。
19 指共和國軍服上的紅星標誌。

「你！你啊！」奧古斯丁在洞口轉身對他說，把他滿腔的鄙視都用*Tu*這個音發洩出來。[20]

「對，就是我，」帕布羅說。「等你掛了，我一定還活著。」

他又舀了一杯酒，舉杯向羅伯・喬丹說：「為教授乾杯。」然後轉身對琵拉說：「為指揮官女士乾杯。」接著對所有人敬酒：「為所有執迷不悟的人乾杯。」

奧古斯丁走到他面前，拍掉了他手裡的杯子，動作很快。

「真浪費，」帕布羅說。「愚蠢啊。」

奧古斯丁又把他咒罵一頓。

「算了，」帕布羅說，又舀了一杯。「我醉了，你看不出來嗎？我不醉時都不太說話的。你們從來沒聽過我說那麼多話。不過，為了和傻瓜相處，有時聰明人就不得不灌醉自己。」

「滾吧，操你媽的膽小鬼，」琵拉對他說。「我太了解你了，也很清楚你有多怕死。」

「這婆娘的嘴巴真髒啊，」帕布羅說。「我出去看看馬。」

「去操牠們吧，」奧古斯丁說。「這不是你的習慣嗎？」

「沒用啊，」帕布羅說完搖搖頭。他從洞穴內壁取下他那一件大大的披肩，看看奧古斯丁。「你沒用，」他說。「你的暴力也沒用。」

「你去找馬幹嘛？」奧古斯丁說。

「去看一下牠們，」帕布羅說。

「去操牠們吧，」奧古斯丁說。「操馬的傢伙。」

「我非常喜歡牠們，」帕布羅說。「就算從後面看，牠們也比你們這些傢伙更漂亮，更講理。要幹什麼請自便吧，」他咧嘴笑說。「跟他們說說那座橋吧，*Inglés*。向他們說明攻擊時的任務。告訴他們撤退的方法。*Inglés*，炸橋之後你要把他們帶去哪裡？你要把你這些愛國人士帶到哪裡去？我一邊喝酒一邊想，想一整天了。」

「你想到了什麼？」奧古斯丁問道。

「我想到了什麼？」帕布羅說完後用舌頭在嘴裡到處舔一舔。「我想到什麼，*Qué te importa?*[21]」

「說吧，」奧古斯丁對他說。

「很多事，」帕布羅說。他從頭上把披風套下去，一顆圓滾滾的腦袋從這件髒兮兮而且有很多皺摺的黃色披肩裡伸了出來。「我想到了很多事。」

「什麼事，」奧古斯丁說。「什麼事？」

「我想到，你們是一幫執迷不悟的傢伙，」帕布羅說。「帶頭的是一個女人，頭腦長在兩條大腿中間，另一個是要來害你們送死的外國人。」

「滾，」琵拉對他大聲咆哮。「滾吧，到雪裡去死一死吧。給我滾吧，你這個被馬操翻的*maricón*[22]。」

「說得真好啊，」奧古斯丁用欽佩的語氣說，可是心不在焉。他憂心忡忡。

「我走，」帕布羅說。「不過馬上就會回來。」他撩起洞口的毯子，走到外面。接著洞外傳來他嚷嚷的聲音，「*Inglés*，還在下雪啊！」

---

20 此句的「你」原文為thou，是英文的舊式用法，在此強調方言性。

21 Qué te importa：西班牙語，「干你什麼事」。

22 maricón：西班牙語，「死同性戀」、「王八蛋」或「膽小鬼」。

# 第十七章

雪從洞內頂端的窟窿飄落在火堆的火炭上，發出嘶嘶聲響，這是此刻山洞裡唯一的聲音。

「琵拉，」費南多說。「還有燉肉嗎？」

「喔，閉嘴，」那女人說。但瑪莉亞還是接過費南多的碗，拿到已經端到火爐旁邊的大鐵鍋旁，把燉肉舀到碗裡。她把碗擺在桌上，費南多俯身去吃，她拍拍他的肩膀。她在他身邊站了一下子，手擱在他肩上。但費南多沒有抬頭。他專心吃著燉肉。

奧古斯丁站在火爐邊。其他人都坐著。琵拉坐在桌邊，羅伯・喬丹的對面。

「唉，*Inglés*，」她說，「你也看到他那死樣子啦。」

「他會做什麼？」羅伯・喬丹問道。

「什麼都幹得出來，」那女人低頭望著桌子。「什麼都幹得出來。他這人什麼都幹得出來。」

「自動步槍在哪？」羅伯・喬丹問道。

「在那個角落，裹在毯子裡，」普里米提佛說。「你要用嗎？」

「等會要用，」羅伯・喬丹說。「我想知道槍擺在哪兒。」

「就在那裡，」普里米提佛說。「我拿進來後把槍裹在我的毯子裡，讓槍機保持乾燥。彈盤在那個包包裡。」

「他不會動槍的，」琵拉說。「他不會拿那一支*máquina*[1]搞鬼的。」

「我剛剛才說他那個人什麼都幹得出來。」

「他也許會，」她說。「不過他沒有用過*máquina*[1]。他可能會扔個炸彈進來。那比較像他的作風。」

「我們沒幹掉他，真是愚蠢懦弱的表現，」吉普賽佬說。一整晚大家在交談時他都沒有開口。「昨晚羅貝托就該把他幹掉了。」

「幹掉他吧，」琵拉說。她的大臉看來陰鬱而疲憊。「現在我贊成這個做法了。」

「我本來是反對的，」奧古斯丁站在火爐前說，兩條長長的手臂垂在兩側，顴骨下的兩頰滿是鬍碴，在爐火的映照下看來是凹陷的。「我現在贊成了，」他說。「他現在是個惡毒的傢伙，非得看我們大家都掛了才高興。」

「大家都說說看吧，」琵拉用有氣無力的聲音說。「安德烈斯，你說呢？」

「*Matarlo*[2]，」說話的是兩兄弟中黑髮垂在前額的那一個。

「艾拉迪歐。」

「一樣，」另一個兄弟說。「我看他似乎是個大禍根。而且留他也沒有用。」

「普里米提佛？」

「一樣。」

「費南多？」

「我們不能把他關起來嗎？」費南多問道。

---

1 máquina：西班牙語，「機關槍」。

2 Matarlo：西班牙語，「幹掉他」。

「誰來看守囚犯？」普里米提佛說。「一個囚犯要有兩個人看守。還有，最後我們要怎樣處理他？」

「我們可以把他交給法西斯份子換錢，」吉普賽佬說。

「不能這麼幹，」奧古斯丁說。「不能幹這種卑鄙的事。」

「我只是出個主意而已，」吉普賽佬拉斐爾說。「我看那些*facciosos*[3]如果抓到他，肯定會很高興。」

「別提了，」奧古斯丁說。「那太卑鄙了。」

「不會比帕布羅更卑鄙，」吉普賽佬為自己辯護道。

「不能用卑鄙的手段來對付卑鄙的人，」奧古斯丁說。「好，大家都說過了。只差老傢伙和*Inglés*。」

「他們不能過問，」琵拉說。「他沒有當過他們的頭。」

「等一下，」費南多說。「我還沒說完。」

「說啊，」琵拉說。「可以一直說到他回來。說到他從洞口毯子下面丟個手榴彈進來，把我們都炸翻。連炸藥什麼的都一起炸掉。」

「我想妳說得太誇張了，琵拉，」費南多說。「我看他不至於會動這種念頭吧。」

「我也覺得他不會，」奧古斯丁說。「因為這樣一來連酒也會被炸掉，可是他等一會就要回來喝酒。」

「幹嘛不把他丟給聾子，讓聾子將他交給法西斯份子換錢？」拉斐爾提議道。「可以先弄瞎他的眼睛，那就容易對付了。」

「閉嘴，」琵拉說。「你講話時我總覺得你這個人實在也該死。」

「無論如何，法西斯份子不會因為他給錢的，」普里米提佛說。「這種事早有人試過，他們不會給錢。到時候連你也一起斃掉。」

「我認為，弄瞎了他的眼睛，就能拿他換錢，」拉斐爾說。

「閉嘴，」琵拉說。「要是再說弄瞎眼睛，我就把你也一起交出去。」

「可是帕布羅弄瞎過受傷的憲兵，」吉普賽佬還不肯鬆口。「妳忘記那件事了嗎？」

「住口，」琵拉對他說。在羅伯．喬丹面前提起這件事讓她覺得尷尬。

「還沒讓我把話說完啊，」費南多插進來說。

「說吧，」琵拉對他說。「說下去。把話說完。」

「既然把帕布羅關起來行不通，」費南多開始說，「既然透過任何形式的談判把他交給敵方又太過令人髮指——」

「快說啊，」琵拉說。「看在天主的分上，把話說完啊。」

「我認為，」費南多不慌不忙地說下去，「若是想要實現計畫好的行動，確保最大程度的成功機率，就應該幹掉他。」

琵拉看看這矮子，搖頭咬嘴唇，不發一語。

「這就是我的意見，」費南多說。「我相信我們有理由把他當成是危害共和國的傢伙」

「聖母瑪莉亞啊，」琵拉說。「即使在這裡，也有人講話像個官僚。」

「我是根據他說的話，還有最近的作為來看，」費南多接著說。「儘管我們應該感激他從反抗運動初期到不久之前的所做所為——」

剛剛琵拉已經走到爐火邊。此刻來到了桌子旁。

「費南多，」琵拉低聲說，遞給他一個碗。「你就老老實實地把這碗燉肉吃掉，讓嘴巴忙一點，別再

---

3 facciosos：西班牙語，「叛亂份子」。

說話了。我們都了解你的意見了。」

「可是，那該怎麼——」普里米提佛開口提問，但欲言又止。

「*Estoy listo*[4]，」羅伯・喬丹說。「我準備好了。既然你們都決定該下手，就讓我來代勞吧。」

他心想，我是怎麼啦？聽費南多說話，害我講話也跟他一樣官腔官調的。這種語言一定有傳染性。法語是外交的語言。西班牙語是官僚的語言。

「別這樣，」瑪莉亞說。「別這樣。」

「這不關妳的事，」琵拉對姑娘說。「不要說話。」

「我今晚就動手，」羅伯・喬丹說。

他看到琵拉對他看了一眼，手指擺在嘴巴上。她正望著洞口。帕布羅撩起固定在洞口的毯子，探進頭來。對大家咧嘴一笑後，他推開毯子走進來，接著又轉身把掛子固定好。他轉身站在那裡，脫掉披肩，把上面的雪抖落。

「你們在談我吧？」他對大家說。「我打斷了你們？」

沒人搭腔，他把披肩掛在洞壁的木釘上，往桌子走過去。

「*Qué tal?*[5]」他問道，拿起他擺在桌上的空杯，往酒缸裡舀酒。「酒沒了，」他對瑪莉亞說。「再從酒囊倒一些出來。」

瑪莉亞拿著酒缸走向酒囊，那塗上瀝青的黑色酒囊積滿灰塵，倒掛在洞壁上，脹得圓滾滾的，她轉開其中一條腿[6]的塞子，讓酒從塞子四周噴進酒缸裡。帕布羅看她跪在那裡端著酒缸，只見淡紅色葡萄酒的流速好快，快到在缸裡形成小小的漩渦，酒也越來越滿。

「小心啊，」他對她說。「只剩酒囊的胸口以下有酒了。」

沒人說話。

「本來是皮囊的肚臍以下有酒，今天被我喝到了胸口以下，」帕布羅說。「一整天下來的成績啊。大家是怎麼啦？舌頭都不見啦？」

沒有人說任何一句話。

「把塞子扭緊，瑪莉亞，」帕布羅說。「別讓酒漏出來了。」

「還會有很多酒，」奧古斯丁說。「夠你喝醉了。」

「有人把舌頭找回來了，」帕布羅說，對奧古斯丁點點頭。「恭喜啊。我還以為你被嚇呆了。」

「為什麼？」奧古斯丁問道。

「因為我進來了。」

「進來就進來，有什麼大不了的。」

羅伯．喬丹心想，奧古斯丁正蓄勢待發啊，也許他要動手了。他當然非常厭惡帕布羅。我可不厭惡他，他心想。是啊，我不厭惡他。他很討人厭，但我不厭惡他。只是他曾把別人的眼睛弄瞎，讓我對他特別沒有好感。但這畢竟是他們的戰爭。總之，未來這兩天之內我都不會插手這件事，他心想。今晚我惹過他，讓自己當了一回傻瓜，而且我也巴不得把他幹掉。不過，我已經決定了，要等時間到了再跟他攤牌。而且炸藥就在旁邊，可不要變成什麼射擊比賽，或是耍猴戲。帕布羅當然也會想到這一點。他對自己說，

---

4 Estoy listo：西班牙語，「我準備好了。」

5 Qué tal：西班牙語，「怎麼樣」。

6 傳統的酒囊多由羊皮製成，文中的大酒囊大致保留了整隻羊的輪廓，依稀可辨別出腿、胸等部位。

你剛才有想到嗎？沒有，你沒想到，奧古斯丁也沒想到。他心想，不管出了什麼事，都是你活該倒楣。

「奧古斯丁，」他說。

「怎樣？」奧古斯丁惱怒地抬頭轉過去，不再看著帕布羅。

「借一步說話，」羅伯・喬丹說。

「待會兒吧。」

「現在，」羅伯・喬丹說。「*Por favor*[7]。」

羅伯・喬丹已走到洞口，帕布羅的目光跟著他。身材高大、臉頰凹陷的奧古斯丁站起來朝他走過去。他不情願地走動，臉上滿是不屑。

「你忘了背包裡裝什麼東西？」羅伯・喬丹對他說，聲音低到幾乎聽不見。

「他奶奶的！」奧古斯丁說。「一習慣就忘了。」

「我剛才也忘了。」

「他奶奶的，」奧古斯丁說。「*Leche*[8]！我們真蠢。」他打了個轉，俐落地回到桌邊坐下。「來喝一杯，帕布羅老兄，」他說。「馬都還好吧？」

「很好，」帕布羅說。「雪變小了。」

「你看雪會停嗎？」

「會，」帕布羅說。「雪勢減弱了，下起了冰霰。快要起風了，不過雪會停下來。風已經改變。」

「你看明天會放晴嗎？」羅伯・喬丹問他。

「會，」帕布羅說。「我想明天的天氣會是寒冷晴朗的。風向在變。」

羅伯・喬丹心想，看看他，現在又變得和善起來了。他像風向那樣改變啦。他的外貌和身材都是豬的模樣，我也知道他殺人不眨眼，但他卻靈敏得像一支好的氣壓表。他心想，沒錯，豬也是很聰明的畜牲啊。帕布羅厭惡我們，但也許只是厭惡我們的計畫，總之他為了表達厭惡之意而汙辱我們，讓人想幹掉他，可是等到他發現我們起了殺機，卻又改變了主意，採用完全不同的策略，重新來過。

「我們動手時會遇上好天氣，*Inglés*，」帕布羅對羅伯·喬丹說。

「我們，」琵拉說。「我們？」

「嗯，我們，」帕布羅對她咧嘴一笑，喝了幾口酒。「有何不可？我剛剛在外面重新考慮過了，為什麼我們不能達成共識呢？」

「針對什麼事？」那女人問。「針對什麼事的共識？」

「所有的事，」帕布羅對她說。「針對這次炸橋行動的共識。現在我決定支持你們。」

「現在你決定支持我們？」奧古斯丁對他說。「在你說過那些話之後？」

「沒錯，」帕布羅對他說。「因為天氣變了，我支持你們。」

奧古斯丁搖搖頭。「天氣，」他說完又搖搖頭。「即使我打過你的臉？」

「對，」帕布羅對他咧嘴一笑，用手指摸一摸嘴唇。「即使那樣我也支持你們。」

羅伯·喬丹盯著琵拉。她正看著帕布羅，彷彿他是什麼奇怪動物。剛剛提及有人被帕布羅弄瞎那件事之後，她臉上表情始終怪怪的，現在還稍稍看得出來。她搖搖頭，像是要把那種表情甩掉，拋諸腦後似的。「聽著，」她對帕布羅說。

---

7 Por favor：西班牙語，「拜託了」。

8 leche：西班牙語，「牛奶」，但引申義為「精液」，是用來罵人的話。

「嗯，婆娘。」

「你吃錯藥啦？」

「沒有，」帕布羅說。「我只是改變主意。就是這樣而已。」

「你剛剛都在洞口聽我們講話吧？」她對他說。

「是啊，」他說。「不過什麼也沒聽到。」

「你怕我們幹掉你。」

「不，」他對她說，目光越過酒杯，注視著她。「我不怕。這妳是知道的。」

「那你是怎麼回事？」奧古斯丁說。「你剛才喝得爛醉，數落我們大家，不願與我們眼前的任務有所關聯，用卑鄙的話咒我們死，辱罵女人，反對該做的事——」

「我剛才醉了，」帕布羅對他說。

「那麼現在——」

「我沒醉，」帕布羅說。「我改變了主意。」

「就算別人信你的鬼話，我也不信，」奧古斯丁說。

「信不信由你，」帕布羅說。「但除了我之外沒有人能帶你們到格雷多斯山。」

「格雷多斯？」

「炸橋之後我們只有那個地方可以去了。」

羅伯．喬丹望著琵拉，舉起離帕布羅較遠的那隻手，輕輕敲敲自己的右耳，好像心裡存疑似的。

那女人點點頭。接著又點了一次頭。她對瑪莉亞嘀咕了幾句，女孩走到羅伯．喬丹身邊來。

「她說，『他一定是聽到了』。」瑪莉亞湊在羅伯．喬丹的耳邊說。

「那麼帕布羅，」費南多謹慎地說。「你現在支持我們，也贊成炸橋了？」

「對，兄弟，」帕布羅說。他正對著費南多的眼睛，對他點點頭。

「當真？」普里米提佛問道。

「*De veras*[9]，」帕布羅對他說。

「那你看這件事會成功嗎？」費南多問道。「你現在有信心了嗎？」

「怎麼沒有？」帕布羅說，「難道你沒有？」

「有，」費南多說。「但我是一直都有信心。」

「我要閃了，」奧古斯丁說。

「外面很冷喔，」帕布羅和善地對他說。

「也許吧，」奧古斯丁說。「但我實在不能繼續待在這個*manicomio*[10]。」

「別把這山洞稱為瘋人院，」費南多說。

「收容瘋狂罪犯的*manicomio*，」奧古斯丁說。「我要閃了，再待下去我也會發瘋。」

9 De veras：西班牙語，「當真」。

10 manicomio：西班牙語，「瘋人院」。

# 第十八章

羅伯．喬丹心想，這簡直就像旋轉木馬。不是那種有氣笛風琴配樂，上面有一隻隻牛角鍍金的假牛，可以讓孩子們騎上去玩樂的旋轉木馬，旁邊還有投套環的遊戲，曼恩大街[1]的藍色煤氣燈一入夜隨即點亮，隔壁攤販賣著炸魚，旋轉的命運輪盤皮片不斷啪啪啪拍打著編號格子上的小木柱，作為遊戲獎品的方糖一包包堆成金字塔狀。不，這不是那種旋轉木馬，即便一樣有很多人在等待著，有戴鴨舌帽的男人，還有身穿針織毛衣的女人，他們的頭髮在煤氣燈光下閃閃發亮，站在旋轉的命運輪盤前等待著。是啊，都是等待的人。但輪盤卻是另一種。這是一種會上升轉動的輪盤。

此刻輪盤已經轉了兩圈。這是一面傾斜的巨大輪盤，每轉一圈，就會回到原點。輪盤的一邊比另一邊高，轉圈時把你帶往高處，最後又送回到位於低處的起點。他心想，而且沒有獎品，所以誰也不願坐上這種輪盤。每次你都是原本沒有打算，但就莫名其妙地坐了上去。輪盤每次只會轉一圈，順著一個巨大的橢圓形軌跡旋轉，從低到高，從高到低，轉一圈後又回到原來的起點。他心想，我們現在又回來了，沒有一件事是已經搞定的。

山洞裡很溫暖，洞外風勢已經變小。此刻他坐在桌邊，筆記本攤在身前，正思考著與炸橋相關的所有技術問題。他畫了三張草圖，描繪出幾個方案，用兩張圖來說明爆破方法，畫得像幼兒園的課本一樣清楚，如此一來，即便他自己在爆破過程中遭逢不測，安瑟莫也可以繼續完成。他畫好這些草圖，細細端詳著。

瑪莉亞坐在他旁邊，從他身後看著他工作的情形。他意識到帕布羅就在桌子另一頭，其他人在聊天打牌，他還聞到此刻瀰漫在山洞裡的已經不是飯菜和烹飪的氣味，而是煙火味、男人的氣味、菸草味、紅酒味和濃烈的汗臭味。瑪莉亞看著他畫好一張圖，把她的一隻手擱在桌上，他用左手握起她的手挪到自己的臉前，聞到洗碗盤後留下來的粗劣肥皂味，還有清新的水味。他沒有看著她，只是把她的手放下來，繼續工作，沒有看到她臉紅了。她把手放在他的手旁邊近處，但他並沒有再把她的手拿起來。

此刻他完成了炸橋的計畫，翻到筆記本的另一頁，開始把行動指令寫出來。他的思路清晰縝密，寫的東西令他心滿意足。他寫了兩頁筆記紙，仔細看了一遍。

他對自己說，我想全部就是這樣了。寫得明明白白，我想沒有任何漏洞。按照葛爾茲的命令，將那兩個哨站毀掉，把橋給炸了，我全部的任務就是這樣。關於帕布羅的那檔事，是我絕對不該捲入的，不過無論如何他的事情總會有個結果。可能會有帕布羅，也可能沒有。有沒有我都不在乎。但是我不想再登上那個輪盤了。我上去過兩次，兩次都只是轉圈後回到原點，我再也不要上去了。

他闔上筆記本，抬頭看著瑪莉亞。「*Hola, guapa,*[2]」他對她說。「這些妳看得懂嗎？」

「不懂，羅貝托，」女孩說，把手放在他那依舊握著鉛筆的手上。「你弄好了？」

「好了。現在都已經寫好，安排好了。」

「你在幹嘛，*Inglés*？」帕布羅在桌子另一頭問道。他又變得醉眼矇矓。

羅伯．喬丹盯著他。他對自己說，別靠近那輪盤。別登上那個輪盤。我看輪盤又要開始轉了。

---

1 曼恩大街（Avenue du Maine）：位於巴黎市第十四區的街道。

2 Hola, guapa：西班牙語，「妳好，美人」。

「研究炸橋的事，」他客氣地說。

「情況怎樣？」帕布羅問道。

「很好，」羅伯．喬丹說。「一切都很好。」

「我一直在琢磨撤退的事，」帕布羅說。羅伯．喬丹看看他那醉醺醺的豬眼，再看看那酒缸。酒缸差不多空了。

他對自己說，別靠近那輪盤。他又在喝酒了。沒錯。但現在你可別登上那輪盤啊。格蘭特將軍[3]在南北戰爭期間不是據說常常喝得醉醺醺嗎？當然是啊。我打賭，要是格蘭特看到帕布羅，他一定會被他們倆的相似性給惹惱。格蘭特還喜歡抽雪茄。嘿，他得想辦法弄一支雪茄給帕布羅。他那張臉其實只要再配上雪茄，就很完整了。一支抽了半根的雪茄。他到哪裡去弄那種雪茄給帕布羅呢？

「琢磨得怎樣了？」羅伯．喬丹客氣地問。

「很好，」帕布羅說，然後煞有介事地用力點點頭。「*Muy bien.*[4]」

「你有主意了？」正和別人一起打牌的奧古斯丁抬頭問道。

「對，」帕布羅說。「有好幾個主意。」

「你在哪裡找到的？在酒缸裡？」奧古斯丁質問他。

「也許吧，」帕布羅說。「誰知道？瑪莉亞，請妳把酒缸加滿好嗎？」

「酒囊裡應該就有一些好主意吧，」奧古斯丁轉身繼續打牌。「你怎麼不鑽到裡面去找一找？」

「不，」帕布羅平靜地說。「我在酒缸裡找。」

羅伯．喬丹心想，帕布羅也不想登上輪盤啦。現在輪盤肯定是獨自在旋轉。看來任誰都不能在那輪盤上待太久。也許那是一座要命的輪盤。我很高興我們下來了。我有兩次被弄得暈頭轉向。但還是有很多酒鬼和真正卑鄙或殘忍的傢伙在上面一直待到死。輪盤先往高處轉，每次的旋轉軌跡總是有點不同，接著又往低處轉。就給它轉吧，他心想。任誰也沒辦法把我弄上去啦。不，長官，格蘭特將軍，我離開那輪盤啦。

琵拉正坐在爐火旁，她把椅子轉向，從後面看著那兩個正背對著她打牌的人。她在看他們的牌。羅伯．喬丹心想，最奇怪的是，眼看要拚個你死我活的幾個人，居然在轉眼間過起了正常的居家生活。原來就是要等到輪盤回到低處的原點，才又會有一堆人傻傻的坐上去，像他們一樣。但我已經遠離了那輪盤，他心想。不管誰叫我再上去，我都不幹。

他心想，兩天前我根本還不知道有琵拉、帕布羅以及其他那些人。世界上也沒有瑪莉亞這樣的女孩。當時的世界的確遠比現在單純。葛爾茲下達的指令明確無比，而且似乎也完全可能執行，儘管過程中會有些困難，最後也會產生一些嚴重後果。炸橋後，不管是否回到前線我都無所謂，如果我們可以回去的話，我打算請假到馬德里待上一會兒。這是一場沒有人請假的戰爭，但是我肯定自己應該可以請個假，在馬德里待兩三天。

他心想，到了馬德里，我要買幾本書，到佛羅里達飯店[5]去開一個房間，洗個熱水澡。我要派門房路易斯去買苦艾酒，或許可以在雷昂內薩乳品店[6]或者格蘭大道附近的店鋪裡幫我買個一瓶，到時候我就可

---

3 格蘭特（Ulysses Grant）將軍：美國將領，早年曾因酗酒被開除軍職，南北戰爭爆發時再度從軍，立下顯赫戰功，後升任至聯邦軍總司令。戰後以戰爭英雄之姿，當選美國總統。

4 Muy bien：西班牙語，「很好」。

5 佛羅里達飯店（Florida Hotel）：如同二戰的巴黎麗池酒店，佛羅里達飯店是西班牙內戰期間，戰地記者、政要、間諜、藝術家、名流的聚集之處。海明威與當時的情婦、後來的第三任老婆瑪莎．葛宏，採訪期間即居住在此。

以在洗澡後上床看書，喝兩杯苦艾酒，然後打電話到蓋洛飯店[7]，問問能否去那裡吃個飯。

他不想到格蘭大道去吃飯，因為那裡的食物其實不怎麼樣，而且還得準時，去晚了就什麼都吃不到。另一個理由是那裡有很多他認識的報社記者，他可管不住自己的嘴巴，還是不去為妙。他想要喝點苦艾酒，讓自己想跟人聊聊，接著到蓋洛飯店去和卡可夫一起吃飯，那裡有美食和貨真價實的啤酒，他還要打聽一下戰況。

他初次去馬德里的蓋洛飯店時，並不喜歡那一家由俄國人接管的大飯店，因為在這樣一個被圍攻的城市裡，那飯店顯得過於豪華，菜餚太好，而且人們對於戰爭的看法也過於悲觀。不過我是很容易墮落的，他心想。既然你完成了一件苦差事，回去後為什麼不設法弄一些好東西來享受呢？而且，那些話他初次聽到時認為是悲觀的言論，結果卻都是如此真切。他心想，等任務完成後，到蓋洛飯店時倒是可以把這話題拿出來聊一聊。對，等這任務完成以後。

你可以帶瑪莉亞到蓋洛飯店去嗎？不。你不可以。但你可以把她留在佛羅里達飯店裡，讓她洗個熱水澡，在那兒等你從蓋洛飯店回來。對，你可以這麼辦，可以先向卡可夫說明她的情況，然後再帶她去，因為他們會對她很好奇，想看看她。

也許你並不會到蓋洛飯店去。你可以早一點到格蘭大道去吃飯，趕快回到佛羅里達飯店。但你明明知道自己會去蓋洛飯店，因為你想再看看那裡的一切，你想在炸橋之後再吃一吃那裡的美食，欣賞那裡的舒適與豪華。然後你回到佛羅里達飯店，回到瑪莉亞身邊。當然啦，這一切結束後，她會在那裡的。這一切結束後。是啊，這一切結束後。要是他幹得漂亮，他有資格到蓋洛飯店吃一頓。

在蓋洛飯店，你能遇到那些當過農民與工人的知名西班牙指揮官，先前未曾受過軍事訓練的他們在內戰一開始後就拿起了武器，而且你還發現其中有不少人會說俄語。幾個月前他曾為此第一次感到幻滅，開始用憤世嫉俗的態度看待此事。但等到他知道那是怎麼一回事，也就釋懷了。他們本來就是農民與工人啊。他們是一九三四年革命[8]的骨幹，革命失敗後被迫流亡國外，被俄國人送進軍校與共產國際所屬列寧學院，接受必要的軍事訓練，以便準備好在下一次革命中擔任指揮官。

共產國際透過學院教育他們。在革命中，你不能讓外人知道你背後是誰在幫助你，也不能讓任何人知道他們不該知道的事。這他早就懂了。如果一件事基本上是正確的，那麼為那件事撒謊也無所謂。只是，要撒謊的事實在太多了。一開始他不喜歡撒謊。他討厭撒謊。後來他開始喜歡撒謊。想要成為局內人就是要撒謊，但那也是很墮落的一件事。

你就是在蓋洛飯店才發現，那個被大家稱為*El Campesino*，也就是綽號「農民旅長」的瓦倫汀．岡薩雷斯[9]從來沒有當過農民，他曾是西班牙外籍軍團的中士，後來離營潛逃，與阿卜杜．克里姆[10]並肩作戰。那也算不了什麼。有什麼不可以的呢？在這種戰爭中，最好能夠趕快找出農民領袖，但真正農民出身的領袖卻可能太像帕布羅，讓人不敢恭維。你不能等到真正的農民領袖出現，而且等他出現的時候，他身上的農民習氣又可能太過濃厚。所以你必須創造一個農民領袖。就此而論，從他對於「農民旅長」的印象看來，只覺得那傢伙一臉黑鬍子，厚厚的嘴唇像黑人，目光如炬，總是用力盯人，將來惹出的麻煩可能不亞於真正的農民領袖。他最後一次見到岡薩雷斯時，發現岡薩雷斯似乎也把自己的名號當真了，自以為

6 Mantequerlas Leonesas：位於馬德里的高級雜貨店。
7 蓋洛飯店（Gaylord's）：馬德里的另一間知名飯店。
8 一九三四年革命：指一九三四年於阿斯圖里亞斯（Asturies）地區發起的的工人革命。
9 瓦倫汀．岡薩雷斯（Valentin Gonzalez）：西班牙共產黨員，共和軍軍官，礦工出身。
10 阿卜杜．克里姆（Abd el Krim）：摩洛哥反西班牙殖民的革命領袖。

是個農民。岡薩雷斯勇敢而強悍，這世上誰也不如他勇敢。可是，天啊，他的話太多了。激動時他總是口不擇言，也不管失言會有什麼後果。這種苦果已經不少了。即便戰況似乎毫無指望，他依舊是個出色的旅長。他的字典裡沒有「毫無指望」這四個字，就算遇到那種情況，他也會拚命找出解套之道。

你在蓋洛飯店還見過安立奎．李斯特[11]，他原本是來自加利西亞的一介平凡石匠，如今已是師長，也會講俄國話。你還見過胡安．莫德斯托[12]，他原本是安達盧西亞的木櫃工匠，前不久才被拔擢為軍團司令。他在聖瑪莉亞港沒學過俄語。不過，如果當年那裡開設了一間專供木櫃工匠就讀的貝里茲語言學校，他也許會去就讀。他是俄國人最信任的年輕軍人，因為他是個道地的黨員，讓俄國人於自豪之餘引用美國的辭彙，說他是「百分之百」忠於共黨。他也遠比李斯特或「農民旅長」聰明。

如果沒待過蓋洛飯店，任誰都不能說自己接受了完整的教育。在那裡，你學到的是實際上如何作戰，而不是應該如何作戰。他心想，他還算是剛剛開始在那裡接受教育呢。他不知道自己是否會長期在那裡學習。蓋洛飯店是個完善的好地方，也是他所需要的。剛開始當他還相信那些廢話時，蓋洛飯店的一切見聞都讓他感到震驚。如今他進入狀況了，已經接受了謊言的必要性，而且在那飯店所學到的一切只會讓他更加認為自己的信念是正確的。他想知道實際的情況，而不是設想中的情況。任何戰爭都有謊言存在。但是，李斯特、莫德斯托和「農民旅長」本人比謊言和傳說中的他們出色許多。算了，總有一天他們會對大家講真話，眼下他很高興能夠透過蓋洛飯店來了解實際的情況。

是啊，他在馬德里買了書，泡過熱水澡，喝兩杯酒，讀一會兒書之後，就會去蓋洛飯店。不過，那是他在瑪莉亞出現以前所盤算好的計畫。沒關係。他們可以分住兩房，他去蓋洛飯店時，她可以做自己想做的事，之後他會回到她身邊。她都已經在山區等了那麼久，如今在佛羅里達飯店再等他一會兒也無所謂。他們可以在馬德里住三天。三天算是很久了。他會帶她去看馬克斯兄弟[13]主演的電影《歌聲儷影》[14]。

《歌聲儷影》已經開映三個月，看來如果再播三個月也肯定賣座。他心想，她應該會喜歡馬克斯兄弟的電影。一定會非常喜歡。

從蓋洛飯店到這個山洞可說是長路迢迢啊。不對，這段路還不算長。從山洞回到蓋洛飯店比較遙遠。第一次到蓋洛飯店是卡胥金帶著他去的，當時他並不喜歡那裡。卡胥金說，他應該見見卡可夫，因為卡可夫想了解美國人，同時也因為卡可夫是世界上最喜愛維加的人，認為維加的《羊泉村》[15]是史上最偉大的劇作。也許是那樣吧，但羅伯・喬丹並不以為然。

他喜歡卡可夫，但不喜歡那個地方。在他見過的人裡面，最聰明的非卡可夫莫屬。羅伯・喬丹第一次和他見面時，他的外形滑稽，穿著黑馬靴、灰馬褲和上衣，手腳都很小，臉和身體看來浮腫虛弱，一邊講話一邊會有口水從他的爛牙之間噴出來。但在他認識的人裡面，卡可夫比誰都更有頭腦與自尊心，言行比誰都還傲慢與幽默。

當時蓋洛飯店看來是如此粗鄙、奢華與墮落。但既然統治全球六分之一人口的大國派了這些代表來西班牙，代表們為何不能過得稍微舒適一點？是啊，他們就是那樣過日子的，羅伯・喬丹一開始對這整件事很反感，但後來也接受了，自己也跟著享受了起來。卡胥金把他奉為上賓，卡可夫起先則保持一種輕蔑的客氣，但是羅伯・喬丹並未硬充好漢，反而講了一個有趣而猥褻，會讓自己丟臉的故事，卡可夫才解除心

---

11 安立奎・李斯特（Enrique Líster）：西班牙共產黨員，共和軍軍官。
12 胡安・莫德斯托（Juan Modesto）：西班牙共產黨員，共和軍軍官。
13 馬克斯兄弟（Marx Brothers）：知名美國喜劇演員家族，成員共有兄弟五人。
14 歌聲儷影（A Night At The Opera）：一九三五年上映的喜劇片，馬克斯兄弟的代表作之一。
15 羊泉村（Fuente Ovejuna）：維加於一六一九年推出的歌劇作品，以農民抗暴的歷史事件為故事題材。

防，收起了原來的禮數，變得粗魯，甚至傲慢，他們也就此成為朋友。

飯店裡的人並不是非常歡迎卡胥金待在那裡。顯然他犯了什麼過錯，被派到西班牙將功贖罪。大家都不肯說那是怎麼一回事，不過既然卡胥金死了，說不定他們會說出來。總之，他和卡可夫伉儷成為朋友，其妻子非常削瘦，滿臉倦容，皮膚黝黑，討人喜歡，緊張兮兮，失寵的她任勞任怨，缺乏照顧的身體沒有多少肉，留著一頭黑中帶灰的短髮，在坦克軍團擔任口譯。卡可夫的情婦也是他的朋友，她的眼睛像貓，一頭金髮帶著紅色（時而偏紅，時而偏金，取決於理髮師是誰），性感的身體看來懶洋洋的（天生適合對人投懷送抱），一張非常適合與人接吻的嘴，愚蠢而有企圖心，對人忠心耿耿。這情婦愛說閒話，偶爾會跟其他人亂搞，但又有所節制，讓卡可夫總是一笑置之。除了那一位坦克軍團的口譯之外，卡可夫應該還有一兩個小老婆，但誰都不是很確定。羅伯．喬丹喜歡卡可夫的老婆，也喜歡那情婦。如果卡可夫還有一個小老婆，而且他也認識，他認為自己還是會喜歡。卡可夫挑女人的品味很棒。

蓋洛飯店樓下門廊外有步槍上了刺刀的哨兵，在馬德里這個被圍困的城市裡[16]，今晚它應該是最愉快舒適的地方了。今晚他寧願自己在那裡，而不是這裡。不過，因為輪盤已經停下不轉了，待在這裡也還算不錯。更何況雪也停了。

他想把他的瑪莉亞帶給卡可夫看看，但必須要先說一聲，而且還要看看這次任務後人們對他的評價如何。如果他的表現出色，他們都會從葛爾茲那裡得知，因為這波攻勢結束後，葛爾茲也會到那兒去。葛爾茲也會拿瑪莉亞來跟他開玩笑。因為他曾說自己沒時間把妹。

他拿杯子在帕布羅面前的酒缸裡舀了一杯酒。「可以嗎？」他說。

帕布羅點點頭。羅伯．喬丹心想，他大概在琢磨他的軍事問題吧。他並未在砲口下求生存，為自己爭取像氣泡一般脆弱的名譽，而是在那酒缸裡尋求問題的解答。但你也知道，這狗雜種只要肯幹，應該可以帶著這幫人建立一番戰功。他看著帕布羅，心裡想著如果這傢伙身處南北戰爭時期，不知道會成為怎樣的游擊隊隊長。他心想，這種人多得是。只是我們不太了解他們。不是寬崔爾[17]也不是莫斯比[18]，也不是他自己的祖父那種人，而是那種小隊領袖，到處打游擊的。還有關於喝酒的事。格蘭特真的是個酒鬼？他祖父也總是宣稱格蘭特是酒鬼。祖父說他每到下午四點就喝得有點醉了，甚至在圍攻維克斯堡[19]期間，有時他一醉就是兩三天。但祖父聲稱，無論他喝了多少，他的表現完全正常，只是有時很難叫醒他。但如果能叫醒他，他總是表現如常。

這次戰爭雙方迄今都沒有出現像格蘭特、謝曼[20]、綽號「石牆」的傑克森將軍[21]之類的將才。沒有。也沒有像傑布．斯圖爾特[22]，或謝里登[23]那種人。不過卻多的是像麥克萊倫[24]那種人。法西斯那一邊有很多那種人，而我方呢，至少有三個。

他的確沒看到任何軍事天才出現在這次戰爭中。一個也沒有。就連相似於天才的人也沒有。克萊伯[25]、

---

16 國民軍在一九三六年十一月開始對馬德里展開攻城戰，但在共和軍的堅守下始終功敗垂成。直到戰爭末期（一九三九）馬德里才開城投降。

17 寬崔爾（William Quantrill）：南北戰爭期間效忠南軍，在堪薩斯與密蘇里州活動的游擊隊領袖。

18 莫斯比（John Mosby）：南北戰爭期間的南軍游擊隊領袖。

19 維克斯堡（Vicksburg）：位於密西西比州，圍攻維克斯堡的戰役是南北戰爭末期的重要戰役，由格蘭特將軍親率部隊圍城退敵。

20 謝曼（William Sherman）：北軍將領。

21 傑克森（Thomas Jackson）：南軍將領。

22 傑布．斯圖爾特（J. E. B. Stuart）：南軍將領。

23 謝里登（Philip Sheridan）：北軍將領。

24 麥克萊倫（George B. McClellan）：北軍將領。

盧卡茲與漢斯帶領國際縱隊保衛馬德里，各個軍功顯赫後來，還有也參與馬德里保衛戰的老禿子四眼田雞米亞哈[26]，他是個自負的蠢蛋，講話無趣，勇敢但卻像公牛一樣笨，名聲全都是被宣傳吹捧起來的，他十分妒忌眾所矚目的克萊伯，硬逼俄國人解除克萊伯的指揮權，將其調往瓦倫西亞。克萊伯是個好軍人，但有侷限性，也太喜歡談自己的工作。葛爾茲是個好將領與出色的軍人，但總是被擺在聽命行事的職位上，總是綁手綁腳的。這一波攻勢將是他到目前為止負責的最大規模軍事行動，只是羅伯．喬丹覺得從他聽到的消息看來，情勢不妙啊。再來就是匈牙利佬蓋爾[27]，如果在蓋洛飯店裡流傳的有關他的消息有一半屬實，就該把他抓來槍斃。羅伯．喬丹心想，應該說蓋洛飯店裡關於他的消息有十分之一屬實，他就該槍斃。

他多麼希望自己曾親眼看到他們在瓜達拉哈拉那一頭的高原上擊退義大利部隊的情形[28]。可是當時他在南方的艾斯特雷馬都拉。兩周前某天晚上在蓋洛飯店，透過漢斯的描述，讓他詳細地了解那場戰役。戰況一度讓人以為大勢已去，因為義大利人在特里胡埃克附近突破防線，如果從托里哈到布里韋加之間的公路被切斷的話，第十二旅將會遭到孤立。「但是，因為知道他們是義大利人，」漢斯說，「我們就採取了一種跟別的部隊作戰時絕對不應採取的行動，結果奏效了。」

漢斯利用作戰地圖向他說明一切戰況。漢斯總是隨身攜帶地圖袋，似乎仍為那一次奇跡似的勝利感到又驚又喜。他是個出色的軍人與好夥伴。漢斯說，在那次戰役中，李斯特、莫德斯托和「農民旅長」旗下的西班牙部隊都打得很漂亮，他們領導有功，紀律嚴明。但他們有一些行動都是在俄國軍事顧問建議之下才採取的。他們就像駕駛教練機的菜鳥飛行員，一出差錯飛行教練就會接替他們，幫忙操縱飛機。嘿，這一年將可以看出他們學到多少，學得好不好。再過一段時間他們就不用駕駛教練機了，到時候我們可以看出他們獨立指揮師和軍團的能力。

他們是紀律嚴明的共產黨員。因為講求紀律，他們會打造出優秀的部隊。李斯特的紀律凶殘無比。他是個真正的狂熱份子，其作為反映出一種絲毫不尊重人命的西班牙風格。自從蒙古人初次入侵西方以來，已經很少有部隊像他那樣動不動地就地處決下屬。但他就是懂得如何把一個師鍛鍊成戰鬥部隊。羅伯・喬丹坐在桌邊心想，守衛陣地是一回事，有能力攻占陣地又是另一回事，至於想要在戰場上調動一支部隊，更是截然不同的一件事。根據我對李斯特的觀察，等到他所駕駛的不再是教練機了，真不知道他將會有什麼表現？他心想，或許他還是會繼續駕駛教練機。或者俄國人會加強控制？我不知道俄國人對於這整件事的立場是什麼。我該去蓋洛飯店，他心想。很多現在我想了解的狀況只有在蓋洛飯店才能打聽得到。

他曾認為蓋洛飯店對他有害。與蓋洛飯店完全相反的，是位於維拉斯奎茲路六十三號，由馬德里王宮改建而成的國際縱隊總部，那裡瀰漫著清教徒式的虔誠共產主義氣氛。在維拉斯奎茲路六十三號，大家好像都是一個團體的成員——至於蓋洛飯店給人的感覺，則是完全不同於已被重組為新軍的第五軍團總部[29]。

無論是在國際縱隊總部或者第五軍團總部，都讓人有種參加十字軍的感覺。只有「十字軍」一詞才能夠傳達那種感覺，儘管這三個字已經遭人屢屢濫用，不再具有原本的真正意義。雖然總部裡瀰漫著官僚主

25 克萊伯將軍（General Kléber）：國際縱隊的俄國軍官曼佛雷德・史騰（Manfred Stern），他以拿破崙時代的將軍 Jean-Baptiste Kléber 做為化名。
26 米亞哈（José Miaja）：共和國將領，西班牙人。
27 蓋爾（Janos Galicz）：參與西班牙內戰的匈牙利軍官。
28 一九三七年三月，共和軍在馬德里東北方的瓜達拉哈拉（Guadalajara），擊敗以墨索里尼派遣的義大利志願軍為主力的國民軍。
29 第五軍團總部原為教堂。

義，缺乏效率，黨內鬥爭盛行，但一進總部會讓你聯想到自己的聖餐禮初體驗：你會感受到你希望在聖餐禮上體會到但卻沒體會到的感覺。你會覺得自己為全世界被壓迫的人們鞠躬盡瘁，那種彷彿與宗教經驗一樣難以言喻，令人為難，但卻真誠的感覺，像是在聆聽巴哈的音樂，或站在沙特爾大教堂[30]或萊昂大教堂[31]裡見著光線從大窗戶灑進來，又或者在普拉多美術館[32]裡欣賞曼帖那[33]、葛雷柯[34]和布魯蓋爾[35]的畫作。那讓你感覺到自己參與了一份全心全意信仰的志業，和其他參與者之間建立起一種牢不可破的兄弟情誼。你未曾體會過那種感覺，如今體會到了以後，你對那感覺是如此重視，認為它如此合理，以至於把自己的生死置之度外，你之所以會避免自己死去，只是因為那會妨礙你恪盡職責。但最棒的是，你可以為這種感覺還有必要性採取行動。你可以為之奮戰。

所以你才會參加戰鬥，他心想。可是參戰後不久，我們這些倖存下來的戰爭好手就失去了這種純真的感覺。才不到半年。

守衛陣地或城市都是戰爭的一部分，藉此你會體會到那種最初的感覺。過去在*Sierras*[36]作戰時就是這樣。他們像革命同志一樣奮戰。等到初次有必要加強紀律時，任誰都會贊成也能理解那種情況。在槍林彈雨中，有人變成拔腿就逃的膽小鬼。他看過逃跑的人被槍斃，屍體扔在路邊任其腐爛，沒有人理會，只是把屍體上的彈藥和貴重物品拿走。拿走他們的彈藥、靴子和皮夾克是對的。拿走貴重物品只是一種實事求是的做法。無非是不讓無政府主義者得到那些東西而已。

在當時看來，槍殺逃走的人並非冤枉他們，可說是正確的必要之舉。沒有任何錯。逃跑是一種自私的表現。法西斯份子對瓜達拉馬山區發動進攻，我們在布滿灰岩、矮松與荊棘叢的山坡上把他們擋了下來。他們派敵機前來轟炸，後來又把大砲拉上山，我們在砲火中堅守著那條公路，到了傍晚，我方的倖存人員發動反攻退敵。後來，他們穿過岩石和樹林，企圖從左側包抄，我們堅守在*Sanitarium*[37]並從窗口和屋頂開火，儘管他們已經通過了療養院的兩側，這讓我們體驗到被包圍的滋味，最後靠反擊攻勢才把他們趕回公路的另一頭。

砲彈炸開時閃光乍現，發出轟然聲響，四周瀰漫著泥灰被擊碎後揚起的塵土，一堵牆突然落下倒塌，驚慌失措之餘你感受到一陣令你口乾喉燥的恐懼，但你還是把機關槍挖了出來，拖開臉部朝下埋在瓦礫堆中的機槍手，你利用機槍的護盾掩護頭部，排除卡彈問題，把破損的彈殼弄出來，將彈帶整理好，接著趴在護盾後面，再次用機槍掃射公路邊。你做了該做的事，也知道自己是對的。你體會到戰鬥中令人口乾舌燥、排除恐懼與清除雜念的狂喜。那年夏天和秋天你之所以奮戰不懈，是為了全世界的貧民，為了抵抗所有暴政，為了你所信仰的一切，也為了那個把你教育成社會的一份子的新世界[38]。他心想，那年秋天，長時間在又濕又冷、泥濘不堪的戰地挖掘壕溝與建築防禦工事，你因此學會了如何堅持下去，不畏苦難。那年夏天與秋天的感覺，已被深深埋葬在疲憊、睏倦、緊張以及困苦下。但那感覺是一直存在的，你所經歷的一切只不過證實了其存在。他心想，在那些日子裡，你內心的自豪是如此深刻、美好與無私——他突然

30 沙特爾大教堂（Chartres Cathedral）：位於法國。
31 萊昂大教堂（Cathedral de Leon）：位於西班牙。
32 普拉多美術館（Museo Nacional del Prado）：位於馬德里的國立美術館。
33 曼帖那（Andrea Mantegna）：十五世紀義大利畫家。
34 葛雷柯（El Greco）：十六世紀西班牙畫家。
35 布魯蓋爾（Brueghel）：十六世紀法蘭德斯父子檔畫家，父子都叫做Pieter Brueghel。
36 Sierras：西班牙語，「山脈」。
37 Sanitarium：西班牙語，「療養院」。
38 新世界：指美國。

想到，自豪會讓你在蓋洛飯店裡成為一個討厭鬼。

他心想，是啊，如果當時你去了蓋洛飯店，在那裡不見得會受到歡迎。那時候你太天真了。彷彿正享受著上帝的恩寵。不過，當時的蓋洛飯店可能也和現在不一樣。他對自己說，是啊，當時的確跟現在不一樣。完全不一樣。當時根本還沒有蓋洛飯店。

卡可夫跟他談起過那些日子。當時所有的俄國人都住在王宮飯店[39]。羅伯·喬丹還不認識他們當中的任何人。那是在第一批*partizan*[40]成立之前，他還不認識卡胥金和其他俄國人。卡胥金當時待在北部的伊倫與聖塞巴斯提安，並參加了那一波向維多利亞挺進[41]，但功敗垂成的攻勢。他到一月份才抵達馬德里，當時羅伯·喬丹正在卡拉邦切爾和烏塞拉作戰[42]。那三天的戰事中，他們擋下了攻擊馬德里的法西斯右翼部隊，在烈日灼燒的灰色高地邊緣上逐屋驅逐掃蕩摩爾人和*Tercio*[43]，終於肅清了殘破不堪的市郊，沿著高地建立一道保衛城市的防線，那時卡可夫已經來到馬德里了。

卡可夫談起那段日子時，也沒有帶著悲觀的語氣。他們都經歷過那段一切看來好像全無指望的時光，如今大家都還記得在那種情況下應該如何行動，而且記得比自己接受過的表揚和勳章都還清楚。當時，政府已經棄城而去，撤退時帶走了戰爭部的所有汽車，連米亞哈都只能騎腳踏車去視察防禦陣地。羅伯·喬丹不相信這件事。即便是在那種充滿愛國情操的想像中，他也覺得米亞哈不可能騎腳踏車，但卡可夫說那是真的。不過，話說回來，他曾為此替俄國報紙寫了一篇報導，所以可能因為寫過報導而希望那是真的。

但有另一件事是卡可夫沒有寫出來的。他在王宮飯店裡照顧三個俄國傷兵，兩個是坦克駕駛，一個是飛行員，因為傷勢太重而無法運走。那時的當務之急是不能留下俄國人介入的證據，避免法西斯份子以此為由，宣稱外國勢力公開介入內戰[44]，所以萬一棄城，卡可夫的職責是不能讓傷兵落入法西斯份子手裡。

一旦棄城的時刻來臨，卡可夫就必須在撤離王宮飯店之前毒死他們，藉此毀掉一切關於其身分的證據。到時候他們只會是三具屍體，一個腹部有三處槍傷，一個下巴被子彈打掉，聲帶外露，還有一個股骨被子彈打碎，雙手和臉部燒傷嚴重，一張臉變成沒有睫毛、眉毛和寒毛的大水泡，任誰也無法證明他們是俄國人。他會把他們留在王宮飯店的床上，沒有人看得出他們是俄國人。裸屍身上沒有任何東西可以證明死者是俄國人。死人無法顯示出自己的國籍和政治立場。

羅伯．喬丹曾問卡可夫，對於此一不得已之舉有何感想？卡可夫說，他未曾想到要那樣做。「那你怎麼辦？」羅伯．喬丹問道，還加上一句，「你也知道，突然要把人毒死並不是一件簡單的事。」卡可夫說，「喔，很簡單啊，只要你隨身攜帶給自己用的毒藥。」接著他打開菸盒，給羅伯．喬丹看藏在菸盒裡側邊的東西。

「不過，如果敵人俘虜了你，通常第一件事就是拿走你的菸盒，」羅伯．喬丹反駁他。「他們會叫你舉起雙手。」

「可是我這裡還有一些，」卡可夫咧嘴一笑，拉起他外套上的翻領。「只要把嘴含住翻領，咬一下，

---

39 王宮飯店（Hotel Palace）：一九一二年於馬德里落成，曾是歐洲最大飯店。

40 partizan：俄語，即「游擊隊」。

41 伊倫（Irun）、聖塞巴斯提安（San Sebastian）、維多利亞（Vitoria）均位於西班牙北方的巴斯克地區（País Vasco）。

42 卡拉邦切爾（Carabanchel）與烏塞拉（Usera）皆位於馬德里南端市郊。

43 Tercio：外籍軍團（Tercio de Extranjeros）的簡稱。雖然名為外籍軍團，但成員以西班牙人占多數。原駐守於摩洛哥，是國民軍的核心主力。

44 當時英法對共和政府實施武器禁運，國際聯盟也呼籲各國保持中立，但共和政府與國民軍分別獲得了蘇聯與德、義兩國政府的援助，一開始援助都是檯面下的。

吞下去就成了。」

「這樣就好多了，」羅伯·喬丹說。「你說說看，毒藥是不是像很多偵探小說描寫的那樣，有苦杏仁味？」

「我不知道，」卡可夫神情愉悅地說。「我從來沒聞到過。我們折斷一小管來聞聞看好嗎？」

「還是留著好了。」

「好吧，」卡可夫說，然後收起菸盒。「你也知道我不是失敗主義者，但那種嚴峻的局面隨時都可能再出現，而這東西並不是到處都能弄到的。你看過來自哥多華前線的公報嗎？寫得棒透了。在所有公報中我現在最喜歡那一份。」

「那公報裡寫了些什麼？」羅伯·喬丹是從哥多華前線來到馬德里的，所以他突然呆住了，就像是從別人的口中聽到只有他自己才會開的玩笑那樣。「說來聽聽吧？」

「*Nuestra gloriosa tropa siga avanzando sin perder ni una sola palma de terreno*[45]，」卡可夫用他那一口古怪的西班牙語說。

「我看不是那樣吧，」羅伯·喬丹質疑道。

「我們的光榮部隊繼續挺進，沒有喪失一寸領土，」卡可夫又用英語說了一遍。「這是公報上寫的。我可以找給你看。」

你還牢記著自己認識的一些人在波索夫蘭科郊區戰事中犧牲了，但是到了蓋洛飯店，那件事卻變成一個笑話。

所以說，蓋洛飯店的現況是這樣。但蓋洛飯店並不是從一開始就存在的，而是內戰初期那些倖存者聚集在那裡，才會造就蓋洛飯店那樣的環境。如果情況真是如此，他很樂意再去飯店看看，去了解它的消息。他心想，你的心境跟當初在瓜達拉馬山區，在卡拉邦切爾和烏塞拉的時候相較，已經大不相同了。你很容易墮落啊，他心想。但那真是墮落，或者只是不再像起初那樣天真呢？做任何事不都是這樣嗎？年輕醫生、教士或軍人剛入行時通常懷抱著純潔的初心，但其他還有誰能夠保持下來呢？牧師當然保持著，否則他們就會不幹了。他心想，看來納粹份子也都保持著那種初心，還有自制力極強的共產黨人也是。

卡可夫這個人讓他百思不厭。上次去蓋洛飯店時，卡可夫向他極力推崇一個在西班牙待了很久的英國經濟學家。多年來羅伯．喬丹經常看那位學者的著作，雖然對他本人一點都不了解，卻一直很尊敬他。他不太喜歡那學者寫的有關西班牙的書。書寫得太過淺顯簡單，太過一目了然，而且他知道書中很多統計數字都是一廂情願地捏造出來的。但是他心想，只要真的了解某個國家之後，很少人還會重視關於那個國家的新聞報導，而且他也尊敬那學者的本意。

終於，在進攻卡拉邦切爾的那天下午，他見到了那個人。他們坐在鬥牛場的背風處，兩條街外有槍戰進行著，大家都惴惴不安地等待進攻時刻來臨。一輛坦克說好會來支援，但卻沒來，蒙特洛坐著，把頭埋在手裡，不斷喃喃自語：「坦克還沒來。坦克還沒來。」

那天很冷，風把街頭颳得黃土瀰漫，蒙特洛的左臂中了彈，整隻手都僵硬了。「一定要有坦克掩護才行，」他說。「我們必須等坦克來，可是不能再等了。」因為受傷，他的口氣聽來很差。

蒙特洛說，他覺得坦克也許就停在電車軌道轉彎處那一棟公寓的後面，羅伯．喬丹回去找。果然在那裡。不過那並不是台坦克車。在那些日子裡，西班牙佬把各種軍車都稱為坦克。那是一輛老舊裝甲車。司機不願把車開離公寓的角落到鬥牛場去。他站在車子後面，雙臂交叉靠在車身的鐵殼上，頭戴有皮革襯墊

45 西班牙語，意思是「我們的光榮部隊繼續挺進，沒有喪失一寸領土」。

的頭盔，擺在交叉的雙臂上。羅伯．喬丹跟他說話，他一直搖頭，頭依舊枕在雙臂上。接著他把頭別過去，不看羅伯．喬丹。

「我並未奉命到那裡去，」他繃著臉說。

羅伯．喬丹從槍套裡拔出手槍，用槍口抵著裝甲車司機的皮夾克。

「這就是你的命令，」他對司機說。司機搖搖頭說，「機關槍沒子彈。」他那一頂大大的頭盔跟美式足球員的頭盔很像。

「我們有子彈在鬥牛場，」羅伯．喬丹對他說。「來吧，我們走。我們到那裡去裝子彈。走了。」

「沒有機關手，」司機說。

「人呢？你的夥伴在哪裡？」

「死了，」司機說。「在車裡。」

「拖出來，」羅伯．喬丹說。「把他從車裡拖出來。」

「我不想碰他，」司機說。「他趴在機槍和方向盤之間，我跨不過去。」

「來吧，」羅伯．喬丹說。「我們一起拖他出來。」

他爬進裝甲車時撞到頭，眉毛上方出現一個小傷口，血流到臉上。屍體又重又硬，沒辦法彎曲，他不得不用力搥屍體的腦袋，把那一顆臉部朝下，卡在座位和方向盤之間的腦袋拉出來。最後他屈膝抵著那腦袋的下面，把它頂起來，腦袋鬆動後就抓住屍體的腰部往外拉，一個人把屍體拖往車門。

「幫我一把，」他對司機說。

「我不想碰他，」司機說，羅伯．喬丹看到他在哭。在那一張沾滿煙硝的臉上，淚珠從鼻子兩側滾下來，鼻子也在流鼻涕。

他站在車子裡，從車門旁把屍體丟出去，屍體落在電車軌道旁的人行道上，仍舊保持著彎腰駝背的姿勢。屍體趴在那裡，蠟灰色的臉貼著水泥人行道路面，兩隻手跟剛剛在車裡一樣，彎曲在身體下面。

「上車啊，去你媽的，」羅伯・喬丹用手槍指著司機說。「上車啊。」

此刻他看到有個人從公寓後面走來。他身穿長大衣，沒戴帽子，頭髮花白，顴骨寬闊，凹陷的雙眼靠得很近。羅伯・喬丹拿著手槍，正要把司機推上裝甲車，那個人從手裡那一包卻斯特菲爾牌香菸抽出一支，遞給他。

「等一下，同志，」他用西班牙語對羅伯・喬丹說。「你可以跟我說明一下戰況嗎？」

羅伯・喬丹接過香菸，放進身上那件藍色技工服胸口的口袋裡。藉由以前看過的照片，他認出眼前的同志。他就是那位英國經濟學家。「閃一邊去，」他用英語說，然後用西班牙語對裝甲車司機說：「往下開。到鬥牛場去。懂嗎？」他砰一聲拉下沉重的邊門，上了鎖，車就順著長長的斜坡往下開，彈如雨下，嗒嗒嗒打在車上，好像一顆顆小石子砸在鐵鍋爐上的聲音。接著有機關槍掃過來，就像鐵鎚的尖銳搥打聲。他們開到鬥牛場後面停下來，避開子彈的襲擊，售票窗口旁仍然張貼著去年十月份的海報，擺在那裡的一個個彈藥箱都已被撬開，同志們手拿步槍，腰帶上和口袋裡都有手榴彈，在背風處等待著。蒙特洛說，「好啊。坦克來了。現在我們可以進攻了。」

後來他們在那一晚攻下山丘上最後幾棟房屋。事後他舒適地躺在一面磚牆後面，牆上有幾塊磚頭被敲掉，充當射擊孔，目光穿過眼前被當成戰場的美麗田野，遠眺至另一頭法西斯部隊撤退後駐紮的山脊，安心得幾乎要想入非非，想像隆起一座有著頹圮別墅的山丘保護他們左翼。他躺在一堆稻草裡，身上的衣服因為流汗而濕透，身上裹著毯子，等衣服乾掉。他躺著想起那位經濟學家，不禁大笑，為自己的粗魯感到抱歉。但是，那傢伙伸手遞香菸給他，像是要用小費換取消息似的，在那當下一股戰鬥人員對於非戰鬥人員的厭惡之情油然而生，他受不了就失控了。

此刻他想起了在蓋洛飯店與卡可夫談起那個人的情況。「原來你就是在那裡遇到他的，」卡可夫說。「那天我最遠只到過托萊多橋而已。他朝前線前進，走了很遠。我相信那是他有英勇表現的最後一天。隔天他就離開馬德里了。我也相信，托萊多橋是他表現得最英勇的地方。在托萊多他很厲害。我們攻下托萊多古城堡時，他就是獻策者之一。你真該看看他在托萊多的表現。我相信圍城之所以能成功，多半要歸功於他的努力與建議。那是這次戰爭中最愚蠢的事[46]。愚蠢到了極點。不過，你可不可以告訴我，他在美國有何評價？」

「在美國，」羅伯．喬丹說，「他被當成莫斯科的同路人。」

「他才不是，」卡可夫說。「不過他的相貌堂堂，他那張臉和舉止都很受歡迎。換成是我，光憑相貌就幹不了任何事了。我的那一點點成就跟我的臉毫不相干，因為我的臉既沒有鼓舞的作用，也不動人，沒辦法讓人喜歡我、信任我。但米契爾這個人有一張能讓他發達的臉。那是一張陰謀家的臉。任何人只要讀過陰謀家的書，都會立即信任他。他擁有道地的陰謀家風範。不管是誰看到他走進屋裡，都會認為眼前的這個人是第一流的陰謀家。在你那些因為情感因素而想要幫助蘇聯的有錢同胞裡，有一部分是基於信仰而伸出援手，另一部分則是因為不樂見共黨某一天真的得勢而有所保留，無論是哪一種，都能立刻從那傢伙的相貌舉止看出他個值得信賴的共產國際代理人。」

「難道他在莫斯科沒有人脈嗎？」

「沒有。聽著，喬丹同志。你知道有兩種傻瓜嗎？」

「普通的和該死的嗎？」

「不。我是指我們俄國的兩種傻瓜，」卡可夫咧齒一笑後接著說。「第一種是冬天的傻瓜。冬天的傻瓜來到你家門口大聲敲門。你走到門口，發現他站在那兒，你未曾見過他。他的模樣使人印象深刻。他是個大漢，腳穿高筒靴，身上穿戴著毛皮衣帽，渾身積雪。他先躲跺腳，把靴上的雪抖掉。接著脫下毛皮大衣抖一抖，又有雪掉了下來。然後脫下毛皮帽子拍打門板，又有雪從帽上落下。他隨即跺腳走進屋裡。後來你看看他，發現他是個傻瓜。那是冬天的傻瓜。到了夏天，你看見有個傻瓜走在大街上揮舞雙臂，腦袋左右搖晃，從兩百碼之外任誰都能看出他是個傻瓜。那就是夏天的傻瓜。這位經濟學家是個冬天的傻瓜。」

「可是這裡的人為什麼都信任他呢？」羅伯．喬丹問。

「他的臉，」卡可夫說。「他那張漂亮的 *gueule de conspirateur*[47]。他還有一個珍貴無比的花招，就是把自己包裝成來自別處的重要人士，而且深受人們信任。當然，」他微笑道，「為了讓這個花招奏效，他必須四處奔波。你知道，西班牙人是很古怪的，」卡可夫接著說。「這個政府有錢得很。有很多黃金。他們不肯給朋友半毛錢。如果你是朋友。那很好。你不拿錢也會為他們辦事，那他們也不用給你報酬。但如果有人是重要的公司或國家派來的，對他們並不友善，但他們必須施加影響，他們就肯花大錢買通。你仔細觀察的話，就會發現這有趣現象。」

「我並不喜歡這種現象。而且那些都是西班牙勞工的血汗錢。」

「沒人要求你喜歡。只需了解就可以，」卡可夫對他說。「每次我見到你都會教你一點東西，最後你

---

46 共和軍圍攻托萊多城堡（Alcázar of Toledo）時，曾捉拿國民軍指揮官之子為人質，要脅投降被拒，少年因此被處決。卡可夫說的「愚蠢的事」可能是指此一事件。

47 gueule de conspirateur：法語，意思是「陰謀家的臉」。

終究會獲得某種完整的教育。讓教授接受再教育，真是有趣啊。」

「我不知道回去後能否當上教授。說不定他們會把我當成共黨同路人，叫我走路。」

「喔，也許你可以到蘇聯去繼續學習。那對你而言可能是最好的。」

「但我的專長是西班牙語。」

「講西班牙語的國家很多，」卡可夫說。「別的國家可不會都像西班牙這樣，不管做什麼事都很難。別忘了，你沒當教授已經將近九個月了。九個月都能讓你學會一門新的行業了。辯證法你學到什麼程度了？」

「我已經讀過艾米爾·伯恩斯[48]編的《馬克思主義手冊》。就這樣。」

「如果你已讀完整本，那也挺多了。總共有一千五百頁，每一頁上都可以耗掉你一些時間。但還有其他一些讀物是你該讀的。」

「現在沒時間讀。」

「我知道，」卡可夫說。「我是說你終究得讀。要讀的書很多，讀完你就能明白現在發生的一些事。但憑藉著這些事，終究有人會寫出一本必要的著作，藉此解釋很多大家都應該明白的東西。也許我會寫。我希望那本書的作者就是我。」

「我不知道還有誰能寫得比你更好。」

「別拍我馬屁了，」卡可夫說。「我是個記者，但是和所有記者一樣，我希望自己寫出來的是文學作品。我現在正忙著研究卡爾沃·索特羅[49]。他是道道地地的法西斯份子，貨真價實的西班牙法西斯主義者。佛朗哥和其他人都不是。我一直在研究索特羅的全部著作和講稿。他非常聰明，殺掉他也可說是明智之舉。」

「我還以為你不贊成政治暗殺。」

「暗殺是非常普遍的，」卡可夫說。「非常非常普遍。」

「但是——」

「我們不贊成個人的恐怖行動，」卡可夫微笑道。「當然不贊成那種由罪犯進行的恐怖活動，還有反革命組織的做法。我們非常厭惡懼怕布哈林[50]那一幫言行不一，無惡不作，而且殺人如麻的豺狼，還有像季諾維也夫、加米涅夫和李可夫[51]以及他們的親信那種人渣敗類。我們痛恨厭惡這些不折不扣的惡魔，」他又微笑道。「但我仍然相信，政治暗殺可以說是非常普遍的。」

「你的意思是——」

「我沒有什麼意思。但是，像這種不折不扣的惡魔與人渣，有如狗一般奸詐的將軍們，以及備受信任但卻背叛黨國，令人髮指的海軍將領，我們是一定會處死消滅的。這種人都會被消滅。這並非暗殺。你明白其中的差異嗎？」

「明白，」羅伯．喬丹說。

「還有，因為我偶爾會開玩笑——我想你該知道，即便只是為了開玩笑而開玩笑，都是很危險的吧？好。那我就來開個玩笑。你以為西班牙人以後不會後悔他們並未把某些現在還在發號施令的將軍給槍斃掉嗎？你也知道我是不喜歡動不動就槍斃人的。」

---

48 艾米爾．伯恩斯（Bernard Emile Vivian Burns）：英國共黨黨員兼馬克思主義學者。

49 卡爾沃．索特羅（José Calvo Sotelo）：西班牙右派政治領袖，於一九三六年七月遭到暗殺，此事件是西班牙內戰的序曲之一。

50 布哈林（Nikolai Bukharin），蘇聯共產黨元老，後來在史達林時期的「大清洗」中被處決。

51 季諾維也夫（Grigory Zinoviev）、加米涅夫（Lev Kamenev）和李可夫（Alexei Rykov），三人都是蘇共政治人物。

「我不在乎，」羅伯．喬丹說。「我不喜歡槍斃人，可是我再也不在乎了。」

「這我知道，」卡可夫說。「我聽說了。」

「這重要嗎？」羅伯．喬丹說。「只是，對於這種事，我想要實話實說。」

「這是令人遺憾的，」卡可夫說，「但是，如果想要讓人信賴你，這倒不失為一個好辦法。若不這樣，一般都必須花更多時間才能成為一個被信賴的人。」

「我是可以信賴的嗎？」

「在工作上，你是非常可靠的。我該找個時間跟你聊一聊，了解一下你內心的想法。遺憾的是我們未曾好好聊過。」

「在我們戰勝以前，我都不會有什麼想法，」羅伯．喬丹說。

「到那個時候，可能你有好一陣子都不用想東想西了。但你應該好好地訓練一下自己的思考力。」

「我會看《工人世界報》[52]。」羅伯．喬丹說，對此卡可夫說道，「可以啊。很好。我也可以接受別人開玩笑。不過，《工人世界報》刊登的某些東西的確頗有見地。只有那些文章對這次戰爭有深刻見解。」

「嗯，」羅伯．喬丹說。「我同意。不過，若只是閱讀黨報，任誰也無法掌握周遭事件的全貌。」

「嗯，」卡可夫說。「但就算讀了二十種報紙，你也無法掌握全貌的。話說回來，即便你掌握到了，我也不知道你能拿它做什麼。我幾乎一直都能掌握那種全貌，但我卻總是設法忘掉。」

「情況這麼糟嗎？」

「現在比以前好。我們正在解決一些最糟糕的問題。但情況已經糟透了。我們正在籌組一支大軍，有些成員是可靠的，像莫德斯托、「農民旅長」、李斯特和杜蘭[53]的部下。他們不只是可靠而已。應該說很出色。你會看出來的。此外我們還有國際縱隊，只是他們的角色要改變一下。但是，靠一支好壞參半的雜牌軍是無法贏得任何戰爭的。我們要讓所有人都具有相當程度的政治概念，讓大家了解自己為何而戰，還有戰鬥的重要性。所有人都必須抱持必勝的信念，也要服從紀律。我們正在招募一支大軍，但卻沒時間為大家灌輸這種部隊必須具備的紀律觀念，就是那種在槍林彈雨中該如何行動的紀律。我們稱之為人民的部隊，但這支大軍卻欠缺正牌人民部隊該有的優秀素質，也沒有徵募而來的軍隊所需要的鋼鐵紀律。你會看出來的。這種做法十分危險。」

「你今天心情不太好。」

「嗯，」卡可夫說。「我剛從瓦倫西亞回來，在那裡我見到很多人。任誰去過瓦倫西亞之後都不會太愉快的。馬德里的情勢讓人覺得舒坦清爽，唯一能感受到的可能性就只有勝利。瓦倫西亞就是另一回事了。懦弱的統治者們從馬德里逃到那裡後，還是在當統治者。他們安頓了下來，心滿意足，整個政府又開始懶散與官僚起來。對於保衛馬德里的人，他們唯一的觀感就只有不屑。此刻讓他們最在意的問題是戰爭部的軍權被削弱了[54]。還有巴塞隆納。你該去巴塞隆納看看。」

「巴塞隆納怎麼了？」

「還是像在上演一齣鬧劇。剛開始那裡是狂想家和浪漫革命家的樂土。現在變成了冒牌軍人的天堂。那些軍人喜歡穿著軍裝到處耀武揚威，身上戴著紅黑領巾。他們喜愛戰爭的一切，唯一不愛的就是打仗。瓦倫西亞的情況讓人想吐，巴塞隆納讓人笑掉大牙。」

---

52《工人世界報》（Mundo Obrero）：西班牙共黨的黨報，創辦於一九三〇年。

53 杜蘭（Gustavo Durán）：來自巴塞隆納的共和軍軍官。

54 戰爭部（Commissariat of War）：共和政府為了因應內戰而成立的部門。自從政府逃往瓦倫西亞後，戰爭部鞭長莫及，指揮不到在馬德里作戰的部隊。

「那P.O.U.M.[55]的叛亂呢？」

「P.O.U.M.從來不是玩真的。那只是狂想家和激進份子的異端產物，實際上只不過是小孩玩大車而已。有些是被誤導的老實人。有一個相當不錯的軍師，還取得了法西斯派的一點資金。不多。P.O.U.M.真可悲。都是一些蠢蛋。」

「叛亂中死了很多人嗎？」

「沒有被槍斃或即將被槍斃的多。波姆，P.O.U.M.這名字聽起來就不像是玩真的。他們應該自稱M.U.M.P.S.或者M.E.A.S.L.E.S.才對[56]。不對喔。麻疹可是遠比它危險呢。麻疹會損害視力和聽力。但你知道，他們策畫要殺我，殺華爾特[57]、莫德斯托，還有普列托[58]。你知道他們有多迷糊嗎？他們和我們根本不能相提並論。P.O.U.M.真可悲。他們從沒殺過人。無論是在前線，或在別的地方都沒殺過。的確，在巴塞隆納是殺過一些。」

「當時你在那裡嗎？」

「在。我發了個電報，在報導中把他們形容成一個邪惡而惡名昭彰的托洛斯基派殺人犯組織，他們那些法西斯派陰謀詭計簡直卑鄙透頂。不過，私底下我跟你說一句真話，P.O.U.M.成不了大事。寧恩[59]是他們之中唯一的人才。我們抓住他，可是又被他逃走了。」

「現在他在哪裡？」

「在巴黎。我們說他在巴黎。他是個很討人喜歡的傢伙，只是在政治上有許多偏差。」

「他們和法西斯份子有聯繫吧？」

「誰沒有呢？」

「我們沒有。」

「誰知道？但願沒有。你經常到他們的占領區呢，」他咧嘴笑道。「但是，上星期共和國駐巴黎大使館某位祕書的兄弟曾去過聖讓德呂[60]，與他會面的人來自布哥斯[61]。」

「我比較喜歡前線的情況，」羅伯・喬丹說。「越靠近前線的人越好。」

「你喜歡法西斯的占領區嗎？」

「很喜歡。我們在那裡有一些很出色的人員。」

「喔，你知道的，他們肯定也一樣派了很不錯的人來我們這裡。我們逮住了那些人就槍斃，他們逮住了我們的人也會槍斃。每當你到他們的占領區，別忘了他們一定也派了很多人到我們這裡來。」

「我想到過那些人。」

「好吧，」卡可夫說。「今天你可以好好思考的事可能已經夠多了。所以把酒壺裡剩下的啤酒喝完就走吧，因為我還得到樓上去見一些人。一些上層人士。早點回來看我喔。」

是啊，羅伯・喬丹心想。你在蓋洛飯店學到很多東西。卡可夫曾看過他出版的唯一一本書。那本書賣得不好。只有兩百頁，讀過那本書的搞不好不到兩千人。他花了十年時間在西班牙旅行，無論是徒步，搭

---

55 P.O.U.M.：馬克思主義統一工人黨（Partido Obrero de Unificación Marxista）的縮寫。
56 兩種病名的縮寫，M.U.M.P.S. 為流行性腮腺炎，M.E.A.S.L.E.S. 是麻疹。
57 華爾特（General Walter）：蘇聯將軍 Karol wierczewski 的化名。
58 普列托（Indalecio Prieto）：共和國的國防部部長，曾在第十三章提及。
59 寧恩（Andrés Nin）：P.O.U.M. 的創黨黨魁。
60 聖讓德呂（St Jean de Luz），法國南部小城，鄰近西班牙。
61 布哥斯（Burgos），西班牙北部城市，位於法西斯叛軍的占領區內。

乘三等火車車廂、公車，騎騾騎馬，或是乘坐卡車的所見所聞，全都被他寫進那一本書裡。他非常熟悉巴斯克、納瓦拉、阿拉岡、加利西亞、兩個卡斯提爾和艾斯特雷馬都拉等地區。巴羅[62]與福特[63]等人已經寫過很出色的同一類作品了，他的書裡面沒有太多新鮮的內容。不過卡可夫說那是一本好書。

「這就是為什麼我要跟你聊聊，」他說。「我認為你寫的東西都真實無比，這是很罕見的。所以我想讓你了解一些事。」

可以啊。等這件差事了結後，他要寫一本書。但只寫他真正了解的東西，他所知道的一切。他心想，但我必須先成為一個遠比目前高明的作家，才能處理那些題材。他在這次戰爭中才開始了解的事情可沒那麼簡單。

# 第十九章

「你坐在那裡幹嘛？」瑪莉亞問他。她緊貼在他身邊站著，他轉過頭去，對她微笑。

「沒幹嘛，」他說。「我在想事情。」

「想什麼？想炸橋的事？」

「不。那我已經想好了。想妳，想馬德里的一家飯店，有幾個我認識的俄國人住在那裡，還想著我以後要寫的一本書。」

「馬德里有很多俄國人嗎？」

「不多。很少。」

「可是法西斯份子在期刊上說有好幾十萬。」

「那都是鬼扯，沒有多少。」

「你喜歡俄國人嗎？上次來這裡的那個人就是俄國人。」

「妳喜歡他嗎？」

「喜歡。那時我還在生病，可是我覺得他很俊美，很勇敢。」

---

62 巴羅：指十九世紀英國作家 George Borrow。

63 福特：指十九世紀英國作家 Richard Ford。

「還俊美咧。鬼扯！」琵拉說。「他的鼻子跟我的手掌一樣扁，兩邊顴骨像羊屁股一樣寬闊。」

「他是我的好朋友，好同志，」羅伯．喬丹對瑪莉亞說。「我很喜歡他。」

「的確，」琵拉說。「可是你槍殺了他。」

此話一出，牌桌邊的人都抬起頭來看，帕布羅則是盯著羅伯．喬丹。大家都不發一語，最後吉普賽佬拉斐爾問道：「真的嗎，羅貝托？」

「真的，」羅伯．喬丹說。他心想，要是琵拉沒有提起這個話題就好了，要是他在聾子那裡沒把這件事說出來就好了。「那是他要求的。他受了重傷。」

「*Qué cosa mas rara*[1]，」吉普賽佬說。「他跟我們在一起的時候，老是把這種可能性掛在嘴邊。我曾答應他會照做，不知道答應了多少回。多麼奇怪的事，」他又說了一遍，接著搖搖頭。

「他就是個怪人，」普里米提佛說。「非常特別。」

「聽著，」兩兄弟之一那個叫做安德烈斯的說，「你是個大教授。你相信人有可能事先看到自己未來發生什麼事嗎？」

「我認為看不到，」羅伯．喬丹說。帕布羅好奇地盯著他，琵拉也看著他，臉上毫無表情。「以這一位俄國同志為例，他在前方待了太久，變得神經兮兮的。他曾在伊倫打過仗，你們知道，那裡的戰況很糟。糟透了。後來他又到北方去打仗。第一批敵後工作小組成立後，他又在這裡，在艾斯特雷馬都拉和安達盧西亞都幹過活。我認為他疲累不堪而且神經兮兮，總是把情況想得很糟。」

「他一定見過很多醜惡的事情，」費南多說。

「不管在哪裡都是這樣的，」安德烈斯說。「可是你聽我說，*Inglés*，你認為真的有預知自己未來的遭遇這種事嗎？」

「沒有，」羅伯・喬丹說。「那是無知與迷信。」

「說下去，」琵拉說。「我們來聽聽教授有何看法。」她的口氣就像正在對一個早熟的小孩講話。

「我認為，恐懼會產生不祥的幻覺，」羅伯・喬丹說。「會看到凶兆——」

「例如今天的飛機，」普里米提佛說。

「例如你的來到，」帕布羅低聲說，羅伯・喬丹在桌子另一頭望著他，看得出他並非有意挑釁，而是有話直說，於是接著說，「一個人心懷恐懼，看到了凶兆，就會想像自己的死期已到，把這種想像當成預知未來，」羅伯・喬丹總結道。「我看差不多就是這樣。我覺得妖怪、算命，還有超自然奇蹟等等都是無稽之談。」

「可是這個名字古怪的傢伙卻看清了自己的命運，」吉普賽佬說。「結果就是他預見的。」

「他並未預見，」羅伯・喬丹說。「他害怕那種可能性，結果變成他的心結。任誰跟我說他們自己預見了什麼，都說服不了我。」

「包括我嗎？」琵拉問他，從火爐裡抓起一把灰，然後把手掌上的灰吹掉。「我說的你也不信嗎？」

「對。即使妳使用巫術，搬出吉普賽人那一套，或者其他什麼，都說服不了我。」

「因為你這個人跟耳聾一樣，什麼都聽不進去，」琵拉說，她那一張大臉在燭光下顯得嚴肅而寬闊。「並不是因為你愚蠢。而是你聽不進去罷了。耳聾的人是聽不到音樂的。也沒辦法聽收音機。因為從來沒聽過，所以就會說那些東西並不存在。*Qué va! Inglés*，名字古怪的傢伙的臉上有死亡的徵兆，就像用烙鐵烙印在上面似的，我看見了。」

---

1 *Qué cosa mas rara*：西班牙語，「多麼奇怪的事」。

「沒那回事，」羅伯・喬丹堅稱。「妳看到的是恐懼和憂慮。他的種種遭遇讓他心生恐懼。因為他想像自己可能遭逢不測，所以感到憂慮。」

「*Qué va!*」琵拉說。「我看得一清二楚，好像死神就坐在他的肩頭。而且他身上還散發著死亡的氣味。」

「他身上散發著死亡的氣味，」羅伯・喬丹用嘲諷的語氣說。「也許是恐懼的氣味吧。恐懼的確是有氣味的。」

「*De la muerte*[2]，」琵拉說。「你聽我說。布蘭奎特曾是歷史上最偉大的*peon de brega*[3]，曾在馬諾羅・格拉內羅手下當差的他跟我說過，格拉內羅死掉那一天，他們到前往鬥牛場路上的小教堂裡禱告，那時馬諾羅身上就有死亡的濃烈氣味，讓布蘭奎特差點吐出來。動身前往鬥牛場以前，馬諾羅在旅館裡洗澡更衣，他也在一旁。他們搭乘汽車前往鬥牛場，所有人擠在車內，路上並沒有那一股氣味。在小教堂裡，除了胡安・路易斯・德拉羅薩之外，誰也聞不出什麼氣味。包括馬西亞和奇奎洛，無論在當時，或後來他們四個人排好隊，要在鬥牛場裡繞場一周時，都沒有聞到這股氣味。布蘭奎特告訴我，他對臉色慘白的胡安・路易斯說：『你也聞到了？』胡安・路易斯對他說：『氣味濃到讓我無法呼吸。是你的鬥牛士身上的味道。』布蘭奎特說：『*Pues nada,*[4]一點也沒辦法。希望是我們搞錯了。』胡安・路易斯問布蘭奎特：『別人呢？』布蘭奎特說：『*Nada*。都沒有。不過這傢伙的氣味比塔拉維拉的鬥牛士荷西還要濃。』結果當天下午在拉斯班塔斯鬥牛場[5]裡，馬諾羅・格拉內羅就被牛撞死在二號*tendido*[6]前的木板圍欄上，逞兇的鬥牛叫做波卡佩納，是維拉瓜牧場養出來的。我和菲尼多就在鬥牛場裡，我親眼目睹那一幕。馬諾羅被公牛甩到*barrera*[7]底端，頭卡在*estribo*[8]下面，整個顱骨被牛角撞得粉碎。」

「妳有聞到什麼氣味嗎？」費南多問道。

「沒有，」琵拉說。「我們離得太遠。我們坐在三號*tendido*的第七排。因為視角好，才看到整個經過。先前小荷西也是在布蘭奎特當他的助手時被牛弄死的，到了那天晚上在佛諾斯咖啡館[9]，布蘭奎特對菲尼多提起白天的事，菲尼多追問胡安．路易斯．德拉羅薩，他不肯說話。但他點點頭，表示那是真的。這件事發生時我在場。所以說啊，*Inglés*，也許對於這種事你就是個聾子，就像那天奇奎洛和馬西亞．蘭達，還有他們手下所有*banderilleros*[10]，所有騎馬鬥牛士，以及胡安．路易斯的所有助手與馬諾羅．格拉內羅本人，都是耳聾的，但胡安．路易斯和布蘭奎特可沒有耳聾。對這種事我也沒有耳聾。」

「氣味是用鼻子聞的，妳幹嘛一直說耳聾呢？」費南多問。

「*Leche*[11]！」琵拉說，「*Inglés*的教授職位換你來當好了。不過，*Inglés*，我還可以告訴你其他一些事。有些東西你自己看不見，聽不到，但你也別懷疑它們的存在。狗聽得到的，你聽不到。狗嗅得到的，你也嗅不到。但你應該已經多多少少體悟到人可能會有什麼遭遇。」

瑪莉亞把手搭在羅伯．喬丹肩上，就擺在那裡，他心裡突然有個念頭，趕快把這些廢話講完，好好利

---

2 De la muerte：西班牙語，「是死亡的」。
3 peon de brega：西班牙語，「鬥牛士助手」。
4 Pues nada：西班牙語，「但是沒辦法」。
5 拉斯班塔斯鬥牛場（La Plaza de Toros de Las Ventas）：西班牙最有名的鬥牛場，位於馬德里。
6 tendido：西班牙語，「看台」。
7 barrera：西班牙語，「圍欄」。
8 estribo：西班牙語，「欄杆」。
9 佛諾斯咖啡館（Café de Fornos），創立於一八七〇年，馬德里的知名咖啡館。
10 banderilleros：持短矛的鬥牛士助手。
11 Leche：西班牙語，「天啊」。

用我們僅有的時間吧。不過，現在還太早了。我們不得不把傍晚這段時間給消磨掉。所以他對帕布羅說，「你，你也信這種巫術嗎？」

「我不知道，」帕布羅說。「我比較贊成你的看法。從來沒有超自然的事情發生在我身上。但恐懼當然是有的。很怕。但我相信琵拉能用手相算命。如果她不是撒謊，也許她真的能夠聞到那種氣味。」

「*Qué va*！我幹嘛撒謊！」琵拉說。「這種事可不是我瞎掰的。布蘭奎特這傢伙嚴肅無比，而且非常虔誠。他可不是吉普賽佬，而是來自瓦倫西亞的布爾喬亞。你沒見過他嗎？」

「見過，」羅伯．喬丹說。「見過好多次。他是個灰臉矮子，揮動斗篷的功夫比誰都厲害。他腳步靈活，動如脫兔。」

「一點也沒錯，」琵拉說。「臉色灰白是因為他有心臟病。很多吉普賽人都說死神附在他身上，可是他揮動披風時就能把死神甩掉，好像把桌上灰塵撣掉那樣。他不是吉普賽人，然而在塔拉維拉鬥牛時，他聞得到小荷西身上的死亡氣味。曼查尼亞白酒的氣味四處瀰漫著，我也不懂他怎麼還能聞到死亡的氣味。事後布蘭奎特提起這件事時很沒把握，可是聽到的人都說那是幻想出來的，是因為荷西當時的日子過得非常靡爛，腋窩卯起來出汗才會有那種氣味。但後來又發生了馬諾羅．格拉內羅的事，胡安．路易斯．德拉羅薩一樣也聞到了。當然，胡安．路易斯的名譽不佳，但至少在工作上很敏銳，還是個獵豔高手。至於布蘭奎特則是嚴肅沉默，根本不會撒謊那種人。我跟你說呀，先前你那位同事來這裡時，我也聞到他身上有死亡的氣味。」

「我可不信，」羅伯．喬丹說。「妳說過，布蘭奎特是在繞場時聞到那種氣味的。就在鬥牛開始之前。但是你們和卡胥金的炸火車行動很成功。炸火車時他沒有死。當時妳怎麼會聞到？」

「你說的根本是兩回事，」琵拉解釋道。「在最後一個賽季期間，伊格納休．桑切斯．梅希亞斯身上散發著濃烈的死亡氣味，許多人在咖啡館裡都不願和他坐在一起。所有吉普賽人都知道這件事。」

「人死後常會有這種空穴來風的傳聞，」羅伯・喬丹爭辯道。「大家早就知道桑切斯・梅希亞斯難免會遇到*cornada*[12]的下場，因為太久沒訓練了[13]，也因為他的鬥牛招式遲鈍而危險，而且他力氣衰退，那雙腿也不靈活了，反應也不如以往敏捷。」

「當然啦，」琵拉對他說。「你說的那些都是事實。只不過，每個吉普賽人都知道，他身上有死亡的氣味。他一走進玫瑰莊園酒館[14]，像是里卡多、菲利佩・岡薩雷斯那些人就從酒館後面的小門溜走了。」

「可能他是他們的債主吧。」羅伯・喬丹說。

「有可能，」琵拉說。「很有可能。不過他們也聞到那氣味，這是眾人皆知的。」

「她這話不假，*Inglés*，」吉普賽佬拉斐爾說。「這件事是我們吉普賽人都知道的。」

「我一點也不信，」羅伯・喬丹說。

「聽著，*Inglés*，」安瑟莫說道。「這一類巫術我都不信。不過琵拉在這方面很厲害，也很出名。」

「不過，那種氣味聞起來怎樣？」費南多問道。「是怎麼樣的氣味？要是有，味道應該很明確才對。」

「你想知道嗎，費南多？」琵拉對他微笑。「你以為你能聞到嗎？」

「要是真有那種氣味，別人能聞到，為什麼我就不能？」

「怎麼會不能？」琵拉取笑他，用兩隻大手抱著雙膝。「你搭過大船嗎，費南多？」

---

12 cornada：西班牙語，「被牛角戳到」。

13 梅希亞斯（Ignacio Sánchez Mejías）曾於一九二七年退休，一九三四年復出，結果那年就因鬥牛意外身亡。

14 玫瑰莊園酒館（Villa Rosa），馬德里知名酒館。

「沒有。我也不想搭。」

「那你恐怕分辨不出來。那種氣味有點類似暴風雨來時關上舷窗後船上的氣味。船在你腳底下搖晃顛簸，你頭昏眼花，胃裡在翻騰著，你把鼻子貼在緊閉的銅質舷窗把手上，就能聞到一點那種氣味。」

「我不會搭船，所以不可能分辨出那種氣味，」費南多說。

「我搭過幾回，」琵拉說。「去墨西哥和委內瑞拉都是。」

「還有呢？」羅伯．喬丹問道。此刻琵拉自豪地想起了她的旅行，用嘲弄的臉色看著他。

「好吧，*Inglés*，學著點。這就對了，學著點。好吧。除了船上聞到的那種氣味之外，想像一下你在馬德里，大清早走下山，到托萊多橋旁的 *matadero*[15]，站在那潮濕的地板上，這時候一陣白霧從曼薩納雷斯河河面上飄來，你站在那裡等待一些老太婆出來，她們早在天亮前就進去喝那些被屠宰的牲口的血。老太婆從 *matadero* 出來，個個都裹著圍巾，臉色灰白，眼睛凹陷，因為年紀大了，下巴和臉頰都布滿著寒毛，一根根像豆芽似的從蠟白的臉上冒出來，不是豬鬃般的硬毛，比較像死人慘白的臉上長出來的白色細芽。*Inglés*，你就伸出手去緊緊摟住其中一個老太婆，往嘴巴親下去，你就知道死亡的氣味聞起來還像什麼了。」

「那種氣味讓我的胃口全都沒了，」吉普賽佬說。「那種芽鬚的氣味真夠嗆的。」

「你還要聽嗎？」琵拉問羅伯．喬丹。

「當然，」他說。「如果有必要知道，那我就學著點吧。」

「老太婆臉上芽鬚的氣味讓我想吐，」吉普賽佬說。「老太婆臉上為什麼會長出那玩意兒來，琵拉？我們可沒那樣？」

「可不是嘛，」琵拉取笑他說。「我們這種老太婆啊，年輕時都很苗條，只不過一定都會時時挺著大肚子，這顯示出丈夫有多愛我們呢，所以每個吉普賽女人身前總是頂著——」

「別這樣說話，」拉斐爾說。「真下流。」

「你聽了心裡受傷嗎？」琵拉說。「哪個*Gitana*[16]不是快生孩子或剛剛生完孩子？」

「妳。」

「別說屁話，」琵拉說。「沒有哪個人心裡是不會受傷的。我的意思是，年紀到了所有人都會變醜，只是模樣不同。不用講得那麼仔細。不過，要是*Inglés*非得搞清楚那種氣味不可，而且這麼想要學會如何分辨，他就必須一大早到*matadero*去。」

「我會去，」羅伯·喬丹說。「不過只要等她們路過時聞聞那種氣味就好，不用跟她們親嘴。我和拉斐爾一樣怕那種芽鬚。」

「來親一個吧，」琵拉說。「親一個吧，*Inglés*，想要知道就得親一個，然後讓那種氣味留在鼻孔，走回城裡，一見到垃圾桶裡有枯萎的花，就把鼻子湊到桶子裡面，用力吸一口氣，讓花的味道跟鼻孔裡原有的氣味混在一起。」

「就當我已經照辦了，」羅伯·喬丹說。「哪一種花呢？」

「菊花。」

「講下去，」羅伯·喬丹說。「我聞到了。」

「然後，」琵拉接著說，「要緊的是你必須挑某個下雨的秋日，或者至少有霧，甚或初冬的某一天，

---

15 matadero：西班牙語，「屠宰場」。

16 Gitana：西班牙語，「吉普賽女人」。

你在城裡頭沿著樂活大街一直走，等那些*casas de putas*[17]把垃圾掃出來、往水溝裡倒汙水桶的時候，一股淡淡的味道飄到鼻子裡，其中夾雜著一夜春宵與肥皂水的芳香味，還有菸屁股的味道，你得繼續往植物園[18]走下去，園子裡許多流鶯倚著鐵門和鐵柵欄，或躺在人行道上，在夜裡就地接客。她們就是在樹蔭下的鐵欄杆上讓男人過癮的，只要一毛錢就能滿足他們最簡單的要求，一比塞塔[19]就能辦一次我們天生就會的那件事，辦事的地方是任何一座已經枯死，但還沒拔掉重種的花床，鋪著花的泥土可比人行道柔軟多了。你將會發現一個被扔掉的麻布袋，上面帶著濕土、枯花的味道，還有夜裡辦事留下的氣味。這麻袋包含著一切的精華，有土壤、枯萎花梗的死亡氣味，花朵的腐爛味，也有人類的生與死的氣味。你只需要把麻袋套在頭上，試著在裡面呼吸就可以了。」

「我可不幹。」

「你要照做，」琵拉說。「你把那個麻袋套在自己頭上，試著在裡面呼吸。如果你深呼吸時還聞得到那些還沒消散的氣味，那你就會聞到我們所說的死亡即將來臨的氣味了。」

「好吧，」羅伯．喬丹說。「妳說先前卡胥金在這裡時身上就有那種氣味嗎？」

「嗯。」

「那好吧，」羅伯．喬丹嚴肅地說。「要真是那樣，我把他槍殺倒是一件好事，省得你們還要繼續聞那種味道。」

「*Olé*！」吉普賽佬說，其他人都大聲笑了出來。

「好極啦，」普里米提佛讚許地說。「這下子可以讓她暫時閉嘴啦。」

「不過琵拉啊，」費南多說。「羅貝托先生是個讀書人，妳應該不會真的要他去幹剛剛妳說的那些骯髒事吧？」

「不會，」琵拉也同意說。

「那些事真是噁心到了極點。」

「是啊，」琵拉同意說。

「妳應該不會指望他真的去幹那些下流的事吧？」

「不會，」琵拉說。「你去睡覺吧，可以嗎？」

「可是琵拉——」費南多繼續說。

「你閉嘴好不好？」琵拉突然兇他。「你別再說傻話，我也不要繼續犯傻了，不要再跟你們這些聽不懂人話的傢伙說話。」

「老實說，我的確是聽不懂，」費南多說。

「別再老實說，也別想要試著搞懂了，」琵拉說。「外面還在下雪嗎？」

羅伯・喬丹走到洞口，撩起毛毯往外看。洞外夜空晴朗寒冷，沒在下雪了。他往樹幹之間看過去，只見地上一片雪白，再抬頭眺望，透過樹梢看著如今已經放晴的夜空。一呼一吸之間，他覺得吸進去的冷空氣讓他的肺部刺痛。

他心想，如果聾子今晚去偷馬，會留下很多腳印。

他放下毛毯，轉身走回煙霧瀰漫的山洞裡。「天晴啦，」他說。「暴風雪過去了。」

---

17 casas de putas：西班牙語，「妓院」。

18 Jardin Botánico，馬德里的植物園。

19 比塞塔（peseta）：西班牙貨幣單位。

# 第二十章

此刻在夜裡他躺著等待女孩過來找他。這時風已停歇，松樹在夜色中寂靜不動。松樹樹幹矗立在滿是積雪的地上，在睡袋裡的他感覺得到身體底下軟綿綿的鋪墊，兩腿在溫熱的睡袋裡伸直，頭部接觸到的與鼻孔吸進去的冷空氣如此刺人。他側躺著，頭下是用褲子和外衣包住鞋子捲成的克難枕頭。脫衣時他從槍套裡抽出自動手槍，用一條短繩把槍繫在右手腕上，此時槍身貼著腰際，感覺起來又大又冷。他推開手槍，往睡袋深處鑽去，同時看著雪地另一頭岩壁上的黑色開口，那就是山洞洞口。天色清朗，藉著積雪反射出來的光線他可以清楚看見山洞兩旁的樹幹和大塊岩堆。

稍早剛入夜時，他拿一把斧頭走出山洞，越過新的積雪，來到林中空地的邊緣，把一小棵雲杉砍倒。在黑暗中，他手握樹根，把樹拖往岩壁的背風處。他在靠近岩壁的地方把樹立起來，一手穩住樹幹，另一手握住斧頭柄靠近斧頭的地方，把所有樹枝砍下，聚成一堆。接著他把光禿禿的樹幹擺在雪地裡，離開那一堆樹枝，走進山洞去拿那一塊他先前看到靠在洞壁上的厚木板。他用那木板把岩壁旁邊地上的積雪都刮掉，然後拾起樹枝，把上面的雪抖落，一根根排列在地上，好像羽毛一層層疊蓋在鳥的身上那樣，直到鋪成一張床。他把樹幹壓在樹枝床鋪的一頭，將樹枝固定住，並且從厚木板的邊邊劈下兩根尖尖的木片，像木樁一樣插在地上，把樹幹穩穩卡住。接著他從洞口毛毯下鑽進洞裡，把木板和斧頭拿回去，靠在洞壁上。

「你在外面做什嗎？」琵拉問道。

「鋪床。」

「可別把我那個新架子劈成一塊塊，拿去鋪床啊。」

「抱歉。」

「沒關係，」她說。「鋸木廠裡有很多木板。你鋪的床長什麼樣子？」

「跟我在家鄉鋪的一樣。」

「那就在床上好好睡一覺吧，」她說完後，羅伯．喬丹打開一個背包，抽出睡袋，把包在睡袋裡的東西放回背包，然後拿著睡袋，再鑽一次門口毛毯下方，走出山洞，把睡袋鋪在樹枝上，睡袋封閉的那一頭抵著床腳那根被木樁固定住的樹幹。睡袋口有峭壁遮擋著。然後他走回洞裡去拿背包，但琵拉說，「背包可以跟我睡，就像昨晚那樣。」

「你不派人盯哨？」他問道。「今晚已經放晴，暴風雪也停了。」

「費南多去了，」琵拉說。

瑪莉亞正在洞裡深處，羅伯．喬丹看不到她。

「各位晚安啦，」他說。「我要去睡了。」

其他人正忙著把板桌和生皮凳子推到一旁，布置出睡覺的地方，將毯子和鋪蓋攤開擺在爐火前的地上。此刻，普里米提佛和安德烈斯抬起頭來說：「*Buenas noches.*[1]」

角落裡的安瑟莫已經睡著了，身體裹在毯子和披風裡，連鼻子也沒露出來。帕布羅坐在椅子裡睡熟了。

1 buenas noches：西班牙語，「晚安」。

「你需要羊皮鋪床嗎？」琵拉低聲問羅伯．喬丹。

「不用，」他說。「謝啦。我不需要。」

「好好睡，」她說。「你的東西由我負責。」

費南多跟羅伯．喬丹一起來到洞外，在他鋪睡袋的地方站了一下。

「像你這樣露天睡覺實在很怪，羅貝托先生，」他站在黑暗中說，披肩裹著身子，卡賓槍掛在肩上。

「我習慣了。晚安。」

「習慣就好。」

「幾點有人會去換你的班？」

「四點。」

「從現在到四點都很冷。」

「我習慣了，」費南多說。

「好吧，習慣就好——」羅伯．喬丹客氣地說。

「嗯，」費南多同意地說。「現在我得上山去站哨啦。晚安，羅貝托先生。」

「晚安，費南多。」

於是他把脫下的衣服包成枕頭，鑽進睡袋，躺下來等待，感覺到這法蘭絨襯裡的羽絨睡袋如此溫暖輕盈，底下那些樹枝很有彈性，眼睛盯著雪地另一頭的山洞洞口，一邊等待，一邊感受著自己的心跳。

夜晚如此晴朗，他覺得自己的腦袋和空氣一樣清澈寒冷。他聞到身體底下有松枝的氣味，其中有被壓碎的松針的氣味，樹枝切口有樹脂汁液滲出，香味更濃烈。琵拉，他心想。琵拉和死亡的氣味。這才是我喜歡的氣味。除了這個味道，還有剛割下來的苜蓿，騎馬趕牛時踩碎的鼠尾草，柴火的燻煙和燃燒的秋葉。那肯定是鄉愁的氣味，秋天在故鄉米蘇拉[2]街頭，人們把樹葉耙成堆燃燒時的煙味。你寧願聞到哪一種呢？是印第安人編籃子的甜味草[3]？煙燻皮革？春雨後的泥土味？你走在加利西亞海岬上的刺金雀花叢裡聞到的海洋氣味？還是你在黑夜航近古巴時，從陸地上吹來的風的氣味？那是夾雜了仙人掌花、含羞草和馬尾藻叢的氣味。或者你希望聞到的是在飢腸轆轆的早晨煎培根的香味？還是晨間的咖啡？還是一口咬下的蘋果？還是正在碾碎蘋果的蘋果酒坊？或是剛出爐的麵包？他心想，你一定是餓了。他側身躺著，藉由映射在雪地上的星光看著山洞洞口。

有人從毯子後鑽出來。他看不出是誰，只見那個人站在岩壁的缺口前，也就是那山洞洞口。接著他聽到在滑溜的雪地裡走動的聲音，然後那個人撩起毯子，又低頭鑽進洞裡了。

他心想，我看她會等到大家都睡熟了才來。真是浪費時間啊。夜晚已經過去一半了。喔，瑪莉亞。快來吧，瑪莉亞，因為時間不多了。他聽到樹枝上的積雪輕輕地掉在雪地上的聲音。起了一小陣風。他的臉感受到了。想到她也許不會來，他突然間慌了。此刻起了風，這讓他想到不久後就是清晨了。他聽到松樹樹梢被微風吹動，樹枝上又有一些雪落下。

來吧，瑪莉亞。他心想，請妳快快來到我身邊。喔，現在就來。別再等待。就算妳沒等到他們睡熟了，那又怎樣呢？

接著，他看到她從那蓋住洞口的毯子下面鑽了出來。她站了一會兒，他知道那是她，只是看不清楚她在做什麼。他低聲吹了一聲口哨，但她還是在洞口岩壁的陰影裡做一件什麼事。然後她手裡拿著某個東西

2 米蘇拉（Missoula）：美國蒙大拿州西部的城市。

3 甜味草（sweet grass）：又稱為茅香，被北美印第安人廣泛使用於編織、入藥、薰香以及填充枕頭。

跑過來。只見她那兩條長腿在雪地裡奔跑。接著她跪在睡袋旁，她靠過去，兩人的頭緊緊相依，她拍掉腳上的雪。她親了他一下，把一包東西交給他。

「把這個和你的枕頭放在一起。」她說。「為了節省時間，我在那裡脫掉了。」

「妳剛剛打著赤腳從雪地裡過來的？」

「是啊，」她說。「只穿著身上這一件婚禮襯衫。」

他把她緊緊摟在懷裡，她的頭磨蹭著他的下巴。

「別碰腳，」她說。「腳很冷，羅貝托。」

「把腳伸到這兒來取暖。」

「不用，」她說。「馬上就會變暖的。現在，快說一聲你愛我。」

「我愛妳。」

「好。好。好。」

「我愛妳，小兔子。」

「你愛我的婚禮襯衫嗎？」

「都是這一件嗎？」

「對。跟昨晚一樣。這就是我的婚禮襯衫。」

「把腳伸過來。」

「不，那像什麼話。腳會自己變暖的。對我來說夠暖了。只不過是來找你時雪讓它們變冷了。再說一遍。」

「我愛妳，我的小兔子。」

「我也愛你，我是你老婆。」

「他們都睡了。」

「沒有，」她說。「但是我忍不住了。那有什麼關係？」

「沒關係，」說話時他感到她貼近，苗條細長的身子溫暖宜人。「其他什麼事都不重要了。」

「把你的手擺在我頭上，」她說。「我想試試看我是不是學會吻你了。」

「我棒嗎？」她問道。

「棒啊，」他說。「把妳的婚禮襯衫脫了。」

「我該脫嗎？」

「脫啊，不冷就脫。」

「*Qué va!* 我身上像著火似的。」

「我也是。但事後妳不會冷嗎？」

「不會。事後我們會像森林裡的動物緊靠在一起，彼此都分不出誰是誰了。你不覺得我的心就是你的心嗎？」

「嗯。分不出來了。」

「現在你摸摸看。我就是你，你就是我，你儂我儂啊。喔，我愛你，我多麼愛你啊。你是不是真的變成了我？你感覺得到嗎？」

「嗯，」他說。「的確。」

「現在你摸摸。你除了我的心之外沒有別的心了。」

「也沒有別的腿、別的腳或別的身體了。」

「但我們是不一樣的，」她說。「真希望我們完全一樣。」

「這不是妳的意思吧。」

「是，我就是這個意思。我一定要對你這樣說。」

「妳不是這個意思。」

「也許不是，」她的語氣輕柔，雙唇貼在他的肩上。「但我想要這麼說。既然我們不一樣，我很高興你是羅貝托，我是瑪莉亞。不過，要是你想改變，我也樂意。我願意變成你，因為我太愛你了。」

「我可不想變。妳還是妳，我還是我，這樣比較好。」

「可是現在我們要變成一個人了，再也分不出你我。」她接著說，「即使你不在身邊，我還是你。我真愛你，我一定要好好愛你。」

「瑪莉亞。」

「嗯。」

「瑪莉亞。」

「嗯。」

「瑪莉亞。」

「喔，我就是。繼續叫我吧。」

「妳不冷嗎？」

「喔，不冷。把睡袋拉好，蓋住你的肩膀。」

「瑪莉亞。」

「我說不出話了。」

「喔，瑪莉亞。瑪莉亞。瑪莉亞。」

事後，她的頭緊緊貼著他的臉頰，外面的夜如此寒冷，但長長的睡袋裡溫暖無比，她就這樣靜靜地，愉快地躺在他身旁，接著溫柔地說：「你覺得呢？」

「*Como tu,*[4]」他說。

「嗯，」她說。「不過，跟今天下午不一樣。」

「不一樣。」

「但我更喜歡這樣。不一定非死不可。」

「*Ojala no,*[5]」他說。「我希望不要死。」

「我不是那個意思。」

「我知道。我知道妳的意思。我們的意思一樣。」

「那你幹嘛說那種話，不照我的意思說？」

「對男人來說是不一樣的。」

「那我真高興我們是不一樣的。」

「我也高興，」他說。「不過我懂那種死過去的感覺。我這樣說只不過是因為我是男人，說習慣了。我和妳的感覺一樣。」

「不管你怎樣，不管你怎麼說，都合乎我的心意。」

---

4 como tu：西班牙語，「跟妳一樣」。

5 ojala no：西班牙語，「但願不用」。

「我愛妳，我還愛妳的名字，瑪莉亞。」

「那只是個普通的名字。」

「不，」他說。「可不普通。」

「我們該睡了吧？」她說。「我很快就會睡著的。」

「我們睡吧，」他說。他感覺到那修長輕盈的身體，溫暖地挨著他，舒適地靠著他，只是碰觸一下腰部、肩膀和雙腳，就奇蹟似地把他的孤獨感一掃而空，如今他在對抗死亡時已經有了盟友，於是他說：「好好睡吧，長腳小兔子。」

她說：「我已經睡了。」

「我就要睡著了，」他說。「好好睡一覺，親愛的。」然後他就入睡了，快樂地進入夢鄉。

但他在半夜醒來，把她緊緊摟著，彷彿她就是他生命中的一切，卻有人要把她從身邊奪走。他摟著她，覺得她是生命中的一切，而且真是如此。不過她還是熟睡著，如此安詳，沒有醒來。於是他翻身側臥在一旁，拉起睡袋蓋住她的頭，在睡袋裡親一下她的脖子，然後用繩子把手槍拉過來，將手槍放在隨手可得的地方，然後在夜色裡躺著想事情。

# 第二十一章

一陣暖風隨著黎明而來，他聽到樹上積雪融化後，重重掉在地上的啪啪聲響。那是暮春的某天早上。他吸了一口氣便知，這場風雪只是山區天氣的異象，到中午雪就會融化掉。接著他聽見一匹馬靠近，馬被趕著快步前進，馬蹄被濕雪包住，一步步都發出砰砰砰的悶然聲響。他聽見卡賓槍套搖晃的輕輕拍打聲，以及皮革的嘎吱嘎吱聲。

「瑪莉亞，」他對女孩說，搖搖她的肩膀，要她醒來，「躲在睡袋裡，」接著他一手扣上襯衫鈕扣，另一手拿起自動手槍，用大拇指鬆開保險。他看到短髮女孩的腦袋猛然縮進睡袋，接下來只見那騎手穿越樹林而來。此刻他在睡袋裡伏倒，用兩手握槍，瞄準那朝著他騎過來的人。他未曾見過那個人。

這時騎手幾乎來到他對面了。他騎著一匹高大的灰色閹馬，頭戴卡其色貝雷帽，披肩看似斗篷，腳穿笨重黑靴。馬鞍右側槍套露出一把短自動步槍的槍托和長長的矩形彈匣。他那張臉年輕而冷酷，就在這一刻他看見了羅伯・喬丹。

他把手往下方的槍套伸過去，就在他彎腰側身，急著要去拔槍之際，羅伯・喬丹看到他卡其披肩左胸前別著一個鮮紅色的制式化胸章。

羅伯・喬丹瞄準他胸口徽章的下緣，一槍打下去。

槍響在積雪的樹林中迴盪著。

那匹馬有如被馬刺戳到似地向前猛衝，至於年輕人，手還扯著槍套，身體已經往地上溜下去，右腳勾在馬鐙上。馬拖著臉部朝下的他四處擦撞，往林中奔馳而去。羅伯・喬丹單手握槍，站了起來。

那匹大灰馬在松林裡狂奔。那人被馬拖行在雪地上，拖出一條寬闊痕跡，旁邊帶著一道鮮紅血跡。大家紛紛從洞口走出來。羅伯・喬丹把手伸進睡袋裡，把當枕頭用的褲子攤開，開始穿起來。

「妳把衣服穿上，」他對瑪莉亞說。

他聽到頭頂有一架飛機從高空傳來轟隆聲響。從樹木之間他看到灰馬停了下來，馬上的人腳仍舊掛在馬鐙上，臉部朝下。

「把那匹馬拉過來，」他朝著向他走過來的普里米提佛大聲說。接著問道，「誰在山頂站哨？」

「拉斐爾，」琵拉在洞口說。只見她站在那裡，連頭髮都來不及梳，兩股髮辮披在背上。

「騎兵來了，」羅伯・喬丹說。「把你該死的自動步槍拿出來吧。」

他聽到琵拉對著山洞裡叫奧古斯丁。接著她走進山洞，兩個男人衝出來，一個拿著自動步槍，槍腳架扛在肩上，另一個拿著一袋子彈盤。

「跟他們一起上山，」羅伯・喬丹對安瑟莫說。「你趴在槍邊，把槍架穩住，」他說。

他們三個人循著山路穿越樹林，狂奔上山。

太陽還沒照到山頂，羅伯・喬丹站直身子，把長褲扣好，收緊腰帶，那支大手槍還連著繩子掛在手腕。他把手槍插進腰帶上的槍套，把繩子上的活結往下移，將繩圈套在脖子上。

他心想，總有一天你會被人用這繩圈勒死。算了，這次它幫了大忙啊。他從槍套裡拔出手槍，抽出子彈匣，從槍套外側那排子彈裡取出一顆，塞進子彈匣，再把子彈匣推回槍柄裡。

他朝樹林望過去，只見普里米提佛抓著轠繩，正在把那騎手的腳從馬鐙裡扯拔出來。屍體的臉朝下貼著雪地，他看到普里米提佛正在搜屍體的口袋。

「來吧，」他喊道。「把馬牽過來。」

羅伯・喬丹跪著穿麻繩底布鞋時，感覺到瑪莉亞正靠著他的膝蓋，在睡袋裡穿衣服。他此刻的生活沒有她的位置。

他心想，那名騎兵沒料到會出事。由於並不是循著馬蹄印過來的，當時那騎兵連一點心理準備都沒有，更別說保持警戒了。他甚至沒有順著那些通向崗哨的足跡走。他肯定是遍布山區的巡邏隊成員之一。但是等到巡邏隊發現他失蹤了，就會循著他的馬蹄印找到這裡來。他心想，除非積雪先融化掉。除非巡邏隊遇到什麼狀況。

「你最好到下面去，」他對帕布羅說。

現在所有人都離開山洞，手榴彈掛在腰帶，拿著卡賓槍站在那裡。琵拉把一皮袋手榴彈遞給羅伯・喬丹，他拿了三個，放在口袋裡。他低頭鑽進山洞，找到他那兩個背包，打開裝著輕機槍的那一個，拿出槍管槍托，將槍托接到槍身，幫機槍裝填一個子彈匣，並在口袋裡擺了三個。他鎖上背包，隨即走向洞口。他心想，我兩個口袋都裝了彈藥，但願口袋的縫線撐得住。他走到洞外，對帕布羅說：「我要上山去。奧古斯丁會用那挺自動步槍嗎？」

「會，」帕布羅說，他望著牽馬過來的普里米提佛。

「*Mira qué caballo,*[1]」他說。「你們看，這馬多好啊！」

那匹大灰馬流著汗，微微發抖，羅伯・喬丹拍拍馬肩。

「我要帶牠去別的馬那裡，」帕布羅說。

---

1 mira qué caballo：西班牙語，「這馬多好啊」。

「不行，」羅伯・喬丹說。「牠已經留下來這裡的蹄印，一定要再讓牠踩出離開的印子。」

「對，」帕布羅也贊同。「我把牠騎走藏起來，等雪融化了再帶回來。你今天很有頭腦啊，*Inglés*。」

「派個人下去就好吧，」羅伯・喬丹說。「我們得上山了。」

「不用了，」帕布羅說。「騎兵不會從那邊來。不過我們倒可以往那邊和另外兩個地方撤走。如果有飛機會來，還是不要留下足跡比較好。把酒囊給我，琵拉。」

「想要找個地方喝醉啊！」琵拉說。「還是把這拿去吧。」他伸手過去，把兩顆手榴彈放進口袋。

「*Qué va*！」帕布羅說。「情況危急啊。不過還是把*bota*[2]給我。光喝水我可沒辦法幹活。」

他舉起雙臂，抓住韁繩，翻上馬鞍。他咧嘴一笑，拍了拍那匹緊張兮兮的馬。羅伯・喬丹看著他親暱地用大腿磨蹭馬腹。

「*Qué caballo más bonito,*[3]」他說，又拍拍那匹大灰馬。「這匹馬真美。走吧。越早讓牠離開這裡越好。」

他把手往下伸，把槍管上有散熱孔的輕自動步槍從槍套裡拿出來打量，實際上那是一支可以使用九毫米手槍子彈的特製輕機槍。「瞧他們的配備多好，」他說。「看啊，這就是現代化的騎兵。」

「現代化騎兵正臉朝下趴在那裡咧，」羅伯・喬丹說。「*Vamonos*[4]。」

「安德烈斯，幫那些馬裝上馬鞍，做好準備。一聽到槍聲就把牠們帶到峽谷後的樹林裡去。帶著你的武器過來，把馬留給女人看管。費南多，一定要把我的背包也帶著。最重要的是，拿的時候要特別小心。妳也要把我的背包顧好，」他對琵拉說。「妳把馬帶過來時也一定要帶著背包。*Vamonos*，」他說。「我們走吧。」

「撤退的事就由瑪莉亞和我來準備，」琵拉說。接著對羅伯・喬丹說，「瞧他那德性，」一邊朝著帕布羅點點頭。帕布羅像個兩腿粗肥的牧人似的騎在灰馬背上，他幫自動步槍更換子彈匣時，馬兒張大了鼻孔。「你看，一匹馬讓他變得神氣活現。」

「那如果我有兩匹馬不就更厲害了，」羅伯．喬丹激昂地說。

「給你騎的馬可真危險啊。」

「那就給我一頭騾子吧，」羅伯．喬丹咧嘴一笑。

「脫下那傢伙的衣服，」他對琵拉說，朝那個臉埋雪裡的男人點點頭。「把所有東西都放在我背包外側的口袋裡，像是信件與證件之類的。所有東西都要收起來，懂嗎？」

「是。」

「*Vamonos*，」他說。

帕布羅領頭，後面兩個人一前一後跟著，以免在雪地上留下蹤跡。羅伯．喬丹拿著輕機槍的前把手，槍口朝下。我真希望這支槍和騎兵馬鞍上那把槍用的是相同的子彈。但是不一樣。這是德國製的。是卡胥金留下的槍。

此刻陽光已經籠罩山頭。吹起了一陣暖風，雪正在融化。暮春的清晨如此可愛宜人。

羅伯．喬丹回過頭去，只見瑪莉亞和琵拉站在一起。接著她從小徑跑上來。他故意落在普里米提佛的後面，好跟她說話。

---

2 bota：西班牙語，「酒囊」。
3 qué caballo más bonito：西班牙語，「這匹真美」。
4 vamonos：西班牙語，「走吧」。

「嘿，」她說。「我可以跟你去嗎？」

「不行。幫琵拉的忙。」

她跟著他走，一隻手搭在他手臂上。

「我要去。」

「不行。」

她還是緊緊跟著。

「我可以像你吩咐安瑟莫做的那樣，穩住槍架。」

「我不要妳幫忙穩住槍架。不管是穩住槍架或別的事，什麼都不要妳做。」

她走在一旁，一隻手插進他的口袋。

「別這樣，」他說。「只要好好護住妳的婚禮襯衫。」

「親親我，」她說，「如果你真要走的話。」

「羞羞臉，」他說。

「對，」她說。「我就是。」

「妳就回去吧。有很多活要幹。如果馬蹄印把他們引過來，說不定要在這裡打一仗。」

「你，」她說。「你看到他胸前佩戴著什麼？」

「看到了。問這做什麼？」

「那是聖心胸章。」

「沒錯。所有的納瓦拉人都佩戴聖心胸章。」

「你瞄準了胸章？」

「沒有。我瞄準聖心下方。回去吧。」

「你，」她說。「我全看到了。」

「妳什麼也沒看到。一個男人，一個從馬背上摔下來的男人。*Vete*[5]。妳回去吧。」

「說你愛我。」

「不。現在不行。」

「現在不愛我？」

「*Déjamos*[6]。妳回去吧。任誰都不能一邊開槍一邊談情說愛啊。」

「我要去穩住槍架，在槍林彈雨中愛你。」

「妳瘋了。回去吧。」

「我沒瘋，」她說。「我愛你。」

「愛我就回去。」

「好。我走。要是你不愛我，我會加倍愛你，彌補你那一份愛。」

他看著她，想一想不禁微笑。

「妳一聽到槍聲，」他說，「就帶那些馬匹一起走。幫琵拉背我的背包。也可能不會開打。但願如此。」

「我走，」她說。「瞧，帕布羅騎的馬多棒。」

大灰馬正沿著小徑一直往上跑。

---

5 西班牙語，「走開」。

6 西班牙語，「別說了」。

「嗯。走吧。」

「我走。」

她把插在他口袋裡的手握成拳頭，用力捶他的大腿。他看著她，只見她眼裡含淚。她從他口袋裡抽出拳頭，雙臂緊摟他的脖子，親親他。

「我走，」她說。「我走。」

他回過頭來，看到她站在那裡，清早的晨光灑在她那褐色的臉上，把她那一頭黃褐色短髮照得金光閃閃。她對著他高舉拳頭，垂頭喪氣地沿著小徑往回走。

普里米提佛轉身看著她的背影。

「要是頭髮沒被剪得那麼短，她肯定是個漂亮的姑娘，」他說。

「嗯，」羅伯．喬丹說。他正在想別的事。

「她的床上功夫怎樣？」普里米提佛問道。

「啊？」

「床上功夫。」

「小心你的嘴。」

「任誰都不該為這種話生氣，因為——」

「別說了，」羅伯．喬丹說。他正在觀察地形。

# 第二十二章

「砍一些松枝給我，」羅伯・喬丹對普里米提佛說。「快點拿過來。」

「槍不應該架在那個位置，」他對奧古斯丁說。

「為什麼？」

「挪到那邊去吧，」羅伯・喬丹指著某處說。「我以後跟你解釋。」

「架在這裡。我幫你搬。這裡。」他說完就蹲了下來。

他眺望著眼前的一塊狹長地帶，打量兩邊岩石的高度。

「要放得更遠一些，」他說，「再出來一點。好。就這裡。先這樣就可以了，以後再移到最恰當的地方。那裡。把石塊放在那裡。這裡一塊。側邊再放一塊。幫槍口預留一些轉動的空間。這邊的石頭還要再挪過去一點。安瑟莫，到下面山洞裡拿一把斧頭給我。快點。」

「難道你們從來沒有找到擺槍的恰當位置嗎？」他對奧古斯丁說。

「我們都是架在這裡的。」

「卡胥金從來沒說過該把槍架在哪裡嗎？」

「沒有。這槍是他離開後送來的。」

「送槍的人也都不會用槍嗎？」

「沒有。這槍是腳夫帶過來的。」

「這也太草率了，」羅伯．喬丹說。「沒有交代要怎麼用，只給你們槍？」

「是啊，簡直像送禮。一把給我們，一把給聾子。有四個人送槍過來，是安瑟莫帶路的。」

「四個人帶槍進入占領區，沒把槍給搞丟？這倒是怪事。」

「當時我也這麼想，」奧古斯丁說。「我想帶槍過來的人已經有槍可能不保的心理準備了。但安瑟莫卻幫他們安然把槍送來。」

「你會用這把槍？」

「會，我嘗試過。我會用。帕布羅會。普里米提佛會。費南多也會。我們在山洞裡的桌上研究過怎麼拆槍與組裝。有次拆開後費了兩天工夫才裝好。此後我們就沒再拆槍了。」

「現在可以發射嗎？」

「可以。但是我們不讓吉普賽佬和其他人亂玩槍。」

「你懂嗎？把槍擺在那裡根本沒有用，」他說。「你看。那些岩石原來應該可以掩護你的兩側，反而變成掩護你的敵人。用這種槍時，你該找一片平坦的地方開火。還有，你得往左右兩側掃射。懂嗎？你看，現在前面有一大片地區都被你的火網籠罩了。」

「我懂了，」奧古斯丁說。「可是我們從沒打過保衛戰，除了我們那個小鎮被攻下來的那一回。炸火車時，有些兵拿的就是*máquina*。」

「那我們得一起學。」羅伯．喬丹說。「有些狀況要觀察一下。吉普賽佬該來卻沒來，人呢？」

「不知道。」

「他可能上哪去了？」

「我不知道。」

帕布羅已經策馬越過山隘，轉了一個彎，繞著自動步槍火力範圍內的山頂平地轉了個圈圈。此刻羅伯．喬丹看見他順著灰馬剛剛才踩出來的那一道道蹄印衝下山坡。左轉後他就消失在樹林裡了。

但願他不會碰到騎兵隊，羅伯．喬丹心想。就怕他剛好就在我們的火力範圍內。

普里米提佛把松枝拿過來，羅伯．喬丹把它們插在積雪下方沒有結凍的泥土裡，在槍的左右兩側構成一個拱形掩體。

「多弄一些過來，」他說。「一定要遮住我們的兩個槍手。這樣沒什麼用，不過在斧頭拿來之前，可以湊合一下。聽清楚了，」他說，「如果你們聽到飛機聲，趕緊藉著岩石陰影臥倒躲好，在哪裡都可以。我會在這裡守著槍。」

這時太陽已經升起，和煦暖風吹拂著陽光照射得到的那一面岩石。羅伯．喬丹心想，就四匹馬。兩個女的和我，安瑟莫、普里米提佛、費南多、奧古斯丁，還有兩兄弟中另一個，他叫什麼來著？一共八個人。還沒把吉普賽佬算進去。包括他就九個了，再加上把一匹馬騎走的帕布羅，總共十個。是安德烈斯。另外那個兄弟的名字。他的兄弟是艾拉迪歐。一共十個人。每兩個人連一匹馬都分不到。這裡可以讓三個男的守在，四個撤走。加上帕布羅是五個。剩下兩個。把艾拉迪歐算進去就是三個。他死去哪裡啦？

假如騎兵隊循著聾子偷來的那些馬的蹄印追過來，天知道他會出什麼事。真糟糕，雪竟然就那樣停下來。不過今天雪融化了，情況又變得比較有利。對聾子來講可不是這樣。對他來講，恐怕太遲了，不會變得比較有利。

要是可以不用打這一仗，拖過今天，光憑我們手頭的東西就能唱好明天的那齣戲。我知道我們辦得到。也許表現不會太出色。不夠理想，沒辦法萬無一失，不能按照計畫進行，但若是能讓每個人都派上用場的話，我們是可以成功的。但願今天不用打仗啊。要是今天非打不可，就要求上帝保佑我們了。

我也不知道躲在哪裡會比這裡更安全。如果現在就走，只會留下腳印。沒有別處比這裡更好，而且如果情況糟得不能再糟，這裡有三條可以撤走的路。接下來入夜後我們可以撤往這一帶山區的任何地方，等到黎明時就把那一座橋炸掉。我不知道先前我為什麼要擔心。現在看來挺容易的。希望這一次我方的飛機能準時起飛。我的確希望這樣。明天公路上肯定會熱熱鬧鬧的。

唉，今天若不是非常有趣，就是非常無聊。感謝上帝，我們把騎兵的那匹馬帶離這裡了。就算他們追蹤到這裡，也不見得會跟著現在的那些馬蹄印走。他們會以為那騎兵停了下來，繞了一圈，而且他們會跟著帕布羅的馬蹄印走。真不知道那個老渾球會到哪裡去。也許他會像一頭老邁的公麋鹿那樣神不知鬼不覺地溜掉，一路往上走，然後等到雪融化了，再兜個圈子下山。那匹馬確實讓他整個人都精神了起來。不過，他當然也有可能因為弄到那匹馬，反而把事情給搞砸了。喔，他應該可以照顧自己的。長久以來他不是都這樣過日子的嗎？不過我不相信他，就像我不相信有誰能夠推倒聖母峰。

我看啊，聰明一點的做法是利用這些岩石的掩蔽，幫這把槍找一個隱密的射擊位置，不用另外設置掩體。假如我們正在挖土，結果敵人或敵機來了，豈不是剛好被抓個正著。只要有必要在這裡堅守下去，看琵拉那個模樣，應該是撐得住的。總之我不能留下來作戰，我必須帶著炸藥離開這裡，帶著安瑟莫一塊走。假使非在這裡打一仗不可，等我們撤離時，誰能留下來掩護我們？

就在此刻，他眺望著眼前那片田野，只見吉普賽佬穿越左側岩堆而來。他踩著輕鬆的腳步，大搖大擺地扭著屁股，背著卡賓槍，棕褐色的臉咧嘴微笑著，雙手各提著一大隻野兔。他握著兔腳，兔頭下垂搖晃著。

「*Hola*，羅貝托，」他愉快地大喊。

羅伯．喬丹把手按在嘴上，吉普賽佬看起來很吃驚。他趕緊溜到岩堆後面，羅伯．喬丹就蹲伏在那裡，身邊是那一把被松枝掩藏起來的自動步搶。他蹲下來，把野兔擺在雪地上。羅伯・喬丹抬頭望著他。

「*Hijo de la gran puta!*[1]」他低聲說。「你他媽死到哪裡去啦？」

「我在追兔子，」吉普賽佬說。「兩隻都被我抓了。他們在雪地裡辦事咧。」

「你不是在站哨嗎？」

「捉兔子又用不了多少時間，」吉普賽佬低聲說。「出了什麼事？在警戒嗎？」

「他們的騎兵出動了。」

「*Rediós*[2]！」吉普賽人說。「你看到他們了？」

「有一個現在在營地，」羅伯・喬丹說。「他是來吃早飯的。」

「我想我有聽到一聲槍響或什麼的，」吉普賽佬說。「去他媽的！他是從這裡過去的？」

「從這裡去的。經過你站哨的地方。」

「哎呀，*mi madre*[3]！」吉普賽佬說。「我是個可憐的倒楣鬼。」

「如果你不是吉普賽人的話，我就一槍斃了你。」

「別這樣，羅貝托。別說那種話。對不起啦。都是野兔害的。天亮前我聽到公兔在雪地裡發出啪啪聲響。你絕對想像不到他們辦事辦得有多爽。我循著聲音走過去，但被他們給溜了。我沿著雪地上的腳印追過去，在山上發現他們，兩隻都被我宰了。這個季節的兔子可真肥啊，你摸摸看。琵拉肯定能煮出美味的

1 hijo de la gran puta：西班牙語，「婊子養的」。
2 rediós：西班牙語，「天啊！」
3 mi madre：西班牙語，「我的媽呀！」

一餐。我也很懊惱，就跟羅貝托你一樣。那個騎兵被幹掉了？」

「嗯。」

「你下手的。」

「嗯。」

「*Qué tio*[4]！」吉普賽佬毫不掩飾地拍他馬屁。「你真了不起啊。」

「去你媽的！」羅伯．喬丹說。他不禁對吉普賽佬咧嘴一笑。「把兔子帶回營地去，幫我們弄點早餐來吧。」

他伸手摸摸雪地上軟綿綿的野兔，長長的身體如此肥厚，毛茸茸的，雙腳和耳朵都很長，睜著圓滾滾的黑眼睛。

「真肥啊，」他說。

「肥啊！」吉普賽佬說。「兩隻野兔的肋骨上都可弄下一堆肥油呢。做夢也沒想我這輩子會看到這種野兔。」

「走吧，」羅伯．喬丹說。「趕快拿早餐來，也把那個*requeté*[5]身上的文件也都拿來給我。跟琵拉要。」

「你沒生我的氣吧，羅貝托？」

「沒生氣。只是覺得你很扯，怎能離開崗位。如果來的是一整隊的騎兵怎麼辦？」

「*Rediós*！」吉普賽佬說。「你可真講道理。」

「聽我說。往後站哨時可不能再亂跑了。絕對不行。我剛剛說槍斃可不是在跟你開玩笑。」

「當然不是。而且也不會再有兩隻野兔自動送上門的機會了。這種機會可是千載難逢的。」

「*Anda*[6]！」羅伯．喬丹說。「快去快回。」

吉普賽佬拿起兩隻野兔，轉身從岩堆之間溜走了。羅伯・喬丹眺望眼前那一片開闊平地和下面的山坡。兩隻烏鴉在上頭盤旋著，隨即停在下方的一棵松樹上。接著又飛來一隻，羅伯・喬丹望著三隻烏鴉心想，他們就是我的哨兵。只要他們沒被驚動，就表示沒人穿越樹林。

他心想，這個吉普賽佬真是個廢物。他沒有政治概念，也不守紀律，什麼事也不能託付給他。但我明天需要他。明天我用得著他。很難得看到吉普賽人參加戰爭。他們應該比照那些因為宗教良心而拒絕服役的人，獲得免役的待遇。或者以體格和智力不合要求而免役。他們是廢物。但沒有人因為宗教良心拒絕服役就得以免役，不用參加這場戰爭。誰也無法獲得豁免。所有人都被捲入這場戰爭裡。嘿，現在連吉普賽人這種懶鬼也被捲進去了。現在他們也參戰了。

奧古斯丁和普里米提佛帶來了樹枝。羅伯・喬丹幫自動步槍布置了一個很好的掩體，從空中看不出來，從森林那裡看過來也不會有異狀。他把兩個必須派人把守的地方指給他們看，一個是右上方岩堆，從那裡能把山下整片田野和右側一覽無遺，另一個地方則是可以俯瞰著左邊岩壁上唯一可以爬上來的路線。

「要是看到有人從那裡過來，可別開槍，」羅伯・喬丹說。「丟一塊石頭下來示警，一塊小石頭就好，然後用步槍對我們打信號，像這樣，」他把步槍高舉過頭，好像在保護自己的腦袋似的。「有幾個敵人就舉幾次，」他上下舉動槍枝。「要是他們已經下了馬，就把槍口朝地面。像這樣。只有聽到我們的 *máquina* 響了，你才能從那裡開槍。在那上面射擊時，要瞄準對方的膝蓋。如果聽到我用這哨子吹兩聲，

4 qué tio：西班牙語，「好傢伙！」
5 requeté：西班牙內戰期間的保皇派民兵，通常來自納瓦拉，具有堅定的天主教與保皇派信念。
6 anda：西班牙語，「走吧！」

你就下山，沿路找東西掩護自己，跑到我們架設*máquina*的這個岩堆來。

普里米提佛把步槍舉起來。

「我懂，」他說。「這很簡單。」

「先丟小石頭示警，指明方向和人數。可別被人發現了。」

「嗯，」普里米提佛說。「我可以丟手榴彈嗎？」

「要等到*máquina*響了才可以，也許騎兵隊會來找他們的同袍，但還沒打算進入山區。他們可能會循著帕布羅留下的馬蹄印走。能不開打我們就不打。最重要的是要避免交火。現在就上去吧。」

「*Me voy*[7]，」普里米提佛說完就拿起卡賓槍，爬上高處的岩堆。

「你，奧古斯丁，」羅伯．喬丹說。「你會用這把槍嗎？」

又高又黑的奧古斯丁蹲在那裡，他滿臉鬍碴，雙眼凹陷，嘴唇薄薄的，因為幹過粗活，兩隻大手都很粗糙。

「*Pues*[8]，會上子彈。會瞄準。會射擊。就這樣啦。」

「你要等他們走到五十公尺的範圍內再開槍，而且你得確定他們就要走進山隘，前往我們的山洞了，」羅伯．喬丹說。

「嗯。那是多遠？」

「到那一塊岩石那裡。有軍官的話，先射他。然後再掃射別人。轉動槍身時要很慢。轉動幅度要小。我會教費南多輕輕拍打機槍。要把槍握緊，以免槍身跳動，仔細瞄準，每次射擊盡可能不超過六發子彈。因為連續發射會讓槍的火線往上移動。每次只打一個人，打完一個再打另一個。如果是騎馬的，要打他的腹部。」

「嗯。」

「找一個人來把三腳架穩住，免得槍身亂跳。像這樣。那個人可以幫你裝子彈。」

「那你會在哪裡？」

「我會在左側的這個位置。我居高臨下，可以掌握全局，用這支輕機槍掩護你的左側。你看這裡。如果他們過來的話，很可能把他們殺得片甲不留。但你一定要等到他們夠近了才開槍。」

「我相信可以殺得他們片甲不留。*Menuda matanza*[9]！」

「可是我希望他們別來。」

「要不是因為你要炸橋，我們大可以在這裡把他們殺光，然後撤走。」

「這樣根本沒有用。無法達成任何目的。炸橋是為了打贏這場戰爭，是作戰計畫的一部分。在這裡殺人根本算不了什麼。只是個意外罷了。什麼都不是。」

「*Qué va*！怎麼可以說什麼都不是！法西斯份子死一個少一個。」

「是沒錯。但炸了那座橋，我們就可以拿下塞哥維亞。那可是個省會。別忘了這一點。那將是我們攻占的第一個省會。」

「真的？你覺得可以？我們可以拿下塞哥維亞？」

「嗯。按照計畫炸橋就有可能。」

---

7 me voy：西班牙語，「我走了」。

8 pues：西班牙語的語氣詞，相當於英文的「well」。

9 Menuda matanza：西班牙語，「把那一小批人殺光」。

「我想在這裡把他們都幹掉，也要炸橋。」

「你的胃口可真不小，」羅伯．喬丹對他說。

他一直留意著烏鴉的動靜。此刻他看到有一隻在張望著什麼。他呱呱叫了一聲，飛了起來。但另一隻仍待在樹上。羅伯．喬丹抬頭看看待在高處岩堆裡的普里米提佛。只見普里米提佛正看著山下的原野，沒有打信號。羅伯．喬丹俯身拉開自動步槍的槍機，看到槍膛裡有一發子彈，又把槍機推回去。那隻烏鴉仍在樹上。另一隻在雪地上空盤旋了一大圈後又回到樹上。在陽光下與暖風中，沉甸甸的雪不斷從松枝上落下。

「明天早上我會讓你殺個夠，」羅伯．喬丹說。「得把鋸木廠哨站給滅了。」

「我準備好了，」奧古斯丁說。「*Estoy listo*。」

「也得滅掉橋下修路工小屋的哨站。」

「要滅掉這個或那個哨站都行，」奧古斯丁說。「兩個都滅掉也可以。」

「不是一個個滅掉。要同時滅掉，」羅伯．喬丹說。

「那麼就把其中一個交給我吧，」奧古斯丁說。「參戰後我就一直盼著能大幹一場，等了好久。帕布羅啥事也不幹，我們都快爛掉了。」

安瑟莫拿著斧頭來了。

「你還要樹枝嗎？」他問道。「我看掩護得已經夠好了。」

「不用樹枝了，」羅伯．喬丹說。「要兩棵小樹，這裡和那裡各插一棵，讓掩體看起來更自然。如果真的要看來自然一點，樹還不夠。」

「交給我。」

「要砍得乾淨一點，別留下殘根讓人看見。」

羅伯・喬丹聽見身後樹林傳來斧頭砍樹聲。他抬頭看看上方岩堆裡的普里米提佛，又低頭望著山下空地對面的松林。那隻烏鴉仍在樹上。接著他聽見高空中開始傳來一架飛機低聲震動的響聲。他抬頭一看，只見那高空中的飛機如此渺小，在陽光下銀晃晃的，好像一動也不動。

「飛機看不到我們的，」他對奧古斯丁說。「不過還是趴倒比較好。這是今天的第二架偵察機了。」

「昨天的那些飛機呢？」奧古斯丁問道。

「現在回想起來真像是惡夢，」羅伯・喬丹說。「它們肯定都停在塞哥維亞。那些惡夢在那裡等待著，等著惡夢成真。」

此刻那飛機已飛越山頭，消失無蹤，但引擎聲仍持續迴響著。

羅伯・喬丹看過去，發現那隻烏鴉飛了起來。他筆直地穿越樹林，飛走時並未發出呱呱叫聲。

# 第二十三章

「快趴下，」羅伯·喬丹對奧古斯丁低聲警告，並轉過頭去對安瑟莫揮揮手，要他臥倒，此刻安瑟莫正扛著一棵松樹，像是在扛聖誕樹似的穿越峽谷而來。他看到老傢伙把松樹丟在一塊岩石後面，自己也隱身在那岩石背後。羅伯·喬丹正看著開闊空地另一頭的樹林。他沒看到也沒聽到什麼，只感覺自己的怦怦心跳，接著他聽見石頭撞擊石頭的喀喀聲響，還有一小塊岩石落下時的啪啪滾動聲。他轉頭往右上方看，只見普里米提佛把步槍拿起來一上一下地平舉了四次。接著，他就什麼都看不見了，只有眼前一片白色地面上的一圈馬蹄印，以及遠處的松林。

「騎兵，」他低聲對奧古斯丁說。

奧古斯丁望著他咧牙一笑，黝黑凹陷的腮幫子也隨之變寬。羅伯·喬丹發覺奧古斯丁在出汗，於是把手擱在他的肩頭。他的手就擱在那裡，在此同時他們倆看到四個騎兵從樹林出來。他的手感覺到奧古斯丁背上肌肉在抽動著。

某個騎手一馬當先，後面跟著三個。領頭的那個循著馬蹄印前進。他一邊騎馬一邊低頭察看。其他三個跟在他後面，以扇形的隊形穿越樹林。他們都在仔細察看著。羅伯·喬丹趴在那裡，他感覺到自己的心臟正貼著雪地怦怦跳動，他把兩臂手肘分得很開，撐著上半身，用自動步槍的瞄準器緊盯他們。

帶頭的那個沿著蹄印騎到帕布羅繞圈的地方，停了下來。其他三人往他靠過去，也都停了下來。從自動步槍的藍色槍管上方，羅伯·喬丹把他們看得一清二楚。他看到他們的臉、掛在身上的馬刀、因為流汗而變黑的兩側馬腹、圓錐形的卡其斗篷，還有納瓦拉人常斜斜戴著的卡其貝雷帽。帶頭的那個把馬轉過來，直接面對著上面架著槍的石堆缺口。羅伯．喬丹看見他那張年輕、長期日曬風吹的黝黑臉龐、雙眼靠得很近、鷹勾鼻以及過長的尖下巴。

帶頭的騎手坐在馬背上，馬的胸口面對著羅伯．喬丹，馬頭昂揚，輕自動步槍的槍托從馬鞍右側的槍套裡往前伸出，他指向那個架著槍的缺口。

羅伯．喬丹的雙肘緊貼地面，順著槍管朝那四個停留在雪地上的騎兵看過去。其中三個已經拔出自動步槍。兩個把槍橫擺在馬鞍的鞍頭上。另一個騎在馬背上，把步槍往右邊伸出去，槍托靠在屁股上。

你很難得能這樣近距離觀察敵人，他心想。不曾像現在這樣沿著槍管看著他們。通常從立起來的覘孔看過去，敵人身形顯得如此渺小，你要打中他們實在不容易。不然就是奔跑而來，臥倒，再衝刺，而你則是以火力掃射山坡或壓制整條街道，抑或朝窗戶射擊；要不然，就是從遠處看著他們在路上行軍。只有在火車上你才會這麼近距離看著敵人。只有那時才有像現在的景象，眼前四個傢伙你包準能將他們打得四處逃竄。在這樣的距離下，透過步槍的覘孔與準星，這些人的身形看來有本來的兩倍大。

此刻他已經可以從覘孔穩穩地看到柱狀準星，準星頂端對準著帶頭騎兵的胸膛正中央，被他瞄準的那個地方的左邊不遠處就是鮮紅胸章，在斗篷的卡其色布料襯托之下，於晨曦中看來格外鮮明。這時浮現他心頭的話已經都是西班牙語，他用手指往前抵住扳機護環，以免自動步槍一觸即發，砰砰砰地射個不停。此刻他又想，你這年輕人馬上就要小命不保了。他心想，你，你，還有你。不過，還是別那樣吧。別讓那種事發生。

他感覺到身邊的奧古斯丁就要咳嗽了，但忍住了，壓抑著不咳出來，嚥下一口口水。他的手指仍然往前抵住了扳機護環，他順著藍色油亮槍管往前看，從樹枝之間的空隙看到那帶頭的騎兵把馬調頭，指向帕布羅在樹林裡走過的路徑。四個騎兵就此策馬入林而去，而奧古斯丁則是低聲罵了一句：「*Cabrones*[1]！」

羅伯．喬丹回過頭去，看看安瑟莫剛剛把松樹丟下的那一處石堆。

吉普賽佬拉斐爾從石堆之間朝他們走來，拿著兩個布質鞍囊，背著步槍。羅伯．喬丹揮手叫他趴下，吉普賽佬立刻躲得不見蹤影。

「我們大可以把那四個都幹掉，」奧古斯丁靜靜地說。他身上仍然大汗淋漓。

「是啊，」羅伯．喬丹低聲說。「但是一開槍，任誰都不知道會有什麼後果。」

此刻他又聽到有石頭滾落的聲音，他立刻迅速地環顧四周。但吉普賽佬和安瑟莫都不見蹤影。他看看手錶，接著抬頭往普里米提佛那裡望過去，只見他不斷上下舉槍，好像舉了無數次。羅伯．喬丹心想，帕布羅已經走了四十五分鐘，緊接著他就聽見有一隊騎兵朝他們過來的聲音。

「*No te apures*[2]，」他對奧古斯丁低聲說。「他們會跟剛才那幾個一樣離開的。」

兩個縱隊的騎兵從樹林邊緣疾行過來，總共二十個，武器和制服都跟剛才那四個一樣，馬刀搖搖晃晃，卡賓槍插在槍套裡。接著他們和先前幾個一樣策馬入林而去。

「*Tu ves*[3]？」羅伯．喬丹對奧古斯丁說。「你看到沒？」

「人還真多，」奧古斯丁說。

「要是幹掉了先前那幾個，現在我們肯定已經跟後來這一批打了起來，」羅伯．喬丹悄悄地說。此刻他的心已經沒有怦怦跳個不停了，襯衫胸口已經因為融雪而變得濕漉漉。胸口有一種空洞的感覺。

雪地上陽光燦爛，雪融得很快。他看到樹幹積雪凹陷消失，就在槍的前面，在他的眼前，積雪的表面變濕，像是一碰就碎的花邊，陽光的熱力融化了頂端的雪，地球熱氣也把覆蓋地表的積雪蒸散。

羅伯．喬丹抬頭看看普里米提佛站哨的地方，只見他雙手交叉，手掌向下，表示「沒有動靜」。

安瑟莫從一塊岩石後面探頭出來，羅伯．喬丹招手叫他過來。老傢伙從一塊岩石後面衝向另一塊後面，最後爬過來，趴在自動步槍旁邊。

「人很多，」他說。「人很多啊！」

「我不需要小樹了，」羅伯．喬丹對他說。「沒必要加強樹枝的偽裝了。」

安瑟莫和奧古斯丁都咧嘴笑了。

「他們已經仔細察看過這裡，如果加強松樹的偽裝反而危險，因為那些傢伙還會回來，而且他們也許並不笨。」

他覺得自己有必要講講話，因為對他來說，這意味著剛剛歷經一大危機。他總能從自己有多想講話來斷定情況有多糟。

「這樣掩護不還賴吧，嗯？」他說。

「不賴，」奧古斯丁說。「真他媽的不賴。我們大可以把那四個都幹掉的，你看到了嗎？」他對安瑟莫說。

「我看到了。」

「你，」羅伯．喬丹對安瑟莫說。「你得再到昨天站哨那個地方，或者另外挑個好地方，跟昨天一樣監視公路，並且回報所有動靜。我們本來該早一點派人去監視的。你要一直守到天黑。你回來後我們再派人去。」

---

1 cabrones：混蛋。

2 No te apures：西班牙語，「你別急」。

3 tu ves：西班牙語，「你看到沒？」

「那麼我留下的腳印怎麼辦？」

「等雪融化了就從下面過去。路面會因為融雪而四處泥濘。留意泥濘的路面上有沒有很多汽車或坦克開過的痕跡。目前我只能吩咐你這些，等你觀察過後我們再看要怎麼辦。」

「我可以說句話嗎？」老傢伙問道。

「當然。」

「如果你同意，我想去拉葛蘭哈打聽一下昨晚的情況，同時也找個人依照你教我的方式監視公路。這不是更好？那個人可以今晚回報狀況，或者由我再去一趟拉葛蘭哈聽取報告，那就更好了。」

「你不怕碰上騎兵？」

「雪融化了就不怕。」

「拉葛蘭哈有人能搞定這件事嗎？」

「有。有人能搞定。有個女的。拉葛蘭哈有好幾個可以相信的女人。」

「這我相信，」奧古斯丁說。「我還知道有好幾個能幹別的事。你要我去嗎？」

「讓老傢伙去。你會用這把槍，而今天還沒過去呢。」

「雪融化了我就走，」安瑟莫說。「很快就融了。」

「你看他們有可能逮到帕布羅嗎？」羅伯．喬丹問奧古斯丁。

「帕布羅很機靈的，」奧古斯丁說。「沒有獵犬，人能逮住聰明的公鹿嗎？」

「有時能，」羅伯．喬丹說。

「不會是帕布羅，」奧古斯丁說。「和原來的他相較，他現在顯然是廢物。但你要想想，多少人都在牆壁前被槍斃了，他卻仍在這山區過得那麼爽，拚命灌酒，這不是沒有原因的。」

「他真有大家說的那麼機靈嗎？」

「比大家說的機靈多了。」

「他在這裡看來沒有多能幹。」

「*Cómo qüe no*[4]？要是不能幹，昨晚他早就掛了。*Inglés*，我看你不懂政治，也不懂游擊戰。無論是搞政治或打游擊戰，第一要務就是活命。你看他昨晚不是活下去了？不管我們倆丟多少大便給他，他都吞下去了。」

既然帕布羅回心轉意，又跟大家一起行動了，羅伯．喬丹就不想再批評他，所以關於帕布羅是否能幹的話一脫口，他立刻就後悔了。他深知帕布羅有多機靈。能夠一眼看出炸橋指令有誤的人，就是帕布羅。他會說那些話純粹是出於厭惡，但話一出口他就知道不該說。失言的原因之一是他在緊張過後多話的毛病。所以他現在撇開那個話題，對安瑟莫問道：「大白天到拉葛蘭哈去？」

「沒問題的，」老傢伙說。「我又沒有帶著軍樂隊去。」

「脖子上也沒掛鈴鐺，」奧古斯丁說。「也沒大張旗鼓。」

「你怎麼去？」

「翻山越嶺。」

「但如果他們攔下你呢？」

「我有證件。」

「我們大家都有，可是你得趕快把我方的證件吞下去。」

---

4 cómo qüe no：西班牙語，「怎麼不能幹？」

安瑟莫搖搖頭，拍拍身上工作服的前胸口袋。

「這件事我可琢磨過好多回了，」他說。「但叫我吞紙，我是不幹的。」

「看來我們都該在證件上抹一些芥末，」羅伯．喬丹說。「我的左胸口袋擺著我方的證件。法西斯的證件在右胸口袋。如此一來就不會忙中有錯了。」[5]

第一個巡邏隊的領頭騎兵指著缺口時，情況肯定很危急啊，因為現在他們都變得很多嘴。羅伯．喬丹心想，廢話太多了。

「可是羅貝托，你聽我說，」奧古斯丁說。「據說政府日漸右傾。還說什麼在共和國大家不該互稱同志，而是要改稱先生與女士。你的證件是不是也該左右對調一下？」

「等到太過右傾時，我就把證件放在後面的褲袋裡，」，羅伯．喬丹說。「在中間用線把證件縫死。」

「希望你能一直把證件擺在襯衫口袋裡，」奧古斯丁說。「我們會不會贏了這一場戰爭，但反而輸掉了革命？」

「不會，」羅伯．喬丹說。「但如果我們打不贏這場戰爭，就沒有革命，也沒有共和國，沒有你我，什麼都沒有，只剩下一根大*carajo*[6]。」

「我同意，」安瑟莫說。「我們該打贏這場戰爭。」

「戰勝後，要把所有無政府主義者，共產黨員，和所有*canalla*[7]統統槍斃，只留下善良的共和黨人，」奧古斯丁說。

「但願我們不用槍斃任何人就能打贏這一場戰爭，」安瑟莫說。「但願我們能公正地治理國家，有福同享，出多少力就能分得多少好處。也要讓反對我們的人接受教育，認清自己的錯。」

「我們非得槍斃很多人不可，」奧古斯丁說。「很多，很多，很多。」

他緊握右拳，搥一下左手手掌。

「但願不用槍斃任何人。哪怕是那些帶頭的。希望能讓他們去勞改。」

「我知道我會讓他們幹什麼差事，」奧古斯丁說完後拿起一些雪，擺在嘴裡。

「什麼差事，苦差事？」羅伯．喬丹問道。

「兩種最精彩的差事。」

「哪兩種？」

奧古斯丁又把一些雪放進嘴裡，隔著剛剛騎兵經過的空地往另一頭看。他吐出雪水，「*Vaya*[8]，這早餐多棒，」他說。「那個臭吉普賽佬死到哪裡去了？」

「什麼差事？」羅伯．喬丹問他。「說啊，賤嘴巴。」

「不給降落傘，叫他們從飛機上跳下去，」奧古斯丁說，他的目光炯炯有神。「我們喜歡的那些傢伙，就這麼辦。其餘的都釘在欄柱頂端，再把欄柱推倒。」

「這樣做太過分了，」安瑟莫說。「這樣一來，我們就永遠不會有共和國了。」

「我巴不得把那些*cojones*[9]熬成濃湯，在湯裡游來游去，」奧古斯丁說。「我看到那四個人，心想也許可以把他們殺光光，那時我簡直像在馬欄裡等待種馬的母馬一樣，心癢難耐啊。」

---

5 共和國的政治左傾，所以證件擺左邊；法西斯叛軍的政治右傾，證件擺右邊。這是很本能的辨別方式。

6 carajo：西班牙語，「屌」。

7 canalla：西班牙語，「歹徒」。

8 Vaya：語助詞，「嗯」。

9 cojones：卵蛋。

「不過，你知道為什麼我們不殺他們嗎？」羅伯．喬丹靜靜地說。

「知道，」奧古斯丁說。「知道。但我不殺他們就不痛快，就像發情的母馬沒被上也不痛快。你沒那種感覺，就不能體會。」

「你那時滿身大汗，」羅伯．喬丹說。「我本來以為是因為害怕。」

「我的確害怕，」奧古斯丁說。「是害怕，但也想殺他們。我這輩子還沒體會過那麼強烈的念頭。」

是啊，羅伯．喬丹心想。我們殺人時往往很冷靜，但他們卻不是，他們的祖先也不是。對他們來講，殺人還帶著一層額外的神聖意義。在天主教從地中海的另一頭傳來以前，他們有古老的宗教。他們始終沒有摒棄那種宗教，只是將其壓抑隱藏起來，每到戰爭和宗教法庭開庭時又顯露出來。他們這個民族曾執行過*Auto de Fe*，也就是信仰審判。

殺人是難免的，但我們殺人的方式不同於他們。他心想，你呢，你就從來沒因為殺人而墮落嗎？當初你在瓜達拉馬山區沒殺過人？在烏塞拉？在艾斯特雷馬都拉的那些日子都沒有？從來沒有？他對自己說，*Qué va*！每次炸火車你都殺了人。

別再瞎扯那些關於柏柏爾人和古代伊比利亞人的不可靠傳說了，你就承認自己和所有自願從軍的人一樣喜歡殺人吧，無論他們會不會靠說謊來掩飾事實，總之他們有時會把殺人當成一種享受。安瑟莫不喜歡殺人，因為他是獵人，並非軍人。但也別美化他。獵人殺野獸就跟軍人殺人一樣。他心想，別自欺欺人了。也別再鬼扯了。從很久以前你就沾染上那種習氣了。不過也別把安瑟莫當成壞人。他是個基督徒，在這天主教國家裡是很罕見的。

他心想，但我本來以為奧古斯丁在害怕。下手之前會害怕是很自然的。原來他也想殺人。當然，現在他可能是在吹牛。當時卻害怕得很。我的手感覺到他的恐懼。喔，該閉嘴了。

「吉普賽佬把吃的拿來了沒有？去看看，」他對安瑟莫說。「叫他別上來了。他是個笨蛋。你自己拿上來吧。不管他拿了多少，都叫他再回去多拿一點來。我餓了。」

# 第二十四章

此時是五月底某天早晨，天高氣爽，暖風吹拂著羅伯．喬丹的肩頭。雪融得很快，他們正在吃早餐。每個人都有兩個大大的肉片三明治夾山羊奶起司。羅伯．喬丹用折疊刀切了幾片厚厚的洋蔥，擺在三明治裡面的最上層與最下層。

「你那口臭簡直可以穿越樹林，讓法西斯份子聞到了，」滿嘴食物的奧古斯丁說。

「把酒囊給我，我要漱漱口，」羅伯．喬丹說，他滿嘴都是肉片、起司、洋蔥和嚼過的麵包。

他不曾這麼餓過。他喝了一大口皮囊裡略帶瀝青味的葡萄酒，把東西吞下去。接著他又喝了一大口，這次是高高舉起酒囊，讓噴出來的酒直接噴進喉嚨裡，酒囊碰到了自動步槍松枝掩體上的針葉，他把腦袋往後仰靠在松枝上，讓酒流淌而下，進入嘴裡。

「另一個三明治你要嗎？」奧古斯丁一邊問他，一邊隔著槍把三明治遞給他。

「不。謝了。你吃吧。」

「我吃不下了。我不習慣吃早餐。」

「真的不要了？」

「不要。你吃吧。」

羅伯．喬丹接過三明治，放在膝蓋上，從擺著手榴彈的外套側邊口袋裡掏出一顆洋蔥，打開折疊刀切了起來。洋蔥表面被口袋弄髒了，於是他先削去薄薄一片，接著又切下一片厚厚的洋蔥。外邊有一圈掉了下來，他揀起來揑成一條，也塞進三明治裡。

「你的早餐都有洋蔥？」奧古斯丁問道。

「有就吃。」

「你們那國的人都這樣？」

「沒有，」羅伯・喬丹說。「那裡的人都討厭洋蔥。」

「那就好，」奧古斯丁說。「我一直認為美國是個文明的國家。」

「你為什麼討厭洋蔥？」

「臭味。沒別的原因。否則洋蔥簡直像是玫瑰。」

羅伯・喬丹嘴裡塞滿食物，對他咧嘴一笑。

「像玫瑰，」他說。「超像的。一朵玫瑰是一朵玫瑰是一顆洋蔥。」[1]

「你吃洋蔥吃到腦袋也糊塗了，」奧古斯丁說。「小心啊。」

「一顆洋蔥是一顆洋蔥是一顆洋蔥，」羅伯・喬丹快活地說，他心裡還想著，一塊石頭是一個啤酒杯是一塊巨石是一塊圓石是一塊鵝卵石。

「用酒漱漱口吧，」奧古斯丁說。「你真怪，*Inglés*。你和上次跟我們一起行動的那個爆破專家大不相同。」

「有一點大不相同。」

---

1 這段文字是海明威諧仿自葛楚史坦（Gertrude Stein）的著名詩句「玫瑰是一朵玫瑰一朵玫瑰」（Rose is a rose is a rose is a rose），有向亦師亦友的女作家致敬的用意。

「你說有什麼不同。」

「我活著，他死了，」羅伯．喬丹說。接著他心想，你是怎麼啦？這樣說話像話嗎？你是不是吃東西吃得太爽？是怎樣，你怎麼會被洋蔥給薰到醉了？難道現在只有活著對你而言有意義？他老實對自己說，活著本來就沒有多大意義。是你想要試著讓活著這件事變得有點意義，只是你從來沒辦到。在僅剩的時間裡，沒必要講假話了。

「不，」現在他開始用認真的語氣說。「生前他是個受苦受難的人。」

「你呢？你沒有嗎？」

「沒有，」羅伯．喬丹說。「我是那種沒有受過太多苦難的人。」

「我也沒受過什麼苦，」奧古斯丁對他說。「有些人苦過，有些人沒苦過。我受過的苦難很少。」

「還不賴，」羅伯．喬丹又把酒囊倒過來。「有了這個就更不賴了。」

「我為別人受苦。」

「好人都應該如此。」

「我倒是很少為自己受苦。」

「你有老婆嗎？」

「沒有。」

「我也沒有。

「但你現在有瑪莉亞了。」

「是啊。」

「有件事很怪，」奧古斯丁說。「自從那一次炸掉火車，她開始跟隨我們以後，琵拉就兇巴巴的不准任何人碰她，彷彿她就住在加爾默羅會[2]的修道院裡。你一定無法想像她是怎樣拚命保護瑪莉亞的。你來了，她就把瑪莉亞當成禮物送給你。你有什麼看法？」

「不是那樣的。」

「那是怎樣？」

「她是把瑪莉亞交給我照顧。」

「所謂的照顧是整夜和她*joder*[3]？」

「那是我走運。」

「哪能這樣照顧人啊。」

「你不知道用那種方式可以好好照顧別人嗎？」

「知道，但這樣的照顧所有人都辦得到。」

「別說這些了，」羅伯・喬丹說。「我真的很喜歡她。」

「真的？」

「跟純金一樣真。」

「那以後呢？炸橋之後呢？」

「她跟我走。」

「那就好，」奧古斯丁說。「但願再也沒有人說閒話，也祝你們倆好運。」

2 加爾默羅會（Carmelites），天主教的修道會。

3 joder：西班牙語，「性交」（fuck）。

他舉起酒囊，喝了一大口，然後遞給羅伯・喬丹。

「還有一件事，*Inglés*，」他說。

「說吧。」

「我也非常喜歡她。」

羅伯・喬丹伸手搭他的肩膀。

「非常，」奧古斯丁說。「非常喜歡她。喜歡到沒有人能想像的地步。」

「我能想像。」

「她在我心裡留下了難以磨滅的深刻印象。」

「我能想像。」

「聽清楚了。我對你說的話十分認真。」

「說吧。」

「我沒碰過她，也沒跟她有過任何瓜葛，可是我非常喜歡她。*Inglés*，可別看輕她。就算她跟你睡過，你也別當她是婊子。」

「我會善待她的。」

「我相信你。但不光是這樣。你有所不知，如果沒有這一場革命，她那種女孩可是有大好前程的。你的責任重大。這女孩真的受過很多苦。她和我們不一樣。」

「我要和她結婚。」

「不。不是那個意思。革命時沒必要那樣。但是——」他點點頭，接著說，「能結婚就更好了。」

「我要和她結婚，」羅伯・喬丹說，他有一種喉嚨哽住的感覺。「我非常喜愛她。」

「以後吧，」奧古斯丁說。「等方便的時候。重點是你要有這一份心意。」

「我有。」

「聽著，」奧古斯丁說。「我無權過問這件事，話已經說得太多了，不過我還想問一下。你在這個國家認識很多女孩嗎？」

「有一些。」

「婊子嗎？」

「有的不是。」

「有多少？」

「有幾個。」

「和她們睡過嗎？」

「沒有。」

「你懂了嗎？」

「懂。」

「我的意思是，瑪莉亞不會隨便跟你做那件事。」

「我也不會。」

「要是我把你當成那種人，昨晚你和她睡的時候，早就被我一槍幹掉了。我們這裡常為那種事殺人。」

「聽著，老兄，」羅伯．喬丹說。「那是因為時間有限，我們才會連禮俗都不顧了。我們缺少的就是時間。明天我們非打一仗不可。對我來說那沒什麼。但對於瑪莉亞和我而言，那就意味著我們必須把這段時間當成一輩子來過。」

「而且，一天一夜的時間實在很短，」奧古斯丁說。

「是啊，但我們共度了昨天，前天晚上和昨晚。」

「聽我說，」奧古斯丁說。「要我幫忙嗎？」

「不用。我們很好。」

「如果我能為你，或者為那短髮女孩做些什麼的話——」

「說真的，任誰能幫別人的地方都不多。」

「不。很多。」

「什麼？」

「今明兩天如果打起仗的話，無論如何你都要信任我，我下的命令就算看來可能有錯，你也要服從。」

「我信任你。因為騎兵隊的事，再加上你說要把馬帶走。」

「那算不了什麼。你也明白，我們都是為了同一件事奮鬥。就是打贏這場戰爭。除非我們能贏，否則一切都是枉然。明天的事重要極了。真的非常重要。我們還有仗要打。戰鬥時非得有紀律不可。因為很多事並不是表面上看來那樣。紀律必須建立在信任與信心的基礎上。」

奧古斯丁朝地上吐一口口水。

「瑪莉亞和這些事毫不相干，」他說。「你和瑪莉亞就好好利用剩下的時間過一過兩人世界吧。只要我能幫忙，儘管吩咐。至於明天的事，我會無條件服從。如果明天非死不可，我也會高高興興的，心情快活。」

「我也覺得你會這樣，」羅伯．喬丹說。「但聽你親口說出來，還真叫人高興。」

「還有，」奧古斯丁說，「上頭那傢伙，」他比一比普里米提佛，「很可靠，派得上用場。琵拉的可靠遠遠超出你的想像。安瑟莫這老傢伙也一樣。還有安德烈斯。艾拉迪歐也是。那傢伙的話不多，但是個可靠的人。還有費南多。我不知道你怎麼看他。他的確比水銀還遲緩。也遠比公路上拖車的小公牛還無趣。但他能奉命打仗辦事。*Es muy hombre*[4]！你等著看吧。」

「我們運氣好。」

「不。我們有兩個廢柴，就是吉普賽佬和帕布羅。但是聾子那一伙人可比我們強多了，我們只配跟羊大便相提並論。」

「那也沒什麼問題。」

「嗯，」奧古斯丁說。「真希望今天就能動手。」

「我也是。趕快搞定就算了。但是不行。」

「你覺得情況會很糟嗎？」

「有可能。」

「可你現在心情很好，*Inglés*。」

「嗯。」

「我也是。儘管有瑪莉亞的事和其他所有事。」

「你知道為什麼嗎？」

「不知道。」

「我也不知道。也許是因為天氣。今天天氣可真好。」

4 es muy hombre：西班牙語，「他是個好傢伙！」

「誰知道？也許是因為快要行動了。」

「我想應該是，」羅伯・喬丹說。「但不是今天。無論如何，最重要的是我們必須避免在今天行動。」

當他說話時他聽到些許動靜。那聲音穿透過暖風吹拂樹林的聲音，從遠處傳了過來。他不能確定，於是張嘴傾聽著，同時也抬頭瞥望普里米提佛那裡。他以為聽到了，但聲音隨即消失。風吹著松林，羅伯・喬丹全神貫注地仔細聽。然後他聽到那聲音隱隱約約隨風而來。

「這對我而言並不是什麼悲劇，」他聽到奧古斯丁說。「就算永遠得不到瑪莉亞也沒什麼。我還是可以和以前一樣去找婊子。」

「閉嘴，」他說，不聽那些話，只是趴在奧古斯丁身邊，頭轉向別處。奧古斯丁突然看著他。

「*Qué pasa*？[5]」奧古斯丁問道。

羅伯・喬丹把手放在嘴上，繼續傾聽。那聲音又來了。隱隱約約，模模糊糊，既單調又遙遠。但這時肯定沒錯了。那是自動步槍開火時的連續劈啪聲響，如此清楚。聽來就像遠處有人點燃了一串又一串迷你爆竹，聲音幾乎小到聽不見。

羅伯・喬丹往上一看，只見普里米提佛此刻已經把頭抬起來，臉朝著他們，一隻手遮耳傾聽著。他看到普里米提佛把手舉起來，指著周圍地勢最高的那一座山。

「聾子那邊打起來了，」羅伯・喬丹說。

「那我們去支援他們吧，」奧古斯丁說。「把人都集合起來。*Vamonos*[6]。」

「不行，」羅伯・喬丹說。「我們就守在這裡。」

# 第二十五章

羅伯・喬丹仰望著警戒崗位，此刻普里米提佛站著手握步槍，指向某方。他點點頭，但普里米提佛的手持續指著，他先把手擺在耳朵後面，接著又死命地指著，彷彿沒人明白他的意思似的。

「你要守住這把槍，開槍前一定要再三確認敵人肯定會進來。就算真的要開槍，也要等他們到了那一片灌木叢再開，」羅伯・喬丹指灌木叢說。「你懂嗎？」

「懂。但是——」

「別但是。待會跟你解釋。我先到普里米提佛那裡去。」

安瑟莫就在他身旁，他對老傢伙說：「*Viejo*[1]，待在這裡跟奧古斯丁一起守著槍，」他不慌不忙地慢慢說，「除非騎兵真的進來了，否則他不能開火。如果他們只是露個臉而已，就別理他們了，像剛剛那樣。要是他不得不開火的話，你就幫他穩住三腳架，子彈打完了，就拿新的彈盤給他。」

「好，」老傢伙說。「那麼拉葛蘭哈呢？」

「待會再說。」

---

5 Qué pasa：怎麼回事。

6 vamonos：走吧。

1 viejo：老傢伙。

羅伯・喬丹往高處爬，繞過一顆顆灰色巨岩，用手撐著身體往上爬時發現巨岩都是潮濕的。巨岩上的積雪很快都被陽光融化掉了。巨岩頂端開始變乾，他一邊攀爬，一邊眺望眼前田野，只見一片松林與長長的林間空地，還有遠方一座座高山前的斜坡。接著他來到了一處位於兩塊巨岩後面的岩洞裡，站在普里米提佛身邊，那個臉色黝黑的矮小漢子對他說：「他們在攻擊聾子。我們怎麼辦？」

「不怎麼辦，」羅伯・喬丹說。

在這裡他能聽到清楚的槍聲，他往眼前田野的遠處看過去，只見山谷另一頭地勢又高聳起來的地方有一隊騎兵從樹林裡穿出來，在積雪的山坡上朝著交火的地方往上衝刺。只見在雪白地面的映襯之下，兩隊人馬彷彿一個黑壓壓的長方形，斜斜地強行往山上推進。他看著兩隊人馬登上山脊，進入更遠處的樹林。

「一定要支援他們，」普里米提佛說。他的聲音聽來乾枯而平淡。

「不可能，」羅伯・喬丹對他說。「我今天一整天都料想著會發生這件事。」

「怎麼說？」

「他們昨夜去偷馬。雪停了之後，騎兵隊循著他們的足跡追到那裡。」

「但我們非支援他們不可，」普里米提佛說。「我們不能撒手不管。他們是我們的同志啊。」

羅伯・喬丹把手擱在普里米提佛的肩頭。

「我們無能為力，」他說。「真有辦法，我不會不管的。」

「上面有一條山路可以通到那裡。我們可以騎馬走那條路，帶著兩把槍過去。下面那一把，還有你那一把。我們可以這樣支援他們。」

「你聽——」羅伯・喬丹說。

「我就是在聽那個聲音，」普里米提佛說。

槍聲一陣陣傳來，彼此交疊在一起。接著，在自動步槍噠噠噠的連續枯燥聲響中，響起了手榴彈的轟隆悶爆聲。

「他們完蛋了，」羅伯．喬丹說。「雪停時就注定他們要完蛋了。我們如果過去，也會完蛋。絕對不能分散我們現在既有的力量。」

普里米提佛的下巴、嘴的四周和脖子上布滿了灰白的鬍碴。整張臉的其餘部分都是黝黑的，塌鼻子的鼻樑曾經斷過，還有一雙深陷的灰眼睛。羅伯．喬丹看著他，只見他那長滿鬍碴的嘴角和喉頭的筋在抽搐。

「你聽這槍聲，」他說。「根本是大屠殺。」

「如果他們把那峽谷給包圍了，就免不了會那樣，」羅伯．喬丹說。「可能有人逃得出來。」

「我們可以繞到騎兵後方去偷襲，」普里米提佛說。「我們四個騎馬去。」

「然後呢？從他們背後偷襲之後，又能怎樣？」

「跟聾子並肩作戰。」

「去那裡送命？瞧這太陽。白天還很長呢。」

無雲的天空看來如此高爽，熱熱的陽光灑在他們背後。下面那一片空地的南向坡面已經露出一大片一大片的土地，松樹上的積雪都已掉到地上。他們下方的一塊塊巨岩剛剛被融雪沾濕，此刻在烈日下微微冒著熱氣。

「你要忍耐啊，」羅伯．喬丹說。「*Hay que aguantarse*[2]。戰爭中總會遇到這種事。」

---

2 hay que aguantarse：西班牙語，「你必須忍耐」。

「不過，我們真的一點辦法都沒有？真的嗎？」普里米提佛看著他，羅伯．喬丹明白那是信任的眼神。「你不能派我和另外一個人帶著這一支小型機槍過去？」

「那也沒用，」羅伯．喬丹說。

他自認看到了他覺得會出現的東西，但那只不過是一隻老鷹御風滑翔，然後從最遠那一排松林的頂端凌空爬升。「我們全都去了也沒有用，」他說。

此刻，火力的強度加倍，槍聲中夾雜著手榴彈的沉悶爆炸聲。

「哼，操他媽的，」普里米提佛眼睛含淚，雙頰抽動著，那是一種極度悲憤的辱罵聲。「喔，天主和聖母啊，操他媽的祖宗十八代。」

「別太激動，」羅伯．喬丹說。「馬上就會輪到你開槍打他們。那婆娘來了。」

琵拉踩著沉重的步伐，從一顆顆巨岩之間往他們爬過來。

只要有一陣槍聲隨風而來，普里米提佛就咒罵一番。「操他媽的。喔，天主和聖母啊。操他媽的。」而羅伯．喬丹則是爬下去把琵拉給拉上來。

等到她費力地爬上最後一塊巨岩，他抓住她的雙手手腕，把她給拉了上來，對她問道：「*Qué tal*[3]？婆娘。」

「你的望遠鏡，」說完後她把上面有帶子的望遠鏡從脖子上脫下來。「結果是聾子遭殃了。」

「是啊。」

「*Pobre*[4]，」她語帶憐憫地說。「可憐的聾子。」

她爬上來後始終氣喘吁吁，遠眺田野另一頭時拉著羅伯．喬丹的一隻手，緊緊握住。

「你看戰況怎樣？」

「糟。很糟。」

「他*jodido*[5]啦？」

「錯不了。」

「*Pobre*，」她說。「想必是偷馬惹的禍吧？」

「有可能。」

「*Pobre*，」琵拉說，接著又說，「騎兵來的那一件爛事，拉斐爾已經像說書似的一五一十地告訴我。來了多少人？」

「一支巡邏隊和一支騎兵中隊。」

「那時候他們有多接近？」

羅伯·喬丹指一指巡邏隊停駐的地方，還把他們藏槍的地方指給她看。從他們站著的地方看過去，只能看到奧古斯丁的一隻靴子從掩體後方露出來。

「吉普賽佬竟然跟我說，帶頭騎兵的馬近到差點碰到槍口，」琵拉說。「真不愧是吉普賽人[6]！你剛剛把望遠鏡給落在山洞裡了。」

「妳打包了嗎？」

「能帶的都打包了。有帕布羅的消息嗎？」

---

3 Qué tal：怎麼樣。

4 pobre：西班牙語，「真可憐」。

5 jodido：西班牙語，「完蛋」。

6 指吉普賽佬愛吹牛。

「騎兵隊出現的四十分鐘前，他就走了。他們循著他留下的馬蹄印追了過去。」

琵拉對他咧嘴一笑。她一直握著他的手，到此刻才放開。「他們永遠遇不到他的，」她說。「現在來談聾子的問題。我們能做些什麼嗎？」

「不能。」

「*Pobre*，」她說。「我很喜歡聾子。你能確定他真的*jodido*了嗎？」

「嗯。我看到很多騎兵。」

「比來這裡的還多？」

「還有一整隊要往山上推進呢。」

「聽那槍聲，」琵拉說。「*Pobre*，聾子可真*Pobre*。」

他們傾聽著槍聲。

「普里米提佛想去那裡，」羅伯．喬丹說。

「你瘋啦？」琵拉對那個臉扁扁的傢伙說。「我們這裡怎麼老出些*locos*[7]？」

「我想支援他們。」

「*Qué va*！」琵拉說，「又是個不切實際的傢伙。就算你不去那裡白白送死，在這裡也很快就要死了。你信不信？」

羅伯．喬丹看著她，看著她那深褐色的臉，高高的顴骨宛如印第安人，兩隻黑色的眼睛分得很開，嘴巴帶有笑意，厚厚的上唇看來很苛薄。

「別幼稚了，」她對普里米提佛說。「要像個男子漢。虧你留著一臉灰白的鬍子。」

「別取笑我，」普里米提佛怒道。「只要是有一點良心和一點想像力的人——」

「就該懂得克制自己，」琵拉說。「很快你就要跟我們一起去死啦。沒必要跟外人一起去找死。說到想像力，有吉普賽佬的想像力就夠了。他跟我講的故事可真精彩啊。」

「妳要是親身經歷，就不會說那是故事了，」普里米提佛說。「剛才真的很危急。」

「*Qué va*！」琵拉說。「不過是幾個騎兵來過又走了。你們就以為自己是英雄。就是因為遊手好閒太久了，我們才會墮落到這種地步。」

「難道聾子目前的情況不夠危急？」此刻普里米提佛不屑地說道。每次槍聲隨風而來，他總是流露出十分難受的神情，巴不得趕快加入戰鬥，或是琵拉馬上離開別再煩他。

「*Total, qué?*[8]」琵拉說。「已經出事了，我們也不能怎樣。不要因為別人倒了楣，你就連自己的*cojones*都丟掉了。」

「滾妳的蛋吧，」普里米提佛說。「有些女人真是愚蠢殘忍到讓人受不了。」

「我會愚蠢殘忍，還不是為了支持跟幫助你們這些沒種的男人？」琵拉說。「要是沒什麼可以看的，我先閃了。」

就在此刻，羅伯．喬丹聽到高空中的飛機聲從頭頂傳來。他仰頭一看，只見高空中有一架飛機，似乎是早上那一架偵察機。這時它從戰線那個方向飛回來，朝著聾子遭人攻擊的那一片高地飛過去。

「真是一隻帶來厄運的凶鳥，」琵拉說。「飛機看得到那邊的情況嗎？」

「當然可以，」羅伯．喬丹說。「只要飛機上的人不是瞎子。」

---

7 locos：西班牙語，「瘋子」。

8 total, qué：西班牙語，「全都過去又怎樣？」

他們看見飛機穩穩地在高空中移動，在陽光中銀光閃閃的。它從左側飛來，只見不斷旋轉的螺旋槳看起來就像兩個光亮的圓盤。

「臥倒，」羅伯．喬丹說。

這時飛機飛到了他們正上方，黑影掠過林間空地，轟隆隆的聲響聽來凶險至極。飛機掠過後朝山谷頂端飛去。他們看著它穩穩地飛去，直到消失蹤影，但接著又往下畫了一個大圈圈，飛了回來，在高地上空盤旋兩圈，最後朝塞哥維亞的方向飛去，就此消逝。

羅伯．喬丹看著琵拉。前額冒汗的她搖搖頭。她一直用牙齒咬著下唇。

「真是一物剋一物，」她說。「我就怕飛機。」

「妳不是被我的恐懼傳染了吧？」普里米提佛用嘲諷的口吻說。

「沒有，」她把手搭在他肩上。「你什麼都不怕，怎麼傳染給我？這我知道。抱歉啊，是我跟你開玩笑開得太過火了。我們患難與共。」接著他對羅伯．喬丹說，「我馬上把吃的喝的送上山來。還要些什麼？」

「現在不用。其他人在哪裡？」

「你的援軍毫髮無傷，都在下面和馬匹在一起，」她咧嘴笑道。「東西都藏起來了。要帶走的也打包好了。你的裝備在瑪莉亞那裡。」

「萬一有飛機飛過來，叫她待在山洞裡。」

「遵命，我的*Inglés*老爺，」琵拉說。「我就把吉普賽佬交給你了，我已經派他去採蘑菇，可以用來煮兔肉。這時節蘑菇很多，我看還是把兔肉吃掉算了，雖說到了明後天會比較好吃。」

「我想還是吃掉最好，」羅伯．喬丹說。琵拉把一隻大手搭在他的肩頭，那裡是他身上輕機槍皮帶往前胸延伸的地方，接著她舉起手來，用手指撥一撥他的頭髮。「好一個*Inglés*，」琵拉說。「煮好了，我叫瑪莉亞把*puchero*[9]端過來。」

從遠處高地上傳來的槍聲差不多消失了，只剩零星的一兩聲。

「你覺得結束了嗎？」琵拉問道。

「還沒，」羅伯・喬丹說。「從槍聲聽來，騎兵發動了攻勢，但被擊退了。依我看，敵軍已經將他們圍住了。敵軍已經找地方掩護自己，在等飛機。」

琵拉對普里米提佛說，「你喔。現在知道我不是有意數落你了吧？」

「*Ya lo sé*[10]，」普里米提佛說。「有些話妳講得更難聽，我也都忍下來了。妳就是那張嘴太刻薄了。但可別亂講話啊，妳這婆娘。聾子是我的好同志。」

「難道就不是我的好同志？」琵拉問他。「聽我說，扁臉。打仗時任誰都不能憑感覺行動的。就算沒有聾子這件事，我們自己的麻煩已經夠多了。」

普里米提佛仍是悶悶不樂。

「你該吃藥了，」琵拉對他說。「我這就去弄吃的。」

「妳把那個*requeté*身上的文件帶來沒有？」羅伯・喬丹問她。

「真是笨蛋，」她說。「我給忘了。我會叫瑪莉亞帶過來。」

---

9 puchero：西班牙語，「燉煮的菜餚」。

10 ya lo sé：西班牙語，「我知道」。

# 第二十六章

當時是下午三點，飛機還沒來。雪到中午就已經全都融化了，此刻岩石都被陽光曬得很熱。萬里無雲，羅伯．喬丹脫了襯衫坐在岩堆中，任由陽光直曬背脊，看著那死去騎兵衣袋裡的信件。偶爾他會放下信件，眺望一下空曠斜坡另一頭的那排樹林，看看上面的高地，然後繼續看信。沒有更多騎兵增援。偶爾有一聲槍響從聾子的營地那邊傳來。只剩零星的槍聲。

他仔細看了部隊給的證件，發現那年輕的死者來自納瓦拉省塔法亞鎮，年僅二十一，未婚，是鐵匠之子。他隸屬於某一騎兵兵團，這讓羅伯．喬丹感到詫異，他原本以為那支部隊應該在北部。他是卡洛斯主義份子[1]，戰爭初期曾於伊倫的戰役中負傷。

羅伯．喬丹心想，說不定在潘普洛納[2]過節的時候，我曾看過他在街上的公牛前面狂奔。他對自己說，在戰爭中，被你殺的往往都不是你想殺的人。他修正一下自己的想法，應該說幾乎都不是，接著又繼續看信。

他看的頭幾封信都寫得十分正式而細心，幾乎都只論及當地發生的事件。那是死者姐姐的來信，羅伯．喬丹透過信件知道塔法亞一切安好，父親很健康，母親仍舊是老樣子，只是有背痛的老毛病，姐姐祝他平安，希望他並未身陷險境，但令她高興的是，他正在消滅共產黨人，解放西班牙，人民也不用再受馬克思主義匪幫的統治。接著她列出一張名單，上面都是自從她上次寫信以來陣亡或受重傷的塔法亞鎮青年。死者的名字有十個。羅伯．喬丹心想，對於塔法亞這種小鎮來講，這陣亡的人數還算滿多的。

這封信充斥濃厚的宗教氣息。她祈求聖安東尼，祈求柱上聖母[3]，也祈求其他聖母保佑他，她要他千萬別忘記的是，她深信他一值佩戴於胸前的耶穌聖心胸章也在保佑他，因為經過無數次實例的證明，那聖心胸章確有阻擋槍彈的神力，而且她還在「無數次」三個字下面劃線強調。她是永遠愛他的姐姐康恰。

這信紙的四周有點髒，羅伯．喬丹小心翼翼地把信紙與部隊證件重新擺在一起，接著打開一封字跡沒那麼端正的信。寫信的人是年輕人的*novia*，也就是未婚妻，她同時隱約而且也公開地為他的安全表示擔憂，而且到了極度神經質的地步。羅伯．喬丹把信看了一遍，就把所有信件和證件一起放進後褲袋。他不想看其他信件了。

他對自己說，我想我今天幹了一件好事。他又說了一遍，看來你的確幹了一件好事。

「你在看什麼？」普里米提佛問他。

「一些今天的文件和信件，從今早我們幹掉的那個*requeté*身上拿來的。你要看看嗎？」

「我不識字，」普里米提佛說。「有什麼值得一看的嗎？」

「沒有，」羅伯．喬丹對他說。「都是些私人信件。」

「他的故鄉怎樣了？從信上能看得出來嗎？」

「情況似乎不錯，」羅伯．喬丹說。「他的老鄉有很多人傷亡。」他低頭看看自動步槍的掩體，自從積雪融化之後，他們又稍稍修正改善了一下。掩飾的效果相當好。他轉頭眺望田野遠處。

---

1 卡洛斯主義份子（Carlist）：卡洛斯主義是西班牙保守派政治團體，根據地位於納瓦拉。內戰期間與長槍黨聯合，對抗共和國政府。

2 潘普洛納（Pamplona），納瓦拉省的首府，以奔牛節著名。

3 柱上聖母（Blessed Virgin of Pilar）：是西班牙文「Nuestra Señora del Pilar」一詞的英譯。傳說中，聖母帶著聖嬰在西班牙聖徒聖雅各（St. Jacob）面前顯靈時，是站在柱子上。

「他是哪裡人？」普里米提佛問道。

「塔法亞，」羅伯．喬丹告訴他。

他對他自己說，好吧，我感到遺憾，要是這樣說真能彌補些什麼的話。

彌補不了什麼啊，他對他自己說。

那好，就放下吧，他對他自己說。

可以啦，放下吧。

但是想要放下也沒那麼容易。他自問，你殺了多少人？我不知道。你自以為有殺人的權力嗎？沒有。可是我不得不殺。你殺掉的人裡面有多少個是真正的法西斯份子？很少。但他們都是敵軍的人，我軍與他們的部隊處於敵對狀態。但在西班牙各地的人民裡面，讓你最有好感的莫過於納瓦拉人。沒錯。可是你殺害他們。沒錯。如果你不相信，那麼下山回營地去看看吧。你知道殺人是錯誤的嗎？知道。但你還是殺人？沒錯。你仍然絕對相信自己的理念是正確的？沒錯。

那是正確的，但這句話並非自我安慰，而是他可以自豪地對自己說。我相信西班牙人民，也相信他們有權實現民治的願望。但你可別把殺人當成信仰啊，他對自己說。你只能在不得已的時候殺人，但千萬別把殺人當成信仰。如果是那樣的話，那你就完全搞錯了。

但是，你覺得自己已經殺了多少人呢？我不知道，因為我不想記錄下來。但你知道嗎？知道。幾個呢？你也不確定有幾個。炸火車時你殺了很多人。很多很多。可是你不確定。那有幾個是你能確定的呢？二十個以上。有幾個是真正的法西斯份子？我能斷定的有兩個，因為當時我在烏塞拉俘虜了他們，不得不把他們槍斃。這你不介意？對。但你也不喜歡這種事吧？不喜歡。之後我就決心不再做那種事了。我會避免那種事。我避免殺那些手無寸鐵的人。

他對他自己說，聽著，你還是別想這個問題了吧。這對你和你的工作非常不好。接著他自己又對他說，你聽著，懂嗎？因為你正在做一件十分要緊的事，我得讓你時時刻刻都在狀況內。我必須讓你保持頭腦清醒。因為，假如你並非完全清醒，你就沒權力繼續做你在做的事，因為那些事都是一種罪孽，誰也沒有權力奪人性命，除非殺人是為了阻止更不幸的事降臨在其他人身上。所以，要保持清醒，別騙自己。

他對他自己說，但我不想記錄自己殺了多少人，不想像記錄戰利品那樣，也不想殺一個人就在槍上面畫一道刻痕，那是令人厭惡的。我有權不把被殺的人數記錄下來，也有權忘掉他們。

不，他對他自己說。你沒權力忘掉任何東西。對於這一切，你都沒有權力閉眼不看，也沒有權力將其拋諸腦後，加以淡化或者竄改。

住口，他對自己說。你的話真是越來越多了。

他自己又接著說，也別在這件事上面欺騙自己了。

好吧，他對他自己說，謝謝所有的忠告，那我可不可以愛瑪莉亞呢？

可以，他自己說。

根據純粹的唯物主義社會觀，並沒有愛情這種東西。即便如此也可以嗎？

你從什麼時候開始有那種觀念的？他自己問道。沒那回事。你根本不可能有那種觀念。你不是真正的馬克思主義者，這你心知肚明。你信仰的是「自由、平等、博愛」。你信仰的是「生命、自由，還有對於幸福的追求」。別用什麼辯證法來糊弄你自己了。那留給別人用吧，你自己就不必了。你必須了解那一套，以免變成笨蛋。為了打贏這場戰爭，有很多事情都被你擱置了。輸了這場戰爭，你就會輸掉一切。

不過，等到戰爭結束後，你大可以摒棄你不相信的一切。你不相信的東西很多，但你相信的東西也不少。

還有一件事。關於愛上一個人這件事，可不是兒戲。問題只是在於，大多數人運氣欠佳，所以未曾擁有愛情。你過去不曾擁有過，現在得到了。你從瑪莉亞身上所獲得的，是人類最重要的東西，無論它只能從今天持續到明天的一部分，或者能長久地持續一輩子。常言道，愛情並不存在，但那是因為人們大多得不到愛情。但我要對你說的是，愛情的確存在，而且你得到了愛情，即便你明天就會死去，也是個幸運的傢伙。

別談死亡這種事了，他對他自己說。我們從來不那樣說話的。會那樣說話的，都是我們那些信奉無政府主義者的朋友們。每當情勢惡化，他們就想要放火自焚，一死百了。他們的腦袋很奇怪。非常奇怪。算了吧，老朋友，白天就快過完了，他對他自己說。快三點了，遲早有人會送吃的東西過來。聾子那裡還在交火，這意味著他們已經把他給圍住了，在等待援軍。只不過，他們必須在天黑前了結這件事。

我不知道聾子那裡的情況怎樣了。假以時日，我們大家也都會遇到這種事。我想聾子那裡的士氣不會太高昂。他會陷入這種困境，當然是因為我們叫他去偷馬。這要用哪個西班牙語的辭彙來形容？*Un callejón sin salida*[4]。一條沒有出路的通到。看來這次我應該能順利過關吧。我只要出動一次，就算是完成任務了。但是，如果某天打仗時你被包圍了，卻還能投降的話，那不是樂事一樁嗎？*Estamos copados*[5]。我們被包圍了。這是這場戰爭中最令人驚慌的呼喊。其次才是被槍打中；假如你夠走運的話，死前不會被折磨。聾子可不會這麼走運。等我們碰到這種事，我們也不會。

三點鐘了。他聽到遠處傳來轟隆隆的聲響，抬頭一看，眼前出現了幾架飛機。

# 第二十七章

聾子在丘頂作戰。他不喜歡這座山丘，因為一看到山丘就覺得它的形狀很像下疳[1]。但除這山丘之外他別無選擇，而且他從大老遠看過來就相中了它，策馬過去，背上背著沉甸甸的自動步槍，他的馬拚命狂奔，馬的軀幹在他胯下顛簸，各一袋的手榴彈與自動步槍彈盤，在兩側不停晃蕩。華金和伊格納休跑到一半停下開槍，繼續跑一段後又停下開槍，讓他有時間找個好地方把槍架起來。

當時，害他們遭殃的積雪還沒完全融化，聾子的馬被擊中後氣喘吁吁，緩慢而掙扎，搖搖晃地爬上通向丘頂的最後一段路，傷口的鮮血噴灑在雪地上，聾子拉著馬的轡頭，把韁繩放在肩頭，使勁拉著馬爬坡。槍林彈雨把岩石打得啪啪作響，他肩上扛著那兩袋沉重的手榴彈與彈盤，拚命往上爬，等走到合適的地方，他才抓住馬鬃，俐落、熟練又溫柔地對馬開了一槍。馬兒向前摔出去，頭往下栽倒，剛好堵住了兩塊岩石之間的缺口。他把槍架在馬背上開火，射掉了兩個彈盤，槍身噠噠作響，空彈殼掉到地上積雪裡，馬皮被馬身的灼熱槍口燙焦，散發出鬃毛的燒焦味，他掃射著衝上山丘的敵人，逼他們散開找掩護，同時他總覺得背脊發涼，因為不知道後面有什麼狀況。等他們五人之中的最後一個抵達山頂，那後顧之憂才消

4 un callejón sin salida：西班牙語，可直譯為「一條沒有出路的巷子」，即「死胡同」。

5 estamos copados：西班牙語，「我們被包圍了」。

1 下疳（chancre）：一種會在生殖器引發潰瘍的性病。

失，他把剩餘的幾個彈盤保留下來，以備不時之需。

山坡上有兩具馬屍，山頂上還有三具。昨夜他只偷到三匹馬，後來他們與敵人開始交火後，馬鞍還沒裝上就想騎營地馬欄裡的馬，其中一隻卻拔腿逃跑了。

來到山頂的五個人裡面有三個負傷。聾子的小腿受傷，左臂也有兩個傷口。他口渴極了，傷口僵硬，左臂有個傷口很痛。而且他頭痛欲裂，躺著等待飛機飛來時想起一句西班牙笑話：*Hay que tomar la muerte como si fuera aspirina*，意思是「你必須把死亡當作在吃阿斯匹靈。」但是他並未把這笑話大聲說出來。每當他挪動手臂，環顧四周僅存的弟兄時，儘管感到疼痛噁心，他的內心深處還是在咧嘴苦笑著。

他們五人像星星的五個角尖那樣散開。他們雙膝跪地，以雙手挖掘土石，堆起來擋住頭部和肩膀。有了這些土石堆的掩護，他們再用石塊和泥土把各個土石堆之間的空隙補起來。十八歲的華金用一頂頭盔挖掘並運送泥土。

頭盔是他在炸火車時弄到的。那頭盔被子彈打了一個洞，大家一直笑他幹嘛留著那破東西。但是他把彈孔的不平整邊緣給敲平，把一根木栓打進去，然後將露在外面的部分削掉，然後把它磨得跟頭盔裡的鋼皮一樣平整。

一聽見槍響，他就趕緊把頭盔戴上，因為太過用力，他的頭好像被砂鍋砸到似的。他的馬被打死後，在最後一段上坡山路衝刺時，他跑到肺部劇痛，兩腿僵硬，口乾舌燥，在子彈劈哩啪啦作響之際，那一頂頭盔彷彿有千斤重，像鐵箍似的圈住了他那快要裂開的前額。但他還是沒把它丟掉。此刻他用頭盔不停地挖掘土石，像機器一樣拚命挖著。他還沒中彈。

「它終於派上用場了，」聾子用低沉的喉音對他說。

「*Resisitir y fortificar es vencer*，」華金講話時嘴巴不靈活，那是因為恐懼讓他口乾舌燥，比一般打仗時常有的口渴感還要強烈。那是共產黨的一句口號，意思是「堅持與苦撐，勝利就會來臨」。

聾子轉頭，沿著山坡往下看，只見有個騎兵正躲在一大塊巨岩後面放冷槍。他很喜歡華金這個小子，但沒有心情聽他講口號。

「你說什麼？」

他們之中有個人正在堆土石，也把頭轉了過來。那個人臉貼地趴著，小心翼翼地伸手把一塊岩石放好，下巴始終抵住地面。

華金用那乾渴而年輕的聲音複述口號，手裡還是不停地挖掘著。

「最後一個詞是什麼？」下巴抵著地面的人問道。

「*Vencer*，」那小子說。「勝利。」

「*Mierda*[2]，」下巴抵著地面的人說。

「還有另一句口號現在也派得上用場，」華金說，那口氣好像他說的一字一句都是護身符似的。「熱情之花[3]說，寧願站著送死，不願跪著求生。」

「又是*mierda*，」那人說，而另一個人也把頭轉過來說，「我們是趴著，沒有跪著。」

「你這共產黨員知道嗎？你的熱情之花有個和你一樣年歲的兒子，從運動開始就被送去俄國。」

「胡扯，」華金說。

「*Qué va*！什麼胡扯，」另一個人說。「這是那個名字古怪的爆破專家跟我說的。他跟你是同黨的，幹

---

2 mierda：西班牙語，意為「狗屎」或「狗屁」。

3 熱情之花（Pasionaria）是西班牙共產主義革命家多洛雷斯·伊巴露麗（Isidora Dolores Ibárruri Gómez）的外號。

嘛胡扯？」

「胡扯，」華金說。「她才不會為了幫兒子逃避戰爭去做這種事。」

「要是我能去俄國就好了，」聾子的另一個弟兄又說。「現在你的熱情之花應該不會把我送到俄國去吧，共產黨員？」

「要是你那麼相信熱情之花，就叫她幫我們離開這個山頭吧，」一個大腿上綁著繃帶的人說。

「法西斯份子可以幫你離開這裡，」下巴抵著泥巴的人說。

「別說那種話了，」華金對他說。

「把你媽在你嘴巴上留下的奶水擦乾，再給我一頭盔泥土吧，」下巴抵住地面的人說。「我們誰也沒辦法活著看到今天的太陽下山囉。」

聾子心想，這座山丘的樣子可真像下疳。或是像年輕姑娘的乳房，只是沒有乳頭。不然就是像圓錐狀火山的山頂。他心想，你又沒看過火山。你永遠也沒機會看到了。這座山丘像下疳。別提火山了。現在想看火山已經來不及了。

他從死馬的肩頭小心翼翼地探頭出去四處張望，山坡下方遠處一塊巨岩後面立刻有人朝他開火，他聽到輕機槍子彈射中馬屍，發出噗噗聲響。他在馬屍後面匍匐爬行，從馬的尾部和一塊岩石之間的缺口往外看。就在他下方，山坡上有三具屍體，那都是本來打算往山頂衝的法西斯份子，他們有自動步槍與輕機槍的火力掩護，但還是被聾子與其他人給撂倒，他們的手榴彈丟出去後滾下山坡，瓦解了攻勢。丘頂另一頭還有一些他看不到的屍體。敵人沒有射擊死角可以掩護，所以攻不上丘頂，而且聾子也知道，只要他的彈藥和手榴彈夠用，而且他還有四個手下，敵人就沒辦法逼走他，除非他們有帶迫擊炮上山。他不知道他們是否已經派人到拉葛蘭哈去調用迫擊炮。也許沒有，因為飛機顯然就快來了。偵察機從他們頭上飛過已經有四小時之久了。

聾子心想，這座山丘可真像下疳，而我們就是上面的膿。但他們剛剛的攻勢實在愚蠢，被我們殺了很多人。他們怎會以為這樣就能擊垮我們呢？因為新式武器在手，他們被自負給沖昏頭了。他們彎著腰往山上衝刺時，他丟的手榴彈蹦蹦跳跳滾下山坡，炸死了那帶頭的年輕軍官。在黃色閃光與灰色煙硝中，他看著那年輕軍官往前栽倒，躺在那裡，看來像一大堆破舊的衣服，軍官躺的地方就是那一波攻勢能夠到達的最遠處。聾子看看那具屍體，再望著下方山坡上的其他屍體。

這些傢伙真是有勇無謀，他心想。但現在他們清醒過來了，在飛機到來之前不會再進攻。當然啦，除非他們能調來一尊迫擊炮。有迫擊炮就容易搞定了。迫擊炮是常見的，而且他知道迫擊炮一來他們就完了。但是當他想到飛機要來了，他覺得自己在那丘頂上無所遁形，好像沒穿衣服，就連皮膚都被扒下來似的，他心想。沒有什麼比我現在這個樣子更加赤裸裸的。兔子就算被剝了皮，與熊相較，還不算太過赤裸裸。可是他們幹嘛派飛機來？用一尊迫擊炮就可以輕易地把我們轟走啊。不過，他們覺得自己的飛機了不起，所以可能會派飛機來。就像他們認為自己的自動武器了不起，於是就發動了愚蠢的攻勢。但他們肯定已經去調迫擊炮了。

他的某個手下開了一槍。隨即猛拉槍機拉柄，又開了一槍。

「省點子彈吧，」聾子說。

「有個婊子養的想要溜到那塊巨岩後面，」開槍的人指著巨岩。

「打中沒？」聾子勉強轉過頭來問道。

「沒有，」那傢伙說。「狗雜種躲回去了。」

「琵拉是婊子裡的婊子，」下巴抵著泥土的那傢伙說。「那婊子知道我們在這裡快掛了。」

「她也幫不了忙，」聾子說。那傢伙是在聾子的正常耳朵旁邊說話，沒轉頭就聽到了。「她能怎樣呢？」

「從背後偷襲那些狗雜種。」

「*Qué va*！」聾子說。「整個山坡上都是他們的人。她要怎麼偷襲？他們有一百五十人。搞不好現在更多了。」

「不過，要是我們能堅持到天黑後就好了，」華金說。

「要是聖誕節能提早在復活節來臨就好了，」下巴抵著泥巴的人說。

「要是你嬸嬸有*cojones*，她就成了你叔叔了，」另一個傢伙對他說。「叫你的熱情之花過來。她一個人就幫得了我們了。」

「我不信關於她兒子那件事，」華金說。「不然就是他正在那裡受訓，將來要當飛行員之類的。」

「他為了安全起見而躲在那裡，」那個傢伙對他說。

「他正在學辯證法。你的熱情之花到那裡去過。李斯特和莫德斯托那些人都去過，是那個名字古怪的傢伙跟我說的。」

「他們應該去學習，回來才能幫助我們，」華金說。

「他們現在就該來幫助我們，」另一個傢伙說。「那些俄國騙子的走狗都該來幫我們。」他又打了一槍，接著說，「*Me cago en tal*[4]。我又沒打中他。」

「省省你的子彈，也別太多話，不然你很渴，」聾子說。「這山丘上沒水。」

「喝這個吧，」那人說完後側著身子，從頭上把背在肩上的酒囊拿下來，遞給聾子。「漱漱口吧，老傢伙。你受傷了，一定很渴。」

「大家都喝，」聾子說。

「那我來先喝一點，」酒囊主人說完後先灌了一大口在自己嘴裡，才遞給大家。

「聾子，你覺得飛機什麼時候會來？」下巴抵著泥土那傢伙問道。

「隨時，」聾子說。「他們早該來了。」

「你看那些婊子養的會再進攻嗎？」

「只有飛機不來才會。」

他覺得還是別提追擊炮好了。反正迫擊炮一來，他們就會知道的。

「天啊，從昨天的情況看來，他們的飛機真是有夠多啊。」

「太多啦，」聾子說。

他頭痛欲裂，一條手臂僵硬無比，一動就痛到幾乎受不了。他用沒受傷的手臂舉起酒囊，同時仰望著那蔚藍高爽的初夏天空。五十二歲的他深信，這肯定是他最後一次機會看到這樣的天空了。

他一點也不怕死，但生氣的是居然被困在這只能當作葬身之地的山丘上。他心想，要是能夠脫身就好了。要是能逼他們從那長長的山谷中過來，或者我們能夠突圍，穿越那公路，那就好了。可是這一座像下疳的山丘啊。我們必須盡可能好好利用這地形，而且到目前為止做得還不錯。

如果他知道歷史上有許多人被迫葬身山丘上，肯定不會太高興。理由在於，任誰遇到他這種狀況，都不會想要知道別人在類似狀況下曾有什麼遭遇，就像剛剛成為寡婦的女人也不會想要得知別人心愛的丈夫死掉了，因為這對她們沒任何幫助。無論怕或不怕，死亡總是令人難以接受的。對於已經五十二歲，身上有三個傷口，被困在山上的聾子而言，儘管他不怕死，死亡還是沒有可愛之處。

---

4 me cago en tal：西班牙語，直譯為「我在那些傢伙身上大便」，是罵人的話。

在心裡，他拿死亡的事來開玩笑，但他看看天空與遠山，喝了一口酒，發現自己還是不想死。他心想，要是人非死不可，而且這本來就是明擺著的事實，那我也可以死。但我還是討厭死亡。

死實在沒什麼了不起的，而且他腦海完全沒有死亡的畫面，也並未心懷恐懼。只是，活著就能看到山坡上風中的麥浪，看到蒼鷹在空中翺翔。活著就能在穀粒與穀殼齊飛的打穀場上用陶罐喝水。活著就能騎馬帶槍，馳騁於小山河谷之間，沿著綠樹夾岸的小河，策馬往河谷另一邊以及谷後遠山而去。

聾子把酒囊還回去，點頭致謝。他把身子往前傾，拍拍死馬肩上被自動步槍槍口燙焦的地方。他仍能聞到鬃毛的焦味。他回想著自己是怎樣在槍林彈雨中把渾身顫抖的馬給牽到這裡，當時他們被四周咻咻作響的子彈籠罩著，他小心翼翼地瞄準馬兒兩眼兩耳之間一條條細線的交叉點，一槍打下去。馬兒往前倒下後，他立刻趴在那濕濕熱熱的馬背後，架槍掃射衝上山的敵人。

「*Eras mucho caballo*，」他說。意思是，「你真是一匹好馬」。

此刻聾子側身躺著，沒受傷的那一側貼地，仰望天空。他躺在一堆空彈殼上，頭部有岩石掩護，身體伏在馬背後。他的傷口僵硬極了，痛得很厲害，累到無法動彈。

「怎麼啦，老傢伙？」他身邊的人問他。

「沒什麼。我休息一下。」

「睡吧，」身邊那人說。「他們一來就會把我們吵醒的。」

就在此刻，山坡下有人開始喊話了。

「聽著，你們這些土匪！」聲音來自一塊岩石後，那裡架著離他們最近的自動步槍。「投降吧，否則飛機一來就會把你們炸得粉身碎骨。」

「他說什麼？」聾子問道。

華金告訴他。聾子往側邊滾，撐起上半身，讓自己蹲回槍的後面。

「也許飛機不會來，」他說。「別理會他們，也別開槍。說不定我們可以引誘他們再發動攻擊。」

「我們來罵他們幾句怎樣？」發問的人是跟華金說熱情之花的兒子在俄國那個傢伙。

「不行，」聾子說。「給我一支大號手槍。誰有？」

「這裡。」

「把槍給我，」他跪著接過一支九毫米口徑的大號星牌手槍，朝馬屍旁的地上打了一槍，過一會又斷斷續續地打了四槍。接著，他數到六十，然後把最後一槍打在馬屍上。他咧嘴一笑，把槍還回去。

「上好子彈，」他低聲說，「還有大家都別開口，不許開槍。」

「*Bandidos*[5]！」岩石後有人大喊。

丘頂沒人說話。

「*Bandidos*！現在就投降，否則把你們都炸爛。」

「他們要上鉤了，」聾子高興地低聲說。

他觀望著，一個人從石堆後面探出頭來。丘頂沒有任何人往下開槍，那個人又把頭縮回去，聾子等待觀望著，但卻再沒任何動靜。他轉過頭，只見其他人也都盯著自己下方的山坡。他望著他們，他們都搖搖頭。

「誰也不許動手啊，」他低聲說。

「婊子養的，」岩石後又傳來了聲音。

5 bandidos：西班牙語，意為「土匪們」。

「紅豬玀。幹你娘。吸你爸的屌。」[6]

聾子咧嘴一笑。他把正常的耳朵往一旁湊過去，才勉強聽見這一連串咒罵。他心想，這可比阿斯匹靈還棒啊。我們能打死幾個呢？他們有那麼蠢嗎？

罵聲又停下來，他們有三分鐘沒聽到與見到任何動靜。接著，山坡下方一百碼遠的巨石後面有個狙擊手探頭開了一槍。子彈打在岩石上，發出尖銳的呼嘯聲，彈往別處。接著，聾子見到有人從架著自動步槍的岩石後面跑出來，彎腰越過空地，跑到狙擊手藏身的巨石後方。他幾乎是撲到巨石後面的。

聾子四處張望。他們對他打手勢，表示其他山坡上都沒動靜。聾子高興地咧嘴笑，搖搖頭。他心想，這可比阿斯匹靈還要棒十倍啊。他像是個見獵心喜的獵人一樣等待著。

山坡下，從石堆後衝到巨石後面那個人正在和狙擊手交談。

「你相信嗎？」

「我不知道，」狙擊手說。

「這挺合理的，」那個人是負責指揮的軍官，他說。「他們被包圍了，沒有任何指望，只有死路一條。」

狙擊手不發一語。

「你覺得呢？」指揮官問道。

「沒有想法，」狙擊手說。

「剛才那幾聲槍響後，你有看到什麼動靜嗎？」

「什麼也沒有。」

指揮官看看手錶，還有十分鐘就三點了。

「一個鐘頭以前，飛機就該來了，」他說。就在此時，另一個軍官也衝到巨石後面來。狙擊手挪一挪身子，讓一點地方給他。

「喂，帕可，」指揮官說。「你覺得呢？」

另一個軍官剛從自動步槍的陣地穿越山坡，狂奔過來，正氣喘吁吁的。

「我看肯定有鬼，」他說。

「如果沒有呢？我們就這樣苦等著，包圍幾個死人，那不是笑話嗎？」

「我們幹的事比笑話更可笑啊，」另一個軍官說。「你看這山坡。」

他抬頭看著山坡，屍體一直遍布到接近丘頂處。從聾子那裡望過去，只見丘頂一片亂石，他的死馬翻了肚子，伸著馬腿，裝上蹄鐵的馬蹄突了出去，還有剛剛挖土時被他們翻起來的泥土。

「迫擊炮咧？」另一個軍官問道。

「再一小時就會到了。最多一個小時。」

「那就等迫擊炮吧。我們幹的蠢事夠多了。」

「*Bandidos*！」指揮官突然站起來大喊，整個腦袋幾乎都暴露在巨石上方，因為站直了身子，丘頂看起來顯得近多了。「紅豬玀！膽小鬼！」

另一個軍官看著狙擊手，搖搖頭。狙擊手把頭轉過去，但閉緊著嘴巴。

指揮官站在那裡，腦袋已經完全露在巨石外面，一隻手按在手槍槍把上。他朝著丘頂詛咒，破口大罵。但還是沒有動靜。接著他直接從巨石後面走出來，站著仰望著丘頂。

---

6 原文為「Red swine. Mother rapers. Eaters of the milk of thy fathers.」。本文不求文雅，如實照翻。

「膽小鬼，沒死的話就開槍吧，」他大喊大叫。「我才不怕你們這些從婊子肚子裡鑽出來的紅豬，開槍打我啊！」

最後這句話很長，等到他喊完時已經滿臉漲紅。

另一個軍官又搖搖頭，他長得削瘦黝黑，眼神溫和，嘴寬唇薄，凹陷的雙頰上滿是鬍碴。先前下令展開第一次攻勢的是那名喊叫的軍官。這一位中尉叫做帕可．貝侖多，死在山坡上的年輕中尉就是他最親密的朋友，此刻他聽著那一陣陣鬼吼鬼叫聲，吼叫的上尉指揮官顯然已經抓狂了。

「我姐和我媽就是被這些豬玀殺掉的，」上尉說。他的臉紅通通的，留著兩撇金黃色的英式八字鬍，眼睛有點不對勁。那雙眼睛是淡藍色的，睫毛顏色也很淡。若是仔細看，你會發現他的雙眼似乎無法立刻聚焦你身上。「紅豬！」他大聲喊叫。「膽小鬼！」然後又開始一陣咒罵。

他站在那裡，這時已完全沒有掩護，用手槍仔細瞄準，朝丘頂唯一目標，也就是那一具馬屍開了一槍。子彈打在馬屍下方十五碼處，打得塵土飛揚。上尉又開一槍。子彈射在石頭上，咻一聲彈開。

上尉站在那裡看著山頂。貝侖多中尉則是看著丘頂不遠處另一個中尉陳屍的地方，狙擊手看著眼前地面。接著抬頭看看上尉。

「上的人都死了，」上尉說。「你，」他對狙擊手說，「到上面去看看。」

狙擊手低頭不吭聲。

「你沒聽到我的話？」上尉喝斥他。

「是，我的上尉，」狙擊手說話時沒有看著他。

「那麼站起來，走啊，」上尉仍握著手槍。「聽到沒？」

「是，我的上尉。」

「那幹嘛不走？」

「我不想去，我的上尉。」

「你不想去？」上尉用手槍抵住他的後腰。「你不想去？」

「我害怕，我的上尉，」士兵高傲地說。

貝侖多中尉看著上尉的臉和奇怪的雙眼，以為他馬上要槍斃那士兵了。

「莫拉上尉，」他說。

「貝侖多中尉？」

「這位弟兄可能是對的。」

「他說害怕是對的？他說他不想服從命令是對的？」

「不。他說這是個騙局，是對的。」

「他們都死啦，」上尉說。「你沒聽到我說他們都死了嗎？」

「你是指山坡上的弟兄們？」貝侖多問他。「我同意。」

「帕可，」上尉說，「別傻了。你以為只有你為胡立安感到難過？我告訴你，那些共匪都死啦。你看！」

他站起來，接著把雙手按在巨石頂端，往上面爬，掙扎地用雙膝把自己撐起來，最後直挺挺地站在石頂。

「開槍啊！」他站在那灰色的花崗岩巨石上揮舞著雙臂，大喊著：「開槍啊！打死我啊！」

山頂上的聾子伏在馬屍後面咧嘴微笑。

他心想，這種貨色啊。他笑了出來，但努力忍住，因為一笑手臂就痛。

「紅豬！」聲音從下面傳來。「共黨暴民！開槍啊！打死我啊！」

笑得胸口晃動的聾子從馬的屁股後面偷看，只見那上尉站在巨石上揮舞雙臂。另一個軍官站在巨石旁邊。狙擊手站在另一邊。聾子緊盯著，高興地搖搖頭。

「開槍啊！」他低聲自言自語。「殺死我吧！」然後他的肩膀又晃動起來。他一笑手臂就痛，而且有種頭痛欲裂的感覺。但是他又笑得像抽搐似的抖動起來。

莫拉上尉從巨石上下來了。

「現在你信我了吧，帕可？」他質問貝侖多中尉。

「不信，」貝侖多中尉說。

「*Cojones*！」上尉說。「都是一些白癡和膽小鬼。」

狙擊手早已小心翼翼地躲回巨石後面，貝侖多中尉蹲在他身邊。

上尉站在巨石旁，毫無掩護，又開始朝丘頂罵髒話。這世上髒話最多的語言，就數西班牙語。有些髒話英語裡也有，但另外還有一些髒話專屬於虔誠敬神但也喜歡褻瀆神明的國家。貝侖多中尉是非常虔誠的天主教徒。狙擊手也是。他們都是擁護王室的納瓦拉人，儘管在氣頭上他們都會詛咒與褻瀆神明，但也認為那是罪孽，常常為此告解。

此刻他們倆蹲在巨石後面看著上尉，聽他大聲咆哮，不想與那傢伙和他罵的話有所關聯。在這生死難測的一天，他們不願說這種話，以免良心不安。狙擊手心想，這樣咒罵不會帶來好運。這樣褻瀆 *Virgen*[7] 會帶來厄運。這傢伙比那些共產黨人更會咒罵。

貝侖多中尉心想，胡立安死了。在這樣一個日子，他死在那山坡上。

此刻上尉不再喊叫，他轉身面對貝侖多中尉。他的眼神變得比先前更為古怪。

「帕可，」他高興地說，「你和我一起上山吧。」

「我不要。」

「什麼？」上尉又拔出手槍。

貝侖多心想，這種喜歡揮舞手槍的傢伙可真討厭。他們不拔槍就沒辦法下令。搞不好他們上廁所時如果沒拔槍就拉不出屎。

「如果這是命令，我可以去。但我並不是心甘情願的，」貝侖多中尉對上尉說。

「那我就自己去，」上尉說。「這裡瀰漫著膽小鬼的臭味。」

他右手握槍，大步沿著山坡往上走。貝侖多和狙擊手望著他。他並未試著找掩護，眼睛直視著他面前丘頂的石堆、馬屍，和那些剛剛被翻上來的泥土。

馬屍倒在岩石的轉角處，聾子伏臥在那後面，看著上尉大步爬上山丘。

他心想，只有一個。我們只騙到一個。但從他那口氣聽來，他是個*caza mayor*[8]。瞧他走路的德性。瞧這畜生。瞧他大步走過來。這傢伙是我的。我要帶他上路。現在過來這傢伙會踏上跟我一樣的旅程。來啊，旅途的同伴。邁開步子吧。直直走過來吧。讓我送你上路。來吧。持續走啊。別放慢腳步。直直走過來吧。趕快來。別停下來看那些死人。這就對了。也別低頭往下看。眼睛看前面，繼續走過來。瞧他那八字鬍。你覺得怎樣？他喜歡留八字鬍，這位旅途的同伴。他是個上尉。瞧他的袖章。我就說他是個*caza mayor*。他的臉像*Inglés*。你看看。紅臉黃髮藍眼。沒戴鴨舌軍帽，八字鬍是金黃色的。還有一雙藍色眼睛。是淡藍色的。眼睛看來有點不對勁。沒辦法聚焦的淡藍色眼睛。夠近了。太近了。好啊，這位旅途的

---

7 Virgen：西班牙語，即「聖母」。

8 caza mayor：西班牙語，意思是「大獵物」。

同伴。吃我這顆子彈吧，旅途的同伴。

他輕輕扣下自動步槍的扳機，這種帶有三角槍架的自動武器有很強的後座力，他的肩頭被撞得連續往後退三次。

上尉趴倒在山坡上。他的左臂被身體壓住，持槍的右臂往腦袋前方伸出去。下方山坡上大家又一起往丘頂開火了。

貝侖多中尉蹲伏在巨石後面，心裡想著，就算現在四處槍林彈雨，我還是得衝過那一片沒有任何掩護的山，他還聽到聾子低沉嘶啞的聲音從丘頂往下傳過來。

「*Bandidos*！」他大聲喊叫。「*Bandidos*！開槍啊！打死我啊！」聾子在丘頂自動步槍後面，笑到胸部疼痛，笑到頭痛欲裂。

「*Bandidos*！」他又愉快地大喊。「打死我啊！*Bandidos*！」然後他愉快地搖搖頭。他心想，我們的旅途同伴真多啊。

他打算等另一個軍官離開巨石的掩護時，用自動步槍幹掉他。他遲早得離開那裡。聾子知道他在那裡無法指揮，因此很有機會把他幹掉。

此刻，山丘上其他人第一次聽到了飛機飛過來的聲音。聾子沒聽到飛機聲。聾子正用自動步槍掃射著山坡下方巨石的邊緣，心裡想著，要等到那傢伙衝出來時，才能看到他，只要一個不留神就打不中他了。他在那一段路上衝刺時，我可以朝他背後打。我的槍應該隨著他轉動，打他前面的地方。或是讓他開始逃，然後射擊他，打他前面。我要試著在那一塊石頭的邊緣截住他，把他的去路切斷。接著他感覺到自己肩上被人碰了一下，轉頭一看，發現華金的臉被嚇到變成灰白。他順著那小子比過去的方向一看，只見三架飛機正要飛來。

就在此時，貝侖多中尉突然從巨石後面衝出來，低頭狂奔，沿著山坡往下衝刺，跑到石堆後方架設著自動步槍的地方。

聾子看著飛機，沒注意到他溜了。

「幫我把槍抽出來，」他對華金說，那小子就把架在馬屍和岩石之間的自動步槍拖了出來。

飛機持續飛過來。它們以梯隊隊形飛行，形體和聲音逐漸變大。

「躺下來，朝飛機開火！」聾子說。「等飛機飛來，要瞄準它們的前面打。」

他一直死盯著飛機。「*Cabrones*！*Hijos de puta*！[9]」他嘴裡罵個不停。

「伊格納休！」他說。「把槍架在那小子肩頭。你！」他對著華金說，「坐在那裡別動。蹲下。蹲低一點。不行。再低一點。」

他躺回去，用自動步槍瞄準著持續飛過來的飛機。

「你，伊格納休，幫我穩住三腳槍架。」槍架在華金背上晃蕩著，他蹲伏在那裡，耳裡不斷聽到飛機逼近的嗡嗡轟響，他的身體不由自主地顫抖了起來，槍口也跟著跳動著。

伊格納休趴著貼地，抬頭仰望天空，看著飛機飛過來，他用雙手緊握三腳架，穩住了槍身。

「低頭，」他對華金說。「頭往前不要動。」

「熱情之花說過，寧願站著送死——」華金喃喃自語，嗡嗡轟響越來越近。接著他突然改口默念，「萬福瑪莉亞，妳充滿聖寵，主與妳同在，妳在婦女中受讚頌，妳的親子耶穌同受讚頌。天主聖母瑪莉亞，求妳現在和我們臨終時，為我們罪人祈求天主。阿門。天主之母，聖母瑪莉亞，[10]」他念到這裡，飛

9「cabrones」與「hijos de puta」意思都相近於英文的「son of a bitch」（混蛋），可見西班牙文髒話語彙之豐富。

機聲響震耳欲聾，令人難以忍受，但突然想起來應該念〈痛悔經〉，於是又急急忙忙開始念道：「我的天主，我犯下罪孽，得罪了祢，我真心痛悔，因為我辜負了祢的慈愛——」

這時他耳邊響起了噠噠噠的槍響，灼熱的槍管搭在他的肩上。槍聲噠噠噠大作，槍口的巨大槍聲讓他震耳欲聾。伊格納休使勁把三腳槍架往下拉，槍管灼燒著他的背。轟隆隆的飛機聲與噠噠槍響夾雜在一起，他想不起〈痛悔經〉該怎麼念。

他只記得在臨死前要說，阿門。在我們臨死的時刻。阿門。在這個時刻。在這個時刻。阿門。其他人都在開火。現在是我們臨死的時刻。阿門。

接著，在噠噠噠的槍聲中又響起一陣畫破天際而來的呼嘯聲，然後轟的一聲，只見眼前一片又紅又黑，膝下的土地翻騰了起來，整片掀起，打在他的臉上，泥土和碎石隨即如雨落下，伊格納休跟槍都壓在他身上。但他沒死，因為他又聽見那呼嘯聲，隨即一聲轟響後他身下的土地又翻騰了起來。後來又是一聲轟響，他肚子下面的土地突然傾斜，丘頂的一邊被炸飛，然後土石又慢慢落到他們或趴或躺的地方。

飛機又飛回來三次，但丘頂已經沒有人能活著體驗這一輪猛炸。接著飛機又用機槍掃射丘頂，射完就飛走了。這些飛機最後一次往丘頂俯衝，用機槍噠噠噠掃射一陣後，帶頭的飛機拉起機頭，翻滾機身而去，接著每架飛機都依樣畫葫蘆，隊形由梯形變為V形，朝塞哥維亞的方向飛去。

朝丘頂一陣瘋狂掃射後，貝命多中尉帶著一個偵察隊往上推進，先爬到一個剛剛炸出來的彈坑裡，從那裡往丘頂丟手榴彈。他擔心還有活口守在被轟爛的丘頂等他們，儘管那上面只剩一堆馬屍、被炸裂的石塊，還有被火藥燻臭燻黃而且炸翻過來的泥土，他不願冒險，親自扔了四顆手榴彈後才從彈坑裡爬出來，走上去察看。

丘頂只剩華金還活著，那小子被壓在伊格納休的屍體下，失去意識。華金的鼻孔與耳朵都在流血。因為有顆炸彈落在身邊不遠處，他一下子被籠罩在爆炸的威力之中，頓時無法呼吸，就此不醒人事，失去知覺。貝命多中尉劃了個十字，朝他的後腦勺開了一槍，就像聾子打死那一匹受傷的馬那樣，動作俐落又不失輕柔——如果這種粗暴的舉動可以用輕柔來形容的話。

貝命多中尉站在丘頂俯視著死在山坡上的弟兄們，然後眺望田野的另一頭，那裡是先前他們追殺聾子一夥人的地方，後來他才逃上山丘做困獸之鬥。他也看到先前自己的部隊所進行的一切部署，接著他下令，把死去弟兄們的馬牽來，將屍體綁在馬鞍上，隨後運到拉葛蘭哈。

「把那一個也帶走，」他說。「那個手持自動步槍的傢伙。那肯定就是聾子。他年紀最大，而且拿槍的就是他。不。把腦袋砍下，包在斗篷裡，」他考慮了一下。「我看還是把他們所有人的腦袋都砍下帶走吧。下面山坡上，還有我們一開始發現他們的地方也都還有屍體。把步搶和手槍都收好，那一挺自動步槍擺在馬背上。」

接著他走下山坡，來到死於第一波攻勢那個中尉的陳屍處。他低頭看他，但沒有用手去碰。

「*Qué cosa más mala es la guerra*，」他自言自語。意思是「戰爭真是太可惡了。」

然後他又劃了個十字，一路走下山坡，默念〈天主經〉與〈聖母經〉各五遍，希望死去弟兄們的靈魂能安息。他不想待在那裡目睹手下如何執行他的命令。

10 此為天主教的〈聖母經〉（Hail Mary）。

# 第二十八章

飛機離去以後，羅伯．喬丹和普里米提佛聽到槍聲開始響了，他的心似乎也開始隨著槍響怦怦跳。眼前的高地上，只見一片雲霧飄過他能看到的最遠山脊上空，飛機在空中變成了三個持續變小的斑點。

說不定他們把自己的騎兵給炸翻了，卻沒炸到聾子他們，羅伯．喬丹自言自語。那些該死的飛機把人嚇得半死，但不一定會炸死你。

「還在交火，」普里米提佛一邊聽著猛烈槍聲一邊說。剛才，每次轟隆隆的爆炸聲響都讓他心頭一驚，此刻他則是猛舔著乾巴巴的嘴唇。

「當然啦！」羅伯．喬丹說，「那些東西根本殺不了人。」

接下來槍聲完全停息，他再也聽不到有人開槍的聲音。貝侖多中尉的手槍沒辦法把聲音傳得那麼遠。

槍聲剛剛停下時，他倒沒什麼感覺。然而持續的寂靜卻讓他心頭一陣空洞洞的。接著他聽見手榴彈的爆炸聲，心裡頓時又振奮起來。隨即又是鴉雀無聲，一切歸於平靜，這樣他就知道戰鬥已經結束了。

瑪莉亞從營地用一個鐵皮桶帶來湯汁濃郁的燉兔肉，底下還有許多磨菇，還有一袋麵包，一瓶皮革酒瓶紅酒，四個鐵皮盤子，兩個杯子和四把湯匙。她走到步槍旁邊停下腳步，此時艾拉迪歐已經取代了原本在看守槍枝的安瑟莫，她舀了兩盤兔肉給奧古斯丁和艾拉迪歐，給他們麵包，旋開皮革酒瓶的牛角塞子，倒了兩杯酒。

羅伯．喬丹看著她俐落地朝著他的警戒崗位爬上來，肩上扛著袋子，手裡提著鐵皮桶，一頭短髮在陽光下閃耀動人。他往下爬，接過鐵皮桶，扶她爬上最後一塊巨石。

「飛機來幹嘛？」她眼神驚慌地問道。

「來轟炸聾子。」

他打開桶蓋，往盤裡舀燉肉。

「還在打嗎？」

「不。結束了。」

「啊，」她說完咬咬嘴唇，眺望田野的另一頭。

「我沒有胃口，」普里米提佛說。

「還是吃一點吧，」羅伯．喬丹對他說。

「我嚥不下。」

「喝點這個吧，兄弟，」羅伯．喬丹說，把酒瓶遞給他。「喝完再吃。」

「聾子的事讓我沒了胃口，」普里米提佛說。「你吃吧。我不想吃。」

瑪莉亞走到他身邊，摟住他的脖子，親親他。

「吃吧，老哥，」她說。「吃東西才有力氣啊。」

普里米提佛轉身避開她。他舉起酒瓶，仰頭灌酒，咕嚕嚕嚥了下去。接著他把燉肉舀進盤中，開始吃起來。

羅伯．喬丹看看瑪莉亞，搖搖頭。她坐在他身旁，一手摟著他的肩膀。他們倆都明白對方心裡的感受，羅伯．喬丹細細品嚐著蘑菇的滋味，一邊喝酒，兩人都不發一語。

過了一會，他吃完東西後說：「願意的話，*guapa*[1]，妳可以待在這裡。」

「不了，」她說。「我得回到琵拉那裡去。」

「待在這裡也沒關係。我看現在應該不會再出什麼事了。」

「不。我得回琵拉那裡去。她正在幫我上課。」

「上什麼課？」

「就上課啊，」她對他微笑，接著吻了他一下。「你沒聽過宗教課嗎？」她臉紅了。「就是那一類東西，」她又臉紅了。「可是不一樣。」

「去聽課吧，」他說，拍拍她的頭，她又對他微笑，接著對普里米提佛說，「我需要從下面幫你帶什麼上來嗎？」

「不用了，小妞，」他說。羅伯．喬丹和瑪莉亞都看得出他心情尚未平復。

「*Salud*[2]，老哥，」她對他說。

「聽我說，」普里米提佛說。「我不怕死，但是像這樣不管他們的死活——」他的聲音啞了，說不下去。

「我們別無選擇，」羅伯．喬丹對他說。

「我知道。但還是讓人難受。」

「別無選擇啊，」羅伯．喬丹又說了一遍。「現在最好還是別再提了。」

「是啊。但在那裡孤軍奮戰，我們沒過去支援——」

「最好還是別再提了，」羅伯．喬丹說。「*Guapa*，妳就去上課吧。」

他看著她從岩堆之間往下爬。接著他在那裡坐了很久，一邊望著那片高地，一邊想事情。

普里米提佛跟他說活，但他沒搭腔。他感覺不到驕陽的熱度，只是坐著眺望山坡和持續延伸到山坡頂端的一片片狹長松林。一小時過去後，太陽落到他左邊遠處，這時他看見有一隊人馬翻越山坡，就拿起了望遠鏡。

高處的山坡又長又綠，頭兩個騎馬的人出現在那上面時，馬顯得如此渺小。接著又有四個騎兵策馬而下，他們散布在寬闊的坡面上，接著在望遠鏡裡他清楚地看到兩個縱隊的人馬進入視野。他一邊看著他們，一邊感覺到腋窩的汗水向下流往身體的兩側。縱隊最前面有個帶頭的人。接著來了更多騎兵。然後是沒有人騎的馬匹，有東西橫綁在馬鞍上。後面是兩個騎馬的。隨即出現一些騎馬的傷兵，旁邊有人徒步隨行。最後又是一些騎兵。

羅伯．喬丹望著他們策馬下坡，消失在樹林裡。距離太遠，他看不見有個馬鞍上擱著一包用披風捲起來的東西，兩頭紮了起來，中間每隔一段距離也都被繩子勒緊，這包東西像極了鼓鼓的豆莢。它被橫捆在馬鞍上，兩頭都跟馬鐙的皮帶綁在一起。馬鞍上和這包東西並排綁在一起的，是聾子用過的自動步槍，看來威風凜凜。

貝命多中尉騎在縱隊前面，他派出了兩翼的側衛，前方很遠處還有尖兵，但他絲毫不覺威風。他只感受到行動過後的一陣空虛。他心想，砍頭是殘酷的。但他有必要帶回證據，並且驗明正身。這次行動搞不好會為我帶來很大的麻煩，誰知道呢？帶首級回去也許能迎合他們的心意。他們之中有些人喜歡這種事。說不定還會把那些首級送到布哥斯去。這種事真殘酷。用飛機實在太*muchos*[3]。太超過。太超過了。但我們大可以利用斯托克斯迫擊炮進攻，幾乎不會有傷亡。只要有兩頭騾子扛炮彈，一頭騾子扛兩門迫擊炮，

---

1 guapa：美人。
2 salud：保重。
3 muchos：西班牙語，意思是「超過」。

馱鞍兩側各擺一門。這樣我們的部隊就了不起啦！再加上這些自動武器的火力。再用一頭騾子。不對，用兩頭騾子來扛彈藥。他對自己說，別再想了。那樣就不像騎兵隊了。別再想了。你這樣根本是在籌組陸軍部隊啊！接下來你還會想要一門山砲。

接著他想到死在山上的胡立安，如今屍首在第一隊人馬中，被橫捆在馬背上，當他離開身後那一片陽光普照的山坡，進入寂靜幽暗的松林，他又開始為胡立安默念禱文。

「萬福母后！仁慈的母親，」他開始默念。「我們的生命，我們的甘飴，我們的希望。厄娃子孫，在此塵世，向妳哀呼。在這涕泣之谷，向妳嘆息哭求——」

他繼續禱告，馬蹄輕踩著落滿松針的地面，陽光從樹幹的間隙灑下，形成一塊塊斑駁光影，彷彿從大教堂的庭柱之間落下。他一邊禱告，一邊看著前面，只見兩翼側衛騎馬穿越樹林。

他穿出樹林，來到通往拉葛蘭哈的黃土道路，馬蹄在他們四周激起陣陣塵土。臉部朝下，橫捆在馬鞍上的死者被弄得滿身塵土，傷兵和一旁徒步的伴隨者也都被籠罩在濃厚塵埃裡。

安瑟莫就在這裡看著他們風塵僕僕地經過。

他數著死傷者的人數，認出聾子的自動步槍。那一包用斗篷裹起來的東西隨著馬鐙皮帶晃盪，碰撞著帶頭馬匹的側腹，他不知道那裡面是什麼東西，但是等他在返回營地的路途中摸黑走上聾子負嵎頑抗的山頭，他立刻明白裹在斗篷裡的東西是什麼了。黑暗中他分辨不出躺在山丘上的人是誰。但他把那些屍體數一數，接著就翻山越嶺，回帕布羅的營地去了。

這時他獨自摸黑走著，那一個個彈坑和山丘上的慘狀令他怵目驚心，整顆心都涼了半截，壓根都無法思考第二天的事。他只顧著用最快速度走路，把消息帶回去。他一邊走著，一邊幫聾子他們禱告。自從運動開始以來，這還是他第一次禱告。

「最善良、最親切、最仁慈的聖母啊，」他禱告著。

最後他還是不禁想起第二天的事。他心想，我會聽命於*Inglés*，完全按照他說的去做。但是，我必須待在他身邊，主啊，但願他的指示精確明白，因為在飛機的轟炸之下，我覺得我會六神無主的。幫助我，主啊，明天讓我表現得像個在死前大幹一場的男子漢吧。幫助我，主啊，讓我了解我在那天該怎麼做。幫助我，主啊，讓我兩條腿都聽我使喚，危急時不要逃跑。幫助我，主啊，明天打仗時讓我能表現得像個男子漢。既然我求祢幫助，請祢務必答應，因為祢也知道，若非事態嚴重，我是不會求祢的，往後我也不會再有別的要求了。

他獨自摸黑行走，禱告之後覺得好多了，而且此刻他已確信自己會有好的表現。這時他從高地下來，又幫聾子他們禱告了一次。沒多久他就走到營地上方的崗哨，費南多要他回答口令。

「是我，」他答道。「安瑟莫。」

「好，」費南多說。

「你知道聾子的情況嗎，老傢伙？」安瑟莫問費南多，黑暗中他們倆站在巨大岩堆之間的入口。

「怎麼不知道？」費南多說。「帕布羅已經告訴我們了。」

「他到過山上？」

「怎麼沒到過？」費南多不動聲色地說。「騎兵一走，他就上那山丘看過了。」

「那他告訴你們——」

「他全都告訴了我們，」費南多說。「那些法西斯份子真是畜牲！我們一定讓那些畜牲在西班牙絕跡。」他頓了一下，然後沉痛地說，「他們完全不顧人的尊嚴。」

安瑟莫在黑暗中咧嘴一笑。一個小時前，他無法想像自己還有辦法笑得出來。他心想，這個費南多真是好樣的。

「對，」他對費南多說。「我們一定要教訓他們。我們一定要把他們的飛機、自動武器、坦克和大炮都奪走，教他們了解什麼是人的尊嚴。」

「一點也沒錯，」費南多說。「很高興你的想法和我一樣。」

安瑟莫往下方的山洞走去，獨留他充滿尊嚴地站在那裡。

# 第二十九章

到了山洞裡，安瑟莫發現羅伯・喬丹與帕布羅面對面坐在石板桌旁邊。他們斟了一整缸紅酒擺中間，面前各自放著一杯酒。羅伯・喬丹拿出筆記本，手握一枝鉛筆。琵拉和瑪莉亞在洞裡後方，安瑟莫看不見她們。女人讓瑪莉亞待在後面是為了不讓她聽到談話內容，但他無法知道這一點。他覺得琵拉不在桌邊倒是怪事。

羅伯・喬丹抬頭看了一下從洞口毯子外面鑽進來的安瑟莫。帕布羅直視著桌子。他的眼睛盯著酒缸，但好像視而不見。

「我從山上回來，」安瑟莫對羅伯・喬丹說。

「帕布羅跟我們說了，」羅伯・喬丹說。

「山上有六個人死掉，腦袋都被砍了，」安瑟莫說。「我摸黑去那裡的。」

羅伯・喬丹點點頭。帕布羅坐在那兒看著酒缸，不發一語。他臉上毫無表情，像豬一樣的小眼睛死盯著酒缸，彷彿沒看到那東西似的。

「坐下吧。」羅伯・喬丹對安瑟莫說。

老傢伙在桌邊那一張覆蓋著生皮的凳子上坐下來，羅伯・喬丹伸手到桌子下拿出聾子送的那瓶身凹陷的威士忌。酒大概還有半瓶。羅伯・喬丹從桌上拿了個酒杯，斟了一口威士忌，放在桌上，推給安瑟莫。

「喝了吧，老傢伙，」他說。

安瑟莫喝酒時，帕布羅的目光從酒缸上移往他的臉上，然後又回到酒缸上。

喝下威士忌，安瑟莫感覺口鼻眼睛都辣辣的，接著胃裡浮現一股暢快舒適的暖意。他用手背擦擦嘴巴。

然後他看著羅伯．喬丹說：「可以再給我來一杯嗎？」

「有何不可？」羅伯．喬丹說完後又給他斟了一杯，這次是拿給他，不是推過去的。

這次喝下去已沒有火辣辣的感覺，而是加倍的舒適暖意。他精神大振，就像一個內出血的人被打了一針生理食鹽水似的。

老傢伙又看看酒瓶。

「剩下的明天喝吧，」羅伯．喬丹說。「公路上有什麼動靜，老傢伙？」

「動靜不少，」安瑟莫說。「我都照你吩咐的記下了。我還找了一個人接替我，現在在做紀錄。待會兒我會去跟她要報告。」

「你有看到反坦克大炮嗎？那種有橡皮輪胎和炮管長長的大砲？」

「有，」安瑟莫說。「有四輛卡車經過。每一輛都載著一門那種大炮，炮管上面用松枝遮掩著。每一門炮都搭配著六個人，都坐在卡車上。」

「你說有四門炮？」羅伯．喬丹問他。

「四門，」安瑟莫說。他說話時沒看著紀錄。

「說說看路上還有什麼狀況？」

安瑟莫把他見到的調動狀況都說了一遍，羅伯．喬丹記了下來。他從頭按照時序說起，聽得出他是那種記憶力驚人的文盲，他講話時帕布羅從缸裡舀了兩次酒。

「還有到高地上去跟聾子作戰的一隊騎兵，事後他們到拉葛蘭哈去了，」安瑟莫接著說。

然後他說出他看到的傷兵人數，還有被捆在馬鞍上的死屍有幾具。

「有一捆東西橫綁在馬鞍上，本來我不明白那是什麼，」他說。「現在我知道了，是腦袋。」他沒有停頓，接著說下去。「那是兩支騎兵隊。只剩下一個軍官。不是你今早在自動步槍旁邊見到的那個。那個肯定是死掉的人之一。從袖章看來，死掉的人裡面有兩個軍官。他們都被捆在馬鞍上，臉部朝下，手臂往下垂。聾子的*máquina*還被他們綁在那一個擺著腦袋的馬鞍上。槍管彎了。就這些而已，」最後他說。

「這些就夠了，」羅伯．喬丹說，然後用杯子在酒缸裡舀酒。「除了你之外，還有誰曾經穿越戰線，到過共和國那邊去？」

「安德烈斯和艾拉迪歐。」

「哪一個比較好？」

「安德烈斯。」

「他從這裡到納瓦塞拉達去，要多久？」

「不背包裹，小心一點，運氣好的話要三小時。因為帶著情報，我們必須挑一條比較安全的遠路走。」

「他肯定能到嗎？」

「*No sé*[1]，世事沒有百分之百確定的。」

「連你也沒把握？」

「沒有。」

1 西班牙語，意即「不知道」。

那就這樣決定吧，羅伯・喬丹心想。如果他說他有把握，那我一定會派他去。

「這件事安德烈斯能幹得跟你一樣好？」

「跟我一樣，或者更好。他比我年輕。」

「但這情報非送到不可。」

「要是沒出事，他就到得了。出了事，那就誰也沒辦法了。」

「我寫一份急件，派他送去，」羅伯・喬丹說。「我會跟他解釋在哪裡可以找到將軍。將軍在師部。」

「跟他說師部什麼的，他會搞不清楚的，」安瑟莫說。「這種事情連我也老是胡裡胡塗。一定要告訴他將軍的名字，還有在什麼地方可以找到人。」

「就是要去師部找他呀。」

「師部是個地方？」

「當然是個地方，老傢伙，」羅伯・喬丹耐心地解釋道。「不過，那是個由將軍自己挑選的地方。就是師的作戰指揮部。」

「那究竟在哪裡咧？」安瑟莫累了，累了就變遲鈍。還有，他也老是搞不清楚什麼旅呀，師呀，軍呀之類的單位名號。一開始他們只有縱隊，後來有了團，接著又有了旅。現在是有旅又有師。他就是不懂。反正就說清楚該去哪個地方就好。

「我們慢慢來，老傢伙，」羅伯・喬丹說。如果他沒辦法讓安瑟莫搞懂，也就無法向安德烈斯交代清楚，這他心知肚明。師部是由將軍挑來充當指揮所的地方。他指揮一個師，一個師下面有兩個旅。我不知道師部在哪裡，因為挑選地點時我不在場。很可能是個山洞，或者是壕溝，有電話線通往那裡。安德烈斯必須去打聽將軍和師部在哪裡。他得把這情報交給將軍或者師的參謀長，或是另外一個人，我會把那個人的姓名寫在上面。即便大家都外出去進行偵察工作，為發動進攻做準備，肯定會有一個人留守。現在懂了嗎？」

「懂了。」

「那就去叫安德烈斯來吧。我馬上就寫，然後蓋上這個印章。」他從口袋裡掏出一個小小圓圓的木頭橡皮章給他看，上面有S. I. M.三個字母，還有一個沒比五角硬幣大的圓形鐵皮小印台。「這是他們會認可的印章。現在去叫安德烈斯來，讓我跟他解釋清楚。他得趕快走，但一定要先弄懂。」

「我懂他就會懂。可是你一定要交代清楚。什麼參謀部還有師的，太難了解了。我去的地方總是非常明確，像是房子之類的。納瓦塞拉達的指揮所是在一家老旅館裡。瓜達拉馬的指揮所是一棟花園別墅。」

「這個將軍的指揮所，」羅伯．喬丹說。「應該就在戰線不遠處。為了避免飛機轟炸，照理說會設在地下。安德烈斯如果知道該怎麼問，一問就能找到。他只須出示我寫的東西就可以了。現在去叫他來，因為馬上就得送去。」

安瑟莫低頭從洞口毯子下方鑽出去。羅伯．喬丹開始用筆記本寫了起來。

「聽著，*Inglés*，」帕布羅說，說話時仍盯著酒缸。

「我在寫東西啊，」羅伯．喬丹說，沒有抬頭看他。

「聽著，*Inglés*，」帕布羅直接對著酒缸說。「這事還沒到讓人灰心的地步。沒了聾子，我們還是有很多人手可以攻下哨站，幫你炸橋。」

「嗯，」羅伯．喬丹邊說邊寫，手裡沒停。

「很多人手，」帕布羅說。「今天，你的果斷讓我佩服啊，*Inglés*，」帕布羅對著酒缸說。「我看你很有*picardia*[2]。你比我機靈。我信得過你。」

羅伯・喬丹正全神貫注地撰寫給葛爾茲的報告，他試著使用最簡潔的字句，但仍要保留絕對的說服力，要寫得讓師部把這一波攻勢完全取消，但又要讓人相信，他之所以試圖說服師部取消攻勢，並不是因為自己在執行任務時恐遭不測，而是希望他們能掌握所有的實情。羅伯・喬丹幾乎完全沒把帕布羅的話聽進去。

「*Inglés*，」帕布羅說。

羅伯・喬丹沒抬頭，只說了一句：「我正在寫東西啊。」

他心想，也許我該派兩個人分頭各送一份出去。但若是那樣，到時候仍然需要炸橋的話，人手就不夠了。為什麼要發動這次攻勢，我知道嗎？也許這只是一次牽制性的欺敵攻勢。也許只是要把其他地方的軍隊吸引過來。也許是為了吸引北方的飛機。也許這就是真正目的。也許他們根本不指望攻勢能成功。我知道些什麼呢？這是我寫給葛爾茲的報告。我接獲的命令很清楚，也就是我要等到攻勢開始才炸橋。要是攻勢取消了，我就什麼也都不用炸了。但我必須讓這裡保有最起碼的足夠人手，以防到時候還是得執行那命令。

「你說什麼？」他問帕布羅。

「我有信心了，*Inglés*，」帕布羅還是對著酒缸說。

「老兄啊，」羅伯・喬丹心想，但願我有信心啊。他仍然繼續寫著。

# 第三十章

那一晚該做的事這時都已安排妥當。命令已全都下達。大家都確切了解自己到了早上該做什麼。安德烈斯已離開三個小時。到天亮時，若沒有發動攻勢，就不會發動了。羅伯・喬丹到上頭的站哨處跟普里米提佛談話過後，在回營地的路上對自己說，我相信他們還是會發動攻勢的。

這次進攻是葛爾茲部署的，但他無權取消。要取消必須得到馬德里當局的允許。他們很可能沒辦法叫醒那裡的人，即便叫醒了，那些傢伙也會都充滿睡意，無法思考。我早該把敵人針對這次進攻所做的準備工作向葛爾茲報告，但我怎麼可能在他們進行準備以前就先派人送報告去呢？敵方是到了天黑後才調動那些武器的。他們不希望我方飛機偵察到他們在公路上進行調動的情形。但敵方的那些飛機又該怎麼解釋呢？那些法西斯份子的飛機又該怎麼解釋呢？

我們的人看到那些飛機後，肯定會有所警覺。但那些飛機也許是法西斯份子的欺敵之計，假裝他們即將再度進攻瓜達拉哈拉市，進而揮軍馬德里。應該有義大利部隊在北方的索里亞[1]集結活動，此外也會再度有部隊聚集在西貢薩[2]。不過，他們可沒有足夠的部隊和物資同時發動兩次大規模攻勢。那是不可能

2 picardia，西班牙語，意即「計謀」。

1 索里亞（Soria），西班牙中北部城鎮。

2 西貢薩（Siguenza），位於索里亞西南方，在索里亞與馬德里之間的小鎮。

的，所以肯定只是欺敵戰術。

但是我們都知道，上個月與上上個月在加的斯港[3]登陸的義大利部隊有多少。所以他們始終有可能再度進攻瓜達拉哈拉，只是不會像上次那麼蠢了，這次他們會用三股主力部隊南侵，擴大攻擊面，從鐵路沿線往高原西部進軍。他們有個妙招可以使用。漢斯曾跟他說明過。第一次進攻時他們犯了很多錯。部署方式完全錯了。進犯阿爾甘達[4]時，他們沒有把當初進攻瓜達拉哈拉時使用的任何部隊調來，針對馬德里與瓦倫西亞之間的公路發動攻勢。當時他們何不同時在兩地開打？為什麼？為什麼？什麼時候我們才能知道理由？

然而，兩次我方都用同樣的部隊擋住了他們。要是他們真的在兩地開打，我們就絕對招架不住了。他對自己說，別擔心了。想一想先前出現過的那些奇蹟吧。明早你可能得炸橋，也可能不用。但可別騙自己，以為就此不用炸掉他。要是明早不用炸，改天你還是得動手。要是不用炸這座，還是得炸另一座。你沒辦法決定自己該做什麼。你只能服從命令。聽命行事，此外別想太多。

炸橋的命令明確極了。太過明確。但你不能擔心，也不能害怕。害怕當然是正常的，但如果你怕東怕西的，就會把恐懼傳染給那些必須跟你一起幹活的人。

他對自己說，但砍頭的事還真是叫人驚訝啊。那是老傢伙獨自衝到山頂上時發現的。如果發現的人是你，你會有什麼感受？這事讓你印象深刻，不是嗎？沒錯，那讓你印象深刻啊，喬丹。今天讓你印象深刻的事可不止一樁。但你表現得還算過得去。到目前為止沒什麼問題。

他嘲諷自己說，就一個蒙大拿大學西班牙語講師而言，你幹得很好。還不賴啊。但可別開始認為自己有什麼特別之處。到目前你還沒有做出一番大事。別忘了杜蘭[5]在反抗運動前是未曾受過軍事訓練的作曲家，一個在城裡四處晃蕩的花花公子，如今卻已經是個旅長了。對於杜蘭而言，那些事他簡直是一學就會，像棋藝神童學下西洋棋一樣簡單容易。反觀你自己，自幼就研讀兵法，你祖父啟發了你對南北戰爭的興趣，只不過祖父總是把南北戰爭稱為叛亂戰爭。不過，如果拿你與杜蘭相比，就像一個出色的棋手對上神童。老朋友杜蘭啊。真想再看看他杜蘭。等這件事結束後，他要去蓋洛飯店去和杜蘭見面。對，等這事結束後。看看他最近表現怎樣。

他又對自己說，等這次行動之後，我會在蓋洛飯店見到他。他說，別騙自己了。你所做的一切都沒問題。冷靜點。別騙自己了。你不會再見到杜蘭了，但那不重要。也別再想那麼多了，他對自己說。別去想那種沒必要的事了。

也不要為了逞英雄而想從容就義。這一帶山區可不需要任何公民為了逞英雄而從容就義。你祖父在南北戰爭期間從軍四年，你參加這場戰爭才剛滿一年。眼前你還有一段漫漫長路，而這差事非常適合你。而且你現在還有了瑪莉亞。唉，你已經擁有一切了，不該擔憂。只不過是一支游擊隊和兩隊騎兵之間的小小遭遇戰，算得了什麼？那算不了什麼。他們砍了頭又怎樣呢？有差嗎？完全沒有。

參戰後，你祖父在卡尼堡也一直遇到印第安人剝人頭皮的事件。還記得嗎？你父親辦公室裡有一個櫃子擺滿了箭頭，牆上掛著印第安戰士的老鷹羽毛頭飾，羽毛都斜插著，還有聞起來有一股煙燻鹿皮味的綁腿和襯衫，還有珠飾鹿皮鞋的那種觸感。還記得嗎？靠在櫃子角落上的是一把野牛骨材質的大弓，還有兩個裝滿打獵和打仗用弓箭的箭筒，還有你用手緊緊地握住一把箭桿時的那種感覺。

---

3 Cádiz，西班牙西南部的港市。

4 即 Arganda del Rey，馬德里市東南方郊區城鎮，位於馬德里與瓦倫西亞之間。

5 杜蘭（Gustavo Durán），西班牙共和軍中校，戰後流亡美國，在海明威的推薦之下獲得美國公民身分。

要想一想這些事情。想一想那些具體而實際的事物。要想想祖父那一把亮晶晶的馬刀，已經上了油，插在有刻痕的刀鞘裡，而且祖父還給你看過那屢屢打磨後已經變薄的刀刃。要想想祖父那一把史密斯威森牌手槍，那是一支點三二口徑的軍官用單發手槍，沒有扳機護環。在你摸過的扳機裡，那把槍的扳機是最輕巧而順手的，手槍總是上了油，儘管槍的表面有很多磨損處，槍膛卻仍乾乾淨淨，褐色鐵質槍管和轉輪則是被皮革槍套磨得光滑無比。那一把槍插在蓋口上有U.S.字樣的槍套裡，與擦槍工具和兩百發子彈一起擺在櫃子抽屜裡。放子彈的厚紙板盒都被包了起來，用上過蠟的麻線綁得整整齊齊。

你可以把抽屜裡的手槍拿出來握握看。「隨意比畫看看，」這是祖父說的話。但你可不能拿來玩耍，因為那是一支「厲害的武器」。

某次你問祖父是否用那支槍殺過人，他說：「殺過。」接著你說：「什麼時候的事，爺爺？」他說：「叛亂戰爭期間和戰後。」

你說：「跟我說說看好嗎，爺爺？」

他說：「我不想說，羅伯。」

後來，你父親用那把手槍自殺了，你從學校返家，他們舉行了葬禮。法醫驗屍後歸還手槍，他說，「鮑勃，我猜你也許想要把槍留著吧。本來是該扣留的，但我知道你爸很重視那把槍，因為他爸爸整個內戰期間都隨身攜帶，第一次隨騎兵離開這裡，外出打仗就帶著它，而且這把槍的狀況仍然很好。今天下午我去試過槍。把它拿到外面試了試。它裝不了多少子彈，但還是很準。」

他把槍放回原來的櫃子抽屜裡，但第二天又拿出來，和查布策馬登上雷德洛治鎮北邊的高地頂端，如今那裡已經修築了一條穿越山隘，橫跨熊齒高原的公路，可以通往庫克城。那裡的風不大，整個夏天山區都有積雪。他們來到一座據說湖底有八百英尺深，湖水碧綠的湖邊。兩匹馬由查布牽著，他爬上一塊岩石，把身子往前傾，在那平靜的湖面上看到了自己的臉，看到自己握著手槍，後來他拎著槍口，把槍丟下去，看著手槍一邊往下沉，一邊冒泡泡，直到它在清澈的水裡看起來變成像錶鏈上的小飾品那麼小，接著便消失了蹤影。然後他從岩石下來，縱身上馬，用馬刺用力刺了一下老貝斯，牠像一隻老舊的搖搖馬那樣猛然跳起來。他沿著湖畔策馬狂奔，等牠又恢復正常，他們才沿著山區小徑踏上歸途。

「我知道你為什麼要用這方式處理那把舊槍，鮑勃，」查布說。

「如此一來，以後我們就不用再提起它了，」他說。

此後他們再也沒提過那把槍，那槍是當年祖父除了軍刀之外的另一件隨身武器，它的下場就是那樣。至於那一把軍刀，如今仍在米蘇拉市家中的箱子裡，裡面還有他的其他物品。

他心想，真不知道祖父會怎麼看待眼前的狀況。大家都說祖父是個了不起的軍人。他們說，要是那天他跟卡斯特[6]在一起，絕對不會讓卡斯特被人圍攻的。卡斯特怎麼就沒看見小巨角河沿岸淺谷裡那些印第安人棚屋的炊煙和塵土呢？除非那天早上有濃霧。但實際上並沒有。

真希望在這裡的人是我祖父，而不是我。喔，或許明晚我們就可以團聚了。如果真有所謂「來世」那種蠢事，但是他心想，我覺得那肯定是無稽之談。我當然也想和他聊一聊，因為有很多事我想找他問清楚。現在我有資格問他了，因為我自己也必須做同一類的事。我想他現在應該不會在意我問東問西了。以前我沒有資格問他，我可以理解他為何不肯說，因為他不了解我。但現在我想我們應該可以談得來。希望現在能和他聊一聊，聽聽他的意見。媽的，就算不徵求他的意見，我也想跟他聊一聊。可惜啊，我跟他明明是同一類的人，但卻早已陰陽相隔。

6 卡斯特（George Armstrong Custer）：美軍南北戰爭名將。後在印第安戰爭中中伏身亡。

他一邊想一邊意識到，若是真能相見，他和祖父都會為了他父親的存在感到尷尬不已。他心想，任何人都有權自殺。但那可不是一件好事。我能了解，但並不贊成。會做那種事的人就是*lâche*[7]。可是你真的了解嗎？我當然了解，可是……是啊，可是……可是那種事只有非常死心眼的人才幹得出來。

他心想，喔，真該死！真希望祖父在這裡就好了。哪怕只待個一小時也好。我僅有的優點也許是他透過那個濫用手槍的傢伙傳給我的。也許那是我們三代之間唯一的共通點。但是，媽的。真他媽的，但我只希望我和他的年紀沒有差那麼多，這樣我就能從他那裡學到父親絕對不會教我的東西。但也有可能祖父歷經了四年的南北戰爭和後來比較沒那麼可怕的印第安戰爭，從面對與戰勝恐懼到最後終於徹底擺脫恐懼，結果卻讓我父親變成*cobarde*，就好像鬥牛士的兒子如果也成為鬥牛士，幾乎都是懦夫。是不是這樣呢？也許祖父的出色風範到父親那一代中斷了，等傳到我這一代才能重現吧？

初次知道父親是個*cobarde*時，心裡的難受滋味實在是畢生難忘。繼續說吧，用英語。懦夫。說出來就會好過一點，而且用外國話來罵人是狗雜種實在沒有意義。不過他也不是什麼狗雜種。他就是個懦夫而已，而那是人生最不幸的遭遇。因為，如果他不是懦夫，他就可以挺身反抗那個女人，不會任由她霸凌。要是當初他娶了另一個女人，真不知道我會是什麼模樣。他心想，這是你永遠不可能知道的，接著咧齒一笑。或許她那蠻橫的個性剛好與父親不足的地方互補。你呀，別言之過早了。等明天的事結束後，再來說自己繼承了出色風範什麼的。別得意的太早了。無論如何，你根本不該得意。到了明天，我們倒是要看看你繼承了什麼風範。

但他又想起了祖父。

「喬治．卡斯特不是精明的騎兵將領，羅伯，」他祖父曾說。「他甚至不是個精明的人。」

他還記得祖父說那一番話時，他曾感到十分憤慨。雷德洛治鎮老家桌球間牆上一張安海斯-布希釀酒公司製作的老舊平版印刷海報，畫中山丘上站著身穿鹿皮襯衫，黃髮在風中飄揚的卡斯特，手握軍用左輪槍，四周有許多蘇族印第安人正團團圍過去，當時他還覺得怎麼會有人批評那樣的英雄。

「他就是有那種在絕境中求生的了不起本領，」祖父接著說，「但他在小巨角之役陷入困境後卻無法脫身。」

「但菲爾．謝里登卻是個聰明人，傑布．斯圖爾特也是。不過，史上最厲害的騎兵將領應該是約翰．莫斯比。」

他在米蘇拉市家中雜物箱裡擺著一封菲爾．謝里登將軍寫的信，收件人是綽號「瘋馬基利」的將領基爾派崔克，信上說他祖父統領非正規騎兵隊，是個比約翰．莫斯比更厲害的領袖。

他心想，我該跟葛爾茲聊一聊我的祖父。也許他從沒聽過祖父的名號，也許他甚至沒聽說過約翰．莫斯比。對於英國人而言他們倆都是耳熟能詳的，因為英國人不得不比歐陸人士更廣泛地研究我國的南北戰爭。卡可夫說過，要是我願意的話，這次行動過後我可以進入莫斯科的列寧學院就讀。他還說，要是我有意願，還可以進入紅軍的軍事學院。真不知道祖父對此會有什麼想法？我祖父一輩子未曾在知情的情況下還與民主黨人坐同一桌。

他心想，算了，我又不想當軍人。這我知道。所以這就不用再想了。我只是希望我方能打贏這一場戰爭。他心想，我看真正出色的軍人除了擅長打仗，沒什麼其他專長。但這顯然不是真的。看看拿破崙與威靈頓公爵[8]。他心想，你今晚可真蠢啊。

---

7 lâche：法語，意即「懦夫」。

8 威靈頓公爵：原名 Arthur Wellesley，因多次擊敗拿破崙麾下法軍而被封為威靈頓公爵，後來又在滑鐵盧打敗拿破崙。

通常他的那些心裡話都可以好好地陪伴他，今晚他對祖父的回憶就是如此。後來他想起了父親，這讓他感到不快。他了解父親，也原諒他，憐憫他，但父親讓他感到丟臉。

他對自己說，你最好什麼都別想。不久後你就要和瑪莉亞在一起，什麼也不用想。既然一切都準備好了，最好的做法就是什麼也別去想。每當你認真地想起某件事，你就停不下來，腦子就像失控的飛輪越轉越快。你最好還是別想了。

他心想，但還是要假設一下。假設飛機投彈後炸毀了那些反坦克炮，把陣地炸翻，那些老舊坦克不管在什麼山上也都被炸飛，而老葛爾茲有辦法把十四旅那些酒鬼、*clochards*[9]、懶鬼、狂熱份子和英雄好漢都趕到前面去打頭陣，再加上我很清楚葛爾茲麾下另一個旅長杜蘭的部下都很厲害，那麼我們到明天晚上就能拿下塞哥維亞了。

是啊，他對自己說，只要這樣想就好了。他對自己說，能到拉葛蘭哈我就滿足了。忽然間他內心又雪亮了起來，但你還是得把那座橋炸掉。計畫不會取消的。因為，你剛才所設想的那一切就是我方高層所想像的，他們認為進攻後可能會有那些結果。對，你必須炸橋。他知道這是不會錯的。無論安德烈斯遇到什麼狀況都不重要。

他獨自從山上小徑往下走，心情大好，接下來四小時內該做一切都已安排妥當，再加上他回想了那些具體的事物，信心陡增，此時雖然他已經很清楚自己非炸橋不可，但反而有一種幾近舒坦的感覺。

打從他派安德烈斯去找葛爾茲之後，他就有一種越來越強烈的不確定感，就像他搞錯了可能的宴客日期，不知道客人是否真的會來參加晚會那樣，但此刻那種感覺已經完全消失了。現在他已確信那個精彩節目不會被取消。他心想，內心能夠踏實一點還是好多了。總是好多了。

# 第三十一章

此刻夜已深，他們倆又一起躺在睡袋裡，而這是最後一夜了。瑪莉亞緊緊依偎著他，他感覺到她那一雙修長光滑的大腿貼著他，她的俏乳好像兩個小山丘，矗立在一片有一口深井的狹長平原上，山丘北邊的遠處有個山谷，那就是她的喉嚨與櫻唇。他靜靜躺著，什麼也不想，任由她用手撫摸著他的頭。

「羅貝托，」瑪莉亞柔聲說完後親親他。「真丟臉。我不想讓你失望，可是那裡一碰就疼，痛得厲害。看來我對你而言實在沒有太大用處。」

「疼痛總是難免的，」他說。「沒關係，小兔子，這沒什麼。我們不用做任何會讓妳疼痛的事。」

「不是那樣的。只是我讓你快活一下卻辦不到。」

「沒關係。一下子就好了。光是躺在這裡，我們就算在一起了。」

「話雖如此，我還是很丟臉。我想那是以前我被糟蹋之後留下的後遺症。不是你我造成的。」

「我們就別說那個了。」

「我也不想說。我的意思是，在這最後一夜讓你失望，我實在受不了，所以就想為自己找個藉口。」

「聽我說，小兔子，」他說。「這種事一下子就會好的，不會有任何問題。」但他心想，最後一夜偏偏這樣，不是個好兆頭。

---

9 法語，意即「流浪漢」。

這想法讓他感到丟臉，接著他說：「靠緊一點，小兔子。我很喜歡和妳做愛，但也一樣喜歡妳在黑夜裡這樣依偎著我。」

「我真的很慚愧，本來以為今晚我們又可以在一起，就像那次從聾子那裡下山後，在高地上那樣。」

「*Qué va*！」他對她說。「那種事不可能每天都一樣。不管是像現在這樣或上次那樣，我都喜歡。」他壓抑著失望的情緒，撒了個謊。「我們就這樣靜靜地在一起，然後睡覺。就聊聊天吧。我還沒多少機會透過聊天了解妳呢。」

「我們聊一聊明天的事，還有你的工作好嗎？我想了解你的工作。」

「不，」他說完後在睡袋裡徹底放鬆了起來，此刻靜靜躺著，臉頰貼在她的肩頭，左臂枕著她的頭。「最聰明的做法是不要聊明天的事，還有今天發生的一切。在這裡我們不聊那些跟死傷有關的事，至於明天的任務，到時候放手去幹就是了。妳害怕嗎？」

「*Qué va*！」她說。「我總是很害怕。但現在我是替你害怕，怕得顧不了自己了。」

「別這樣，小兔子。這種事我見多了。比這次更糟糕都有，」他撒謊道。

接著他一時興起，任由自己沉湎在幻想中，他說：「我們聊一聊馬德里，說說我們在馬德里的情景吧。」

「好吧，」她說。「唉，羅貝托，真對不起，我讓你失望了。我可以為你做別的事嗎？」

他撫摸著她的頭，親親她，接著舒舒服服地躺在她身旁，傾聽著靜夜裡的天籟。

「妳可以和我聊一聊馬德里，」說完後他心想，我要為明天養精蓄銳。我要把所有精力都留給明天。這布滿松針的地面不需要精力，但我明天卻必須是生龍活虎的。《聖經》裡是誰在地上播種啊？是俄南[1]。他心想，結果俄南有什麼下場？我不記得我還聽說過關於俄南的其他事蹟。他在黑暗中微笑了起來。

接著他又任由自己沉湎在幻想中，體會到一種胡思亂想的快感，那感覺就像在夜裡盡情接受與享受性愛，不靠思考去決定，只是欣然接受。

「親愛的，」說完後他親親她。「聽我說，有天晚上我想到了馬德里，我幻想著自己到了那裡，把妳留在飯店裡，我自己到俄國人住的飯店裡去找朋友。但是我不會那樣。我不會把妳留在飯店裡的。」

「為什麼不會呢？」

「因為我要照顧妳。我永遠也不會離開妳。我要跟妳一起到*Seguridad*[2]去領證明文件。然後跟妳一起去買需要的衣服。」

「我不需要多少衣服，自己去買就好。」

「不，妳需要很多衣服，我們一起去買一些好衣服，妳穿了肯定很漂亮。」

「我寧願跟你待在飯店房裡，派人去買就好。飯店在哪裡？」

「在卡耀廣場。我們可以在那飯店的房間裡待很久。裡面有一張大床和乾淨的床單，澡盆用的是熱的自來水，還有兩個壁櫥可以擺東西，我們一人一個。敞開的窗戶又高又寬，外頭街上有噴泉。我還知道幾家挺好的餐廳，沒有營業執照的，但有美食佳餚，我還知道幾家仍然買得到葡萄酒和威士忌的店鋪。我們要在房裡擺吃的，以免肚子餓，還有威士忌，想喝時我就可以喝，我還會幫妳買一些曼查尼亞白酒。」

「我想嚐一嚐威士忌。」

「不過威士忌不容易弄到，如果妳願意還是喝曼查尼亞白酒吧。」

---

1 典故出自《舊約聖經》的〈創世記〉，俄南（Onan）與寡嫂行房時體外射精，精液射到地上，因此觸怒上帝而被處死。

2 Seguridad：西班牙語，意即「保安局」。

「威士忌留給你自己喝吧，羅貝托，」她說。「喔，我真愛你。愛你，也愛你的威士忌，但卻喝不到。你這小氣鬼。」

「我不小氣，妳就嚐嚐看吧。但那種酒不適合女人。」

「我享用過的向來都是適合女人的東西，」瑪莉亞說。「那我在床上還是穿我的婚禮襯衫嗎？」

「不用。要是妳喜歡，我會買各種睡袍、睡衣給妳。」

「我要買七件婚禮襯衫，」她說。「每天穿一件。我還要買一件乾淨的婚禮襯衫給你。你洗過自己的襯衫嗎？」

「有時候會洗。」

「我會把所有東西都洗得乾乾淨淨，幫你倒威士忌，在裡面加水，像在聾子那裡一樣。我也會弄一些橄欖、醃鱈魚、榛果給你當下酒菜。我們要在房間裡住一個月，寸步不離。如果我能好好伺候你的話，」說到這裡，她突然悶悶不樂了起來。

「沒關係啦，」羅伯．喬丹對她說。「真的不要緊。可能是妳那裡曾受傷結疤，現在又弄傷了。這是可能的。這種病況都會痊癒的。要是真有問題，馬德里也有很多好醫生。」

「前幾次都沒事呢，」她可憐兮兮地說。

「那表示以後也會沒事。」

「那麼我們再聊一聊馬德里吧，」她把被他雙腿夾住的兩條腿蜷曲起來，用頭頂磨蹭他的肩頭。「但是我一頭短髮很醜，你會不會覺得很丟臉？」

「不會。妳很可愛。妳的臉很可愛，身材玲瓏有致又修長輕盈，古銅色的肌膚光滑無比，大家都會想要把妳追走。」

「*Qué va*！說什麼把我追走，」她說。「除非我死了，沒有別的男人能碰我。把我追走，*Qué va*！」

「不過，很多人會這麼幹的，妳等著瞧吧。」

「他們會看到我深愛著你，要是碰我的話，就像把手放進一鍋熔化的鉛裡面，危險極了。那你呢？你見到跟你一樣有文化的漂亮女人，難道不會因為我而覺得丟臉？」

「絕對不會。我要娶妳。」

「那就如你所願吧，」她說。「不過，既然教堂都已經被關閉了[3]，我看不結婚也沒有關係吧。」

「我希望我們能結婚。」

「就如你所願吧。你聽我說，要是其他國家仍有教堂，或許我們可以在別處結婚。」

「我的國家裡還有教堂，」他對她說。「要是妳覺得該在教堂結婚，我們可以回國去結。我沒結過婚。不會有問題。」

「我很高興你沒結過婚，」她說。「也讓我感到高興的是，你見多識，告訴我很多事情，這意味著你跟很多女人在一起過。琵拉說過，只有這種男人才會是好丈夫。不過，以後你不會跟別的女人鬼混吧？那我肯定活不下去了。」

「我從來沒有跟很多女人鬼混過，」他誠懇地說。「在遇到妳之前，我還以為自己不會深愛任何一個女人的。」

她撫摸著他的臉頰，接著用雙手抱住他的頭。「你一定認識過很多女人。」

「但沒愛過她們。」

---

3 左派共和政府上台後，宗教立場偏向無神論，許多教堂遭到關閉甚至焚毀。

「聽我說，琵拉告訴過我一件事——」

「妳就說吧。」

「不。還是別說比較好。我們再聊一聊馬德里吧。」

「妳剛剛想說什麼？」

「我不想說了。」

「若是要緊事，還是說出來比較好。」

「你覺得要緊？」

「嗯。」

「但你不知道是什麼事，怎能確定要不要緊呢？」

「從妳的神態可以看得出來。」

「那就不瞞你了。琵拉說，明天我們都會死掉，還說你跟她一樣心知肚明，只是你不在意。她說她不是在批評你，而是欽佩你。」

「這是她說的？」他說。他心想，那賤貨真是瘋了，他接著說：「這又是她那一套吉普賽屁話。只有市場上的老女人和咖啡館裡鬼混的膽小鬼才會說那種話。去她媽的屁話。」他感覺到胳肢窩在冒汗，汗水從手臂和側邊之間流下來。他在心裡對自己說，難道你怕了，呃？接著他大聲說：「那個迷信的賤貨滿嘴屁話。我們再聊聊馬德里吧。」

「那麼你不知道這件事囉？」

「當然不知道。別提她的屁話了，」他用更為強烈的語氣說，用詞也更難聽。

他又聊起了馬德里，但這次他沒辦法再說得煞有介事了，此刻他只是在對女朋友，對自己撒謊，藉此消磨戰鬥前的夜晚，這他自己也明白。他喜歡這樣，但那種像是在享受性愛的快感卻已蕩然無存。不過他還是又開始講了。

「我想過妳的頭髮，」他說。「想過我們可以怎樣整治妳的頭髮。妳看看，你頭上又長滿了頭髮，長度跟動物身上的毛一樣，摸起來很舒服，我很喜歡。妳的頭髮很美，我的手掠過去，頭髮先是被壓平，然後又豎起來，彷彿一陣風吹過麥田。」

「用手摸摸看吧。」

他照做了，手就留在頭髮上，感到自己的喉嚨哽塞之際，還是繼續貼著她的喉嚨講話。「不過，到了馬德里我想我們可以一起上理髮店，讓理髮師把妳兩邊和後面的頭髮修剪整齊，就像幫我剪頭髮那樣。在頭髮長回來以前，妳在城裡走動時看起來就好多了。」

「那我看起來就會像你一樣，」她緊抱著他說。「以後再也不改變髮型了。」

「別這樣。頭髮會長個不停，剪成那樣只不過是為了讓頭髮在變長之前保持整齊。頭髮變長要多久時間？」

「很長很長嗎。」

「不。長度齊肩就好。我要妳留那種髮型。」

「像嘉寶在電影裡的模樣？」

「對，」他用沙啞的聲音說。

此刻，那種煞有介事的強烈感覺突然湧上心頭，他要盡情沉湎其中。他受到那種感覺的制約，完全陷進去，接著他說，「妳的直髮會垂掛在肩上，尾端是捲曲的，彷彿海浪，顏色就像成熟的麥子，妳的臉是古銅色的，在髮色與膚色的襯托之下，妳的眼睛看來也是金色的，金色眼睛裡面有黑色的瞳仁。我要讓妳仰起頭來，凝視妳的雙眼，緊緊擁抱妳——」

「在哪裡？」

「在哪裡都好。無論我們在什麼地方。妳的頭髮需要長多久？」

「不知道，因為沒有剪短過。不過，我想六個月就會長到耳際，一年後才可以長到你喜歡的長度。但你知道在那之前我們會先做什麼事嗎？」

「說吧。」

「住進那知名飯店後，在你說的那個豪華房間裡的乾淨大床上，我們一起坐在那豪華的床上照著*armoire*[4]的鏡子，鏡中有你有我，接下來我會面對著你，像這樣摟著你，像這樣親吻你。」

夜色中他們靜靜地依偎在一起，如此火熱，一動也不動，緊貼著彼此。羅伯．喬丹抱著她，同時也緊抱著他知道自己不可能擁有的一切，不過他還是從容地繼續說下去：「小兔子，我們不要一直住在那家飯店裡。」

「為什麼不？」

「我們可以在馬德里麗池公園旁租間公寓。我認識一個美國女房東，抵抗運動前她就專門在做出租公寓的生意，我能按照戰前的租金標準租到那種公寓。那裡有些公寓面對公園，從窗口可以把公園看得一清二楚，有鐵欄杆、花園、碎石小路、路邊的大草坪，綠樹如蔭，還有很多噴泉。栗樹現在肯定已經開花了。在馬德里，我們可以在公園裡散步，要是湖裡又有水了，還可以在湖上泛舟。」

「湖裡怎會沒水呢？」

「在十一月時被抽掉的，因為那會成為飛機空襲的目標。但我想現在應該又有水了。我也不確定。不過，即使湖裡沒水，我們還是可以到公園去散步，裡面有一個區域簡直像森林，種滿了來自世界各地的樹，每棵都有標籤，上面註明品種名稱和原產地。」

「我寧願去看電影，」瑪莉亞說。「不過那些樹聽起來很有趣，如果記得住，我要跟你一起把所有樹名都記下來。」

「那裡跟博物館可不一樣，」羅伯．喬丹說。「樹是自然生長的，公園裡有一座座小山，有一個區域就像是叢林。公園南面有一座書市，沿著人行道設立了幾百個二手書攤，抵抗運動開始後大量二手書流入市面，因為許多民宅在轟炸後都被洗劫，那些法西斯份子的家裡也會遭竊。以往在馬德里只要我有時間，每天都可以在這些書攤上消磨一整天，就像抵抗運動開始之前那樣。」

「你去逛書市時，我就在公寓裡忙自己的事，」瑪莉亞說。「我們有錢雇傭人嗎？」

「當然。如果妳喜歡飯店的佩特拉，我們可以找她。她的廚藝很好，乾乾淨淨的。她在飯店裡替幾個記者做飯，我跟他們一起吃過。他們的房間裡有電暖爐。」

「找她就可以了，」瑪莉亞說。「不然我就自己去找一個。不過，你會常常為了工作出門嗎？如果是幹這種差事，他們應該不會讓我陪你去。」

「說不定我可以在馬德里找到工作。這差事我幹很久了，打從反抗運動一開始我就在打仗。現在他們可能會讓我在馬德里工作。我沒提過這種要求。我一直都待在前線，或者幹這種差事。妳知道嗎？在遇到妳以前，我不曾提過什麼要求，也沒要過什麼東西。我滿腦子想的都是抵抗運動和打贏這場戰爭。說真的，我的志向一直都很純正。我做了很多事，現在愛上了妳，」他說這一番話時把往後不可能發生的事都當真了。「我愛妳，就像我也愛我們為之奮鬥的理念。我愛妳，就像我愛好自由，尊嚴，愛好人們的工作

4 armoire，法語，意即「櫥櫃」。

權和不挨餓的權力。我愛妳，就像我愛我們保衛的馬德里，就像我愛所有捐軀的同志。有很多同志都捐軀了。很多很多。妳無法想像有多少。但是我愛妳，就像我愛世上那些我最愛的事物，但我對妳的愛已超過了那一切。我是多麼愛妳啊，小兔子，我的愛無法言喻，現在我說的話只能表達其中的一部分愛意。我沒結過婚，妳現在就是我的妻子，我很幸福。」

「我會盡力當個好妻子，」瑪莉亞說。「誰都知道我沒受過好的教育，但我一定會改善這缺點。如果我們能住在馬德里，那很好。若是我們不得不住在別處，也很好。如果我們不在任何地方定居下來，只要可以跟你在一起，更好。要是我們回到你的國家，我就要學 *Inglés*，講得跟大多數 *Inglés* 一樣好。我要學他們的行為舉止，他們做什麼我都照做。」

「妳會變得很好笑。」

「當然啊。出差錯是難免的，但你會糾正我，我絕對不會錯第二遍，或者只會錯兩遍。回你的祖國後，如果你想念西班牙的飯菜，我就可以做給你吃。如果有教人怎樣當個好妻子的學校，我就會去就讀，好好學習。」

「的確有那種學校，但妳不需要去。」

「琵拉對我說過，她覺得你的國家有那種學校。她在雜誌上看過。她還說，我一定要學講 *Inglés*，要講得很道地，千萬不能丟你的臉。」

「她什麼時候跟妳說這些話的？」

「今天我們打包行李的時候。她常跟我說當你的妻子該做些什麼。」

羅伯．喬丹心想，我猜她也打算去馬德里。他說：「她還說了些什麼？」

「她說，我應該像鬥牛士那樣保養自己的身體，把身形給顧好。她說這是很重要的。」

「沒錯，」羅伯·喬丹說。「不過，妳要到多年以後才需要開始擔心這種事。」

「不。她說我們這個民族的人必須時時注意，以免身材突然走樣。她說她以前跟我一樣苗條，只是當年還沒有女人運動的風氣。她教我該做什麼運動，不能吃太多東西，也教我什麼不能吃。可是我已經忘了，要再問她一下。」

「馬鈴薯，」他說。

「對耶，」她接著說。「就是馬鈴薯，還有油炸食物。我還跟她說我那裡會痛，她說絕對不能告訴你，要忍痛不讓你知道。但我還是對你說了，因為我永遠不想對你說謊。我也怕你可能會以為我們再也不能共享魚水之歡，怕你認為我在高地上那一次是裝出來的。」

「告訴我是對的。」

「真的？因為我覺得丟臉，而且不管你想怎樣，我都願意為你做。琵拉跟我說過女人該幫丈夫做些什麼。」

「什麼都不用做。我們彼此相愛，要讓這愛意保持下去，好好守護它。我很喜歡像這樣躺在妳身邊，能摸到妳，知道妳真的在我身邊。等妳好了，我們想做什麼都可以。」

「難道我不用做什麼來滿足你的需求嗎？她曾告訴我這種事。」

「不用。我們的需求是共同的。我的需要與妳無法分開。」

「聽起來我覺得好過多了。不過可別忘了，你喜歡的事我就會幫你做。你可一定要告訴我，因為我還不懂事，她對我講的，有很多我都搞不清楚。我也不好意思追問，偏偏她很聰明，懂得又多。」

「小兔子，」他說。「妳真的很棒。」

「*Qué va*！」她說。「可是啊，我們正要拔營打包行李，準備打仗，而且還有另一場戰役正在山上進行著，要在這樣的日子裡學會怎樣當一個妻子，可真困難呢。要是我犯了大錯，你一定要告訴我，因為我愛你。她跟我講的事有很多都複雜得很，我有可能會記錯。」

「她還跟妳說了些什麼？」

「說了很多，我都記不住了。她說，要是我想起來的話，可以把我被蹂躪的事告訴你，因為你是個好人，而且已經了解了整件事。不過最好還是永遠都別提了，除非我又跟以前一樣，對那件事無法忘懷。若是告訴你，或許有助於幫我忘掉它。」

「到現在妳還會難過嗎？」

「不會。自從我們初次在一起之後，那件事彷彿從沒發生過。但爸媽的事一直讓我很難過。那種心情是永遠無法抹滅的。不過，如果要當你的妻子，為了尊重你起見，我想讓你知道你該知道的事。我從來沒有任由他們擺布。我總是會死命掙扎，至少要有兩個人以上他們才能夠稱心如意。總要有個人坐在我頭上，抓住我才行。我告訴你是為了尊重你。」

「別人的確會因為妳而尊重我的。別再說了。」

「不，我說的是任何妻子都該讓丈夫感受到的那種驕傲。我還要說另一件事。我父親是個鎮長，受人尊敬。我母親也一樣受人敬重，是個虔誠天主教徒，但她卻跟我父親一起被槍斃了，只因父親的政治立場是擁護共和國。被槍決時他們倆在小鎮的屠宰場前面靠牆站著，死前父親高喊 *Viva la Republica*[5]！我母親也在牆前高喊：『我的鎮長丈夫萬歲！』我希望他們也把我殺了，本來我打算高喊 *Viva la Republica y vivan mis padres*[6]，但他們沒開槍，而是對我做了那些事。」

「聽著。有件事我要告訴你，因為那跟我們有關。他們在 *matadero* 槍決許多人之後，把我們這些看見親人慘死，但沒被槍斃的人帶離 *matadero*，回到陡峭小山上的城鎮廣場。幾乎所有人都在哭，除了那些被眼前景象驚呆的人之外，那些人眼裡的淚早已乾了。我自己也哭不出來。槍決時我沒注意到其他人的情況，因為眼裡只有我爸媽，而母親那一句『我的鎮長丈夫萬歲！』始終在我的腦裡迴響著，像是不會消失的慘叫聲一樣。我母親不是共和國的支持者，所以她沒說 *Viva la Republica*，而只是高喊我父親萬歲，當時他已經臉朝下面倒在她腳邊。」

「可是她大聲喊話，聲音大得像尖叫似的，他們一開槍她就倒下了。隊伍裡的我想撲到她身邊，卻跟別人都被綁在一起。負責行刑的是 *guardia civil*，他們在那裡等著繼續槍斃其他人，在此同時，我們被一群長槍黨[7]的黨員像趕牲口那樣趕上山，離開那一隊靠在步槍上的 *guardia civil*，也離開牆腳下的那些屍體。我們都是一些年輕女性和婦人，手腕都被綁著，形成一長串隊伍，他們把我們都趕上山，穿越一條條街道來到廣場上，在一間理髮店前面停下來，廣場的另一頭就是鎮公所。」

「接著有兩個人看一看我們，其中一個說：『她是鎮長的女兒。』另一個則是說：『先拿她開刀吧。』」

「他們割斷我手腕上的繩子，有一個人對其他人說：『要其他人把隊伍排好。』那兩個人就抓住了我的手臂，把我拖進理髮店，丟到理髮椅上，牢牢抓住我。

「在理髮店的鏡子裡，我看到自己的臉，看到了那兩個抓住我的人的臉，還看到另外三個人靠在我身邊，那三張臉我完全不認得，但是在鏡中我看見自己和他們，他們只看到我。我就像坐在牙科診所的椅子上，身邊有很多牙科醫生，他們都已經發瘋了。因為悲傷到變了樣，我幾乎認不出自己的臉，但我看著鏡

---

5 Viva la Republica：西班牙語，意即「共和國萬歲」。

6 Viva la Republica y vivan mis padres：西班牙語，意即「共和國萬歲，我爸媽萬歲」。

7 長槍黨（西班牙語：Falange Española de las JONS），是由數個法西斯政黨和組織組成的政治聯盟，佛朗哥將軍即該黨領袖。

子裡的那張臉，知道是我自己的。不過我實在是太過悲慟，既不害怕也沒感覺，只是覺得悲慟。

「當時我留了兩條髮辮，從鏡子裡我看見有人抓住了一條辮子猛拉，除了悲慟之外突然感到痛得受不了。接著那個人拿著剃刀，從貼近頭皮的地方把辮子割下來。我看到自己只剩一條髮辮，還有另一條辮子的殘根。接著他沒有再拉扯，直接把另一條髮辮也割下來，剃刀在我的耳際畫出一道小傷口，我看到血冒了出來。你的指頭摸得到傷疤嗎？」

「摸得到。但我們別談這事了，好嗎？」

「這沒什麼。我不會提我被蹂躪的那件事。就這樣他用剃刀把我的兩根髮辮都緊貼著頭皮割了下來，其他人哈哈大笑。我甚至沒感覺到耳際傷口的痛。接著他站在我面前，用髮辮抽打我的臉，另外兩個人抓著我，他一邊打一邊說：『我們都是這樣製造紅色修女的。這下妳知道該怎樣和妳的無產階級弟兄們打成一片了吧？妳這紅色基督徒的新娘！』

「他用我自己的髮辮抽打我的臉，一遍又一遍，然後把兩條辮子塞進我的嘴裡，接著用髮辮勒住我的脖子，在腦袋後面打結，就這樣塞住我的嘴。兩個壓住我的人哈哈大笑。

「看到的人也都哈哈大笑。爸媽被槍斃後我像是麻痺一樣，哭不出來，直到那時在鏡子裡看到他們大笑的樣子，我才哭了起來。」

「接下來，那個塞我嘴巴的人用理髮刀在我頭上到處亂剪，先從前額開始，一直剪到脖子後面，然後從頭頂剪過去，整個頭部都剪了，連耳朵後面也一樣。他們抓著我，透過理髮店的鏡子我看到自己被剃掉頭髮的整個經過。我實在不相信會有這種事，我哭了又哭，但始終無法不去看自己臉上的驚恐模樣，我的嘴巴張著，裡面塞著打結的辮子，頭髮被理髮刀剪個精光。」

「拿理髮剪的人幫我剃完頭，從架子上拿了一瓶碘酒（因為是工會會員，理髮師也被槍殺了，陳屍店門口，他們拖我進去時必須把我提起來，從他身上過去），用碘酒瓶裡的玻璃棒擦一擦我耳際的傷口，於是在悲慟和驚恐之餘，我又感受到一點點的疼痛。」

「接著他站在我面前，用碘酒在我額頭上寫下U. H. P.[8]三個字母，像個藝術家那樣，小心翼翼地慢慢畫著。我透過鏡子看到他的一舉一動，但不再哭了，因為爸媽死後我的心也死了，此刻我自己的遭遇根本不算什麼。這我心知肚明。」

「那長槍黨人寫完後，往後退一步，看著我，檢視一下他寫得怎麼樣，接著才放下碘酒瓶，拿起理髮剪，說了一句，『下一個。』然後，他們緊抓著我的雙臂，把我拖出理髮店。那理髮師還是躺在門口，一張灰白的臉往上仰，我被他的身子絆了一下，我們幾乎撞上了我最好的朋友康塞普西昂．格拉西雅，因為她正被兩個人拖進來。當時她見到我卻認不出來，認出來之後就大叫尖聲了起來。他們連推帶拉地把我拖走，越過廣場，進了鎮公所的門口，到我父親位於樓上的鎮長辦公室，一路上我始終聽得到她的尖叫聲，接著他們把我按倒在長沙發上。我就是在那上面被蹂躪的。」

「我的小兔子，」羅伯．喬丹說，盡可能溫柔地緊緊摟住她。但他心裡義憤填膺，跟任何聽到這種事的人一樣憤怒。「別再說了。別再跟我說了，因為我怒火中燒，氣到快受不了了。」

在他懷裡的她變得如此僵硬冰冷，她說：「不說了。我再也不會提這件事了。不過他們都是壞蛋，如果可能的話，我想跟你一起殺幾個壞蛋洩憤。不過，我剛會告訴你是基於尊重，因為假如我要當你的妻子，最好先讓你明白。」

「我很高興妳能告訴我，」他說。「走運的話，明天我們可以殺很多壞蛋。」

---

8 U. H. P.：Uníos Hermanos Proletarios（無產階級兄弟會）的縮寫，西班牙左翼政治組織。

「不過，我們殺得到長槍黨人嗎？幹壞事的是他們。」

「他們不打仗，」他悶悶地說。「他們都是在後方殺人。和我們交戰的不是他們。」

「難道沒辦法殺他們嗎？我真想殺幾個那種人。」

「那種人我殺過，」他說。「往後我們還有機會。炸火車時我們殺過。」

「我想和你去炸一次火車，」瑪莉亞說。「那次炸完火車後，琵拉把我帶走，當時我有點瘋瘋癲癲的。她跟你說過我當時的情形嗎？」

「說過。別提那件事了。」

「當時我的腦袋一直昏昏沉沉，只會哭。不過，我非得告訴你另一件事不可。說出來之後你也許就不會娶我了。但是，羅貝托，如果你不願意娶我，我們還是繼續在一起好嗎？」

「我要娶妳。」

「不行。剛剛我把這件事給忘了。也許你不該娶我。我可能永遠沒辦法幫你生兒育女了，因為琵拉說，要是我生得出來，被蹂躪後我應該會生小孩才對。這件事我不能不告訴你。唉，我居然把這件事給忘了。」

「沒關係，小兔子，」他說。「首先，她的話不見得正確。這種事要交給醫生診斷。再說，世道這麼糟糕，我也不願意讓自己的兒女誕生在這種世界上。還有，我希望能把全部的愛都給妳。」

「我想幫你生兒育女，」她對他說。「要是我們不生小孩，誰來跟法西斯打仗？這世界怎會變好呢？」

「妳啊，」他說。「我愛妳。妳聽到嗎？小兔子，我們得睡了，因為天亮之前我就得起來，而且這個月都天亮得很早呢。」

「那我說的最後一件事真的沒關係嗎？我們還是可以結婚？」

「我們現在已經結婚了。我現在就娶妳。妳是我的妻子。睡吧，我的小兔子，能睡的時間剩沒多少了。」

「那我們真的要結婚嗎？不只是說說而已？」

「真的。」

「那我睡了，醒來後再來想這件事。」

「我也要睡了。」

「晚安，老公。」

「晚安，」他說。「晚安，老婆。」

他聽見她的呼吸平穩而有規律，知道她睡熟了。他躺在那裡沒有入睡，一動也不動，唯恐驚動她。他躺著回想她沒有說出來的那一件事，心裡憤恨不平，高興的是明天就可以動手殺人了。他心想，可是我絕對不能把殺人當成報仇。

但那怎麼可能避免？我知道，我們也對他們幹了一些可怕的事，但那是因為我們的人沒受過教育，無法分辨對錯。他們幹那些壞事時可都是故意而且經過深思熟慮的。那些壞蛋是西班牙式教育製造出來的最後一批產品。他們體現了西班牙騎士精神的精髓。西班牙人曾是個了不起的民族。從科爾特斯、皮薩羅、曼德茲·德·阿維拉[9]，一直到安立奎·李斯特和帕布羅，都是一些狗娘養的。多了不起的民族啊。這世界上沒有任何民族比他們更出色，但也沒有其他人比他們更惡劣。沒有人比他們更善良，但也沒有人比他們更殘暴。誰能了解他們呢？我不理解，因為我要是了解他們，就會寬恕他們的一切了。了解等同於寬恕。這不是一句真話。寬恕的精神已經被人們誇大了。寬恕是基督教的觀念，但西班牙從來不是基督教國

9 分別指Hernan Cortes、Francisco Pizarro、Pedro Menéndez de Avilés，都是征服南美大陸的西班牙殖民者，征服過程中殺人無數。

家。西班牙教會所崇拜的偶像向來是獨特的。他們崇拜的是*Otra Virgen más*[10]。我看，就是因為這樣，他們才會蹂躪敵人的處女。當然，這種觀念只有在那些西班牙宗教狂熱份子的身上才是根深柢固的，尚未深植人心。因為政教合一，再加上政府一直是腐敗的，所以人民已經逐漸背棄了宗教。西班牙是唯一未曾被宗教改革運動波及的國家。如今教會正在為自己實施過的宗教審判付出代價，就是這樣。

唉，這是值得思考的。思考這個問題可以讓你別為炸橋的事發愁。這可比裝做什麼事都沒有好多了。天啊，今晚他就是裝做什麼事都沒有。琵拉已經裝了一整天。當然啦。如果他們明天全都被幹掉，那又怎樣呢？只要順利完成炸橋的任務，死又有什麼關係？那是他們明天必須做到的唯一一件事。

死也沒關係。你總不能一直幹這種炸橋的差事。不過你也沒辦法長生不死。他心想，也許我在這裡的三天就是我畢生僅剩的日子了。果真如此，我真希望我們可以不用這樣度過這最後一夜。但最後一夜總是不怎麼樣。最後的事物也都沒什麼了不起。不過，人死之前有時候還是能說出一些金玉良言。「我的鎮長丈夫萬歲！」就是。

他知道那是金玉良言，因為當他對自己說那句話時，他感到渾身激動。他把身體靠過去，親一親熟睡的瑪莉亞。他用英語悄聲呢喃：「我要娶妳，小兔子。妳的家人讓我感到非常驕傲。」

# 第三十二章

同一天晚上，馬德里蓋洛飯店裡有很多人。一輛汽車開到飯店門口車道上，車頭大燈上塗著藍色油漆，車裡走出一個矮小的男人，他穿著黑馬靴、灰馬褲與一件鈕扣扣得很高的灰色短外套。開門時兩個衛兵向他敬禮，他也回禮了，接著又向坐在服務櫃台旁的一個祕密警察點點頭，然後走進電梯。大理石門廳的大門裡面有兩個衛兵，他們各自坐在兩側的椅子上，那矮子經過電梯門口時他們只是抬頭看一眼而已。他們的職責是對所有陌生人搜身，摸摸身體兩側、腋窩與後褲袋，看有沒有帶著手槍進來，如果帶著槍就交給服務櫃台旁的祕密警察盤問。但這穿馬靴的矮子是他們的熟人，所以他走過時他們幾乎連頭都沒抬。

他走進他在蓋洛飯店的房間時，裡面擠滿了人。大家或坐或站。或是在交談，像是在一般客廳裡，男男女女都從大酒罐裡把酒倒進小酒杯裡，有伏特加、威士忌蘇打和啤酒。其中四個男人身穿軍服。其他人都是穿著風衣，或者皮夾克，四個女人裡面有三個穿著上街穿的便服，另一個女人骨瘦如柴，皮膚黝黑，身上是樣式樸實的女民兵制服和裙子，腳穿高筒靴。

卡可夫一進房間就對著那個身穿制服的女人鞠躬，跟她握手。那是他老婆，他對她說了幾句誰也聽不到的俄語，他進來時那種傲慢的眼神暫時消失。接著當他看到一個身材姣好的年輕女孩時，再度流露出那種眼神：那是他的情婦，她留著一頭赤褐色頭髮，表情慵懶。他小步向前，踩著精確無比的腳步，到她面

10 Otra Virgen más：西班牙語，意即「另一位聖母」。

前去鞠躬握手，任誰都看得出他是把自己跟妻子打招呼的方式照做一遍。他走向房裡另一頭時，他老婆並沒有盯著他。她跟一位高帥的西班牙軍官站在一起，正用俄語交談著。

「妳那個大情人有點發福喔，」卡可夫對那年輕女孩說。「我們來這裡快要滿一年了，那些英雄們全都變胖了。」說話時他並沒有看著他提到的那個大情人。

「你這醜八怪，就算是癩蛤蟆你也會忌妒，」女孩用愉快的語氣對他說。她說的是德語。「明天我可以跟著你去參加進攻行動嗎？」

「不行。而且也沒有進攻行動啊。」

「這事已經人盡皆知了，」女孩說。「別再裝神祕了。德蘿芮絲[1]會去。我打算跟她或者跟卡門一起去。很多人都會去。」

「誰願意帶著妳，妳就跟誰去，」卡可夫說。「我可不行。」

接著他轉身面對她，嚴肅地問道：「誰告訴妳的？是哪個人？」

「理查[2]，」她一樣嚴肅地說。

卡可夫聳聳肩，接著就走開了，留她一個人站在那裡。

「卡可夫，你聽到好消息了嗎？」用虛弱聲音跟他打招呼的，是一個中等身材的男人，這傢伙的一張灰臉肥大鬆弛，眼袋很大，下唇下垂。

卡可夫走過去，那個人說：「我是剛剛聽說的。不到十分鐘前。真是太美妙了。法西斯份子在塞哥維亞附近已經自相殘殺一整天了。他們被迫使用自動步槍和機關槍來鎮壓叛亂。下午他們的飛機還轟炸到自己的部隊。」

「是喔？」卡可夫問道。

「是真的，」那眼袋很大的傢伙說。「這消息是德蘿芮絲親自傳達的。她帶著消息到這裡來，我沒見過她那種容光煥發的得意模樣。從她的表情就看得出消息是真的。那一張美妙的臉——」他快活地說。

「那一張美妙的臉，」卡可夫平平淡淡地說。

「要是你能親耳聽到她說出來就好了，」眼袋很大的傢伙說。「透露這個消息時，她那表情好像來自仙界似的。從她的聲音就能確定她說的是事實。我正要把消息擺進我幫《消息報》[3]寫的文章裡。她用一種夾雜著憐憫、同情與真理的美妙聲音傳達那個消息，聽見那消息的當下可說是我在這次戰爭中歷經的最偉大時刻之一。她真的就像是西班牙百姓的聖人，身上散發著善良與真理的光輝。她會被稱為『熱情之花』絕非浪得虛名。」

「不是浪得虛名，」卡可夫用單調的聲音說。「你該繼續幫《消息報》寫文章了吧，我怕你把剛剛那一番美妙的導言給忘了。」

「她不是那種可以任人取笑的女人。就算是你這種喜歡挖苦人的傢伙也不行。」眼袋很大的傢伙說。「要是剛剛你能在這裡聽到看到她講話的樣子就好了。」

「那個美妙的聲音，」卡可夫說。「還有那一張美妙的臉。全都寫進去吧，」他說。「跟我說沒有用。別把你那些金句浪費在我身上。現在就去寫吧。」

「現在不行。」

1 德蘿芮絲（Isidora Dolores Ibárruri Gómez）：西班牙共產主義革命家，被稱為「熱情之花」。
2 指國際縱隊的德籍軍官理查・史坦莫（Richard Staimer）。
3 消息報（Izvestia）：俄共機關報。

「我看你還是趕快去寫比較好，」卡可夫看著他說，然後就看著其他地方。眼袋很大的傢伙手拿一杯伏特加，眼睛浮腫地站在那裡，沉醉在自己剛剛體驗到的美妙情景與聲音裡，過了兩三分鐘才離開房間去寫文章。

卡可夫走到另一個人身邊，那傢伙年約四十八，身材矮胖，一副很快活的模樣，雙眼淡藍，金髮稀疏，鬃毛般金黃鬍子下面有一張笑嘻嘻的嘴。那個人身上穿著軍服。他官拜師長，是匈牙利人。「德蘿芮絲來這裡時你在嗎？」卡可夫問那傢伙。

「在啊。」

「她都說了些什麼？」

「關於法西斯份子自相殘殺的消息。如果是真的就太美妙了。」

「關於明天的傳言還真多。」

「真讓人憤慨。所有記者和這房間裡大多數人都該槍斃，尤其是那個詭計多端的死德國佬理查。不管是誰讓這個在禮拜天搞女人[4]的傢伙當上旅長，都該抓去槍斃。也許你我也該被槍斃。這也有可能，」那將軍大聲笑道。「但這事可別跟其他人說啊。」

「我從來不談那種事，」卡可夫說。「那個有時候會來這飯店的美國佬正在那邊。你也認識的，叫做喬丹，他跟*partizan*[5]在一起。他就在那個謠傳中會出狀況的地方。」

「喔，那麼今晚他應該要針對這件事送一份報告過來，」將軍說。「他們不喜歡我到那裡去，不然我可以親自去一趟，幫你把情況搞清楚。這件事是他跟葛爾茲負責的，是吧？你明天會見到葛爾茲。」

「明天一大早。」

「在事情順利進行之前，別去干擾他，」將軍說。「他跟我一樣討厭你們這些混球，只不過他的脾氣好多了。」

「但是關於這——」

「也許是因為法西斯份子有了動靜，」將軍咧嘴一笑。「好吧，我們就看看葛爾茲能不能讓他們瞎忙一陣子。這次就讓葛爾茲試試身手吧。我們在瓜達拉哈拉也曾經讓他們忙過一陣子。」

「聽說你也要出門，」卡可夫微笑著說，露出一口爛牙。將軍突然發怒了。

「我也要出門。現在連我都變成議論的對象了。不過我們所有人本來就一直都是被議論紛紛的。那些下流的長舌婦。任誰只要能守口如瓶，而且對自己有信心，都救得了這個國家。」

「你的朋友普列托就能守口如瓶。」

「但他不相信他能打贏。如果不相信人民，怎麼能打贏這場戰爭？」

「這就由你去論斷吧，」卡可夫說。「我要去睡一下。」

他離開了那個煙霧瀰漫，有許多謠言流傳著的房間，走進後面的臥室，坐在床上脫掉靴子。他還是聽得見他們的談話聲，於是他關上門，打開窗戶。他連衣服都懶得脫了，因為凌晨兩點他就要搭車出發，經過舊科爾梅納爾、塞爾瑟達和納瓦塞拉達，到山區的前線去，葛爾茲將於晨間在那裡發動攻擊。

---

4「搞女人」的原文「függler」一詞並非標準的德文，海明威的傳記作家Jeffrey Meyers認為是「fucker」的委婉語。

5 partizan：俄語，即「游擊隊」。

# 第三十三章

凌晨兩點時琵拉叫醒他。她用手摸他，起初他還以為那是瑪莉亞的手，於是轉過身來對她說，「小兔子。」接著那女人用一隻大手搖搖他的肩膀，他才突然完完全全醒過來，一手握住放在赤裸右腿旁的手槍槍把，扳下保險，跟那一把隨時可以擊發的手槍一樣，他渾身上下也處於一觸即發的狀態。

在黑暗中，他發現是琵拉，於是看看手錶，錶面上兩根亮晶晶的指針形成一個很小的銳角，與頂端很接近，看出那時才兩點鐘，所以他說：「妳這婆娘有什麼事啊？」

「帕布羅開溜啦，」那高大婦人對他說。

羅伯．喬丹穿上長褲和鞋子。瑪莉亞沒有醒過來。

「什麼時候的事？」他問。

「肯定有一小時了。」

「還有呢？」

「他還帶走你的一些東西，」那女人悲傷地說。

「原來如此。什麼被帶走了？」

「不知道，」她對他說。「去看看吧。」

他們摸黑走到洞口，從掛毯下鑽進洞裡。山洞裡瀰漫著熄滅爐灰與汙濁空氣的味道，還有睡著的男人的臭味，羅伯．喬丹跟在琵拉後面，打開手電筒探照，以免踩到躺在地上睡覺的人。安瑟莫醒了，問說：

「時間到啦？」

「還沒，」羅伯·喬丹說。「睡吧，老傢伙。」

琵拉的床前掛著一條毯子，像屏風似的把她的鋪位遮起來，兩個背包就放在她的床頭。用手電筒照射那兩個背包時，羅伯·喬丹跪在床上，一陣腐臭味撲鼻而來，還有乾掉的汗味與令人作嘔的香味，好像印第安人的床。兩個背包上面都有一條從上到下的長長裂縫。羅伯·喬丹左手拿著手電筒，右手伸進第一個背包裡摸來摸去。這背包本來裝著睡袋，應該不會很滿。現在它依舊不是很滿。裡面的一些銅線仍在，但是裝引爆器的方形木盒不見了。還有，那些纏繞著銅線，整整齊齊地擺在雪茄盒裡的雷管被整盒拿走了。那個旋蓋式鐵罐也被整罐拿走，裡面裝的是引線和火帽。

羅伯·喬丹伸手去摸索另一個背包。裡面還是裝滿著炸藥。可能少了一包。

他站起來，轉身面對那女人。任誰只要在清晨太早醒來，都會有一種像是要大禍臨頭的空虛感，現在他內心的感覺比那種空虛感還要強烈一千倍。

「妳都是這樣替別人看管東西的嗎？」他說。

「我睡覺時，頭枕著你的兩個背包，一條手臂擺在背包上，」琵拉對他說。

「妳睡得跟死豬一樣。」

「你聽我說，」那女人說。「他在半夜起來，我說：『你要去哪裡，帕布羅？』他對我說：『老婆，我去撒尿。』我就又睡著了。等我再醒來時，不知道又過了多久，可是我心想，他人不在，肯定是去看馬了，那是他的習慣。後來，」她悲傷地把最後一句話講完，「還是沒看到他回來，我就開始擔心了，一擔心就摸摸背包，想確定沒事，但卻發現背包被割破了，於是就去找你了。」

「出去吧，」羅伯·喬丹說。

他們到了外面，這時才剛過半夜，一點都沒有早晨即將來臨的感覺。

「除了會經過哨兵那一條路，他有沒有別條路可以帶馬離開？」

「路有兩條。」

「誰在山頂上？」

「艾拉迪歐。」

羅伯．喬丹沒再說什麼，直到他們走到拴馬吃草的牧草地上。有三匹馬正在吃草。栗色駿馬和灰馬不見了。

「妳覺得他離開多久了？」

「肯定有一小時了。」

「那就只能這樣了，」羅伯．喬丹說。「我去拿背包裡剩餘的東西，然後繼續睡覺。」

「我來看守背包。」

「*Qué va*！還給妳看守啊？剛剛就是妳看守的啊！」

「*Inglés*，」那女人說，「這件事我跟你一樣難過。只要能把你的東西弄回來，沒什麼我不肯幹的。你也別損我了。我們倆都被帕布羅背叛了。」

聽她這麼說，羅伯．喬丹意識到他如果繼續冷言冷語，後果是他無法承擔的，而且他不能和這女人爭吵。在這已經降臨兩個多小時的日子裡，他必須和這女人合作。

他把手搭在她肩上。「沒關係啦，琵拉，」他對她說。「丟掉的東西不重要。我們找一些替代品也可以。」

「可是他拿走了什麼？」

「沒什麼啦，妳這婆娘。就一些個人享用的奢侈品。」

「是你爆破裝置的零件嗎？」

「是。不過，還有別的辦法可以引爆。我問妳，帕布羅自己沒有火帽和引線嗎？以往別人給他炸藥時，一定也會給他那些東西。」

「他帶走了，」她悲傷地說。「剛剛我立刻就找過了。全都不見了。」

他們走過樹林，回頭往山洞洞口走去。

「去睡一下吧，」他說。「帕布羅走了，我們反而好辦事。」

「我去艾拉迪歐那裡看看。」

「他會走另一條路的。」

「我還是要去。我辜負了你的囑託，因為我不夠機靈。」

「沒那回事，」他說。「妳這婆娘去睡一下吧。我們四點就得出發了。」

他跟她走進山洞，唯恐背包裡的東西從裂縫掉出來，拿背包出去時是用雙臂捧著的。

「我來縫一縫。」

「出發前縫吧，」他溫和地說。「我拿走背包不是為了跟妳過不去，只是這樣我才能睡得安穩一點。」

「你要提早給我，才來得及縫。」

「我一定會提早給妳，」他對她說。「妳這婆娘去睡一下吧。」

「不，」她說。「我對不起你，也對不起共和國。」

「去睡一下吧，婆娘，」他溫和地對她說。「去睡一下吧。」

# 第三十四章

法西斯份子占領了這一帶山區的山頭。有一個山谷沒人看守，只有一間帶著附屬建物與穀倉的農舍，被法西斯份子加強防禦工事，改裝成哨站。在黑夜中，安德烈斯帶著羅伯．喬丹的信件去找葛爾茲，繞了一大圈路避開哨站。他知道在某個地方有一根絆線，踩到就會被上膛的槍打中，於是他在黑夜中找到那陷阱，跨了過去，順著小河河岸前行，沿岸處處白楊樹，樹葉在夜風中舞動，被法西斯份子充當哨站的農舍裡有一隻公雞啼叫。他一邊沿河岸走，一邊回頭張望，從白楊樹樹幹之間看見有燈光從農舍的一扇窗戶下緣流洩而出。這一夜寂靜晴朗，安德烈斯離開小河邊，開始穿越草地。

草地上有四個乾草堆，那是從前一年七月戰事爆發以來就堆在那裡的。沒人把乾草搬走，就這樣經過四個季節之後，草堆都已經塌扁，變成無用廢物。

絆線就設在兩堆乾草之間，安德烈斯跨過去時心想，真是暴殄天物啊。他心想：共和黨人還得從草地上背著乾草爬上陡峭的瓜達拉馬山山坡，至於法西斯份子，我想他們根本就不需要乾草。

乾草和糧食大都在他們手上。他心想，他們有的是。但明天早上我們要好好打擊他們一下。為了聾子，明早我們要還以顏色。他們真野蠻啊！明早的公路上肯定要塵土滿天飛了。

他要趕快把情報送到，回去加入攻擊哨站的晨間行動。但他真的想回去嗎？或只是假裝想回去？*Inglés*叫他去送信時，他內心有一種危機暫時解除的感覺。先前他曾經平靜地看待晨間行動的前景。那是他們該做的事。他投了贊成票，也心甘情願。聾子的死讓他感到震撼不已。但那畢竟是聾子。不是他們。

只要是他們該做的事，他們都會去做。

但是，當*Inglés*把情報交付給他時，他的心情就像小時候某個節日早上醒來聽見大雨聲，在那當下他就知道地面太濕，廣場上的逗牛遊戲肯定會被取消，一種逃過一劫的感覺油然而生。

小時候他很喜歡「逗牛遊戲」[1]，總是企盼著在驕陽塵土中待在廣場的時刻，廣場的所有出入口被排成一圈的一輛輛貨車堵住，整個地方封閉起來，只見活動牛棚的柵門被拉起，公牛從裡面被倒出來，滑下來時還用四隻腳死命止滑。他企盼著那種興奮愉悅，但又被嚇得出汗的感覺，在廣場上他總是能聽到公牛在活動牛棚裡用牛角猛撞木板的喀噠聲響，接著看牠用四隻腳抵著牛棚底板，滑到廣場上之後揚起了牛頭，鼻孔大開，耳朵抽搐著，發亮的黑皮上沾滿塵土，兩側腰際布滿了乾掉的牛糞。只見牠頭上牛角張得很開，像打磨過的漂流木那樣光滑扎實，銳利的角尖往上翹起來，下方那一雙相距很寬的牛眼眨都不眨一下，看了讓人有點心驚肉跳。

他整年都企盼著公牛上場的那一天，當你凝視著他的眼睛，他正在廣場上物色攻擊對象，牛頭忽然低垂，雙角高豎，像貓一樣快速馳騁，那一瞬間凍結了你的心跳。小時候他曾整年企盼著那一刻，但是*Inglés*叫他去送信時，他的心情就像早上醒來聽見雨水落在石板屋頂和石牆上，還有村裡泥濘街道上水潭裡的聲音，心頭出現一種逃過一劫的感覺。

每當村子裡有那種*capeas*[2]時，他的表現總是非常英勇，跟村子裡與鄰村任何人一樣英勇。而且，無論如何他從來也沒錯過任何一年的*capeas*，儘管他不曾參加鄰村舉辦的同類活動。他總是能夠鎮定地等

1 逗牛遊戲：原文為bullbaiting，譯作「逗牛」，以別於較正式的「鬥牛」（bullfighting）。

2 capeas：西班牙語，業餘的鬥牛演出。

待，到最後一刻才躲掉衝過來的公牛。每當有人被牛撞倒，他總是在牛嘴下方揮動麻布袋，把牛引開。他曾屢屢抓住牛角，把那撞人的公牛往旁邊拉，對著牛臉又揍又踢的，直到牠放掉倒地的人，轉身去攻擊其他人。

他也曾抓住了牛尾，死命猛抓硬拖，扭來扭去，把公牛拖離倒地的人身邊。某次他一手把牛尾往回拉，拉到讓另一手能抓住牛角，等公牛抬起頭來攻擊他時，他的雙手握著牛尾牛角，一邊向後狂奔，一邊跟牛一起打轉，最後大夥兒一擁而上，圍過去用刀戳牛。那塵土飛揚的熱氣中人聲鼎沸，牛味、人味和酒味交雜，他是最先往公牛撲過去的人之一，他感覺得到公牛在他身體下搖晃猛跳，他趴在牛肩上，手臂緊緊勾住牛角底部，另一手抓緊另一根牛角，無論他的身體怎樣被牛甩來甩去，五指始終死命抓著，左臂有一種要脫臼的感覺，此刻他趴在那熱呼呼毛茸茸而且沾滿塵土，不斷跳動亂甩的厚實牛背上，牙齒緊咬牛耳，拿刀往那膨脹亂甩的粗大牛脖子一刀又一刀猛刺，熱熱的牛血全都噴在他的拳頭上，他還是把全身重量都掛在高聳的牛肩上，手裡還是猛刺個不停。

他初次像那樣狠狠緊咬牛耳時，他的脖子和上下顎都被牛甩得變得僵硬無比，事後他也變成大家的笑柄。不過，儘管他們用這件事來取笑他，對他還是敬佩不已。往後這種事年年重演。他們幫他取了「維亞科內赫斯[3]鬥牛犬」的外號，還笑他是生吃牛肉的傢伙。但村民都企盼著看他逗牛，每年他都知道公牛登場後會往人群衝撞，人們被牠甩來甩去，接著要殺牛時大夥兒一哄而上，他總是懂得如何衝出人群，跳到公牛身上死命抓著不放。最後公牛被大夥壓得倒地身亡，才算完事，他總是會站起來走開，為咬耳朵的事感到丟臉，但也自豪無比。接著他穿過貨車，到噴水池旁去洗手，人們拍拍他的背，拿酒囊給他，對他說：「你這鬥牛犬可真厲害。祝你母親長命百歲啊！」

或者，他們說：「有兩顆*cojones*的傢伙就該這麼幹！每年都這麼幹！」安德烈斯總覺得難為情，心裡感到空虛，自豪而愉悅，接著他會將那些人甩開，把雙手、右臂與刀子都洗乾淨，拿起酒囊後先漱漱口，去掉牛耳的腥味，把酒吐在廣場的石板地面上，然後把酒囊高高舉起，讓酒噴進喉嚨裡。

既然被稱為維亞科內赫斯鬥牛犬，無論如何他也不會錯過村子舉行的年度逗牛遊戲。但他也知道，最美好的事莫過於能聽見那大雨聲，因為他會知道自己可以不必上場。

他對自己說，但我還是得趕回去。毫無疑問的，我必須趕回去攻擊哨站和炸橋。我的兄弟艾拉迪歐在那裡，他可是我的手足，還有安瑟莫、普里米提佛、費南多、奧古斯丁和拉斐爾，儘管拉斐爾顯然是個不正經的傢伙。還有那兩個女人，帕布羅與*Inglés*，不過我不用管*Inglés*，因為他只是個奉命行事的外國人。今天的行動他們大家都有分。我可不能因為傳達情報的偶發事件而逃避這個自我考驗的機會。現在我必須趕快把情報送到，然後用最快速度回去，才能趕上攻擊哨站的行動。若是為了傳達情報而無法參加行動，我就糗了。這是再清楚不過的事。此外，他就像只把打仗當成義務，但卻突然想起其中樂趣的人那樣，對自己說，我可以殺幾個法西斯份子，好好享受一下那感覺。自從我們上次殺人以來，已經過了很長一段時間。明天的行動會帶來很大的實效。明天會是我們做出具體貢獻的一天。明天會是意義非凡的一天。明天趕快來臨吧，我一定要回去參一腳。

此刻，他正在一條通往共和國占領區的陡坡上往上爬，置身於高度齊膝的金雀花叢裡，黑暗中有一隻鷓鴣從他腳邊飛起來，一陣拍打鳥翅的啪啪聲響猛然響起，突然間他被嚇得喘不過氣。他心想，這也太突然了。牠們的翅膀怎能拍打得這麼快？剛剛那鳥肯定是安坐在鳥巢裡。搞不好我差一點踩到鳥蛋了。要不是還在打仗，我會在這樹叢上綁一條手帕，天亮後回來把鳥巢找出來，把蛋交給正在孵小雞的母雞，等孵

---

3 Villaconejos，馬德里郊區的小鎮。

出來了，雞欄裡就有小鷓鴣了。我會看著牠們長大，到時候用牠們來引誘別的鷓鴣。因為鷓鴣是可以馴服的，我不會弄瞎牠們的眼睛。難道你以為牠們會飛掉？搞不好。如果是那樣，我就只得把牠們弄瞎了。

不過，既然已經被我養過一陣子了，我可不喜歡那麼做。用鷓鴣來引誘其他的鳥時，我可以剪掉牠們的翅膀，或是拴住一隻腳。要是不打仗，我會跟艾拉迪歐一起到法西斯哨站旁的小河裡去撈小龍蝦。某天我們在小河裡撈到了四、五十隻。炸橋後要是我們逃往格雷多斯山區，那裡也有幾條漂亮的小河可以釣鱒魚和撈小龍蝦。他心想，希望我們可以到格雷多斯山區去。在格雷多斯山區我們可以度過不錯的夏秋時節，只是冬日酷寒。不過，到冬天我們也許已經打贏這場戰爭了。

要是我們的父親不是共和黨人，現在艾拉迪歐和我都是法西斯部隊的士兵。要是替法西斯黨當兵，那就沒什麼問題了。不管是死是活，只要服從命令就好，結果是怎樣就怎樣，任誰也改變不了。與反抗政權相較，在政權底下乖乖度日總是比較容易。

但是，身為非正規部隊成員，打仗時可說是肩負了重責大任。任誰只要是生性多慮，那麼可以擔心的事還真不少。艾拉迪歐比我會動腦筋。他也比較會擔心。我真心相信我們的理念，我不會擔心。但這是一種責任重大的生活方式。

他心想，我看我們生長的這個時代實在十分艱困，任何別的時代可能都比較好過。我們生來就過慣了苦日子，因此也就不會覺得日子難過。會覺得痛苦的，都是那些不適應這種環境的人。但這是個讓人很難做出決定的時代。法西斯份子發動攻擊，替我們做了決定。為了活命我們不得不打仗。但我很希望有什麼辦法能讓我在那金雀花叢裡綁一條手帕，天亮時回去拿蛋給母雞孵，這樣我就能在自己的院子裡看到鷓鴣幼鳥。我就喜歡這種平凡的小事。

他心想，但你已經沒有家了，哪來房子與院子呢？你只有一個親人，就是明天要上戰場的兄弟，你一無所有，只有風和太陽，還有空空的肚子。他心想，這風不大，眼前也沒有太陽。你的口袋裡有四顆手榴彈，但是除了扔出去之外沒有任何用處。你背上的卡賓槍也一樣，除了把子彈打出去之外，什麼用處也沒有。你還有一份要送出去的報告。還有一肚子可以拉在地上的大便，想到這他在黑暗中咧嘴一笑。你還可以撒一泡尿把地上弄濕。你擁有的一切都是準備要獻出去的。他對自己說，你真是個哲學天才兼倒楣鬼，接著又咧嘴一笑。

儘管剛剛那一陣子他心裡有一些高尚的思想，但在腦海裡揮之不去的，還是那種伴隨著村裡節日早晨雨聲而來的感覺，一種逃過一劫的感覺。他知道，等他到了前方山脊上共和政府部隊的陣地，就要受到盤問了。

# 第三十五章

羅伯·喬丹躺在睡袋裡，旁邊是還在睡夢中的瑪莉亞。他側身躺著，背對著那女孩，感覺到她那修長的身體緊貼著他的背，在這當下，對於什麼也不能幹的兩人而言，這種肌膚相親簡直是一大諷刺。他對自己大發脾氣，你啊！你這傢伙！對，就是你。你與帕布羅初見面時曾對自己說該對他友善一點，但在那當下就注定了你會被出賣的命運。你他媽的笨蛋。你他媽的頭號大笨蛋。別說了。那不是你現在該做的事。

有多大的機會他會把那些東西藏起來或丟掉呢？看起來不太妙。更何況，你也不可能摸黑找到那些東西。他會把東西留著。他拿走了一些炸藥。喔，那個卑鄙下流又奸詐的王八蛋。那個骯髒墮落的窩囊廢。他為什麼不自己去死一死就好，幹嘛要帶走引爆器和雷管呢？我為什麼會笨得跟豬一樣，居然把東西交給那該死的婆娘保管？那個狡猾奸詐又醜陋的狗雜碎。卑鄙的*cabrón*[1]。

別再說了，放輕鬆吧，他對自己說。事到如今，聽天由命就是你的上策了。他對自己說，你只是被搞得腦袋七暈八素。暈到連自己姓什麼都忘了。清醒一點，發發脾氣就算了，別在那裡哭天搶地的。東西沒了。去你的，東西沒了。喔，就讓那卑鄙的畜生下地獄吧。你還是可以搞定這混亂的局面。你非搞定不可，因為你知道你一定要那一座橋炸掉，如果你還想在那裡挺直腰桿，然後——算了，那也別說了。你為什麼不問問你爺爺呢？

喔，我的祖父去死吧，這個奸詐的混帳王八蛋國家也去死，敵方與我方的所有西班牙人都統統下地獄吧，永世不得翻身。我要你們全都下地獄，不管是拉爾戈[2]、普列托、亞森西歐[3]、米亞哈、洛霍，全都去死一死吧。全都下地獄吧。這個到處是奸詐小人的國家也去死吧。那些自大自私的傢伙，自私自大的傢伙，自負奸詐的傢伙，都給我去死吧。在我們為他們送死之前，叫他們先去死吧。在我們為他們送死之後，還是要叫他們去死。叫他們去死去下地獄吧。上帝啊，叫帕布羅去死吧。帕布羅就是他們所有人。求上帝憐憫西班牙人民。不管他們的領袖是哪一個，都會讓他們去死。這兩千年來西班牙只出過一個好人，就是帕布羅．伊格雷西亞斯[4]，其他人都只會害老百姓去死。真不知道他在這次戰爭中是不是能撐下去。還記得當初我也以為拉爾戈滿不錯的。杜魯提[5]是個好人，但卻在法國佬橋[6]上死於部下的槍口。是因為他要部下發動攻擊。槍殺他，藉此展現出「目無法紀」這個最光榮的紀律。那膽小如鼠的畜生。喔，叫他們都去死，都被詛咒吧。還有那個剛剛偷走我的引爆器和那一盒雷管的帕布羅，也去死吧。喔，該把他打入十八層地獄。喔不。是他要我們去死。從科爾特斯、曼德茲．德．阿維拉，直到米亞哈，都要我們去死。你瞧，米亞哈是怎樣對待克萊伯的。那個自大的禿頭畜生。那個愚蠢的蛋頭狗雜碎。那些瘋狂自大又奸詐，總是統治著西班牙，掌管軍隊的畜生，都去死吧。除了老百姓之外都去死吧，可是等到那些老百姓掌權了，也要提防他們，誰知道他們會變成怎樣。

他越罵越誇張，越罵越諷刺與不屑，也越罵越不公正，罵到連他自己也不信了，怒氣才漸漸平息。如

---

1 cabrón：西班牙語，「混蛋」。

2 拉爾戈（Francisco Largo Caballero）：西班牙共和政府的首相。

3 亞森西歐（José Asensio Torrado）：西班牙共和軍將領。

4 帕布羅．伊格雷西亞斯（Pablo Iglesias Posse）：西班牙社會主義者，勞工領袖。

5 杜魯提（Buenaventura Durruti）：西班牙無政府主義者，內戰期間的共和軍領袖。

6 法國佬橋（Puente de los Franceses）：馬德里的一座鐵路橋樑。

果你罵的都不假，那你在這裡幹嘛？那都不是事實，你也知道。看看那些好人吧，看看那些出色的人物吧。他不能忍受自己待人不公正。他憎恨不公正，就像他憎恨殘暴一樣。他躺在那裡，任由憤怒沖昏了自己的頭，直到怒氣逐漸消散，那讓他氣到七竅生煙，氣到變得盲目，氣到想殺人的怒火全都消了，他的心也平靜了下來，變得空虛又冷靜敏銳，能夠冷眼旁觀一切，就像個和自己不愛的女人做過愛的男人一樣。

「妳啊，可憐的小兔子，」他側過身來，對瑪莉亞說。睡夢中她微笑著，並且向他靠過去。「剛剛要是妳開口說話，我一定會動手打妳那裡。男人發脾氣時簡直就是畜生啊！」

此刻他依偎在那女孩身邊，兩隻手摟著她，下巴貼在她的肩膀上。他一邊躺著，一邊仔細盤算他到底該做些什麼，還有要怎麼做。

他心想，情況也不至於那麼糟。事實上，一點也不糟。我不知道以前是否曾有人這麼做過。不過，從今以後，總是會有人遇到類似的困境，但還是這麼做的。如果我們真的這麼做了，而且人們也有機會聽到我們的事蹟。如果人們聽說了我們的事蹟，那很好。如果沒聽說，他們就會納悶我們是怎樣辦到的。我們人手太少，不過為此而擔憂是沒有意義的。我要用現有的一切來炸橋。上帝啊，我很高興我還是克服了憤怒。憤怒讓人有一種置身暴風雨中的感覺，讓人透不過氣。你不能任由自己發怒，那後果也是你不能承擔的。

「全都盤算好了，*guapa*，」他靠在瑪莉亞的肩頭，溫柔地說。「妳完全沒被驚擾。妳根本不知道這件事。我們會死掉，但我們還是會把橋給炸了。妳不用擔心。那不是什麼了不起的結婚禮品。不過，大家不是都說一夜熟睡值千金嗎？妳熟睡了一夜。就把這甜美的一覺當成婚戒，戴在手指上吧。睡吧，*guapa*。好好的睡，親愛的。我不會叫醒妳。這是我現在唯一能為妳做的。」

他躺在那裡輕輕地抱著她，感覺著她的呼吸和心跳，同時也在注意他手錶上的時間。

# 第三十六章

安德烈斯在共和政府部隊的陣地前喊話。也就是說，他趴在一個往下傾斜的低處陡坡上，從那三層鐵絲網的下方，往上朝著石塊和泥土堆成的胸牆大聲喊叫。這裡沒有綿延不絕的防線，所以他本來可以輕易地摸黑穿越這個陣地，進入共和政府的領土，之後才可能會撞見盤問他口令的人。但是，從這裡通過關卡似乎比較安全而且單純。

「*Salud*！」他大聲喊道。「*Salud, milicianos!*[1]」

他聽見有人把槍機往後拉，發出喀噠聲響。接著，在前方不遠的胸牆後面，傳來一聲槍響。砰的一聲槍響過後，黑暗中閃過一道向下激射的黃光。安德烈斯聽到槍機喀噠聲響就已趴倒，頭頂用力抵著地面。

「別開槍，同志們，」安德烈斯大喊。「別開槍！我要進去。」

「你們有幾個人？」胸牆後有人高喊。

「一個。我。就一個。」

「你是誰？」

「維亞科內赫斯的安德烈斯．羅培茲。我來自帕布羅隊的游擊隊。帶著情報。」

「你身上有步槍和裝備嗎？」

---

1 Salud, milicianos：西班牙語，「你好，民兵」。

「有，老兄。」

「我們不能讓帶著步槍和裝備的人進來，」那個人說。「三個人以上也不能進來。」

「我是一個人，」安德烈斯大喊。「有要事通報。讓我進去吧。」

他聽到他們在胸牆後面講話，但聽不清他們講些什麼。接著那個人又高喊：「你們有幾個人？」

「一個。只有我。就一個人。有天主為證啊。」

胸牆後又是一陣議論紛紛。接著那個人說：「你給我聽好了，法西斯份子。」

「我不是法西斯份子，」安德烈斯大喊。「我是帕布羅隊裡的*guerrillero*[2]。我有情報要給參謀總部。」

「他瘋了，」他聽到有人說。「賞他一顆手榴彈。」

「聽我說，」安德烈斯說。「只有我一個。唯一的一個。只有我一個去他媽的王八蛋聖蹟。讓我進去吧。」

「他說話像個天主教徒咧。」他聽到有人笑著說。

接著另一個人說：「最好還是賞他一顆手榴彈吧。」

「不要啊，」安德烈斯大喊。「那你們就大錯特錯了。這是要緊事。讓我進去吧。」

這就是為什麼他向來不喜歡在防線兩側進出。有時盤查得比較鬆一點。但沒有一次輕鬆愉快的。

「只有你一個？」那個人又往下喊道。

「*Me cago en la leche*[3]，」安德烈斯大喊，「你們要我說多少遍啊？只有我一個人！」

「如果只有你一個人，那就站起來，把槍高舉過頭。」

安德烈斯站起來，雙手握著卡賓槍，高舉過頭。

「現在從鐵絲網之間鑽進來。我們會用*máquina*[4]對著你，」那個人大聲說。

安德烈斯進入第一道Z字形鐵絲網。「我要用手才能撥開鐵絲網啊。」他大喊。

「不能把手放下，」那個人對他下令。

「我被鐵絲網卡住了，」安德烈斯大聲說。

「我看還是賞他手榴彈比較簡單，」有人說。

「叫他把槍背起來，」另一個聲音說。「他舉著雙手是沒辦法鑽鐵絲網的。別不講理啊。」

「法西斯份子都是同一種貨色，」另一個人說。「他們都會得寸進尺。」

「聽我說，」安德烈斯大喊。「我不是法西斯份子，我是帕布羅隊裡的 *guerrillero*。我們殺掉的法西斯份子比斑疹傷寒殺掉的還多。」

「我沒聽過什麼帕布羅的游擊隊，」說這話的顯然是指揮此一崗哨的人。「也沒聽說過什麼彼得、保羅[5]和其他的聖人與使徒。也沒聽過他們的游擊隊。把槍背在肩上，用手撥開鐵絲網吧。」

「快一點，不然我們就用 *máquina* 招呼你啊，」另一個人大叫。

「*Qué poco amables sois*！[6]」安德烈斯說。「你們真是不友善。」

他正費力地從鐵絲網鑽過去。

---

2 guerrillero：西班牙語，「游擊隊」。

3 Me cago en la leche：西班牙語，「我在你的精液上大便」。

4 máquina：西班牙語，「機關槍」。

5 在西班牙語裡，帕布羅就等於保羅。

6 Qué poco amables sois：西班牙語，「多麼不友善啊」。

「*Amables*[7]個屁，」有人對他大喊。「我們在打仗啊，老兄。」

「開始有點要打仗的味道出現啦，」安德烈斯說。

「他說什麼？」

安德烈斯又聽到槍機的喀噠聲響。

「沒什麼，」他大喊。「我沒說什麼。別開槍。讓我鑽過這他媽的鐵絲網。」

「不准罵我們的鐵絲網，」有人大叫。「再罵我們就賞你一顆手榴彈。」

「*Quiero decir, qué buena alambrada*[8]，」安德烈斯大喊。「這鐵絲網真美啊。美得像廁所裡的天主啊。多可愛的鐵絲網啊。我很快就會到你們身邊啦，弟兄們。」

「我說啊，想把這件事給處理掉，」他聽到有人說，「最好就是賞他一顆手榴彈。」

「弟兄們，」說這話時安德烈斯已經滿身大汗，心知這個主張丟手榴彈的傢伙隨時可能來真的。「我只是個小咖。」

「這我相信，」主張丟手榴彈的傢伙說。

「你說對了，」安德烈斯說。他正小心翼翼地鑽第三層鐵絲網，已經很接近胸牆。「我這個人完全不重要。但是事情很重要。*Muy, muy serio*[9]。」

「沒有比自由更重要的事，」那傢伙說，他用挑釁的語氣問道，「你以為有什麼比自由更重要的？」

「沒有，老兄，」安德烈斯說完鬆了一口氣。他知道他前方那些人都是狂熱份子，那些戴著紅黑領巾的傢伙。「*Viva la Libertad*[10]！」

「F. A. I.[11]萬歲！C. N. T.[12]萬歲！」他們從胸牆後方大聲回應他。「*Anarco-sindicalismo*[13]與自由萬歲！」

「*Nosotro*[14]萬歲，」安德烈斯大喊道。「我們大家都萬歲！」

「他是我們的同志啊，」主張丟手榴彈的傢伙說。「幸虧我沒用這玩意兒幹掉他。」

他看著手裡的手榴彈，又看見正在翻牆的安德烈斯，內心激動不已。安德烈斯被他用雙臂摟住，他一手仍握著手榴彈，因此手榴彈就擱在安德烈斯的肩胛上。他親吻安德烈斯的雙頰。

「還好你沒事啊，兄弟，」他說。「這樣我就安心了。」

「你們的長官在哪裡？」安德烈斯問道。

「這裡歸我指揮，」其中一人說。「給我看你的證件。」

他把證件拿進掩體，藉著燭光仔細看一看。那是一小塊折疊起來的方形絲綢布，上面印著共和國的國旗，中央蓋著S. I. M.[15]的印章。一張羅伯・喬丹用筆記本的紙寫的*Salvoconducto*，也就是安全通行證，列出他的姓名、年齡、身高、出生地點和任務，上面用S. I. M.的橡皮圖章蓋了章，還有送給葛爾茲的急件，是四張折起來的紙，全用一根線綁起來，用火漆封好，火漆上再蓋了一個S. I. M.的章，是用橡皮圖

---

7 amables：西班牙語，「友善」。
8 Quiero decir, qué buena alambrada：西班牙語，「我想說的是，這鐵絲網真美啊」。
9 Muy, muy serio：西班牙語，「非常，非常重要」。
10 Viva la Libertad：西班牙語，「自由萬歲」。
11 F. A. I.：伊比利亞無政府主義聯盟（Federación Anarquista Ibérica）的縮寫。
12 C. N. T.：全國勞工聯盟（Confederación Nacional del Trabajo）的縮寫。
13 Anarco-sindicalismo：西班牙語，「無政府工團主義」。
14 Nosotro：西班牙語，「我們」。
15 S. I. M.：軍情局。

章木柄頂端的金屬章蓋的。

「這個我見過，」指揮這陣地的人說完後把那一塊絲綢布還給他。「你們大家都有那玩意，我知道。不過，有那玩意也證明不了什麼，你還得要有這個，」他拿起通行證，又看了一遍。「你的出生地是哪裡？」

「維亞科內赫斯，」安德烈斯說。

「那裡有哪些農作物？」

「甜瓜，」安德烈斯說。「那是舉世聞名的。」

「那裡有哪些人是你認識的？」

「問這幹嘛？你是那裡人嗎？」

「不是。但我去過那裡。我是阿蘭胡埃斯[16]的人。」

「你可以隨便問我。」

「說說看荷西．林貢長什麼樣吧。」

「那個開酒店的傢伙？」

「不然還有哪個？」

「他剃了一個光頭，挺著大肚子，一隻眼睛是斜視的。」

「這就對了，」那人說完把證件還給他。「不過，你在他們那邊幹嘛？」

「抵抗運動前我爸就遷居維亞卡斯丁[17]，」安德烈斯說。「那地方在山脈另一邊的平原上。抵抗運動突然爆發時我們就待在那裡。後來我就一直跟隨著帕布羅那一夥人打仗。不過，我在趕時間啊，老兄，我得去送急件。」

「法西斯占領區的狀況如何？」那軍官問道。他並不著急。

「今天我們吃了不少苦頭[18]，」安德烈斯自豪地說。「今天一整天公路上都熱熱鬧鬧的。他們把聾子那些人幹掉了。」

「聾子是誰？」對方不屑地問。

「最棒的山區游擊隊之一是他帶頭的。」

「你們都應該來加入共和國的部隊，」那軍官說。「游擊隊實在幹太多蠢事了。你們應該全都來投靠我們，服從自由派政府的命令。之後如果我們有必要，再派游擊隊過去。」

安德烈斯這傢伙的耐性好到幾乎沒話說。在穿越鐵絲網時，他能夠心平氣和地應對。面對盤問他不慌不忙的。這軍官不了解他們和他們在做的事，他也認為那是完全正常的，他早就料到那傢伙會說一些蠢話。他還料到他得在這裡耗上一些時間，但此刻他想走了。

「聽著，*Compadre*[19]，」他說。「你的話可能都是對的。但我奉命送一份急件給三十五師師長，他們天亮時要在這一帶山區發動攻勢。現在夜已深，我要先走了。」

「什麼攻勢？你有進攻的消息嗎？」

「沒有。我什麼也不知道。但現在我必須到納瓦塞拉達去，接著還要繼續趕路。可以帶我去找你的指揮官，請他派交通工具送我去嗎？趕快派個人帶我去找他，別再耽誤了。」

---

16 阿蘭胡埃斯（Aranjuëz）：位於馬德里東南方的城鎮，鄰近維亞科內赫斯。
17 比亞卡斯丁（Villacastín），位於塞哥維亞西南方的城鎮。
18 原文為「Today we had much tomate」，應為西班牙片語「esto tiene tomate」的英語化，意思是「今天過得很慘」。
19 compadre：西班牙語，「兄弟」。

「我還是有很多疑慮，」他說。「也許我該在你剛剛接近鐵絲網時就把你斃了，那還好一點。」

「證件給你看過了，同志，而且我也解釋了我的任務，」安德烈斯耐心地對他說。

「證件是可以偽造的，」那軍官說。「任何法西斯份子都掰得出你說的任務。我會親自帶你去見指揮官。」

「好，」安德烈斯說。「你去就你去。不過，我們要快一點。」

「你，桑契斯。你代我指揮，」那軍官說。「你跟我一樣了解怎樣指揮這裡。我就帶這個自稱同志的傢伙去見指揮官。」

他們沿著山頂後方淺淺的戰壕往下走，黑暗中安德烈斯聞到山頂守軍的屎尿臭味，全都長滿羊齒蕨的山坡上傳了過去。他不喜歡這些像小惡魔一樣的年輕人，他們骯髒下流，沒有紀律，但又親切可愛，愚蠢而無知，但卻總是危險無比，因為他們手持武器。至於他，安德烈斯，除了擁護共和國之外，並無特定政治立場。這些人的談話他聽過很多次了，他覺得都很美妙動聽，但他就是不喜歡。他心想，人拉了屎尿卻不掩埋，算是哪門子自由？貓算是最自由的動物了，但是就連貓也會掩埋自己的屎尿。貓是最出色的無政府主義者。等他們向貓學到了這一點，我才會尊敬他們。

那軍官突然在他前面停下腳步。

「你還是帶著*carabine*[20]？」他說。

「是，」安德烈斯說。「為什麼不帶？」

「把槍給我，」軍官說。「搞不好你會在我背後放冷槍。」

「為什麼？」安德烈斯問他。「我為什麼要放冷槍？」

「誰知道？」軍官說。「我誰也不信。把卡賓槍給我。」

安德烈斯拿下背著的卡賓槍，拿給了他。
「你高興就隨你吧，」他說。
「這樣比較好，」軍官說。「這樣我們會比較安全。」
黑暗中他們繼續沿著山坡往下走。

20 carabine：西班牙語，「卡賓槍」。

# 第三十七章

羅伯・喬丹和那女孩躺在一起，眼見時間在手錶上漸漸消逝。時間過得好慢，慢到幾乎難以覺察，因為那是一隻小小的手錶，他看不到秒針。但當他注視分針時，他發現只要全神貫注，簡直就可以查覺到分針在走動。那女孩的頭在他的下巴下方，每當他轉頭看錶，總感覺到她頭上的短髮磨蹭著他的臉頰，那髮絲就像貂皮一樣柔軟，但還是充滿活力，彷彿絲綢那樣滑溜，那觸感讓人聯想到貂毛，就像在鬆開捕獸夾時，把被夾住的貂解開，抱在手裡輕撫，光滑的毛被撫平以後會再翹起來那樣。他的臉頰磨蹭著瑪莉亞的頭髮，喉嚨哽塞起來了，雙臂摟著她時一種空虛痛苦的感覺從喉頭向全身蔓延。他低下頭，把眼睛湊到錶面上，只見那指針又尖又亮，在左半部錶面緩緩朝上移動。他看得清楚指針不斷移動著，此刻他緊摟著瑪莉亞，想讓時間慢下來。他不想弄醒她，但又不能任由這最後一次溫存的機會溜走，於是他把嘴唇貼在她耳朵後，沿著脖子往上移動，感覺到她的皮膚如此光滑，上面的寒毛柔軟無比。他看著手錶上的針在走動，於是把她摟得更緊了，舌尖從她的臉頰滑往耳垂上，沿著耳輪的美妙線條一直移到甜蜜堅實的耳尖，他的舌頭在顫抖著。他感覺到這一陣顫抖與那空虛痛苦的感覺貫串在一起，只見錶上的分針往上移動，和時針形成一個小銳角。到這時她還是沒醒，接著他把她的頭轉過來，把兩人的嘴唇貼在一起。他們倆躺著，他只是輕觸她那仍未甦醒的豐嘴，溫柔地吻著，感覺到兩人嘴唇微微摩擦。他轉身向著她，感覺到她那修長、輕盈而可愛的身體在抖動，接著睡夢中的她喘一口氣，一邊睡一邊摟住了他，然後她才醒過來，把嘴唇扎實而用力地貼到他的嘴上，他這才對她說：「妳會感到痛的。」

她說：「不，不會痛。」

「小兔子。」

「不，別說話。」

「我的小兔子。」

「別說話。別說話。」

於是，那手錶上現在已經沒人在看的時針一邊移動著，他們一邊又進入水乳交融的境界，這時候他們知道，其中任何一個人沒有的感受另一個也不會有，也知道除此之外不會有別的事發生在他們身上。這是全部，是永恆，這是過去，是現在，也是未來。他們現在所擁有的，是他們在未來不可能擁有的。他們現在所擁有的，是過去，是永恆，是現在，是現在，是現在，是現在。喔，現在，現在，唯一的現在，最重要的現在，除了妳存在的這個當下，沒別的現在，而現在是妳的先知。現在與永恆的現在。來吧，現在，現在，因為除了現在之外沒有現在。是啊，現在。現在，拜託了，就是現在，只有現在，除了現在什麼都不存在，妳在這裡，我也在這裡，一個在這裡，另一個也在這裡，別問為什麼，永遠別問，只有當下這個現在。請繼續下去，永遠繼續下去，永遠是現在，永遠是現在，因為現在永遠是一個現在。一個就是一個，沒有另一個，只有一個現在，一個現在不斷進行下去，高潮迭起，遠行，出發，翻滾與翱翔的現在，離去的現在，完完全全的現在，全部完完全全的現在，一加一是一，是一，是一，是一，還是一，仍然是一，是往下降的一，溫柔的一，渴望的一，寬容的一，良善的一，應該珍惜的一，是現在在地上的合而為一，雙肘撐在砍下來當床睡的松枝上，滿是濃烈的松枝與黑夜的氣息。現在又確定回到這地面上，隔天的清晨就要來了。因為另一個人剛剛始終在他的腦海裡，他都沒說話，到現在他才說：「喔，瑪莉亞，我愛妳，而且我為此感謝妳。」

瑪莉亞說：「別說話。我們還是不說話比較好。」

「我非跟妳說不可，因為這太美妙了。」

「別說話。」

「小兔子——」

但她緊緊摟住他，把頭扭過去，而他則是溫柔地問道：「痛嗎，小兔子？」

「不，」她說。「只是，可以再度進入*la gloria*[1]，我自己也很感激。」

事後他們倆靜靜並肩躺著，從腳踝、大腿、到臀部與肩膀都貼在一起，此刻羅伯・喬丹又看得到他的錶了，這時瑪莉亞說：「我們的運氣真好。」

「是啊，」他說。「我們是有福氣的人。」

「沒時間睡覺了？」

「嗯，」他說，「馬上就要開始了。」

「如果非起來不可，我們去弄一些吃的吧。」

「好啊。」

「你。沒什麼事讓你擔心吧？」

「沒有。」

「真的？」

「我沒擔心。現在沒有。」

「可是你剛剛在擔心。」

「一下子。」

「我能幫什麼忙嗎？」

「不用，」他說。「妳已經幫了大忙。」

「那個嗎？那是為了我自己呀。」

「那是為我們倆，」他說。「那不是一個人的事。來吧，小兔子，我們來穿衣服。」

但他最好的伴侶，也就是他的心，正在思索著*la gloria*。她剛剛說的*la gloria*。這和英語中的*Glory*和法國人書寫談論的*La Gloire*[2]並不相同。那是西班牙人透過深歌[3]與薩耶達[4]傳唱的一種境界。畫家葛雷柯與詩人聖十字若望[5]以及其他人當然也曾描繪過。我不是神祕主義者，但我若是否認那種境界的存在，就像否認電話的存在，否認地球繞著太陽旋轉，或否認還有其他行星那樣無知。

我們對於這世間種種的了解還真少啊。但願我還能活久一點，別在今天死去，因為過去四天裡我真的學到很多人生真諦，甚至比我過去所學還多。我願意當個洞悉世事的老人。我不知道人是否能持續不斷學習，或者每個人能學到的知識都是有限的。我以為自己了解的東西很多，實際上我什麼都不懂。真希望我有更多的時間。

「妳教了我很多東西，*guapa*[6]，」他用英語說。

---

1 la gloria：西班牙語，「宛如天堂的神妙愉悅境界」。
2 glory與La Gloire都有「光榮、榮耀、璀璨、繁茂」的意思。
3 深歌（Cante Hondo）：安達魯西亞地區的民謠風格，hondo（或jondo）即「深沉、深刻」的意思。
4 薩耶達（Saetas）：安達魯西亞地方的宗教歌曲。
5 聖十字若望（San Juan de la Cruz）：西班牙十六世紀神祕文學家、詩人兼宗教改革家。
6 guapa：美人。

「你說什麼？」

「我從妳身上學到很多東西。」

「*Qué va*！」她說。「你才是受過教育的人呢。」

他心想，教育，我所接受過的教育只是個開頭而已。微不足道的開頭。要是我在今天死去，那真是可惜，因為現在我懂的世事還不多。我想你是不是由於時間短促，才會變得敏銳無比，因此才學到了一些東西。不過，你待在這裡的時間並不算太短。像你這種明理的人應能了解這一點。自從我到這一帶以來，就一直在這些山區裡生活。安瑟莫是我認識最久的朋友。我了解查爾斯、查布、蓋伊、麥克，但我更了解安瑟莫。我沒有弟弟，但滿嘴髒話的奧古斯丁就像是我的弟弟。瑪莉亞是我的真愛與妻子。我從來沒有過真愛，也沒有過妻子。我從來沒有過妹妹，她也像是我妹妹。我永遠不會有女兒，但她也像是我的女兒。我實在很討厭離開這麼美好的地方。他綁好了麻繩底布鞋。

「我發現生活實在很有趣，」他對瑪莉亞說。她在他身邊，雙手抱著腳踝，坐在睡袋上。有人拉開了洞口的毯子，他們倆都看見燈光。此時仍是黑夜，尚無天亮的跡象，不過他抬頭一望，隔著松林他看見星星低懸天際。在這個月份，黎明總是來得很快。

「羅貝托，」瑪莉亞說。

「嗯，*guapa*。」

「我們今天可以待在一起吧？」

「行動開始時不行嗎？」

「行動過後才可以在一起。」

「不行。妳得顧馬。」

「我不能跟你在一起？」

「不能。我的工作只有我自己能做，妳在身邊會讓我操心的。」

「你一結束就會趕回來嗎？」

「會很快回來，」說完後他在黑暗中咧嘴一笑。「走吧，*guapa*，我們去吃東西吧。」

「你的睡袋呢？」

「要是妳願意，就幫我捲起來。」

「我願意，」她說。

「我來幫妳。」

「不。我來就好。」

她跪了下去，把睡袋攤開捲好，接著又改變了主意，站起來把它抖一抖，抖得啪啪作響。接著她又跪下，把睡袋鋪平捲好。羅伯．喬丹提起兩個背包，小心捧著，唯恐背包裡的東西從裂縫掉出來。穿過松林後他來到掛著那一條被燻黑的毯子的洞口。他用手肘推開毯子，走進山洞，此刻他錶上的時間是還有十分鐘才三點。

# 第三十八章

所有人都在山洞裡，男人都站在爐子前，瑪莉亞正在搧火。琵拉已經煮好一壺咖啡。自從叫醒羅伯・喬丹以後她就沒回床上睡覺了，此刻在這煙霧濛濛的山洞裡，她正坐在凳子上幫喬丹把其中一個背包上的裂縫縫起來。另一個已經縫好。爐火把她的臉照得發亮。

「多吃些燉肉吧，」她對費南多說。「就算你把肚子吃撐了也無所謂。只是你如果被牛角給戳傷了，也沒有醫生可以幫你動手術。」

「妳這婆娘別那樣說話，」奧古斯丁說。「妳的嘴跟老婊子一樣賤。」

他用自動步槍撐著身子，那把槍的腳架已經收了起來，緊貼著上面有雕花狀散熱孔的槍管，他的口袋裡塞滿了手榴彈，一邊肩頭背著一袋彈盤，另一邊背著一整條子彈帶。他正在抽菸，一手拿著一碗咖啡，把碗高舉到嘴邊時在咖啡上面吐了一口煙。

「你簡直就是一間活動五金行，」琵拉對他說。「背那麼多東西，你肯定連一百碼都走不了。」

「*Qué va*！妳這婆娘，」奧古斯丁說。「我們走的都是下坡路段啊。」

「抵達哨站前有一段上坡路，」費南多說。「之後才開始是下坡。」

「我會像山羊那樣爬上去的，」奧古斯丁說。「你兄弟呢？」他問艾拉迪歐。「你那大名鼎鼎的兄弟死哪裡去了？」

艾拉迪歐正靠牆站著。

「閉嘴，」他說。

他快緊張死了，也知道大家都了解他有多緊張。每逢行動以前，他總是緊張而易怒。他從牆邊走到桌邊，開始把手榴彈裝進口袋裡，裝手榴彈的那個背籃靠在一隻桌腳旁，生皮材質的蓋子是打開的。

背籃旁，蹲在他身邊的羅伯·喬丹伸手到背籃裡拿了四顆手榴彈。其中三顆是表面有格狀凹紋的橢圓狀米爾斯型手榴彈，沉重的鐵殼頂端有一根把彈簧桿[1]固定住的開口梢，還連著一個拉環。

「這些手榴彈從哪裡來的？」他問艾拉迪歐。

「這些嗎？從共和國弄來的。老傢伙拿來的。」

「好用嗎？」

「*Valen más que pesan*[2]，」艾拉迪歐說。「每一顆都很有價值。」

「是我背來的，」安瑟莫說。「一袋六十顆。總共九十磅重，*Inglés*。」

「你們用過這種手榴彈嗎？」羅伯·喬丹問琵拉。

「怎麼沒用過？」那女人說。「攻擊歐泰羅鎮的哨站時，帕布羅就是用這種手榴彈。」

她一提到帕布羅，奧古斯丁又咒罵了起來。藉著爐火，羅伯·喬丹看到了琵拉的表情。

「別說了，」琵拉厲聲對奧古斯丁說。「多說無用。」

「這手榴彈都會爆炸嗎？」羅伯·喬丹握著一顆漆成灰色的手榴彈，用大拇指指甲試一試開口梢彎曲

---

1 彈簧桿：原文是spring level，疑為spring lever的錯字。

2 Valen más que pesan：西班牙語，意思是「重量不輕，但更有價值」。

的地方。

「都會，」艾拉迪歐說。「我們用過的那些沒有任何一顆啞彈。」

「很快就會爆炸嗎？」

「丟出去落地後就爆炸。很快。夠快的。」

「那這些呢？」

「但一定會爆炸嗎？」

他舉起一顆濃湯罐頭狀的手榴彈，鐵絲拉環上綁著一條帶子。

「這些都是廢物，」艾拉迪歐對他說。「是會爆炸沒錯。但是只會有火光，沒有彈片。」

「*Qué va*！哪有一定的？」琵拉說。「不管是我們的或他們的軍火，沒有一定的。」

「但妳剛剛說那種一定會爆炸。」

「不是我說的，」琵拉對他說。「你問別人，沒問我。我沒見過哪種東西是一定會爆炸的。」

「全都會爆炸，」艾拉迪歐堅稱。「妳這婆娘該說實話。」

「你怎麼知道全都會爆炸？」琵拉問他。「扔那些手榴彈的人是帕布羅。你在歐泰羅沒殺人。」

「去他媽婊子養的，」奧古斯丁開口罵道。

「別說了，」琵拉厲聲說。接著她說，「這些手榴彈都差不多，*Inglés*。表面有凹凸起伏的那一種使用起來比較容易。」

羅伯．喬丹心想，我還是每一種都拿一顆來用吧。不過有凹紋的那一種用起來比較容易安全。

「你打算用手榴彈嗎，*Inglés*？」奧古斯丁問道。

「為什麼不用呢？」羅伯．喬丹說。

他蹲在那兒挑手榴彈，但心裡卻這麼想著：這行不通的。我怎麼可以騙自己，說我不知道這件事。聾子被攻打時我們其實已經完蛋了，就像雪停時聾子就已經完蛋了一樣。只是你還不願接受這個事實。你只能硬著頭皮，擬訂了一個自己明知道無法完成的計畫。擬訂之後到現在你才知道計畫不好。到了現在，也就是今天早上，你發現計畫是沒有用的。若想攻占那兩個哨站中的任何一個，憑現有的一切資源，絕對都沒問題。但你沒辦法把兩個都攻占下來。我的意思是，你沒有把握。你就別騙自己了，黎明已經快要來臨，別再騙自己了。

想要把那兩個哨站都拿下來是行不通的。帕布羅始終明白這一點。我想他是打從一開始就想溜走的，只是到了聾子被攻擊時他才知道我們完蛋了。任誰在計畫行動時都不能假設會有奇蹟發生。如果你手頭沒有比現在更多的資源，不但炸不了橋，還會把他們都害死。你會害死琵拉、安瑟莫、奧古斯丁、普里米提佛，還有神經兮兮的艾拉迪歐，廢物吉普賽佬，還有費南多，而且還炸不了橋。你以為會有奇蹟出現，葛爾茲會收到了安德烈斯的情報，行動就此喊停？如果奇蹟沒有出現的話，你的命令會把他們都害死，瑪莉亞也不例外。那些命令會把她也害死。你連她都救不了嗎？他心想，帕布羅真是該下地獄。

算了。別生氣了，生氣跟害怕一樣糟糕。不過，你本來就不該顧著和愛人睡覺，而是該跟那個女人在一帶山區整夜策馬，為炸橋任務找出足夠人手。他心想，是啊。如果我在路上出了什麼事，就沒辦法去炸橋了。是啊，就是這樣。這就是為什麼你不去別的地方。這事你也不能派別人去幹，因為你不能承擔損失人手的風險，少一個人都不行。你必須保住現有的資源，據此擬訂行動計畫。

可是你的計畫爛透了。我告訴你，實在是爛透了。計畫是夜裡擬訂的，但現在已經是早上了。夜裡擬訂的計畫到了早上已經派不上用場。你晚上的想法在早上已經行不通了。現在你才明白那是沒用的。

要是約翰．莫斯比[3]曾完成這種不可能的任務，那又怎麼樣呢？他當然完成過。而且遠比你這任務困難。切記，可別低估突襲的效果。別忘了。別忘了，如果這件事的結果還算差強人意，那你就不算太笨。不過，這不是你該採用的方法。你不能讓任務只是可能會成功，而是一定要成功。可是你看看現在是什麼情況吧。唉，這事從一開頭就錯了，接著狀況越來越多，現在問題已經來到了雪上加霜的程度。

他蹲在桌邊，抬頭一看，發現瑪莉亞正在對他微笑。他也對她咧嘴一笑，但那只是強顏歡笑而已。他又挑了四顆手榴彈，放進口袋裡。他心想，我可以把手榴彈鬆掉，利用裡面的雷管來引爆。手榴彈的碎片不會造成負面影響。炸藥一引爆，手榴彈就會被炸裂，但不會讓炸藥包炸散。至少我認為不會散掉。我肯定不會。他對自己說，要有點信心。你啊，昨晚你不是還想起了你和你祖父有多麼出色，但你父親卻是個懦夫。現在就表現得有信心一點吧。

他又對瑪莉亞咧齒一笑，但那笑容只是把顴骨和嘴巴周遭的皮膚繃緊而已，這還是強顏歡笑。

他心想，她認為你很厲害呢。但我覺得你爛透了。還有那 *la gloria* 和你的一派胡言，全都爛透了。你以為自己的主意很妙，是吧？你把這個世界掌握在手裡了，是吧？那全都只是你說的鬼話。

他對自己說，別太緊張。也別發怒。發怒也只是一種宣洩的方式。總是會有解套方式的。現在你也得開始緊張啦。沒必要因為你要失去一切了，就否定自己到目前為止的表現。沒必要像蛇那樣，背脊斷掉就把自己給咬死。更何況你的背脊還沒有斷啊，你這隻獵狗。等你真的受傷再開始哀嚎吧。等真的開打了你再發怒吧。等真的開打了，你有的是時間可以發怒。你可以把怒氣發洩在敵人身上。

琵拉拿著背包走到他面前。

「現在夠結實了，」她說。「那些手榴彈很棒，*Inglés*。是你可以信得過的。」

「妳這婆娘現在心情怎樣？」

她看著他，搖頭笑一笑。他不知道她這笑容是否真誠，看來是真心的。

「不錯啊，」她說。「*Dentro de la gravedad*[4]。」

接著她蹲在他身邊說：「現在真要動手了，你覺得怎麼樣？」

「我們的人手太少，」羅伯．喬丹立刻對她說。

「我也這樣想，」她說。「太少了。」

接著她還是對著他一個人說：「瑪莉亞自己能把馬顧好，所以我不用顧。我們可以把馬腳綁住。那些馬是騎兵隊的，不會因為槍聲受驚。我來做帕布羅該做的事，去攻擊下面那個哨站。這樣我們就多一個人手。」

「好，」他說。「我有想過妳也許希望這麼做。」

「不，*Inglés*，」琵拉說話時緊盯著他。「別擔心。一切都會順利的。你別忘了，他們會被殺個措手不及。」

「嗯，」羅伯．喬丹說。

「還有一件事，*Inglés*，」琵拉用她那粗啞嗓音盡可能溫和地低聲說。「至於手相的事——」

「什麼手相的事？」他惱怒地說。

「別這樣。聽我說吧。別生氣，小兄弟。至於手相的事，那都是吉普賽人拿來鬼扯的話，而我只是為了自抬身價罷了。根本沒那回事。」

「別說了。」他冷冷地說。

---

3 約翰．莫斯比（John Mosby）：南北戰爭期間的南軍游擊隊領袖。

4 Dentro de la gravedad：西班牙語，意即「還不算太差」。

「別這樣，」她用粗啞的聲音親切地說。「那只是我編來騙人的鬼話。今天要開打了，我可不希望你擔心。」

「我沒擔心，」羅伯．喬丹說。

「不，*Inglés*，」她說。「你很擔心，而且你有充分的理由。但一切都會順利的，*Inglés*。我們就是為此而生的。」

「我不需要妳對我做精神喊話，」羅伯．喬丹對她說。

她又對他笑一笑，她那粗厚的嘴唇和寬闊的大嘴笑得開懷真誠，接著她說：「我很喜歡你，*Inglés*。」

「我現在不需要聽這個話，」他說。「*Ni tu, ni Dios.*[5]」

「你需要，」琵拉用粗啞的聲音低聲說。「我知道。我只是想對你說說而已。別擔心。一切都會很順利的。」

「為什麼會不順利？」羅伯．喬丹淡淡地笑說。「我們當然會幹得很順利。一切都會沒問題的。」

「我們什麼時候出發？」琵拉問道。

羅伯．喬丹看看手錶。

「隨時可以，」他說。

他把一個背包拿給安瑟莫。

「你怎樣了，老傢伙？」他問道。

根據羅伯．喬丹先前給的樣品，老傢伙削了一堆木楔，最後一個快要削好了。這些額外的木楔是為了不時之需準備的。

「很好，」老傢伙說完點點頭。「到現在為止都很好。」他把一隻手伸出來。「你看，」他微笑說。他的手完全不會抖。

「*Bueno, y qué*[6]？」羅伯．喬丹對他說。「我總是可以讓整隻手都不抖。你伸出一根手指試試看。」

安瑟莫伸出一根手指。指頭在抖。他看著羅伯．喬丹，搖搖頭。

「我也會那樣，」羅伯．喬丹伸出一根手指給他看。「總是那樣。那是正常的。」

「我可不會那樣，」費南多說。他伸出右手食指給他們看。然後伸出左手食指。

「你吐得出口水嗎？」奧古斯丁問他，然後對羅伯．喬丹眨眨眼。

費南多咳了一聲，得意地朝著山洞裡的地上吐口水，然後用腳擦掉。

「你這頭髒騾子，」琵拉對他說。「如果你一定要展現氣魄的話，就往爐火裡吐口水啊。」

「琵拉，是因為我們打算離開了，我才會吐在地上的，」費南多拘謹地說。

「別忘了你今天在哪裡吐口水，」琵拉對他說。「搞不好那是一個你離不開的地方。」

「這女人講話老是像黑貓一樣觸霉頭，」奧古斯丁說。他覺得有必要用玩笑來掩飾緊張，而這正是他們共同的心情寫照。

「我是說笑話，」琵拉說。

「我也是，」奧古斯丁說。「可是*me cago en la leche*[7]，可是我要等到真正開打了才會稱心如意。」

「吉普賽佬去哪了？」羅伯．喬丹問艾拉迪歐。

---

5 Ni tu, ni Dios：西班牙語，意即「不需要妳，也不需要上帝」。

6 Bueno, y qué：西班牙語，「很好，那又怎樣？」

7 me cago en la leche：西班牙語，「我在你的精液上大便」。

「跟馬在一起，」艾拉迪歐說。「你從洞口就看得到他。」

「他怎麼啦？」

艾拉迪歐咧嘴一笑。「快怕死了，」他說。一提起別人的恐懼反而讓他感到安心。

「聽我說，*Inglés*，」琵拉開口說。

她張開嘴巴，羅伯．喬丹看過去，只見她臉上露出詫異不已的神情，他一邊迅速轉身面對洞口，一邊伸手拔槍。洞口有個人一手把毯子拉開，肩頭後方露出短自動步槍槍口的防火帽，那個人長得又矮又寬，滿臉鬍子，一雙小眼睛的眼瞼紅通通，四顧茫然，那人正是帕布羅。

「你——」琵拉驚詫地對他說。「你。」

「我，」帕布羅的口氣平靜，說完他走進山洞。

「嗨，*Inglés*，」他說。「我把艾里亞斯和亞歷山大隊裡的五個弟兄帶來了，他們都騎著馬。」

「引爆器和雷管呢？」羅伯．喬丹說。「還有別的東西呢？」

「我全都扔到峽谷下面的河裡了，」帕布羅還是眼神茫然，沒有看著誰。「不過我想到可以用手榴彈引爆。」

「我也想到了，」羅伯．喬丹說。

「有酒嗎？」帕布羅沒精打采地問他。羅伯．喬丹把身上的小酒瓶遞給他，他趕緊灌了一口，然後用手背擦嘴。

「你怎麼啦？」琵拉問。

「*Nada*[8]，」帕布羅說完又擦擦嘴。「沒什麼。我回來了。」

「但你到底是怎樣？」

「沒怎樣。只是我一時軟弱。我走了，但現在又回來了。」

他轉身面對羅伯．喬丹。「*En el fondo no soy cobarde*[9]，」他說。「我畢竟不是個膽小鬼。」

但你比膽小鬼可惡一百倍，羅伯．喬丹心想。如果你不是我就跟你姓。不過我還是很高興見到你，你這狗雜種。

「從艾里亞斯和亞歷山大那裡我只弄得到五個人，」帕布羅說。「離開這裡後我一直騎馬奔走。你們九個人是絕對搞不定的。絕對不行。*Inglés* 昨晚一講我就知道了。絕對不行。下面的哨站裡有七個士兵和一個下士。要是有警報器，或他們拚命反抗呢？」

這時他打量著羅伯．喬丹。「走時我心想，你知道這是行不通的，所以應該會放棄。丟掉你的東西後，我對這事卻有了另一番看法。」

「很高興能見到你，」羅伯．喬丹說。他走到他身邊。「我們有手榴彈就可以了。那也行得通。別的東西不重要。」

「唉，」帕布羅說。「我這麼做並不是為你。你是個惡兆。這一切災禍都是你帶來的。聾子也是因為你而送命。不過，扔掉你的東西後，我覺得自己太孤單了。」

「你媽的——」琵拉說。

「所以我騎馬去找人，希望讓這次任務能有勝算。現有最棒的人手都被我找來了。我把他們留在山

8 nada：西班牙語，「沒什麼」。

9 En el fondo no soy cobarde：西班牙語，意即「我畢竟不是個膽小鬼」。

頭，這樣才能先來跟你們談一談。他們以為我是帶頭的。」

「如果你想帶頭的話，」琵拉說。「你就帶吧。」帕布羅看著她，不發一語。接著他很簡潔地低聲說，「聾子出事之後，我想了很多。我想啊，如果我們一定會完蛋的話，那就一起完蛋吧。不過啊，*Inglés*。我實在痛恨你這傢伙帶來厄運。」

「不過，帕布羅——」費南多開口說。他的口袋裡裝滿手榴彈，肩頭背著一條子彈帶，還在用麵包抹著盤子裡的燉肉肉汁。「你不認為行動會成功？前天晚上你才說你相信會成功的。」

「再給他一些燉肉，」琵拉厲聲對瑪莉亞說，然後用比較柔和的眼神對帕布羅說，「你終究是回來了，呃？」

「是啊，老婆，」帕布羅說。

「好吧，我們歡迎你，」琵拉對他說。「我本來還以為你不至於這麼沒用。」

「走掉後我才發現自己忍受不了那種孤寂，」帕布羅悄聲對她說。

「你的確會忍不住，」她嘲笑他。「十五分鐘你就忍不住啦。」

「別取笑我了，老婆。總之我回來了。」

「歡迎你，」她說。「剛才我不是已經說了嗎？把咖啡喝完我們就走。我看你裝模作樣就覺得厭煩。」

「那是咖啡嗎？」帕布羅問。

「當然啊，」費南多說。

「給我一些，瑪莉亞，」帕布羅說。「妳好嗎？」他沒有看著她。

「很好，」瑪莉亞對他說，端一碗咖啡給他。「你要燉肉嗎？」帕布羅搖搖頭。

「*No me gusta estar solo*[10]，」帕布羅繼續向琵拉解釋，旁若無人。「我不喜歡落單。*Sabes*[11]？昨天

白天我雖是獨自一人，但都是在為大家的利益做事，不覺得孤單。但昨天晚上啊。*Hombre! Qué mal lo pasé!*[12]」

「你那惡名昭彰的祖先加略人猶大[13]，最後是上吊自殺的，」琵拉說。

「別對我說那種話，老婆，」帕布羅說。「我回來了，妳沒看見嗎？別說什麼猶大的，我回來了。」

「你帶了哪些人回來？」琵拉問他。「有好的貨色嗎？」

「*Son buenos*[14]，」帕布羅說。他趁機正看了她一眼，然後把頭別開。

「*Buenos y bobos*[15]。好漢與笨蛋。都是準備來送死的。*A tu gusto*[16]。跟你對味。你就是喜歡那種人。」

帕布羅又與琵拉四目相對，這次不再把頭別開了。他用那一雙紅眼圈的小眼睛盯著她。

「你呀，」她那粗啞的聲音又變溫和了。「你呀。依我看，任何男人如果曾經是個好漢的話，總是會有一點氣魄留下來。」

「*Listo*[17]，」帕布羅說，這時他已經正眼緊盯著她。「無論今天會怎樣，我都準備好了。」

---

10 No me gusta estar solo：西班牙語，「自己一個人的滋味真不好受」。

11 sabes：西班牙文，「知道嗎」。

12 Hombre! Qué mal lo pasé!：西班牙語，「老兄！真不好受！」

13 猶大（Judas Iscariot）：為了金錢而背叛耶穌的門徒。

14 Son buenos：西班牙語，「都是一些好漢」。

15 Buenos y bobos：西班牙語，「好漢與笨蛋」。

16 A tu gusto：西班牙語，意即「跟你對味」。

17 listo：西班牙語，相當於英語的「ok」。

「我相信你回心轉意了，」琵拉對他說。「我相信。不過，你這傢伙離開的時間也太長了。」

「再讓我喝一口你瓶子裡那玩意，」帕布羅對羅伯・喬丹說。「然後我們就走吧。」

# 第三十九章

他們摸黑穿越樹林，來到山丘頂端一個狹窄山隘。因為都背著沉重裝備，他們都慢慢往上爬。馬鞍上也都裝著東西。

「必要時我們可以把東西丟掉，」琵拉說。「不過，如果可以留下來，就夠讓我們再紮營一次。」

「其他彈藥呢？」大夥兒正在用繩子捆綁行李時，羅伯．喬丹曾問道。

「都在鞍囊裡。」

羅伯．喬丹感覺到他的背包如此沉重，口袋裡裝滿了手榴彈，所以他的外套勒著他的脖子，他還感覺到沉甸甸的手槍緊貼著他的大腿，長褲口袋則因為裝著輕機槍彈匣而鼓了起來。嘴裡還有咖啡味的他用右手拿著輕機槍，伸出左手，把外套的領子拉一拉，藉此減輕背包背帶的束縛。

黑暗中，緊靠他身邊走路的帕布羅對他說：「*Inglés*。」

「什麼事，兄弟？」

「我帶來的這些人以為這任務會成功，所以我才會把他們帶來，」帕布羅說。「可別說什麼會讓他們沮喪的話。」

「好，」羅伯．喬丹說。「不過，我們就把這任務順利完成吧。」

「他們有五匹馬，*sabes*[1]？」帕布羅小心翼翼地說。

「好，」羅伯．喬丹說。「我們把馬都集中在一起。」

「好，」帕布羅說完就不再說話了。

羅伯．喬丹心想，帕布羅老兄啊，我看你還是沒有效法保羅，在前往塔爾蘇斯[2]的路上脫胎換骨吧。不。你能回來就算是奇蹟出現了。看來要把你封為聖人並不會有什麼問題。

「有了這五個人，我可以把下面的哨站拿下來，表現會跟聾子一樣好，」帕布羅說。「我會切斷電話線，然後照先前商量的那樣，朝橋樑的方向往回撤。」

羅伯．喬丹心想，十分鐘之前我們早已討論過一遍了。我不知道為什麼現在——

「我們還真的有可能到得了格雷多斯山區，」帕布羅說。「說真的，關於這件事我想了很多。」

羅伯．喬丹對自己說，你看你的腦海在這最後幾分鐘內又閃過什麼念頭。你又有了另一個啟示。但你可別打算讓我相信你會歡迎我一起去。不，帕布羅。別要求我對你有太多信心。

自從帕布羅回到山洞，說他帶了五個人手，羅伯．喬丹的心情就變得越來越好。打從下雪以來，整個行動計畫似乎陷入了一種即將發展出悲劇的模式，但這模式已被帕布羅的歸來打破。帕布羅回來後，他並未以為運氣變好了，因為他不相信運氣，但現在整個情況已經好轉，任務也有可能完成。他不再覺得肯定會失敗，而是信心漸增，就像慢慢打氣，讓車胎膨脹起來那樣。起初沒什麼改變，不過的確有個非常明確的開始，也就是灌氣後會讓輪胎動一下，只是現在那輪胎越來越大，增大的趨勢就像漲潮，或是像汁液在樹的內部往上升那樣，直到他開始感覺到有可能放下先前的擔憂，讓心情變成行動前常會出現真實快樂情緒。

這就是他最大的天賦，一種讓他適合參戰的才能：悲慘結果是可能會出現的，他不能視而不見，但他就是有辦法對那種結果嗤之以鼻。但這種特質還是會被毀掉，因為要幫別人扛太多責任，或者有必要進行某個糟糕的計畫，抑或實現某個差勁的構想。因為，如果是遇到那些狀況，任誰都不能忽視悲慘的結果，都看得出失敗是可能的。如果只是傷害自己，那也就算了，但並非如此。他知道他自己算不了什麼，也知道死沒什麼大不了的。對此他有很真切的體悟，跟任何其他體悟一樣真切。過去幾天內，他發現自己只要與另一個人在一起，就可以實現各種可能。但他也心知肚明，這是一種例外。他心想，我們所體驗到的那一切，是一種例外。就這一點而言，我是最幸運的人。也許就因為我不曾強求，所以才有機會獲得那種體驗。那是一種無法被奪走或者失去的體驗。但在今天早上那一切已經結束了，過去了，接下來該做的就是把任務完成。

他對自己說，你啊，很高興看見你稍稍把先前一段時間大量失去的東西找了回來。不過，當時你的狀況真的很糟。我一度為你感到很丟臉。只是，我不就是你嗎？我沒有立場批評你。當時我們的狀況都不好。你和我，還有我們倆都是。現在，可以了吧！別再像精神分裂症者那樣思考了。一次就用一種角度去思考就好。現在你又恢復正常了。但是，聽清楚了，你絕對不能整天都在想那個女孩。現在你沒有任何方法可以保護她，唯一能做的就是別把她牽扯進來，而這也是你正在做的。如果眼前的跡象都是可信的，顯然會有許多馬匹。你能為她做的最好的事，就是把工作做得又好又快，然後離開那裡，不斷掛念她只會妨礙你而已。所以別再掛念她了。

把這給想通了之後，他就在那裡等待，等著瑪莉亞、琵拉、拉斐爾和馬匹一起走過來。

「嗨，*guapa*，」他在黑暗中對她說，「妳好嗎？」

---

1 sabes：西班牙文，「知道嗎」。

2 塔爾蘇斯（Tarsus）：土耳其南部古城。喬丹把帕布羅比擬為使徒保羅，塔爾蘇斯是保羅的出生地。不過，保羅是在前往大馬士革的路上決定改信基督的，並非前往塔爾蘇斯的路上。

「我很好，羅貝托，」她說。

「什麼也不用擔心，」他對她說，然後把機槍移到左手，將右手搭在她肩上。

「我沒擔心，」她說。

「一切都安排得很好，」他對她說。「拉斐爾會和妳一起顧馬。」

「我寧願跟你在一起。」

「不。最需要妳做的就是顧馬。」

「好吧，」她說。「我去。」

就在這時候，有一匹馬鳴叫了起來，也有鳴叫聲從岩石缺口傳過來，是下面空地上的匹馬在呼應著，嘶鳴聲漸大，變成一陣尖銳刺耳的震顫聲。

羅伯・喬丹看到前面有另一群黑壓壓的馬匹。他趕緊走過去，跟帕布羅一起來到馬群前面。那些人正站在他們的坐騎旁邊。

「*Salud*[3]，」羅伯・喬丹說。

「*Salud*，」那些人在黑暗中回答。他看不清他們的臉。

「這就是跟我們一起過來的*Inglés*，」帕布羅說。「爆破專家。」

誰也沒有答話。也許他們只是在黑暗中點點頭。

「我們走吧，帕布羅，」有一個人說。「天快亮了。」

「你們有帶手榴彈來嗎？」另一個問道。

「帶很多，」帕布羅說。「等我們把馬留下來，你們就自己取用吧。」

「那我們走吧，」另一個說。「我們已經在這裡等待大半夜了。」

「*Hola*[4]，琵拉，」那女人走過來時，另一個人說。

「*Que me maten*[5]，這不是佩貝嗎？」琵拉用嘶啞的聲音說。「你好嗎，牧羊人？」

「好啊，」那人說。「*Dentro de la gravedad.*[6]」

「你騎什麼馬？」琵拉問他。

「帕布羅的灰馬，」那人說。「這馬真猛。」

「好啦，」另一個說。「我們走吧。在這裡瞎扯沒有用。」

那個人上馬時，琵拉對他說，「你好啊，艾利西歐。」

「我能好到哪裡去？」他粗魯地說。「婆娘，我們走吧。要幹活啦。」

帕布羅騎上他那一匹栗色駿馬。

「都把嘴閉上，跟著我走，」他說。「我帶大家到安置馬匹的地方去。」

---

3 salud：西班牙語，「你好」。

4 hola：西班牙語，「你好」。

5 Que me maten：西班牙語，直翻為「殺了我吧」，表示驚訝。

6 Dentro de la gravedad：西班牙語，「還不算太差」。

# 第四十章

當羅伯．喬丹睡覺時，當他計畫把橋炸毀時，當他和瑪莉亞在一起時，安德烈斯的工作卻進展緩慢。在抵達共和國的防線以前，來自鄉下的他身強體健又熟悉地形，於黑夜裡以最快速度趕路，越過田野，穿過法西斯防線。不過，一旦進入共和國防線後，進展實在非常緩慢。

照理說，羅伯．喬丹給他的通行證蓋有軍情局印章，那一份急件上也有同樣印章，只要拿出來給人看，就能以最快的速度向目的地前進了。但他一開頭在前線就遇上了那個連長，對於他的整個任務，連長抱持著非常嚴肅而且懷疑的態度。

他跟隨連長來到營部，抵抗運動前是個理髮師的營長一聽到他說明自己的來意，就展現出熱情的神態。哥梅茲營長罵連長是個笨蛋，拍拍安德烈斯的背，請他喝了一杯劣等白蘭地，當過理髮師的營長還說自己一直想當 *guerrillero*[1]。接著他把副官吵醒，將營裡的工作交給他，派勤務兵去把摩托車司機叫醒帶來。哥梅茲不是要摩托車司機送安德烈斯到旅部，而是決定親自帶他去，才能速戰速決。安德烈斯坐在營長前面，緊抓著座椅，他們呼嘯而過的山路上布滿砲彈坑洞，騎起來非常顛簸，在摩托車大燈的照射之下，只見山路兩側大樹的底部都被漆成白色，至於樹幹上的白漆與樹皮則是在去年夏天，也就是在抵抗運動第一年進行戰鬥時，就留下了被炸彈碎片與子彈打得脫皮爛掉的斑駁痕跡。他們轉向進入山裡一個原為度假勝地的小鎮，許多房舍屋頂都被打爛了，到了旅部之後，哥梅茲緊急煞車，頗有摩托賽車手的架勢，他把車子靠牆停在旅部外面，有個昏昏欲睡的哨兵向他行禮，他把哨兵推開後進入一個牆上到處是地圖的大房間，有個睡意很濃的軍官帶著綠色護目帽坐在辦公桌旁，桌上有一盞閱讀燈、兩台電話，還有一本《工人世界報》。

那軍官抬頭看哥梅茲，對他說：「你來這裡幹嘛？沒聽過有一種東西叫做電話嗎？」

「我必須見中校一面，」哥梅茲說。

「他在睡覺，」軍官說。「你還在一英里外我就看見你的摩托車大燈了。你想引來炮彈嗎？」

「去叫中校吧，」哥梅茲說。「這是非常要緊的事。」

「我說，他在睡覺，」那軍官說。「跟你在一起的是哪來的土匪啊？」他朝安德烈斯那個方向把頭點一點。

「他是從戰線另一邊過來的 *guerrillero*，帶來一份給葛爾茲將軍的最急件，將軍負責發動納瓦塞拉達那一帶山區的攻勢，黎明就要行動了，」哥梅茲激動而認真地說。「看在天主的份上，把中校叫醒吧。」

隔著賽璐珞材質的綠色護目帽，軍官用疲倦的眼睛看著他。

「你們都瘋了，」他說。「我不知道什麼葛爾茲將軍，也不知道要發動攻勢。把這個運動員帶回你的營部去。」

「我要你把中校叫醒，」哥梅茲說，安德烈斯看見他把嘴唇抿得緊緊的。

「你去死吧，」軍官懶洋洋地對他說，把頭轉過去。

哥梅茲從槍套裡拔出他那一支沉重的九毫米星牌手槍，用力抵在軍官肩頭。

「叫醒他，你這個法西斯雜碎，」他說。「叫醒他，不然我就斃了你。」

---

1 guerrillero：西班牙語，「游擊隊」。

「冷靜點，」軍官說。「你們這些理髮匠還真情緒化。」

在燈光中，安德烈斯看到哥梅茲因為憎恨而變得面目猙獰。但他還是只說了一句：「叫醒他。」

「勤務兵，」軍官用不屑的口吻喊道。

一個小兵來到門口，敬禮後就出去了。

「他的未婚妻跟他在一起，」軍官說完後又繼續看報。「他肯定會樂意見你的。」

「多少人為了打贏這場戰爭而拚命，但就是有你這種傢伙在礙事，」哥梅茲對那參謀軍官說。

軍官不搭理他。接著他一邊讀報，一邊好像在對自己說：「這報刊也太奇怪了！」

「那你怎麼不看《辯論報》呢？那才是你們的報紙，」哥梅茲對他說，他指的是抵抗運動前在馬德里出版的一份報紙，專屬於天主教保守派政治勢力。

「別忘了你在跟上級軍官講話，如果我去告狀，準能讓你吃不了兜著走，」軍官頭也不抬地說。「我從來不看《辯論報》。別給人扣帽子。」

「不。你看的是ABC[2]，」哥梅茲說。「因為有你們這種人，部隊還是腐敗不堪。但不會總是這樣的。我們被無知的人和冷嘲熱諷的人夾在中間。但是我們會教育前一種人，把後一種人都消滅掉。」

「你該用『清除』這個詞，」軍官說，他還是沒有抬頭。「根據這報紙的報導，又有許多俄國名人被他們的政府給清除了。在這個時代，俄國政府清除人民的功力比瀉鹽的排便效用還厲害啊。[3]」

「消滅或清除都可以，」哥梅茲激動地說。「無論用什麼詞，只要把你這種人都肅清就行了。」

「肅清，」軍官又像自言自語那樣傲慢地說。「這是另一個沒什麼西班牙風味的新名詞。」

「那我說『槍斃』可以吧？」哥梅茲說。「這充滿了西班牙風味。你懂吧？」

「懂啦，老兄，但是別大呼小叫的。除了中校之外，還有別人在這旅參謀部裡睡覺啊，你這激動的傢伙令人厭煩。所以我才總是自己刮臉。我一向討厭和理髮師聊天。」

哥梅茲看一看安德烈斯，搖搖頭。他的眼睛因為憤恨而淚光閃閃，但他只是搖搖頭，不發一語，把眼淚往肚裡吞，想哭就等以後再哭吧。自從他晉陞為這山區部隊的營長後，一年半以來他已吞下不少淚水。此刻，身穿睡衣睡褲的中校來到屋裡，他馬上立正敬禮。

米蘭達中校是個灰臉矮子，畢生都在軍界打滾，駐紮摩洛哥期間他得了消化不良的病，也失去了妻子的愛，後來他發現自己不能跟妻子離婚，於是轉而支持共和政府（他的消化問題倒是早就好了），以中校官階參加內戰。他唯一的企圖心就是在戰爭結束時仍能保有中校官階。他把這山區的防衛工作做得很好，而且也希望遭到攻擊時他自己能好好防衛，不要別人來插手。內戰期間，他感覺自己遠比先前健康，可能是因為肉類的攝取量於戰時被迫縮減，而且他有大量的小蘇打存貨，他總是在晚間喝威士忌，他那二十三歲的情婦目前正懷有身孕，絕大部分前一年七月間開始當*milicianas*[4]的女孩都跟她一樣，現在他進入房間後對著敬禮的哥梅茲點頭回禮，接著伸出他的手。

「哥梅茲，什麼風把你吹來了？」他問道，接著對辦公桌旁的軍官，也就是他的參謀主任說，「請給我一支菸，佩貝。」

哥梅茲把安德烈斯的證件和急件給中校看一眼。他對瞄了一下*Salvoconducto*[5]，就看一看安德烈斯，

---

2 ABC：西班牙歷史最悠久的報紙，原偏向右派保守觀點，內戰時被共和政府接收後才轉向左翼，但在塞哥維亞地區的分館則支持叛軍。

3 一九三〇年代在蘇俄是所謂「大整肅時代」，許多人都死於史達林之手。

4 milicianas：西班牙語，「女民兵」。

點頭微笑，然後急急忙忙地看起了急件。他摸摸封印，用食指檢驗一下，然後把安全通行證和急件一起還給了安德烈斯。

「山裡的生活很艱苦嗎？」他問道。

「報告中校，不苦，」安德烈斯說。

「他們有說葛爾茲將軍的指揮部最有可能設在哪裡嗎？」

「報告中校，納瓦塞拉達，」安德烈斯說。「*Inglés*說指揮部應該在戰線後方，靠近納瓦塞拉達，在它的右手邊。」

「什麼*Inglés*？」中校靜靜地問道。「跟我們在一起的*Inglés*是個爆破專家。」

中校點點頭。這場戰爭期間總有些無法解釋而罕見的突發狀況，這只是另一個案例。「跟我們在一起的*Inglés*是個爆破專家。」

「哥梅茲，你最好還是用摩托車送他去吧，」中校說。「開一張可靠有力的*Salvoconducto*，讓他們可以到葛爾茲將軍的*Estado Mayor*[6]，我來簽名，」他對那戴著綠色賽璐珞護目帽的軍官說。「用打字機打，佩貝。這是關於他的相關細節，」他示意安德烈斯把安全通行證拿過去。「蓋上兩個章，」他轉身對哥梅茲說。「今晚你會需要比較可靠有力的通行證。這是理所當然的。每當攻擊行動要發動時，人們都會多加小心。我會盡可能為你提供最有力的通行證，」接著他非常親切地對安德烈斯說：「想要來點什麼嗎？吃的或喝的？」

「報告中校，不需要，」安德烈斯說。「我不餓。我在上一個部隊的指揮部喝了一些干邑白蘭地，再喝我就要頭暈了。」

「你這一路走來，是否曾看見我的陣地的另一頭有什麼部署情形或動靜？」中校客氣地問安德烈斯。

「報告中校，老樣子。很平靜。很平靜。」

「大約三個月前，我是不是曾在塞爾塞迪利亞見過你？」中校問道。

「報告中校，是的。」

「我就知道，」中校拍拍他的肩膀。「當時你跟安瑟莫那個老傢伙在一起。他好嗎？」

「報告中校，他很好，」安德烈斯對他說。

「好。我很欣慰，」中校說。那軍官把打好的通行證給他看，他讀一遍後簽了名。「現在你們必須馬上離開，」他對哥梅茲和安德烈斯說。「騎車時要注意，」他對哥梅茲說。「要開大燈。單獨一輛摩托車不會引來麻煩，不過你們必須多加小心。代我向葛爾茲將軍同志問好。佩格里諾斯之役過後我們曾碰過面。」他和他們倆都握握手。「把證件放進襯衫裡，扣上鈕扣，」他說。「騎車時風大。」

他們走後，他走到一個櫃子，拿出酒杯酒瓶，倒了一些威士忌，用牆邊地上的瓦罐摻了一點水在酒裡。接著他站在牆上一大張地圖前面，舉杯慢慢地啜飲，細細端詳著納瓦塞拉達的山區有哪些可能發動進攻的地點。

「幸虧是葛爾茲負責的，不是我，」最後他對著坐在辦公桌另一頭的軍官說。軍官沒答話，中校的目光離開地圖，看著那軍官，只見他的頭低伏在雙臂上，已經睡著了。中校走到桌邊，把兩台電話往彼此推過去，讓那軍官的兩側各擺著一台，而且緊貼他的腦袋。接著中校走到櫃子邊，又倒了一些威士忌，在裡面摻水，然後又回到地圖前面。

---

5 salvoconducto：安全通行證。

6 Estado Mayor：參謀本部。

哥梅茲打開雙臂駕駛摩托車，安德烈斯緊抓著駕駛座，低頭頂著風，車子在鄉間道路上前進，時時發出劈哩啪啦的噪音，車燈把一片漆黑的前方分成兩半，在路旁兩排黑壓壓高大白楊樹的映襯之下，路面顯得格外清晰，此刻道路往下順著小河河床延伸，路面因為有霧而變得模糊，呈現出淡黃色，等到路面升高後又逐漸清晰了起來，前方有岔路出現，摩托車大燈照亮了從山區開下來的一輛輛灰色大卡車，車上都沒有載東西。

# 第四十一章

帕布羅在黑暗中停下來，下了馬。羅伯・喬丹聽見大家下馬的咯吱聲響與粗重呼吸聲，還有一隻馬甩頭把轡頭弄得叮噹作響。他聞到馬匹的味道，還有那幾個新加入人手沒洗澡，整晚和衣而眠的酸臭味，其他住在洞穴裡的人身上則是沾染了木柴炊煙的味道，還有晚上睡覺時洞裡那種混濁味。站在他附近的帕布羅則是聞起來有黃銅似的酒臭味，讓人有一種口含銅幣的感覺。點菸時他用手把火光遮起來，用力抽一口，接著聽到帕布羅輕輕地說，「琵拉，我們去綁馬腳的時候，妳去把裝手榴彈的麻袋卸下來。」

「奧古斯丁，」羅伯・喬丹低聲說。「現在你和安瑟莫跟我去橋頭。那一袋裝 *máquina*[1] 彈盤的麻袋在你那裡嗎？」

「在，」奧古斯丁說。「那還用問？」

羅伯・喬丹向琵拉走過去，她正從一匹馬的身上卸貨，普里米提佛在幫忙。「聽我說，婆娘，」他低聲說。

「又怎樣了？」她沙啞地低語，把馬腹下方肚帶的鉤子解開。

「妳要聽到轟炸的聲音才能襲擊哨站，知道吧？」

「你要交代幾遍啊？」琵拉說。「*Inglés*，你變得像老太婆一樣。」

---

1 máquina：機關槍。

「只是想確認一下，」羅伯・喬丹說。「毀掉哨所後，妳得朝橋樑的方向往回撤，從上面和我的左側用火力封鎖公路。」

「你第一次向我交代時，我就懂了，不管你再跟我說幾遍，我還是一樣會懂，」琵拉對他低聲說。「去幹活吧。」

「沒聽到轟炸聲，誰也不許動，不能放槍或丟手榴彈，」羅伯・喬丹低聲說。

「別再煩我了，」琵拉憤怒地小聲說。「我們去聾子那裡時，我就明白了。」

羅伯・喬丹走到帕布羅在綁馬的地方。「被我綁腳的都是那些容易受驚嚇的馬，」帕布羅說。「照我這樣綁，只要一拉繩子就能讓牠們行動自如，懂嗎？」

「好。」

「我來告訴那女孩和吉普賽佬怎樣顧馬，」帕布羅說。他那些新來的弟兄成群聚在一起，用卡賓槍撐著身體。

「大家都明白了？」羅伯・喬丹問。

「怎麼不明白？」帕布羅說。「毀了哨站。切斷電話線，朝橋樑的方向往回撤，封鎖橋面，直到你把橋炸掉。」

「轟炸開始之前不許輕舉妄動。」

「就是這樣。」

「那就行了。祝你好運。」

帕布羅咕噥了一聲，接著說：「*Inglés*，我們往回撤時，你會用*máquina*和你的小把*máquina*好好掩護我們，對嗎？」

「*Dela primera*[2]，」羅伯．喬丹說，「我會把那當成頭等大事。」

「那就好，」帕布羅說。「該說的都說了。不過，那時你必須十分小心啊，*Inglés*。如果不小心，這事可辦不好啊。」

「我會親自操作*máquina*，」羅伯．喬丹對他說。

「你很有經驗嗎？奧古斯丁是個好人，不過我實在不想死他的手裡。」

「我很有經驗。沒錯。如果奧古斯丁操作另一把*máquina*，我一定會叫他瞄準你的頭頂上方。比你的頭部高一大截的地方。」

「該說的就這樣了，」帕布羅說。接著他偷偷地低聲說：「馬匹還是不夠啊。」

這婊子養的，羅伯．喬丹心想。難道他以為我聽不懂他第一次跟我講的話嗎？

「我可以用走的，」他說。「馬由你調度。」

「不，你會有一匹馬的，*Inglés*，」帕布羅低聲說。「我們每個人都要有一匹。」

「這是你的問題，」羅伯．喬丹說。「你不用把我算在內。你那把新的*máquina*有足夠的子彈嗎？」

「夠，」帕布羅說。「那個騎兵身上的彈藥都在我這。我只試打了四發。我是昨天在高山上試槍的。」

「我們走吧，」羅伯．喬丹說。「我們必須一早就趕到那裡，好好躲起來。」

「我們大家都走吧，」帕布羅說。「*Suerte*[3]，*Inglés*。」

羅伯．喬丹心想，這雜碎現在打的到底是什麼算盤？不過，我十分肯定我知道。算了，那是他的事，

---

2 Dela primera：西班牙語，意即「頭等大事」。

3 Suert：西班牙語，意即「祝好運」。

與我無關。感謝上帝我不認識這些新來的傢伙。

他伸手說：「*Suerte*，帕布羅。」黑暗中，他們倆的手緊握在一起。

伸手時，羅伯・喬丹還以為會像是抓到某種爬蟲類動物或者碰到痲瘋病人。他不知道帕布羅的手握起來感覺怎樣。但黑暗中帕布羅抓住他的手，坦率地用力一握，他也握回去。黑暗中帕布羅的手有很好的觸感，也讓羅伯・喬丹體會到那個早上最奇怪的感覺。現在我們一定是盟友了，他心想。與盟友在一起總是常會握手。當然也會有授勛與親吻雙頰那種事，他心想。很高興我們不用親吻彼此雙頰。我想所有盟友都是這樣。*Au fond*[4]，盟友總是彼此討厭。但帕布羅這傢伙是個怪人。「*Suerte*，帕布羅，」他說，接著用力握住那一隻奇怪、穩固而且意志堅定的手。

「真對不起，我拿走了你的爆破器材，」帕布羅說。「那是一種立場不堅定的行徑。」

「可是你帶回我們需要的人馬。」

「我並不反對你炸橋，*Inglés*。」帕布羅說。「我看這任務是能成功的。」

「你們兩個在幹嘛？變成*maricones*[5]啦？」黑暗中，琵拉忽然在他們身邊說。「你這傢伙只差還沒變成*maricón*而已，」她對帕布羅說。「走吧，*Inglés*，縮短說再見的時間吧，免得那傢伙再偷了你剩下的炸藥。」

「你不了解我，老婆，」帕布羅說。「*Inglés*和我理解彼此。」

「沒人了解你。天主和你媽都不了解你，」琵拉說。「我也不理解，走吧，*Inglés*。跟你那短髮女孩說聲再見就走吧。*Me cago en tu padre*[6]，不過我開始覺得你在害怕，因為公牛就快放出來了。」

「去你媽的，」羅伯・喬丹說。

「你這沒媽媽的，」琵拉興高采烈地低聲說。「現在就走吧，因為我很想馬上開始，把這件事給了結掉。跟你的人一起走吧，」她對帕布羅說。「誰知道他們的堅定決心能夠撐多久？裡面有兩三傢伙是我不願意用的人。帶他們走吧。」

羅伯・喬丹背起背包，走到馬匹那裡去找瑪莉亞。「再見，*guapa*[7]，」他說，「很快我就會跟妳見面的。」

這一刻，他覺得這一切好不真實，那些話他彷彿全都曾說過，又彷彿有一列火車正要離開，這種要搭車離開的感覺尤其強烈，而他好像站在月台上。

「羅貝托，再見，」她說。「多加保重。」

「當然，」他說。他低頭吻她，背包往前滾，在他的後腦勺上推了一下，讓他們倆的前額用力相碰。相碰時他想起這情形以前也發生過。

「別哭，」他說這話時感到渾身不自在，不只是因為背包很重。

「我沒哭，」她說。「不過你可要快點回來。」

「聽到槍聲別擔心。今天肯定會有激烈槍戰。」

「不擔心，只是你要趕快回來。」

「再見，*guapa*。」他不自在地說。

「再見，羅貝托。」

---

4 Au fond：法語，意即「內心深處」。
5 maricones：西班牙語，意即「同性戀」。
6 Me cago en tu padre：西班牙語，意即「去你老爸的」。
7 guapa：美人。

自從羅伯．喬丹當初離家從雷德洛治鎮搭火車到比靈斯市[8]，再從那裡改搭其他火車去上學以來，這是他第一次感到自己如此年輕。當年他害怕離家，不願讓任何人知道他怕。在車站時父親與他吻別，並對他說：「在分隔兩地的這段時間裡，願主能保佑你我。」接著火車服務員才把腳踏箱搬過來，讓他能踩著箱子跨上普通車廂的登車踏板。他父親篤信宗教，那句話講得簡單而真摯。但他仍非常感傷，鬍子都濕了，而且熱淚盈眶。這一切都讓羅伯．喬丹感到不自在，包括那夾雜哭聲的虔誠祝禱聲，還有父親與他吻別，他突然覺得自己的年紀遠比父親大，也為父親竟無法忍受分離之苦感到難過。

火車開動後，他站在車廂尾端的平台上，看著車站和水塔變得越來越小，中間橫擺著一根根枕木的鐵軌變得越來越窄，到最後聚在一起，變成一點，車站和水塔益發迷你而渺小，他在持續的卡嗒聲響中逐漸遠去。

火車的煞車工說：「看來你爸因為你離家而感到非常難過呢，鮑勃。」

「是啊，」他一邊說，一邊凝望鐵軌路基上的灌木蒿，那些灌木蒿生長在不斷往後掠過去的一根根電線杆之間，往旁邊蔓延到塵土飛揚的綿延道路上。他想看看蒿叢裡有沒有艾草松雞。

「你不討厭離家上學嗎？」

「嗯，」他說的是真話。

如果他是在先前被問到這問題，那這答案就是假話，只有到他回答的那一刻才變成真話。而且，一直到這離別時刻，當初火車開動前的那種情緒才又在他心裡出現。這時他覺得自己像個孩子，彆扭極了，道別時他也非常不自在，就像小時候和女同學在門廊說再見時那樣彆扭，不知道是否該吻她。然而他知道，讓他感到不自在的並非道別，而是他要上戰場了。這一次戰鬥讓他感到非常不自在，所以道別時他才會跟著不自在起來。

你又來了，他對自己說。不過依我看，任誰都會認為自己年紀太輕，做不了這件事。他不想去細究該怎樣描述這種心情。算了吧，他對自己說。算了，你還要很久很久才會變成一個幼稚的老糊塗[9]啦。

「再見，*guapa*，」他說。「再見，小兔子。」

「再見，我的羅貝托，」她說，而他則是走到安瑟莫和奧古斯丁站著的地方，對他們說：「*Vamonos*[10]。」

安瑟莫扛起沉重的背包。自從離開山洞以後奧古斯丁就全身都掛滿了東西，這時他靠在樹邊站著，在他背的那些東西之間高高豎起來的，是那支自動步槍。

「好，」他說。「*Vamonos*。」

他們三人開始走下山丘。

他們三人排成一個縱隊在樹林中行走，經過費南多身邊時，他說：「*Buena suerte*[11]，羅貝托先生。」費南多蹲在不遠處，說的口氣鄭重其事。

「費南多，也祝你好運，」羅伯·喬丹說。

「祝你一切順利，」奧古斯丁說。

「謝謝你，羅貝托先生，」費南多不顧奧古斯丁打斷他。

「他真是個與眾不同的傢伙，*Inglés*，」奧古斯丁低聲說。

---

8 即Billings，蒙大拿州南部城市。
9 原文為Second childhood，指因為老化而變幼稚、糊塗。
10 vamonos：走吧。
11 Buena suerte：西班牙語，「祝好運」。

「沒錯，」羅伯．喬丹說。「要我幫你拿些東西嗎？你背的東西太多，看起來像匹馬。」

「我沒事，」奧古斯丁說。「老兄，真高興我們要動手啦。」

「小聲點，」安瑟莫說。「從現在開始少講話，講話要輕聲細語。」

他們小心地走著下坡路段，安瑟莫帶頭，第二個是奧古斯丁，羅伯．喬丹則是謹慎地踩著每一個腳步，以免滑倒，他感覺到麻繩底布鞋把枯萎松針踩在鞋底，一隻腳被樹根絆到之後，他的一隻手往前伸出去，摸到前方往上突出的冰冷自動步槍槍管和折起來的三腳槍架。接著他往下走，時而偏左，時而偏右，鞋子在松林地面上滑動，留下痕跡，他再次伸出左手，碰到樹幹上的粗糙樹皮，把身體撐起來時摸到光滑的地方，在他把手往回縮以前，手心底部已經摸到被割開來做記號的樹皮，沾到濕黏的樹脂。他們從樹木叢生的陡坡走下來，到了橋樑上方某處，那裡就是羅伯．喬丹和安瑟莫在第一天進行偵察的地方。

此刻黑暗中的一棵松樹擋住安瑟莫的路，他抓住羅伯．喬丹的手腕，用羅伯．喬丹幾乎聽不到的聲音小聲說，「你看。那傢伙的火盆裡有火。」

羅伯．喬丹知道，下方那一點火光的所在地就是橋樑與公路連接的地方。

「這裡就是我們上次的偵察地點，」安瑟莫說。他抓住羅伯．喬丹的手，往下摸一摸樹幹下端剛剛被割去一小塊樹皮的地方。「你偵察時我做了這個記號。右邊就是當時你盤算著要架設*máquina*的地方。」

「我們就把槍架在那裡吧。」

「好。」

他們把背包擺在幾棵松樹後方的地面上，在安瑟莫的帶領下，他們三人走向長著一片矮小松樹的平地。

「這裡，」安瑟莫說。「就是這裡。」

「等到天亮，」羅伯．喬丹躲在小樹後面低聲對奧古斯丁說，「你就可以從這裡看到一小段公路，和公路通往橋樑的地方。你還會看到整座橋和另一邊一小段公路，接著公路就會轉彎，被岩堆給遮住了。」

奧古斯丁不發一語。

「我們準備炸橋時，你就趴在這裡，不管有誰從上面或下面過來，你就開槍。」

「那火光的位置是什麼地方？」奧古斯丁問道。

「火在這邊的哨站裡，」羅伯．喬丹低聲說。

「誰要對付哨兵？」

「老傢伙和我，我已經跟你說過了。但是，如果我們沒辦法，你就必須往哨站裡面射擊，見人就射。」

「嗯。這你跟我說過了。」

「爆炸之後，帕布羅那一夥人會從那個轉角處趕來，要是後有追兵，你必須瞄準比他們頭頂還要高的地方射擊。他們出現時你必須往他們頭頂的高處射擊，絕對不能讓敵人追過來。你懂嗎？」

「怎麼不懂？就像你昨天晚上講的那樣。」

「有問題嗎？」

「沒有。我有兩個麻袋。我可以到上面的隱蔽處裝泥土，搬到這裡來。」

「但別在這裡挖。就像我們在山頂那次一樣，你要好好躲起來。」

「沒關係。我會在黑暗中裝土，把袋子搬過來。你等著看吧。我會搞定這件事，不會讓他們看出來。」

「你太接近了。*Sabes*[12]？天亮之後，下面能把這一片矮樹看得清清楚楚。」

---

12 sabes：知道嗎。

「別擔心，*Inglés*。你要去哪裡？」

「我會帶著我這把小*máquina*，待在下方不遠處。老傢伙馬上就會翻越山谷，準備好攻擊另一頭的哨站。那哨站面對著另一個方向。」

「那就沒事了，」奧古斯丁說。「*Salud*，*Inglés*。你有菸嗎？」

「你不能抽菸。距離太近了。」

「不會抽，只是叼著。稍後才抽。」

羅伯．喬丹把他那一包菸遞給他，奧古斯丁拿了三根，插在他那平頂牧人帽的前面帽沿裡。他拉開機槍的三腳架，讓槍口的位置在矮松樹之間，接著開始摸黑把背包裡的東西拿出來，按照他的想法擺放。

「*Nada mas*[13]，」他說。「好了，沒別的事了。」

安瑟莫和羅伯．喬丹離開他，回到放背包的地方。

「我們該把背包放在哪裡？」羅伯．喬丹低聲說。

「我看就這吧。可是你確定能夠從這裡用那把小*máquina*把那哨兵幹掉嗎？」

「這裡的確就是那天我們來過的地方？」

「這樹就是那棵樹，」安瑟莫用低到幾乎聽不到的聲音說話，羅伯．喬丹知道，就像第一天那樣，他說話時嘴唇沒有動。「我用刀子做過記號。」

對這一切，羅伯．喬丹又出現一種似曾相識的感覺，但這次是因為他重複問問題讓安瑟莫回答。剛才奧古斯丁也是這樣，他問了一個關於哨兵的問題，雖然他早就知道答案。

「夠近啦。甚至太接近了，」他低聲說。「不過，陽光會從我們後面照射過來。在這裡不會有問題。」

「那我這就到峽谷的另一頭，在那裡做好準備，」安瑟莫說。他接著說，「請你再說一遍吧，*Inglés*。

以免出差錯。我怕我會搞不清楚狀況。」

「啊？」羅伯．喬丹輕聲細語地說。

「你就重說一遍，讓我可以照著做。」

「等我開槍時，你就開槍。把你要對付的那個人幹掉之後，過橋與我會合。我會把背包帶到那裡，你就按照我的指示安裝炸藥。所有事我會告訴你該怎麼做。要是我出了事，你就根據我以前教你的那樣自己動手。慢慢來，把事情辦好，把所有木頭楔子塞牢，手榴彈也要綁牢。」

「全都一清二楚了，」安瑟莫說。「我全記住了。我這走，*Inglés*，天亮後你要好好把自己隱蔽起來。」

「開槍時，」羅伯．喬丹說，「不要急，要有把握再下手。別當他是人，當他是槍靶子就好，*de acuerdo*[14]？不要對整個人開槍，要瞄準某一點下手。要是他面向你，就瞄準腹部正中央射擊——要是他背對著你，就打他的背脊中央。聽我說，老傢伙。等到我開槍了，那個人如果本來是坐著，就會站起來，你要趁他還沒跑掉或蹲下就開槍。如果他還是坐著，就直接開槍了。別遲疑。但要有把握。要在五十碼之內射擊。你是個獵人，沒問題的。」

「我會照你的命令行動，」安瑟莫說。

「對。這就是我的命令，」羅伯．喬丹說。

他心想，所幸我還沒忘記要對他說這是命令。這會對他有所幫助。可以稍稍減輕他的內疚。總之，我希望能這樣。多少減輕一點。我已經忘記他第一天曾跟我談到關於殺人的問題。

---

13 Nada mas：西班牙語，意即「沒別的事了」。

14 de acuerdo：西班牙語，意即「好嗎」。

「這就是我的命令，」他說。「這就走吧。」

「*Me voy*[15]，」安瑟莫說。「待會見，*Inglés*。」

「待會見，老傢伙，」羅伯．喬丹說。他想起了他父親在車站的模樣和告別時的眼淚，所以他沒有說*Salud*、再見、祝你好運那一類的話。

「你槍膛裡的油擦掉了嗎，老傢伙？」他低聲說。「這樣子彈才不會亂跑。」

「在山洞裡，」安瑟莫說，「我就用清槍條擦過了。」

「那就待會見啦，」羅伯．喬丹說，接下來老傢伙就大搖大擺地穿越樹林而去了，他的麻繩底布鞋並未發出任何聲音。

羅伯．喬丹趴在森林裡滿是松針的地面上，傾聽著隨黎明而來的晨間風聲，松樹樹枝發出沙沙聲響。他將輕機槍的彈匣抽出來，前後推動槍機。接著他把槍調頭，拉開槍機，在黑暗中將槍口湊到嘴邊，往槍管裡吹氣，舌頭碰到槍膛邊緣時嚐到了一股油膩的金屬味。他把槍橫擺在前臂上，槍機朝上，以免松針和其他東西掉進去，然後用大拇指把彈匣上所有子彈退出來，讓子彈掉在面前的手帕上。接著他在黑暗中摸一摸每顆子彈，用手指擺弄一下，再把子彈一顆顆推回彈匣。此刻他手裡的彈匣又變沉重了，他把彈匣推回輕機槍裡，卡嗒一聲固定好。他趴在一棵松樹後面，機槍橫擺在左前臂上，盯著下面的那個光點。有時他會看不到那火光，他知道那是因為哨站裡的哨兵走到火盆前面。羅伯．喬丹趴在那裡等待黎明。

# 第四十二章

打從帕布羅自山區騎馬回山洞，到他們一整隊人馬下山抵達安置馬匹的地點，這段期間安德烈斯正迅速地向葛爾茲的指揮部前進。他們來到通向納瓦塞拉達的主要公路，路上有不少卡車從山區開下來。他們遇到一個安檢站。哥梅茲向哨兵出示米蘭達中校簽發的安全通行證，哨兵用手電筒照射，也給身旁另一個哨兵看一下，就把證件還回去，並且敬禮。

「*Siga*[1]，」他說。「但不能開燈。」

摩托車又呼嘯而去，安德烈斯緊抓前座，哥梅茲在公路車流中小心騎車。所有卡車都沒開燈，它們沿著公路往下移動，形成長長一列車隊。也有載了東西的卡車往山區駛去，一輛輛都掀起塵土，但安德烈斯在一片漆黑中看不見，只感覺到塵土打在臉上，卡在上下兩排牙齒之間。

他們緊跟著一輛卡車的車尾擋板，摩托車噗噗作響，哥梅茲加速超車，接下來又超過一輛又一輛卡車，而迎面開來的其他卡車則是從他們的左側急駛而過。此刻他們後方一輛汽車不停地按喇叭，在卡車的噪音與塵土中嗶嗶作響，接著大燈亮起，將塵土照映成一片濃稠的黃色雲霧，在吱嘎作響的換檔聲，以及咄咄逼人、充滿威脅性且越來越頻繁的喇叭聲中，汽車從他們身邊急速超車而去。

15 me voy：我走了。

1 siga：西班牙語，「繼續走」。

接下來，前方所有車輛都停了下來，他們鑽著車陣前進，越過幾輛救護車、參謀軍官專車和一輛裝甲車，接著又是另一輛，還有第三輛，而這一輛輛裝甲車都像是裝上槍砲的笨重鐵烏龜，停在炎熱但已不再到處飛揚的塵土中，他們發現前方又有一個安檢站，那裡出了車禍。原來是一輛卡車沒發現前方卡車已經停下，一頭撞上前車的屁股，幾箱輕武器彈藥被撞得掉在路上。哥梅茲和安德烈斯停下來，推著車子穿越那些塞住的車輛，向安檢站出示通行證，安德烈斯踩到散落地面上塵土中的千百顆銅殼子彈，因為有個彈藥箱落地時摔破了。後面那一輛卡車的散熱器全毀。它後面還有一輛卡車緊緊頂住它的車尾擋板。另有一百多輛車子都塞在後面。一個穿著套靴的軍官沿路往回跑，大喊大叫，要司機們倒車，這樣才能把撞爛的卡車從公路上弄走。

但是，車陣越來越長，卡車多到沒辦法倒車，除非軍官能跑到後面，阻止後面的車子再開上來。安德烈斯看著他手拿手電筒，又叫又罵，跑得跌跌撞撞，但在黑暗中卡車還是不斷往上開過來。

安檢站的哨兵沒有把通行證還回去。有兩個背著步槍的哨兵，手持手電筒，他們也在喊叫。手拿通行證的哨兵走到公路另一邊，往一輛下山的卡車走過去，吩咐司機到下一個安檢站時通知他們把所有卡車都攔下來，直到車流恢復正常。卡車司機聽完就繼續往下開。哨兵仍手拿通行證大呼小叫，走到那個車上東西被撞落一地的司機身邊。

「別管那些東西了，看在天主的份上，繼續往下開吧，車流才能暢通啊！」他對著那司機大喊。

「車子的傳動器撞壞了，」彎腰站在卡車後面的司機說。

「去你媽的傳動器。我叫你往前開。」

「差速器撞壞了，想動也動不了，」司機對他說，說完又把腰彎下去。

「那就叫人來把你的車拖走，我們才能把另一輛卡車弄走。」

司機繃著臉看他，那安檢站哨兵把手電筒直接照射著被撞毀的卡車車尾。

「往前開。往前開，」他仍拿手拿通行證大聲說。

「我的證件，」哥梅茲對他說。「我的安全通行證。我們在趕路啊。」

「帶著你的通行證去死吧，」那人說完把證件還他，然後就奔越公路，去把一輛下行的卡車攔下來。

「在岔路路口掉頭，回來把這一輛爛車拖走，」他對司機說。

「我奉命——」

「去你媽的命令。照我說的做。」

司機打檔往下急駛，消失在塵土中。

這時公路右側已經沒車了，哥梅茲發動摩托車，騎過那一輛撞爛的卡車，安德烈斯再次緊抓著前座，看見哨兵又攔下一輛卡車，那司機從駕駛艙裡靠過來聽他講話。

此刻他們急速行駛，沿著持續往山區變陡的公路呼嘯而去。所有往上走的車輛都被卡在安檢站，只有左側的卡車不斷往下開過去，而摩托車則是持續迅速地往上爬升，開始趕上了一些車輛，它們都是在安檢站那裡出車禍前就上來的。

他們還是沒開燈，又越過了四輛裝甲車，接著越過一長串載著士兵的卡車車隊。部隊在黑暗中都不發一語，經過時安德烈斯一開始只感覺到，在飛揚的塵土中，高高的卡車上有大批人影。接著他們後面又來了一輛參謀軍官用車，喇叭嗶嗶嗚響，大燈忽明忽暗，每當燈亮時安德烈斯就會看到卡車上的士兵頭戴鋼盔，把步槍立在身前，他們的機關槍往上指著一片漆黑的天空，在黑夜的襯托下顯得輪廓分明，等燈光一熄滅，又突然消失。某次他們接近一輛運兵車，突然燈亮時他看到士兵們僵硬而哀傷的臉。頭戴鋼盔的他們搭乘卡車，在黑暗中駛向某個任務，他們只知道那是一次攻勢，黑暗中大家都拉長了臉，心事重重，這突來的燈光顯現出他們在白天羞於讓同袍們看見，不會流露出來的表情，這種表情只會出現在轟炸和攻擊開始時，那時候任誰都無暇顧及自己的臉色了。

安德烈斯和哥梅茲的摩托車越過一輛又一輛運兵卡車，沒讓那一輛參謀軍官用車給超車，而哥梅茲完全沒想到士兵的臉色。他心裡只想著：「多了不起的部隊。多了不起的裝備。了不起的機械化部隊。*Vaya gente*[2]！看看這些人。這就是我們共和國的陸軍。看看他們。一輛又一輛卡車。全都一樣的制服。全部頭戴鋼盔。瞧那卡車上豎立著一支支準備用來對付敵機的*máquinas*。看啊！這就是我們組建的陸軍。」

這些滿載士兵的高大灰色卡車上有很高的方形駕駛艙和醜陋的方形散熱器，摩托車在塵土中越過它們，持續沿著公路往山上行進，那一輛參謀軍官用車緊跟在後，不斷閃大燈，摩托車經過時，車尾擋板上的陸軍紅星標誌不時會在亮光中閃現，當車燈打在布滿塵土的卡車側邊車身時，那標誌也會閃現。此刻他們持續往山上行駛，空氣更寒冷了，公路開始彎來彎去，也出現Z字形路段，卡車吃力地爬升，發出吱嘎聲響，在一閃一閃的車燈下，只見有些卡車的水箱冒著蒸汽，這時摩托車也爬得很吃力，緊抓前座的安德烈斯心想，這次搭乘摩托車的時間實在太長太長了。他不曾搭乘摩托車，現在跟著他們一起在山路上爬升的就是即將要發動攻擊的部隊，而當他們持續往上行駛時，他已經知道自己根本不可能趕回去參與襲擊哨所的行動。在這部隊大規模調動和亂象叢生的情況之下，他能在第二天晚上趕回去就算運氣很好了。他未曾見識過這種攻勢和攻勢的準備工作，當他們沿著公路爬升時，共和國組建的陸軍之規模和力量讓他有大開眼界的感覺。

這時他們騎上了山坡上一大段往上攀升的歪斜陡路，接近山頂時，坡度陡到哥梅茲只能叫安德烈斯下車，兩人一起把摩托車推上這最後一段陡坡。越過山頂後，左邊有一條讓汽車調頭的迴轉道，夜空下只見一幢龐大石造建築物又長又黑，建物正面閃爍著燈光。

「我們到那裡去問問指揮部在哪裡吧，」哥梅茲對安德烈斯說，於是他們把摩托車推向那大門緊閉的石造建築物，前面站著兩個哨兵。哥梅茲把車子靠在牆上，這時那建物的門開了，透過流瀉而出的燈光中可以看到有個身穿皮夾克的摩托車司機走出來，肩背公文背包，一把毛瑟手槍插在腰後的木質槍套裡。燈光消失之際，黑暗中他在門口找到了他的摩托車，把車推到發出啪啪聲響，引擎動了起來，接著就沿著公路往上呼嘯而去。

哥梅茲跟門口兩個哨兵中的一個說話。「我是六十五旅的哥梅茲上尉，」他說。「請問指揮三十五師師長葛爾茲將軍的指揮部在哪裡？」

「不在這裡，」哨兵說。

「這裡是什麼地方？」

「*Comandancia*[3]。」

「什麼*comandancia*？」

「哎，就是*comandancia*啊。」

「是什麼的*comandancia*啊？」

「你以為自己是誰啊？幹嘛問東問西的？」哨兵在黑暗中對哥梅茲說。在這裡，山隘頂端上空晴朗無比，星星都出現了，因為沒有塵土，安德烈斯在黑暗中可以看得很清楚。他們下方的公路往右轉，在後方天際線的襯托之下，他能清楚看出路過卡車和汽車的輪廓。

---

2 西班牙語，意即「看看這些人」。

3 comandancia：西班牙語，意即「指揮部」。

「我是第六十五旅第一營的羅黑里歐．哥梅茲上尉，要打聽葛爾茲將軍的指揮部在哪裡，」哥梅茲說。

那哨兵把門推開一點，朝裡面大喊，「叫守衛班長過來。」

就在此時，一輛參謀軍官專用的大車從公路的拐彎處繞過來，往這石造大型建物接近，安德烈斯和哥梅茲正站在那裡等待守衛班長。車子朝他們開過去，在門前停下。

從大車後座下來的，是一個高大肥壯的老人，他頭戴一頂太大的卡其貝雷帽，就像法國陸軍 *chasseurs a pied*[4] 戴的那種，身穿長大衣，拎著一個地圖包，大衣上繫著一支手槍，另外兩個人則是穿著國際縱隊制服。

他說的是法語，安德烈斯聽不懂，哥梅茲當過理髮師，也只聽得懂幾句，意思是要司機把車子從門口開到車棚去。

他和另外兩個軍官進門時，哥梅茲藉由燈光看清楚他的臉，認出他是誰。他曾在幾次政戰會議上見過他，並且經常看到他的文章被《工人世界報》刊登出來，都是法文翻譯過來。哥梅茲認得他那毛茸茸的眉毛，一雙灰眼水汪汪，還有肥胖的雙下巴，知道他是當代法國最偉大的革命家之一，曾經策動黑海的法國海軍叛變。哥梅茲知道這個人在國際縱隊享有崇高的政治地位，也明白他肯定知道葛爾茲的指揮部在哪裡，並且能指引他過去。他所不知道的，是這老人因為歲月流逝與失望，因為家庭失和與政治上的恩怨，也因為有志難伸而大受影響，如果去問他，可說是危險至極的一件事。搞不清楚狀況的他逕自走到老人前面，緊握著拳頭向他敬禮說，「馬赫蒂[5]同志，我們有急件要交給葛爾茲將軍。你能告訴我們他的指揮部怎麼去嗎？這事很急。」

高胖的老人把頭伸出去，看著哥梅茲，用水汪汪的眼睛仔細打量他。這裡是前線，燈泡都沒有燈罩，燈光很亮，而且在這涼爽的夜晚他剛剛才搭乘敞篷汽車回來，他的灰臉還是面容枯槁。他的臉讓人覺得像是用老邁獅子吃剩的廢肉拚湊而成的。

「你帶著什麼，同志？」他用帶有濃濃加泰隆尼亞語口音的西班牙語問哥梅茲。他用眼角朝安德烈斯瞥了一眼，隨即又回頭看著哥梅茲。

「一份要給葛爾茲將軍的急件，得送去他的指揮部，馬赫蒂同志。」

「哪裡來的急件，同志？」

「從法西斯占領區來的，」哥梅茲說。

安德烈．馬赫蒂伸手把急件和其他證件拿過去。瞥了一眼就放進口袋裡。

「逮捕他們，」他對守衛班長說。「搜身後等我吩咐再把他們帶來。」

他的口袋裡裝著急件，跨步走進那龐大石造建物。哥梅茲和安德烈斯在外面的衛兵室裡被一個衛兵搜身。

「那傢伙怎麼啦？」哥梅茲對其中一個衛兵說。

「*Está loco*[6]，」那警衛說。「他瘋了。」

「不。他是重要的政治人物，」哥梅茲說。「他是國際縱隊的第一政委。」

「*Apesar de eso, está loco*[7]，」守衛班長說。「你們在法西斯占領區都幹一些什麼事？」

---

4 chasseurs a pied：法語，意即「獵兵」，另有一譯名為「輕步兵」。

5 馬赫蒂（André Marty）：法共領導人André Marty，內戰期間擔任國際縱隊的政委。素有「屠夫」之稱，據說曾經下令槍決過五百名國際縱隊成員。

6 Está loco：西班牙語，意即「他瘋了」。

7 Apesar de eso, está loco：西班牙語，意即「即便如此，他還是瘋了」。

「這位同志是來自那裡的游擊隊員，」哥梅茲對正在搜他身的人說。「他帶來一份急件要給葛爾茲將軍。把我的證件保管好啊。小心收好我的錢和這顆串在繩子上的子彈。那是我在瓜達拉馬第一次受傷後從傷口裡取出來的。」

「別擔心，」那班長說。「所有東西都會擺在這抽屜裡。你幹嘛不問我葛爾茲在哪裡？」

「本來要問的。我問了哨兵，他把你給叫來了。」

「可是又來了這個瘋子，結果你問他了。任誰都不該問他問題。他瘋了。你要找葛爾茲的話，就從這公路往上開三公里，他在右邊森林裡的岩堆之間。」

「你不能現在就讓我們去找他嗎？」

「不行。那會掉腦袋的。我只能帶你們去找瘋子。而且你的急件在他手上啊。」

「你就不能找別人疏通一下嗎？」

「可以，」班長說。「我一看到能說得上話的人就幫你把話帶到。誰都知道他瘋了。」

「我還一直以為他是個大人物，」哥梅茲說。「以為他是讓法國自豪的人物之一。」

「也許他是個值得誇耀的人物吧，」班長說完後把手擺在安德烈斯肩頭。「但他實在瘋得不像話。瘋得動不動就要槍斃人。」

「真的有人被槍斃？」

「*Como lo oyes*[8]，」班長說。「這老傢伙殺的人比鼠疫還多。*Mata más que la peste bubonica*[9]。不過我們殺法西斯份子，他不殺。*Qué va!* 這可不是在開玩笑。*Mata bichos raros*[10]。他專殺一些怪人。像是托洛斯基派份子，還有異議份子。各種各樣的怪人。」

這些話安德烈斯全都聽不懂。

「在埃斯科里亞鎮時，我們不知道幫他殺了多少人，」班長說。「我們的人老是要充當行刑隊。國際縱隊的隊員不肯槍斃自己人。尤其是法國人。為了避免麻煩，總是由我們來行刑。我們槍斃過法國人、比利時人，各種國籍，各種類型的人都有。*Tiene mania de fusilar gente*[11]。都是為了政治因素。他瘋了。*Purifica más que el Salvarsán*[12]。他的清淨功效比灑爾佛散還厲害。」

「不過，你可以跟誰報告一下急件的事嗎？」

「可以，老兄。沒問題。這兩個旅的人我都認得。大家都會經過這裡。我甚至認識那些高高在上的俄國佬，不過他們沒幾個會說西班牙話。我們不會讓這瘋子槍斃西班牙人。」

「但是那急件怎麼辦？」

「也一樣。別擔心，同志。我們知道該怎麼對付這瘋子。只有國際縱隊的人遇上他才有生命危險。我們現在把他摸透了。」

「把那兩個俘虜帶來，」安德烈・馬赫蒂的聲音說。

「*Quereis echar un trago*[13]？」班長問道。「要喝一點酒嗎？」

「幹嘛不喝？」

---

8 Como lo oyes：西班牙語，意即「一點也沒錯」。
9 Mata más que la peste bubonica：西班牙語，意即「殺人殺得比鼠疫還多」。
10 Mata bichos raros：西班牙語，意即「他殺那些古怪的傢伙」。
11 Tiene mania de fusilar gente：西班牙語，意即「他是個槍斃狂」。
12 Purifica más que el Salvarsán：西班牙語，意即「他的清淨功效比灑爾佛散還厲害」。灑爾佛散是一種治療梅毒的藥品。
13 Quereis echar un trago：西班牙語，意即「要喝一點酒嗎？」

班長從櫥櫃裡拿出一瓶茴香酒，哥梅茲和安德烈斯都喝了。班長也喝了。他用手擦擦嘴巴。

「*Vamonos*[14]，」他說。

灌進火辣的茴香酒之後，他們走出守衛室時嘴裡、肚子裡和心裡都熱了起來，沿著走廊下去，來到馬赫蒂的房裡，只見他坐在長長的辦公桌後面，他的地圖攤開擺在面前，手裡把弄著一支紅藍鉛筆，裝出一副將軍的模樣。這對安德烈斯來講只是另一件事罷了。今晚他遇上的事可不少。總是會有很多這種事發生。只要證件沒問題，心臟也夠強，任誰都不會有危險。他們終究會放你過關，你就能繼續趕路。但是*Inglés*曾說這事要快一點。現在他明白自己不可能回去炸橋了，但那急件非送到不可，偏偏現在東西在桌子後面那個老傢伙的口袋裡。

「在那裡站著，」馬赫蒂說話時沒有抬頭。

「聽我說，馬赫蒂同志，」哥梅茲突然說出口，茴香酒助長了他的怒氣。「今晚首先阻撓我們的是無政府主義者的無知。其次是法西斯主義官僚的怠惰。現在又被你這共產黨員的過分懷疑給擋了下來。」

「閉嘴，」馬赫蒂頭也不抬地說。「這不是在開會。」

「馬赫蒂同志，這是最急迫的事，」哥梅茲說。「頭等重要的事啊。」

把他們帶來的班長和士兵對此感到興味盎然，好像正在欣賞一齣看過很多遍的戲，但戲中的精彩情節總能令他們回味無窮。

「沒什麼事不急迫的，」馬赫蒂說，「也沒什麼事不重要。」此刻，手握鉛筆的他才抬起頭來看著他們。「你怎會知道葛爾茲在這裡？進攻前來找某一位將軍是很嚴重的事，難道你不明白嗎？你怎麼知道那一位將軍在這裡？」

「你對他說吧，」哥梅茲對安德烈斯說。

「將軍同志，」安德烈斯開口說，但安德烈・馬赫蒂沒有因為他搞錯軍階而糾正他。「我是從占領區那邊把這信件帶來的——」

「占領區？」馬赫蒂說。「沒錯，我聽他說你是從法西斯戰線那邊來的。」

「將軍同志，給我信件的人是個叫羅貝托的*Inglés*，他是去我們那裡炸橋的爆破專家。明白嗎？」

「繼續說故事，」馬赫蒂對安德烈斯說。他用了「說故事」一詞，就好像可以用「說謊」、「講假話」或「胡扯」來替代那樣。

「好吧，將軍同志，*Inglés*叫我盡快把信送給葛爾茲將軍。今天他即將在這一帶山區發動攻擊，我們唯一的要求就是趕快送信給他，要是將軍同志您同意的話。」

馬赫蒂又搖搖頭。他正看著安德烈斯，但視而不見。

馬赫蒂心裡想著，葛爾茲啊！他又驚又喜，那感覺彷彿聽說事業上的敵手出車禍慘死，或者發現某個自己厭惡，但從未懷疑其品性的人居然挪用公款罪。葛爾茲居然和他們是一丘之貉。葛爾茲居然敢明目張膽地通敵，和法西斯份子勾搭在一起。他與葛爾茲相識將近二十年。葛爾茲曾於某一年冬天和盧卡奇[15]在西伯利亞攔劫一列載運黃金的火車。葛爾茲也曾攻打過高爾察克[16]，並且曾在波蘭打仗。在高加索，在中國都曾打過仗。自從去年十月以來，他一直都在這裡作戰。但他曾經與圖哈切夫斯基[17]很親近。沒錯，他也曾親近過伏羅希洛夫[18]。但最主要的他是親近圖哈切夫斯基。另外還有誰？在這裡當然就是卡可夫，

14 vamonos：走吧。

15 應該是暗指參加西班牙內戰的匈牙利軍人Pavol Lukács：「盧卡奇」是他的化名，真名是Béla Frankl。

16 高爾察克（Alexander Kolchak）：俄國內戰期間的白軍將領。葛爾茲來自蘇俄紅軍，因此與高爾察克是死對頭。

17 圖哈切夫斯基（Mikhail Tukhachevsky）：蘇俄紅軍元帥，在「大清洗」中被處死。

還有盧卡奇。但匈牙利人[19]向來都是陰謀家。他痛恨蓋爾[20]。葛爾茲也痛恨蓋爾。切記啊。把這一點記下來。葛爾茲向來痛恨蓋爾。但他喜歡普荻[21]。記住這一點。杜瓦[22]是他的參謀長。你看看那產生了什麼後果。你聽他說過，柯比奇[23]是個笨蛋。那千真萬確。那是事實。而現在這急件是來自法西斯占領區。只有把這些腐爛的樹枝剪除，才能讓樹木保持健康，成長茁壯。如果要把腐敗的份子消滅掉，就要先把他們揭發出來。但居然是葛爾茲。葛爾茲居然是叛徒。他知道任誰都不能信任。誰也不能信任。永遠不能。即使是妻子。即使是兄弟。即使是在一起最久的同志。誰也不能信任。永遠不能。

「把他們帶走，」他對班長與衛兵說。「嚴加看管。」班長看看衛兵。就馬赫蒂的一貫作風而言，這實在算是溫和的。

「馬赫蒂同志，」哥梅茲說。「別發瘋了。聽我說，我是個忠心的軍官和同志。這份急件一定要送到。這位同志越過法西斯陣線，就是要把急件送給葛爾茲將軍同志。」

「把他們帶走，」這時馬赫蒂親切地對那衛兵說。如果非把他們倆幹掉不可，他也深感遺憾，畢竟他們也是人。但讓他感到心情沉重的是葛爾茲的悲劇。他心想，居然是葛爾茲。他要立即把這通敵的證據呈報給瓦爾洛夫[24]報告。不，還不如把這急件交給葛爾茲本人，親眼看著他收下來。他打算這麼做。假如葛爾茲是那種人，他怎能肯定瓦爾洛夫不是呢？不能。這件事必須謹慎處置。

安德烈斯轉身用不敢置信的語氣問哥梅茲，「你是說他不打算把急件送出去嗎？」

「你沒看到嗎？」哥梅茲說。

「*Me cago en su puta madre*[25]，」安德烈斯說。「*Está loco*。」

「對，」哥梅茲說。「他瘋了。你瘋了！聽清楚了！瘋了！」他對著手拿紅藍鉛筆，又繼續俯身看地圖的馬赫蒂大叫。「聽到沒？我說你是個發瘋的兇手！」

「把他們帶走，」馬赫蒂對那衛兵說。「他們犯下大罪，神智不清了。」

這句話是那班長熟悉的。他曾聽見過。

「你這個發瘋的兇手！」哥梅茲大喊。

「*Hijo de la gran puta*[26]，」安德烈斯對他說。「*Loco*[27]。」

馬赫蒂的愚蠢令他憤怒。如果他瘋了，就該把他當成瘋子趕走。該把他口袋裡的急件拿出來。這該死的瘋子下地獄去吧。通常他是個冷靜的人，但此刻西班牙人固有的剛烈個性壓倒了他的好脾氣。不久就會讓他失去理智。

馬赫蒂看著地圖，當班長與衛兵把哥梅茲和安德烈斯帶出去時，他悲傷地搖搖頭。班長與衛兵聽他被罵覺得很痛快，但整體而言對這齣戲感到失望。他們見過很多演出遠比這次精彩。安德烈·馬赫蒂不在乎被罵。說到底，罵過他的人真是太多了。因為同樣身為人類，他總是真心為那些人感到遺憾。他總是這麼

---

18 伏羅希洛夫（Kliment Voroshilov）：蘇俄紅軍元帥。

19 指盧卡奇。

20 蓋爾（Janos Galicz）：出身於奧匈帝國，後加入蘇共。國際縱隊首任指揮官。

21 普茨（Joseph Putz），生於比利時的法國軍人，曾參加西班牙內戰。

22 杜瓦：應該是指Charles Duval，國際縱隊的美國軍官。

23 柯比奇（Vladimir opi ），出身克羅埃西亞，在蓋爾被撤換後接任國際縱隊指揮官。

24 瓦爾洛夫（Varloff）：據說是影射參加西班牙內戰的蘇聯將軍Aleksandr Mikhailovich Orlov。

25 Me cago en su puta madre：西班牙語，意即「我要在你的婊子老媽身上大便」。

26 Hijo de la gran puta：你這婊子養的。

27 loco：瘋子。

對自己說，還說他自己的正確見解已經剩下沒幾個，而這正是其中之一。

他坐在那裡，鬍子和眼睛都聚焦在地圖上，聚焦在這張他未曾真正看懂的地圖上，聚焦在那些彷彿蜘蛛網一般輻射出去，精心繪製出來的棕色等高線上。藉由等高線他看得出哪裡是高地和山谷，但他始終無法真正搞懂的是，為什麼要挑這個高地，為什麼要挑這個山谷。但是，因為國際縱隊採用政委的制度，身為縱隊的政治首腦，他可以插手干預參謀總部，可以對著地圖指指點點，指著某個有編號，被棕色細線包圍的地點，那地點周圍的綠色代表一片樹林，樹林被一條條道路穿越，與道路平行的則是那一條始終朝特定方向蜿蜒曲折的河流，然後說：「這裡。這裡就是防線的弱點。」

蓋爾和柯比奇都是企圖心強烈的政界老手，他們會同意他，而結果呢，那些士兵從沒看過地圖，只聽過那山丘的編號就要前往指定的地點挖壕溝，爬上山坡才發現自己是去送死，或者根本就上不去，因為被架設在橄欖樹叢裡的機關槍給擋住了。換成是別的陣地，他們或許可以輕易爬上山頭，但處境並不會比先前更好。但是，當馬赫蒂在葛爾茲的總部裡指著地圖時，這個頭上有傷疤的白臉將軍會咬牙切齒，心裡想著：「安德烈．馬赫蒂，我真該把你槍斃，這樣你就沒辦法用你那爛掉的灰白指頭去碰我地圖上的等高線。過去你干預過許多你不了解的事，害死那麼多人，所以你真的該下地獄。居然還有人用你的名字幫拖拉機、村莊和生產合作社命名，讓你成為我碰不得的象徵，真是該死。如果你要提出質疑，規勸告誡，出手干涉，指責謾罵，屠殺同袍，就到別的地方去吧，別染指我的參謀總部。」

但葛爾茲並未把這些話說出口，只是往後靠在椅背上，不再接近那彎著腰的肥胖身軀，遠離那伸出的手指，水汪汪的灰眼睛，灰白鬍子和臭嘴，對他說：「是的，馬赫蒂同志。我明白你的觀點了。但你沒有充分的理由，而且我也不同意。要是你願意，你可以試著往上呈報這件事。沒錯。就像你所說的那樣，你可以把這件事鬧到黨部。但我就是不同意。」

所以，此刻安德烈．馬赫蒂坐在一張空桌子後面研究地圖，電燈泡沒有燈罩，刺眼的強光打在他的頭上，那一頂太大的貝雷帽被拉到前額，用來遮住眼睛，一邊參照著那一份油印的進攻命令，一邊用地圖慢慢而費神地研究著，就像參謀學院的年輕軍官在研究問題一樣。他正在打仗。他心裡想像著自己正在指揮軍隊，而且他有權干涉，他相信這意味著他有指揮權。所以他就坐在那裡，口袋裡裝著羅伯．喬丹給葛爾茲的急件，而哥梅茲和安德烈斯正在守衛室裡等帶著，羅伯．喬丹正趴在橋樑上方的樹林裡。

假設安德烈斯和哥梅茲沒有受到安德烈．馬赫蒂的阻礙，可以繼續前進，安德烈斯的任務是否會有不同的結果？這也是值得存疑的。在前線這一帶，任誰都沒有足以取消這次進攻行動的指揮權。機器啟動後已經太久了，沒有辦法突然停下。不論規模大小，所有軍事行動都有一種強大的慣性。可是，一旦克服了這慣性，開始動了起來之後，想要加以阻止，困難度幾乎就跟克服慣性一樣高。

不過，這一晚這老頭兒把貝雷帽拉到前額，坐在桌邊看地圖時，俄國記者卡可夫開門走了進來，他帶著另外兩個身穿便服和皮夾克，頭戴皮帽的俄國人。在他們身後的守衛班長想看戲，但還是不情願地關上門。這卡可夫就是他第一個能夠找到的有力人士。

「馬赫蒂同志[28]，」口齒不清的卡可夫用他那有禮卻又不屑的聲音說，一張笑臉露出了爛牙。

馬赫蒂站起來。他不喜歡卡可夫，但卡可夫是《真理報》[29]派來的，而且能夠直接與史達林連絡，此刻在西班牙是最有權勢的三個人之一。

「卡可夫同志，」他說。

28「同志」一詞在這裡用的是俄語「Tovarich」。

29 真理報（Pravda）：俄共黨報。

「你在做進攻的準備工作嗎？」卡可夫口氣傲慢，頭朝地圖點一點。

「我在研究，」馬赫蒂回答。

「進攻是你指揮的？還是葛爾茲？」卡可夫語氣平穩地說。

「我只不過是個政委而已，這你也知道，」馬赫蒂對他說。

「不，」卡可夫說。「你太謙虛了。實際上你是個將軍。你有地圖和望遠鏡。你不是曾經當過海軍上將嗎，馬赫蒂同志？」

「我是槍砲官的副手，」馬赫蒂說。他根本是胡扯。黑海的叛艦事件發生時，其實他只是個文書軍士。但現在他總是認為自己當時是槍砲官副手。

「啊，我還以為你是一等文書軍士呢，」卡可夫說。「我總是把事情給搞混了。這是記者的特色。」

另外兩個俄國人沒有加入談話。他們正從馬赫蒂的肩膀後面看地圖，不時用俄語聊個一兩句。寒暄過後，馬赫蒂和卡可夫就一直用法語交談。

「登在《真理報》的東西最好別寫錯，」馬赫蒂說。他故意用話頂回去，讓自己能鼓起勇氣。卡可夫總是令他洩氣，用法語來說就叫做*dégonfler*，因此遇到卡可夫時他總是擔憂不已，如履薄冰。卡可夫說話時，安德烈．馬赫蒂幾乎總是忘了自己是法共中央委員會成員，也算是個大人物。他很難記住自己也是不好惹的。卡可夫似乎總是喜歡稍微酸他一下，想說就說。這時卡可夫又說：「我發稿給《真理報》之前，通常會查核一下。我在《真理報》上的報導都相當準確。馬赫蒂同志，請問你可曾聽說有一支在塞哥維亞那一帶活動的游擊隊帶來給葛爾茲的情報？那邊有一位名叫喬丹的美國同志，他應該會送消息過來。據說法西斯占領區有戰事發生。他應該已經派人送情報來給葛爾茲。」

「美國人？」馬赫蒂問道。安德烈斯說的是*Inglés*。原來是這麼一回事。所以說是他搞錯了。那兩個笨蛋到底為什麼找上他呀？

「嗯，」卡可夫不屑地看著他，「一個年輕的美國人，政治觀念還有待加強，但擅長跟西班牙人打交道，有過不錯的*partizan*經歷。把那急件給我吧，馬赫蒂同志。已經耽擱得夠久了。」

「什麼急件？」馬赫蒂問。他也明白說這種話很蠢。但總不能一下子就承認自己犯錯，總之他這麼說只是為了拖延丟臉的時刻，還不打算在這當下丟臉。

「還有安全通行證，」卡可夫說話的聲音從他那一口爛牙後面傳出來。

安德烈．馬赫蒂把手伸進口袋，把急件擺桌上。他與卡可夫四目相交。好吧。他錯了，針對這件事他已經無計可施，但他不願受到羞辱。「還有安全通行證，」卡可夫低聲說。

馬赫蒂把證件擺在急件旁。

「班長同志，」卡可夫用西班牙語大聲說。

班長開門進來後馬上看一看安德烈．馬赫蒂，馬赫蒂也瞪回去，眼神活像一隻被獵狗圍困的老野豬。從臉色看不出他在害怕或覺得丟臉。他只是在生氣，只是暫時陷入困境而已。他知道這些狗無法制伏他。

「把這東西交給守衛室裡的兩位同志，指引他們到葛爾茲將軍的指揮部去，」卡可夫說。「實在是耽擱太久了。」

馬赫蒂盯著班長走出去的身影，然後又回頭看卡可夫。

「馬赫蒂同志，」卡可夫說，「我倒要看看你到底有多不好惹。」

馬赫蒂瞪著他，不發一語。

「還有，可別盤算著找那班長的碴，」卡可夫接著說。「這和那班長無關。我在守衛室裡看到那兩個人，他們對我說了，」這卡可夫胡扯的。「我希望有事的時候大家都能來找我談一談，」雖說當時是那班長先開口的，但這句話倒不是瞎掰的。然而卡可夫的確相信平易近人的表現對他有利，好心插手別人的事則有可能營造出一種有人情味的形象。他從來不會用嗤之以鼻的態度來面對這種事。

「你知道，過去在蘇聯，亞塞拜然有個城鎮發生不公不義的事情，人們寫信到《真理報》給我。你知道嗎？他們說，『卡可夫會幫助我們的』。」

安德烈．馬赫蒂看著他，一臉憤怒與厭惡的神情。此時他心裡只有一個想法，那就是卡可夫在跟他過不去。好啊，卡可夫，我管你是何方神聖，等著瞧吧。

「這件事與那件事不同，」卡可夫說。「但原則是一樣的。我倒要看看你到底有多不好惹，馬赫蒂同志。我很想知道那一家拖拉機工廠的名字是否真的不可能更改。」

安德烈．馬赫蒂把目光從他身上移開，回過繼續看地圖。

「喬丹那年輕人寫了些什麼？」卡可夫問他。

「我沒看急件，」安德烈．馬赫蒂說。「*Et maintenant fiche moi la paix*[30]，卡可夫同志？」

「好，」卡可夫說。「我就讓你好好工作吧。」

他走出房間，朝守衛室走過去。安德烈斯和哥梅茲已經走了。他在門口站了一下，抬頭往公路看過去，遠眺曙光初現後灰色天色中的山頂。他心想，我們必須趕到那上面去。現在時間快到了。

安德烈斯和哥梅茲騎著摩托車又上了公路，天光已現。這時安德烈斯又緊抓著前面座位的椅背，摩托車持續繞過Z字形彎道，在籠罩著山隘上空的灰色薄霧中往山上爬升，他感受到身體下方的摩托車在加速，接著在進入一段長長的下坡路段前減速停車，站在摩托車旁邊，左邊樹林裡有一些蓋著松樹枝的坦克車。這一帶樹林裡到處都是部隊。安德烈斯看到有些人扛著抬桿很長的擔架。三輛參謀軍官用車停在公路右邊幾棵樹底下，車身兩側覆蓋著樹枝，車頂鋪著松枝。

哥梅茲把摩托車推向其中一輛參謀軍官用車。他把車靠在一棵松樹上，跟坐在汽車旁邊，背靠樹幹的司機說話。

「我帶你到他那邊去，」司機說。「把*moto*[31]掩蓋起來，把那些樹枝鋪在車上，」他指著一堆砍下的樹枝說。

陽光正開始從高大松林的樹梢灑下，哥梅茲和安德烈斯跟著這個叫做威森特的司機穿越公路，在松林中走上山坡，往一個地下掩體的入口處走過去，掩體頂端是一面樹木叢生的山坡，上面布滿了電話線。司機進去後他們倆站在外面，讓安德烈斯感到欽佩的是這掩體的結構巧妙，山坡上只露出一個洞口，四周的泥土也沒被挖得亂七八糟，但他從入口就能看出這掩體又高又深，人員在裡面能行動自如，不需低頭躲開那些鋪設在掩體頂端的結實木頭。

司機威森特出來了。

「他在山上，他們正在那裡進行攻勢的部署，」他說。「我把急件交給參謀長了。他簽字了。給你。」他把簽收過的信封交給哥梅茲。哥梅茲轉交給安德烈斯，他看了一眼，就把信封放進襯衫裡。

「簽字的人叫做什麼？」他問道。

「杜瓦，」威森特說。

「好吧，」安德烈斯說。「我可以把急件交給三個人，他是其中之一。」

「我們要等回信嗎？」哥梅茲問安德烈斯。

---

30 Et maintenant fiche moi la paix：法語，意即「現在可否讓我清淨一下？」

31 moto：西班牙語，意即「摩托車」。

「最好能等等。不過，炸橋後我到哪裡能找得到*Inglés*和其他人，我看就連天主也不知道。」

「跟我一起等吧，」威森特說。「等到將軍回來。我去幫你們拿咖啡。你們一定餓了。」

「瞧這些坦克車，」哥梅茲對他說。

他們走過覆蓋著樹枝的泥土色坦克車旁邊，每一輛都在布滿松針的地面上留下兩行深深的履帶痕跡，看得出它們是從公路上轉向倒車過來的。車上的四十五毫米口徑炮管在樹枝下打橫伸出，身穿皮外套，頭戴尖頂頭盔的駕駛員和炮手們背靠樹幹坐著，或躺在地上睡覺。

「這些是後備部隊，」威森特說，「這些也是後備部隊。那些打頭陣的在上面。」

「人可不少啊，」安德烈斯說。

「是呀，」威森特說。「有一整個師。」

掩體裡的杜瓦左手拿著羅伯·喬丹的急件，是已經打開的，他看看左手的手錶，把急件讀了第四遍，每次都覺得腋下冒汗，汗水從身體兩側往下流，他對著電話筒說，「幫我接塞哥維亞陣地。他走了嗎？那幫我接阿維拉陣地。」

他不斷打電話。沒有任何用處。他跟兩個旅部都通過電話。葛爾茲已經到山上去視察部署的情況，到一個偵察哨去了。他也打電話到那偵察哨，但他不在。

「幫我接第一機隊，」杜瓦說，他突然決定要一肩扛起所有責任。他要負責暫停這次進攻行動。還是暫停的好。敵人好整以暇，你就不能派人去發動突襲。你辦不到的。這簡直是謀殺。你不能。你絕對不可以。無論如何都不可以。他們想槍斃他就槍斃吧。他要直接打電話到機場去取消轟炸任務。可是，如果這只是一次牽制攻勢呢？如果我們的任務只是要拖住所有的物資與兵力呢？如果這次攻勢的目的就只是這樣呢？行動時，絕對不會有人告訴你這是一次牽制攻勢。

「不用打給第一機隊了，」他對接線員說。「幫我接第六十九旅的偵察哨。」

聽到了第一陣飛機聲時，他還在那裡講電話。

而就在此刻，他接通了偵察哨。

「是，」葛爾茲冷靜地說。

他坐在那裡，背靠沙袋，兩腳抵在一塊岩石上，嘴裡叼著一支菸，一邊接電話，一邊側頭仰望。只見那三架一隊的楔形機群越來越多，在空中閃耀著銀光，轟隆作響，此刻曙光初照著遠處的山肩，它們從山的後面飛過來。他望著飛來的飛機，在太陽下光亮而美麗。他看到每架飛機飛來時螺旋槳都被陽光照射著，形成兩個光圈。

「是的，」他對著話筒說法語，因為打電話來的是杜瓦。「*Nous sommes foutus. Oui. Comme toujours. Oui. C'est dommage. Oui.*[32]情報這麼晚才到，實在太可惜了。」

他用非常自豪的眼神凝望著飛來的飛機。此刻他把機翼上的紅色標誌看得一清二楚，他看著飛機持續往前飛，呼嘯而去，如此壯觀。本來應該是可行的。這是我們的飛機。裝箱後它們在船上從黑海穿越馬爾馬拉海峽，穿越達達尼爾海峽[33]，穿越地中海後運抵這裡，在阿利坎特[34]小心翼翼地卸下，精確裝配後經

---

32 Nous sommes foutus. Oui. Comme toujours. Oui. C'est dommage. Oui.：法語，意即「我們完蛋了。對。跟往常一樣。對。真是太可惜了。」

33 馬爾馬拉海峽（Strait of Marmora）與達達尼爾海峽（The Dardanelles）均介於小亞細亞與巴爾幹半島之間，是黑海與地中海之間的唯一通道。

34 阿利坎特（Alicante）：位於瓦倫西亞地區的港市。

過試飛，證明性能完美。如今可愛的它們以令人震撼而精確的方式飛行著，在晨間的太陽下高飛，銀光閃閃，那V字隊形看來如此緊湊純粹，把遠處的山脊給炸得山崩地裂，讓部隊能夠打過去。

葛爾茲知道，一旦飛機從空中飛過去了，炸彈就會像翻滾的海豚那樣從空中落下。接著山脊會被轟隆隆地炸開，煙塵四起，最後如灰飛煙滅。接著坦克會在喀拉喀拉聲響中爬上那兩個山坡，他的兩個旅在後面跟進。如果這是一次奇襲，他們可以在坦克的助威之下持續不斷推進，停下來清理戰場，靠坦克的來來回回與火力掩護，好好整治敵人，大幹一場，聰明地大幹一場，同時把其餘攻擊部隊帶上來，平順地持續不斷往前推進，在山的另一頭往下衝。若是無人通敵，若是所有人盡忠職守，戰況應該會是這樣。

有兩個山脊，前方有坦克車打頭陣，他那兩支勁旅已經準備從樹林裡出發，而此刻飛機也來了。他必須做的一切都已經按部就班完成了。

但是，當他看著幾乎已經飛到他頭頂的飛機時，他卻覺得一陣反胃，因為他透過電話轉述得知，喬丹在急件中表示那兩個山脊上都沒有人。為了躲避彈片，他們都已撤往下方不遠處的狹窄壕溝裡，或者躲在樹林裡，等轟炸機一過，他們就會回到山脊上，而且帶著機關槍、自動步槍和喬丹提到的從公路運上山的反坦克炮，到時候又會是一場混戰。但此刻飛機按照計畫震耳欲聾地飛來了，葛爾茲抬頭看著飛機，對電話筒說，「不。*Rien a faire. Rien. Faut pas penser. Faut accepter.*[35]」

葛爾茲注視著飛機，神情看來嚴肅而自豪，他非常清楚情況本來應該是怎樣，而接下來實際上又會怎樣。對於本來可能會發生的一切，他深感自豪，即便那些狀況沒有實現，他還是深信不疑，於是他說，「*Bon. Nous ferons notre petit possible.*[36]」接著就掛掉電話。

但杜瓦沒聽到他的話。他坐在桌邊，手持話筒，只有聽到飛機的轟隆聲響，此刻他心裡想著，這些轟炸機真是來勢洶洶，這一次也許能把他們全都炸光，也許能有所突破，也許他真會獲得他所請求的後援部隊，也許就看這次了，也許這次真能成功。繼續吧。加油。繼續吧。那轟隆隆聲響大到他連自己心裡的話也聽不見了。

35 Rien a faire. Rien. Faut pas penser. Faut accepter.：法語，意即「我們無能為力。什麼都不能做。什麼也不用想了。只能接受。」

36 Bon. Nous ferons notre petit possible：法語，意即「我們就盡力而為吧。」

# 第四十三章

羅伯．喬丹在公路和橋樑上方的山坡上，趴在一棵松樹後面，看著天色漸漸亮起來。他向來喜愛一天中的這個時刻，現在仔細看著，感覺內心也隨之亮了起來，彷彿他也融入了太陽升起之前慢慢變亮的天色中。此刻隨著白晝的來臨，那些有形物體的顏色變深，空間明朗了起來，先前照耀著黑夜的星光變黃，接著消失無蹤。這時他下方的一棵棵松樹顯得確實而清晰，樹幹堅硬，是棕褐色的，公路上飄著一縷泛著白光的薄霧。露水弄濕了他，林中地面柔軟，他感覺手肘把掉在地上的褐色松針壓得往下陷。隔著河床上升起的一點點霧，他看到下方那筆直而堅挺的鐵橋橫跨峽谷，兩端各有一座木製哨站。但是，因為橋下小河飄著迷霧，他還是覺得橋樑的結構看來像蜘蛛網那樣精細。

他看見那哨兵身穿披肩，頭戴鋼盔，背對著外面，彎著腰站在哨站裡，雙手攏在用油桶打洞製成的火盆上取暖。羅伯．喬丹聽到下方遠處岩堆之間傳來的潺潺流水聲，看到哨站裡升起一縷淡淡的煙霧。

他看看手錶，心裡想著：不知道安德烈斯是否已經越過防線，找到了葛爾茲？如果我們還是要炸橋，我想十分緩慢地呼吸，讓時間過得慢一點，好好體會這一切。你覺得安德烈斯那傢伙送到了嗎？如果送到了，他們會取消進攻嗎？來得及嗎？*Qué va*！別擔心了。他們會取消，也可能不會。沒有第三種選擇，很快你就會知道結果了。說不定這波攻勢可以成功。葛爾茲說可以的。有這種可能性。我們的坦克會沿著那條公路推進，部隊從右翼殺過來，下山後直接衝過拉葛蘭哈，這片山區整個左側的形勢就逆轉了。為什麼你都不曾想過打勝仗之後會怎樣呢？因為你處於挨打的狀態已經太久了，所以才不會那樣想。沒錯。不過你剛剛想的一切都是法西斯份子沒有用這條公路把武器裝備運上山才會發生的。是他們沒有派飛機過來才會發生的。別那麼天真啦。但是可別忘了：只要我們能把那些法西斯份子牽制在這裡，就可以讓他們綁手綁腳。在消滅我們以前，他們不可能進攻別的地方，而且要消滅我們是永遠不可能的。要是法國人肯稍稍幫忙，不封鎖國境，要是我們能獲得美國的飛機，我們就永遠不會被消滅。永遠不會，要是我們能得到一點援助的話。如果這些人可以獲得精良的武器配備，他們可以永遠奮戰下去。

不，你可別指望在這裡打勝仗，也許在幾年內都辦不到。這不過是一次牽制攻勢。現在你不能幻想著獲勝。假如今天我們能攻破防線呢？這是我們的第一次大規模進攻。要搞清楚敵強我弱。不過，如果我們真的贏了呢？別激動，他對自己說。別忘了他們從公路運來哪些武器裝備。對這件事你已經盡力了。然而，我們應該要有攜帶式的短波通訊設備可以用才對。最後我們會有的。只是現在還沒有。現在你只能觀察，只能做你該做的事。

從現在到未來，今天只是所有日子中的一天。但是未來所有日子的好壞，全取決於你在今天的作為。從今年開始以來就都是這樣。這狀況已經出現過不知多少次了。戰爭爆發以來都是這樣。他對自己說，今天一大早你真是變得太自負了。看看現在過來的是什麼人。

他看到兩個身穿披肩，頭戴鋼盔，肩背步槍的哨兵在公路的角落轉彎，朝橋樑走來。一個停在橋的那一頭，走進哨站裡不見了。另一個走過橋面時腳步沉重，在途中暫停，向河谷裡吐一口口水，然後才慢吞吞走到橋的這一頭，有個哨兵跟他說了些話之後才開始從橋面往回走。這個下哨的哨兵走得比上哨那個快（羅伯．喬丹心想，因為他想去喝咖啡），可是一樣也朝河谷裡吐口水。

難道這是一種迷信？羅伯．喬丹心想。要是到時候我吐得出口水，我也會朝河谷裡吐一口。不。這不可能是什麼厲害的護身魔法。那樣是沒有用的。走上橋面之前，我必須證明那是沒有用的。

剛上哨的士兵走進崗哨裡坐下。他把上了刺刀的步槍靠在牆上。羅伯．喬丹從襯衫口袋裡掏出望遠鏡，調整焦距，直到橋的尾端變得輪廓清晰，能看清灰色鐵橋。接著他把望遠鏡對準崗哨。

哨兵背靠牆坐著。他的頭盔掛在木釘上，一張臉如此清晰。羅伯．喬丹認出這個人就是兩天前下午他來偵察時在站崗的那個哨兵。他還是戴著那一頂手織毛線帽。他沒有刮鬍子。他臉頰凹陷，顴骨突出。他的眉毛粗大，兩邊眉毛都往中間長。他看來很睏，羅伯．喬丹打量著他時看到他在打呵欠。接著他掏出菸草和捲菸紙各一包，捲了一支菸。他試著用打火機點菸，沒點著，把它放進口袋，走到火盆邊彎腰，取出一塊木炭在手裡擺弄，同時往上面吹氣，點好了菸之後把木炭丟回火盆裡。

羅伯．喬丹手拿德國蔡司的八倍望遠鏡，觀察著他靠在哨站牆上抽菸時的表情。他拿下望遠鏡，對折收進口袋。

他對自己說，我不會再看他了。

他趴在那裡看著公路，試著什麼都不想。他下方一棵松樹上有一隻松鼠在吱吱叫，羅伯．喬丹看牠順著樹幹往下爬，途中停了一下，轉頭看看正在注視牠的人。他看見松鼠的小眼睛亮晶晶，因為激動而抖著尾巴。到了地上之後，牠用小小的爪子和大得誇張的尾巴在地上蹦跳了幾次，上了另一棵樹。在樹幹上牠回頭看看羅伯．喬丹，繞著樹幹走一圈後就消失無蹤了。接著羅伯．喬丹聽到松鼠在同一棵松樹高處的樹枝上吱吱叫，他看著牠趴著緊貼樹枝，尾巴抖動著。

隔著一棵棵松樹，羅伯．喬丹再次俯視哨站。他很想把那隻松鼠抓住，擺在口袋裡。他很希望擁有一樣可以觸摸的東西。他用手肘摩擦松針，但那不一樣。任誰也不知道幹這種事的人會有多孤單。不過，我知道。但願小兔子能安然脫身。現在別想了。對，當然。但我總可以抱著那種希望吧，而且我確實那樣希望。希望我能順利把橋炸掉，也希望她安然脫身。好。當然。只要這樣就好。這是我現在唯一請求的。

他趴在那裡，不再盯著公路和哨站，轉而凝望遠山。他對自己說，你什麼都別想了。他靜靜地趴在那裡，注視著早晨來臨。這是個晴朗的初夏清晨，由於時值五月底，清晨是來得很快的。有一次，有個摩托車騎士身穿皮夾克，戴著皮帽，左腿槍套上插著一支自動步槍，過了橋樑後他順著公路繼續往上騎。另一次是一輛救護車開過橋樑，從他下面經過，順著公路往上開走。他所看到的就是這樣。他聞到松樹的香味，聽見潺潺河水聲，此刻的橋樑在晨曦中顯得清晰而美麗。他趴在松樹後面，輕機槍橫擺在左前臂上，不再盯著哨站，本來以為不會有攻勢了，以為這五月底的清晨是如此可愛，不可能有什麼事會發生，但隔了很久之後，他才突然聽到接連不斷的轟隆隆炸彈聲響。

聽到炸彈的巨響後，山間的轟隆隆回聲還沒傳回來，羅伯．喬丹就深深吸了一口氣，拿起輕機槍。經過機槍的重壓之後，他覺得手臂僵硬，手指沉重而不聽使喚。

哨站裡的哨兵聽見炸彈聲就站了起來。羅伯．喬丹看到他伸手去拿步槍，從哨站裡走出來聽聲音。他站在公路上，陽光灑在身上。頭頂斜戴著毛線帽的他抬起頭，往空中飛機正在投彈的方向看過去，陽光照射著他那鬍子沒刮的臉上。

這時公路上沒霧，羅伯．喬丹清清楚楚地看到哨兵站在公路上仰望天空。陽光隔著樹叢，陽光把他的身體照得如此明亮。

此刻羅伯．喬丹覺得自己呼吸急迫，彷彿胸膛被一捆鐵絲給綁住了。他穩住手肘，手指感覺得到前槍把上的波浪狀紋路，此時那長方形準星已落入了覘孔的凹口裡，他用準星瞄準那哨兵的胸膛正中央，輕輕扣下扳機。

他感覺到槍托迅速、平順，而且像痙攣地撞在自己的肩頭上，公路上的哨兵看來驚詫而疼痛，跪下後往前滑動，前額頂著路面。他的步槍掉在他身旁，一隻手指還勾在扳機護環裡面，手腕向前彎曲。他的步槍掉在公路上，槍上的刺刀指著前方。羅伯．喬丹不再看這低垂著頭，躺在公路上的哨兵，把目光投向橋樑，和另一頭的哨站。他看不到那另一個哨兵，於是往下看著右方山坡，他知道那是奧古斯丁埋伏的地點。接著他聽見安瑟莫開槍了，激烈槍聲的回音從峽谷傳回來。接著他聽到安瑟莫又開了一槍。

第二聲槍響之後，橋樑下方轉角處傳來手榴彈爆炸的砰砰聲響。接著公路左方遠處傳來手榴彈爆炸聲。然後他聽到上方公路路段出現步槍槍響，下方除了一顆顆手榴彈的爆炸聲之外，還夾雜著啪啪啪的槍聲，那是帕布羅用死去騎兵的自動步槍在開槍。他看見安瑟莫從橋的另一頭抄捷徑，順著陡峭的山路爬下來，於是他把輕機槍背起來，提起松樹後面的兩個沉重背包，一手一個，背包實在太重，讓他覺得肩膀上的肌腱都要被拉出來了，他蹣跚地從陡峭的山坡往下衝到公路上。

他一邊衝刺，一邊聽到奧古斯丁高喊：「*Buena caza, Inglés. Buena caza!*[1]」他心想：「好槍法，好個屁啦！還好槍法咧。」就在此時，他聽見安瑟莫在橋的另一頭了開槍，槍聲在鋼樑之間回響著。他經過躺在地上的哨兵，跑上橋面，背包晃個不停。

老傢伙一手提著卡賓槍，向他衝過來。「*Sin novedad*[2]。」他大喊。「沒出差錯。*Tuve que rematarlo*[3]。我非得把他打死不可。」

羅伯．喬丹跪在橋樑中央，打開背包，拿出他的裝備，此時他看見安瑟莫的兩頰掛著眼淚，從白花花的鬍碴往下流。

「*Yo maté uno tambien*[4]，」他對安瑟莫說。「我也殺了一個。」然後朝著橋樑尾端路面上駝背倒地的哨兵甩甩頭。

「是啊，老弟，是啊，」安瑟莫說。「我們非殺他們不可，所以殺了。」

羅伯．喬丹爬到橋面下的樑柱之間。他抓住的鋼樑冷冰冰的，被露水沾濕了，他小心攀爬著，感到陽光灑在背上。他在一根橋樑桁架上站穩，聽到下面嘩啦啦的滾滾河水聲，也聽到槍聲，上方公路上的哨站那裡槍聲大作。此刻他已汗流浹背，但橋下很陰涼。他一隻手臂上挽著一圈銅線，手腕上一根皮帶上掛著一把鉗子。

「把炸藥包一個個往下遞給我，*viejo*[5]。」他向上面的安瑟莫大喊。老傢伙從橋邊探出半個身子，把長方形的炸藥包往下遞，羅伯．喬丹伸手去接，緊密地塞在橋樑下他要擺炸藥的地方。「楔子，*viejo*！把楔子給我！」他把一個個楔子輕輕拍進去，讓炸藥包牢固地嵌在鋼樑之間，同時聞到了剛剛削好的楔子的新鮮木頭香氣。

他忙著把炸藥擺好弄緊，塞楔子進去，用銅線綁牢，心裡只想著要把橋毀掉，快速而熟練的手法彷彿外科醫生在動手術，此刻他又聽到下方公路上響起了一陣劈啪槍響。接著是一顆手榴彈的爆炸聲。然後又是另一枚，嘩啦啦的流水聲夾雜著轟然聲響。之後那個方向就沉寂了下來。

「媽的，」他心想。「難道他們受到什麼攻擊？」

上方路段在哨站那邊還是有槍聲。這該死的槍聲還真多，這時他把兩枚手榴彈並排，擺在綁牢的炸藥包上面，用銅線纏繞手榴彈表面的凹紋，藉此把手榴彈綁得緊密扎實，最後用鉗子把銅線扭在一起。他摸一摸所有東西，為了弄得更牢固，又在手榴彈上面輕輕敲進一個楔子，讓所有炸藥包緊貼在鋼材上。

---

1 Buena caza：西班牙語，意即「好槍法」。
2 Sin novedad：西班牙語，意即「沒事」。
3 Tuve que rematarlo：西班牙語，意即「我必須再補一槍」。
4 Yo maté uno tambien：西班牙語，意即「我也殺了一個」。
5 viejo：老傢伙。

「現在換另一邊，*viejo*，」他向橋面上的安瑟莫大喊，接著從橋面下橋架爬到橋的另一邊，他心想，這下我變成鋼筋叢林裡的狗屁泰山[6]啦，然後從陰暗的橋下探出頭，下方是湍急奔騰的河水，看見安瑟莫的臉，也接過他從上面遞下來的炸藥包。他心想，多麼善良的一張臉啊。現在不哭了。這樣比較好啊。一邊的炸藥已經裝好了。這一邊也搞定就完事了。肯定能把橋炸得掉下去。拜託喔。別太興奮。做就是了。跟另外那邊一樣乾淨俐落。別笨手笨腳的。慢慢來。別為了速戰速決而勉強自己。你已經立於不敗之地了。現在任誰也無法阻止炸掉橋的那一邊了。你正在做你該做的事。這個地方很涼。天啊，簡直像酒窖一樣涼，而且沒有髒東西。如果是石橋，下面都會有很多髒東西。這是一座像美夢的橋。一座像美夢的該死的橋。倒是老傢伙待在橋面上很危險。別為了速戰速決而勉強自己。但願上方公路的槍戰結束了。「給我一些楔子，*viejo*。」不過那槍聲聽來真不妙。琵拉在那裡出事了。一定是有些哨兵當時剛好在外面。在哨站外面的後方，或者在鋸木廠後面。槍戰還在進行。這表示鋸木廠裡有人。那些該死的木屑。一大堆堆的木屑。舊的木屑被壓得扎扎實實，是槍戰時的好掩護。他們一定還有好幾人。下方公路那邊的帕布羅毫無動靜。真不知道下面那第二回合槍戰是怎麼回事。肯定是來了一輛汽車或摩托車。上帝保佑，希望開來的別是裝甲車或坦克車。繼續吧。盡快裝好炸藥，把楔子插緊，趕快綁起來。你在抖什麼，簡直像個該死的娘兒們。你是怎麼回事？你在趕什麼趕？我敢打賭，正在上面辦事的那個婆娘可不會發抖。琵拉那個婆娘。也許她也在發抖。從槍聲聽來她遇上大麻煩了。如果麻煩大了，她也會發抖。誰他媽不會發抖啊？

他從橋下往上探出身子到有陽光的地方，伸手去接安瑟莫遞給他的東西，此刻他的頭已經遠離下面的嘈雜水聲，上面公路的槍聲突然變得更激烈，接著又有手榴彈爆炸聲。然後還有更多的手榴彈爆炸聲。

「看來他們正在攻擊鋸木廠。」

他心想，幸好我用的炸藥是一塊塊，不是一條條的。那又怎麼樣？也就是整齊一點而已。不過，如果我有一整個該死帆布袋的膠質炸藥，動作會更快。兩袋。不，一袋就夠了。但願我還有那些雷管和那個老舊引爆器可用就好了。那婊子養的居然把我的引爆器丟進河裡。那個舊盒子曾跟我去過多少地方啊。居然被他丟在這條河裡。帕布羅這個雜碎。剛剛他在下面狠狠修理了敵人啊。「再多給我一點，*viejo*。」

老傢伙表現得不錯。他站在橋上還挺危險的。他不想殺那個哨兵。我也不想，但當時我根本沒考慮。現在也不會。任誰都不得不那樣做。安瑟莫本來只是把那哨兵打成殘廢。我知道殘廢有多慘。我覺得用自動武器殺人比較輕鬆。我是指對於開槍的人來講。那可不一樣。只要扣一下扳機就行了，人是槍殺的。不是你。以後再想這問題吧。你和你的腦袋啊。喬丹，你這老傢伙的腦袋不錯，挺會思考的。衝啊，喬丹，衝啊。當年打美式足球時，大家就是對抱著球的你這樣大喊的。你知道嗎？那該死的約旦河實際上並沒有比下面這條小河大多少。你是指約旦河的源頭。任何事物剛剛源起時都是那樣。這橋面下的小地方是你的。就把這裡當你的家吧。拜託，喬丹，專心一點。這件事是艱難的，喬丹。難道你不懂？艱難的。但是向來沒那麼難啊。看看橋的另一邊。*Para qué*[7]？現在我很好，無論她的狀況怎樣。拿下緬因，就會拿下全國[8]。只要約旦河還在流，該死的以色列人就不會有問題。我說的是橋，換句話說，要是喬丹搞定了，這該死的橋也就搞定了。[9]

「手榴彈多給我一點，安瑟莫老兄，」他說。老傢伙點點頭。「快弄好了，」羅伯．喬丹說。老傢伙又

---

6 泰山（Tarzan）小說最早出版於一九一二年。

7 Para qué，西班牙語，「為什麼」。

8 拿下緬因，就會拿下全國（As Maine goes, so goes the nation.）是美國政界的一句名言，意指打贏緬因州的選戰，通常就可以在全國大選中勝出。

9 約旦河與喬丹的英文皆為Jordan，此段應該是主角在玩雙關語。

點點頭。

當他在橋下正要把手榴彈綁好時，上面公路的槍聲也停歇了。突然間他在幹活時只聽得到潺潺河水聲。他低頭看到下方河水從一顆顆水中巨岩奔流而過，激起白色水花，然後流入一個布滿小石子的水池，剛才有一個楔子就掉進那裡面，在流水中旋轉著。就在他往下看時，見到一條鱒魚為了吃蟲而浮出來，在靠近楔子打轉的水面游了一圈。他用鉗子把銅線扭緊，將兩枚手榴彈固定好，此時他從鐵橋的間隙看到陽光灑在那一片青綠的山坡上。他心想，三天前那裡還是一片褐土而已呢。

他從涼爽陰暗的橋下探出身子，明亮的陽光照射著他，他伸出頭來對著安瑟莫大叫，「把那一大捲絕緣電線拿給我。」

老傢伙把東西遞下去。

看在上帝的份上，千萬不能把這捲電線給鬆開。這是要用來拉手榴彈。但願你可以把線都裝好。羅伯·喬丹摸一摸手榴彈上面的開口梢，它的作用是把拉環卡住，一旦把拉環拔掉，手榴彈裡的彈簧桿就會鬆開。此刻他心想，你正在使用這一段電線應該夠長。他仔細檢查側邊綁著銅線的兩顆手榴彈，確認留有足夠的空隙，等開口梢被拉開時彈簧桿可以彈起來（綁住手榴彈的銅線是從彈簧桿下方繞過去的），然後他在手榴彈拉環上綁了一小段銅線，並且把這銅線連接上另一條主要的銅線，這另一條線則是連接著外側那顆手榴彈的拉環，接著他又把整圈銅線鬆開一段出來，繞過一根橋樑鋼架，然後把整圈銅線遞給橋上的安瑟莫。「小心拿著，」他說。

他爬到橋面上，從老傢伙手裡接過銅線，一邊放掉銅線，一邊盡快朝著路上那哨兵陳屍的地方往回走，走路時靠著橋的側邊，把身子往外伸出。

「把兩個背包都拿過來，」他一邊倒退走，一邊對安瑟莫大聲說。路過時他俯身撿起輕機槍，把槍背回肩上。

就在此時，他手的還是在放線，但頭卻抬起來，只見去攻打上方哨站的幾個人正遠遠地從公路上往回走。

他看到他們一行有四個人，隨即不得不盯著銅線，以免被橋樑側邊的鋼架勾住。艾拉迪歐沒有跟他們一起回來。

羅伯．喬丹拿著線走過橋樑尾端，在橋面最後一根支柱上繞了一圈，然後沿著公路跑到一塊路碑旁邊才停下來。他隨即剪斷銅線，把線遞給安瑟莫。

「拿著這個，*viejo*，」他說。「現在跟我走回橋上。一邊走一邊拿著線。算了。我來拿。」

到了橋上，他把銅線從橋面支柱上繞回來，如此一來銅線就直接連接著各顆手榴彈的拉環，沿著橋邊延伸，但沒有和任何東西纏在一起，然後他把電線遞給安瑟莫。

「拿著這個回到那高大的路碑旁，」他說。「輕輕抓著就好，可是要拿穩。千萬別出力。只要使個勁，用力一拉，橋就爆炸。*Comprendes*[10]？」

「嗯。」

「你要輕輕地拿著，但別讓銅線垂下來，以免勾到東西。拿的時候要又輕又穩，但是還沒到該拉時千萬別拉。*Comprendes*？」

「嗯。」

「該拉的時候，就卯起來拉。可別要拉不拉的。」

---

10 comprendes：西班牙語，「懂嗎？」

羅伯．喬丹一邊說話，一邊抬頭看著公路上的琵拉與她剩餘的三個手下。這時他們已經走近，他看見普里米提佛和拉斐爾扶著費南多。看來他是鼠蹊部中彈，因為他正用雙手摀著那裡，任由身邊的漢子和小子架住他。他們扶著他走路，他的右腿拖地，鞋子的側邊刮著地面。拿著三支步槍的琵拉正在攀爬邊坡，要進入樹林裡。羅伯．喬丹看不到她的臉，但她正抬頭用最快速度攀爬著。

「情況怎麼樣？」普里米提佛大聲問道。

「很好。快弄完了，」羅伯．喬丹也大聲回答。

沒必要問他們的情況怎樣了。他把頭別開，那三個人走到了路邊，他們試圖把費南多弄上邊坡，但他搖搖頭。

「我待這裡就好，給我一支步槍，」羅伯．喬丹聽到他用乏力的聲音說。

「不行，*hombre*[11]。我們會扶著你到安置馬的地方。」

「我要馬幹嘛？」費南多說。「我在這裡很好啊。」

接下來的對話羅伯．喬丹就沒聽到了，因為他正在跟安瑟莫講話。

「坦克來了就炸橋，」他說。「但要等坦克開到橋面上再動手。裝甲車也是，要等車開上橋再炸。除此之外，其他人員車輛都會被帕布羅攔下來的。」

「你在橋下我就不會動手。」

「別考慮我。有必要就炸。我去把另一條銅線弄好就回來。到時候我們一起動手。」

他開始往橋樑中央跑過去。

安瑟莫看著羅伯．喬丹跑上橋，那一圈銅線掛在手臂上，鉗子從手腕上垂下來，背著輕機槍。他看見他從橋樑欄杆往下爬，不見蹤影。安瑟莫用右手拿著銅線，蹲伏在路碑後方，沿著公路往下看，眺望著橋樑另一頭。那哨兵陳屍在他和橋樑的中間，此刻他的身子已經往下沉，更加緊貼著平坦的公路路面，陽光直接打著他的背。他的步槍掉在公路上，固定在步槍上的刺刀直指著安瑟莫。老傢伙的目光越過哨兵，沿著那欄杆陰影林立的橋面往下眺望，看見公路順著峽谷向左轉彎，然後消失在岩壁後方。他看著陽光灑在另一端的哨站上，接著意識到自己手執電線，然後轉頭看過去，只見費南多正在跟普里米提佛和吉普賽佬講話。

「讓我留在這裡吧，」費南多說。「傷口很痛，而且裡面出了很多血。我一動就可以感覺到。」

「我們把你抬到邊坡上，」普里米提佛說。「用手臂勾著我們的肩膀，我們會抱住你的腿。」

「沒用的，」費南多說。「把我扶到一塊岩石後面去。不管是在這裡或到上面，我的作用都一樣。」

「那我們走了以後呢？」普里米提佛說。

「把我留在這裡吧，」費南多說。「我這樣子不可能跟你們一起上路。你們多了一匹馬可以用。我在這裡很好。敵人肯定快來了。」

「我們可以帶你上山，」吉普賽佬說。「很簡單的。」

他當然跟普里米提佛一樣，都急著想走。但他們還是把他扶到這裡了。

「不用了，」費南多說。「我在這裡很好。艾拉迪歐怎樣了？」

吉普賽佬用手指比著腦袋，表示他是頭部中彈。

「打在這裡，」他說。「就在你中彈後。在我們衝刺時。」

「別管我了，」費南多說。安瑟莫看得出他很痛。此刻他雙手摀著鼠蹊部，腦袋往後靠在邊坡上，兩

11 hombre：西班牙語，「老兄」。

腿挺直擺在身前。他那灰白的臉色正在出汗。

「拜託別管我了，就當是幫我個忙，」他說。他痛到閉上眼睛，嘴唇抽搐著。「我覺得在這裡很好。」

「步槍和子彈在這裡，」普里米提佛說。

「是我的嗎？」費南多閉眼問道。

「不，你的在琵拉那裡，」普里米提佛說。「這是我的。」

「我想要用自己的，」費南多說。「比較順手。」

「我去幫你拿來，」吉普賽佬騙了他。「先用這個。」

「這個位置很好，」費南多說。「可以看見上面的公路，橋也一樣。」他睜開眼睛，轉頭眺望橋的另一頭，接著又痛到閉上眼睛。

吉普賽佬輕拍他的頭，用大拇指對普里米提佛比個手勢，意思是該走了。

「等一下我們會來找你，」普里米提佛說。吉普賽佬正迅速地往邊坡攀爬，他也跟在後面爬上去。

費南多背靠著邊坡上。他面前是一片被漆成白色，用來標示出公路邊緣的石頭。他的頭在陰影裡，但陽光直接照射著他那用紗布包紮好的傷口上，還有蓋在上面的雙手。他的腿腳也都在陽光中。他身邊擺著步槍，旁邊三個彈匣在陽光下閃閃發亮。一隻蒼蠅爬在他的手上，但他已經痛得感覺不到那微微的騷癢。

「費南多，」手執銅線的安瑟莫從自己蹲伏的地方對他大喊。他已經把銅線尾端扭成一個可以握在手心裡的小圈圈。

「費南多！」他又大喊一聲。

費南多睜眼看他。

「情況怎樣？」費南多問道。

「很好，」安瑟莫說。「一會兒就要炸橋了。」

「我很高興。需要時叫我一聲啊，」費南多說完又閉上眼睛，體內感到一陣陣劇痛。

安瑟莫不再看他，往更遠的橋面望過去。安瑟莫等待著*Inglés*從橋下把那一捲銅線遞上來，接著他自己爬上來時，他那曬黑的臉與腦袋會先出現。在此同時，他還盯著橋樑後方更遠處，注意公路轉彎的地方有何動靜。此刻他一點也不覺得害怕，這一整天他也沒害怕過。他心想，這一切都進展得那麼快速而順利。我實在不想槍殺那個哨兵，這讓我很難過，但那情緒已經過去了。*Inglés*怎麼可以說槍殺一個人和槍殺野獸沒兩樣？打獵時我總覺得興致勃勃，不覺得有什麼錯。可是開槍殺人讓我有一種感覺，好像是打死了與自己一起長大的兄弟。而且還開了好幾槍才殺死他。算了，別想這個了。這讓人太難過了，而且你剛才跑上橋面時哭哭啼啼的，像個娘們。

這件事結束了，他對自己說，不管是因為殺了這個人或其他人而犯下罪孽，你都可以設法為自己贖罪。但昨晚你翻山越嶺，在回到營地的路上許下願望，現在也已經實現了。你在打仗，而且沒有慌亂。就算我在今天早上死去，也已沒有遺憾。

然後他看著背靠邊坡的費南多，只見他兩手摀著鼠蹊部，嘴唇發青，雙眼緊閉，呼吸沉重而緩慢。安瑟莫心想，希望我能死得痛快點。不，我已經說過了，如果我的願望能在今天成真，我就別無所求了。所以我不會再要求什麼。懂嗎？我不會要求。什麼都不會要求。只要滿足我的那個願望，其他我都順其自然。

他聽著遠方山隘傳來的交戰聲，對自己說，今天是個了不起的日子。我應該明白今天是什麼樣的日子。

但他內心並不激動或興奮。那種感覺已經完全消失，他心裡只覺得寧靜。此刻他蹲伏在路碑後面，手心握著一小圈銅線，手腕上也掛著一圈，雙膝緊貼路邊的碎石地面，他並不孤獨，也不覺得自己是獨自一人。他和手裡的銅線，和那橋樑，還有和*Inglés*安裝的那些炸藥都已經融為一體。他與那仍在橋下裝炸藥的*Inglés*，與這場戰役，還有與共和國也都融為一體了。

但他並不覺得興奮。這四周是如此寧靜，他蹲伏在那裡，太陽灑在他的脖子和肩膀上，他抬頭一看，只見無雲的晴空萬里，小河另一頭有山坡隆起，儘管他並不感到愉快，但既不孤獨，也不害怕。

琵拉正趴在山坡上一棵樹後面，注視著從山隘往下延伸過來的公路。她身旁擺著三支裝了子彈的步槍，普里米提佛在她身邊趴下後，她拿了一支給他。

「你到那下面去，」她說。「待在那棵樹後面。還有你，吉普賽小子，到那邊去，」她指向下方另一棵樹。「他死了嗎？」

「沒有，還沒有，」普里米提佛說。

「真倒楣，」琵拉說。「如果我們多兩個人，就不會發生這種事了。他應該爬著躲到那一堆木屑後面去的。現在他待在那裡，狀況還好嗎？」

普里米提佛搖搖頭。

「*Inglés*炸橋時，碎片會飛得這麼遠嗎？」吉普賽小子從他那棵樹後面問道。

「我不知道，」琵拉說。「不過，奧古斯丁用*máquina*掃射的地方比你還接近。如果太近的話，*Inglés*就不會把他安排在那裡了。」

「但是炸火車時火車頭的大燈從我頭上飛過，還有碎鐵片像燕群亂飛，這事我可忘不了。」

「你的記憶還真有詩意啊，」琵拉說。「*Joder*[12]，還說什麼像燕子咧！我看是像洗衣服的鍋爐。聽著，吉普賽小子，你今天的表現不錯。可別到了現在才害怕起來。」

「唉，我只不過問問而已。如果真的會炸這麼遠，我就會躲在比樹幹更遠的地方，」吉普賽小子說。

「就躲在那裡吧，」琵拉對他說。「我們殺了多少人？」

「我們殺了五個。這裡兩個。遠遠的另一頭還有一個，妳看不到嗎？往橋的方向看過去。有看到哨站嗎？妳看！看見沒？」他指著那方向。「還有，帕布羅在下面幹掉八個人。我負責幫 *Inglés* 盯著那個哨站。」

琵拉哼了一聲。接著她激烈地破口大罵：「那個 *Inglés* 在幹嘛？他死到橋下去做什麼了？*Vaya mandanga*[13]！他到底是在造橋還是炸橋啊？」

她把頭伸出去，往蹲伏在下方路碑後面的安瑟莫看過去。

「嘿，*viejo*，」她大喊。「你的 *Inglés* 是在搞屁啊？」

「耐心等吧，婆娘，」安瑟莫的手輕握銅線，穩穩地抓著，朝上面大聲說。「他快弄完了。」

「但他那婊子養的花了那麼多時間，是在幹嘛？」

「*Es muy concienzudo*[14]！」安瑟莫大聲說。「這工作是需要技術的。」

「我去他媽的技術，」琵拉對吉普賽小子怒道。「叫那個臭臉的王八蛋趕快把橋炸掉了事啦。瑪莉亞！」她用低沉的聲音對著山上喊道。「妳的 *Inglés* ——」接著她的髒話像連珠砲似的流瀉而出，罵起了她想像中喬丹在橋下幹的那些事。

「妳這婆娘安靜點，」安瑟莫從公路上大聲說。「他幹的那檔事很不容易。就要完工啦。」

---

12 joder：髒話，相當於「幹」（fuck）。

13 Vaya mandanga：西班牙語，「怎麼會慢吞吞的」。

14 Es muy concienzudo：西班牙語，「這工作要仔細做」。

「去死吧，」琵拉怒道。「最重要的是速度要快。」

就在此時，大家都聽見下方的公路有槍聲響起，聲音從已經被帕布羅拿下的哨站那邊傳來。琵拉不再亂罵，仔細聆聽著。「唉呀，」她說。「唉呀呀。唉呀呀。真的來了。」

羅伯．喬丹也聽見了，此刻他一手把那捲銅線丟上橋面，接著從下面爬上來。他跪在鐵橋邊，雙手擺在橋面上，耳裡聽到下面公路轉彎處傳來陣陣機關槍槍響。這與帕布羅的自動步槍槍聲不一樣。他站起來，把身子往外探，重整那一圈銅線，讓它不與橋樑纏在一起，然後開始一邊靠著橋邊倒退走，一邊放線。

他一邊走一邊聽著槍聲，覺得心驚膽跳，好像那聲音在體內回響著。他往後走著，那槍聲逐漸逼近，他回頭看著轉彎處，但還是看不到任何車輛、坦克或人員。他朝著橋頭走，到了中間仍然看不到公路上有人車出現。等他走完四分之三的路程，路上還是沒有人車，而銅線則是放得很順，沒被東西纏住。他爬著繞過哨站後方時，為了避免勾到橋架，還刻意把拉著電線的手往外伸，因此銅線還是沒被纏住。接著他走上公路，但下方公路上還是沒有人車出現。接著他沿著公路低處一條被沖刷出來的淺溝倒退著奔跑，身手就像一個倒退著追趕深遠高飛球的外野手，始終把銅線繃得緊緊的，此刻已差不多來到安瑟莫身前路碑的對面，但橋樑下方路面上仍然沒有人車出現。

接著他聽見有一輛卡車從公路開過來，他回頭看卡車開上橋頭那一段長坡，隨即拿銅線在手腕上繞一圈，並且對安瑟莫大喊：「炸橋！」他的兩腳腳跟使勁一踩，身體用力往後一仰，繞在手腕上的銅線被他繃緊，此刻卡車聲還是從他後方傳來，前面是那哨兵陳屍的公路，那一座長長的橋樑，還有下面那一段仍舊沒有人車的公路。接著轟隆一響，橋樑的中段被炸飛，就像海浪往空中噴濺，他感覺到爆炸的熱浪往後撲過來，而他則是一頭栽進布滿鵝卵石的淺溝裡，雙手緊抱著頭。他的臉貼著鵝卵石地面，被炸飛的那一段橋落下後掉回原處，一陣黃色煙霧滾滾而來，帶著他熟悉的辛辣氣味，鐵橋的碎片開始如大雨般掉下來。

鐵橋碎片都掉完後，他還活著，接著他抬頭往橋樑的方向看。橋的中段已經被炸掉了。橋面上散布著鋸齒狀的鐵橋碎片，剛剛被炸裂的碎片切口閃閃發亮，公路上也是。那卡車停在離橋一百碼左右的路上。司機和同車兩人正往某個涵洞狂奔。

費南多依然背靠邊坡躺著，還在呼吸。他的雙臂直挺挺地擺在兩側，雙手已經鬆開了。

安瑟莫的臉部朝下，趴在白色路碑後面。他那折起來的左臂被頭壓著，右臂向前伸出去。他的右手仍然握拳，那一小圈銅線在手心裡。羅伯．喬丹站起來，走到公路的另一邊，跪在他身旁，確認他已死。他沒有把屍體翻過來，查看鐵片造成的致命傷在哪裡。總之安瑟莫死了，其他都不重要了。

羅伯．喬丹心想，他的個子顯得很矮，而且看來就是死透了。他顯得如此矮小，頭髮灰白，而且令羅伯．喬丹感到納悶的是：如果他的個子實際上就是這樣，真不知道他怎麼扛得動又大又重的背包？接著他看到安瑟莫的大小腿的形狀，腿部被包在身上那一件牧人馬褲裡，布鞋的麻鞋底已經破了，然後他撿起安瑟莫的卡賓槍和那兩個幾乎已空無一物的背包，又走過去把費南多身旁的步槍撿起來。他把路面上一塊鐵橋碎片踢開。隨後他把兩支步槍扛在肩頭，手握槍管，開始往邊坡攀爬，進入樹林。他沒有回頭看，甚至沒有往橋樑另一邊的公路看一眼。橋樑下方公路轉彎處還有槍戰在進行著，但此時他一點也不在乎了。

黃色炸藥引起的煙霧讓他咳了起來，他有一種全身裡裡外外都麻木的感覺。

琵拉仍趴在一棵樹後面，他把一支步槍擺在她身邊。她看一看，發現她又有三支步槍了。

「妳這裡太高了，」他說。「在公路那一頭妳看不到的地方有一輛卡車。他們以為是飛機炸的。妳最好躲下面一點。我跟奧古斯丁到下面去掩護帕布羅。」

「老傢伙呢？」她盯著他的臉問道。

「死了。」

他又猛咳了起來，朝地上吐一口口水。

「橋已經炸掉了，*Inglés*，」琵拉看著他。「別忘了這一點。」

「我什麼都沒忘，」他說。「妳的嗓門不小，」他對琵拉說。「我聽到妳剛才在鬼吼鬼叫。對上面的瑪莉亞大喊，說我很好。」

琵拉想讓他了解狀況，於是說：「我們在鋸木廠犧牲了兩個弟兄。」

「我看出來了，」羅伯・喬丹說。「妳幹了什麼蠢事嗎？」

「我去你媽的，*Inglés*，」琵拉說。「費南多和艾拉迪歐也都是好漢。」

「妳為什麼不上去顧那些馬？」羅伯・喬丹說。「我在這裡能發揮的掩護作用比妳強。」

「你該去掩護帕布羅。」

「叫帕布羅去死吧。讓他用 *mierda*[15] 掩護自己吧。」

「不，*Inglés*。他已經回神了。他在下面英勇作戰。你一直沒聽到嗎？他現在在作戰。而且是一場惡戰。現在你還沒聽到嗎？」

「我會去掩護他。不過你們都是王八蛋。妳和帕布羅都是。」

「*Inglés*，」琵拉說。「你冷靜點。炸橋這件事我向來比誰都支持你。帕布羅做了對不起你的事，但他回來了。」

「如果我有引爆器的話，老傢伙就不會死了。我本來可以在這裡引爆。」

「哪來那麼多如果——」琵拉說。

橋被炸掉後，他從他倒臥的地方抬頭看見安瑟莫死了，他心裡因為失望而充滿了憤怒、空虛與憎恨的情緒，到此刻那些情緒仍然充塞在他的胸臆之間。他心裡還有一股由悲痛轉為絕望的情緒，軍人為了能繼續自己的軍旅生涯，往往必須把那種絕望再轉化成憎恨。如今任務已經完成，他感到如此孤獨，覺得事不關己而意志消沉，因此覺得他看到的人都面目可憎。

「如果當初沒下雪的話——」琵拉說。然後，他的腦袋並非突然地，而是慢慢地開始接受這一切，把憎恨發洩掉，就好像他的身體放鬆了那樣（例如，就好像被這個女人用一隻手臂摟在懷裡）。的確是那一場雪。是雪闖的禍。那一場雪。讓其他人都遭殃。一旦他再度看出那場雪對其他人的影響，一旦他把自己置之度外，像參戰的人們總是不得不做的那樣，他就明白了。戰爭容不下自我的存在。參戰的人只能忘卻自我。接下來，因為他把自己給忘了，他才聽見琵拉說：「聾子——」

「什麼？」他說。

「聾子——」

「沒錯，」羅伯·喬丹說。他對她咧嘴一笑，那笑容如此苦澀僵硬，臉部肌肉過於繃緊。「算了。我錯啦。對不起，婆娘。我們一起好好大幹一場。妳說的對，橋已經炸掉了。」

「嗯。你必須設身處地，替他們想一想。」

「那我現在先去找奧古斯丁。叫吉普賽小子守在下方遠處，這樣才看得見上面遠處公路路面上的動靜。把這些槍交給普里米提佛，這支*máquina*給妳用。我示範給妳看。」

「那*máquina*你就自己留著用吧，」琵拉說。「我們隨時會離開這裡。帕布羅應該在來的路上，我們就要走了。」

---

15 mierda：狗屎。

「拉斐爾，」羅伯．喬丹說，「下來找我。來這裡。好了。你看到那些從涵洞裡出來的傢伙嗎？那裡，在卡車的上方。你看到那些往卡車走過去的人嗎？幫我幹掉其中一個。坐下。慢慢來。」

吉普賽小子仔細瞄準，開了一槍，當他把槍機用力往後拉，退出彈殼時，羅伯．喬丹說：「太高了。你打中上面的岩石。看到被激起的碎石塵土嗎？要低一點，低兩英尺。現在，瞄準一點。他們在跑。很好。*Sigue tirando*[16]。」

「擊中一個了，」吉普賽小子說。那傢伙倒在涵洞與卡車之間的半路上。另外兩人沒有停下來把他拖走。他們只是往涵洞狂奔，鑽了進去。

「不要瞄準人，」羅伯．喬丹說。「瞄準卡車前輪頂端。如此一來，就算打偏了，也會打在引擎上。很好，」他用望遠鏡觀看著。「瞄低一點。好。你的槍法很準。*Mucho! Mucho!*[17]打散熱器。散熱器上的任何地方都行。你真是射擊冠軍啊。看準了。別讓任何人通過那裡。懂嗎？」

「你看我把卡車的擋風玻璃打碎，」吉普賽小子高興地說。

「不用。車子已經不能動彈了，」羅伯．喬丹說。「等公路上車開下來再開槍。等車開到涵洞對面再動手。設法打司機。到時候你們大家都這樣開槍，」他對著剛剛已經和普里米提佛一起走下邊坡的琵拉說。「你們這裡的位置很巧妙。你們瞧，那一片峭壁把你們掩護得多好？」

「跟奧古斯丁一起去忙你們的事吧，」琵拉說。「省省你的長篇大論吧。我早就見識過各種地形了。」

「叫普里米提佛到再上去一點那裡守著，」羅伯．喬丹說。「那裡。了解嗎，兄弟？邊坡變陡的那一面。」

「別管我了，」琵拉說，「走吧，*Inglés*。你幹嘛什麼都要管？這裡沒問題啦。」

就在此刻，他們聽見了飛機的聲音。

瑪莉亞跟那幾匹馬一起待了好久，可是馬兒們並不能安慰她。她也不能讓馬寬心。在森林裡，她待的地方看不見公路，也看不到那一座橋。先前，這些馬被圈養在營地下方樹林裡時，她常常撫摸那一匹白臉的棗色駿馬，餵牠吃東西，因此在槍聲初現時，她就用手臂摟著牠的脖子。但此刻她神經緊繃，搞得那匹駿馬也緊張兮兮的，聽到槍響和炸彈聲之後，牠用力甩甩頭，把鼻孔張大。瑪莉亞無法鎮定下來，她到處走動，安撫輕拍馬兒們，但卻讓牠們更緊張激動了起來。

她試著不去想槍戰有多可怕，那不過是帕布羅和幾個新人在下面，還有琵拉和其他人在上面打仗，她不用擔心，也不須驚慌失措，而且對羅貝托一定要有信心。但她辦不到，只覺得自己差點無法呼吸，因為橋樑上方與下方的陣陣槍響，還有從山隘傳過來的交戰聲彷彿遠方的暴風雨一般，中間還夾雜著沉悶的砰砰聲響，還有時起時落的轟隆隆爆炸聲，實在是太可怕。

過了一陣子，她聽到琵拉扯開她的大嗓門，從下方遠處的山坡上朝她大聲飆罵粗話，她都聽不懂，只是心裡想著，喔，天主啊，別這樣，別這樣。他正要度過難關，別這樣罵他呀。別冒犯任何人，也別無謂地冒險。別惹人生氣呀。

接下來，在不知不覺之間，她很快地為羅貝托禱告起來，就像過去她在學校裡那樣，用最快速度把禱文念出來，並以左手手指計數，把兩段禱文都反覆念了幾十遍。然後那座橋爆炸了，有匹馬一聽到轟隆聲響就跳了起來，腦袋猛扯，啪一聲把韁繩拉斷，狂奔到樹林裡。瑪莉亞費一番工夫抓到牠牽回去，牠渾身

16 sigue tirando：西班牙語，「繼續射擊」。

17 mucho：西班牙語，「很棒」。

打顫發抖，胸口因為流汗而變黑，馬鞍往下掉，從樹林回去時她聽到下方有槍戰，心想我再也受不了。如果不把情況弄清楚，我就再也活不下去了。我喘不過氣，嘴巴好乾。我害怕，我沒用，我讓馬兒受到驚嚇，要不是這匹馬的馬鞍撞到樹，馬鐙纏住了馬腳，我險些抓不到牠，現在我要把馬鞍裝好，喔，天主啊，我什麼都不知道，就快受不了。喔，我的心我的人都屬於橋上那個人，我只求他平安無事。共和國是一回事，而我們必須打贏戰爭又是另一回事。但親愛的聖母啊，只要您把他從橋上平安帶回來，您吩咐我做什麼都可以。因為我不在這裡。我已經不是我。我只跟他在一起。為了我，求您保佑他，我才能存活，今後才能為您效力，而他也不會介意。而這也無礙於共和國。喔，原諒心亂如麻的我吧。現在我心煩意亂啊。但若是您能保佑他，我可以做任何對的事。無論他，無論您說什麼，我都照辦。他就像另一個我，只要能讓我和他在一起，我什麼都做。可是現在這不明朗的情況讓我無法忍受。

接著她又把馬綁好，馬鞍也已裝上，將馬毯鋪好，把肚帶束緊，就在此刻她聽見下方樹林裡傳來嗓門很大的叫聲：「瑪莉亞！瑪莉亞！妳的*Inglés*平安無事。聽見沒？*Sin Novedad*！」

瑪莉亞雙手捧住馬鞍，把頭髮還短短的腦袋用力靠在上面，哭了起來。她聽到那低沉的嗓音又喊了一聲，她把靠在馬鞍上的頭轉過來，哽咽著大喊：「聽到了謝謝妳！」接著又哽咽著說：「謝謝妳！實在太感謝妳了！」

聽到飛機聲大家都抬起頭，只見飛機從塞哥維亞的方向飛來，在高空中飛翔，銀光閃閃，轟隆隆的聲響把所有其他聲音都壓了下去。

「就是那些飛機！」琵拉說。「現在就只剩它們還沒登場了。」

羅伯．喬丹看著飛機，伸出手臂搭在她的雙肩上。「不是的，婆娘，」他說。「那些飛機不是來對付我們的。它們沒時間理我們。妳冷靜點。」

「我恨它們。」

「我也是。但現在我得到奧古斯丁那裡去。」

他穿越松林，繞行山坡，飛機轟隆隆的聲音響個不停，下方斷橋另一頭的公路上，在轉彎處那一帶仍有一挺重機槍斷斷續續發出砰砰砰的聲響。

羅伯．喬丹來到下方那一叢矮松樹裡找奧古斯丁，他還趴在自動步槍後面，還是不斷有飛機飛過來。

「下面的情況怎樣？」奧古斯丁說。「帕布羅在幹嘛？他不知道橋已經炸掉了嗎？」

「也許他脫不了身。」

「那我們走吧。管他去死。」

「能來的話他現在應該來了，」羅伯．喬丹說。「現在我們就可以見到他了。」

「我沒聽到他的動靜，」奧古斯丁說。「有五分鐘沒聽到了。等等。你聽！他在那裡！那是他。」

這時突然出現了那支騎兵用自動步槍的啪啪聲響，接著是一陣又一陣的槍聲。

「就是那個雜種，」羅伯．喬丹說。

他看看那一片萬里無雲的蔚藍高空，還是有更多飛機飛過來，然後他望著奧古斯丁那一張仰望飛機的臉。接下來他低頭看著斷橋，眺望著對面那一段仍然沒有人車出現的公路。他咳了一聲，吐一口口水，聽到那挺重機槍的槍聲又在公路轉彎處的下方砰砰作響。槍聲聽起來仍在原來的地方。

「那是什麼？」奧古斯丁問道。「那是他媽的什麼鬼聲音？」

「那種槍聲從我炸橋前持續到現在，」羅伯．喬丹說。這時他俯視著斷橋，只見河水穿過被炸開的橋樑缺口，中段的橋面掛在那裡，像一條彎彎的鋼鐵圍裙。他聽見飛過去的第一批飛機開始在山隘上空投彈，還有更多的飛機在飛過來。飛機引擎聲在高空響徹高空，他抬頭看見護航的戰鬥機在轟炸機群的上空盤旋著，顯得如此渺小迷你。

「我看這些就是那天早上的飛機，它們並未越過戰線，」普里米提佛說。「它們肯定只是往西轉個彎，然後就飛了回來。要是他們看到這些飛機就不會發動攻擊了。」

「這些飛機大多數是新的，」羅伯．喬丹說。

他有一種感覺，一開始還挺正常的，後來卻帶來不少龐大、特大、巨大的衝擊。就像扔了一塊石頭，激起了一片漣漪，那漣漪卻像浪潮一般排山倒海似的打回來。或者像只是大喊了一聲，卻引來一陣陣雷鳴般的回聲，震耳欲聾。又或者像打倒了一個人，卻又看見一群全副武裝的人穿著盔甲站了起來。他很高興自己並未參與葛爾茲在上方山隘進行的行動。

他趴在奧古斯丁身旁，看著飛機從上空掠過，傾聽在身後響起的槍聲，盯著下方公路，他知道路上會有一些動靜出現，但不清楚會是什麼，到這時他仍因為炸橋時沒把自己給炸死而感到驚訝呆滯。本來他已經完全接受自己會被炸死了，所以這現狀顯得非常不真實。他對自己說，把那想法甩掉吧。趕快擺脫那想法。今天要做的事還有很多很多。但那想法還是揮之不去，因此他清楚地意識到這一切簡直如夢似幻。

「你吸進太多硝煙了，」他對自己說。但他知道那不是理由。他確確實實感覺到，儘管他置身於絕對真實的環境中，但眼前一切卻顯得如此不真實。他俯視斷橋，接著回過頭來看一看陳屍公路上的哨兵，又看看安瑟莫的屍體，也看看背靠著公路邊坡坐著的費南多，再回頭沿著平坦的褐色路面看過去，看到那一輛動彈不得的卡車，還是覺得一切非常不真實。

「你還是馬上甩掉心裡那種想法吧，」他對自己說。「你就像鬥雞場上的公雞，沒有人知道你受傷了，外面也看不出來，但已經傷得快要不醒人事了。」

「別鬼扯啦，」他對自己說。「你只是有一點昏昏沉沉，盡了責任後有點鬆懈下來，如此而已。」

接著奧古斯丁抓住他的臂膀，指著峽谷的對面，他順著那方向看過去，看到了帕布羅。他們看到他繞過公路轉彎處，狂奔過來。公路轉彎後消失的地方有一片陡峭巨岩，他在那裡停了下來，靠在岩壁上，往後面的公路開槍。羅伯·喬丹看到矮胖健壯的帕布羅連帽子都不見了，靠在岩壁上，拿著那一支騎兵用的自動短步槍開槍，只見一個個銅彈殼不斷噴出來，在陽光下閃閃發亮。他們看到帕布羅蹲下來，又是一陣掃射。接著那個O型腿的矮漢子拔腿狂奔，完全沒回頭，只顧著低頭往斷橋的方向直接衝過去。

羅伯·喬丹把原來趴在大把自動步槍後面的奧古斯丁往旁邊一推，用肩頭抵著槍托，瞄準公路的轉彎處。他自己的輕機槍擺在左手邊。因為距離太遠，輕機槍的準確度不夠高。

帕布羅往他們狂奔而來，羅伯·喬丹瞄準著公路的轉彎處，但是沒有動靜。帕布羅跑到橋頭，回頭看一下，瞥望斷橋一眼，接著往左轉，往下跑進峽谷，失去了蹤影。羅伯·喬丹仍然注視著那轉彎去處，但仍沒有動靜。奧古斯丁爬起來，單膝跪地，他可以看到帕布羅往下爬進峽谷，身手彷彿一隻山羊。從帕布羅出現以來，下方始終沒有槍聲。

「你看到上面有動靜嗎？那一片岩堆上面，」羅伯·喬丹問道。

「沒有。」

羅伯·喬丹注視著公路轉彎處。他知道那一片石壁太陡峭，任誰也爬不上來，但石壁下方地勢趨緩，說不定有人曾繞路爬上去過。

剛才他覺得一切都如此虛幻，但此刻卻突然都真實了起來。就像裝有反射鏡頭的相機突然對準了焦距。就在此時，他看到陽光明亮的公路轉彎處出現一輛低矮的坦克，車頭有稜有角，車身上的槍塔被漆成了綠、灰、棕交錯的迷彩色，還架著一挺突出的機關槍。他朝著坦克開槍，聽見子彈打在鋼板上的叮噹聲響。那小台的輕型坦克趕緊退回石壁後方。羅伯．喬丹緊盯著那轉彎處，只見車頭又露了出來，接著是槍塔邊緣，槍塔隨即轉過來，槍口指向公路的方向。

「看起來就像老鼠出洞，」奧古斯丁說，「你看，*Inglés*。」

「這坦克沒什麼信心，」羅伯．喬丹說。

「原來帕布羅就是在跟這隻大甲蟲交戰，」奧古斯丁說。「再朝它掃射，*Inglés*。」

「不。我傷不了它。我可不想暴露我們的位置。」

坦克開始沿著公路往下射擊。子彈打在路面上，發出咻咻聲響，反彈後乓乓乓乓地打在鐵橋上。這就是剛剛從下面傳來的那種機關槍聲響。

「*Cabrón*[18]！」奧古斯丁說。「這就是那種鼎鼎有名的坦克嗎，*Inglés*？」

「這是小型的。」

「*Cabrón*！要是我手裡有一小瓶汽油，我就爬上去放火，把它燒了。這坦克要幹嘛，*Inglés*？」

「待會坦克會再開出來張望的。」

「大家害怕的就是這種東西啊，」奧古斯丁說。「你看，*Inglés*！子彈都打在那些哨兵的死屍上。」

「因為坦克沒有其他目標可以打，」羅伯．喬丹說。「你就別苛責啦。」

但是他心裡想著，你當然可以取笑那坦克。但是，假使是你回到了自己的國家，在大路上被人用火力攔下來。然後又有橋樑被炸了。難道你不會以為前面埋著地雷或有伏兵嗎？你當然會那樣想。這坦克的表現不錯，它在等待援軍。它正在和敵人交火。敵人就只有我們幾個。但他搞不清楚。瞧這小雜種。

小坦克又從轉彎處慢慢露出一點車頭。就在此刻，奧古斯丁看到帕布羅手腳並用，從峽谷邊緣爬了上來，滿是鬍碴的臉汗流不止。

「婊子養的來了，」他說。

「誰？」

「帕布羅。」

羅伯．喬丹一看，看見了帕布羅，接著立刻朝坦克的迷彩色槍塔射擊，瞄準機槍上方的細長開口。小坦克急忙退回去，又消失無蹤。羅伯．喬丹拿起自動步槍，將三腳架折好貼在槍管上，把仍然很燙的槍口扛上肩頭。槍口燙到他的肩頭，於是他用手把槍托一轉，使勁地把槍口往後方推。

「把那一袋彈盤和我的小支*máquina*帶著，」他大聲說。「跟我一起跑。」

羅伯．喬丹穿過松林，往山上奔跑。奧古斯丁緊跟在後面，他後面則是帕布羅。

「琵拉！」羅伯．喬丹朝山坡的另一頭大喊。「我們來啦，婆娘！」

他們三人盡快爬上陡坡。坡度陡到他們無法奔跑，帕布羅只背著騎兵用的輕機槍，沒有其他重物，因此緊跟在他們倆後面。

「你的人呢？」奧古斯丁用乾巴巴的嘴問帕布羅。

「全死了，」帕布羅說。他幾乎喘不過氣。奧古斯丁轉頭看著他。

「現在我們的馬夠多啦，*Inglés*，」帕布羅邊喘邊說。

「很好，」羅伯．喬丹說。他心想，你這殺人如麻的雜種。「你們遇到什麼狀況？」

「什麼都遇到了，」帕布羅說。他用力喘著氣。「琵拉呢？」

「費南多和那兩兄弟中的一個掛了——」

---

18 cabrón：混蛋。

「艾拉迪歐，」奧古斯丁說。

「你呢？」帕布羅問。

「安瑟莫也掛了。」

「馬已經綽綽有餘了，」帕布羅說。「連搬行李的馬都夠了。」

奧古斯丁咬咬嘴唇，看著羅伯．喬丹，然後搖搖頭。他們聽到那坦克又朝路面和斷橋掃射了起來，但被樹林遮住，看不到。

羅伯．喬丹猛然把頭轉過去。「那是怎麼回事？」他對帕布羅說。他不想看到帕布羅或聞到他的氣味，但想聽聽他的回答。

「那坦克出現後，我脫不了身，」帕布羅說。「我們在下面那哨站旁公路的轉彎處被它擋住去路。後來它開回去找東西，我就來了。」

「你在那公路的轉彎處開槍打誰？」奧古斯丁單刀直入地問道。

帕布羅看著他，咧嘴一笑，心想本來要講的話不妥，於是不發一語。

「你把他們全都槍斃了？」奧古斯丁問道。羅伯．喬丹心裡正想著，你可別開口啊。這不關你的事。他們辦到的事已經超過你所指望的。這是游擊隊之間的紛爭。別用道德來評判。遇到這種屠夫，你還能指望什麼？跟你合作的傢伙是個屠夫。你給我閉嘴。本來你就很了解他的。這並不是什麼新鮮事。只是這雜種真下流，他心想。你這下流腐敗的雜種。

他爬山爬到胸口劇痛，簡直像狂奔之後那種胸膛快要裂開的痛感，這時他看到了前面樹林裡的馬群。

「說呀，」奧古斯丁在說。「你怎麼不說你斃了他們？」

「閉嘴，」帕布羅說。「我今天大幹了一場，表現不賴。你問*Inglés*吧。」

「那現在幫我們安然度過今天吧，」羅伯・喬丹說。「因為撤退計畫是你想出來的。」

「我的計畫很好，」帕布羅說。「只要有一點走運，我們就能脫險了。」

他的呼吸開始恢復正常。

「你沒打算殺我們這些人吧，」奧古斯丁說。「不然我現在就殺了你。」

「閉嘴，」帕布羅說。「我必須顧及你的和大夥兒的利益。這可是戰爭。任誰都無法為所欲為。」

「*Cabrón*，」奧古斯丁說。「好處都被你獨占了。」

「告訴我你在下面遇到什麼狀況，」羅伯・喬丹對帕布羅說。

「什麼都遇上了，」帕布羅的答案還是一樣。他還是氣喘得像胸口要裂開似的，但此刻已能好好說話，整臉與滿頭大汗，肩膀與胸膛也都濕透了。他小心翼翼地看著羅伯・喬丹，想知道他是否真的懷有善意，接著他咧嘴一笑。「什麼都遇上了，」他又說了一遍。「我們先把哨站拿了下來。接著來了個摩托車騎士。接著又來了另一個。然後是一輛救護車。隨後是卡車。再來就是那一輛坦克了。就在你炸橋之前。」

「接著——」

「坦克傷不了我們，但我們也無法脫身，因為它封鎖了公路。後來坦克開走，我就來了。」

「那你的人呢？」奧古斯丁插嘴，他還在找麻煩。

「閉嘴，」帕布羅盯著他，帕布羅臉上的神情，好像是一個戰鬥表現出色，但後來出錯的傢伙。「他們跟我們不是一夥的啊。」

這時他們看到了跟樹幹綁在一起的馬兒們，只見陽光穿透松枝，灑在牠們身上，牠們為了閃避馬蠅，一直甩頭踢腳。羅伯・喬丹一看到瑪莉亞就趕快把她緊緊地抱住，那一把自動步槍靠在他身體側邊，槍口防火帽抵著他的肋骨，耳裡聽到瑪莉亞說：「羅貝托，是你。喔，是你。」

「是我，小兔子。我最最可愛的小兔子。現在我們走吧。」

「你是真的在這裡吧？」

「對，對。真的。喔，是妳！」

過去他未曾想到打仗時還能體會得到有個女人在身邊是什麼感覺。沒想到身體的任何部分能有這種體會，並且對此做出反應。沒想到那個女人的嬌乳竟然如此渾圓，而且隔著一層襯衫緊貼在自己身上。也沒想到那一對乳房能理解他們倆身處戰火中。但這是真的，他心想，好啊。那很好。本來我是不相信這件事的。他使盡吃奶力氣抱她，但沒有看著她，而是先拍一拍她的身體，那是他從沒拍過的地方，然後就說：「上馬。上馬。坐到馬鞍上去，*guapa*。」

然後他們把韁繩解開，羅伯．喬丹已把自動步槍交還給奧古斯丁，背上自己的輕機槍，此刻掏出口袋裡的手榴彈，裝進鞍囊裡。他把一個空背包塞在另一個裡面，將背包綁在馬鞍後面。然後琵拉也爬坡上來了，她累到喘不過氣，連說話都說不了，只能做手勢。

接著帕布羅把他手裡的三條縛馬繩塞在鞍囊裡，站起來說：「*Qué tal*[19]，老婆？」她只是點點頭，大家就全都上馬了。

羅伯．喬丹騎的是前一天早上在雪地裡初次看到的灰色駿馬，此刻他把馬跨在兩腿之間，雙手按在牠身上，感到牠真是一匹好馬。他穿著麻繩底布鞋，馬鐙的皮帶稍嫌太短。他背著輕機槍，口袋裡裝滿彈匣，他坐在馬上幫一個用過的彈匣重裝子彈，緊緊地把韁繩夾在手臂下，他看到琵拉登上那鹿皮馬鞍，鞍上綁著紮營裝備，看起來像是個奇怪的坐墊。

「看天主的份上，把那東西拿下來吧，」普里米提佛說。「妳會摔下馬，而且這麼重也會讓馬受不了的。」

「閉嘴，」琵拉說。「這東西是要用來過日子的。」

「老婆，妳這樣能騎馬嗎？」帕布羅問她，他那一匹栗色駿馬用的是*guardia civil*的馬鞍。

「跟牛奶販子一樣，沒問題的，」琵拉對他說。「我們該怎麼走，老東西？」

「直走。得越過公路，從那遠處的山坡往上爬，到坡面變狹的地方穿進樹林。」

「要越過公路？」奧古斯丁在帕布羅身旁想要把馬掉頭，他那穿著軟鞋跟帆布鞋的雙腳踢一踢硬邦邦的馬肚，但馬兒沒有反應，這馬是帕布羅昨晚弄來的幾匹馬之一。

「沒錯，兄弟。只有一條路，」帕布羅說。他拿了一條牽馬繩給奧古斯丁。普里米提佛和吉普賽小子拿其餘的。

「如果你願意的話，可以走在最後面，*Inglés*，」帕布羅說。「我們到高一點的地方再越過公路，這樣就不在那*máquina*的射程內了。但我們必須分開行動，走一大段路之後在坡面變狹的地方會合。」

「好，」羅伯．喬丹說。

他們策馬穿越樹林，朝下方的公路邊緣前進。羅伯．喬丹就在瑪莉亞的後面。在樹林中，他無法與她並騎。他用大腿輕輕摩擦那匹灰馬，然後把牠給穩住，跟著大家一起在松林中狂奔下滑，一路都用大腿對灰馬發號施令，那作用就像在平地上用馬刺驅馬一樣。

他對瑪莉亞說：「越過公路時，我要妳走第二個。帶頭的看來比較危險，其實沒那麼糟。第二個就很安全了。敵人總是會盯上走在後面的人。」

19 Qué tal：怎麼樣。

「我會突然越過公路的。不會有問題。隊伍中間是最危險的位置。」

「可是你——」

他看著馬上的帕布羅，一顆腦袋圓滾滾又毛茸茸的，縮在肩膀上，肩上背著自動步槍。他看著肩膀寬闊的琵拉，她沒有戴帽子，腳跟勾在行李上，因此雙膝的位置比大腿還高。她回頭看他一眼後搖搖頭。

「在越過公路之前，妳必須先騎到琵拉前面，」羅伯．喬丹對瑪莉亞說。

因為樹林越來越稀疏，他已經可以看到下方油亮亮的黑色路面，再過去就是山腰的綠坡。他心裡想著：我們來到了涵洞上面，而正上方的高地，剛好就是那長長的下坡路段開始的地方，路面筆直地通往橋頭。我們在橋樑上方八百碼左右的地方。如果那一輛小坦克開到了橋頭，我們還是沒有離開坦克上飛雅特機槍的射程。

「瑪莉亞，」他說。「在我們要越過公路，登上那山坡以前，先騎到琵拉前面去。」

她回頭看他，但沒說話。他沒有盯著她，只是看了她一眼，想知道她是否搞懂了。

「*Comprendes*？」他問她。

她點點頭。

「騎到前面去，」他說。

她搖搖頭。

「騎到前面去啊！」

「不要，」她轉身搖搖頭，對他說。「我按照現在這次序走就好。」

就在此時，帕布羅用兩側馬刺刺了他的棗色駿馬，衝下最後那一段布滿松針的山坡，越過公路，蹄鐵聲噠噠作響，火星四濺。其他人跟在後面，羅伯．喬丹眼見他們穿過公路，噠噠噠地爬上綠坡，聽到斷橋邊傳來機關槍射擊聲。接著是一聲咻—咯—砰！這一聲砰然聲響很尖銳，而且聲音拉得很長，只見山坡上一小片泥土被炸得往上噴，伴隨一陣灰色煙霧。咻—咯—砰！又響了一次，那咻咻聲響像是火箭的聲音，山坡上更遠處又有泥土被炸飛與冒煙。

他前方的吉普賽小子被迫停在路邊，最後幾棵樹隱蔽著他。他看一看前面的山坡，又回頭望著羅伯・喬丹。

「往前衝啊，拉斐爾，」羅伯・喬丹說。「衝啊，兄弟！」

吉普賽小子手抓牽馬繩，後面有一匹馱馬用腦袋死命往後扯，把牽繩繃得緊緊的。

「放開馱馬，衝啊！」羅伯・喬丹說。他看到吉普賽小子抓著牽馬繩的手往後伸，越伸越高，似乎永遠沒辦法鬆手，還看見他用腳跟往坐騎的肚子一踢，那繩子繃得更緊，隨即掉在地上，他就穿越了公路。當吉普賽小子穿過那堅硬的黑色路面時，受驚的馱馬往回朝羅伯・喬丹撞過去，被他用膝蓋頂住，此刻他聽到吉普賽小子衝上山坡時馬蹄踏得噠噠作響。

咻—咯—砰！一記平射砲飛了過來，他看到吉普賽小子前面地上一小片灰黑色泥土噴了起來，吉普賽小子敏捷地躲開，彷彿一頭狂奔的公豬。他看著吉普賽小子策馬奔馳，在此刻慢慢登上那綠色長坡，砲彈在他身前和身後落下，隨即已經跑到山丘下方的坑洞與其他人會合了。

我可沒辦法帶著這匹該死的馱馬，羅伯・喬丹心想。但我實在很想讓這隻婊子養的臭馬待在右側，讓牠幫我擋住那些四十七毫米口徑砲彈。天哪，不管怎樣我都要試著帶牠到那一片山坡上。

他策馬趕上馱馬，抓住馬籠頭，然後拉住韁繩，在樹林裡往上騎了五十碼，馱馬被他拉著在後面小跑。到了樹林邊緣，他沿著公路往下看著那一輛卡車後面的斷橋。他看到部隊出現在橋頭，後方公路上好像交通堵塞的模樣。羅伯・喬丹環顧四周，終於看到他想要的東西，於是伸手從松樹上折下一根枯枝。他放開馬籠頭，慢慢地把馱馬趕到那一片往下朝公路傾斜的山坡，接著用樹枝用力抽打馬屁股。「衝呀，你這個婊子養的臭馬，」他說。馱馬越過公路，開始往山坡上跑，接著他又把枯技丟過去。樹枝打中馬，那馬從奔跑變成全力衝刺。

羅伯．喬丹在公路上又騎了三十碼，再過去的公路邊坡都太陡了。那一門砲還在射擊，像火箭一樣咻咻作響，然後在轟隆聲響過後泥土又被炸飛。「跑呀，你這法西斯養的雜種灰色大馬，」羅伯．喬丹對自己的馬說，逼著牠從斜坡上往下衝。接著他就來到了沒有任何遮蔽的公路路面上，馬蹄踩踏著堅硬無比的路面，那震動的感覺從他的肩膀、脖子一路延伸到牙齒。馬踩上了平坦的坡地，馬蹄往地面上切削、撞擊、伸展、跳動、疾走，他向下遠眺著坡面另一頭的斷橋，這新的視角讓他看到前所未見的橋樑景觀。橋樑側面完整展現在眼前，不像其他視角會讓橋變短，中間是斷橋缺口，後方公路上是那一輛小坦克，小坦克後面有一輛大坦克，此時坦克上的砲管發出像明鏡般的黃光，刺耳的砲聲劃破天際，幾乎就像掠過了那在他身前往外伸出去的灰馬脖子。上方山腰上一片泥土被炸飛，他急忙把頭轉過去。他右前方的馱馬跑得太遠了，放慢了腳步，羅伯．喬丹則是策馬疾馳，頭稍稍轉向斷橋，只見公路轉彎處後方停著一列卡車，因為他越騎越高，所以看得一清二楚，他也看到黃光一閃，嗖的一聲後又有轟隆聲響，砲彈打得太近，沒有擊中目標，但他聽見泥土噴起來的地方有金屬彈飛聲。

他看到他們全在前方樹林邊緣盯著他，於是他喊：「*Arre caballo*[20]！衝呀，馬兒！」山坡漸漸變陡，他感覺到大灰馬的胸口起伏也隨之越來越激烈，他看到那在他身前伸展的灰脖子還有一雙灰耳朵，伸手拍拍大汗淋漓的灰脖子，回過頭眺望斷橋，看見一輛笨重低矮的土黃色坦克在公路上發出一道亮光，接著他並沒有聽到咻的一聲，只有像鍋爐炸裂似的砰然聲響，還夾雜著辛辣火藥味，就被壓在灰馬身體下，灰馬不斷踢腿，他則是想試著擺脫重壓。

他還能動。他還能往右邊移動。但當他往右移動時，左腿卻還是完全被馬壓得動彈不得。感覺就像左腿上多了一個關節，不是髖關節，而是另一個像鉸鏈般的橫向關節。接著他才完全明白這是怎麼回事，在此同時，灰馬用膝蓋抵地，爬了起來，羅伯．喬丹的右腿早已掙脫馬鐙，這時他才把右腿抽回來，離開馬鞍，擺在地上，並且伸出雙手去摸那癱在地面上的左腿，摸到了鋒利的斷骨和斷骨緊貼皮肉的地方。

大灰馬幾乎就站在他的正上方，他看見馬的肋骨起伏著。他坐在一個綠草如茵的地方，草叢中還有一朵朵花，他順著坡面往下眺望，從公路、斷橋、峽谷一路看下去，看到另一邊公路上的坦克，等它再度閃耀黃光。一陣黃光幾乎立刻閃現，這次還是沒有咻的一聲，在那充滿強力炸藥氣味的轟然爆炸聲中，土塊噴濺，四射的彈片颼颼作響，他看見那大灰馬在他身旁靜悄悄地坐下，彷彿在做馬戲團的馬術表演。接著他眼見灰馬坐在那裡，聽見牠的哀鳴聲。

普里米提佛和奧古斯丁隨即用手插著他的胳肢窩，把他架起來，拖上最後一段山坡，斷掉的左腿一路隨著地形上下擺動。某次一枚砲彈從他們頭頂近處咻一聲掠過去，他們放下他，就地趴倒，但只被泥土撒在身上，彈片往別處颼颼飛去，他們又把他扶起來。上方安置馬群的樹林裡有一條長長的淺谷，他們把他帶往淺谷裡的遮蔭處，瑪莉亞、琵拉和帕布羅都站在一旁，低頭看著他。

瑪莉亞跪在他身邊說，「羅貝托，你怎麼啦？」

大汗淋漓的他說，「左腿斷了，*guapa*。」

「我們會幫你包紮好，」琵拉說。「你可以騎那匹馬，」她指著一匹馱馬。「把行李卸下就可以了。」

羅伯．喬丹看到帕布羅在搖頭，便對他點點頭。

---

20 Arre caballo：西班牙語，「衝呀，馬兒！」

他說：「你們走吧，」接著他說：「聽著，帕布羅，你過來。」

帕布羅彎下腰，把鬍碴上沾滿汗水的臉湊過去，羅伯．喬丹聞到了帕布羅身上的濃烈臭味。

「讓我們談一談，」他對琵拉和瑪莉亞說。「我得和帕布羅談一談。」

「很痛嗎？」帕布羅問道。他彎下腰，湊到羅伯．喬丹身邊。

「不。我想應該是神經被壓斷了。聽著，你們走吧。我完蛋了，懂嗎？我要跟那女孩講講話。等我說把她帶走，就帶走她。她肯定想要留下來的。我只要跟她講一下就好。」

「你也看得出時間不多了，」帕布羅說。

「那當然。」

「我想你還是到共和國去比較好，」羅伯．喬丹說。

「不。我認為該去格雷多斯山區。」

「你要仔細考慮。」

「現在就和她講講話吧，」帕布羅說。「沒多少時間了。*Inglés*，我很遺憾你受了傷。」

「既然受傷了——」羅伯．喬丹說。「我們就別談這個了。但你真的要仔細考慮一下。你很有頭腦的。用一用你的頭腦吧。」

「我怎會不用？」帕布羅說。「趕快講講話吧，*Inglés*。時間不多了。」

帕布羅走到最近的一棵樹下，仰望著下方山坡，也眺望著峽谷另一頭的公路。帕布羅看著山坡上的灰馬，流露出真的很怡和的神情，琵拉和瑪莉亞則是在陪伴背靠樹幹坐著的羅伯．喬丹。

「把褲管割開好嗎？」他對琵拉說。瑪莉亞蹲在他身邊，不發一語。陽光灑在她的頭髮上，她的臉孔扭曲，像小孩要哭之前的模樣。但她沒哭。

琵拉拿出刀來，從左褲袋下方開始，把褲管給割破。羅伯・喬丹用雙手把割破的褲管拉開，看著那一截大腿。髖關節下面十英寸的地方出現一個突起的紫色腫塊，就像尖頂的小篷帳。他用手指去摸，可以摸到折斷的大腿骨緊緊地頂著皮肉。他腿部彎曲的角度很奇怪。他抬頭看著琵拉。她臉上的表情跟瑪莉亞一樣。

「*Anda*[21]，」他對她說。「妳離開一下。」

她垂著頭離開，不發一語，也沒回頭張望，羅伯・喬丹看到她的肩膀顫動著。

「*Guapa*，」他握住瑪莉亞的雙手，對她說。「聽著。我們去不了馬德里了——」

她這才哭了出來。

「不，*guapa*，別哭，」他說。「聽著，我們去不了馬德里了，但不管妳到哪裡，我總是會跟妳在一起。懂嗎？」

她不說話，只是擁抱著他，頭緊貼著他的臉頰。

「好好聽我說，小兔子，」他說。他知道時間緊迫，他渾身大汗淋漓，但他必須把這些話說清楚，讓她聽懂。「妳就要離開了，小兔子。但我會跟妳在一起。只要我們倆有一個人還活著，我們兩個就都會存在。妳懂嗎？」

「不，我要陪你。」

「不，小兔子。我現在要做的事只能由我獨力完成。妳在身邊會讓我無法好好做。要是妳走了，就等於我也走了。妳不明白這一點嗎？不管我們倆之間有哪一個還在，就是我們兩個都還在。」

---

21 Anda，西班牙語，「走開」。

「我要陪你。」

「不，小兔子。聽著。這事任誰都不能一起做。不管是誰，都得自己一個人去做。但若是妳走了，那也就是我跟妳走了。我可以用這種方式離開。我知道妳會離開。因為妳善良好心。妳會為我們倆而離開的。」

「但陪在你身邊會讓我心裡好受一點，」她說。「這樣對我比較好。」

「我知道。所以妳就走吧，當作是幫我一個忙。為我而離開吧，既然這是妳能辦到的。」

「但你不懂，羅貝托。那我怎麼辦？離開你對我來說更糟。」

「當然，」他說。「這對你來說很難。但現在我也就是妳啊。」

她不發一語。

他看著她，汗水流個不停，此刻的他就算只是說話也很困難。他這輩子做任何事都不曾像現在這樣費勁。

「現在妳該為我們倆而離開了，」他說。「妳不能自私，小兔子。妳必須盡自己的責任。」

她搖搖頭。

「現在妳就是我，」他說。「妳一定也感覺到了，小兔子。」

「小兔子，聽著，」他又說。「如此一來，我真的也可以走了。我向妳發誓。」

她沒說話。

「現在妳明白了，」他說。「我看得很清楚。現在妳願意走了。很好。現在妳就要走了。現在妳已經說妳願意走了。」

但她什麼都沒說。

「現在我要感謝妳。現在妳要好好地遠走高飛，妳走了就等於我們倆一起走。把妳的手擺在這裡。頭低下來。不，把頭低下來。這就對了。現在我把手擺在那裡。好。妳真乖。現在妳就別再想了。妳在做妳該做的。妳要聽話。不是聽我的，而是聽我們倆的。妳也包含了我。妳是為了我們倆而離開。真的。妳走等於我們倆一起走。我可以向妳保證。妳善良好心，所以一定會走。」

帕布羅一直從樹旁瞥望著他，羅伯・喬丹朝他點個頭，他就走了過來。他用大拇指向琵拉比個手勢。

「我們下一次再到馬德里去吧，小兔子，」他說。「真的。現在妳起身走吧，這樣等於我們倆一起走。站起來。懂嗎？」

「不，」她說，還是緊緊摟著他的脖子。

這時他的語氣仍然平靜講理，但不容違背。

「站起來，」他說。「現在妳就是我了。妳是我未來的一切。站起來。」

她低頭哭泣，慢慢站起來。接著突然撲倒在他身邊，等到他說，「站起來，*guapa*，」她才又慢慢站起來，看來疲累不已。

琵拉抓住她的手臂，站在那裡。

「*Vamonos*[22]，」琵拉說。「你還缺什麼嗎，*Inglés*？」她看著他，然後搖搖頭。

「沒有，」他說，接著對瑪莉亞說，「別說再見，*guapa*，因為我們並未分開。格雷多斯山區是個好地方。走吧，好好走吧。不行，」琵拉扶著女孩離去時，他的語氣依舊平靜講理。「別回頭。把腳踩上馬鐙。對。踩上去。扶她上馬，」他對琵拉說。「幫她跨上馬鞍。現在就上去吧。」

他渾身大汗，轉頭俯視山坡，然後回頭看到女孩已經坐上馬鞍，琵拉就在她身旁，帕布羅緊跟在後。

---

22 vamonos：走吧。

「現在走吧，」他說。「走吧。」

她又開始要回頭看。「別回頭，」羅伯．喬丹說。「走吧。」帕布羅用綁馬的帶子抽打馬屁股，瑪莉亞似乎想從馬鞍上滑下來，但琵拉和帕布羅緊挨在她兩側，琵拉抓著她，三人一起騎馬從淺谷往上走。

「羅貝托，」瑪莉亞轉身大叫。「讓我陪你！讓我陪你！」

「我是和妳在一起啊，」羅伯．喬丹大聲說。「我和妳在一起了。我們倆都在那裡。走啊！」接著他們在淺谷裡轉個彎，就消失蹤影了。他全身都被汗水沾濕，眼神茫然。奧古斯丁站在他身邊。

「你要我一槍給你個痛快嗎，*Inglés*？」他彎腰湊過去問。「*Quieres*[23]？這沒什麼。」

「*No hace falta*[24]，」羅伯．喬丹說。「你走吧。我在這裡很好。」

「*Me cago en la leche que me han dado*[25]！」奧古斯丁說。他正在哭，哭得連羅伯．喬丹的模樣都看不清楚了。「*Salud*，*Inglés*。」

「*Salud*，老哥，」羅伯．喬丹說。這時他正沿著山坡往下看。「好好照顧那短髮小妞，可以嗎？」

「沒問題，」奧古斯丁說。「你需要的東西都有了嗎？」

「這支*máquina*剩餘的子彈不多了，我就留著用了，」羅伯．喬丹說。「反正也弄不到這種子彈了。另一支和帕布羅那一支都弄得到。」

「我把槍管清理過了，」奧古斯丁說。「你跌下來時，槍口插進泥土裡了。」

「結果那匹馱馬怎樣了？」

「被吉普賽小子抓了回來。」

奧古斯丁騎上馬背，但不想走。他在馬上朝羅伯．喬丹靠背坐著的樹往外探出身體。

「走吧，*viejo*，」羅伯．喬丹對他說。「在戰爭中這種事多得是啊。」

「*Qué puta es la guerra*[26]，」奧古斯丁說。

「沒錯，兄弟，沒錯。但你還是走吧。」

「*Salud*，*Inglés*。」奧古斯丁緊握著右拳說。

「*Salud*，」羅伯・喬丹說。「趕快走吧，兄弟。」

奧古斯丁把馬掉頭，右拳往下一揮，彷彿是用這動作再次咒罵戰爭，然後就策馬離開淺谷了。其他人早已不見蹤影。到了這林間淺谷的轉彎處，他回頭揮揮拳頭。羅伯・喬丹也揮揮手，接著就連奧古斯丁也消失無蹤了。

羅伯・喬丹沿著綠坡往下眺望公路和斷橋。他心想，我這姿勢也不算太糟。現在還沒有必要俯臥在地，那有可能會讓傷勢惡化，那坦克表面上看來很近，實際上並不是，而且這樣我的視線比較好。

由於這一切，由於他們的離去，由於他嘴裡的苦味，他感到空虛勞累，筋疲力竭。現在，終究不會再有什麼問題了。對他來講，無論過往的一切如何，無論接下來會怎樣，都再也不會有問題了。

如今大家都已離去，獨留他背靠樹坐著。他俯視那一片綠坡上，看到被奧古斯丁槍殺的那匹灰馬，再往下看著公路，與公路後面樹木林立的田野。接下來他眺望斷橋和橋對面的公路，盯著橋上和公路上的動靜。這時他看到那些卡車全都開往下面的路段上了。雖然被樹林擋著，但他仍能看到灰色卡車車身。然後他回頭往上看，盯著那從小山頂端往下延伸的公路路段。他心想，敵人馬上就來了。

---

23 Quieres：西班牙語，「要」。

24 No hace falta：西班牙語，「沒有必要」。

25 Me cago en la leche que me han dado：西班牙語，「我在他們給我的精液裡大便」。

26 Qué puta es la guerra：西班牙語，「戰爭是個臭婊子」。

任誰都不會比琵拉更照顧她。這你很清楚。帕布羅一定有完善的撤退計畫，否則他不會這樣嘗試。你不必擔心帕布羅。想著瑪莉亞也沒有用。要相信你自己對她所說的那些話。那對你們是最好的。誰說那不是真話？不是你說的。你沒說那不是真的，就像你也不會把根本沒發生的事說成已經發生。既然相信就堅持下去吧。別對自己冷嘲熱諷的。時間太過匆促，你才剛把她送走。大家都盡力而為了。你無法替自己做任何事，但也許還能為另一個人做點好事。唉，這四天我倆一直很走運。還不到四天。我初到這裡時是下午，而今天我則是撐不到中午了。總計還不到三天三夜。他說，要說得精確一點。相當確切。

他心想，我看你還是趴下去好了。你最好找個位置待好，到時候還能發揮一點作用，不要像個流浪漢似的靠在這樹邊。你的運氣真好。比這種事更糟糕的情況太多了。這是每個人遲早都會走上的路。一旦知道這是你的必走之路，你就不害怕了，是吧？不害怕了，他說，是真的。不過，神經被壓斷了，所以還算走運。我甚至連骨折處下方都已經沒有感覺了。他摸摸斷腿的下半截，好像已經不是他身體的一部分。

他又看一看山坡下面，心想：我即將離開人世，這是唯一讓我痛恨的。我非常痛恨離開這世界，但願我已經在這世上做過一些好事了。我用盡我曾有的天份嘗試過。你是說「現有的」吧。好吧，現有的「現有的」。

我為自己的信仰已經奮戰了一年。如果我們能在這裡獲勝，在每個地方也都可以。這世界如此美好，值得為之戰鬥，我多麼捨不得離開這世界啊。你很走運，他對自己說，你已經度過美好的一生。你度過的一生和你祖父的一樣美好，儘管你在世的時間沒他那麼長。光憑最後這幾天，你的人生就已經不比任何人差了。既然這樣走運，那你也沒什麼可以抱怨的。不過我真希望有辦法把自己學到的一切傳下去。天啊，在最後這一段時光我學得好快。我想跟卡可夫聊聊。他在馬德里。越過那些山區，下了山坡後再穿越平原就到了。走出那些灰色岩堆，走出松林、石南和金雀花叢，越過一片黃土高原，你就能看到潔白美麗的馬德里城拔地而起。這是真的，就像琵拉說那些老太婆到屠宰場去喝動物的血，也是真的。並不是只有一件事是真的。每一件都是真的。以飛機為例，不論是友機或敵機，也真的都很漂亮。真是漂亮得要命啊，他心想。

你放輕鬆吧，他說。趁還有時間，先趴下來吧。聽著，還有一件事。還記得嗎？琵拉看手相的事？你相信那種狗屁嗎？不信，他說。都已經應驗了還不信？不，我不信那一套。今天早上行動開始前，她會說那一番話是出於好意。她擔心我也許相信了。可是我不信。不過她信。他們能未卜先知。或者說有辦法感應。就像用來獵鳥的狗。這種超感官的預感，該怎麼說呢？她滿嘴粗話，該怎麼說呢？他心想，剛才她不願說再見，因為她很清楚，如果說了再見，瑪莉亞就不肯走了。這個琵拉呀。你該趴下去了，喬丹。但他不願嘗試。

然後他想起後面褲袋的小酒瓶，於是他心想，我好好灌一點這「巨人殺手」[27]，然後就來試試看。但他伸手一摸，卻發現不見了。他覺得更孤單了，因為他知道就連酒也喝不到了。他說，我想我就別指望著喝酒壯膽了。

你覺得是帕布羅拿的嗎？別蠢了。一定是在炸橋時搞丟的。「算了吧，喬丹，」他說。「快翻身吧。」接著他用兩手抓住左腿，把它用力拉向另一條腿，同時在他用來靠背的樹旁邊躺下。他平躺著，用力拉腿，以免斷骨的尾端翹起來，戳穿大腿。同時，他以屁股為支點，慢慢轉身，直到後腦勺朝向山下。接著，他用兩隻手抱著朝向山上的斷腿，把右腳底放在左腳腳背上，使勁頂著，翻身時他大汗淋漓，終於讓臉和胸口朝向地面。他用手肘支撐著上半身，一方面用雙手去拉，也用右腳去推，才讓左腿往後伸出去，

27 巨人殺手（giant killer）：海明威幫烈酒取的外號。

搞得自己大汗淋滴，終於就定位。他用手指摸摸左腿，沒有問題。斷骨尾端並未戳破皮肉，而是深埋在肌肉裡。

他心想，被那匹該死的馬壓到左腿時，大神經[28]一定真的被弄斷了。左腿的卻一點也不痛。只有剛才翻身時的某些姿勢除外。那是因為斷骨去戳到旁邊的肌肉了。你懂嗎？他說。你知道你今天有多好運嗎？你根本不需要烈酒。

他伸手拿起輕機槍，把插在彈倉裡的空彈匣拉出來，從口袋裡掏出彈匣，打開槍機，看一看槍管內側，喀嗒一聲把彈匣裝好，然後眺望山坡下。也許就在半小時後，他心想。現在放輕鬆吧。

接著他看看山腰，看看松林，試著什麼也不不去想。

他看看那一條小河，想起了待在陰涼的橋下時的情景。希望他們趕快來吧，他心想。我可不希望在他們抵達以前我就已經神智不清了。

你看哪一種人在死前可以比較從容一點？是有宗教信仰的人，或者願意面對死亡的人？宗教很能撫慰人心，但我們知道，沒什麼好害怕的。在這種時刻，只有缺乏信念才是糟糕的事。死亡也不怎麼糟糕，除非死前拖了很久，而且痛苦得讓人覺得被羞辱。所以你很走運，懂嗎？你沒有那種遭遇。

他們撤走了，這真是太好了。既然他們撤走了，我就什麼都不在乎了。現在的情形差不多就像我說過的那樣。很像我說過的那樣。你看看，假使現在他們全都散布在那匹灰馬陳屍的山坡上，或者我們全都聚在這裡等待敵人，情況就大不相同了。不。他們撤走了。他們離開了。要是這一波攻勢能夠成功，該有多好？你想要些什麼呀？什麼都要。我什麼都要，而且給我什麼我都會接受。要是這次攻勢失利，將來總有一次會成功的。我並未注意飛機什麼時候飛回來的。上帝呀，能把她送走真是幸運啊。

我很想跟祖父談一談這次經歷。我敢打賭，他從來不需要進入敵區，找自己人來幹這種大事。你又知道了？也許他幹過五十次這種事。不，他說。要精確一點。任誰也無法幹五十次這種事。連五次都沒辦法。也許從來沒有人幹過這種事。當然。一定有人幹過的。

但願敵人現在就來，他說。但願他們趕快來，因為現在我的腿開始痛了。一定是因為腫脹。

在被那坦克打到以前，一切都進行得挺順利的，他心想。不過，我在橋下時坦克還沒出現，這才是該慶幸的。只要出了差錯，勢必會帶來不好的後果。上頭對葛爾茲發出命令時，你就已經注定要倒楣了。你早就知道會出事，琵拉感應到的可能就是這樣。不過，往後我方安排這種任務的方式會遠比這次好。應該帶著可攜式短波發報器才對。是啊，有很多配備都是我們早該備妥的。我應該帶一條備用的大腿。

想到這裡，他咧嘴一笑，而且大汗淋漓，因為摔下來時左腿大神經雖然被壓壞了，但此刻卻劇痛難耐。啊，希望他們趕快來，他說。我不願意像父親那樣把自己了結掉。我完全可以那樣做，但我真的寧願不要那樣做。我反對那種事。別想那個了。什麼也別想。但願那些雜種趕快來，他說。我多麼期待他們的到來啊。

這時左腿痛到讓他受不了。翻身後，由於患部腫大，他突然開始痛了起來，於是他說，也許現在我該下手了。我看我對於忍痛這種事不太在行。聽著，要是我現在下手，你不會誤解我吧？這問題你是在問誰啊？沒人，他說。我猜是祖父吧。不。沒人。喔，去他媽的，希望他們趕快來吧。

聽著，也許我非下手不可。因為，如果我昏過去或什麼的，我就什麼事也幹不了了。如果他們把我弄醒，就會問我很多問題，對我嚴刑拷打，什麼都來，那就糟糕了。最好別讓他們幹那些事。那你現在幹嘛不馬上動手，了結這一切呢？因為，喔，你聽著，是啊，你聽著，希望他們趕快來吧。

---

28 大神經：原文為big nerve，應該就是指large nerve（坐骨神經）。

喬丹，你對這種事不太在行，他說。有誰對這種事很在行嗎？我不知道，而且現在我也不在乎了。但你真的不太在行。沒錯。你根本就不在行。喔，根本就不在行，完全不在行啊。我想我現在應該可以動手了吧？你說呢？

不，不行。因為你還有一件事可以做。只要你知道自己能做什麼事，你就得去做。只要你記得自己要做什麼事，你就得等待。來吧。讓他們來吧。讓他們來吧。讓他們來吧！

想一想走掉的那些人吧，他說。想著他們穿越樹林，想著他們越過小溪，想著他們策馬經過石南叢，想著他們爬上山坡，想著他們今夜平安無事，想著他們連夜趕路，想著他們明天就能躲起來，想著他們吧，該死的，想著他們吧。關於他們，我能夠想到的也就只有這麼多了，他說。

想著蒙大拿吧。我沒辦法。想著馬德里吧。我沒辦法。想著喝一口涼水吧。可以啊。那就跟喝涼水一樣。像是在喝一口涼水。你是個騙子。什麼感覺都不會有的。就是這樣。什麼都不會有的。那就動手吧。動手吧。現在就動手。你現在可以動手。動手呀，現在就動手。不，你必須等待。等待什麼？你很清楚。那就等待吧。

現在我再也等不下去了，他說。要是再等，我就要昏過去了。我知道，因為我已經三度感覺自己快昏過去，但我都撐住了。我確實撐住了。但接下來會怎樣，我不知道。我想是你大腿斷骨的周圍在內出血。尤其是你剛才還把身體翻了過來。這下子患部腫得更厲害，也讓你感到虛弱，開始覺得要昏過去了。現在確實可以動手了。真的，我跟你說，真的可以了。

如果你等下去，只要能夠阻擋他們一下子，或是只幹掉那個軍官，一切就不同了。只要有一件事幹得好，就會讓——

好吧，他說。現在他靜靜躺著，拚命撐住，因為他覺得自己快要失去意識，那種感覺就像有時候你會注意到山坡上的雪開始要融化消逝了。這時他靜靜地說，那就讓我撐到他們來的時候吧。

羅伯．喬丹的運氣還是很好，因為就在此時，他看到騎兵隊從樹林裡衝出來，越過公路。他看著他們衝上山坡。他看到有個騎兵在那灰馬旁邊停下，對著朝他策馬過來的軍官大喊。他看著他們倆低頭端詳那匹灰馬。他們當然認得那匹馬。打從前天早上起，那匹馬和牠的主人就已經失蹤了。

羅伯．喬丹看到他們在山坡上，離他很近，他看到坡下的公路、斷橋和橋樑下方公路上那幾列車輛。此刻他完全融入其中，用很久的時間把眼前情景好好地看了一遍。接著他仰望天空。只見大片的白雲朵朵。他趴在那裡，用手掌摸摸身邊的松針，也摸摸身前的松樹樹皮。

接著他把雙手手肘盡可能輕鬆地擱在松針地面上，將輕機槍的槍口靠著松樹樹幹。

那軍官沿著帕布羅一行人留下的蹄印，策馬快步而來，將會經過羅伯．喬丹下方二十碼處。這射擊距離不會有什麼問題。那軍官就是貝侖多中尉。下面那哨站遭到襲擊的消息一被呈報上去，他們就在拉葛蘭哈接獲命令，立刻趕到山區來。他們全速趕路，但卻因為橋樑被炸斷了而必須調頭，越過高處的峽谷，穿越樹林，繞了一大圈路。他們的馬都大汗淋漓，氣喘吁吁，要騎兵們鞭策才肯小跑。

貝侖多中尉凝視著那一條蹄印，策馬而來，瘦削的臉龐如此嚴肅認真。他用左臂夾著輕機槍，槍身橫擱在馬鞍上。羅伯．喬丹趴在松樹後面，小心謹慎地撐住自己的身子，讓雙手保持平穩。他要等那軍官走到陽光普照的綠色坡地邊緣，也就是松林前端矗立著第一排樹的地方。他趴在松林裡滿是松針的地面上，感覺到自己的怦然心跳。

# 海明威的西班牙想像：《戰地鐘聲》譯後記

文／陳榮彬

「我（誠摯地）愛上了五個女人，西班牙共和國，還有第四步兵師。」

——海明威

一九二九年，海明威以第一次世界大戰為背景的小說《戰地春夢》（*A Farewell to Arms*）出版，奠定了他在美國文壇的地位。整個一九三〇年代，他除了在三三年推出故事集《勝利者一無所獲》（*Winner Take Nothing*），三七年推出小說《雖有猶無》（*To Have and Have Not*）之外，還有《午後之死》（*Death in the Afternoon*）與《非洲的青山》（*Green Hills of Africa*）這兩本分別以鬥牛與狩獵為主題的散文集在三二與三五年出版。但是，這些三〇年代的作品都沒有辦法與《戰地春夢》相提並論。這段時間的海明威，雖然與富婆妻子寶琳（Pauline Pfeiffer）定居佛羅里達州基威斯特島，生活無虞（時值美國經濟大蕭條，許多美國作家都要自謀生路，像福克納與費茲傑羅等人都曾去好萊塢當編劇，打工賺錢），住在寶琳的叔叔送給他們的豪宅裡，這位叔叔甚至還幫他們出錢到非洲旅行打獵，但相對而言，可說是海明威創作生涯的低點。

## 女神瑪莎

在《戰地鐘聲》的開篇題辭中，海明威把小說獻給了瑪莎．葛宏（Martha Gellhorn）。這位瑪莎到底是何許人？海明威是基威斯特島「懶人喬伊酒吧」（Sloppy Joe's）的常客，一九三六年聖誕節期間，三十七歲的海明威在那酒吧裡邂逅了二十八歲的知名女記者瑪莎．葛宏。他們倆一見如故，打得火熱，隔年瑪莎被《科利爾》週刊（*Collier's*）聘為戰地記者，前往西班牙採訪早已於一九三六年七月間爆發的西班牙內戰。海明威先前已幫西班牙的共和政府募款，如今為了追隨瑪莎更是不顧妻子寶琳反對，遠渡重洋追隨。瑪莎的年輕貌美、好強性格深深吸引著海明威（但兩人結婚後這個性卻讓他痛恨不已），他們倆在西班牙期間生死與共，在這位女神的陪伴之下，他的靈感源源不絕，先在一九三八年推出劇作《第五縱隊》（*The Fifth Column*）；三九年他在古巴、基威斯特島和愛達荷州太陽谷（Sun Valley，是個打獵、滑雪勝地）等地撰寫《戰地鐘聲》，於四〇年七月完工，十月出版。海明威能夠再創文學生涯高峰，女神瑪莎可說功不可沒。

「我愛上了西班牙共和國。」

一九二一年十一月，海明威獲聘為加拿大《多倫多星報》（*Toronto Star*）的駐巴黎特派記者，沒多久就遷居巴黎，開始遊歷歐洲各地。一九二三年，他第一次到西班牙北部的潘普洛納（Pamplona）去參加知名的聖費爾明節（San Fermin，就是奔牛節），自此愛上了鬥牛這種刺激又殘忍的運動。他把在潘普洛納過聖費爾明節的經驗，融入一九二六年出版的長篇小說《太陽依舊升起》（*The Sun Also Rises*），六年後推出的散文集《午後之死》更是他多年欣賞鬥牛的心得。

一九五〇年他在寫給紅粉知己瑪琳．黛德麗的信裡面說他「**（誠摯地）愛上了五個女人，西班牙共和國，還有第四步兵師**[1]。」鬥牛讓海明威愛上西班牙，等到西班牙內戰爆發時，他選擇與西班牙的普羅大眾站在一起，幫他們對抗長槍黨黨魁佛朗哥將軍（Francisco Franco）所領導的右派勢力。海明威為了這場內戰出錢出力，不只是報導新聞，他還參與了荷蘭導演尤里斯．伊文思（Joris Ivens）所提出的《西班牙大地》（*The Spanish Earth*）記錄片拍攝計畫。這部全長五十二分鐘的影片於一九三七年七月上映，堪稱西班牙共和政府的最佳宣傳利器。

跟法國小說家卡謬（Albert Camus）與英國小說家歐威爾（George Orwell）一樣，海明威也是共和陣營所屬國際縱隊（the International Brigades）成員，包括他們在內的三萬多個縱隊成員與西班牙人民並肩作戰兩年。到了一九三八年十月，在國際形勢的逼迫下，共和政府不得不主動將這支內戰勁旅解散，十月二十八日當天縱隊最後一次在巴塞隆納街頭行軍，海明威也在瑪莎面前流下了悲傷的男兒淚。

## 西班牙素描

《戰地鐘聲》開頭就引用十六、七世紀英國形上學派詩人鄧恩（John Donne）的知名詩句，「**沒有人是一座孤島**」（no man is an island），讓貫串整本小說的主題昭然若揭：人類之間的同袍情誼是可以跨越民族界線的。海明威除了把西班牙的好山好水，把充滿詩情畫意的馬德里日常生活寫得栩栩如生，各種各樣

1 第二次世界大戰期間，在諾曼地登陸戰之後，海明威一直以戰地記者身分隨同美軍第四步兵師行動。

的西班牙人在他筆下更是被寫得活靈活現，尤其是與小說主角羅伯・喬丹一起執行炸橋任務的那些游擊隊隊員：包括隊長兼爛酒鬼帕布羅、像母夜叉一般兇悍的琵拉（Pilar同時也是海明威前妻寶琳與愛船的暱稱）、髒話常像連珠砲脫口而出的奧古斯丁、沒有任何道德原則的吉普賽廢物拉斐爾，還有喬丹的少女情人瑪莉亞（是個曾被右派士兵強暴的內戰受害者）。除此之外，當然少不了鬥牛士：矮子菲尼多是琵拉的舊情人，膽子很小，但在鬥牛場上卻又兇猛無比。此外，在描寫帕布羅於內戰初期在鄉間帶領農民起義時，海明威也將當時西班牙階級鬥爭以寫實透徹的手法呈現出來，小鎮的那些富賈地主們都被帕布羅以最殘暴的手法處死。

## 怯懦與勇氣

怯懦與勇氣的對照是這本小說的另一個有趣主題。與帕布羅的怕死相較，綽號「聾子」的另一位游擊隊隊長視死如歸，令人敬佩。主角喬丹當然也是不怕死的。他曾對琵拉說他不怕死，只怕沒能盡責。而且他從接獲炸橋的指令後就很清楚這個任務的危險性，但基於軍人的服從天職，身為國際縱隊炸彈專家的他還是把任務接了下來。只是，在與瑪莉亞談起戀愛之後，我們會發現他在面對死亡的態度已經稍有改變：並不是怕死，而是對於人生有更多留戀，捨不得青春年少的瑪莉亞，也捨不得這美好的世界。

喬丹也常常想起自己的祖父與父親，前者是南北戰爭時的老兵，是他效法的榜樣；後者則是自殺身亡（跟海明威的父親一樣），因此他覺得那是自己要極力避免的悲劇。對於「勇氣」，海明威有一個非常知名的定義：**面對壓力時仍能有優雅表現**（grace under pressure）。因此真正勇敢的人並非不怕死，而是在大難當頭時仍能做到自己該做的事。小說裡的西班牙老頭安瑟莫就是這樣一個角色。戰前他是個獵人，雖然他因為戰爭而失去信仰，但仍然覺得殺人是罪孽深重的，戰後大家都必須設法把罪孽洗清。在故事發生的短短幾天內，安瑟莫屢屢承認自己害怕，而且可能會因此壞事，總希望喬丹把命令講得清清楚楚，好讓他聽命行事。但安瑟莫始終盡忠職守，甚至冒著風雪堅守偵察哨的崗位，沒有自己撤退，因此而贏得喬丹的敬重與信賴。

## 譯者瑣語

海明威是二十世紀最偉大的戰爭小說家，《戰地鐘聲》絕對是他創作生涯的高峰，也是值得一再翻譯的經典。海明威與妻子瑪莎於一九四一年三月造訪中國後，上海林氏出版社於七月推出謝慶堯翻譯的《戰地鐘聲》，應該就是這本小說的第一個中譯本。一九四九年之後，大陸翻譯界往往將這小說的書名譯為「喪鐘為誰而鳴」，到目前累積的譯本數量不下數十個；臺灣出版的繁體中譯本則始終維持謝慶堯的書名譯法，陸續有彭思衍（一九五三年）與宋碧雲（一九七九年）推出兩個譯本，自宋碧雲版中譯本（遠景出版社出版）問世後，已經有三十七年沒有新的繁體中譯本出現（在此把一些節譯本與可能涉及抄襲的版本略去不論。）

近年來網路資源發達與各種輔助性的研究資料陸續問世，因此《戰地鐘聲》中許多跟西班牙內戰有關的歷史典故、軍事術語、武器資訊、人物細節與文化脈絡，應該都可以進行更為精確的中譯，填補先前譯本的不足之處，同時在內文的措詞上，也應能調整為更貼近現在讀者的用語。希望這個譯本能夠讓讀者對海明威，對這本美國文學經典有更深入而全面的認識。最後要感謝本書編輯黃少璋兄的多方協助，還有中華民國陸軍楊增力士官長在武器資訊方面提供的諮詢，但譯文在各方面若仍有疏漏之處，尚祈各界指教與海涵。

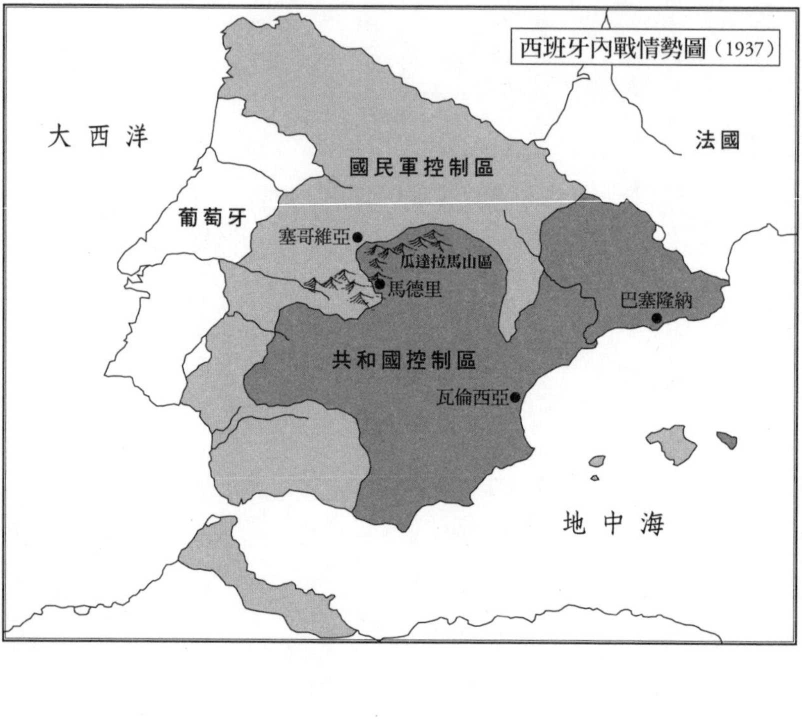
西班牙內戰情勢圖（1937）
大西洋
法國
國民軍控制區
葡萄牙
塞哥維亞
瓜達拉馬山區
馬德里
巴塞隆納
共和國控制區
瓦倫西亞
地中海

羅伯喬丹的原型人物羅伯特・梅里曼（Robert Hale Merriman，圖右）：原在加州大學經濟學教授任教的梅里曼，在一九三七年赴西班牙加入國際縱隊，一九三八年於戰役中陣亡。（圖像來源：Tamiment Library）

經典文學 34

戰地鐘聲
For Whom the Bell Tolls

作者　海明威（Ernest Hemingway）
譯者　陳榮彬
社長　陳蕙慧
總編輯　戴偉傑
責任編輯　黃少璋
封面設計　朱疋
電腦排版　極翔企業有限公司
校對　魏秋綢

出版　木馬文化事業股份有限公司
發行　遠足文化事業股份有限公司（讀書共和國出版集團）
地址　231新北市新店區民權路108之4號8樓
電話　02-2218-1417　傳真　02-8667-1891
email: service@bookrep.com.tw
郵撥帳號　19588272　木馬文化事業股份有限公司客服
專線　0800221029
法律顧問　華洋法律事務所 蘇文生 律師
印刷　成陽印刷股份有限公司
初版　2016年10月
初版2刷　2023年7月
定價　新台幣499元

ISBN 978-986-359-308-9（平裝）
有著作權　翻印必究

國家圖書館出版品預行編目(CIP)資料

戰地鐘聲 / 海明威（Ernest Hemingway）著；陳榮彬譯. -- 初版. -- 新北市：木馬文化出版：遠足文化發行, 2016.10
面；　公分. --（經典文學；34）
譯自：For whom the bell tolls
ISBN 978-986-359-308-9（平裝）

874.57　　105017763